KB181021

미주 한인 시문학사

1905~1999

이형권

저자 이형권 李亨權

충남대학교 국어국문학과 교수. 문학평론가. 문예지『시작』편집위원. 어문연구학회 회장.
저서로『타자들, 에움길에 서다』『한국시의 현대성과 탈식민성』『발명되는 감각들』『공감의
시학』외 다수가 있다. 1998년『현대시』문학평론 부문 우수작품상, 2010년 편운문학상 문
학평론 부문 본상, 2018년 시와시학상 평론가상을 수상했다.

미주 한인 시문학사

인쇄 · 2020년 10월 23일
발행 · 2020년 10월 31일

지은이 · 이형권
펴낸이 · 한봉숙
펴낸곳 · 푸른사상사

편집 · 지순이 | 교정 · 김수란
등록 · 1999년 7월 8일 제2-2876호
주소 · 경기도 파주시 회동길 337-16(서패동 470-6)
대표전화 · 031) 955-9111~2 | 팩시밀리 · 031) 955-9114
이메일 · prun21c@hanmail.net
홈페이지 · http://www.prun21c.com

ⓒ 이형권, 2020
ISBN 979-11-308-1713-2   93800
값 45,000원

저자와의 합의에 의해 인지는 생략합니다.
이 도서의 전부 또는 일부 내용을 재사용하려면 사전에 저작권자와 푸른사상사의 서면
에 의한 동의를 받아야 합니다.

푸른사상 학술총서 53

The History of Korean Poetry in Americas

이 형 권

미주 한인 시문학사
1905~1999

푸른사상
PRUNSASANG

이 저서는 2016년 정부(교육부)의 재원으로 한국연구재단의 지원을 받아 수행된 연구임
(NRF-2016S1A6A4A01020327)

'미주 한인 시문학사'란 무엇인가? 그 주체는 민족 공동체로서의 한인(韓人)이고, 장소는 북미주와 남미주를 포괄하는 미주 전체이다. 대상은 시문학이라는 운문 장르이고, 시기는 20세기 초부터 오늘날까지이다. 이때 장소나 대상, 시기에 관해서는 이론의 여지가 없겠으나, 주체 문제에서는 다소 복잡한 논의가 필요하다. 왜냐하면, 한인은 의미 영역에서 한국인과는 온전하게 일치하지 않기 때문이다. 즉 한국인은 한국이라는 국가 개념을 핵심적 조건으로 삼지만, 한인은 한민족이라는 혈연적, 문화적 공동체라는 보다 폭넓은 조건을 배경으로 삼기 때문이다. 가령 미국에 거주하는 한인의 경우 1) 한국 국적을 가진 사람, 2) 미국 국적을 가진 사람, 3) 제3의 국적을 가진 사람 등으로 나눌 수 있다. 이들이 시를 창작할 경우 이 책에서는 모두 한인 시인으로 규정했는데, 이 이유는 국적 취득이나 귀화의 문제보다는 한민족으로서의 사상과 감정, 미의식이 더 중요하다고 보았기 때문이다.

언어 문제도 '미주 한인 시문학사'와 관련하여 다소 복잡한 논의가 요구된다. 미주지역 가운데 미국에 한정해서 보더라도, 1) 한인이 한글로 창작한 시, 2) 한인이 영어로 창작한 시, 3) 한인이 아닌 사람이 한글로 창작한 시 등이 있을 수 있다. 이 책에서는 이들 가운데 1)의 범주에 드는 것만을 논의의 대상으로 삼았는데, 설혹 영어를 부분적으로 혼용했더라도 한글이 지배적으

로 사용된 작품은 포함했다. 3)을 포함하지 않은 것에 관해서는 이론이 없겠
으나, 2)는 연구자들마다 생각이 달라서 논란이 있는데, 영어로 창작했을 뿐
한인의 사상과 감정을 표현하는 작품이 적잖이 존재하기 때문에 그렇다. 그
러나, 현재의 한인 시인들은 대부분 '한인시=한글시'라는 생각으로 창작활동
을 하고 있다는 점을 강조해두고 싶다. 간혹 영어로 창작하여 미국 시단에 소
개하는 사례도 있으나, 그것은 애초부터 미국 문학 내의 소수민족 문학의 범
주에 넣는 것이 옳을 듯하다. 다만, 언젠가는 현지어를 사용하는 한인들의 창
작물에 대한 논의도 전향적으로 생각해볼 필요가 있을 것이다.

　이 책은『미주 한인 시문학사』라는 이름을 표방했지만, 과연 그 이름에 적
실하다고 단언하기는 어렵다. 과연 미주 시문학사상 명멸한 수많은 시적 사
건들을 온전하게 수렴하고 있는지 걱정이다. 문학사 기술이라는 것이 원래
선택과 집중의 원리에 의한 것이긴 해도, 그것이 과연 충분히 정당하고 공정
한 것인가 하는 의문에서 완전히 자유로울 수는 없다. 하여 그 의문을 최소화
하기 위해서는 선택과 집중의 기준이 중요할 터인데, 이 책에서 가장 중요하
게 생각한 것은 시문학이 갖는 시대적·역사적 의미와 문예 미학적 완성도
였다. 이 책을 집필하는 과정에서 이들 두 가지 기준을 균형감 있게 적용하려
고 노력했다. 미주시는 국내나 다른 지역의 시문학이 갖지 못한 특이성을 간
직하고 있는데, 미주의 한인들이 그곳의 지리적·문화적 환경 속에서 경험
한 다양한 생각과 느낌을 수용하고 있기 때문이다. 그것은 국내의 시문학이
나 국외의 다른 지역 시문학에서 찾아보기 어려운 형식상·내용상의 특수성
을 구성한다. 이 책은 그러한 특수성에 초점을 두고 기술했다.

　모두 여섯 개의 장과 두 개의 보론으로 구성된 이 책은, 각각의 장이 독립
성을 띠고 있으면서 책 전체의 구성에 참여하고 있다. 전체적인 논리와 일관
성을 위해 새로운 글들을 중심으로 하면서 이미 발표한 글들도 일부 포함했
다. 부분적으로는 기존의 글을 일부 발췌하여 재편성한 곳도 있다. 하여 이

책의 각 장이나 각 절의 내용은 독립적으로 읽어도 좋고 함께 읽어도 무방하다. 독자 여러분들이 관심에 따라서 자유롭게 읽으면 된다는 말이다. 이 책에서 주목할 만한 내용이 있다면 미주 시인들의 덕분이고, 아쉬운 내용이 있다면 그것은 전적으로 필자의 탓이다. 특히 이 책의 부제에 드러나듯이 1999년 이전의 작품들만을 대상으로 한 것은 아쉬운 점이다. 당대(當代)문학을 어디까지 수용해야 하는지 고민이 있었고, 주어진 집필 기간도 길지 않아서 어쩔 수 없는 일이었음을 밝혀둔다. 이를 조금이나마 상쇄하기 위해 보론에 실린 두 편의 글은 2000년 이후에 발표된 비교적 최근의 작품들을 다루었다.

이 책이 1999년 이전에 전개된 미주 한인시의 유의미한 사건들을 빠짐없이 모두 기록했다고 말할 수는 없다. 우선 시급하다고 생각한 주제를 중심으로 일차적인 정리 작업을 했다고 보면 좋을 것이다. 당연히 미처 다루지 못한 시인이나 작품이 적지 않다. 이를 보완하기 위해서는 앞으로 개별 시인들이나 작품에 관한 정치한 연구가 더 활발하게 진행되어야 할 것이다. 또한, 2000년 이후의 미주 한인 시문학사에 대한 체계적인 정리 작업도 멀지 않은 시기에 반드시 이루어져야 한다는 점을 강조해두고 싶다. 2000년 이후의 시적 성과는 그 양적·질적인 면에서 그 이전의 성과에 못지않기에, 온전한 『미주 한인 시문학사』를 완성하기 위해서는 필수적인 연구 대상이기 때문이다.

이 책은 2012년에 필자가 미국 UCLA(University of California at Los Angeles)의 한국학센터에 방문교수로 있던 시기에 계획되었다. 당시 나는 UCLA에서 주관하는 정기적인 세미나에 참석하는 시간 외에는 한인 시인들과 자주 어울렸다. 나의 숙소는 UCLA 바로 앞에 있는 작은 아파트였지만, 주된 활동 무대는 L.A. 시내에 자리를 잡은 한인 타운이었다. 그곳에서 미주 시인 협회 회원들과 수시로 만나 시 세미나와 합평회를 열었고, 해변문학제, 미주 시인협회 세미나, 미주 수필문학회 세미나 등에 여러 차례 초청을 받아 강연하기도 했다. 미주 시인들은 국내의 시단 소식이나 창작 경향에 대해 관심이 많았다. 그들과의 시 세미나는 언제나 편안한 분위기 속에서 즐겁고도 진지하게 진행이 되었다. 세미나가 끝나면 함께 캘리포니아 일대를 여행하면서 소중한 추억을 만들기도 했다. 이러한 경험들은 미주 시인들의 시를 이해하는 데 더없이 소중한 정서적 밑천으로 작용했다. 특히 데스밸리(Death bally)의 밤하늘에 반짝이는 별들을 바라보면서 죽음 속에서 생명을, 절망 속에서 희망을 깨달았던 역설의 기억은 아직도 필자의 마음 한구석에 빛나고 있다.

이 책이 나오기까지 많은 분의 도움이 있었다. 필자가 미국에 머물 때 미주 시인협회 회장이셨던 문금숙 시인께서는 각종 강연회와 세미나에 초청해주셨다. '작가의 집—아트홀' 대표 김문희 시인께서도 해변문학제를 비롯한 각종 행사에 초대해주셨을 뿐만 아니라, 소장하고 계신 귀중한 자료들을 자유롭게 열람할 수 있게 해주셨다. 장소현 시인과 조윤호 시인께서는 유용한 자료를 보내주면서 여러 가지 조언도 아끼지 않으셨다. 또한, 재미 시인협회 회장 안경라 시인, 부이사장 고광이 시인께서도 물심양면으로 많은 도움을 주셨다. 미주 한국문인협회의 전 회장 김동찬 시인, 현 회장 정국희 시인의 따뜻한 관심과 협조도 있었다. 그리고, USC(University of Southern California)의 한국학도서관 조이 김 관장님과 한인 역사박물관 민병용 관장께서도 자료 수집에 적지 않은 도움을 주셨다. 나의 사랑하는 가족들과 제자들도 많은 응원을 해주었다. 이 자리를 빌려 도움을 주신 모든 분께 감사의 말씀을 드린다.

2020년 가을에
이형권

제3장 디아스포라 시문학의 정착기

제4장 디아스포라 시문학의 발전기

제5장 디아스포라 시문학의 확장기

제6장 미주 한인 시문학사의 의의와 미래

제1장

미주 한인 시문학사의 목적과 방법

1. 미주 한인 시문학사의 목적과 정체성

1) 기술의 목적

미주 한인 시문학사[1]는 미주(미국, 캐나다 등의 북미주와 브라질, 아르헨티나 등의 남미주)에서 한인들이 이룩한 시문학의 역사 전반을 뜻한다. 다른 연구자들은 '미주 한글 시문학사'나 '미주지역 시문학사'라는 명칭도 사용하고 있지만, 전자는 특정한 언어에 한정함으로써 이중언어의 문제를 포괄할 수 없고, 후자는 주체를 제시하지 않고 미주라는 지역만을 특정함으로써 부자연스럽다. 다만 후자는 미주 시문학사가 한국 문학사의 일부라는 점과 미주 문학이 그 규모와 정체성에서 한국의 지역 문학 개념과 유사하다는 점에서 긍정적인 측면이 없지 않다. 이러한 점들을 고려할 때 '미주 한인 시문학사'가 가장 적합하다고 판단된다. 이때 '한인'은 미주지역 국가의 국적 취득 여부보다는 한민족이라는 혈연적, 문화적, 정서적 공동체를 중시하는 개념이다.

미주 한인 시문학사 기술의 목적은 무엇인가? 이 질문은 미주 한인 시문학사의 목적뿐만 아니라 정체성과 관련된 것이다. 그것은 첫째, 한국 시문학사의 외연을 국외 시문학까지 확장하기 위한 것이다. 한국 시문학사는 시대 적합성을 담보해야 할 역사적 변화의 산물이므로, 국제화 시대를 맞이하여 한국 문학사의 범주와 의의를 재정립해야 할 필요성이 대두된다. 사실 최근 20

---

1   이 용어를 그대로 쓰는 것을 원칙으로 하겠지만, 간혹 '미주 한인시'는 '미주시'로, '미주 한인 시문학사'는 '미주 시문학사' 혹은 '미주 시사'로 약칭할 것이다.

여 년 동안 새로운 한국 시문학사 기술이 이루어지지 못하고 있다. 이러한 현실은 변화된 시대성과 역사성을 반영한 새로운 한국 시문학사의 기술이 시급히 필요하다는 점을 말해준다. 주지하듯 우리 시대의 가장 큰 시대적 특성 가운데 하나는 글로벌리즘(globalism) 혹은 코스모폴리타니즘(cosmopolitanism) 일 터, 미주 시문학사에 대한 정리 작업은 그러한 시대 흐름에 부합하는 한국 시문학사 기술을 위한 기초 작업으로서 긴요한 일이다.

둘째, 지역 문학사로서의 미주 시문학사를 정립하기 위한 것이다. 최근 들어서 부산 · 경남, 광주 · 전남, 대구 · 경북, 대전 · 충남 등을 단위로 하는 지역 문학사 기술이 활발하게 이루어지고 있다. 지역 문학사의 기술은 소수자 문학을 포괄하는 한국 문학사의 확장성을 위해 필요한 작업이다. 지역 문학은 이른바 중앙문학에 예속된 존재가 아니라 그 자체로 독립성을 지닌 문학사의 단위라는 것이 이즈음 문학사 연구의 추세이다. 더구나 오늘날은 세계화라는 외향적 가치와 지방화라는 내재적 가치가 조화를 이루는 글로컬리즘(glocalism)의 시대이다. 괴테의 명언대로 '가장 지역적인 것이 가장 세계적인 것'이라고 할 수 있을 터, 미주지역 시문학사를 지역문학의 연구영역으로 편입시키는 일은 한국문학사 연구를 풍요롭게 하는 데 많은 이바지할 것이다.

셋째, 디아스포라 문학으로서의 미주 시문학사를 정리, 평가하기 위한 것이다. 한국의 역사 혹은 한국 시문학사에서 디아스포라는 아주 중요한 주제의식 가운데 하나이다. 역사적 시련이 유난히 많았던 한인의 역사에서 이산과 유랑의 역사는 길고 험했기 때문에 디아스포라는 시문학 작품에도 자연스럽게 배태해왔다. 엇나간 초기 근대화의 과정에서 한인들은 국권의 침탈과 혹독한 가난을 벗어나기 위해 만주와 미주지역으로 이주를 할 수밖에 없었다. 이후 미주지역에는 자발적 이민이 이루어지기도 했지만, 어느 경우이든 미주지역 한인들은 특히 국내에서 멀리 떨어져 있는 지역에 거주했기 때문에 문화적 이질감도 심하게 느끼면서 디아스포라 의식이 더 강해질 수밖에 없었다. 더구나 디아스포라는 근대 문명과 결부된 민족주의 이후 인간의 보편적인 삶의 문제로 대두되었기에 미주 시문학뿐만 아니라 오늘날 시문학 일반에서도 중요한 요소라고 할 수 있다.

넷째, 소수자 문학 혹은 탈식민주의 문학으로서의 미주 시문학사를 기술하기 위한 것이다. 질 들뢰즈(G.Deleuze)가 언급했듯이 소수자 문학은 로컬리즘 (localism)에 토대를 둔 집단적, 정치적 특성을 가진 대항적, 대안적인 문학이다. 한국 시문학은 서구 중심, 중국 중심의 세계문학사에서 그 자체로 소수자 문학으로서의 특성을 간직한다. 미주 시문학은 태생적으로 한국 시문학사에서뿐만 아니라 미국 시문학사의 범주에서도 소수자 문학일 수밖에 없는 운명을 지닌다. 따라서 미주 시문학은 이중적인 소수자 문학 혹은 '타자의 타자' 문학일 수밖에 없다. 이런 이유로 미주 시문학사 연구는 한국문학이 주변 문학사로서 갖는 한계를 극복하고 생산적이고 대항적인 소수자 문학으로 나아가는 데 일조할 것이다. 실제로 미주지역 한인시는 국내의 정치적, 사회적 상황에 대한 비판 정신이나 미국의 주류 문화에 대한 저항 정신을 빈도 높게 드러내고 있다.

2) 정체성 문제

미주 한인 시문학사는 한국 현대 시문학사의 일부이기 때문에 본격적인 기술을 위해서는 그 정체성 혹은 개념과 관련된 몇 가지 문제를 미리 검토할 필요가 있다.

(1) 근대시, 현대시의 명칭과 기점

한국의 시사를 논의할 때에 가장 혼란스러운 것 가운데 하나가 '근대시'와 '현대시'의 명칭이다. 같은 시기의 시나 시인을 두고도 논자에 따라 어떤 사람은 근대시라고 하고 어떤 사람은 현대시라고 부른다. 물론 근대니 현대니

하는 역사적 단위는 역사학계의 견해를 그대로 따를 수도 있고, 시적인 흐름이 일반 역사와 구분된다는 확신이 있다면, 시사 차원에서 독자적으로 구획할 수도 있을 것이다. 문제는 아직도 문학사가나 시 연구자들이 온전한 합의를 이루지 못하고 있다는 점이다. 시중에 나와 있는 문학사류를 보면 근대문학사라는 이름으로 1980년대의 문학까지를 포괄하는가 하면, 다른 한편에선 현대문학사라는 이름으로 1890년대의 문학까지 거슬러 올라가는 경우가 있다. 이러한 현실은 한국 현대 시사 연구가 아직 충분히 성숙하지 못했다는 사실을 말해준다. 물론 문학 용어의 개념이나 범주 설정은 문학사관과도 얽혀 있는 복잡한 문제지만, 적어도 교육 현장에서라도 통용될 수 있는 통일된 용어가 요청되고 있다.

성급한 감은 있지만, 필자는 19세기 후반 이후의 시는 공식적으로는 현대시라는 명칭을 사용하는 것이 바람직하다고 생각한다. 다만 현대시의 개념을 광의와 협의로 나누어 근대시는 광의의 현대시에 포괄되는 것으로 보는 것이 합리적일 듯하다. 현대시의 광의적 개념을 설정해놓으면, 20세기 후반 이후의 탈현대적인 시들을 규정하는 데도 범주적 유연성을 확보할 수 있을 것이다. 사실 우리나라에서 근대라는 역사적 단위의 설정은 서구와 다르기에 근대시의 범주 역시 반드시 설정해야 하는 것은 아니다. 우리의 역사 단위는 서구에서 근대(early modern)를 르네상스 이후 19세기 말까지로 보고, 현대(late modern)를 20세기 초에서 20세기 후반(혹은 중반)까지 보는 시각과 일치하기 어렵기 때문이다. 따라서 한국의 실정을 염두에 두면 한국 현대시사의 시간적 범주는 19세기 후반부터 21세기 초반까지 150년 정도를 설정하는 것이 가능하다. 이 정도의 기간이라면 사적인 정리를 하는 데 충분한 시간 단위이므로 이제 현대 시문학사의 기술이 더욱 활성화되어야 한다.

명칭의 문제는 곧 기점의 문제와 밀접한 관련을 맺는다. 지금까지 근대시나 현대시의 '기점'은 특정한 하나의 작품을 효시로 하여 그 이후의 모든 작품을 범주화해왔다. 그러나 이러한 설정보다는 일정한 기간을 '형성과정'으로 보고 그 기간 내에 발표된 작품들 가운데 근대적, 현대적 자질을 갖춘 것들을 포함했으면 한다. 그래서 시사의 기술에서 순간적 시간성을 함의하는 '기점'이라는 용어보다는 일정한 시간 단위의 성격을 지닌 '형성 기간'이라는 용어를 쓰는 것이 바람직하다고 생각한다. 이런 맥락에서 근대시는 19세기 후반(1860년 병인양요~1894년 동학혁명과 갑오개혁)을 형성 기간으로 보고, 이후 20세기 초반 자유시가 본격적으로 전개되기 전까지 약 50년 동안에 창작된 시로 한정했으면 한다. 그리고 근대적 자질이란 일종의 과도기적인 자질이라고 보는 것이 옳을 듯하다. 즉 근대시는 전근대적인 자질과 현대적인 자질을 함께 간직하고 있는 과도적인 것으로 규정하자는 것이다. 이를테면 개화가사나 창가, 신체시 등은 대부분 전근대적 자질로서의 정형성이나 교조적 예술관을 보이면서도 현대적 자질로서의 자유율이나 자율적 예술성을 일정 부분 확보하고 있다.

근대시의 기점과 관련하여 김윤식과 김현은 『한국문학사』에서 조선의 18세기 영·정조 시대까지 끌어올려야 한다고 주장하지만, 그것은 당시 사회의 근대적인 성격이라는 것이 엄밀히 따져 보면 일종의 징후 차원에서 나타났을 뿐이라는 점에서 문제가 있다. 그 근거로 주장하는 서민의식의 대두를 근대적 시민의식이라고 본다든가, 일부 상인 계층의 등장을 근대적 자본주의의 전개라고 보기에는 무리가 따른다. 그렇다고 하여 이러한 사회적 분위기와 다르게 시적인 차원에서만 주목할 만한 근대화가 일어난 것도 아니다. 사설시조나 장편 가사가 기존의 봉건적 양식에서 약간 자유로워지기는 했으나, 그것은 어디까지나 장르 변화의 부분적인 사례이지 전 시대의 것과 확연히 구분될 정도의 새로운 양식도 아니다. 따라서 사회사적, 시사적 차원을 모두 염두에 두더라도 근대시의 18세기 기점론은 설득력이 부족하다고 볼 수밖에 없다. 물론 한국의 시사에 대한 애정이 깊은 사람들은 누구나 근대시의 기점을 더 이전의 시기로 올려 잡고 싶은 욕심이 없을 수 없다. 그러나 역사의 기술은 어디까지나 실증적인 차원이 뒷받침되지 않으면 사상누각에 불과

한 것이다. 역사학계에서도 한때 주목받던 18세기 근대화론이 요즈음 들어서 시들해졌다는 점도 고려해야 할 듯하다.

또한, 현대시는 1920년을 전후한 시기에 등장한 자유시에서부터 기점을 설정할 수 있다. 최초의 자유시는 그동안 1919년 『창조』 창간호에 실린 주요한의 「불놀이」라는 견해가 정설처럼 굳어졌다. 물론 일부 논자들은 자유시의 등장이 「불놀이」 이전의 시기까지 소급할 수 있다는 논의를 전개하기도 했다. 그러나 그 형식 차원의 자유율이나 그 내용 차원의 개인적 내면 정서라는 자유시 혹은 현대시의 조건을 충실히 완성한 것은 「불놀이」라고 보는 게 설득력이 있다. 그리고 그 이후 한국의 현대시는 자유율을 기본 조건으로 하면서 김소월의 『진달래꽃』(1925)에 드러나는 서정적 현대성, 한용운의 『님의 침묵』(1926)에 나타나는 정신적 현대성, 정지용의 초기시(1926년, 「까페 프란스」 등)에 나타나는 모더니즘적 현대성, 임화의 초기시(1927, 「담(曇)-1927」 등)에 나타나는 이념적 현대성, 북한 문학사에서 주장하는 반외세 항일 정신의 현대성(1926년 김일성의 '타도 제국주의동맹' 결성) 등으로 확장되어 나아갔다.

미주 한인 시문학사의 근대시, 현대시 문제도 한국 현대시 문학사의 맥락 안에서 생각해야 한다. 물론 둘의 전개 과정이나 시기, 단위 등에 완전히 일치하지는 않지만, 둘을 분리해서 기술해야 할 정도의 차이점이 도드라지는 것은 아니기 때문이다. 실제 미주 한인 시문학사는 20세기 초반(1905)에 시작되었고, 10년 단위의 시기 구획이 어렵고(특히 일제 강점기), 근대시의 시기가 뒤로 더 연장(광복 전후의 시기)되었다는 점에서 한국 현대시 문학사와는 다르다. 그러나 이러한 차이점은 한국 현대 시문학사라는 큰 틀에서 다소 예외적인 것으로서 전면적인 다름을 보여준 것은 아니다. 따라서 미주 한인 시문학사에서도 근대시는 부분적인 자유율에 애국 계몽의 시대정신에 충실한 창가나 신체시와 같은 과도기적인 형태의 시를, 자유시는 온전한 자유율에 의지하여 개인적 내면 서정을 자유롭게 노래한 형태의 시를 의미하는 것이다. 시기적으로 전자는 첫 작품인 「이민선 타전 전날」이 발표된 1905년부터, 후자는 최용선의 「어린 누의 자유 위해」 등 자유시형이 자주 등장하는 1919년 이후에 전개되었다고 할 수 있다.

(2) 이식문학사의 극복 문제

한국 근대 시사 혹은 한국 현대 시사에 관한 기술을 본격적으로 실천한 선구적 인물은 임화(林和)이다. 그가 『개설 신문학사』(1939)에서 이식문학론과 문학사의 물적 토대를 강조한 것은 잘 알려져 있다. 그는 서구의 수백 년이 한국에선 약 30년으로 단축되었기에 그 내용이 조잡하고 모방적인 이식문학사를 형성했으며, 그것의 직접적 배경은 근대사회의 하부구조인 정치 · 경제적 여건이라고 주장했다. 그의 주장은 당시 매우 선구적이고 혁신적이지만 일정한 한계를 가지고 있다. 그는 한국 근대문학의 자생력을 지나치게 부정했을 뿐 아니라 당시 사회를 유물론적 관점에서 도식적으로 파악했다. 사실 우리의 근대화 과정은 일제 식민치하라는 특수한 환경 속에서 이루어졌지만, 전통과의 연속성을 나름대로 유지하면서 반봉건 투쟁과 항일 저항을 동시에 진행하면서 전개해 나갔다. 당시 한국 사회는 정치적 근대로서의 민주주의 사회 건설을 지향하면서 경제적 근대로서의 자본주의에 대해서는 수용과 저항을 동시에 추구하는 이중 삼중의 과제를 짊어지고 있었다. 그런데 이식문학론은 그렇게 복잡한 우리나라의 사정을 충실히 반영하는 데 성공하지 못했다.

임화의 이식문학론은 적잖은 문제점을 내포하고 있음에도 불구하고, 그것이 제출되었던 1930년대 후반까지 한정하여 본다면 상당한 설득력을 발휘한다. 당시까지만 해도 서구의 문학 양식이 우리 시에 많은 영향을 끼치고 있었지만, 아직 그것을 나름대로 변용하기 위한 시간적 여유가 없었기 때문이다. 그러나 광복 이후 오늘날까지 펼쳐진 역사의 과정에서 우리 시는 서구적인 것들을 충분히 소화하여 우리 나름의 현대화된 정체성을 구축해왔다. 시간적으로도 100년을 훨씬 상회하는 기간이 경과했기 때문에 설사 이식의 과정이 일시적으로 있었을지라도, 우리 시는 궁극적으로 고유의 토양에 맞게 뿌리 내리고 열매 맺는 착근실과(着根實果)의 상태를 지향해왔다. 김윤식과 김현이 『한국문학사』(1973)에서 이식문학론의 극복을 문학사 기술의 전제로 제시하고, 문학사의 배경으로 물적 토대보다는 형이상학적 정신사를 중시한 것은 이러한 맥락에서 공감이 가는 일이었다. 물론 그들의 주장은 그에 상응하는 실증적인 사례들을 충분히 제시하지는 못하여 다분히 선언적인 주장에 그친 감이 없지는 않다. 하지만, 그들의 주장은 이식문학론에 대한 적극적인 비판 정신으로 우리 현대문학사의 새로운 관점을 제시해주었다.

그러나, 오늘날까지도 김윤식과 김현의 주장을 충실히 보완하는 현대문학사 기술은 아직 이루어지지 않고 있다. 비평가들이나 연구자들은 대개 개별 시인이나 작품에 대한 관심이 많지만, 우리 시의 총괄적이고 역사적인 맥락을 짚어내는 일에는 별반 큰 관심을 보이지 않고 있다. 이런 현상은 오늘날 연구나 비평이 단기적이고 현장의 성과만을 요구하는 학문 정책의 요구와 그에 부화뇌동하는 문학 지식인들의 성향이 만들어 낸 문제가 아닐 수 없다. 이제 이식문학론을 발전적으로 극복할 만한 주체적인 한국 현대 시문학사의 기술이 활발히 이루어져야 한다. 나아가 한국 현대 시문학사의 일부인 미주 한인 시문학사도 미국의 소수 문학 차원이 아니라 한국 시문학사의 일부라는 관점에서 본격적으로 기술되어야 한다. 미주 한인시를 미국의 소수 문학으로 보는 것은, 민족 문학의 주체성을 부정한다는 점에서 이식문학론의 관점을 극복하지 못했다는 말과 다르지 않다. 따라서 미주 한인 시문학사는 한국문학사의 확장성과 주체성을 제고하는 차원에서 기술되어야 한다.

(3) 장르사로서의 시문학사 문제

한국 현대 시문학사의 기술과 관련하여 아쉬운 점 가운데 하나는 장르사가 미진하다는 것이다. 오늘날까지 기술된 문학사들은 대부분이 종합적인 문학사의 성격을 띠고 있으며, 시에 대한 비중은 그 실체에 비해 상대적으로 빈약하게 다루고 있다. 시 장르는 다른 문학 장르와 비교할 때 전문성과 독립성이 강할 뿐만 아니라 그 외연도 넓은 편이어서 다른 장르와 연계하지 않고도 독립적인 장르사 기술이 충분히 가능하다. 오늘날 비록 소설 문학이나 희곡, 시나리오와 비교해보면 사회적 소통이나 연구자들의 분포가 위축되고는 있으나, 여전히 그 창작자들의 숫자나 유통의 규모는 다른 장르에 비해 월등히 앞서고 있는 게 현실이다. 현재 우리나라에서는 수백 종의 시 전문지가 발간되고, 연간 1,000여 종에 달하는 시집이 출간될 정도로 시 장르는 발전에 발전을 거듭해왔다. 정식으로 등단한 시인의 숫자도 기하급수적으로 증가해왔으며, 아직도 시 작품이 활발하게 유통되는 시 선진국이다. 따라서 현대 시사는 오늘날 다양한 각도에서 사적인 정리가 가능하고 또 필요한 상황이라고 하지 않을 수 없다.

한국 현대 시문학사를 장르사의 차원에서 규모 있고 일관성 있게 연구한 것은 김용직의 『한국근대시사』(1983)와 『한국현대시사 1, 2』(1993)이다. 이 저작들은 기본적으로 연대기적 방법과 실증적인 태도를 근간으로 삼으면서 학술적 신뢰를 얻었다. 특히 전자는 한국 현대 시사의 기술에서 본격적인 장르사의 출현을 알리는 시문학사적 사건의 역할을 했다. 이들은 주요 작가와 작품을 소개하는 데 그치는 개설서 차원의 시문학사를 지양했다는 점, 역사주의(외재적 환경)와 형식주의(내재적 가치)를 종합적으로 고려했다는 점, 방대한 실증적 자료의 활용하여 개별 시인에 대한 심도 있는 논의를 했다는 점 등에서 의의를 찾을 수 있다. 또한, 일제 말기 저항문학과 대비되는 친일문학 항목을 설정하여 역사적 균형 감각을 유지하려고 한 점도 의미가 크다. 그러나 문학적 환경인 시대적 배경에 얽매임으로써 시의 인문학적, 예술 미학적 가치에 대한 해명은 부족했다는 점, 기존의 연구 결과를 정리하는 데 치중하여 시인이나 작품에 대한 새로운 가치평가에는 소홀했다는 점에서 다소 아쉬움이 있다.

2. 미주 한인 시문학사의 방법과 범위

1) 기술 방법과 단위, 시기 구분

시문학사의 기술 방법에는 진화론적 방법, 발전사관적 방법, 연대기적 방법, 백과사전적 방법들이 있다. 첫째, 진화론적 방법은 생물학적 방법이라고도 하는데, 그것은 진화론적 생물학에서 생물종이 그러하듯이 문학의 장르도 원시적인 것에서 고등한 것으로 진화해 나간다는 전제를 둔다. 예를 들면 이병기 · 백철의『국문학전사』(1957)는 그러한 방법론을 적용한 사례이다. 둘째, 발전사관적 방법은 인류학적, 역사적 방법이라고도 한다. 인간의 역사가 그러하듯이 문학 역시 반드시 거쳐야 하는 발전 단계에 따라 진행한다는 전제를 중요시한다. 이러한 방법론을 활용한 대표적인 것으로는 조윤제의『한국문학사』(1963)가 있다. 셋째, 연대기적 방법은 역사적 단위(왕조, 정권, 10년 단위 등)를 기초로 하여 시대별 작가와 작품, 장르의 변모 과정을 나열하는 것이다. 김윤식 등이 공동으로 저술한『현대문학사』(1989)가 이러한 방법론을 취택하고 있다. 넷째, 백과사전적 전시 방법은 작가와 작품은 물론 그들의 삶과 사회사적 발전과정을 망라하여 종합적으로 정리하는 것이다. 이러한 방법은 일종의 인류사적이고 문화사적인 관점을 중시하는데 가령 조동일의 『한국문학통사』(1982)가 하나의 사례에 속한다. 그러나 문학사의 실제 기술과정에서 이러한 방법론이 배타적으로 적용된 것은 아니다. 특정한 하나의 방법론을 중심으로 활용하되 다양한 방법론을 병행했다고 할 수 있다.

　이들 가운데 그동안 한국 현대 시문학사의 기술은 대부분 연대기적 방법에 의존하고 왔다고 해도 과언이 아니다. 한국 현대 시사에서는 일반적으로 10년이나 20년 단위가 빈도 높게 활용되고 있다. 시사의 단위를 20년 간격으로 구분하는 경우에는 보통 1)1900~1919년, 2)1920~1945년, 3)1945~1959년, 4)1960~1979년, 5)1980~1999년 등을 시간 단위로 설정한다. 이러한 구분법에서 2)와 3)은 역사적 사건(일제 말기의 한글 폐지, 일제로부터의 광복)을 기준으로 하기에 다른 단위에 비해 기간의 균등성이 확보되지 않는다. 예를 들면 권영민의『한국현대문학사』(1993)에서 이 방법을 활용하고 있는데, 이는 10년 단위의 시기 구분보다는 융통성 있는 시사의 기술이 가능하다는 장점이 있다. 그러나 한국 현대사의 흐름으로 볼 때 20년 단위의 시사 단위는 그 경계가 모호한 측면이 있다. 특히 1950년대 초의 6 · 25전쟁과 1970년대 초반의 유신 시대, 1990년 초반의 문민정부 수립 등과 같은 역사적 사실에 대한 시적 응전의 과정을 적실하게 담아내지 못하고 있다.

　연대기적 방법 가운데 한국 현대 시사의 기술에서 가장 빈도 높게 활용되는 것은 10년 단위의 구분법이다. 기존의 문학사나 시사 가운데 19세기 후반부터 광복 이후 혹은 1990년대까지 10년 단위로 기술한 것이 가장 많다. 이 경우에도 1940년대는 1945년을 기점으로 그 이전은 1930년대에 귀속시키고, 그 이후의 5년은 해방 문학이라고 하여 독립된 단위로 설정하는 것이 일반적이다. 이러한 방식은 아마도 조연현의『현대문학사』(1956)에서 비롯된 듯하다. 이 저서는 현대문학에 대한 실증적인 자료를 동원하여 체계적으로 정리하여 선구적이라는 평가를 받고 있으나, 동인지나 인물 위주의 문단사에 치중했다는 점, 정신적이고 사회사적 여건을 무시했다는 점, 단순화의 오류(2인 문단 시대 등)를 범하고 있다는 점, 카프문학과 친일문학에 대한 편견을 보여주고 있다는 점 등에서 한계를 보여준다. 이후 김윤식을 비롯한 20여 명이 공저한『현대문학사』(1989)에서도 1900년대부터 1990년대까지(1940년대를 제외하고는) 정확히 10년 단위로 분절하고 있다. 이 저서의 장점은 시기별로 시사, 소설사, 희곡사, 비평사 등으로 구분하여 세부 전공자들이 기술하고 있어서 전문적인 장르사 성격을 띤다는 점이다.

그런데, 연대기적 방법은 간편하고 명료하다는 장점은 있지만, 기계적인 구획으로 인해 시적 사실들을 실질적으로 반영하는 데는 무리가 따른다. 가령 1910년대를 계몽주의 문학의 시대라고 구분할 때, 구획의 출발점인 1910년에는 눈에 띌 만한 시사적인 사건이 없었다. 1908년에는 최초의 신체시인 「해에게서 소년에게」가 발표되었고, 1919년에는 온전한 자유시 형식을 갖춘 최초의 작품으로 평가받는 「불놀이」가 등장하였다. 두 시문학사적인 사건만 보더라도 1910년대라는 설정은 실질적인 시사의 흐름과 적실하게 상응하지 못한다는 점을 알 수 있다. 또한, 1920년대라는 설정도 마찬가지이다. 이 시기의 특이점을 흔히 서구문예사조의 도입이라고 잡고 있지만, 1918년에 창간되어 서구의 문예 작품들을 적극적으로 소개한 『태서문예신보』가 1918년에 창간되었다든가, 우리나라에 사실주의를 소개한 『창조』가 1919년에 창간되었다고 하는 사실에 비추어 볼 때 1920년대라는 문학사적 설정은 정확성이 떨어진다. 그리하여 10년, 20년 단위의 기계적인 시기 구분을 단순하게 활용하는 방식은 바람직하지 않다.

그런데, 현대 시문학사의 기술에서 연대기적 방법에 치중할 경우 시와 시인에 대해 일목요연하게 정리하는 데는 편리하지만, 그것의 가치를 적극적으로 재발견 혹은 재평가하는 데에는 불리한 측면이 있을 수밖에 없다. 물론 시사의 기술은 기본적으로 사적인 성격을 띠기 때문에 연대기적 방법을 완전히 벗어날 수는 없을지라도 그것의 허점을 보완할 수 있는 보완적 장치가 필요하다. 그 장치는 테마나 관점을 특성화하는 것이다. 예컨대 김춘수의 『한국현대시 형태론』(1959)은 현대시의 형태라는 일관된 지표를 통해 한국 현대 시사를 정리하고자 했다는 점에서 개성이 돋보이는 저술이다. 시문학사를 전체를 아우르는 체계성의 측면에서는 많이 부족하지만, 형태라는 일정한 기준점으로 한국 현대 시사를 정리한 선구적 사례이다. 또한, 최동호의『현대시의 정신사』(1985), 이동순의『민족시의 정신사』(1993), 김재용 등의『한국 근대 민족문학사』(1993), 맹문재의『한국 민중시 문학사』(2001) 등은 '정신'이나 '민족', '민중' 등의 키워드를 통해 일관성 있게 시사를 기술했다는 점에서 주목할 만하다. 특히 김재용 등의『한국 근대 민족문학사』는 그동안 과대평가되거나 과소평가되었던 시인들에 대한 재평가 작업을 적극적으로 수행했다는 점에서 현대 시문학사 기술의 새로운 모습을 보여주었다.

연대기적 방법을 보완할 수 있는 또 하나의 방식은 기술단위에 따른 언어 미학적 특성이나 주제의 특성을 부각하는 것이다. 이를테면 한국 현대 시사를 주제별로 구분하고자 할 때 연대기를 앞세우지 말고 주제를 앞세워 보는 것도 생각해 봄 직하다. 즉 하나의 현대 시사에 생태시의 역사, 낭만시의 역사, 노동시의 역사, 도시시의 역사, 민주시의 역사, 분단시의 역사, 사랑시의 역사, 실험시의 역사, 계몽시의 역사, 여성시의 역사, 영상시의 역사, 이별시의 역사 등 세부적인 주제사를 설정하는 것이다. 그리고 세부적인 주제사가 전경화된 연대기를 다시 정리하여 큰 틀의 시문학사를 완성하는 것이다. 가령 '민주시의 역사' 항목을 설정하면 자연스럽게 1960년대부터 1980년대의 시들이 중심을 이루게 될 것이다. 작품으로 신동엽의「금강」, 고은의「화살」, 박두진의「우리들의 깃발을 내린 것은 아니다」, 김수영의「푸른 하늘을」, 김지하의「오적」, 양성우의「겨울 공화국」, 곽재구의「사평역에서」, 하종오의「사월에서 오월로」, 황지우의「의혹을 향하여」 등을 예시할 수 있다. 이들을 통해 이 시기의 시사가 민주화를 향한 열망이나 혁명의 정신으로 집중되었다는 사실을 밝힐 수 있다. 여기에 언어 미학적 특성이나 시 양식 혹은 시 형태의 변화 양상까지도 고려한다면 더욱 입체적인 시사의 기술이 가능해질 것이다.

한국 현대 시문학사 기술과 관련된 이러한 논의를 전제로 미주 한인 시문학사 기술의 특수성을 반영한 구체적인 방법론을 몇 가지 설정한다. 그것은 첫째, 연대기적인 방법과 진화론적인 방법을 병행하고자 한다. 미주 한인 시문학사 기술을 위해 두 가지 방식을 병행할 수 있는 것은 미주 한인시가 초창기 이후 시간이 지날수록 꾸준히 양적 · 질적인 진화를 거듭해왔기 때문이다. 가령 미주 시도 국내 시와 마찬가지로 1900년대 초의 창가나 신체시에서 1990년대의 실험시나 해체시에 이르기까지 일정한 시간 단위별로 형식과 내용상의 진화를 해왔다고 할 수 있다. 다만 미주 시문학사 100여 년의 기간에 진화의 속도가 일정하지 않다는 점을 염두에 두지 않을 수 없다. 그래서 실제 기술의 과정에서는, 앞서 시간적 범위에서 언급했듯이, 1980년대 초를 기준으로 그 이전과 이후가 현저히 다른 수준의 발전과정을 보여준다는 점을 반영하고자 한다. 그리고 그것이 국내 시문학의 진화와 어떠한 관련을 맺는지도 살펴보려고 한다.

둘째, 시작품과 시인의 평가에서 역사주의와 문학사회학, 그리고 형식주의 관점을 함께 활용하고자 한다. 즉, 작품의 선택과 평가에서 미주지역 한인들의 삶과 그 사회를 얼마나 적실하게 표현하고 있는가의 문제가 일차적인 고려의 대상이라면, 그것이 문예 미학의 차원에서 얼마나 완성도를 보여주고 있는지의 문제가 또 다른 고려의 대상이다. 미주 시문학은 역사적인 차원이나 문예사조의 차원에서 국내의 시문학사와 비슷하면서도 다른 양상을 보여준다. 이를테면 개화기 시문학의 애국 계몽이라는 주제는 국내의 시문학과 유사하지만, 일제 강점기나 1980년대의 국내 문학에서 나타났던 강한 정치성이나 실험성은 잘 드러나지 않는다. 또한, 미학적 수월성 차원에서도 국내의 시문학에 비해 다소 뒤지는 게 사실이다. 미주 시문학사의 기술과정에서 이런 점들에 대해 다각적으로 고려할 것이다.

셋째, 형식사의 방법과 주제사의 방법을 병용하고자 한다. 미주 시문학사는 형식과 내용의 변증법을 통해 형성, 발전해왔다. 그리하여 각 장(시기 구분의 단위)의 제1절에는 형식사와 주제사를 아우르는 개관 부분을 설정하고, 제2절부터는 그 시기에 중요하다고 여겨지는 형식이나 주제와 관련된 문학적 사건을 전경화 할 것이다. 시문학사적으로 중요한 사건을 선택하는 문제는 신중히 접근할 필요가 있다. 그것은 한국 현대 시문학사의 차원에서 유의미해야 할 뿐만 아니라 미주 한인 시문학사의 차원에서도 중요한 것이어야 한다. 이때 중요성의 판단 근거는 우선 시기적으로 선구적 역할을 한 작품이나 시인들이 선택되어야 한다. 즉 시기와 내용, 혹은 형식과 주제를 균형감 있게 고려하려는 것이다.

2) 대상과 범위

현대 시문학사의 기술의 대상은 작품 활동이 완결된 시인들의 작품만이 아니라 당대 시(contemporary poetry)까지 포괄하려는 포용적 자세가 필요하다. 현대 시사가 온전해지기 위해서는 과거의 사건(작고 시인)뿐 아니라 현재의 사건(현역 시인)까지도 기술해야 한다. 진정한 시사의 기술이란 실증적 정리만이 아니라 대상에 대한 비판이나 전망까지도 이어져야 하기 때문이다. 또한, 수월성이라는 이름으로 공석인 평가가 완료된 주요 시인들만을 동어반복으로 언급하는 태도를 벗어나야 한다. 기존의 시사들을 보면 대개 같은 시인이나 그의 작품들이 무비판적 고평을 받는다. 시사의 기술방식이나 태도가 다른데도 같은 시인이 고평을 받는 것은 방법적으로 철저하지 못하기 때문이 아닌가 한다. 즉 시사적인 사건을 도출하는 데 있어서 창의적이고 개성적인 평가를 하지 않고 기왕의 평가를 추수하고 승인하는 데 머물러서는 곤란하다고 하겠다.

현대 시문학사 기술에서 북한의 시문학사를 어떻게 할 것인가의 문제가 대두된다. 결론부터 말하면, 한국 시문학사는 남한의 시만을 대상으로 할 것이 아니라 북한의 시까지 아우르는 통일 시문학사를 완성해야 한다. 남북한 시의 이질감은 광복 이래로 급속하게 강화되었는데, 그 이질감보다는 아직 부분적으로나마 남아 있는 동질감을 찾아 나서는 일이 시급하다. 기존의 시문학사에는 북한의 시에 대한 언급이 거의 없으며, 혹여 있더라도 남한의 시와는 별개의 장이나 절 차원에서 큰 비중을 두지 않고 간략히 취급하고 만다. 반드시 북한의 시를 남한의 시와 같은 비중으로 다루어야 하는 것은 아니지만, 적어도 광복 이후에 펼쳐진 북한 시의 실정적 차원에서 그대로 인정하려는 자세가 요구된다. 이제 통일 시문학사는 고루한 관습에서 과감히 벗어나 불온하고 온전한 한국 현대 시사에 도달하기 위한 궁극의 목표가 되어야 한다[2]고 할 수 있다.

한국 시문학사의 경우 10년 단위로 구분하는 것이 일반적이다. 연대기적 방법론에 의한 이러한 방식은 명확하고 편리하다는 장점은 있으나 기계적인 분할로 인해 시문학사의 실체를 드러내는 데는 한계가 있다. 문화나 문학의 시기라는 것이 그렇게 특정한 시간에 의해 명확하게 구분되는 것이 아니기 때문이다. 그러나 한국현대문학사의 경우 10년 단위의 시기 구분이 상당한 수준의 설득력을 담보한다. 그 이유는 문학에 큰 영향을 끼치기 충분한 역사적, 문화적 대사건들이 10년을 주기로 일어났기 때문이다. 가령 1984년 동학혁명과 갑오경장을 현대문학사의 출발로 본다면, 이후 광복 이전까지만 해도 1910년 경술국치, 1919년 3·1운동, 1931년 만주사변, 1941년 태평양 전쟁 등이 10년 단위로 일어났다. 1944년 광복 이후에도 1950년 6·25전쟁, 1960년 4·19혁명, 1972년 유신헌법 제정, 1980년 광주 민주항쟁, 1992년 문민 정부의 등장 등 역사적, 문화적 대변혁이 10년 단위의 초기에 집중되어 있었다. 물론 이와 같은 사회적 변혁이 문학의 창작에 전적이고 직접적인 영향을 끼쳤다고 할 수는 없지만, 그 영향에서 완전히 자유롭지 못한 것이 사실이다. 따라서 한국현대문학사 혹은 한국 현대 시문학사의 시기 구분은 연대기적인 방법을 준용하여 10년 단위로 하되 진화론적 방법이나 백과사전적 방법 등과 같은 것을 부분적으로 활용하는 것이 바람직할 것이다.

---

2   이형권, 「불온하고 온전한 한국 현대 시사를 위한 단상들」, 『현대시』, 2011년 3월호.

미주 시문학사의 기점이나 시기 구분은 큰 줄기에서는 국내 시문학사와 유사하지만, 부분적으로 다르게 설정할 수밖에 없다. 우선 미주 한인 시문학사의 기점은 1905년으로 보는 것이 일반적이다. 이는 19세기 말에서 20세기 초의 시기를 근대문학의 출발점으로 보는 국내의 입장과 연동된다. 물론 미세한 차이가 없는 것은 아니지만 큰 틀에서는 미주 한인 시문학사도 한국 시문학사의 일부라는 점에서 벗어나지는 않는다. 즉 미주 한인 시문학사의 기점은 1905년 발표된 이홍기(李鴻基)의「이민선 타던 전날」로 알려져 있다.[3] 이 작품은 내용이나 형식 차원에서 근대시 혹은 현대시의 조건을 견지하면서 미주 한인들의 이민과 관련된 정서[4]를 충실히 드러내고 있다.

이러한 점을 감안하여 저술 내용은 미주 한인 시문학사 전반을 '디아스포라 시문학의 형성기−정착기−발전기−확장기' 등으로 구성하고자 한다. 디아스포라는 미주 시문학의 공통적이고 핵심적인 특성에 속하는 것일 터, 이민자로서의 미주 시인들 대부분은 디아스포라 의식과 직간접적으로 연계되어 있다. 예컨대 이민 생활의 고달픔을 다루거나 향수의 서정에 빠져들거나 현실에 대한 비판 정신을 드러낼 때도 그 배후에는 디아스포라 의식이 드리워져 있다고 하겠다. 실제로 미주 한인시 가운데 현지 문화와의 동일시를 다루는 작품에서도 디아스포라의 흔적을 완전히 지워내지는 못하고 있음을 확

---

3 『국민회보』 1905. 4. 6. 이홍기는 1879년에 태어나 1905년에 하와이로 이주하여 살다가 1974년에 사망했다.(류선모,「북미 한인동포문학의 성장」, 국사편찬위원회, 『북미주 한인의 역사』(하), 2007, 130쪽 참조)

4 전문을 소개하면 다음과 같다. "가만히 도모하는 행리가 밝은 새벽인데,/이 밤 등불 앞에 만 가지 생각이 새롭다.//조상을 모시는 정은 윤외로 배반하고,/춘규에 부부의 정은 꿈속에 친한 채//조소하는 것은 중인의 일을 피할 수 없고,/슬픈 눈물은 공연히 떠나는 수건을 적시네.//득실은 남아에 마땅히 있는 일이다./돌아올 때는 넉넉히 붕운한 몸을 지으리."(「이민선 타던 전날」 전문, 『하와이 시심 100년』, 하와이 한인문학동인회, 2005) 이 작품은 약간의 넘나듦은 있지만, 4·4조 4음보를 기반으로 하는 창가이다. 이민자로서 고향을 떠나는 슬픔과 성공해서 돌아오리라는 의지가 잘 드러나 있다.

인할 수 있다. 물론 디아스포라라는 용어가 미주 시문학사의 모든 것을 대변한다고 보기는 어렵지만, 미주 시문학사 전반을 이어주는 열쇠어 역할을 충분히 하고 있다고 판단된다. 그래서 3장, 4장, 5장에 디아스포라라는 공통의 수식어를 사용하고자 한다.

먼저 '1장 미주 시문학사의 정체성과 방법론'에서는 문학사의 대상으로서의 미주 시문학의 정체성을 탐구해보고자 한다. 미주 시문학은 미주라는 특정한 지역 공동체 내지는 의식 공동체를 기반으로 하는 한국 현대시의 일부라는 점을 전제로, 그 특수성과 보편성의 문제를 면밀하게 검토해보고자 한다. 이중언어의 문제도 주요 검토 대상이다. 또한, 시문학사 기술의 구체적인 방법론을 밝히고 시기 구분에 관한 논의도 진행할 것이다. 특히 현대시의 기점에 관해서는 남북한을 포함하는 국내의 사례들과 비교하여 논의해보려고 한다. 이러한 논의에서 한국 문학사의 방법론이나 시기 구분과 연계하여 그 연속성을 확보하고자 노력할 것이다.

2장 '미주 한인시 문학장의 형성기'(1905~1945)에서는 미주지역에서 한인 시문학의 장이 형성되던 초장기의 모습을 살펴보고자 한다. 이 시기의 시문학사는 외형적으로 국내의 애국 계몽기나 일제 강점기의 시문학과 유사한 모습을 보이지만, 더 세밀하게 고찰하는 과정에서 미주 시문학만의 특이성을 도출하여 기술할 것이다. 특히『신한민보』에 실린 개화기 시는 자유시가 형성되기 이전의 과도기적 현상을 폭넓게 보여준다. 그러한 현상을 자세히 검토해보면서 이후 미주 시문학에서 자유시가 어떤 과정을 거쳐 유입, 형성되었는지에 관한 내력을 정치하게 탐구해보고자 한다. 또한, 항일 무장투쟁이나 3·1만세운동과 같은 독립운동과 관련된 시작품들을 살펴봄으로써 미주 시문학이 한국 현대사의 역사적 맥락과도 불가분의 상관성을 유지하고 있다는 점을 밝혀볼 것이다. 이 시기에 창가를 활발히 창작한 도산 안창호의 시 세계가 갖는 문학사적 의미도 살펴볼 것이다. 아울러 자유시가 본격적으로 전개된 1920년대 이후 광복 이전까지의 시에 나타나는 주제 의식의 분화와 한글시의 연속성 문제도 다룰 것이다.

3장 '디아스포라 시문학의 정착기'(1945~1979)에서는 광복 이전과는 다르게 디아스포라 의식을 전경화 하고 있다는 점, 이민자로서의 유랑의식이 모국의 현실에 대한 비판 정신과 함께 드러난다는 점, 아메리칸 드림과 그 좌절감이 다양한 방식으로 시적 형상을 얻고 있다는 점에 관심을 기울일 것이다. 광복 이전의 시문학이 모국에 대한 동일시의 감정으로 독립에 대한 열망과 향수가 지배적이라면, 광복 이후의 시문학에서는 모국의 정치적 불안과 독재 체제에 대한 비판적 인식이 강화되고 있었다. 이런 점들을 문학사회학의 차원에서 분석, 평가해보고자 한다. 특히 동인지『지평선』과『새울』의 창간은 미국과 캐나다 시단이 본격적으로 형성되는 계기로서 중요한 연구 대상이다. 이를 계기로 미주지역 내의 여러 도시에서 동시다발적으로 시문학 활동이 시작되었다는 사실도 중요한 내용으로 다룰 것이다. 또한, 1970년대에 국내외 출판사에서 간행된 고원, 김송희, 마종기, 장소현, 최선영, 황갑주 등의 시집들이 갖는 문학사적 의미도 기술할 것이다.

4상 '디아스포라 시문학의 발전기'(1980~1989)에서는 미주 시문학이 1980년대 들어서면서부터 다변화와 전문화의 과정으로 나아가고 있다는 점에 주목하고자 한다. 이 시기의 벽두에 1980년 광주민주화운동과 관련된 사화집『빛의 바다』가 출간되었는데, 이는 미주 시인들이 국내의 정치적 현실에 대한 깊은 관심을 보여준다는 점에서 흥미롭다. 이 시기에 미주문인협회, 미주시인협회, 크리스찬문학회 등의 문학단체가 탄생하면서 본격적인 미주 시단이 형성되었다. 이 단체들이『미주문학』,『外地』,『크리스찬문예』,『문학세계』등과 같은 문예지(동인지)를 발간하면서 미주 시문학은 다양한 양태로 활성화되고 있었다. 미국에서 발간되는『한국일보』와『중앙일보』가 신춘문예 제도를 시행하여 새로운 시인들 발굴하기 시작했다는 점도 기억할 만하다. 미주의 신문과 문예지를 통해 신예 시인들이 대거 등장한 것은 이 시기의 일이다. 이뿐만 아니라 고원, 마종기, 박남수, 이세방 등의 시인들이 활발하게 시작

활동을 지속해 나간 사실도 간과할 수 없는 부분이다. 한편 이 시기에는 캐나다와 브라질에서도 『새울』과 『열대 문화』와 같은 동인지가 창간되면서 미국 이외의 미주지역에서도 한인시문학의 장이 형성되는 모습을 보여주었다. 따라서 1980년대는 미주 시문학이 양적으로나 질적으로 이전 시기에 비교하여 비약적으로 발전한 시기로 기록할 만하다.

5장 '디아스포라 시문학의 확장기'(1990~1999)에서는 미주 시문학의 내용이 한인 공동체 의식을 넘어서 미국이라는 국가 공동체 의식으로까지 나아가는 모습을 빈도 높게 보여준다. 미주 시문학이 미국 문학 내의 소수성이나 보편성을 지향해 나갔다. 한때 미국 내 한인 사회를 혼란에 빠뜨렸던 'L.A.폭동'은 미주 시에 한인의 공동체 의식을 강화하거나 미국 사회에의 적극적인 동화를 지향하는 내용이 담기는 계기가 되었다. 또한, 1980년대에 활성화되었던 문학단체 활동이나 문예지 발간이 더욱 다양하게 발전적으로 이어져 나갔다. 새로이 창간된 문예지 『뉴욕문학』은 그러한 변화를 선도하는 역할을 했고, 『로스안데스문학』이 창간되면서 아르헨티나에서도 한인 시문학이 형성되는 계기가 되었다. 사화집 1999년 발간된 『2000년 시의 축제』는 미주 시문학의 국제적 위상을 점검해보는 계기를 마련해주기도 했다. 이뿐만 아니라 미주시조연구회가 결성되고 사화집이 발간되는 등 시조 문학이 활성화되었던 점도 문학사적으로 중요한 일이었다.

마지막 6장 '미주 시문학사의 의의와 미래'에서는 앞서 살펴본 미주 시문학사 100년이 한국 현대 시문학사 100년의 맥락과 관련하여 어떠한 역사적, 문학적 의미를 간직하는 것인지 정리해볼 것이다. 또한, 2000년대 이후 미주 시문학의 실태를 개괄해보면서 이민 1세대 혹은 모국어 세대가 감소하면서 미주 시문학의 미래가 어떻게 진행되어 나갈 것인지에 대해서도 전망해보려고 한다. 사실 2000년대를 기점으로 하여 미주 시문학은 새로운 신인의 등장이나 문학 활동이 이전보다 활발하지 못한 양상을 보여주고 있다. 이민 2세대나 3세대들은 한인시문학에 관한 관심이 부족하여 앞으로는 미주지역의 한인시 문학장이 상당한 변화를 겪게 될 것이 예상된다. 그리하여 미주 시문학이 과연 독립된 단위로서의 지역 문학으로 계속 유지되어야 할 것인지, 아니면 국내의 시 문학장에 편입시켜 함께 다룰 것인지에 대한 논의도 시도해 볼 것이다.

제2장

미주 한인시 문학장의 형성기

1. 개관(1905~1945) : 이민 · 애국, 계몽의 시심

미주 한인 시단의 형성은 1903년에서 1905년 사이에 태평양을 건너 하와이 사탕수수 농장으로 약 7,000여 명의 한인이 이주하면서부터 시작되었다. 이주 노동자들 가운데 간혹 시를 짓는 사람도 있었지만, 그보다는 미국으로 망명한 독립운동가, 지식인, 그리고 유학생들이 창작했다. 미주지역에서 창작된 최초의 한인시는 이홍기(李鴻基)의 「이민선 타던 전날」(1905)로 알려져 있다. 이 작품은 국내의 개화기 시가보다 발표 시기가 다소 늦었지만, 미주 한인시 가운데서는 시기적으로 가장 앞선 작품이다. 이와 비슷한 시기의 작품으로는 『신한민보』에 발표된 도국생의 「귀국가」(1907), 정지홍의 「사상팔변가」(1907), 최용운의 「망향」(1907), 안창호의 「단심가」(1908), 전명운의 「뎐씨 애국가」(1908), 림성국의 「대한뎨국 청년가」(1908) 등이 있다.

이 시기 한인시문학의 형식적 특성은 과도기적 특성과 근대시적 특성이 모두 드러난다. 과도기적 특성은 1905년부터 1919년까지 개화가사, 창가, 신체시 등의 형식을 보이면서 국내 개화기 시가의 전개 양상과 비슷한 양상으로 나타난다. 개화가사는 3 · 4 혹은 4 · 4조의 음수율과 3 · 4음보를 기반으로 하다가, 창가나 신체시로 나가면서 3 · 4, 4 · 4조뿐만 아니라 6 · 5조나 7 · 5조, 8 · 5조의 3 · 4음보 등이 두루 나타난다. 일부 작품에서는 자유율에 가까운 모습이 나타나기도 한다. 한편 근대시의 특성은 1920년 이후 1945년까지 자유율을 추구하는 모습으로 나타난다. 다만 이 시기에도 여전히 창가 혹은 신체시 형태의 시가들이 빈도 높게 나타나는데, 이는 국내의 시단 상황과 상당히 다른 모습이다.

이 시기 미주 한인시의 내용은 이민자 의식과 근대의식이 각각 혹은 함께 나타나는 특성을 보여준다. 이민자 의식은 머나먼 이국땅에 정착하고 살아가는 과정에서의 고달픔과 그러한 삶에서 야기되는 다양한 정서가 중심을 이룬다. 미주 한인시는 초창기부터 디아스포라 의식을 주제의식의 중심으로 삼았다. 이를 기반으로 삼아 미국 문명을 매개로 근대 문명이나 개화사상에 대한 새로운 인식, 국권을 상실해 가는 조국을 향한 애국애족 의식과 독립사상 등이 두루 나타난다. 이뿐만 아니라 떠도는 자로서의 디아스포라 의식과 이민 생활에서 경험한 소외감을 미주지역의 자연 서정을 통해 위안받으려는 시작품도 나타난다. 한편 국내 시에서는 일본(혹은 일본을 매개로 한 서구 문명)을 이상으로 설정하곤 했지만, 미주 한인시는 미국 문명을 이상으로 설정하여 찬양하고 있다는 점이 다르다. 또한, 애국애족과 독립사상을 주제로 한 시편들에서 일제에 대한 비판이나 저항 의지가 국내의 시에서보다 더 또렷하게 드러나고 있었다. 이는 아마도 일제의 감시에서 벗어나 있던 창작 환경 때문에 가능했던 것으로 보인다.

작품 발표의 매체는 『공립신보』와(1905년 창간) 『신한민보』(1909년 창간)에 집중되어 있는데, 특히 『신한민보』는 『공립신보』를 계승한 국문 신문으로서 이 시기 한인시의 대부분을 게재하고 있다. 이 신문은 미주 한인 단체인 '국민회의'의 기관지로서 미국을 비롯한 미주지역 한인들의 교류와 여론 형성에 크게 기여하였다. 편집 겸 발행인은 최정익(崔正益)이었는데, 제1호 사설에서 『공립신보』가 일개 단체의 대변지에 지나지 않았던 것에 비해 이 신문은 민족 전체의 대변기관이 될 것이라는 포부를 밝혔다. 주간신문으로 매주 수요일에 발간되어 국권 회복 운동에 관련된 논설과 기사를 싣고, 국내 소식과 재외동포에 대한 소식도 광범위하게 게재했다. 또한, 일본 제국주의의 침략정책에 대한 비판도 끊임없이 실천한 민족지로서의 위상을 견지하고 있었다. 국내에도 일부 유입되어 소수의 독자가 구독할 기회를 얻었지만, 일제의 철저한 감시로 인해 1910년 이후에는 국내 독자에게 배포되지 못하였다. 그러나 미국에서는 일제 강점기뿐만 아니라 광복 이후까지 발간되어 한인들의 여론 형성에 크게 기여하였다.

이 시기 미주 한인시의 작자층은 작자 미상이 많고, 기명(記名)의 작품이라 하더라도 아호나 별칭, 이니셜 등을 사용하는 경우가 대부분이었다. 출신 지역이나 성씨를 활용하여 "○○생(生)"나 "○○씨"로 쓰는 경우가 가장 많았다. 본명을 사용한 경우는 일부 유학생이나 독립운동가, 혹은 국내에서 활동하는 시인이 지은 일부 작품들에 한정적으로 나타났다. 따라서 이 시기에는 전문 시인으로 활동한 사람이 거의 없었고, 일반인이라 하더라도 일정 기간 지속하여 작품 활동을 한 인물을 찾아보기 어려웠다. 다만 무명씨 혹은 작자 미상의 작가가 지속하여 등장하는데, 이는 발표지의 발행인이나 논설위원일 가능성이 크다. 실제로 "동해수부"(주필 洪焉의 호), "논설자" 혹은 "신한민보"라는 이름으로 발표된 작품이 적지 않다. 실명의 경우 안창호, 안중근, 윤치호, 이승만, 이광수 등의 유명인과 장윤희, 정재홍, 전명윤, 임성국, 채등진, 전해산, 김호연, 이범진, 박용만, 윤명순, 강영승, 김기창, 이성식, 최창선, 김인식 등의 이름이 간헐적으로 등장하곤 한다.

언어 문제에서 한글시가 중심을 이루고 있지만, 한자를 사용하는 작품도 적지 않았다. 또한, 영어 발음 그대로 한글 표기하여 사용하는 때도 간혹 있었는데, 이는 당시 미국 사회에서 어쩔 수 없는 상황을 생각하더라도 언어 감각의 차원에서 자연스럽지 못하다. 그래도 전반적으로는 당시 시들이 한글을 활용한 작품들이 지배적이었다는 점은 주목할 만하다. 훗날 미주 한인시에서 이중언어 문제가 중요한 사안으로 대두되기는 하지만 적어도 개화 계몽기에는 그러한 문제가 없었다. 또한, 창가가 국내와는 달리 광복 전후의 시기까지 창작되는 특이성을 보여주었다. 이는 창가가 비전문가라 할지라도 누구나 창작할 수 있는 특성을 가진 것이어서 다양한 계층의 많은 해외동포가 시 창작에 동참할 수 있게 했다. 이러한 특성 때문에 미주의 창가는 전문 시인들 몇몇이 시단을 형성하고 자신들의 작품만을 유통하는 것보다 시대 담론을 담아내는 데 더 유용할 수 있었다. 이 점은 국내에서도 마찬가지였다. 따라서 개화기 미주 한인시는 같은 시기 국내의 시와 더불어 중요한 문학사적 의미를 부여받아야 할 것이다.

2. 개화기 시가의 과도기적 특성과 자유시의 형성

1) 미주 한인 시단의 형성과정

개화기 미주지역의 한인시는『공립신보(共立新報)』,『대동공보(大同公報)』,『신한민보(新韓民報)』[1] 등을 중심으로 전개되었다. 특히『신한민보』는 이 시기 미주 한인시의 거의 유일한 발표 지면이었다.『신한민보』의 주요 필진이었던 홍언(洪焉)은 '대한인국민회'의 설립 목적을 "교육과 실업을 진발ᄒ며 ᄌ유와 평등을 뎨창ᄒ야 동포의 영예를 증진케 ᄒ며 조국의 독립을 광복케 홈에 잇슴"[2]이라고 하였다. 이것은 당연히『신한민보』의 발간 목적이기도 했기 때문에 그곳에 실린 시편들의 경향도 그와 직간접적으로 연관되지 않을 수 없었다. 개화기 미주시에 대한 연구는 당시 시단의 상황에 대한 정리[3], 특정 경향

---

1 『공립신보』와『대동공보』는 미국 샌프란시스코의 한인 단체였던 공립협회(共立協會)와 대동보국회(大同保國會)의 기관지로서 1905년과 1907년에 각각 창간되었다.『신한민보』는 두 단체가 하와이의 '한민합성협회'와 함께 '대한인국민회(大韓人國民會)'로 통합되고 두 기관지 역시 하나로 병합되면서 1909년에 창간되었다.『신한민보』는 『공립신보』의 지령을 그대로 계승하여 119호로 시작했을 뿐만 아니라, 재미 한인의 개화계몽과 독립운동이라는 발간 목적도 그대로 계승하고 있어 일련의 연속간행물로 볼 수 있다.

2 『신한민보』125호(1909. 3. 24.). 이하『신한민보』의 시를 인용할 때는 호수와 발간 날짜만을 제시할 것임. 텍스트는 원문을 그대로 제시하되, 작자의 이름은 현행 맞춤법을 준용해 표기할 것임.

3 정연길,「공립신보, 신한민보 시단고」, 한성대학교,『논문집』5-1호, 1981.

으로서의 저항시에 대한 고찰[4], 특정 장르로서의 시조에 관한 고찰[5], 민요형 사설에 관한 연구[6], 특정 인물의 디아스포라 의식에 관한 고찰[7] 등을 들 수 있다. 최근에는 광복 이후의 시, 특히 1980년대 이후의 시에 관한 연구[8]로 확산하고 있다. 그러나 본 연구가 주목하는 개화기 미주시의 장르적, 주제적 특수성과 국내 시와의 비교 연구는 아직 본격적으로 이루어지지 않았다.

『신한민보』는 개화기에 개화가사, 창가, 신체시 등을 다수 게재했으나, 이들이 발표 시기나 장르 특성으로 배타적으로 변별되는 것은 아니다. 미주에서 최초의 한인 시작품이 발표된 1905년부터 국내에서 본격적인 자유시가 등장한 1919년까지 『신한민보』에 발표된 시작품은 모두 289편[9]이다. 이 신문은 비록 미국에서 발간된 것이었지만, 국내의 『독립신문』, 『대한매일신보』, 『경향신문』 등 개화기 신문들이 보여준 개화기의 시 발표 매체로서 어깨를 나란히 했다. 개화기 시의 창작계층은 국내에서는 저널리스트, 유학생 출신, 일반 시민, 전문 시인 등 다양한 양상을 띠는데, 한 연구자는 미국에서 『신한

4 　김영철, 「신한민보의 저항시 연구」, 건국대학교, 『학술지』 34-1호, 1990.

5 　문무학, 「일제 강점기 유이민 시조 연구—신한민보를 중심으로」, 대구어문학회, 『우리말글』 14호, 1996.

6 　최은숙, 「신한민보 수록 민요형 사설의 특성과 기능」, 한국민요학회, 『한국민요학』 제12집, 2003.

7 　박미영, 「재미작가 홍언의 미국 기행가사에 나타난 디아스포라적 작가의식」, 한국시조학회, 『시조학논총』 25호, 2006.

8 　정효구, 「재미 한인시에 나타난 고향의 의미」, 한국문학회, 『한국문학논총』 33호, 2003. 이형권, 「미주 한인시의 디아스포라와 공동체 의식」, 어문연구학회, 『어문연구』 74호, 2012. 남기택, 「미주지역 디아스포라 시문학의 사건과 심상지리」, 한국비평문학회, 『비평문학』 58호, 2015.

9 　조규익의 『해방 전 재미 한인 이민문학 2』(도서출판 월인, 1999) 참조. 그 이후에도 국내보다는 더 오랫동안 창가나 신체시 유형의 작품이 지속하여 창작된다. 이 논문에서 1919년을 상한선으로 잡아본 것은 국내에서 자유시가 등장하기까지의 특성과 미주 한인시의 특성을 비교하면서 정리해보기 위해서이다. 그 이후의 시에 관한 연구는 지면을 달리하여 논의할 것이다.

민보』를 주요 무대로 활동한 이민계층의 역할을 강조[10]하고 있어 주목된다. 다만 그가 국외의 창작계층을 모두 이민계층으로 분류하는 것은 논리에 부합하지 않기 때문에, 국내의 창작계층과 국외의 창작계층으로 나눈 다음에 국내와 국외를 각각 여러 계층으로 다시 구분하는 것이 옳을 듯하다. 하여 필자는 국외의 이민계층은 국내의 창작계층과 마찬가지로 다양한 계층으로 이루어졌다고 본다. 『신한민보』의 창작계층을 보면 양적으로는 국내보다 적은 편이지만 국내와 유사한 양상으로 나타나기 때문이다.

개화기의 미주지역 이민은 미국의 캘리포니아와 하와이에 집중되었는데, 노동력 수출과 관련된 노동자들과 애국 독립운동을 위한 지식인들이 대부분을 차지했다. 이들은 모두 국내에서의 가난과 부자유의 굴레 속에서 밥과 자유를 찾아 머나먼 이국땅으로 떠난 사람들이었다. 이민자 혹은 망명자로서 살아가던 그들의 고국에 대한 향수는 모국어에 대한 사랑으로 전이되어 나타나곤 했는데, 그것이 바로 시 창작으로 이어져 미국의 특정 지역을 중심으로 하는 한인시 문학장[11]이 형성되는 계기가 되었다. 시작 활동에 참여한 사람들은 물론 유학생 혹은 지식인으로서 대부분 문명개화와 자주독립이 시대적 과제라는 점을 인식하고 있었다. 이런 사정은 미주 한인 시 문학장이 국내의 시 문학장과 상당한 수준의 유사성을 견지하고 있다는 점을 알려준다. 다만 주제의식에서 이민자로서의 향수라든가 디아스포라 의식, 자연 소재 등에서 다소 차이가 있다. 형식상으로도 큰 차이는 없지만, 국내보다 다소 자유로운 율격과 양식을 활용하고 있다는 점이 다르다. 이 글에서는 이러한 점들을 염두에 두고 미주 한인시 문학장이 지닌 초기 근대성 혹은 과도기적 특성

---

10 김영철, 「개화기 시가의 창작계층 연구」, 우리말글학회, 『대구어문논총』 8호, 1990, 65~69쪽 참조.

11 P. Bourdieu, 『예술의 규칙』, 하태환 역, 동문선, 1999, 206쪽. "문학장은 그 안에 들어오는 모든 사람에게 작용하는 힘들의 장"이라고 하듯이, 미주시 문학장은 당시 미주시와 관련된 모든 인적, 물적 토대를 포함하는 것이다.

을 고찰해보고자 한다.

2) 과도기적 특성과 자유율 지향

개화기의 한국문학은 언문 불일치의 문자 체계와 사실과 허구를 구분하지 않던 문장 개념에 변화를 추구하게 된다. 당시 새롭게 떠오르는 신학문, 과학 정신, 서민문학 등은 문학의 개념과 학문의 개념을 분리하는 계기로 작용한다. 그 과정에서 (한문)'문장'이 아니라 근대적 '문학' 개념이 성립되었다. 시 양식은 개화가사, 창가, 신체시의 순서[12]로 전개되었는데, 이들 양식은 자유시가 형성되기 이전의 과도기적 특성 혹은 초기 근대성을 보여주는 것으로서 의미가 있다. 개화가사는 고전 가사의 연속체를 벗어나 행련 구분을 시작했다는 데서 형식상 근대성의 징후를 보여주고 있다. 개화가사 초창기에는 아직 자수율이 3·3조(혹은 4·4조) 2음보에서 벗어나지를 못했지만, 후반기로 가면서 6·5조나 7·5조, 8·5조의 자수율을 보여주면서, 음보율도 2음보와 3음소 4음보 등으로 다양하게 활용하면서 유연해졌다. 개화가사는 개화계몽을 위한 노래의 가사로 지어졌기 때문에 형식상의 제약을 어느 정도 유지할 수밖에 없었다. 창가 또한 교회의 찬송가나 학교 교가의 가사로서 일정한 악곡에 덧붙이는 것이었기에 그러한 제약에서 벗어날 수 없었다. 그런데 신체시에 이르러서는 창가가 보여주었던 일정한 자수율이나 음보율에서 벗어나려는 노력을 보이면서 자유시에 근접하는 모습을 보여준다.

이 논문의 텍스트 280여 편 가운데 3음보 시 17편(1편은 중복), 4음보 시 34편 등의 분포를 보이고, 한시는 54편이 게재되어 있다. 나머지는 2음보를 기반으로 하는 시이다. 1918년 『신한민보』에 게재한 '국문시 모집 광고'[13]를 보

---

12   김용직, 『한국근대시사』, 새문사, 1983, 58쪽.
13   496호(1918. 7. 25.)

면, 당시 우리 시가 5언이나 7언에 지나치게 얽매여 있다고 보고, 좀 더 자유로운 음수율을 사용할 것을 권장하고 있다. 특이한 것은 시의 주제에 따라 각기 다른 음수율을 요구하고 있다는 점이다. 즉 집 생각(향수)의 노래, 혼인에 쓸 노래, 노인이 어렸을 때를 생각하는 노래, 애정에 관한 노래, '파플라'(팝송) 노래 등에 따라 음수율을 다르게 하여 창작할 것을 주문하고 있다. 예컨대 집 생각을 주제로 할 때, 각 절은 11·11·11·11자의 4행(4절)으로, 후렴은 5·11·8·10자의 4행(4절)으로 창작할 것을 요구하고 있다. 또한, 본문에 대해서도 8·10·8·10자의 4행(1절), 8·7·8·7의 4행(1절), 10·10·10·10·10·10의 6행(3절), 6·7·8·13·6·7·8·13의 1행(3절)으로, 후렴은 6·5·6·5의 4행(1절), 9·10·8·10의 4행(1절), 6·5·6·5의 4행(1절), 11·11·11·11·5의 5행(1절), 후렴 없음 등으로 창작할 것을 구체적으로 제시하고 있다.

이뿐만 아니라 "보통 4절 이닌로 요구함/후렴을 겸하면 3절 이닌로 요구함/순국문으로 요구함/창가의 명록을 요구함/신구됴간에 다수를 요구함/쟉쟈의 성명이나 별호를 요구함"이라고 하여 형식상의 다양한 제약을 가하고 있다. 그러나 국문시의 조건을 순 국문으로 제한했다는 점, 창가의 형식을 요구했다는 점, 음수율을 5, 6, 7, 8, 10, 11, 13자 등으로 다양화했다는 점, 필자의 드러내기를 요구했다는 점 등은 모두 자유율을 지향해 가는 근대성의 요소라고 할 수 있다. 당시 『신한민보』는 기존의 경직된 자수율에 집착하는 국문시에 대한 비판적 인식[14]을 갖고 있었다. 당시 『신한민보』 소재 시가들은 이러한 사항들을 충실히 지키면서 창작되었다.

---

14 조규익, 『해방 전 재미 한인 이민 문학 1』, 월인, 1999, 53쪽. 필자는 당시 『신한민보』 주필인 백일규가 작성한 국문시 모집 광고 등을 분석하면서, 특히 영문시에 대한 지식이 많이 작용했을 것이라는 추정을 설득력 있게 개진하고 있다.

一.
즐겁도다 이날이여
협회창립 된날일세
우리동포 공합ᄒ야
단톄셩립 ᄒ엿고나
(후렴) 깃뿐날 깃뿐날
공립협회 창립ᄒᆫ날
우리들의 노ᄅᆡ소ᄅᆡ
한곡됴로 놉혀보셰

…(중략)…

四.
한목뎍에 일심ᄒ고
한죵지에 동력ᄒ니
자유독립 회복ᄒᆯ날
우리목견 멀지안네

五.
동반도네 누은버들
봄바람에 거듧닐고
북한풍에 쎠러진긔
빅일즁뎐 다시달셰

　　　　　　— 작자미상, 「공립협회 창립 기념 노ᄅᆡ」 부분[15]

청년들아 압흐로 나갈ᄯᅥ에
뒤를도라보지 말ᄋ라
청년들아 이러ᄒ 일은
쟝ᄂᆡ에 흘늘이 만ᄒ리라
청년들아 길이 험ᄒ고 멀지라도

───────────────
15　10호(1906. 1. 14.)

일심으로 젼진ᄒ라
산의 샹봉을 올을ᄯᅥ에
뒤를 도르보지 말ᄋ라
청년들아 첫지 오른목뎍 가지고
ᄯᅩ혼 든든혼 용밍을 가저라
너의집을 너의 등의 지고
저벅저벅 압흐로 나가거라
청년들아 샹봉이 갓ᄀ온 험로에
너의일 다되얏ᄃ ᄒ지마라
더 올나가고
더 올나가거라
청년들아 너의셩공은
그 샹봉에 잇슬지라도
너희 참음과 용밍과 젼진으로
희망산 올을ᄯᅥᄉᆞᆯ지 기다려라

— 작자 미상, 「쇼년진보가」 전문[16]

앞의 시는 창가의 기본 율조인 3·4조 2음보의 형태를 기반으로 하여 당
대의 시대정신을 비유적으로 표현하고 있다. "우리동포"는 함께 힘을 모아
("공합") 머나먼 이국땅에서나마 민족의 번영을 구가하여 일제 치하에서 신음
하는 조국의 "자유독립 회복"을 위해 적극적으로 활동하자고 호소하고 있다.
형식상의 특징은 4·4조 2음보격(혹은 4음보)[17]을 철저히 지키고 있다는 점, 대
구의 표현방식을 활용하고 있다는 점, 후렴구가 있다는 점 등으로 요약된다.
내용상으로는 이 시가 "공립협회"라는 해외 교민 단체의 창립을 축하하는 행
사 시로서 동포들의 합심과 "자유독립"을 주제로 삼고 있다는 점은 주목할

---

16 109호(1908. 11. 25.)
17 외형(행)을 기준으로 보면 2음보 격이지만, 실제 내용은 2행씩 묶어서 의미를 형성
    하면서 뒤의 2행과 대구를 이루는 경우가 많기에 4음보격으로 보는 것도 가능하다.

필요가 있다. 운율이나 내용에서 국내의 개화가사인 이중원의 「동심가」를 연상케 하는 작품이다.

그런데 뒤의 시는 3·4조의 음수율 중심으로 하여 2음보율과 3음보율, 4음보율을 혼용하고 있으며, 내용상으로도 "청년"들의 진취적 정신을 고취하고자 하는 당대의 담론과 맞닿아 있다. 국내에서 최초의 신체시인 「해에게서 소년에게」와 같은 해에 발표된 이 시는 그 내용도 비슷하다. 그 요지는 "청년들"은 장래에 할 일이 많은 사람이니 옳은 목적과 용맹으로 희망의 미래를 개척하라는 것이다. 당시 청년들이 나아가야 할 방향은 당연히 문명개화와 애국 계몽이라는 점을 생각한다면 이 시는 당시의 시대정신에 충실한 셈이다. 다만 그 율조나 감각에서 「해에게서 소년에게」가 보여준 혁신성에는 미치지 못하고 있다. 즉 최남선의 신체시가 보여주는 파도에 관한 생생하고 감각적인 표현, 그리고 3·4조나 6·5조, 7·7조의 음수율, 2음보와 3음보, 4음보 등을 다양하게 구사하는 새로움에는 미달이다. 그래도 개화가사 초창기의 기계적인 2음보에서 벗어나 이전보다는 조금 자유로운 율조를 지향했다는 점에서 그 의의를 찾을 수 있다.

개화기의 미주 한인시에서 신체시 혹은 자유시를 지향하는 징후를 또렷하게 보여주는 것은 1910년 이후이다. 이는 국내의 자유시 형성과정이 특정한 시기에 복합적으로 이루어진다는 주장[18]과 관련지을 때 설득력이 크다. 그 주장의 근거는 1914~18년 『학지광』에 발표된 산문시와 자유시 20편, 같은 시기 『청춘』에 실린 자유시 13편, 그리고 1916~18년 『신한민보』에 실린 자유시 9편 등이다. 그러나 이러한 시편들이 모두 작가가 새로운 운율 감각을 의도적으로 지향한 본격적인 의미의 자유시라고 할 수는 없다. 부분적으로 형태상의 자유율을 보여주었다 하더라도 대부분이 개인의 발견 혹은 문예 미

---

18 김영철, 「개화기의 자유시론」, 한국현대문학회, 『한국의 현대문학 연구』 제2집, 1993.

학이라는 자유시 본연의 내용에 이르지 못한 작품들이다. 따라서 이 논문에서 다루고 있는 시 작품들은 본격적인 자유시라기보다는 자유시의 징후 혹은 자유시 지향의 과도기적인 시로 파악하는 것이 옳을 듯하다.

▲간다간다 나는간다 너를두고 나는간다 잠시뜻을엇엇노라 쌉을 듸는이 시운이 나의등을 ᄂ밀어셔 너를쩌나가게ᄒ니 이로부터 여러히롤 너를보지 못홀지나 그동안에 나는오직 너를위히 일홀이니 나간다고 셜허말아 나의사랑 한반도야

▲간다간다 나는간다 너를두고 나는간다 뎌시운을 듸뎍타가 더운피를 쏼히고셔 네품속에 잠을자ᄂ 내형뎨롤 다씌와셔 흔번긔ᄉ것 희밧스면 속이 시연ᄒ겟다만 장리일을 싱각ᄒ야 분을참고 쎄나가니 내가가면 영갈손야 나의사랑 한반도야

— 작자미상, 「나의 사랑 한반도야」 부분[19]

운수는 나로 하여곰 나를 쩌나게 하도다
버틔려 ᄒ면 손도잇고 벗듸듸려 ᄒ면 발도 잇스나
우리는 구태여 운수의 식힘을 항거ᄒ랴 안이ᄒ노니
그 소용업슴을 아난 연고라
五千츈광에 한업시 번화ᄒ얏던 무궁화 내가 웃더케 사랑ᄒ던 것이뇨
우리의 활개가 젹은 줄을 몰음이 안니나 너를 위ᄒ야는 대붕의 날개갓히 덥허주려 ᄒ얏고
나도 사람의 ᄌ식이라 ᄌ연의 밍포를 졔어치 못홀줄은 알으나
너를 위ᄒ야는 보기좃케 이 몸을 바려셔라도 막을데까지는 막고자 ᄒ지 안임이 안이로다
그러나 운수로다
운수는 긔어코 너를 한번 흔들어 썰어터리고야 만다고 ᄒᄂ고나
— 작자 미상, 「나라를 쩌난 슬흠」 전문[20]

19 189호(1910. 6. 15.)
20 259호(1911. 12. 18.)

이 두 편의 시는 앞서 살핀 시편들과 형태상의 확연한 차이점을 보여준다. 앞의 시는 일차적으로 행 구분 없이 연의 구분만 하고 있다. 당시 미주 한인 시에서 좀처럼 찾아보기 어려운 형태로서 개화가사 초창기의 정격에서 상당한 수준 벗어난 형태이다. 기본적으로 3·4조의 4음보율은 유지하고 있지만 하나의 연을 길게 늘어뜨림으로써 산문시적 유장한 가락을 일부 수용했다. 뒤의 시는 자유시에 가까운 율조를 보여주고 있다. 행 구분의 자유로움이나 각 행의 음보율이 규칙성을 벗어나고 있다. 그 내용도 자유시가 지향하는 개인의 내면과 미학적 표현을 어느 정도 갖추고 있다. 경술국치 다음 해에 나라의 운명이 기울어진 상황을 "무궁화"의 낙화에 빗대어 표현하면서, 그래서 "항거"도 못하고 모국을 떠날 수밖에 없었던 "운수"(운명)에 처한 자신의 무기력을 고백한다. 그러나 자유시에 대한 문학적 자각[21] 혹은, 시적 자의식이 있었다고 보기도 어렵기에 아직 완벽한 자유시라고 보기는 어렵다. 이뿐만 아니라 서술 어미에서 구어체가 남아 있고, 작자도 분명하지 않으며, 자유율도 완벽하지는 않기 때문에, 이 시는 신체시의 변조 정도로 보는 것이 타당하다. 국내에서 「불놀이」 이전의 시에 드러나는 양상[22]과 유사하다. 작품 외에도 작

---

21 오세영, 「개화기 시의 재인식」, 『개화기 문학의 재인식』, 지학사, 1987, 85쪽. 이 글에서 오세영은 가령 신체시의 경우, 최남선의 「해에게서 소년에게」(1908년 『소년』) 이전에 이승만의 「고목가(古木歌)」(1898년 『협회회보』)가 있었으나, 그것은 일회적인 창작에 그쳤기 때문에 이후의 시단에 전반적인 변화의 계기나 지속성을 담보하지 못하여 최초의 작품이라고 보기 어렵다고 주장한다. 미주 시문학사의 자유시 문제도 비슷한 논리가 성립된다고 할 수 있다.

22 가령 K.Y.생의 「희생」(『학지광』 1914년 12월), 돌매의 「밤」(『청춘』 1914년 12월)과 같은 작품들이 자유율을 보여주고 있다.(김영철, 앞의 논문 참조) 그러나, 이들이 완전한 의미의 자유시라고 보기에는 미흡한 점이 적지 않다. 자유율과 형식상의 완성도도 미흡하고 근대적 내용으로서의 개인의 내면을 밀도 있게 보여주지 못하고 있기 때문이다. 어쨌든 미주 한인시에서 자유시에 근접한 형태는 국내에서보다 앞서 발표되었다고 할 수 있다. 그러나 미주 한인 시문학사에서 최초의 자유시는 별도로 설정하지 않는 게 좋을 듯하다. 왜냐하면, 미주 한인 시문학사는 한국 현대 시사의 일부이기 때문에 국내의 시사를 중심으로 기술하는 게 바람직하기 때문이다. 더구나

자 미상의「태백의 님을 이별홈」(260호),「인가 1」(297호),「인가 2」(298호), 이광수의「팔 잘닌 소녀」(601호) 등도 자유율을 지향하는 모습을 보여준다.

한편『신한민보』에는 전체 시상의 긴 호흡을 보여주는 장편 가사도 나타나는데, '영=론=텰'의「접(편지)신(보고)납(고함)함(질러)」(138호)는 232행,「단가 : 과부곡」(167호)은 146행, 채등진의「국민회가」(139호)는 320행, 철각생의「청년회심곡」(152호)은 82행, 작자 미상의「행로난」(181호)은 78행, 최창선의「국티긔념가」(379호)는 83행 등이다. 이들은 개화 계몽기 시에도 부분적으로나마 서술시 혹은 서사시의 성격을 지닌 것들이 있었다는 점을 암시해준다. 다만 운율로는 규칙적인 2음보를 반복하고 있어서 시 형식의 근대화에 중요한 역할을 담당했다고 볼 수는 없다. 그래도 유장한 운율이라는 특성으로 이 시기 시 운율의 다양성에 기여가 있었다는 점은 인정할 만하다.

3. 애국 계몽 정신과 독립사상의 시적 형상

1) 미국 문명의 발견과 개화사상

개화기 시의 가장 큰 특성은 문명의 근대화라는 목적성을 다분히 지녔다는 점이다. 당시 개화론자들의 시대 담론이나 문학에서 개화는 대개 선으로, 비개화는 악으로 간주되곤 했다. 개화의 선구자인 유길준의 "개화란 인간 세상의 천만 가지 사물이 지극히 선하고도 아름다운 경지에 이르는 것"[23]이라는 정의는, 당대의 그러한 시대 분위기를 잘 드러내고 있다. 이러한 인식은 개화

이 시 이후에 자유율이 보편화된 것도 아니어서 문학사적으로 선구적이라는 의미를 부여하기가 쉽지 않다. 더구나 미주 한인시에서 광복 이전까지는 창가 내지는 신체시 형식이 지배적이었다는 점을 고려하면 더욱 그렇다.

23 유길준,『서유견문』, 허경진 역, 서해문집, 2004, 395쪽.

기 미주 한인시 문학장에서도 국내와 별반 다름없이 전개되었다. 시의 주제에서 신학문을 배울 것을 역설한다든지, 근대적 종교로서의 기독교에 관한 호의를 표명한다든지, 자유와 여권신장을 주창한다든지 하는 양상으로 전개되었다. 다만, 미주 한인시는 근대 문명의 발견을 미국 문명을 통해서 이룬다는 점에서 국내의 시와는 다르다. 이 점은 국내의 개화기 시가 대부분 일본 혹은 일본을 통한 서구 문명을 근대화의 전범으로 삼았던 점과 차이가 나는 부면이다.

　개화기에 조국을 떠나 미국에 정착한 한인들은 한국에서 보았던 것과는 다른 풍경을 발견한다. 이들은 미국을 문명화된 풍요의 땅으로 자유와 인권이 살아 있고, 물질적으로 풍요로운 삶의 터전으로 인식한다. 가라타니 고진이 말했듯이, 풍경이란 인식틀이며, 일단 새로운 인식틀이 생기면 곧 그 기원은 은폐되기 마련이다.[24] 미주의 한인시에서 그 기원은 한국에서의 삶 혹은 한국적 전통의 기억이고, 새로운 풍경은 미국에서의 풍요로운 삶의 모습일 터, 가령 다음의 시는 그런 풍경을 잘 보여주고 있다.

　　一

　　화장실의 허스빈은
　　슈염싹기 분쥬하고
　　키친 안의 와이푸는
　　씬너하기 결을업소
　　톄경 엽헤 누이들은
　　머리 단댱 S자로
　　사치하난오라비는
　　젹은 신에 쓸룩쓸룩

24　柄谷行人, 『일본 근대문학의 기원』, 박유하 역, 민음사, 1997, 32쪽.

二
졋멕이는 자다 씨여
마마 마마 울어닉고
귀머거리 머슴군은
혼자셩이 잔득 나셔
츄슷굿헤 쉬난 날이
즐겁고도 분쥬한데
사리문에 빅발쌍친
집난이를 반기노나

三
압 뒤 뜰에 피난 국화
식탁에셔 간든간든
갓 구아닌 터키고기
은 쟝반에 김 셔렷다
허스빈이 창과 칼을
좌우 손에 갈라 쥐여
솜씨잇게 베여노코
머리 슉여 하나님쎄

四
농부들아 갓치 와셔
한번 흠씬 먹고 놀쟈
논물 쌈에 틀린 졍을
오늘우리 호의하셰
압쓸 뒤쓸 넓은판에
산 갓흔 것 로젹이니
부모 봉양 쳐자 공급
마음대로 넉넉하다

　　　　　　— 김창만, 「감샤일 노래(츄슈싯헤 쉬난날)」 전문[25]

---

25 512호(1918. 11. 28.)

이 시는 추수감사절을 맞이한 어느 미국 가정의 평화롭고 풍요로운 풍경을 노래하고 있다. 1연에서 남편("허스빈")은 화장실에서 수염을 깎고, 아내("와이푸")는 부엌에서 저녁("쎈너") 요리를 하고, "누이들"은 머리단장을 하고, 사치를 잘 하는 "오라비"는 "쓸룩쓸룩"거리며 오가는 풍경, 이것은 미주 한인들이 문명 개화한 미국에서 발견한 이상적 풍경이었다. 2연에서 "즐겁고도 분쥬한" 정황과 3연에서 식탁의 "국화"와 은쟁반의 "터키고기"가 차려진 저녁상은 풍요로운 미국 생활의 상징이라 할 만하다. 결국, 4연에서처럼 "부모 봉양"이나 처자식에 대한 물질의 "공급"이 "넉넉"한 가운데, 이웃의 "농부들"도 어울려 "흠씬 놀고 먹"는 것이 가능한 세계이다. 이러한 풍경에 대한 인식의 바탕에는 "나는죠아나는죠아/미국텬디나는죠아/량반샹놈분별업시/맛늬는이동포형뎨/미일빅강거저주듯/간곳마다황금세계/눈에보는문명풍쇽/고루거각션경ㅈ고/민쥬국의공화졍티/자유평등뎨일일셰/동리마다학교교당/학문도덕ㅈ치힘써/가뎡화락웃듬이오/인싱힝복그만이라"(결심싱, 「短歌」(163호) 부분)와 같은 미국에 대한 호의가 전제되어 있다. 미국은 "문명풍쇽"의 나라로서 "량반샹놈분별업시" 살아갈 수 있고, "간곳마다황금세계"의 풍요로움이 있는 나라이다. 또한, 민주주의와 공화정치가 발달하고 선진적 학교 교육과 화목한 가정을 통해 "인싱힝복"이 보장된 나라인 것이다.

한편 당시 미국은 일정한 수준의 여권신장을 통해 문명개화를 이룬 나라이다. 우리 사회에서도 문명개화의 가장 중요한 이슈 가운데 하나가 여권의 문제였는데, 미주 한인들이 미국 사회의 여권신장에 관심을 갖고 그것을 찬양하고 있다는 점은 인상적이다. 그리고 더 흥미로운 것은 여성을 대상으로 한 시가 단순한 여성 존중이 아니라 여성을 애국 독립운동의 능동적 주체로 인정하고 있다는 점이다.

평안ᄒᆞ오무사ᄒᆞ냐
잡놈들이모라든다

업는졍도잇는닷시
송구영신머리압허
남과ᄀᆞᆺᄒᆞᆫ죄질로셔
이목구비션명ᄒᆞ니
녀학교에입학ᄒᆞ여
지식학문닉혓스면
문명국에녀자ᄀᆞᆺ치
동등권을가질것을
우리부모돈에팔여
이모양을만ᄃᆞ랏네
…(중략)…
촉셕뉴하남강가에
론긔사당부럽됴다
웃둑ᄒᆞ다의암이야
왜쟝쳥졍유인ᄒᆞ야
일빅일빅권ᄒᆞ다가
물에풍덩쌘졋지
우리비록챵녀로되
대한빅셩다ᄀᆞᆺᄒᆞ니
일촌단심긔회보와
원슈갑고죽으리라
하디마라오입쟝아
이ᄂᆞ몸이죽은뒤에
일홈기리빗나여셔
유방빅셰ᄒᆞ리로다.

— 鐵脚生, 「긔ᄉᆞᆼ의 노릭」 전문[26]

이 시의 기생은 당시 한국 사회로 말하면 이중으로 소외된 존재였다. 기생
은 남성 중심 사회에서의 여성이라는 타자이자 그 여성(타자) 가운데서도 더

---

26 151호(1909. 9. 22.)

소외된 존재이기에 '타자의 타자'이다. 그러나 이 시에서 그녀는 집안의 가난 때문에 "우리부모돈에팔여" 타자화되었을 뿐, 그녀의 능력이나 생각은 일반 사람들 못지않은 것으로 묘사된다. "녀학교에입학ㅎ여/지식학문닉혓스면/문명국에녀자ㅿ치/동등권을가질것을" 인정하고 있다. 또한, 기생이라고 하여 애국충정을 발휘할 수 없는 것이 아니라고 하는 차원에서 "론기"를 예시하면서 주장하고 있다. 비록 기생의 신분이었지만 촉석루에서 왜장의 목을 끌어안고 투신한 논개의 충정을 떠올리는 것이다. 가야트리 스피박의 정의에 의하면 기생은 하위계층(subaltern)[27]이지만, 이 시에서 기생은 일반 국민 못지않은 애국 독립의 실천자로 등장한다. 그리하여 이 시는 특수한 관점, 즉 '서발턴도 말할 수 있다'는 차원에서 여권신장을 노래하고 있는 셈이다. 비슷한 관점에서 랑화츄션의 「녀자종군가」(421호)도 여성이 남성과 동등하게 애국을 해야 함을 강조하고 있고, 영=론=텰의 「短歌 : 과부곡」(167호)에서는 과부가 되어 어린 자식을 어렵게 기르는 가운데서도 "깃브도다깃브도듁/쟝릭영웅어미되기"라는 희망을 노래한다. 비록 여성일지라도 어떤 어려움 속에서도 조국독립을 위한 길에 동참하겠다는 의미를 드러내고 있다.

문명개화의 또 다른 세부 주제는 청년들의 교육과 신앙이 중요하다는 메시지다. 이를테면 "신학문을힘을써셔/싱존경징나아가셰/청년청년우리청년/대한뎨국우리청년"(림성국, 「대한뎨국 청년가」(77호) 부분)는 그 단적인 사례이다. 미주 한인들을 포함하여 대한제국 청년들을 대상으로 하는 "신학문"의 권장은 날로 치열해지는 세계적 생존경쟁을 헤쳐나가기 위한 것이었다. 이것은 "十一. 어셔어셔 공부ㅎ여/문명학문 빈혼후에/十二. 국가에 동량되여/츙군보민 ㅎ자ㅎ니"(작자 미상, 「녀학도들의 노릭」(15호) 부분)에서처럼, 비단 남학생뿐만 아니라 여학생에게도 해당하는 것이었다. 근대적 교육의 필요성이나 기

---

27   Gayatri C. Spivak, "Can the subaltern Speak?" Diana Brydon(ed), *Postcolonialism Critical Concepts* IV(London and New York : Routledge, 2001), p.1057.

독교 신앙에 대한 노래는 이 시기 국내에서도 빈도 높게 등장한다.[28] 미주 한인시가 당시 교육의 중요성을 역설하고 있는 것은, 노동자 계층이 지배적이었던 한인 사회에 대한 계도의 필요성에 의한 것이었다. 또한, 기독교 신앙은 발달한 서구의 정신문명과 동일시되면서 그것을 더 많은 사람에게 전파해야 한다는 생각을 드러낸다. 즉 "할넬루아찬숑깃버홀것이니/빅만명구ᄒ려나아 갑시다/도탄에든동포롤싱각홈에/밋지안ᄂ사름도마음이감동ᄒ지로다"(신한국챠,「ᄂᆞ디교인들의 빅만명노릭」(184호) 부분)가 그 대표적인 사례이다. 이처럼 개화기 국내의 시는 근대 문명의 전형을 일본이나 유럽에서 찾았다면 미주 한인시는 그 전형을 미국에서 찾고 있다.

2) 애국애족 의식과 독립사상

근대 초기 미주 한인시의 중심을 이루는 주제의 하나는 애국 애족과 독립 사상이다. 이러한 특성은 비슷한 시기 국내의 시에서도 애국과 계몽이 핵심 주제였다는 사실[29]과 연계되는 것이다. 애국과 독립을 주제로 한 시편들의 일차적인 인식은 조국 상실의 비애감이라 할 수 있다. 그것은 "슯흐다 반도여"라는 감정적 반응으로 대표되는데, 그 이유는 "본릭 왜젹을 됴공밧던 쟈

---

28 이 시기 교육입국을 강조하는 시대 분위기와 함께 경향 각지에는 수많은 학교와 강습소가 있었다. 1910년에 한성부(서울)에만 113개, 전국적으로 2,237개의 학교가 운영되고 있었다(김용직, 앞의 책, 80쪽 참조). 그러나, 당시 미주지역에 정식 학교는 없었기 때문에 그곳에서 창작된 창가는 교가로 부르기 위한 실용적인 것보다는 단지 노래를 위한 것이었다. 인구도 1920년 기준으로 하와이, 캘리포니아 등 미국 전역에 5,904명이 흩어져 있었으니 특정 지역에 학교를 만들 수는 없었다(이영민, 「초기 이민의 정착」, 국사편찬위원회, 『북미주 한인의 역사(상)』, 중앙 P&L, 2007, 34쪽 참조).

29 김학동, 「개화기 시가의 전개」, 김윤식 외, 『한국현대문학사』, 현대문학, 2005, 25쪽.

가 이제 슈종들게 되얏도다"[30]라는 탄식으로 수렴된다. 또한 "어화우리동포들아/일심애국힘을써서/四千년리신성동방/신세계에빗닌보세/사롱공샹동력ᄒ면/대한뎨국자연부강/자유독립ᄒ고보면/세계샹에뎨일일세"[31]와 같은 목적의식이 직접 드러나는 것이 일반적이다. 개화기 미주 한인들이 창작한 많은 시는 이러한 표현 방식과 주제의식을 빈도 높게 보여주고 있다.

근대 초기 미주 한인시는 전반적으로 일제에 대한 더 직접적이고 노골적인 비판[32]을 하고 있다는 점에서 비슷한 시기 국내의 시와 상이하다. 그것은 일제의 침략에 신음하는 조국의 현실을 두고 머나먼 이국땅에서 살아가는 데 대한 마음의 부채감과도 관련되는 것이라 보인다. 그리고 이러한 주제의식이 전면화될 수 있었던 것은 역시 일제 치하에서 멀리 벗어나 있는 지리적 이점이 크게 작용했다고 할 수 있다. 실제로 1910년대까지 『신한민보』의 주제의식은 시대 상황의 인식과 비판, 애국 독립의식의 고취, 향수와 망향, 일제에 대한 저항과 투쟁의식 등으로 집약된다. 이는 순수 서정이나 친일, 신변잡기 등에 치중했던 국내의 시와 큰 대조[33]를 이루는 것이다.

　　—

　　쾌하다 쟝검을 빗겨들엇네

30　삭자 미상, 「의가 1」 부분. 297호(1913. 11. 7.)
31　전명윤, 「뎐씨 애국가」 부분. 76호(1908. 4. 1.)
32　경술국치가 있었던 해(1910)에, 왜장 이토 히로부미를 저격하기 전날 지었다는 안중근 의사의 「장부가」를 국문본으로 게재하고 있다. "댱부가 셰샹에 처홈이여 그 뜻이 크도다/텬ᄒ를 응시홈이여 어느늘에 업을 일울고/쎠가 영웅을 지음이여 영웅이 쎠를 짓도다/동풍이 점점 참이여 장수가 의로 멸ᄒ도다/분기히 흔번 감이야 반다시 목뎍을 일우리라/엇지 이에 니를줄 헤아렷나/시셰가 그러ᄒ도다/이등을 업시홈이여 이 목숨이 엇지 앗가오리오/동포동포여 큰 사업을 속히 일울지어다/만세만세여 대한독립 만세 만세여 대한동포"(안중근, 「장부가」 전문, 185호)
33　김영철, 「신한민보의 저항시 연구」, 건국대학교, 『학술지』 34-1호, 1990, 52쪽 참조.

58
/
59

제2장　미주 한인시 문학장의 형성기

오날날 우리손에 잡은 칼은
로동 만주에 크게 활동하든
동명왕의 칼이 방불하고나

(후렴) 번ㄴ젹 번ㄴ젹 번기 갓히 번ㄴ젹
번ㄴ젹 번ㄴ젹 번기 갓히 번ㄴ젹
쾌한 칼날이 우리 손에 빗나며
독립의 위권을 썰치난고나

二
한반도의 용감한 쾌남아를
어늬누가 능히 듸젹할쏘냐
청견강에 슈병을 격파하는
을지공의 칼이 오날날 다시

三
우리의 칼이 한 번 빗나간 곳에
악마의 머리 츄풍 낙엽일셰
한산도에 왜젹을 격파하든
튱무공의 칼이 오날날 다시

四
오날날 우리 손에 잡은 칼은
누구를 위하야 련습함인가
바다를 갈으고 산을 벼인후
승견고 울니며 독립만셰

— 안창호, 「격검가」 전문[34]

이 시는 민족개조론과 무실역행 사상으로 유명한 도산 안창호가 지은 창가

---

34 371호(1915. 6. 17.)

이다. 도산은 새로운 학문을 받아들이기 위해 1902년 미국 샌프란시스코로 건너가 초등 과정부터 다시 공부를 시작하였다. 이후 상하이와 국내에서 독립운동을 하다가 1909년 안중근 의사의 거사와 관련하여 다시 미국으로 망명, 1913년 흥사단을 조직하여 독립운동을 전개했다. 이 작품은 3 · 1운동 직후 상하이로 건너가기 전까지 도산이 미국에서 독립운동을 하던 시기에 지은 것이다. 당시 이 작품은 교민들의 독립의식 고취에 많은 영향을 끼친 것으로 전해진다. 시의 제목인 '격검가'는 모두의 시구인 "쟝검을 빗겨들엇네"를 의미한다. 시상의 흐름을 따라가면 긴 칼을 든 주체는 우리 민족이고 그 칼로 공격을 받아야 할 대상을 일제 식민주의자들이다. 그런데 격검의 서사적 맥락을 제시함으로써 그 이유가 더욱 분명해진다. 1연의 "동명왕의 칼", 2연의 "을지공의 칼", 3연의 "튱무공의 칼"을 제시하면서 그런 칼을 "오늘날 다시" 들어야 한다는 점을 강조하고 있다. 그 목적은 마지막 연에 제시한 대로 일제를 물리치고 "독립만세"를 하기 위한 것이다.

또 하나, 애국 애족과 독립사상을 노래한 미주 한인시 가운데 1919년 3 · 1 만세운동과 관련된 작품이 다수 등장하고 있어 인상적이다. 1919년에 발표된 18편이 대부분 3 · 1만세운동이나 유관순 열사의 용기와 희생을 주제로 하고 있다. 이 점은 일제의 폭압에서 비교적 자유로웠던 미주 시단이었기에 가능했던 것으로 이해할 수 있다.

> 방년이 겨우 二八,
> 봉오리 꽃피는 쇽셰의 「엔젤」
> 츌셰한 이후 신산의 침히를 받은 적 업소
> 부정 불의에 참지 못히 부르짓는 원호성이,
> 하눌까지 치밀침을
> 드른 그 날로붙어,
> 맑은 눈에 쓰거운 눈물이 심솟듯 하고,
> 만신열혈―부드런 그 가슴 자로 쮜노라.

인싱의 츈졀인 더 쇼녀는,

셰샹의 오락 얻고져 안소.

쟝미꼿 같은 그 입슐 사랑의 「키쓰」를 사졀하고,

셤셤옥슈를 들어 졍의의 칼을 대신 하며,

텬사의 목소리로 웨치는 말이 오직 「리버티!」

　　　　　　　　　— 최웅션, 「어린 누의 자유 위해」 전문[35]

　이 시는 "방년"의 어린 나이에 3 · 1만세운동을 하다가 체포되어 일제의 모진 고문 끝에 세상을 달리 한 유관순 열사를 천사("엔젤")로 찬양하고 있다. 시의 화자는 유관순 열사가 "부졍 불의에 참지 못히 부르짓는 원호셩" 소식을 들은 후에 온 몸에 피가 뜨거워짐을 느낀다. 화자는 사춘기의 어린 소녀 유관순이 여린 목소리와 고운 손으로 "정의"와 자유("리버티")를 외치다가 희생되는 장면을 연상하면서, 울분과 감동("쓰거운 눈물")을 느끼고 있다. 다른 시에서도 3 · 1운동은 다양하게 형상화되고 있다. 그 실패로 인한 모국의 비극을 "져 건너/조국 산하에는/신셩한 독립을 위하야/원슈로 싸호난 우리동족/죽엄이 짜에 차고/호곡셩이 사모친다"(에쓰싱, 「대한청년들아」(534호) 부분)고 표현하거나, 일제에 대한 투쟁의 의지를 "자유를 위히 몸 받친 청년들/무서워 말고 끝까지 싸호라"(팍 대학 긔산, 「자유로 죽고 살아라」(535호) 부분)고 권장하고 있다. 그리고 "셤 아희야/네 칼을 돌려잡라/그 앞에 항복하고/우리님 친히 주는/안도에 바른 셰례/공손히 받을지라"(김창만, 「틔빅에 우리 님」(539호) 부분)는 독특한 시구에서는 일본 병사들의 항복과 기독교에의 귀의를 권장하기도 한다. 이들은 개화기 미주 한인들 특유의 강고한 저항 정신이 반영된 결과이다.

35　549호(1919. 5. 8.)

3) 디아스포라 의식과 자연 서정

미주시 문학장의 주제 가운데 또 하나 중요한 것은 디아스포라 의식과 자연 서정이다. 다만 개화기 미주 한인시에서 디아스포라를 주제로 한 시는 양적인 측면에서 보면 생각보다 많지 않은 편이다. 그것은 아마도 문명개화, 특히 국권 상실로 인한 애국 계몽의 주제의식이 도드라지게 전경화 되었기 때문으로 보인다. 어쨌든 구한말과 일제 강점기에 미국으로 이주한 이들은 생존을 위해 어쩔 수 없이 이주를 선택한 측면이 있다. 피할 수 없는 조건은 물질적 가난이나 정치적 핍박이었다. 전자는 봉건사회에서 근대사회로 넘어오는 과정에서 그 변화에 적응하지 못하는 일반 서민들의 것이었으며, 후자는 일제의 침략이 노골화되면서 자신의 안위를 보장받을 수 없었던 애국 독립운동가의 몫이었다. 여기에 신학문을 공부하기 위해 온 젊은이들도 있었지만, 애국 독립운동가와 겹치는 부분이 많았다. 초창기 미주 시문학에서 디아스포라 의식 가운데 가장 빈도 높게 드러나는 것은 향수이지만, 유랑의식이나 아메리칸 드림과 관련된 내용이 나타나기도 한다.

자신의 고국이 망국의 상태에 있다는 사실은 미주 이민자들에게 그렇잖아도 고달픈 이민 생활을 더 힘겹게 한다. 나라 없는 민족으로서의 이국 생활은 심적인 측면에서 이중 삼중의 고통을 수반하는 것이기 때문이다. 그 고통은 종교적 신앙마저도 충분히 위무해줄 수 없는 심각한 것이다. 즉 이민 생활은 "쥬께셔 너를 안위의 가슴에 품으시려/히 돗는 아름 맑은 시닛가 넷교당/니게로 오라는 텬국/죵소리 의연컨만/그 죵소리 부드러운 손에 졍 잡든/오리된 셩경 바람에 한 쟝식 날릴 쑌"이어서 "참혹과 비참에 쌓여/외롭고 쓸쓸하고나!"(김창만, 「집소식」(573호) 부분)라고 말할 수밖에 없는 처지이다. 디아스포라 의식과 관련된 시편들은 대부분 이러한 고독감과 힘겨움을 드러내고 있다.

一

가을둘은명냥ᄒᆞ되
만슈쳔림으로
어나오ᄂᆞ져ᄇᆞ름은
츄풍이완연타

(후렴) 화려강산고국과
내부모형뎨가
항샹무고ᄒᆞ신지
나알기원ᄒᆞ네

二

고국산쳔뒤에두고
언어가다른곳
향ᄒᆞ고나오ᄂᆞ내마음
비홀곳업고나

三

부모형뎨쎠ᄂᆞ후로
쇼식은모연코
창망ᄒᆞ바다에나한몸
외로히안젓네

四

둘아네게물어보ᄌᆞ
너ᄂᆞ볼터이니
내고향부모동싱들이
다평안ᄒᆞ시냐

五

나라업\\는인 몰이요

의지홀곳업네

가련ᄒ고불샹ᄒ나를

황련은보소셔

— 망명청년 립, 「고국을 써나 망명ᄒ야 오ᄂ 학싱의 고국을 싱각ᄒᄂ 노릭」 부분[36]

자유종을 크게치고

독립긔를 놉히들어

유진무퇴 하올적에

귀국ᄒ셰 귀국ᄒ셰

빅두산을 가르치며

황발히를 밍셰ᄒ야

유사무싱 ᄒ올쎠에

귀국ᄒ셰 귀국ᄒ셰

대포연긔 안기굿고

탄환방울 비와굿치

오더라도 겁이업시

압흘셔셔 귀국ᄒ셰

모릭밧헤 쎠를깔고

가을풀에 피를샏려

죽더리도 영화로다

돌지말고 귀국ᄒ셰

— 도국싱, 「귀국가」 부분[37]

앞의 시는 이민 생활의 어려움을 호소하고 있다. 가장 큰 어려움은 고국
에 대한 향수인 터, 후렴구에서 "화려강산고국과/내부모형뎨가/항샹무고ᄒ

---

36 297호(1913. 11. 7.)

37 128호(1907. 4. 14.)

신지" 궁금하여 한시도 마음의 안정을 찾지 못하고 산다. 더구나 미국은 "언어가다른곳"으로서 모국어를 사용할 수 없는 언어적 이질감 때문에 이민자의 삶을 더욱 어렵게 노래한다. 언어가 다르다는 것은 문화가 다르다는 것이니 이국에서 느끼는 문화적 이질감은 이민자들의 삶을 더욱 힘겹게 한다. 특히 머나먼 이국땅에서 "나라업ᄂ" 사람으로 살아간다는 것은 "의지ᄒᆞᆯ곳업"는 상황의 반복일 따름이다. 그런 상황을 "창망ᄒᆞᆫ바다에나한몸/외로히안젓네"라고 표현하면서 "가련ᄒᆞ고불샹ᄒᆞᆫ나를/황텬은보소셔"라는 하소연하고 있다. 뒤의 시는 이민 생활의 어려움을 떨쳐버리고 차라리 귀국하여 조국에서 독립운동에 참여하고 싶은 소망이 드러난다. 이러한 마음은 당시 적지 않은 미국 이민자들이 간직하고 살았던 보편적인 마음이었을 터이다. 조국을 떠나 미국에서 유랑하는 삶을 사느니, 차라리 죽음을 맞이할망정 귀국하여 독립운동을 하자는 다짐을 하는 것이다. 이 시는 결국 "지미동포"들에게 귀국하여 "자유"와 "독립"을 위해 싸우다가 "죽더라도 영화"라는 사실을 각인시키려는 목적성을 지닌다. 독립운동을 위해서는 여기저기 뿌리 없이 떠"돌지말고 귀국ᄒᆞ셰"라고 권장하는 것이다.

조국을 상실한 이민자들의 고달픈 삶을 위무해주는 가장 소중한 존재는 자연이다. 개화기 미주 이민자들이 자연 서정을 통해 자신들의 고달픔 삶을 위무 받았던 정황은 여러 작품에서 산견된다. 특히 『신한민보』가 여러 차례에 걸쳐 창가 공모전을 하면서 시제를 주로 자연을 대상으로 삼았다는 점은 흥미롭다. 이러한 공모전은 1910년 3월에는 '봄'을, 5월에는 '바람'을, 6월에는 '달'을 시제로 실시했다. 1914년에는 8월에는 '꽃'을 시제로 실시했다. 당선 작품도 1등에서 4등까지 선발을 했는데, 2등 이하는 복수로 선정하여 상당히 많은 작품이 수상하는 결과를 낳았다.[38] 당시 공모전에 관한 관심이 아주 컸

---

38 공모전 작품이 차지하는 비중은 1910년의 시단에서 도드라진다. 그 해에 『신한민보』에는 모두 53편의 시(한시 4편 포함)가 발표되는데, 그 가운데 약 72%에 해당하

던 것으로 보인다. 실제로 공모전에서 수상한 작품들은 당시의 일반적인 창가와 비교할 때 높은 수준을 보여주고 있어서 주목할 필요가 있다.

1) 네소식이제알아
싸힌눈다녹앗다
나는곳됴흔시ᄂᆞᆫ
츔추고노릭ᄒ나
버들은무ᄉᆞᆷ일노
미화로닷토는가
즐기고노릭홈이
모도다씩를ᄯᅡ라

— 댱라득, 「봄」 전문[39]

2) 뭇노니뎌바람아
네뜻이괴이ᄒ다
슌ᄒ게부ᄂᆞ긔운
봄꽂엔은혜되나
가엽슨가울입혜
원슈를짓단말가
그러ᄂᆞ하날뜻을
직힘은늬아노라

— 뎡영슈, 「바룸」 전문[40]

3) 일만별군사삼아
홀노쟝슈되엿다

는 38편이 공모전 수상 작품이다. 이런 사실만 보아도 당시 공모전 수상 작품이 차지하는 비중이 크다는 사실을 말해준다.

39   178호(1910. 3. 30.)
40   186호(1910. 5. 25.)

얼굴이거울곳히
말근빗치졀노나
가울날보름밤에
별스럽게더발가
발고도말근틱도

온전하한빗이라

— 무명씨, 「달」 전문⁴¹

4) 비단갓치고옵고
봄바람에퓌여도
뫌은향닉업스면
누가스랑ᄒ겟노

— 녀스, 「꽃(花)」 전문⁴²

이 작품들은 1910년 3월부터 1914년 8월에 걸쳐 시행한 공모전에서 1등을
차지한 것들이다. 1)은 봄을 맞이하는 감회를 "녜소식이졔알아/싸힌눈다녹앗
다"고 표현한다. 물론 궁금했던 사람의 소식을 들었기 때문에 눈이 녹았다는
것은 사실 논리적으로 모순된다. 그러나 그리운 사람의 소식을 들으면 마음
의 눈이 녹을 수 있다는 점에서 시적 허용의 일종으로 읽을 수 있다. 또한, 봄
은 꽃과 새가 춤추고 노래하는 시절이고, 버들과 매화도 앞을 다투어 봄을 맞
이하는 계절이라고 한다. 이처럼 자연물들이 즐기고 노래하는 것이 모두 봄
이라는 시간의 흐름에 따라 만물이 생동하는 자연의 이치라고 보는 것이다.

2)도 비슷하게 시상을 전개한다. 자연 현상인 "바람"이 봄꽃에게는 은혜가
되지만 가을 잎사귀에는 원수와 같은, 봄꽃이 피기 위해서는 가을의 조락이
먼저 있어야 하는 자연의 이치("하날쯧")를 노래한다. 3)은 "달"이 "일만별군사"

41　188호(1910. 6. 8.)
42　333호(1914. 8. 6.)

를 거느린 "쟝슈"라고 하여 특이한 비유적 상상력을 보여준다. "보름밤에/별스럽게더발가"라는 표현도 앞의 시구에 등장한 별과 연계한 흥미로운 표현이다. 맑고 밝은 달빛을 보면서 모두 하나가 되는 평화로운 시대를 염원하고 있다. 4)는 꽃의 외양보다 향기를 강조하면서 인간의 품격이 중요하다는 점을 암시하고 있다. 이들은 모두 시적으로 승화된 자연 서정을 통해 독자들이 디아스포라 의식의 극복하는 데 도움을 준 것으로 판단된다.

4. 도산 안창호 창가의 문학사적 의미

1) 서론 – 시인으로서의 도산

도산 안창호는 구한말과 일제 강점기에 독립운동과 민족 교육을 위해 헌신한 선구적 인물이다. 1878년에 평안남도 강서에서 태어난 안창호는 일찍이 신학문과 기독교를 받아들이면서, 나라의 역량을 키우기 위해서는 실력양성이 중요하다는 점을 강조했다. 그는 1896년에 설립된 '독립협회'에 참여하여 애국 계몽 운동에 앞장서고, 근대식 교육기관인 점진학교를 설립[43]하는 등 교육운동에도 적극적이었다. 그는 또한 교가로서 「점진가」라는 창가를 지어 학생들이 부르도록 했다. 이후 독립협회가 수구세력의 모함으로 해산되자 도산은 신문물 공부를 해야겠다는 생각으로 미국 유학을 결심하였다. 1902년, 22세의 나이에 샌프란시스코에 도착한 도산은 한인들의 비루한 생활 실태를 접하면서 근대적 문물을 공부하는 일보다 동포들의 단합과 애국

---

43   서영훈, 『도산 안창호』, 흥사단출판부, 1983, 222쪽. 1899년 도산이 자신의 고향인
      평안남도 강서군에 근대식 초등학교로서 한국인이 세운 최초의 사학이자 최초의 남
      녀공학이었다.

심 고취가 더 중요하다고 생각한다. 그리하여 미주지역 최초의 한인 단체인 공립협회[44]를 설립하여 민족의 단합과 애국 운동을 주도해 나갔다. 공립협회는 언론을 통한 독립운동을 지향하기 위해 기관지인 『공립신보』를 발행하였는데, 이 신문은 창작 창가와 기존의 창가를 적극적으로 게재하면서 애국 계몽 운동을 전개하는 데 중요한 역할을 담당했다.

도산은 을사늑약으로 국권이 상실되어 가는 과정을 바라보면서 적극적인 항일 운동의 필요성을 절감하였다. 그래서 1907년 미국에서 국내로 돌아온 안창호는 신채호 등과 함께 신민회[45]를 설립하여 조직적인 독립운동을 실천하기 시작했다. 그는 신식 교육기관인 대성학교, 오산학교 등을 세우고 청년 학우회를 만들어 민족 지도자들을 양성하기 위해 노력해 나갔다. 그러나 한일 강제합방과 한국인의 우민화 정책을 추진하기 위한 일제의 극렬한 탄압을 피해 도산은 1911년에 다시 미국으로 건너갔다. 1913년, 샌프란시스코에서 그는 무실(務實), 역행(力行), 충의(忠義), 용감(勇敢)을 강령으로 독립운동과 인재양성을 위한 흥사단을 만들어 애국 계몽 운동을 전개해 나갔다. 1919년 3·1운동이 일어나자 도산은 중국으로 건너가 대한민국 임시정부의 내무총장으로 활동하였다. 이후 1924년에 다시 미국으로 건너간 도산은 미주지

44　이도훈, 「공립협회의 민족운동 연구」, 민족운동사학회, 『민족운동사연구』 4호, 1989. 1905년 11월 샌프란시스코 퍼시픽 거리에 설립하고 안창호가 초대회장을 맡았다. 이후 재미 한인 수가 증가하면서 로스앤젤레스, 새크라멘토, 리버사이드 등 미국 서부지역에 지회가 설치되었다. 이후 국내뿐만 아니라 연해주·만주 등지로 조직이 확대되어 나갔다. 국내 지회는 1907년 1월 안창호가 귀국하면서 조직이 확대되어 항일 비밀결사인 신민회로 발전하였다.

45　윤경노, 「신민회의 창립과정」, 고려대 역사연구소, 『사총』 30권, 1986. 1907년 항일 독립과 애국 계몽을 위해 결성한 비밀결사체로서 회장은 윤치호, 부회장은 안창호였다. 그리고 장지연, 신채호, 박은식, 이승훈, 이동녕, 이회영 등이 중요한 역할을 담당했다. 이들은 대부분 '독립협회'의 청년회원 출신들로서 기독교인들이 많았다. 신민회의 목적은 민족의식과 독립사상 고취, 동지의 규합과 국민운동 역량 축적, 청소년의 교육 진흥, 상공업의 증진 등이었다.

역 독립운동을 점검하면서 1년 넘게 체류하다가 1926년 중국으로 돌아갔다. 그러나 도산은 1932년 중국 상하이에서 일경에게 체포되어 국내로 압송되었고,[46] 옥중 생활에서 얻은 병으로 인하여 1938년 60세의 나이로 세상을 하직했다. 이처럼 파란만장한 도산의 생애는 그대로 그의 창가 작품에 핍진하게 반영되었다. 도산의 창가는 문학과 삶과 시대정신을 전면적으로 일치시킨 대표적인 하나의 사례이다.

도산 안창호 연구는 그동안 독립운동가의 삶에 집중해왔지만, 그에 대한 총체적인 이해를 위해서는 창가 작가의 삶도 주목할 필요가 있다. 시인으로서의 도산을 호명할 이유가 충분히 있다고 하겠다. 현재 도산의 창가 작품은 25편[47]으로 알려져 있는데, 이들이 근대 한국 시문학사[48] 내지는 미주 한인 시문학사에서 이들이 차지하는 비중은 결코 낮다고 할 수 없다. 그동안 일부 연구자들에 의해 도산의 창가에 관한 연구[49]가 이루어지기는 했으

---

46 김도형, 「도산 안창호의 '여행권'을 통해 본 독립운동 행적」, 한국독립운동사연구소, 『한국독립운동사연구』 제52집, 2015 참조.

47 도산안창호선생기념사업회에서 편찬한 『도산안창호전집』 제1권(동양인쇄, 2000, 238~259쪽)에는 「애국가」 등 25편이 소개되어 있다. 그런데 「격검가」와 「쾌하다 장검을 비껴들었네」가 동일한 작품이므로 실제는 24편이다. 여기에 『전집』에 포함되지 않은 「점진가」를 포함하면 25편이 된다. 본고는 전집에 수록된 작품들을 기본 텍스트로 삼을 것이다(이하 『전집』이라 약칭함). 그러나, 이들은 일종의 편집본이거나 복사본이므로 가능하다면 원전을 찾아 인용할 것이다. 한편, 이명화가 정리한 "도산 안창호의 작시 노래"(「도산 안창호의 애국 창가 운동」, 『도산학연구』 제14·15집, 2015, 214~228쪽)에도 25편이 제시되어 있는데, 이는 역사학자의 관점에서 현행 맞춤법으로 재정리해 놓아 연구의 보조 자료로 활용할 것이다.

48 한국 문학사에서 창가는 주로 1900년을 전후한 시기에 창작되었다. 창가는 고전 가사를 계승한 과도기적인 시 형태로서 개화가사와 신체시의 중간에 위치하는 시 장르이다. '부르는 노래'라는 뜻의 창가는 보통 개화나 애국 계몽을 주제로 하여 교가나 찬송가 형태로 불리었다. 당시 창가는 대부분 익명으로 발표되었다(김윤식 외, 『한국현대문학사』, 현대문학, 2017, 25~26쪽 참조). 이런 사실에 비추어볼 때 도산의 창가는 선구적 면모를 갖추고 있었다고 판단된다.

49 이명화, 「도산 안창호의 애국 창가 운동」, 도산학회, 『도산학연구』 제14·15집,

나, 이 또한 독립운동가의 삶을 조명하는 데 무게중심을 두고 이루어졌다. 어느 음악학자는 도산의 창가를 음악사적으로 연구[50]하기도 했다. 그러나 도산의 창가에 문학사적인 가치를 부여하고 그 의미를 부여하는 일은 아직 본격적으로 이루어지지 않았다. 이 글은 이러한 문제의식을 전제하고 도산의 창가가 지니는 장르와 내용의 특성을 분석하여 그 문학사적 의미를 도출해보고자 한다.

2) 도산 창가의 장르와 형식적 특성

도산의 창가는 장르적 특성으로 볼 때 당시 우리나라의 문학사적 흐름과 함께 했다고 할 수 있다. 도산이 창가를 창작했던 19세기 말부터 20세기 초까지 창가는 한국 시문학사에서 지배적인 장르 역할을 하고 있었다. 창가는 고전 가사의 형식을 전유하고 애국독립과 문명계몽을 내용으로 하여 성립된 과도기적 시가 장르이다. 창가의 외연적 범주는 개화가사와 신체시의 중간 정도로 보는 견해가 있고, 신체시 이전의 애국 계몽기 가사를 모두 창가로 보는 견해도 있다.[51] 전자는 애국 계몽기 시가를 2분법으로 보는 것이고, 후자는 3분법으로 보는 것인데, 도산의 창가와 관련해서는 3분법으로 보는 것이 좋을 듯하다. 왜냐하면, 도산의 창가는 대부분 애국가나 독립가, 학교 교가와 같은 노래의 가사 역할을 했기 때문이다. 즉 일반 개화가사처럼 노래를 목적으로 하지 않은 경우가 드물고, 신체시처럼 산문적 운율이나 구어체나 감각

2015. 이명화, 「신민회의 애국 창가 운동과 도산 안창호」, 도산학회, 『도산학연구』 제16집, 2017. 이정은, 「도산의 독립사상의 특성과 애국 창가 활용」, 도산학회, 『도산학연구』 제16집, 2017.

50 민경찬, 「도산 안창호 애국 창가의 음악사적 의미 그리고 악보 복원 및 재현」, 도산학회, 『도산학연구』 제16집, 2017. 민경찬, 「도산 안창호의 애국시를 가사로 한 음악에 관하여」, 도산학회, 『도산학연구』 14·15집, 2015.

51 김윤식 외, 앞의 책, 26쪽.

적 언어를 적극적으로 도입하려는 시도를 보여주지 않았기 때문이다. 물론 그렇다고 도산의 창가가 개화가사나 신체시와 완전히 구분되는 것도 아니다. 그 음수율이나 음보율에서 때로는 개화가사가 보여주는 비교적 엄격한 규칙성, 신체시에서 시도했던 산문적 운율이나 구어체가 부분적으로 드러나기 때문이다. 사실 도산의 창가는 개화기 시가의 지배적 장르가 창가였을 뿐만 아니라 그 형식도 개화가사, 창가, 신체시의 순서로 발전해나간 것이 아니라[52]는 당시의 특수한 장르의식과 밀접히 관련된다.

창가의 기원에 관해서는 여러 가지 견해가 있다. ①1860년 동학가사, ②1876년 개항, ③1894년 갑오경장, ④1896년『독립신문』등과 관련짓는 견해가 그것인데, 이들 가운데 도산의 창가는 ④와의 관련성이 가장 밀접하다. 도산이 지은 최초의 창가는 1899년 점진학교를 세우면서 만든 교가인「점진가」이고, 이후『독립신문』이나『신한민보』에 창가 작품을 지속하여 발표했기 때문이다. 이뿐만 아니라 우리나라 최초의 창가로 알려진 작자 미상의「황제탄신 경축가」나 이중원의「동심가」가 1896년 발표되었다는 점도 ④의 설득력을 보강해준다. 이뿐만 아니라 도산의 창가 가운데 경술국치가 강제된 1910년대에 창작 발표된 작품이 가장 많다[53]는 점도 ④와의 연관성을 더 밀접하게 해준다. 도산의 창가는 경술국치에 대한 도산의 울분과 일제에 대한 저항 의지가 강렬한 시적 파토스와 결합한 결과였다.

도산은 비록 근대적 시 양식인 자유시에까지 이르지는 못했지만, 창가가 우리 시가의 주류 장르로 전개되던 시기에 아주 중요한 역할을 했다. 가령 최초의 창가인「황제탄신 경축가」가 조선 왕조의 군주가 아닌 대한제국의 황제를 찬양하는 노래이지만, 아직 황제를 흠숭의 대상으로 삼고 있다는 한계가

---

52   김영철,『한국 현대시 양식론』, 박이정, 2018, 20쪽.
53   도산의 창가 25편 중 절반 이상인 13편이 1910년대에 발표되었고, 그중에「거국가」,
      「애국가」,「병식행보가」,「부모은덕가」,「언제나 언제나」등 5편이 1910년 경술국치
      가 이루어지던 해에 발표되었다.

있었다. 이 작품의 내용은 "1. 놉흐신 샹쥬님/ᄌ비론 샹쥬님/궁휼히 보쇼셔/
이 나라 이 땅을/지켜주옵시고/오 쥬여 이 ᄂᄅ/보우ᄒ쇼셔//2. 우리의 딕
군쥬/폐하 만만세/만만세로다/복되신 오늘날/은혜를 나리사/만수무강케/ᄒ
야 주쇼셔(「황제탄신경축가」,[54] 전문)로 구성되어 있다. 이 창가는 새문안교회에
서 고종황제 탄신을 축하하기 위해 불렀다고 하는데, 율조 면에서 1절과 2절
의 가사가 서로 정확하게 대응하지 않을 뿐만 아니라 문맥도 다듬어지지 않
은 모습이다. 그러나 이 작품은 기왕의 재래식 전통 율조인 3 · 4조 혹은 4 · 4
조 등과 다른 2 · 3조, 3 · 3조, 6 · 5조 등의 다양한 형태를 보여준다는 점에
서 이전의 개화가사와는 다른 모습이다. 이 시기부터 등장하기 시작한 도산
의 창가는 대부분 이 작품이 보여주는 다양한 율조를 바탕으로 하면서 찬양
의 대상을 왕이나 황제가 아니라 근대적 국가로 바꾸었다. 이런 점에서 도산
의 창가는 당시의 우리나라 시가가 지닌 근대적 성격을 고양하는 데 적잖은
기여가 있었다.

애국 계몽기에 창가가 활성화된 것은 독립협회와 신민회가 국민의례 운동,
애국가 짓기 운동 등을 전개하고, 새로 설립된 학교들이 대부분 근대적 교과
와 함께 창가 교육을 활성화하였기 때문이다. 특히 각종 학교는 대부분 교회
와 관련되어 있어서 찬송가의 형태를 띤 교가를 채택하여 학생들에게 부르
게 했다. 창가는 비록 일본에서 들어온 장르지만 도산과 신민회가 사립학교
를 중심으로 전개했던 애국창가 운동은 일본의 창가를 압도함으로써 일제를
불안케 하였다.[55] 일제는 우리나라에 일본의 창가를 들여오면서 문명계몽이
라는 미명 아래에 한국인들을 일본 문화에 동화시키고자 하였지만, 도산을

---

54   새문안교회, 『새문안교회 85년사』, 1973. 1896년 7월 25일 새문안교회에서 거행한
      고종황제 탄신 경축회에서 불린 창가였다고 한다.
55   이명화, 「신민회의 애국 창가 운동과 도산 안창호」, 도산학회, 『도산학연구』 제16집,
      2017, 203~204쪽 참조.

비롯한 창가 작가들은 탈식민주의적 전유(appropriation)[56]를 통해 오히려 일제에 저항하는 노래를 만들어 유행시켰다. 이러한 창가 운동은 학교의 교가나 교회의 찬송가로 불리는 형식으로 이루어지거나, 『독립신문』, 『대한매일신보』, 『경향신문』 등의 신문을 매개로 전개되었다. 그 종류는 나라 사랑을 주제로 하는 애국가 유형과 문명 개방을 주제로 하는 개화가사 유형이 지배적이었다. 애국과 개화는 당시의 시대적 사명에 속하는 것으로서 창가는 그러한 사명을 많은 사람에게 전파하고 계몽하기 위한 목적성이 짙은 문학 양식인 것이다.

창가의 장르적 특성은 가창을 위한 시가라는 데에 있다. 창가는 일종의 노랫말이기 때문에 분절(分節), 후렴구, 합가(合歌) 등의 형식이 따르고, 서양 악곡이나 일본 창가의 악곡을 노래의 바탕으로 삼고, 7·5조를 중심으로 4·4조나 약간의 자유율 혹은 산문율을 따른다. 창가는 또한 민요, 시조 등 문학 양식과 찬송가, 교가 등 서양음악의 영향을 두루 받아 형성된[57] 특수한 문학 양식이다. 또한, 창가는 음악 장르의 특성을 수용하여 문명계몽과 애국계몽의 필요성을 사람들에게 전파하기 위한 목적을 만들어진 특수한 문학 장르이다. 전근대에서 근대사회로, 식민국에서 독립국으로 나아가는 과도기적 시대에 사람들을 계몽하기 위해 만든 목적의식의 문학 장르인 것이다. 이런 점에서 자율성과 예술성을 확보한 온전한 의미의 근대문학 양식이라고 보기 어렵다. 중요한 것은 부분적으로나마 전근대적 문학을 벗어나 근대적 문학으로 이행해 가고자 했다는 점이다. 이 시기 창가의 주요 작품들은 작자 미상이 대부분이지만, 안창호, 이중원, 최남선, 이광수 등과 같이 작가가 자신의 이름을 밝힌 작품들도 적지 않다는 사실도 그러한 근대성 지향과 관련

---

56 Peter Childs, Patrick. Williams, 『탈식민주의이론』, 김문환 역, 문예출판사, 2004. 문화연구에서 전유(專有)는 어떤 형태의 문화 자본을 인수하여 그 문화 자본의 원소유자에게 적대적으로 만드는 행동을 가리킨다.
57 김영철, 앞의 책, 32쪽.

된다. 이는 작가가 기명으로 발표하던 근대 문학작품의 일반적인 속성과 일치하는 모습이다. 도산의 창가가 보여주는 양식적 특성은 일반적인 창가와 크게 다르지 않다.

> 어야지야어셔가자, 모든 風波무릅쓰고, 文明界와獨立界로, 어셔쌜리나아 가쟈, 멸망波에쓴자들아, 길이멀다恨歎말고, 希望키를굿잇쇼고, 實行돗슬 놉히달아, 부는바롬쟈기젼에 어야지야어셔가쟈
>
> —「단심가」[58] 전문

一
쾌하다 쟝검을 빗겨들엇네
오날날 우리손에 잡은 칼은
로동 만주에 크게 활동하든
동명왕의 칼이 방불하고나

(후렴)
번ㄴ젹 번ㄴ젹 번기 갓히 번ㄴ젹
번ㄴ젹 번ㄴ젹 번기 갓히 번ㄴ젹
쾌한 칼날이 우리 손에 빗나며
독립의 위권을 썰치난고나

二
한반도의 용감한 쾌남아를
어듸 누가 능히 듸젹할쑈냐
청천강에 슈병을 격파하는
을지공의 칼이 오늘날 다시

---

58 『서북학회월보』(1908. 2.)에 「感安君昌浩心舟歌」라는 제목으로 발표되었다. 이후 『공립신보』(1908. 3. 11.)에 다시 실렸다.

三
우리의 칼이 한 번 빗나간 곳에
악마의 머리 츄풍 낙엽일세
한산도에 왜적을 격파하든
튱무공의 칼이 오날날 다시

四
오날날 우리손에 잡은 칼은
누구를 위하야 련습함인가
바다를 갈으고 산을 베인후
승전고 울니며 독립만세

—「격검가」[59] 전문

　두 작품은 각각 1절과 4절(후렴)의 형식으로 구성되었다. 앞의 작품은 4·4
조 4음보의 규칙적인 운율[60]을 정확히 지키고 있다. 다만, 고전 가사처럼 줄
글의 형태를 유지하고 있다는 한계점을 보여준다. 한 글자의 파격도 보이지
않는 이러한 운율적 특성은 초기 창가를 지배하는 형식적 특성이다. 이뿐만
아니라 창가의 가장 기본적인 주제의식으로서 문명계몽과 애국독립 의식이
선명하게 드러난다. "文明界와獨立界로, 어셔샐리나아가쟈"는 외침은 당시
의 시대정신을 온전히 반영한 것이다. 뒤의 작품은 앞의 창가에 비해 상대적
으로 자유로운 운율을 보여준다. 각 절의 음수율은 6·5조를 기조로 긱행이
2음보격을 유지하고 있다. 그러나 7·4조(1절 2, 3행, 2절 1, 3행, 3절의 2, 3행, 4
절의 1행)와 6·4조(4절 4행), 7·5조(후렴 3행, 3절 1행)를 보여주기도 한다. 이들
가운데 7·4조는 음절 수로 보면, 6·5조와 마찬가지로 11음절을 유지하고
있다. 이는 리듬이나 박자에 따라 음절의 단속(斷續)을 자유롭게 하는 노래

59 『신한민보』 1915. 6. 17.
60 보통 창가는 2음보나 4음보 혹은 3음보를 바탕으로 2행련이나 4행련의 구분이 이루
어지는 것이 일반적인 형식이었다.

제2장 미주 한인시 문학장의 형성기

가사의 성격상 6·5조로 보아도 무방하다. 그리고 6·4조나 7·5조의 경우는 음절수가 각각 10자와 12자이긴 하지만, 역시 음악적 차원의 모라(mora)[61] 단위를 이해하면 6·5조의 범주에 포함할 수 있다. 이 작품은 창가의 일반적인 음수율인 6·5조와 7·5조를 활용한 것인데, 도산이 분명한 장르의식 내지는 문학적 자의식을 가지고 창작했다는 점을 증명해준다. 다른 작품들에서도 이러한 운율과 장르의식이 그대로 나타난다. 이로 미루어보건대 도산은 애국 계몽기 한국문학사에 일정한 역할을 한 창가 작가 혹은 시인인 것이다.

도산은 독립협회와 신민회에서 활동하면서 애국 계몽 사상을 전파하는 매개로 창가를 적극적으로 활용했다. 독립협회의 기관지 『독립신문』에는 창가가 빈도 높게 게재되어 독자들의 인기를 끌었고, 신민회는 『대한매일신보』와 함께 애국창가 운동을 전개하여 창가를 계몽 운동의 중요한 발판으로 삼았다. 신민회가 추구했던 민중계몽, 국권 회복, 실력양성 등의 취지와 필요성은 창가를 통해 일반 국민에게 전달되었다. 도산이 창가를 중시했던 것은 창가가 지니는 강한 호소력과 동화력 때문이었다. 그래서 창가의 중요성을 실감[62]하고 스스로 많은 작품을 창작했을 뿐만 아니라 그 보급을 위해서도 힘썼다. 도산 창가의 주제 의식은 크게 문명교육 사상과 애국 독립사상으로 나눌 수 있다. 이들은 모두 당시의 시대정신을 반영한 것이었는데, 도산의 창가에서 시대정신은 창가 자체의 장르적 특성이기도 하거니와 그가 창가를 창작한 이유와 상통하는 것이었다.

---

61 음성 실현의 시간적 길이와 관련된 운율적 단위이다. 하나의 모음이 실현되는 길이가 1모라지만, 장모음은 2모라라고 할 수 있다.

62 『독립신문』(상해판), 1921. 5. 14. 도산의 말 중에 "宣傳에는 두 가지 種類가 잇습니다. 하나는 理性에 訴하는 것이오. 하나는 感情을 激動하는 것입니다. 講演冊子, 布告文 等은 理性에 訴하기를 主로 하는 것이고, 詩, 歌, 劇, 畵 等은 주로 感情에 訴하는 것입니다. 이 두 가지가 다 중요한 것이오."라는 대목이 눈길을 끈다.

이들 창가에 나타나는 주제의식은 무실역행과 충의 용감으로 수렴할 수 있다.[63] 이는 도산이 평생 마음 깊이 간직하고 살았던 사상인 동시에 1912년 미국에서 창립한 흥사단의 설립 목적이었다. 설립 당시부터 지금까지 전해 내려오는 흥사단 약법의 목적 조항을 보면, "본단의 목적은 무실역행(務實力行)으로 생명을 삼는 충의남녀(忠義男女)를 단합하여 정의(情誼)를 돈수(敦修)하고, 덕·체·지 삼육을 동맹수련(同盟修練)하여 건전한 인격을 작성하고, 신성한 단결을 조성하여 민족전도대업(民族前途大業)의 기초를 준비함에 있음"[64]이라고 제시되어 있다. 이때 "무실역행"은 참되고 실속 있도록 힘써 실행한다는 것으로, 실용적이고 합리적인 근대 문명을 받아들이는 데 열정을 바치는 것으로 해석할 수 있다. 또한 "충의남녀"는 애국애족에 힘을 쓸 "충의"가 용감한 젊은이들을 의미한다. 도산은 창가를 통해 독립정신을 함양하고 그 실천 행동을 촉구한 것이다. 이것은 도산이 살았던 구한말과 일제강점 시대에 대입하면 근대문명을 적극적으로 수용하고, 젊은이들에게 애국 계몽사상을 전파하여 독립 국가 건설을 위한 인재를 양성한다는 의미이다. 도산의 창가에는 이러한 정신이 온전히 깃들어 있다.

3) 무실역행의 시 정신 : 문명계몽과 청년 정신의 노래

문명계몽 사상은 도산 창가의 핵심적인 주제의식이다. 도산이 살다간 시대는 구시대에서 신시대로 넘어가는 과도기적 상황에 놓여 있었다. 당시 우

---

63 이승현, 「신민회 시기 안창호의 구국운동 구상」, 도산학회, 『도산학연구』 13집, 2010, 36쪽. 안창호는 신민회를 전후한 구국운동을 두 단계로 진행하였다. 하나는 국권을 상실하기 전까지는 유신 운동과 같은 구국운동을 통해 국권을 지키고자 한 것이고, 다른 하나는 국권을 상실한 다음 독립전쟁을 통해 국권을 회복하고자 한 것이다. 무실역행은 전자와 충의용감은 후자와 연관되는 측면이 있다.

64 http://www.yka.or.kr/html/about_dosan/movement_theory_04.asp

리 민족의 명운은 문명계몽을 제대로 이루어내느냐 그렇지 못하느냐에 달려 있었다. 구습에 얽매인 미개한 나라로 전락하지 않기 위해서는 문명계몽을 해야만 하는 시대였다. 더구나 일본은 이미 서구의 근대 문명을 수용하여 근대화의 기틀을 마련하고 근대국가로서의 능력을 속도감 있게 갖추어 나가고 있었다. 도산은 이러한 상황을 인지하고 학교를 세워 청년들에게 신교육을 실시하여 문명계몽을 이룩하고자 하였다. 도산의 초창기 창가에는 이러한 무실역행 사상이 빈도 높게 나타난다.

> 一
>
> 점진 점진 점진 기쁜 마음과
> 점진 점진 점진 기쁜 노래로
> 학과를 전무하되 낙심말고
> 하겠다 하세 우리 직무를 다
>
> 二
>
> 참 기쁜 음성으로 노래하여
> 직무에 전진 전진 향합시다
> 각과를 전무하되 낙심 말고
> 하겠다 하세 우리 직무를 다
>
> 三
>
> 전진 전진 전진 기쁜 맘과
> 전진 전진 전진 기쁜 노래
> 각과를 전무하되 낙심 말고
> 하겠다 하세 우리 직무를 다
>
> —「점진가」[65] 전문

---

65 이 작품은 작곡가인 이상준의 작품으로 소개되기도 했으나, 도산의 작품이 금지되었던 당시의 정황이나 작품의 내용, 신민회 회원이었던 이상준과의 관계 등으로 미루어 볼 때, 도산의 작품으로 보는 것이 옳을 듯하다.(민경찬, 「도산 안창호 애국 창

이 노래의 핵심 내용은 무실역행 사상이다. "점진"주의는 급진주의와 반대되는 것으로 이후 도산의 애국 독립사상인 '준비론'의 근간이 된다. 학생들이 나라의 희망찬 미래를 위해 "점진" 혹은 "전진"해야 하는데, 이를 위해 근대적 문물과 관련된 공부를 열심히 할 것을 강조하고 있다. "학과를 전무"한다는 것은 모든 근대적 학문의 과정("學課")에 오로지 힘을 쓴다("專務")는 의미이다. 이 창가가 지어진 시기는 우리나라의 근대화와 연관되어 청나라와 러시아, 일본, 그리고 서구 열강들이 앞다투어 개방을 요구하던 시기였다.[66] 도산은 이러한 혼란의 시기에 근대적인 학교 교육의 중요성을 깨닫고 신민회를 설립하고 국민을 계몽하고 각종 학교를 세워 학생들을 교육하고자 했다. 이 노래에서 중요한 것은 국가적으로 위태롭고 혼란한 시기임에도 불구하고 매우 희망적인 전망을 제시하고 있다는 것이다. "점진"이나 "전진", "낙심 말고", "기쁜 마음" 등의 구절들은 학생들에게 자신의 직분을 다하면 반드시 희망이 올 것이라는 확신을 심어주고 있다. 형식적으로는 각 행이 6·5조 내지는 7·5조를 기반으로 하는 2음보격을 유지하면서 분절 형태를 이루고 있는데, 이는 당시 일반화된 창가의 운율을 따르고 있는 모습이다. 또한, 반복법과 대구법, 도치법을 활용해 지루함을 덜어내고 있고, 문체상으로도 구어체를 활용하고 있어서 상당한 수준의 근대적 표현에 도달하고 있다. 이 작품으로 미루어보건대 도산은 19세기 후반부터 창가의 형식과 시대적 필요성에 대한 인식이 분명했다고 하겠다.

무실역행의 사상은 이후 흥사단 활동의 과정에서 더욱 실천적인 사상으로 구체화하게 된다. 흥사단은 도산이 1913년 미국 샌프란시스코에서 결성한

가의 음악사적 의미 그리고 악보 복원 및 재현」, 앞의 책, 291쪽 참조.)

66 일본은 청일전쟁(1894)과 러일전쟁(1904)을 승리로 이끌면서 동양의 패권을 갖게 되면서 조선에서의 지배권을 서서히 갖추어가고 있었다. 두 전쟁의 승리와 함께 일제는 을사조약(1905)과 경술국치(1910)를 통해 우리나라를 식민지로 전락시키고 말았다.

민족운동단체로서, 그 목표는 민족부흥을 위한 민족의 힘을 기르는 데 두고 있었다. 흥사단은 운동의 3대 원칙으로 자신의 힘으로 뜻을 이루자는 자력주의(自力主義), 힘을 길러야 한다는 양력주의(養力主義), 큰 힘이 있어야 큰일을 이룬다는 대력주의(大力主義) 등을 제시하였다. 흥사단에서는 입단의식에서 신입 단원들에게 도산이 지은 「흥사단 입단가」를 부르게 했다.

> 一
> 조상나라 빗내랴고 충의남녀 니러나서
> 무실력행 긔발밋헤 늠름하게 모여드네
> 맘을매고 힘을모아 죽더라도 변치안코
> 한목덕을 달하자고 손을들어 맹약하네
>
> 二
> 우리인격 건전하고 우리단톄 신셩하여
> 큰능력을 발하자고 동맹수련 함이로세
> 부모국아 걱정말라 무실력행 졍신으로
> 굿계뭉친 흥사단이 네영광을 빗내리라

—「흥사단 입단가」[67] 전문

이 창가에는 "무실력행"이라는 핵심어가 1절과 2절에 모두 등장한다. 1절은 "나라를 빗내랴고" 모여든 인재들이 "무실역행의 긔발" 아래서 "죽더라도 변치안"을 마음으로 "한 목적을 달하자고 손을 들어" 굳게 맹세하는 모습을 묘사하고 있다. 이는 흥사단 입단식에서 거행하는 단원 상호 간의 거수례 장면인데, 흥사단은 이를 통해 단원들의 적극적인 활동을 고무, 추동하고자 했다. 2절은 "동맹수련"을 통해 "큰 능력"을 양성하기 위해 "무실력행 정신으로" 단합을 하면 "영광"의 미래가 올 것을 강조하고 있다. 이때 "영광"은 부강한

---

67 이 작품은 『전집』 제1권(244쪽)에 악보와 함께 실려 있는데, 흥사단 입단식에서 부르던 노래의 가사이다. '흥사단가'라고도 한다.

독립국을 의미하는 것이고, "무실력행"은 참되고 실질적인 일들을 실천하라는 뜻이다. 즉 공리공론의 허식 명분론을 버리고 실천궁행(實踐躬行)을 노력하자는 것인데, 이는 당시 시대 상황에 비추어볼 때 자주적인 근대화의 길을 의미한다. 이 작품이 형식적으로 4·4조 4음보를 규칙적으로 지키고 있는 것은 처음부터 악곡의 가사로 사용하기 위해 창작했음을 의미한다.

무실역행 정신은 이외에 "三. 무실력행 운전긔에 전속력을 다하여서/랏심 회보 험한물결 긔운차게 건너가세//四. 금수강산 삼천리에 국부민강 닷을줄 때/삼천만의 한목소리 우리 력사 빛내리라"(「항해가」[68] 부분)에서도 강조되고 있다. 이처럼 도산이 무실역행의 정신으로 무장할 것을 역설하는 대상은 주로 청년 학생들이었다. 도산은 나라의 미래와 관련하여 청년 학생들의 역할이 매우 크다는 것은 인식하고 학교 교육에 힘쓰는 한편 창가를 통해 그들의 의식을 강화하고자 했다.

　
一
대한청년 학싱들아
동포형제 사랑하고
우리들의 일편단심
독립하기 밍약하세
화려하다 우리강산
사랑흡다 우리동포
자나씌나 닛지말고
기리보젼 하옵세다

(후렴)
학도야 학도야 우리 쥬의는
도덕을 비호고 학문 넓혀셔

68　이 작품은 미국에서 발간된 애국가집 『새벽』 1956년 5월호, 7월호, 9월호에 연재되었다.

삼쳔리 강산에 됴흔 강토를
우리 학싱들이 보젼 합세다.

二
우리들은 쏨을흘녀
문명부강 하게하고
우리들은 피를흘녀
자유독립 하여보세
두려움을 당할쩌와
어려움을 만날쩌에
우리들의 용감한맘
일호라도 변치말세

三
모든곤란 무릅쓰고
수임업시 나아가면
못할일이 무엇인가
일심으로 나아가셰
이강산에 우리동포
영원보젼 하량이면
우리들의 즁흔 책임
잠시인들 니즐손가

—「대한쳥년 학도들아」[69] 부분

이 노래는 모두 4절로 구성되어 있는데,『신한민보』발표 당시에 "안창호 저
작, 리셩식 기록"이라고 적었다. 내용의 핵심은 "대한쳥년 학싱들"에게 나라를
사랑하고 "광복"을 위해 열심히 공부할 것을 당부하고 있다. 또한, 공부의 목
적으로 "문명부강"과 "자유독립"을 내세우면서 이를 위해 "쏨을흘녀" "피를흘
녀" 노력할 것을 당부하고 있다. 이 노래는 새로운 "문명"을 통한 국가 "부강"

---

69 『신한민보』1915. 9. 16.

의 주체를 "대한청년 학싱들"로 설정함으로써 시의 내용과 잘 조화를 이루고 있다. 이뿐만이 아니라 창가에 일반적으로 활용되는 대구법과 반복법 외에 비유("삼천리 강산")와 상징("쏨", "피")을 사용하고 있어 문학적인 표현 효과를 보여주고 있다. 형식의 측면에서 4·4조의 4음보를, 후렴구는 6·5조 2음보격을 규칙적으로 사용하고 있다. 또한, 앞의 창가들과는 달리 후렴구가 있어서 음악적 성격을 강화하는 한편 "학문을 넓혀서" "광복"을 성취하자는 애국 계몽 사상을 각별하게 강조하고 있다.

4) 충의용감의 시 정신 : 애국독립과 항일투쟁의 노래

도산이 무실역행 사상을 통해 문명계몽이나 청년 정신으로 구현하고자 했다는 사실은, 그가 전근대 사회에서 근대사회로 변해가는 당시의 과도기적 시대 상황에서 선구자적 안목과 실천력을 지녔다는 것을 의미한다. 그런데 그러한 무실역행과 밀접하게 작용했던 사상이 바로 충의와 용감이었고, 그 구체적인 행동의 방향성은 애국 독립과 항일투쟁이었다. 주지하듯 애국 독립과 항일투쟁은 도산의 일평생을 지배했던 삶의 목표로서 그의 창가 작품들에 가장 빈도 높게 나타나는 주제의식이기도 하다. 이러한 애국 독립과 항일투쟁 정신은 국권 상실이라는 역사적 비극을 계기로 도산의 삶과 창가에 전면화된다.

▲간다간다나는간다너를두고나는간다너가너를作別ᄒᆞ後太平洋과大西洋을건널ᄭᅥ도잇슬지며西比利와滿洲[70]에단닐ᄭᅥ도잇슬지라나의몸을浮萍ᄀᆞᆺ치어ᄂᆞ곳에가잇던지너를싱각홀터이너니너도나를싱각ᄒᆞ라나의ᄉᆞ랑韓半島야

▲간다간다나는간다너를두고나는간다卽今離別홀ᄯᅢ에ᄂᆞᆫ빈주먹을들고가

---

70 '시베리아 만주들판'을 뜻한다.

나以後相逢홀쩌에는긔를들고올터이니눈물흘닌이離別이깃분마지되리로다
風暴雨甚흔이쩌부듸부듸잘잇거라훗날다시맛나보쟈나의스랑韓半島야

—「去國行」[71] 부분

　이 작품은 모두 4절 가운데 뒤의 2절인데, 1910년 4월 도산이 망명하기 직
전에 지은 것으로 알려져 있다. 별칭이 많아서「거국가」,「한반도 작별가」,
「간다 간다 나는 간다」라는 이름으로도 알려져 있다. 당시 이 노래가 여러 민
족사립학교에서 애창되자 조선총독부에서는 일본 제국에 반항을 장려하는
것으로 간주하여 가창을 금지했다고 한다. 이 작품이 창작되던 시기에 벌어
진 경술국치라는 민족적 굴욕과 일제의 탄압은 도산이 고국에 남이 있는 것
을 허락하지 않았다. 이 노래는 망명의 길을 떠나던 도산의 복잡한 심사를
잘 드러내고 있다. 3절에 등장하는 "太平洋과 大西洋" "西比利와滿洲"는 실
제로 도산이 경술국치 이후 조국을 떠나 떠돌아다닌 곳들이다. 도산이 나라
잃은 피식민지인으로 낯선 땅을 떠돈다는 것은 여간 고달픈 일이 아니었다.
뿌리를 잃은 자로서 "浮萍같이" 살아갈 수밖에 없는 것이기 때문이었다. 그
러나 도산은 "어느곳에가잇던지" "나의사랑韓半島"를 잊지 않겠다고 다짐하
고 있다. 이 다짐이 4절에 오면 "以後相逢홀쩌에는긔를들고올" 것이라고 하
면서 더욱 희망적인 전망을 드러낸다. 이때 "긔"가 독립 국가를 상징하는 국
기를 의미하는 것은 물론일 터, 도산은 국권을 상실한 나라를 떠나면서도 국
권 회복의 희망을 결단코 버리지 않았던 셈이다. 형식적으로 볼 때 이 노래
는 4·4조의 4음보를 비교적 규칙적으로 반복하면서 당시의 일반적인 창가
와 같은 양식상의 특성을 보여주고 있다. 특히 "간다"라는 말과 "나의사랑韓
半島야"라는 구절은 모든 절에서 반복되면서 운율감을 살리는 동시에 그 의

71　『대한매일신보』, 1910. 5. 12. 이후『신한민보』에 두 차례(1910. 6. 15; 1915. 11.
　　11.)에 다시 발표되었다. 전자는 '신도싱'이란 이름으로, 후자는 '안창호'란 이름으로
　　발표한다. 인용한 것은 후자의 표기에 의한다.

미를 강조하고 있다.

도산의 창가에서 "한반도"는 조국을 환유하는 중요한 매개체이다. 도산의 다른 창가에서도 "한반도"는 "일월갓치 빗난 나의 한반도야/둥근 달이 반공에 밝을씩/너를 싱각함이 더욱 간절하다 한반도야//아름답고 귀한 나의 한반도야/너의 나의 亽랑하는 바─니/나의 피를 쑤려 너를 빗내고져 한반도야"(「한반도」[72] 부분)와 같이 호명된다. 여기서 도산은 "한반도"가 단순한 애국의 대상이 아니라 "피를 뿌리"는 희생적 행동을 위한 대상으로 강조되고 있다. 모두 6절로 구성된 이 작품은 6·5조의 음수율을 근간으로 하되 7·5, 8·5조 등이 유연하게 활용하고 있다. 또한 "錦繡山의뭉킨靈氣/半空中에웃뚝소사/牡丹峯이되엿고나/活潑한氣像이소스난듯/牡丹峯아牡丹峯아/우뚝소사獨立한내牡丹峯아/네가내사랑이라"(「牡丹峯歌」[73] 부분)에서는 흥미로운 비유법을 보여주고 있다. 주변에 얽매이지 않고 우뚝 솟은 "牡丹峯"을 "獨立"의 표상으로 보고 있는데, 음수율도 4·4조를 기반으로 6·5조나 7·5조 등이 다양하게 활용되고 있다. 이처럼 도산의 창가는 애국을 구호나 외침이 아니라 국토애를 바탕으로 마음 깊은 공감과 실천의 문제로까지 고양하고 있는 동시에, 문학적 표현이나 시적 운율의 차원에서도 경직되지 않은 유연성을 확보하고 있다.

'애국가'는 창가에서 하나의 유형으로 구분할 수 있을 정도로 많은 작품이 존재한다. 도산 역시 애국가라는 이름의 창가를 여러 차례 창작했던 것으로 보이며, 그 주제의식의 차원에서 보면 도산이 창작한 작품 대부분이 여기에

---

72 광성중학교 편, 『최신 창가집』, 광성중학교, 1914.(국가보훈처, 1996년 영인본) 이후 『신한민보』(1931. 8. 6.)에 다시 발표되었다.

73 『소년』(1909. 4.) 최남선은 이 작품의 앞부분에서 "剛健한 辭句와 雄壯한 意味가 强大하게 又 深大하게, 우리의 神經을 興奮하게 하난 者─잇난지라"고 평가하고 있다. 도산의 작품이 강건하고 웅장하고 강대한 시대적 의미를 잘 드러내고 있다고 본 것이다.

속한다. 그러나 창가의 역사에서 애국가 유형은 직설적이고 웅변적인 투로 진술되어 있어 이미지의 형상화나 수사적 표현에서 근대적인 시와는 거리가 있었다.[74] 도산의 애국가 유형도 비슷한 성격을 갖기는 하지만, 당시의 일반적인 작품에 비해 일정 수준의 정제된 표현이 보이기도 한다.

一
슬푸도다우리민족아
ㅅ천여년력ㅅ국으로
ㅈㅈ손손복학ㅎ더니
오늘날이디경웬일인가

(후렴)
텰사쥬사로결박ㅎ줄을
우리손으로씬허바리고
독립만세우리소릭에
바다이ㅅ고산이동켓네

…(중략)…

八
ㅅ랑ㅎ는우리동포야
죽든지살든지우리마음에
와신상담을잇지말ㅇ셔
우리의국가를회복ㅎㅂ세다

九
익국정신과단톄힘으로
육단혈류를무릅쓰면셔
원수가비록산갓ㅎ되

74 창가 가운데 애국가 유형은『독립신문』, 『대한매일신보』, 『경향신문』 등의 신문에 실렸다. 김윤식 외, 앞의 책, 28쪽.

우리압을막지못ᄒ리

\+
독립긔달고ᄌ유죵칠쳑에
부모의한숨은우슴이되고
동포의눈물은깃붐될것이니
즁흥영웅이우리아닌가

—「의국가」[75] 부분

이 작품은 1910년 경술국치가 있던 해에 발표된 것이다. 8절에서는 죽음을 무릅쓰고 "와신상담"을 하여 "국가를회복"하자고 한다. 9절에서는 이를 위해 "의국정신과단톄힘"을 활용하고 "육단혈류를무릅쓰"는 용기를 갖자고 한다. "육단(肉袒)"이란 복종, 항복, 사죄의 표시로 윗옷의 한쪽을 벗어 상체의 일부를 드러내는 일을 일컫는데, 이 용어는 국권 회복을 위해서는 그런 치욕적인 일마저 넘어서야 한다는 의미를 내포한다. 도산은 그러한 의지를 간직한다면 "원수" 즉 일제의 힘이 아무리 강하더라도 항일독립을 막기 어려울 것이라고 자신하는 것이다. 그 자신감은 10절에 이르러 우리나라가 "독립긔달고ᄌ유죵칠쳑"에 "부모"와 "동포"가 모두 기뻐할 것이라는 희망을 노래하는 것으로 이어진다. 후렴에서는 일제의 억압을 "텰사쥬사로결박ᄒ줄"로 비유하면서 그것을 "우리의손으로싈허바리고/독립만셰"를 부를 때면 "바다가끌고산이동"할 것이라고 한다. 이런 점에서 이 작품도 애국을 충실히 실천하여 온전한 독립 국가를 만들자고 호소하는 내용이다. 이는 당시 창가 장르가 지니고 있던 핵심적인 주제의식에 해당한다. 형식적 측면에서도 이 작품은 운율은 6·5조를 기반으로 2음보격을 지키고 있으며, 후렴을 통해 음악성을

---

75 『신한민보』, 1910. 11. 12. 도산이 지었다고 전해지는 다른 「찬애국가」(『태극학보』 1908. 2.)도 있다. "우리나라 문명 발달되고/우리나라 독립 공고하면/빛난 영화로다 항상 즐겁겠네/나라 영광일세 나라 영광"(「찬애국가」 부분)라고 하여 "문명"과 "독립"을 동시에 노래하고 있다.

고양하면서 그 내용을 강조하는 전형적인 창가의 모습을 보여주고 있다.

애국가 유형과 관련하여 오늘날 우리나라의 국가인 「애국가」의 작사자가 도산이라는 견해가 있다. 이는 윤치호의 작품이라는 견해와 함께 많은 논의가 있었으나 아직 확정된 것은 아니다. 윤치호 설은 그의 「찬미가」가 「애국가」의 전신이라는 주장에, 안창호 설은 그의 「무궁화가」가 그렇다는 주장에 각각 주요 근거를 두고 있다. 다만 「애국가」의 원작자이든 아니든 도산은 「애국가」가 오늘날의 가사로 정착되는 데에는 일정한 역할을 한 것으로 보인다. 가령 「애국가」의 첫 구절은 원래 "성자신손(聖子神孫) 오백년은 우리 황실이요 산고수려한반도(山高水麗韓半島)는 우리 본국일세"였는데, 도산이 이를 "동해물과 백두산이"로 바꾼 것이 분명하다고 전해진다. 또한, 제4절의 "충성을 다하여"라는 가사도 원래 "님군을 섬기며"였던 것을 도산이 수정했다고 알려져 있다.[76] 중요한 것은 도산이 「애국가」의 작사자냐 아니냐의 문제보다는 거기에 담긴 정신을 온전히 간직하고 있었다는 사실이다.

도산의 애국 독립사상 가운데 하나는 일제와의 전쟁 준비론이다. 우리의 국권을 침해한 일본과 언젠가는 치러야 할 전쟁에 대비해 반드시 승리할 수 있도록 다 함께 힘을 모아 준비에 나서자는 것이다. 이러한 사상의 연장선에서 도산은 애국 독립을 위한 무장투쟁과 관련된 창가를 창작하기도 했다.

> 一
> 장하도다익국청년 ―톄분발피끌어
> 물결갓치닐어나니 형셩듸가되엿고나
> 걱정마라부모국아 피가끌는혈셩듸가
> 조샹나라붓들기로 밍약하고나셧고나
>
> …(중략)…

---

76 도산기념사업회 편, 『안도산전서(중)』, 범양사, 1990, 38~39쪽 참조.

五
대포소리부드치고 칼이압흘막더릭도
유진무퇴혈셩딕는 겁이업시나아가네
두려마라부모국아 담력잇는혈셩딕가
모험돌격하는쎡에 뎌원슈를항복밧네

六
혈셩딕의흐른피가 히슈갓치크게흘너
나라힘을썰쳐내고 나라영광빗닉보세
걱졍마라부모국아 혈셩딕가예잇고나
쟝할셰라혈셩딕를 항상불너노릭하라

—「혈셩딕」 부분[77]

이 창가는 1909년 처음 발표되어 북간도의 민족학교에서 널리 불린 것으로, 1914년 만주 광성 학교에서 펴낸 『최신 창가집』에 수록되었다. "혈셩딕(血誠隊)"는 독립운동가 백낙주(白樂疇)가 1921년 중국 요동성의 푸순(撫順) 지역에서 조직한 무장독립운동 단체였다. 이 단체는 독립군 자금을 모금을 위해 일본기관을 수차례 습격하는 등의 활동을 했다. 모두에서 "익국청년 一톄분발피끌어"라는 구절은 혈성대에 가입한 애국 청년들이 지닌 항일독립을 향한 열정을 강조한 것이다. 그들은 5절에서처럼 일제의 "대포소리"나 "칼"을 두려워하지 않으면서 "모험돌격하는" 용맹을 지녔기에 원수들의 항복을 받아내기("원슈를항복밧네")도 했다. 혈성대는 실제로 일제 경찰과의 싸움에서 승리를 한 경력이 적지 않다. 혈성대가 있기에 우리 국민은 6절에서처럼 "나라힘을썰쳐내고 나라영광빗닉보세"라고 노래할 수 있던 것이다. 따라서 혈성대는 우리민족의 자랑("쟝할셰라혈셩딕")일 수밖에 없다. 이 작품은 형식적인

---

77 『신한민보』(1916. 5. 11.) 이와 비슷한 작품으로 「격검가」(「각주 17) 참조)가 있는데, 이 작품은 '칼'로 상징되는 무력을 통해 '독립'해야 한다는 점을 강조하고 있다.

측면에서 4·4조 4음보를 규칙적으로 지키고 있어서 새로움이나 파격성은 보이지 않는다. 후렴이 없는 것도 다른 창가에 비해 특이하다. 그러나 이 작품은 일제를 향한 무장투쟁에 앞장선 혈성대를 찬양하면서 반복법과 대구법을 기본으로 영탄법("장하도다"), 상징적 표현("피", "대포소리", "칼") 등을 활용하고 있다는 점에서 문학성을 확보하고 있다. 이뿐만 아니라 문체상으로 강건체가 작품의 내용과 어울리면서 전체적인 조화를 이루는 데 도움을 주고 있다는 점도 주목할 만하다.

5) 결론 – 시사적 의미와 한계

도산 안창호는 구한말과 일제 강점기를 우국과 구국의 열정으로 살다간 애국 독립운동가이다. 그의 애국 독립운동은 국내에만 머물지 않고 중국, 미국, 멕시코, 필리핀 등 국외에서도 활발하게 전개되었다. 그는 국내에서 애국 독립운동을 하다가 여의치 않으면 국외로 망명하여 활동을 지속해 나갔다. 그는 일평생 일경의 감시 대상이었으며 삶의 마지막도 일경에 의한 체포와 그 탄압이 원인이 되었다. 그는 구한말의 신지식인으로서의 지적인 능력과 시대 감각, 정치가로서의 출중한 연설 능력, 그리고 시인으로서의 시 창작 능력 등을 두루 갖춘 인물이었다. 이 글에서 초점을 맞춘 것은 물론 창가 작가로서의 도산 안창호였다. 도산의 창가는 그의 삶과 불가분의 관계를 맺고 있고, 애국 계몽기 혹은 근대계몽이었던 당시의 시대적 흐름과도 밀접히 관련을 맺는다. 25편에 이르는 그의 창가 작품은 당대의 문단 상황에 견주어볼 때 상당한 수준을 확보한 것이었다. 그는 명민한 시적 감수성을 가지고 역사 의식 혹은 시대 감각을 노래한 선구적 시인이었다. 이러한 관점을 전제로 하여 도산 안창호의 창가는 다음과 같은 문학사적 의미를 부여받을 수 있다.

첫째, 도산의 창가는 장르적 자의식과 다양한 형식을 보여주었다. 도산은 초기 형태인 3·4조 혹은 4·4조의 2음보 2행련에서 6·5조, 7·5조, 8·5

조의 4음보의 4행련에 이르기까지 다양한 형태의 창가를 창작하였다. 그 표현법에서도 대구법이나 반복법과 같은 창가의 일반적인 표현법을 비롯하여 직유법, 은유법, 상징법, 영탄법 등 다양한 수사법을 활용하고 있다. 또한, 창가 작품이 대부분 익명으로 발표되던 시기에 자신의 이름을 명기하여 작품을 발표했다는 사실도 주목할 만하다. 당시 창가를 발표하면서 자신의 이름을 정확히 드러낸 경우는 최남선과 이광수 정도였다. 이러한 점들은 도산이 창가 혹은 시가 문학에 대한 자의식을 갖추고 있었다는 사실을 말해준다. 실제로 도산은 스스로 창가 장르의 중요성과 그 양식적 특성에 대해 충분히 인지하고 창작에 임했다. 따라서 도산은 애국 계몽기의 창가 작가로서 중요한 역할을 담당했다고 할 수 있다.

둘째, 도산의 창가는 문명계몽과 애국독립을 중심 내용으로 한다. 이는 창가 작품에 나타나는 일반적인 특징인데, 창가 장르가 유행했던 구한말과 일제 강점기 초기의 시대정신을 반영한 것이다. 이러한 주제의식에 대한 경도는 창가 장르를 목적의식이 강한 문학 양식으로 자리 잡도록 했다. 도산이 창가에 관심을 가졌던 것은 창가 장르가 지니는 이러한 특성을 자신의 애국 독립운동에 활용할 수 있었기 때문이었다. 신지식인으로서 구시대적 관습에서 탈피하고 새로운 문명을 수용하여 민족의 힘을 키우는 일, 그것은 도산이 애국 독립운동을 한 목적이자 창가를 창작한 목적이기도 했다. 그래서 그는 창가가 지니는 감성적 전달력과 대중적 흡인력이 독립운동이나 교육운동에서 활용 가치가 높다는 사실에 주목한 것이다. 이런 점에서 도산의 창가는 철저히 자신의 삶과 일원론적으로 존재한다고 할 수 있다. 문명계몽이나 애국독립 외에 몇몇 작품에 등장하는 도덕 윤리나 효도를 주제로 하는 경우도 인격을 강조하는 도산의 가치관을 그대로 반영한 것으로 볼 수 있다.

셋째, 도산의 창가는 애국 계몽기의 중요한 문학사적 자산이다. 창가의 영역에 한정해서 본다면 도산은 이광수나 최남선 등과 견주어도 부족하지 않을 정도의 성과를 보여주었다. 특히 미주 시문학사에서 그 형성기에 도산은 매우 중요한 역할을 했다. 당시 미주 시단은 형성기에 해당하는 초창기 형태를 띠고 있었는데, 도산은 미국 유학을 계기로 미주 한인들의 결속과 독립의식을 심어주는 데 창가를 적극적으로 활용했다. 도산의 창가 작품들은 대부분 미국에서 발행되는 교포신문인 『신한민보』에 발표되었는데, 당시 미주 한인 시단의 규모나 성격으로 볼 때 도산의 창가는 매우 중요한 의미를 지닌다. 또한, 당시 미주지역에서 창가는 대부분 익명으로 창작하거나 국내의 것을 소개하는 경우가 많았으나, 도산은 직접 자신의 이름으로 창작활동에 참여했을 뿐만 아니라 작품의 유통과 저변 확대를 위해서도 스스로 큰 노력을 기울였다. 창가의 영역에 한정해서 본다면, 도산은 이광수나 최남선 등과 견줄 만한 소기의 성과를 보여주었다. 따라서 도산은 미주 한인 시문학사 초창기 또는 한국 근대 시문학사 초창기의 중요한 시인으로 기록될 필요가 있다.

이러한 성과에도 불구하고 아쉬운 것은 도산의 창가가 시적 근대성 차원에서 지속하여 발전하는 모습을 보여주지 못했다는 사실이다. 1890년대부터 1930년대 말까지 전개된 그의 창가가 창가로서의 장르적 특성은 충실히 보여주었지만, 신체시를 거쳐 자유시로 진화되어 가는 발전적 모습을 보여주지는 못했다. 이 점은 1910년대 후반 본격적으로 자유시가 등장했던 우리 시의 역사와 비교할 때 더욱 아쉬움이 남는 대목이다. 또한, 도산의 창가는 근대 계몽과 애국 계몽이라는 당대의 시대정신을 충실히 반영하였으나, 특이한 내용이나 독특한 형식미와 같은 개성을 구축하는 데는 한계를 보였다. 물론 구어체를 적극적으로 도입했다든지, 정형률의 극복을 위한 노력이 부분적으로 나타나기는 하지만, 당대의 다른 창가 작가들과 또렷이 변별되는 모습을 보여주지는 못했다. 이 점은 사실 도산의 문제라기보다는 창가라는 장르의 성격 자체에서 오는 것일뿐더러 소수의 작가만이 활동했던 당시의 시단이 갖는 성격에서 기인한 것이었다. 따라서 중요한 것은 도산이 창가의 장르의식과 시대정신을 충실히 반영한 창가를 창작했다는 사실이다. 도산의 창가는 이러한 사실 자체만으로도 문학사적 의미를 충분히 획득한다고 할 수 있다.

5. 주제 의식의 분화와 한글시의 연속성

1) 자유시의 전개와 일제 말기의 한글시

한국 현대시의 역사에서 자유시의 본격적인 전개는 일반적으로 주요한의
「불놀이」가 발표된 1919년 2월(최초의 문예 동인지『창조』창간호) 이후부터 이루
어졌다고 본다. 물론 최초의 자유시에 관해서는 논자에 따라 그 이전의 여러
작품을 제시하고 있기는 하지만, 적어도 징후의 차원이 아니라 시단 전체의
큰 흐름과 전문가적 역량, 창작의 일반화 차원에서 자유시는 1919년 이후에
전개된 것으로 보는 것이 타당하다. 자유시의 선구자로 불리는 주요한 자신
이 김여제를 "신시의 첫 작가"[78]라고 언급한 사실은 잘 알려져 있다. 그는 김
여제의 시 가운데 「만만파파식적(萬萬波波息笛)」[79]과 같은 시를 당시 동경유학
생들의 작품 가운데 근대적인 의장을 갖춘 선구적인 것으로 평가한 셈이다.
그러나 주요한의 이러한 언급은 김여제 시인이 보여준 징후적 차원에 대한
긍정적인 평가 정도로 이해하는 것이 바람직하다. 시문학사 차원에서 전면
적, 본격적으로 자유시가 전개된 것은 1919년 이후로 보는 것이 타당하다.

미주 한인 시문학사에서도 자유시의 본격적인 전개는 국내의 시문학사와
같은 관점을 취하는 것이 바람직하다. 미주 시문학 작품들이 3·1운동을 전
후한 시기에 자유율을 지향하는 모습이 눈에 띄게 나타나기 시작했기 때문
이다. 물론 미주 한인시의 그러한 경향이 국내의 시문학과 동등한 수준의 그
것이라고 평가하기는 어려운 부분이 없지 않다. 그러나 이 저술에서 애초에
밝혔던 대로 미주 한인 시문학사도 한국 현대 시사의 한 부분이기 때문에, 큰

---

78 주요한,「노래를 지으시려는 이에게」,『조선문단』1호, 1924, 48쪽.
79 이 작품은 동경유학생들의 잡지인『학지광』11호(1917)에 발표되었다. 이 자료는 한
    동안 세상에 알려지지 않다가『문학사상』2003년 7월호에 소개되어 그 이후 자유시
    의 출발과 관련된 적지 않은 논의를 유발하였다.

틀에서 국내에서 전개되었던 시문학사의 흐름에 편입시켜 주는 것이 타당할
것이다. 실제 작품의 양상을 보면 다음과 같다.

대양의 획션은 융성의 표증이라
널고널븐 그 둥에 적은 빈 우에 실린 이닉 몸
챵파에 두루두루 둘러 씨여
갈비 압길 아득하나
디구의 순환 좇차 나 탄 빈 발셔 져게
이 빈 우에 살게 되니 친구갓치 싱각되나
둘너보니 낫빛도 다르다
말짜라 것치 안코
졔각금 져것을 위하여
싸호고 다토며
죄악에 쌔질줄 아지를 못하고
그곳에 춤추고 노릭를 부르며
맛튼 바 직분을 씌닷지 못하네
갑판 우에 올라서 사면을 살피니
폭풍과 폭우난 닉 몸을 침로하며
흑암한 둥 벽력의 소릭난
나 탄 빈를 격파할 듯
오직 한 마음 송구한 것 뿐일셰

— 최윤호, 「선둥에서」[80] 부분

첫녀름 일은 아츰에 곱게 픠인
분홍쟝미여 오! 나의 애인!
다졍한 미소를 씌우고 잇는
두어송이 분홍 쟝미야
너의 담박한 교태를

80　766호(1921. 11. 3.)

나는 한업시 사랑한다

그대 보드러운 미소의 얼골
오! 나의 가슴은 타고 타노라
바다가 마르고 돌이 녹아도
내가 그대는 못니즈리라
너의 고결한 의지가—
얼마나 견실하냐?

— 만영, 「분홍쟝미」[81] 부분

두 작품은 1920년대 초반의 작품들로서 자유시 율격을 보여준다. 앞의 시
는 18행으로 구성되어 있는데, 각 행의 음수율이나 음보율에서 자유로운 양
상을 보여준다. 그 내용도 시적 화자의 내면 의식 혹은 내적 번민을 드러내
주고 있어서 자유시로서의 특성에 부합한다. 시의 화자는 "대양"에서 배를
타고 어디론가 항해를 하는 사람이다. 배 위에서 여러 사람의 얼굴을 접하면
서 처음에는 "친구갓치 싱각"했지만, 서로 화합하지 못하고 살아가는 존재들
이란 것을 깨닫게 된다. 사람들은 말과 행동이 다르고("말짜라 것치 안코"), "죄
악"에 빠질 줄을 모르고 "춤추고 노릭를 부르"는 데에만 열중하면서 "맛튼 바
직분을 씌닷지 못하"고 산다. 더구나 배의 바깥에서도 "폭풍과 폭우"가 시적
화자의 몸을 "침노하"면서 "나 탄 비를 격파할 듯"하다. 이런 상황은 단순히
시적 화자가 타고 있는 선상의 문제가 아니라 전 지구적인 현상("디구의 순환")
을 암시해준다는 점에서 인상 깊다. 이런 점에서 시의 결구인 "오직 마음 송
구한 것 쑨"이라는 진술은, 시적 화자 자신이 세상의 부정과 부조리를 어떻
게 할 수 없음에 대한 죄스러움의 표현이다. 시적 화자는 어지러운 현실을 비
판하면서 내적 번민에 휩싸여 있는 것이다.

뒤의 시는 모두 3연 가운데 앞부분의 2연에 해당하는데, 이 시의 운율 역시

81　『단산시보』 11호(1926. 8. 5.)

자유율을 보여주고 있다. 그 내용에서도 집단적 계몽 정신에서 탈피하여 개인적 내면 의식으로서의 "사랑"을 노래하고 있다. "분홍장미"를 "나의 애인"으로 의인화하여 "사랑"의 대상으로 비유하고 있다. 그 대상을 향한 마음은 "바다가 마르고 돌이 녹아도/내가 그대는 못니즈리라"는 부분에 다소 과장된 감정으로 표현되어 있다. 또한 "오! 나의 애인!"과 같이 감탄사와 느낌표를 통해 고양된 감정을 직접 드러내고 있다. 이런 표현방식은 한편으로 1920년대 초반에 우리 시단을 이끌었던 백조파의 시를 연상시킨다. 이 작품은 백조파가 활동하던 시기보다는 몇 년 뒤지지만, 국내 시의 그러한 분위기와 연관된다는 점에서 시사적인 의미를 찾을 수 있다.

이 시기 미주 한인시의 중요한 특성 가운데 하나는 일제 말기까지 국문시를 창작했다는 점이다. 국내에서 1940년 이후, 정확히 말하면 1939년 『문장』과 『인문평론』이 폐간된 이후 국문시의 창작이나 유통이 거의 불가능했다. 일제 말기에 해당하는 이 시기에 국문의 자리는 일문(日文)이 차지했으며, 한국어는 마치 일종의 외국어처럼 취급을 받았다. 당연히 한글로 시를 창작한다는 것은 불가능한 시대였는데, 일부 시인들은 절필하고 일부 시인들은 변절했다. 그러나 그런 와중에도 소수이긴 하지만 이육사나 윤동주처럼 국문시를 창작하는 시인들도 있었다. 미주 한인 시단은 일제의 영향권에서 멀어져 있었기에 국내와는 달리 공공연히 국문으로 창작이 이루어졌다.

　　一
　　총검을 든 이 팔둑이나
　　원수를 무섭다 하오리
　　쑤려라 젹은 피망정
　　반도강산을 붉힐가 한다

　　二
　　션현짜라 갈 몸이니

총검과 시비를 피할소냐
부시어라 문질러라
반도강산 붉힐가 한다

三
틔극긔 피에 져져셔
선명한 싁치가 빗나네
붉은 긔 더 놉히 들어
압흐로 압흐로 나아가세

— 뉴욕 쇠주먹, 「총검을 든 이 팔둑」[82] 전문

동경에 붓는 불리
녜 죄를 다 틔우랴

인간에 쑤린 피는
강하가 되엿고나!

八十년 명치픠업이
식은 직만 갓텃스니

— 동히수부, 「동경에 붓는 불」[83] 전문

모두 일제 말기에 발표된 시이다. 앞의 시는 1940년에 발표된 작품임에도 불구하고 일본에 대한 적대적 감정을 노골적으로 드러내고 있다. 이 시에서 "원슈"는 당연히 일제일 터, 그에 관한 저항의 과정에서 어떠한 희생도 감내하겠다는 의지가 선명하다. 일제의 무도한 "총검"을 피하지 않고 애국 독립의 길을 가겠다는 의연한 결기가 드러나고 있다. 일제치하에서 신음하는 조국의 희망찬 장래를 위해 동포의 피로 물든 "틔극긔"를 "놉히 들어/압흐로 압

---

82 1677호(1940. 4. 25.)
83 1941호(1945. 6. 7.)

흐로 나"갈 것을 제안하고 있다. 이 작품은 미학적 완성도는 다소 부족하지만, 당시 항일시가 건재했다는 사실만으로도 그 의미가 크다고 하지 않을 수 없다.

　뒤의 시는 일제가 패망하기 직전인 1945년 6월, 그러니까 일본이 식민지에 대한 공포 통치가 극에 달하던 시기에 발표된 작품이다. 이 시는 제2차 세계대전 말기에 일본이 연합군과 싸우는 과정에 "동경"이 "불"바다로 변해가는 과정을 모티브로 삼고 있다. 시의 화자는 일본 제국주의자들이 주변 국가들, 특히 한국에 끼친 죄악이 너무 커서 "동경"이 "불"바다가 된다고 한들 그동안 지은 "죄를 다 퇴"울 수 있는지 의문을 갖는다. 일제의 만행으로 "인간" 세계에 "뿌린 피는 강하가" 될 정도였으니 이런 생각을 가질 만하다. 따라서 일제가 스스로 극대화된 국가 발전의 절정기라고 자랑하는 "八十년 명치 픽업이/식은 직"처럼 허무하다고 보는 것이다. 이는 주변 국가에 대한 침략이나 약탈로 이루어진 발전을 오히려 역사의 퇴행이라는 점을 강조하고 있다. 이 작품 역시 완성도가 높지 않은 소품에 해당하지만, 광복 직전에 창작, 발표된 항일시라는 점에서 이 시기 한국 시문학사를 보완해주는 구실을 한다.

　두 작품에서 다만 아쉬운 것은 창가의 흔적이 남아서 온전한 자유율을 보여주지는 못하고 있다는 점이다. 이런 특성은 미주 한인시의 한계로 지적될 만한데, 사실 미주 한인시 가운데는 1940년대에 이르러서도 완전한 자유시에 이르지 못하고 과도기적 형식으로서의 창가의 특성이 남아 있는 작품들이 적지 않다. 특히 이 시기에 가장 많은 시문학 작품을 발표한 '동희슈부'의 작품은 창가 형식을 유지하거나 그 흔적을 간직한 작품들이 많다. 또한, 아직도 개화기 시의 계몽주의적 성격이 농후한 작품들이 많다는 점, 독립운동가 안창호를 비롯한 특정 인물에 대한 추도가나 찬가 형식이 적지 않다는 점, 아직도 전문작가라고 불릴 만큼 지속하여 수준 높은 작품을 발표하는 사람이 많지 않다는 점 등도 이 시기 미주 한인 시문학사의 한계가 아닐 수 없다. 가령 동해수부나 한흑구 등 몇몇 시인들 외에는 작품 발표를 간헐적으로 하고 있을 뿐이다.

2) 주제의식의 분화 : 문명 비판, 시적 자의식, 사랑

1920년대 이후 미주 한인시는 여러 가지 한계에도 불구하고 주제의식의
다양한 전개와 한글시의 연속성 차원에서는 유의미한 평가를 받을 만하다.
전문적인 시인은 아닐지라도 이전의 시기에 비해 창작에 동참한 사람들의
숫자가 급격히 늘었다는 점도 당시 미주 한인 사회의 규모로 볼 때 눈여겨볼
만한 일이다. 특히 주제 의식의 경우 이전의 시가 애국 독립, 개화계몽 등이
지배적이었던 상황에서 탈피하고 있다. 이 시기에는 그러한 주제의식이 여
전히 빈도 높게 나타나지만, 문명 비판, 시적 자의식, 순수 서정, 향수, 인생
성찰, 유랑의식, 항일 의식 등으로 확산하는 모습을 보여주고 있다.

> 금전국이라는 미국에
> 거지 쎄가 줄을 지어
> 거리거리에 오르악 닉리락
> 밥을 구하는 자 부지기수다
>
> 종교국이라는 미국에
> 자식이 부모를 죽이는 자
> 남편이 안히를 쏘난 자
> 온갖 범죄자가 그 얼마인가?
>   — 自狂生, 「미국의 문명을 보고」[84] 부분
>
> 밤거리 길 모퉁이에서
> 필님같이 지나가는 인간의 기막을 볼 때

---

84 1336호(1933. 6. 15.)

젊은 예술가의 가슴은 무겁노라
그럿틋 요란하든 도시의 이 밤도
꿈 속으로 기여드니
요녀의 다리도 가희의 목소릭도
비 곱흔 이의 신음도 헐벗은 이의 썰님도
지금은 모도다 다— 산송장이로다
다만 창공의 푸른 별만이
가업슨 인싱의 한 막을 직히고 잇노라.

— 월국, 「도시의 밤」[85] 부분

두 시는 모두 미국에서 체험한 현대 문명에 대한 비판적 인식을 담고 있다. 이들은 앞선 시기의 시에서는 미국의 문명 세계를 발견하고 호의를 드러내곤 했던 것과 구분된다. 먼저 앞의 시를 보면, 일반적으로 물질적 풍요의 나라 "금전국"이라든가 종교적 자유의 나라 "종교국"으로 일컬어지면서 미국이 문명국으로 불리는 데 대한 비판을 하고 있다. "금전국"에 대한 비판의 근거는 "거지 쎄"인데, 이는 미국 사회가 예전부터 떠안고 있는 빈부격차와 관련된 것이다. 미국의 빈부격차는 세계 어느 나라보다도 심각한 편인데, 모든 국민이 아니라 소수의 국민만이 풍요롭게 사는 미국의 현실에 대해 부정적인 평가를 하는 것이다. 또한 "종교국"에 대한 비판은 부자(父子)간의 불화나 부부간의 불화가 심한 사회 현실을 근거로 삼고 있다. 시의 화자는 미국이 개인주의뿐만이 아니라 이기주의, 물질만능주의 등이 심각한 나라라는 점을 들어 진정한 의미의 문명국가라고 볼 수 없고 보는 것이다.

뒤의 시는 도시 문명의 부조리 비판을 중심 테마로 삼고 있다. 이 시의 주인공은 "젊은 예술가"이다. 그는 도시의 환락 속에 빠져 사는 일반적인 도시인과 상반되는 순수하고 진솔한 존재이다. 그의 눈에 보이는 "요녀의 다리"나 "가희의 목소리"와 같은 것들은 타락한 삶의 징표이다. 도시를 떠도는 "비

---

85   1392호(1934. 7. 26.)

곱흔 이"나 "헐벗은 이"는 이 도시를 "산송장"처럼 음울하게 만들 뿐이다. 도시의 밤을 지배하는 것들은 이처럼 타락하고 음울한 존재들이라고 비판하고 있다. 그래서 "젊은 예술가"가 보기에 "창공의 푸른 별만이" 진정한 의미를 지니는 것이다. 그가 "별"을 동경하는 것은 도시의 현실 너머에 존재하는 순수하고 경건하고 평등한 사회에 대한 꿈과 다르지 않다.

이 시기 주목해서 보아야 할 또 다른 주제의식은 시인 혹은 예술가로서의 성찰적 자기 인식과 사랑의 세계이다. 전자는 이전의 시기에 거의 드러나지 않는 주제인데, 이 시기에 그러한 의식이 드러나는 것은 미주시의 원숙함을 반영한다. 자기 성찰이라는 것은 자의식과 다르지 않을 터, 시인으로서의 자의식은 시문학에 대한 근본적인 사유와 인식을 하게 하기 때문이다. 후자는 이 시기의 이전에 비하여 미주 시인들 혹은 이민자들의 삶이 정신적, 정서적으로 더 안정되었다는 것을 의미한다. 왜냐하면, 사랑은 국가나 민족과 관련된 계몽성 혹은 목적성의 대상이 아니므로, 그것을 시적 대상으로 삼는다는 것은 개인의 내면을 노래하는 현대시의 기본 요건에 부합하기 때문이다.

> 一.
> 시 쓰는 사람
> 님이여,
> 빨가숭이 현실 속에서
> 세싱은 익착한 것 쑌이노라.
> 진, 선, 미의 그림자 쑌—
> 이 더러운 세상에서
> 님이여, 나는 시를 쓰는 사람이 되엇노라!
>
> 님이여,
> 우두의 전향 속에
> 나도 한낫 싱물이노라!
> 진, 선, 미는 잇건업건!
> 우두와 싱물은 진화하나니,

님이여, 시른 사람이 되엿노라!

(一九二九) 쉬카고서

— 한셰광, 「흑구시집편초」[86] 부분

넓고 더 넓은 하늘,
푸르기 씃 업는 첫 여름의 푸른 하늘,
그대의 품 속에서는 조곰한 죵달이,
놉피도 그리면서도 푸른 쌍 우레,
깁흔 가슴 속을 주물으는 노리
지 지 지 직 직 직 지 지 지 직 직 직.

져 바다는 나의 거문고
길고 쩗은 져 이곡이여
늬 맘의 물결은
줄 우에 미여 놀리하나니
혜인 줄 업서도 소리 울리고
치는 손 업서도 졀로 우노라.

깁버도 사르릉 슬퍼도 가르릉
듯는 이 업서도 그냥 쯧노라
져 바다는 늬 맘의 거문고
놉고 낮은 져 서곡이여
늬 맘의 졍열은
파도의 줄을 타고 춤추노라
一九三四년 九월

— 김혜란, 「바다」[87] 전문

앞의 시에서 시인은 "쌜가숭이 현실"이나 "악착한" "세상"과 대비되는 존재

86　1360호(1922. 12. 14.)
87　1463호(1935. 12. 19)

이다. 발가숭이가 된 "현실"이란 인간의 속된 욕망이나 욕심 등과 같은 치부를 적나라하게 드러내는 "세상"이다. "세상"은 누구나 자신의 이기적인 욕망만을 실현하기 위해서 타인을 비정하고 잔인하게 대하면서 살아가는 곳이다. 그곳에 "진, 선 미"와 같은 이상적 가치는 "그림자"처럼 거짓이나 가식으로 존재할 뿐 그 실체는 없다. 시의 화자는 이 "더러운 세상"에서 그런 세상의 가치와 상반되는 가치를 추구하는 시인이 되었다는 사실을 기꺼이 수용하고 있다. 그 수용은 초월적인 것이 아니라 인간으로서의 한계를 인정하는 기반 위에서 이루어진다. 현실과 괴리된 "진, 선, 미"에 집착하기보다는 "우두와 싱물은 진화"한다는 사실을 생각한다. 즉 시인은 이상 세계로서의 "진, 선, 미"를 부단히 지향하면서 서러운 존재가 되었다는 것이다. 그 서러움은 현실의 결핍과 관련된 것이므로 시의 차원에서 그것은 시 창작과 현실 극복의 에너지가 되는 것이다.

뒤의 시는 "그대"와 "나"의 사랑 이야기를 전한다. "그대"는 "넓은 하늘"의 "종달이"와 같아서 "나"가 살아가는 "푸른 쌍"과 "나"의 "깊은 가슴"을 지배하고 있는 존재이다. "나"의 세상과 "나"의 마음을 지배하는 근거는 사랑이다. "나"는 그 "사랑"을 위하여 "바다"가 되려고 한다. 왜냐하면 "나"는 "바다"가 되어 그 파도소리처럼 영원히 사랑의 노래를 들려주고 싶기 때문이다. 그래서 "바다는 나의 거문고"라고 여기는 것이다. 그리하여 "나"는 "바다" 혹은 "거문고"가 되어 "종달새"에게 파도소리와 같은 사랑 노래를 들려주고, "종달새"는 "나"에게 "깊흔 가슴 속을 주물으는 노릭"를 들려준다. 그리하여 천상과 지상의 노래가 하나가 되어 사랑의 화음이 이루어지는 것이다. 그 사랑은 "깁버도 사르릉 슬퍼도 사르릉" 하는 불변의 것이니 "늬 맘의 정열"을 다 바칠 수밖에 없다. 이렇듯 적실한 비유를 통해 장엄하고 위대한 사랑을 노래하고 있다.

3) 주요 시인들의 역할과 활동 : 홍언, 김여제, 한흑구

미주 한인 시문학사의 형성기에 작가층을 살펴보면 몇몇 소수의 전문가와 대다수의 비전문가들이 지배했다고 볼 수 있다. 그 이유는 당시 미주에 이민을 온 사람들이 대부분 노동 이민의 형식으로 왔기 때문에 시를 전문적으로 창작할 만큼의 시간적 여유나 지적인 능력을 지닌 사람이 많지 않았기 때문이었다. 이런 현상은 개화기 미주 시단은 물론이려니와 자유시가 전개되기 시작한 1920년대 이후에도 크게 달라지지 않았다. 그러나 1920년대 이후부터는 일부 유학생이나 지식인들 가운데 전문가적인 역량을 가지고 지속하여 작품 활동을 했던 시인이 없지 않았다. 이를테면 홍언(필명=동희슈부), 김여제, 한흑구 등은 일정 기간 시작 활동을 계속했던 전문 시인들이다. 이들은 당시 미주 한인 사회를 이끌었던 지식인으로서『신한민보』를 비롯한 여러 지면에 시작품을 지속하여 발표했다.

홍언(1880-1951)은 '동희수부' 혹은 "동희슈부'라는 필명으로 미주 한인 시단의 형성기 내내 가장 중요한 역할을 담당했다. 그는 자신이 주필로 활동하는『신한민보』에 다른 누구보다도 많은 창가를 발표했다. 그는 1904년에 하와이로 노동 이주하여 그곳에서 활동하다가, 1911년 샌프란시스코에 있던 대한인국민회의 기관지『신한민보』의 주필이 되었다. 이후 40년 동안 미주 한인 사회의 지도자로서『신한민보』와 직간접적으로 관여하면서 시가와 소설과 희곡, 수필, 비평 등을 발표하였다. 사실 미주 한인 문학장에서 그만큼 다양한 형식의 문예활동을 전개한 인물은 찾아보기 어렵다. 그가 발표한 수백 편의 시가는 이민자 문학의 대표적인 사례로 꼽을 만하다.

◆데一쟝
十년에 미즌졍/얼마나깁흔지/니졔너가알앗노러
◆
샹항만풀은물/쳔쳑이라지만/우리를짜를 수 업다

◆

손잡고보다가/아모말못하며/섭섭하게도라셔니

◆

오늘밤달아리/엇지써지닐고/밀이걱정이되난고나

— 동희슈부, 「친구를 리별」[88] 부분

一. 무연한 비 벌판은 가난한 우리 형데 피쌈을 흘리면서 베농사 하든 되라

二. 가을을 일 듯 거더 슈레로 실어닐 졔 제마다 꾸결인 듯 금산을 싸앗더니

三. 베쑷이 썰어지고 죽졍애 남은 것을 비까지젹시워서 금산이 문허겻소

四. 뉴른풀 쌀닌 우에 베알이 잇을게랴 지는 히 뉘엿뉘엿 검은식 날아간다

— 동희슈부, 「시 三수-베농장을 지나며」[89] 부분

앞의 작품은 홍언의 초창기 작품으로서 2음보의 창가 형식을 따르고 있다. 친구와 10년 동안이나 맺은 정을 두고 이별을 하는 착잡한 심사가 드러나 있다. 이별의 배경은 "상항만풀은물" 즉 샌프란시스코 항구이다. 이민자 생활을 하면서 겪는 친한 친구와의 이별의 감회가 말을 못할 정도로 섭섭하다고 고백한다. 친구가 떠난 뒤에 "오늘밤달아리" 혼자 고독하게 있어야 하는 상황에 대해서도 "걱정"을 하고 있다. 이 시는 애국 계몽을 주제로 하는 창가가 주류를 이루고 있었던 당시의 미주 시단의 상황으로 볼 때 독특한 주제의식을 담고 있는 셈이다. 그 배경으로 항구의 물결이나 달밤을 설정한 것은 시상의 흐름을 자연스럽게 해주고 있다.

뒤의 시는 홍언이 1935년부터 1937년까지 『신한민보』 '사조란'에 발표했던 기행가사 작품의 하나이다. 이 시기에 그는 미국의 여러 지역을 여행하면서

---

88 425호(1917. 3. 8.)

89 1535호(1937. 5. 20.)

많은 창가[90]를 창작했다. 이 시에서 화자는 미주 한인들이 벼농사를 지은 넓은 들판을 바라보며 감회에 젖고 있다. 그들은 황금빛 곡식들이 풍성하게 쌓이는 "금산"을 꿈꾸면서 고된 농사일을 했지만, 결과적으로는 "볏곳은 썰어지고 죽정이만 남은" 풍경과 마주하고 있다. 거기에 "비"까지 내리고 있으니, 그런 광경을 보는 시적 화자의 마음은 스산하기 이를 데 없다. 이런 마음을 "지는 히"와 "검은식"로 비유하여 표현하고 있는 마지막 행은 홍언이 나름의 시적 재능을 표출하고 있는 부분이다. 그가 1930년대 중반부터 유난히 많은 작품을 발표하고 있는데, 이러한 다작으로 인해 시적인 능력의 고양이 자연스럽게 이루어진 것으로 보인다.

김여제(1893~ ?)는 최남선과 이광수의 뒤를 이어 현상윤, 최소월, 김안서 등과 함께 주요한이 등장하기 이전에 신체시를 창작하면서 시단에 등장하였다. 그가 『학지광』 8호와 11호에 각각 수록된 「세계의 처음」과 「만만파파식적(萬萬波波息笛)」은 주요한이 우리 근대시의 선구적 업적이라고 평가한 것으로 유명하다. 그는 상해임정 망명생활 때 흥사단에 가입하여 도산 안창호의 측근으로 일하기도 하고, 미국에서 교육학을 전공한 뒤 귀국하여 오산학교 교장(1931)을 지내며 우리나라에 미국식 교육을 실천했다. 그가 미주 한인 시문학사에서 활동한 것은 미국 유학 시절이나 그 이후인 것으로 추정되는데, 『신한민보』에 몇 편의 시를 수록하고 있다.

> 종이 운다
> 종이 운다
> 자유종이 운다
> 바라고 기다리던 자유종이
> 오오 대한의 남자와 녀자
> 다 이러나라

---

90 이 작품의 장르를 기행가사라고 보기(김미정, 「홍언의 미국 기행가사 고찰」, 어문연구학회, 『어문연구』 88호, 2016.)기도 하지만, 그 표현 방식(행연 구분)이나 내용(근대적 삶)으로 미루어 볼 때 창가가 타당하다.

다 일어나라
이 종소리에
이 종소리에
긔가 날린다
긔가 날린다
틱극긔가 날린다

— 김여제, 「삼일졀에」[91] 부분

우리의 원수는 부픠다
우리로 하여금 나라를 일코
한 업는 모욕과 학대와
핍박과 압졔의 무거운 멍에밋테
세상에 얼골을 못들게 한 놈은 부픠다
졍의 인도는 기림자도 업고
교사하고 얄미운 소인의 무리
거룩한 이 쌍을 발계한 놈은 부픠다
우리의 원수 부픠다

— 김여제, 「우리의 원수」[92] 부분

앞의 시는 1920년대 초반에 지은 것이고, 뒤의 시는 1930년대 초반에 지은 것이다. 이들 작품으로 미루어보건대 김여제는 상당한 기간에 미주 시문학과 관련을 맺고 있는 것으로 추정된다. 다만 미주 시단에서 작품 활동을 활발하게 전개하지는 않았지만, 이미 1910년대부터 창작활동을 해온 시인이었기에 미주 시단에 끼친 영향이 어느 정도 있었다고 보아야 한다. 앞의 시는 3·1운동을 기념하여 지은 작품으로서 시어나 구조가 단순하기는 하지만, 시각 이미지와 청각 이미지를 조화롭게 활용하여 주제의식을 효과적으로 드러내고 있다. 즉 "자유"라는 주제를 "자유종이 운다"는 청각 이미지와 "틱극

---

91 783호(1922. 3. 9.)

92 1161호(1930. 5. 6.)

긔가 날린다"는 시각 이미지를 복합적으로 활용하여 표현하고 있는 것이다.

뒤의 시는 4연으로 이루어진 장형 시 가운데 1연 부분이다. 2연은 "우리의 원수는 무식이다", 3연은 "우리의 원수는 빈궁이다", 4연은 "우리의 원수는 질병이다"로 각각 시작하고 있다. 당시 우리 민족의 "원수"를 부패와 무식, 빈궁, 질병 등으로 보고, 그것들을 극복하여 "우리 뒤 나오는 자손청에는/자유와 복락을 누리게 하자"(결구)는 것이 이 시의 주제이다. 시 전체의 내용이 민족의 정신을 계몽하고자 하는 의도를 다분히 담고 있다는 점에서 아직 개화기 시가의 분위기를 간직하고 있다. 다만 개화기 시가와는 달리 자유율을 추구하고 있을 뿐만 아니라, 계몽의 내용도 근대 문명에 대한 호의를 적극적으로 드러내고 있지는 않다는 점에서 다르다.

한흑구(1909~1979)는 1929년 보성전문학교를 다니다가 중퇴하고 미국으로 향했다. 미국에서 시카고 노스파크 대학 영문학과와 필라델피아 템플대학 신문학과를 수학했다. 1931년 샌프란시스코에서 발간되는『대한민보』와 국내의 문예지『동광』에 시와 평론을 발표하였다. 이후 1934년 귀국할 때까지『신한민보』를 통해 미국에서 시인으로서 활동했는데, 그의 활동은 당시 미주 한인 시단에 적지 않은 영향을 끼친 것으로 보인다.

> 피곤한 다리
> 이곳까지 끌고 왓슴은
> 향여 살 길이 잇는가!
> 가는 곳 모다 낫서른 곳
> 늬 몸좃차 쓴 몸이어니
> 포구에 닷 던지는 소리
> 내 가슴 복판에 철렁 써러지는 듯.
>
> ― 한흑구, 「방랑잡금」[93] 부분

---

93   1246호(1931. 8. 27.)

동모야!
이야기 히 보자!
이 쩌가 실컷 이야기를 할 쩌고
이 쩌가 깊이 싱각할 쩌고
이 쩌가 무섭게 쌈 싸울 쩌가 안이냐?

一九三三년!
그대는 굶주림을 가져왓고
그대는 강폭한 힘을 가져왓나니
꼿 업는 만주 쓸판에
봄이 왓슨들 무엇하랴

　　　　　　　　— 한흑구, 「一九三三年 광상곡」[94] 부분

　앞의 시는 한흑구 시인이 미국으로 유학을 온 해에 지은 작품의 일부이다.
미국이라는 낯선 곳에 "향여 살 길이 잇는가" 생각하고 찾아왔지만, "모다 낫
서른 곳"일 뿐이어서 "늬 몸좃차 쩐" 것과 같은 부박감(浮薄感) 혹은 유랑하는
느낌을 지울 수가 없다. 그 느낌의 강도는 "포구에 닷 던지는 소리"와 같이 강
렬하여 디아스포라 의식을 형성케 하는 것이다. 미국에서 느끼는 마음의 혼
란을 "닷 던지는 소리"로 표현하면서 시적 감응을 강화하고 있다. 뒤의 시는
1933년이라는 구체적 시간을 배경을 삼고 있다. 이때는 일제가 1931년 만주
사변을 일으킨 이래 아시아 국가들을 노골적으로 침략하던 시기이다. 시인
은 "이 쩌가 무섭게 쌈 싸울 쩌"라고 하면서 일제에 대한 적극적인 저항을 해
야 한다고 강조하고 있다. 이 시는 한흑구의 작품들 가운데 일제에 대한 저항
의식이 드러난다는 점에서 특이성을 확보한 작품이다. 이 작품은 미주 한인
시가 일제 강점기 한국시의 저항성을 상당한 수준까지 높여주었다는 사실을
방증하는 중요한 자료이다.

94　1333호(1933. 5. 25.)

이 시인들 외에도 김창만, 김혜란 등도 별도의 시인론이 필요할 정도로 많은 작품을 발표하고 있다. 또한, 강창준, 만영, 김병옥, 구름, 리정두, 차의석 등도 적지 않은 작품을 발표하고 있어서 미주 한인 시문학사에서 반드시 기록되어야 할 시인들이다. 다만 아쉬운 점은 이들의 작품이 당시 국내의 문예지들에 소개되는 경우가 거의 없었다는 점이다. 그 반대의 방향도 마찬가지였다. 이 시기에 국내의 시인들이 미주 시문단에 소개되는 경우가 아주 드물었다. 이광수, 리은상, 리헌구 등의 작품이 언뜻 보일 뿐 당시 국내 시단에서 활발하게 활동했던 시인들의 작품은 미주 한인 시단에 거의 소개되지 않았던 것으로 보인다. 하나의 가정이긴 하지만, 만일 이들이 국내의 시단과 활발하게 교류를 할 수 있었다면, 이 시기 미주 한인 시단은 훨씬 발전했을 것이다.

제3장

디아스포라 시문학의 정착기

1. 개관(1945~1979) : 유랑자 의식과 비판 정신

광복 직후 한인시문학은 한동안 침체기를 겪는다. 일제 강점기에 향수와 항일 정신에 기초하여 형성되었던 시단이 거의 침묵의 상태로 돌아서게 된다. 이것은 아마도 조국의 광복으로 인한 절박한 시심이 사라지면서 한글시에 대한 열망이 상당히 저하되었던 것으로 보인다. 그리하여 1945년 이후 1960년대까지는 미주 시단이 눈에 띌 만큼 일련의 활동이 드러나지는 않는다. 국내 시단에서 등단의 과정을 거친 몇몇 시인들이 국내의 시단에서 간헐적으로 작품 발표를 하거나, 극히 일부 시인들이 국내 출판사에서 시집을 발간하는 정도의 수준이었다. 김용팔, 한무학, 고원, 이숭자, 박남수, 박영숙, 마종기, 이세방, 김송희, 배정웅 등은 개인 시집을 발간했지만, 그것들 대부분이 미주지역으로 이주하기 이전에 발간하여 미주 한인시의 범주에 포함하기에는 모호한 측면이 있다. 따라서 1960년대까지는 미주 시단이 활성화되어 있었다고 보기는 어려운 상황이었다.

1970년대 이르러서 미주 시단은 어느 정도 정착되어 가는 과정을 보여주었다. 가령 1973년에 최초의 미주시 동인지인『지평선』이 미국에서 발간된 것은 문학사적으로 아주 중요한 사건이었다. 창간호에 참여한 시인이 비록 박신애(朴信愛), 임서경(林曙景), 강옥구(姜玉求) 3명에 불과한 아쉬움이 있었지만, 이 동인지는 명실공히 미국에서 한인 시단이 정착되어 나가는 과정에서 아주 중요한 역할을 담당했다. 이후 이 동인지는 1980년대 초에 미주 한국문인협회가 결성되고『미주문학』이 발간되는 데 디딤돌 구실을 했다. 또한, 1975년 발간된『재미시인선집』은 그 참여 시인이나 규모 면에서 눈에 띌 만한 성과라고 할 수 있다. 김시면, 고원, 김송희 등 11명의 시인이 동참한 이 선집은 미주 시문학사의 에포크 역할을 했다. 이 선집은 다수의 미주 시인이 동참함으로써 미주 시단이 하나의 문학사적 단위로 편입될 수 있는 계기를 마련해주었다.

1977년에는 캐나다 한국문인협회가 결성되면서 같은 해에 캐나다 최초의 시 동인지인 『새울』이 발간되어 미주시가 미국 이외의 지역으로 확산해 나가는 모습을 보여주었다. 이 동인지는 권순창, 김영배, 김인, 김창길, 문인귀, 설종성, 이석현, 장석환 등이 필진으로 참여하여 캐나다 시문학이 본격적으로 출발하는 계기가 되었다. 캐나다 한인문학회의 첫 사화집인 『새울』(제1집, 1977) 이후 캐나다의 시인들은 『이민문학』(제2집, 1979), 『이민도시』(제3집, 1980), 『이민문학』(제4집, 1981), 『이민문학』(제5집, 1989), 『이민문학』(제6집, 1992), 『이민문학』(제7집, 1995) 등을 불규칙적으로 발간하였다. 그리고 『캐나다문학』(제8집, 1997)부터는 같은 제호하에 1~2년의 간격을 두고 비교적 규칙적으로 발간해 오늘(제17집, 2015)에 이르고 있다.

또한, 1970년대 발간된 개인 시집으로 고원의 『미루나무』(1976), 마종기의 『변경의 꽃』(1976), 황갑주의 『하늘이 따라와』(1976) 등의 시집이 발간되었다. 이들 시집은 국내에서 발간되었지만, 시 창작이 미국에서 이루어졌을 뿐만 아니라 시의 내용도 미국에서 이방인으로 살아가는 과정에서 느낀 정서들이 중심을 이루고 있다. 그래서 이들 시집을 미주 시문학의 범주 속에서 논의했다. 고원은 1950년대 국내 시단에서 활동하다가 미국으로 건너간 시인이지만 국내 시단과 부단히 교류했다. 마종기도 마찬가지로 미국에서 의사 생활을 하면서도 국내에서 꾸준히 시집을 발간해왔다. 황갑주도 국내 시단과 미주 시단에서 모두 활동했다. 그래서 이들의 시집에는 한국과 미국 사이의 경계인으로 살아가는 데서 오는 복잡한 감회가 잘 드러난다.

광복 이후 시문학의 형식적 특징은 국내의 시문학과 차이점을 드러낸다. 가령 『신한민보』에 실린 시편들은 광복 직후 한인시의 중요한 부분에 속하는

데, 그 가운데 적지 않은 시편들이 아직 창가 가사의 형태를 띠고 있다. 광복 직후의 국내 시단에서 완전한 자유시의 시대가 전개되는 것과는 상당한 차이점을 보이는 것이다. 그렇지만 국내에서 이주한 시인들이 간헐적으로 국내의 문학 잡지나 개인 시집을 통해 발표하는 작품들은 완전한 자유시를 구사하고 있다. 따라서 1960년대까지만 해도 미주 시의 형식적 특성은 자유시를 근간으로 하지만, 근대시의 과도기적인 특성이 아직 남아 있다고 하겠다. 또한, 한글시 속에 영어 단어를 혼용하는 이중언어 사용의 양태가 간헐적으로 드러나기도 하는데, 이는 영어권 국가에서 한글시를 쓰는 과정에서 나타나는 독특한 현상으로 보았다. 그런데 1970년대에 이르러 근대시의 과도기적 양식이 완전히 사라지게 되면서, 이중언어의 양태가 오히려 더 강화되는 양상을 보여주었다.

이 시기 미주시의 내용은 국내의 시와 많은 차이점을 드러낸다. 즉 국내의 시에는 잘 드러나지 않는 이방인 의식이나 향수와 귀향 의식 등이 빈도 높게 드러난다. 미국을 비롯한 캐나다, 브라질, 아르헨티나 등의 미주지역은 고국과의 거리가 아주 먼 지역이다. 그곳으로 이주한 한인들은 그 거리로 인해 다른 지역보다도 더 큰 향수에 젖어들 수밖에 없었다. 더구나 미국 사회에 적응하는 과정에서 현지의 언어나 문화와의 이질감이 크고, 주류 사회에 편입하기의 어려움 때문에 향수의 감정에 깊이 빠져들 수밖에 없었다. 그래서 이 시기 미주 한인시는 광복 이전과는 다르게 디아스포라 의식을 전경화하고 있다는 점, 이민자로서의 유랑의식이 모국의 현실에 대한 비판 정신과 함께 드러난다는 점, 아메리칸 드림과 그 좌절감이 다양한 방식으로 시적 형상을 얻고 있다는 점 등을 보여주었다. 광복 이전의 시문학이 모국에 대한 동일시의 감정으로 독립에 대한 열망과 향수가 지배적이었다면, 광복 이후의 시문학에서는 모국의 정치적 불안과 독재 체제에 대한 비판적 인식이 강화되고 있던 것이다.

작품 발표의 매체는 한글 신문을 포함하여 각종 문예지나 동인지, 그리고

116
117

개인 시집의 형태를 활용하였다. 또한, 작자층은 이전에 보이던 작자 미상의 작품은 거의 나타나지 않고, 거의 모든 작품이 실명으로 발표된다. 이는 비전문가보다는 정식으로 등단의 과정을 거친 전문 시인들이 작품을 발표하는 것이 일반화되었다는 점을 의미한다. 물론 당시 미주지역에서 활동했던 시인들은 대부분 국내에서 등단하고 미주지역으로 이주하여 그곳에서 작품 활동을 한 사람들이다. 이들이 과연 순수한 미주 한인 시인인가의 대해서는 논란이 있을 수 있지만, 이 저술에서는 등단 지역보다는 실제의 활동 지역을 중심으로 보아야 한다는 견해를 견지했다.

이 시기 미주 한인시의 시사적인 의미는 비로소 한인 시단이 본격적으로 정착하기 시작하였다는 데서 찾을 수 있다. 또한, 이 시기부터 미주 시인들과 국내 시단과의 교류가 활발히 이루어지기 시작했다는 점도 광복 이전의 미주 한인 시단과 변별되는 모습이다. 미주 시인들은 주로 국내 문예지에 작품을 게재하고, 국내 출판사에서 시집을 출간하면서 시작 활동을 이어나갔다. 하지만 미주 시단이 아직 독립적으로 발전해 나가는 기틀을 마련하지는 못한 상황이었다. 이는 미주 시단이 아직 작품 발표나 출판 환경을 충분히 갖추지 못한 상태였기 때문에 어쩔 수 없는 일이었다. 이 시기 미주 한인시는 국내 시의 일부이자 국내 시와 변별되는 미주 한인시의 특이성을 모두 간직하고 있었다. 따라서 광복 이후 1970년대까지 미주시가 보여준, 국내 시단과의 교류 속에서 이루어진 정착 과정은 독립적 지역 시단으로 발전하기 직전의 모습이었다.

2. 『지평선』의 창간과 미국 한인 시단의 정초

1) 서론

『지평선』은 모두 3집까지 발간되었다. 제1집은 1973년 12월에, 제2집은 1974년 6월에, 제3집은 1976년 11월에 각각 발간되었다. 제1집과 제2집은 타자기로 쳐서 만든 수제본이며, 3집만이 정식 인쇄본의 형태로 발간되었다. 『지평선』의 문학사적 의미에 대한 고찰은 1976년 문예지 형태로 정식 출간된 것을 중심으로 하되, 이전의 수제본을 참조하는 정도에서 이루어지는 것이 바람직할 것으로 판단된다. 왜냐하면, 수제본의 경우 정식 출간된 책으로 보기 어려운 측면이 있기 때문이다. 제3집[1]의 편집자인 황갑주(黃甲周) 시인은 이 사화집의 의미를 이렇게 밝히고 있는데, 이것은 『지평선』에 참여한 모든 시인의 마음이라고 할 수 있다.

> 한국 詩壇이 어떻게 주류를 이루고 있는지, 詩人들이 누구인지조차 모르며, 母國詩壇風土를 익히기에는 너무 먼 異域 美洲 땅에 살면서 이렇게 시에 끌려 살아가고 있다.
> "지평선" 3人集의 계기로 이제부터는 故國에서 發刊되 文學雜誌만은 구독하여 서로 교환하여 읽기로 하였다. 우리 詩文學史를 外面하고 母國語의 시가 제자리에 오를 수 없다는 것을 알고 있다. 그러나 移民으로 美洲에 건너와서 定着하는 초기과정은 이렇게도 바쁘고 쫓기는 생존이었다.
> 活字化되어 완전히 면모를 갖추어 詩集이 美洲에서 刊行된 것은 이 "지

---

1   1976년 미국의 L.A.에 소재한 '복음의 전령사' 출판사에서 박신애(朴信愛), 임서경(林曙景), 강옥구(姜玉求) 등 3인이 20편의 시를 모아서 발간한 시 동인지이다. 『지평선』에 실린 20편 가운데 강옥구 시인의 것이 6편, 강신애 시인의 것이 7편, 임서경 시인의 것이 7편 등이다.

평선" 3人集이 처음인 것 같다.[2]

　이처럼『지평선』동인들은 "母國詩壇風土를 익히기에는 너무 먼 異域 美洲 땅에 살면서 이렇게 시에 끌려 살아가고 있다"고 한다. 동인들은 모국의 시단을 잘 모를 뿐만 아니라 시에 대한 전문적인 학습의 과정도 거치지 않은 상황에서 시작 활동을 하고 있음을 알 수 있다. 이뿐만 아니라 미국에서 동인들의 생활은 "移民으로 美洲에 건너와서 定着하는 초기과정은 이렇게도 바쁘고 쫓기는 생존이었다"는 고백에 잘 드러난다. 동인들은 "생존"이라고 말하고 있는 데서 알 수 있듯이 그들의 이민 생활은 매우 외롭고 고달프고 힘겨운 것이라고 할 수 있다. 그 열악한 환경 속에서 동인들은 시를 통해 언어 공동체 혹은 정서 공동체로서 위안을 받고 살아가려고 하는 것이다. 이『지평선』이 갖는 문학사적 의의는 "活字化되어 완전히 면모를 갖추어 詩集이 美洲에서 刊行된 것은 이 "지평선" 3人集이 처음"이라는 구절을 참조할 필요가 있다.『지평선』은 미주 최초의 시 동인지라고 할 수 있는데, 그렇다면 과연 거기에 실린 시편들이 그러한 선구적인 의미에 충실히 부응하는 것인지 살펴볼 필요가 있다.

2) 본론

(1) 미국 문명과 자연에 대한 동일시 욕망

　『지평선』에는 미국 문명이나 자연에 대한 동일시 욕망[3]을 드러내는 시가 여

2　황갑주, 「후기」, 『지평선』, 복음의 전령사, 1976, 51쪽.

3　Diane Macdonell, 『담론이란 무엇인가』, 임상훈 역, 한울, 1995, 53쪽. 주체를 구성하는 담론의 세 가지 유형으로서 동일시, 비동일시, 반동일시 등이 있다. 미국을 대상으로 한 욕망의 문제도 이와 연관 지어 구분할 수 있을 듯하다. 동일시 욕망은 미

러 편 발표되었다. 특히 강옥구 시인[4]은 샌프란시스코의 금문교를 소재로 한 6편의 연작시를 선보이고 있는데, 그 내용은 대부분이 미국 문명의 상징인 "금문교"를 찬양하거나 칭송하는 것으로 구성되어 있다.

오 금문교

오십센트로
네 몸을 짓밟는
저 무수한 바퀴들
그 바퀴들에게
땅과 땅을 이어주는 넌
네 맑은 혼에
마음 맞추는 이들에겐
순 황금빛 무지개
지상과 하늘의 가교

우러러 보는 언 마음에
사랑의 강이 흐르게 하고
어지러운 문명의 소리들
다듬어 주는
너는

국에 관한 호의와 찬양의 태도를 보이는 것으로 규정할 수 있다.

4 1940년 광주에서 태어나 이화여대 약학과를 졸업하고, 미국의 컬럼비아 대학과 버클리 대학원에서 공부했다. 1973년부터 시작하여 1997년 퇴직할 때까지 미 국무성 농무부 소속 연구실에서 연구원으로 근무를 했다. 1978년 월간『시문학』으로 등단하여 종교적 구도의 세계를 시적으로 형상화하는 일에 많은 관심을 가졌다.『지평선』외에 시집으로『허밍버드의 춤』이 있고, 산문집으로『들꽃을 바라보는 마음으로』,『마음 없는 마음의 길』,『일만 송 수행 일기』등이 있다. 또한, 번역서로 크리슈나무르티의『관심의 불꽃』,『틱낫한 스님의 반야심경』, 게리스나이더 시집『무성』,『아 달라이 라마, 지혜의 큰 바다』등이 잘 알려져 있다.

문명이 잉태한 역설자
그리고
창조를 통한
인간 구원의 증인인 것들

　　　　　　　　　　　　　　— 강옥구, 「금문교 1」 부분

　이 시는 미국의 샌프란시스코에 있는 "금문교"를 시적 대상으로 삼고 있다. "금문교"는 예로부터 미국 문명의 상징으로 간주해왔는데, 시인은 일반적인 차원의 의미 부여에서 한 걸음 더 나아가고 있다. 즉 "오십센트"에 불과한 통행료로 그 위를 지나가고 있는 "무수한 바퀴들"(사람들)에게 "금문교"는 "맑은 혼"이자 "순 황금빛 무지개"로서 "지상과 하늘의 가교"라고 정의한다. 이뿐만 아니라 "금문교"는 "사랑의 강이 흐르게 하"는 존재이자 "문명이 잉태한 역설자"로서 "창조를 통한/인간 구원의 증인"으로 칭송을 하고 있다. "금문교"는 인간 소외의 근원인 기계적 "문명"으로 이루어진 것이지만, 오히려 샌프란시스코 사람들의 삶을 "구원"해주는 역할을 하므로 역설적 존재라는 것이다. 미국의 현대 문명에 대한 과도하다고 할 만큼의 이러한 칭송은 이민자들이 이민 초기에 갖는 일종의 경외감 혹은 환상이라고 할 수 있다. 모국인 한국에서는 볼 수 없는 "금문교"의 크고 웅대한 형상과 그것이 상징하는 미국 문명에 감동하고 있는 셈이다.

　다른 한편으로 "금문교"는 찬양의 대상일 뿐만 아니라 시인으로서의 시심을 고양해주는 존재이기도 하다. "금문교"는 미주 시인들에게 화려한 미국 문명의 상징을 넘어 시적 상상을 매개해주는 대상인 것이다.

총총히 박혀있을
옥 같은 시의 보석들은
지금 어디엔가 숨어있고
눈을 감았다
다시 떠 보는 그 앞에

날라오는
한 마리의 커다란
황금의 나방이 금문교
아 그 날개에서 뿌리는
비처럼 내리는 황금의 가루들
아직은 나를 비껴 내리는데

날개짓하며
그 나방이는
따라오라고
따라올 수 있을 거라고
소곤거린다

인간으로 살아가는
고뇌와 보람을
유리알 닦듯이 닦고 갈아
구슬을 만들어 목에 걸 때까지
이젠
되돌아갈 수 없는 정진의 길

오 금문교
생수처럼 맑은 시심이 치솟는
네 현란한 불빛 앞에
아직은 초라한 내 작은 등불

— 강옥구, 「금문교 2」 부분

　한 시인으로서 세상을 살아간다는 것은 "옥 같은 시의 보석들"을 찾아가
기 위해 일평생을 바치는 일이다. "나"는 그런 삶을 추구하며 살고자 하는 시
인인데, "금문교"는 그렇게 살고 싶은 "나"의 소망을 고양하여주는 존재이다.
즉 "황금의 나방이 금문교"가 "황금의 가루들"을 뿌리고 있는 환상적 이미지

는 "나"에게 시인으로서의 값진 삶을 환기해주면서 그렇게 살아가도록 독려하는 역할을 하고 있다. 더 중요한 것은 그러한 이미지가 화려한 삶을 살아갈 수 있다고 용기를 북돋워 준다는 점이다. 즉 "황금의 나방이"가 "나에게" 자신을 "따라올 수 있을 거라고" 하니까, "나"는 "고뇌와 보람을" 넘어 시를 위한 "정진의 길"을 갈 수 있다고 생각하는 것이다. 결국 "생수처럼 맑은 시심"의 연원인 "황금의 나방이 금문교"가 "아직은 초라한 내 작은 등불"을 더 크고 환하게 밝히는 계기를 마련해준 셈이다.

다른 시에서도 "금문교" 혹은 미국 문명은 아주 적극적인 찬양의 대상이다. 예컨대 "너는 환히 불 밝히고/나의 뮤즈/내 가슴속 깊은 골작이에/오 핏빛 금문교"(「금문교 3」 부분)는 시인의 시심을 지배하는 존재이다. 이뿐만 아니라 "내 가슴 속에 타고 있는/번뇌들이/밤마다 환하게 꿈틀거리는/널 보고 있으면/아득한 절망을 느낀다"(「금문교 4」 부분)에서, "금문교"는 자신의 초라한 모습을 성찰하게 하는 존재이다. 또한 "가지 끝에서처럼/땅위에서도/한결같은/넌/눈 앞에서/美의 근원으로 현신한다//나의 悲願이여"(「금문교 6」 부분)에서는, 아름다움의 상징이다. 나아가 "내 안에/하얗게 바랜 종교의 씨를 뿌려주고/너를 향한 찬미를 이제 허용하구나"(「금문교 5」 부분)에서는, 금문교가 어둠을 밝혀주는 빛의 화신으로서 경건한 종교 생활의 세계로 들어서는 계기가 되기도 한다.

『지평선』의 시편들에는 미국 문명뿐만 아니라 미국의 자연에 대한 동일시 욕망도 자주 드러난다. 미국의 자연은 그 어느 나라의 자연에 비교할 수 없을 정도로 거대하고 풍요롭다. 한국이라는 작은 나라에서 살다가 미국의 그러한 자연을 대면하게 되면 절로 감탄이 나오지 않을 수 없다. 박신애 시인[5]의

---

5   박신애 시인은 1974년 첫 시집 『고향에서 타향에서』를 출간한 이후 『너무 멀리 와서』(1992), 『언덕은 더 오르지 않으리』(2011), 『그리움의 그림자 따라』(2013) 등의 시집을 출간했다.

시에는 그러한 감탄이 자연을 의인화하는 방식으로 드러나고 있다.

올르는 연기 타고
가벼운 춤을 추노라니
흘러가던 구름이
Hello 했어요

풀 뜯는 소 잔등에
파리 찾는 새
엄마 품 찾어
조그마한 머리 쳐 들고
젖 빠는 송아지
나, 언덕에서
유칼립투스의 Hello 들어요

젖소, 무거운 유방 두 다리 사이 흔들며
언덕에 오를 때
내 마음 초록색 보리 밭 되고
보리 밭 물결 되어
초원 길 돌아
맨발에 흐르는 구름 쳐다 보며
맴돌아

옷 자락 날려
미풍에 미소 섞여 볼 때
어디서 나타난 사슴이
Hello 했어요

자연의 그림 한폭을 넘기는 소리

음악 되고
행복을 피우는 노란꽃 곁에서
Hello 했어요

— 박신애, 「Hello 했어요」 부분

이 시의 자연은 인간과 대화를 하는 대상이다. 이 시에서 반복되는 "Hello 했어요"는 자연이 인간과 소통을 하는 존재라는 의미를 내포한다. 즉 무기물인 "흘러가는 구름"이나 식물인 "유칼립투스" 나무, 동물인 "사슴"이 인간을 향해 "Hello 했어요"라는 것은, 자연과 인간을 동일시하는 것이다. 그리고 그렇게 소통하는 자연은 공통으로 경쾌하고 풍요롭고 순수하고 아름다운 모습을 간직한다. 즉 "구름"은 "가벼운 춤"과 연관되고, "칼립투스"는 "엄마 품"에서 "젖 빠는 송아지"와 공존하고, "사슴"은 "초원길"의 "미풍에 미소"와 함께 존재하는 자연이다. 이러한 자연은 유토피아라고 할 수 있을 정도로 이상적인 모습을 간직하고 있다. 이것은 다른 시에서도 확인되는, "나도 山이 되어/山이 살이 찌는.//나도 초록색 풀잎 옷 입고/땅속에 박히어/살랑이는 바람 그리워/지금은,/뛰어 올라가/이름을 불러보고 싶은"(박신애, 「Rolling Mountain」 부분) 마음과 연관된다. 시인은 미국의 자연과 동일시되려는 욕망을 통해 이민자의 삶을 희망적으로 드러내고 있다.

(2) 이민 생활의 고달픔과 미래의 희망 추구

그러나 미국이라는 나라가 모국과 비교해 선진적이고 풍요로운 물적 토대를 간직하고 있다고 하더라도 이민자로서 정착하여 살아간다는 것은 매우 어려운 일이다. 또한, 미국이 세계 최대의 부국이자 자본주의의 선진국이라고 할지라도 그곳을 자세히 들여다보면 많은 문제점이 발견된다. 미주 시인들은 이러한 점에 대해 성찰과 비판을 하는 시편들을 발표하였다.

블랙 커피처럼, 진한 욕망이
사생아 되어 울음을 삼키는 모퉁이에
"No Parking"의 붉은 협박장

생존의 진흙탕에서
쉬어 볼길 없이
귀중한 시간의 질식한 파편들
레슌박스 시절은
전설이 된 지금인데
그 기억은 현실에도 때묻어
반항이 경련하여

디시워셔 앞치마
피곤한듯 얼룩진 무늬
Prometheus 심장
처절히도 독수리 발톱을
위장한 캐피탈리즘에

삼일을 십년같이 늙어버린 오만이
휴지처럼 구겨져
Janitor의 벗이요
7일의 L.A.undryman은
낭만의 단풍을 Drying Machine에 바치었다
어지러운 인생이
어지러운 정원을 다듬어 주며
알콜 몇방울을 교환한 어느날
어지러운
꿈만 좇아
어색하게 기분좋은 방황이었으나
Speed Limit를 어긴 죄는
꿈을 팔으라는 티켙이었다

　　　　　　　　　— 김진춘, 「육육년의 여름」 부분

이 시는 미국 이민자로서 "생존의 진흙탕"에서 살아가는 어려움[6]을 드러내고 있다. 사실 한국을 포함하여 제3세계 국가에서 미국으로 이주한 사람들이 미국 사회에서 적응한다는 것은 쉽지 않다. 그들은 대부분 식당의 접시 닦는 일("디시워셔")이나 세탁일("L.A.undryman"), 혹은 수위("Janitor")나 "정원을 다듬"는 일과 같은 직업에 종사하며 살아가기 마련이다. 미국 사회의 메커니즘은 끊임없이 "No Parking"이라는 "붉은 협박장"을 내밀며 정착하는 일을 방해한다. "독수리 발톱을/위장한 캐피탈리즘"이 만연한 미국 사회에서 살아가야 할 이민자들은 "사생아 되어 울음을 삼키는" 인생의 주인공일 수밖에 없다. 이 힘겨운 삶을 "알콜 몇방울"에 기대어 살아가면서도 미래의 희망을 놓지 않았으나, 일 때문에 시간에 쫓기다가 과속에 걸려 벌금 고지서를 받는 순간 "꿈을 팔으라는 티켙"을 받은 듯한 느낌에 빠져든다. 이 시는 이러한 정황 속에서 살아가는 미국 한인들의 힘겨운 "생존" 현장을 생동감 있게 드러내 주고 있다.

이처럼 이민자로서의 고달픈 삶과 미국에 대한 비판은 현대 문명을 대상으로 해서도 이루어진다. 한 시인은 미국의 고속도로 풍경을 바라보며 "후리웨이는 인간에게 쫓기고, 인간의 욕망에 쫓기고/더 충족의 욕망/더 시위의 욕망/더 정복의 욕망/후리웨이는 끝없는 인간의 욕망을 등에 지고 과속으로/쫓기고 있다/그 뒤를 죽엄이 과속으로 바짝 뒤쫓고 있다"(김병현, 「FREEWAY」 부분)고 비판한다. 현대 사회의 가장 큰 특성 가운데 하나인 '속도'의 문제를 고속도로를 달리는 차에 빗대어 문제 삼는 것이다. 이 시구에서 "후리웨이"는 미국 문명과 인간 욕망을 상징한다.[7] 인간은 그 '속도' 때문에 편리하게 살아가지만 동시에 죽음의 세계로 나아가게 되는 셈이다. 또한, 이민자들이 그토록 갈망하는 영주권을 "13 058 725//으앗! 이건 나를 짓누르는 무겟 바늘이

---

6   정효구, 앞의 논문, 101쪽.
7   정효구, 위의 논문, 112쪽.

다/이건 나를 길드리는 머슴사리 꼬리 표다"(김시면, 「영주권」 부분)라고 정의한다. 그만큼 미국 사회는 이주민들에 대한 착취 메커니즘을 지녔다는 사실을 고발하고 있다.

그러나 미주 시인들은 이민 생활의 어려움 가운데서도 미래에 대한 희망을 포기하지는 않았다. 그들은 미국 생활의 적응과 그곳에서의 생활이 어려울지라도 미래에 다가올 이상 세계를 향한 동경을 잃지 않았다. 이런 점에서 임서경 시인[8]의 시에 나타나는 미래지향적인 삶의 태도는 눈여겨 볼만하다.

> 타는 일
> 지는 세월로
> 내일을 머금은 뜻.
> 바람이 일 때마다
> 찰랑대는 푸른 바다.
>
> 황혼에 깔려오는
> 마지막 인사도
> 돋는 잎
> 붉은 가슴에
> 신비로 망울지고
> 이슬도 생명이라
> 밀려대는 빛, 바람.
> 흔드는 자유마다
> 뿌리 뻗는 인연들.
> 이름마다 가진 뜻이
> 좋은 열매 탐했거늘….
> 뙤약볕

---

8   미국 시카고의 교포 시인으로서 국내에 잘 알려져 있지는 않지만, 「미당 세계방랑기」(『경향신문』 1978년 3월 10일)를 보면 미당 서정주가 미국을 여행할 당시에 많은 도움을 준 사람으로 알려져 있다.

뜨거운 열도
포옹하는 진정.

더러운 개천에도
새파란 미나리.
좋고 나쁜 그 안에서
그 안에서 씨알은,
내일 향한 오늘은
단 한번의 진실.
내일 향한 오늘은
단 한번의 영원.

— 임서경, 「빛으로 타면서 Ⅱ」 전문

시의 제목에 등장하는 "빛"은 일차적으로 미래의 희망을 표상한다. 이 시의 시상을 지배하는 "지는 세월로 내일을 머금은 뜻"은 바로 그러한 희망의 마음이다. 그러한 마음을 간직한 사람에게는 "황혼에 깔려오는/마지막 인사"마저도 "신비"로운 "생명"이나 "자유"를 연상케 하는 존재이다. "황혼"이 하루가 저무는 쇠락과 죽음의 시간이 아니라 "뙤약볕/뜨거운 열도" 안정적으로 "진정"시켜 주는 평화와 생명의 시간인 것이다. 이와 같은 "황혼"의 역설적 의미는 "더러운 개천에도/새파란 미나리"라는 시구와도 상통한다. 이러한 역설은 현재의 한계적 상황을 미래의 무한한 희망으로 전환시키는 마음의 실존적 결단을 유인한다. 그래서 "내일 향한 오늘은/단 한번의 진실"이자 "단 한번의 영원"이라는 결구가 탄생하는 것이다. 이러한 미래 지향성은 "가버린 뒤에/아픔이 옷을 벗고/하늘로 솟고/하늘로 솟고/어여쁨이 옷을 벗고/땅–속으로 스며들어,/티없이/내일을 닦아내는 걸……. //어쩌면/당신/꿈이 꿈이 되는 길/지금이 내일이 되는 길에서/미소만 날리시렵니까"(임서경, 「황혼이 쏟아지는 이유 Ⅰ」 부분)라는 시구에도 나타난다. 떠나는 사람에게조차도 현재를 넘어서는 미래의 "꿈"을 말하고 있다.

시간상으로 미래를 지향하는 일은 인간으로서의 유한적 존재, 현실에서의 한계적 상황을 극복하려는 의지를 동반한다. 그러한 현실을 넘어서는 일은 인간 존재의 궁극인 영혼의 세계를 지향하는 것으로 나타나기도 한다.

> 내 영혼의 침실은
> 반짝이는 별 하나씩
> 번갈아 들어요
>
> 내 영혼의 침실은
> 하루는 숲속에
> 하루는 꽃속에
>
> 내 영혼의 침실은
> 아가야 새가 담긴
> 둥우리 곁
>
> 내 영혼의 침실은
> 찬 바람 부는
> 벌판에도
>
> 내 영혼의 침실은
> 벽이 필요 없고
> 등불이 필요 없는
>
> 내 영혼의 침실은
> 바람 받고
> 노래 받고
> 내 영혼의 침실은
> 나그네 길에
> 잠깐씩 꾸어가는 꿈
>
> 내 영혼의 침실은

나만 잠들어
외로운

내 영혼의 침실은
나의 人生만큼
나이 많어

내 영혼의 침실은
어디에고
방석을 깔 수 있는

그랬다가
미련 없이 걷을 수 있는

— 박신애, 「영혼의 침실」 전문

이 시에서 정갈한 영혼의 세계를 추구하는 것은 비루하기 그지없는 현실의
삶을 초월하고자 하는 의지와 관련된다. 이 시에서 상상하는 "내 영혼의 침
실"이라는 공간은 인간으로서의 한계를 초월한 일종의 이상향이라 할 수 있
다. 그곳은 "반짝이는 별"이 있고, "하루는 숲속에/하루는 꽃속에" 존재하는
밝고 아름다운 영혼의 거처이다. 그곳은 또한 "벽이 필요 없고/등불이 필요
없"을 정도로 개방되고 밝은 공간이자, "바람 받고/노래 받"는 소통의 공간
인 동시에 즐거움의 공간이다. 물론 그러한 공간은 현실과의 무갈등 속에 존
재하는 것이 아니라서 외롭고 연로한 인생의 "나그네 길에/잠깐씩 꾸어가는
꿈"이다. 그렇지만 그 "꿈"은 언제 어디서든지 "방석"처럼 "깔 수" 있고 "거둘
수" 있기에 더욱 소중하다. "내 영혼의 침실"이 막연하게 멀리 존재하는 것이
아니라 시인의 마음속에 항상 존재하기에 더욱 소중한 것이다. 덧붙여 『지평
선』에 등장하는 기독교적 종교의식이나 모국을 향한 향수를 탐구하는 시들[9]

9   정효구는 『지평선』 수록시의 주제의식을 1)생존과 적응의 현장, 2)정체성의 위기와

도 영혼의 추구와 관계 깊다는 사실도 기억할 필요가 있다.

3) 결론

『지평선』은 이처럼 1970년대 초반의 미 동부지역에서 선구적으로 발간된 시 전문 동인지였다. 당시 미주지역에서는 이렇다 할 시작 활동이 전개되지 않고 있었다. 한국에서 등단으로 하고 미국으로 이주한 몇몇 시인들이 한국의 문예지가 간혹 작품을 발간하거나, 이민을 전후하여 한국에서 발간한 시집을 시적 성과로 삼고 있었던 상황이었다. 미주 시단은 아직 시단이라고 부를 만한 물적, 인적 토대도 이루어지지 않은 상태였던 셈이다. 이러한 상황에서 미국에 건너간 시인들이 그곳에서 창작한 시편들을 가지고 동인지를 발간했다는 것은 그 자체로 매우 유의미한 일이 아닐 수 없었다. 더구나 당시는 미 동부지역에서조차도 아직 동인지나 문예지가 전무 상태여서 그 선구적 의미는 남다른 것이었다. 그리하여『지평선』은 미주 시단의 정초를 닦는 데 긴요한 역할을 했다고 평가할 수 있다.

다만, 동인의 숫자가 너무 적어서 당시 미주 시단을 포괄적으로 수용할 수 없었다는 점은 아쉬움으로 남는다. 강옥구, 박신애, 임서경 등은 물론 당시 미주 시단에서 상당한 비중을 지닌 시인들이었지만, 이들 외에도 적지 않은 시인들이 활동하고 있었다. 하여『지평선』의 인적 구성이 더 많은 시인으로 확대되었다면 하는 아쉬움을 느끼지 않을 수 없다. 그렇지만『지평선』에 수록된 시들은 당시 한인 이민자들이 겪었던 삶의 애환이 고스란히 담겨 있다. 즉 이민 생활의 고달픔을 토로하고 그런 와중에도 미래의 희망 추구한다든

확립, 3)미국 사회의 현실상에 대한 고발, 4)어머니, 고향, 그리고 고국에 대한 향수, 5)기독교와 우주적 사유 등으로 세분하여 정리하고 있다(정효구, 앞의 논문, 50~62쪽). 이 가운데 4)와 5)가 여기에 해당할 것이다. 다만 필자는 전체적인 빈도나 보편성 확보의 문제를 고려하여 큰 묶음으로 정리했다.

가, 미국의 문화나 자연에 대한 동일시 욕망을 통해 어떻게든 이민 생활에 적
응해 나가려는 의지가 오롯이 드러난다. 이러한 시적 성과는 그동안 한국 현
대시에서 경험해보지 못한 새로운 영역을 선구적으로 개척한 것이라 할 수
있다.

3. 소수자 의식과 아메리칸 드림의 거리 - 『재미시인선집』

1) 서론

　미주 한인 시인들은 한국계 미국인(Korean-American)으로서 소수자의 삶을
살아가고 있다. 소수자란 의식적, 무의식적으로 다수자 문화에 완전히 동일
시되지 못하는 사람들을 의미한다. 미국은 유럽문화를 근간으로 남미(멕시칸)
문화, 아시아 문화, 아프리카 문화 등이 다양하게 혼재하지만, 미국의 주류
사회는 백인을 중심으로 하는 유럽 문화가 지배하고 있어서, 그 이외의 문화
들은 타자의 문화라는 지위와 역할을 부여받고 있는 것이 현실이다. 미국 사
회는 외형적으로 다양성과 혼종성을 지향하는 듯하지만, 실질적으로는 백인
우월주의를 토대로 한 유색인종에 대한 편견이 지배하는 곳이다. 이러한 미
국 사회의 문화적 환경에서 미주 한인 시인들이 소수자 의식을 벗어나지 못
하는 것은 당연한 일이다. 물론 미국에 이주한 한인들은 자발적 이산을 선택
한 사람들이 대다수이기 때문에 일정 부분 미국문화에 관한 호의를 간직하
고 있다. 그러나 그러한 긍정적인 감정은 일시적이어서 이민자로서 실제 생
활을 하는 과정에서 소수자로서의 부정적인 의식을 간직할 수밖에 없게 된
다.
　1970년대는 미주 한인시가 본격적으로 정착하는 시기이다. 이전 시기인
광복 이후 1950년대에서 1960년대까지는 미주의 한인 시인들이 이렇다 할

작품 발표를 하지 않았다. 광복 이후 미국에서 발간되고 있던 한글 신문인 『신한민보』에 홍언(洪彦)의 시가 작품이 간헐적으로 발표되기는 하지만, 현대시로서 형식미나 작품성에 커다란 한계[10]를 보여주고 있기에 딱히 문학사에 편입하기가 쉽지 않다. 1950년대나 1960년대도 사정은 마찬가지다. 미주에 이주한 한국인의 숫자도 적었을 뿐만 아니라 전문 시인이라고 일컬을 만한 사람도 없었다. 전문 시인이라고 부를 만한 한인이 미국 땅에 발을 들여놓는 것은 1960년대에 와서 이루어지지만, 당시 그들의 활동은 미주 시단이라기보다는 한국 시단에 속한 상태로 활동을 했다고 보는 것이 옳다. 1960년대에 미국으로 이주한 한인 시인으로는 1964년 고원, 1966년 마종기 등이 대표적이다. 이들이 미국 사회에 자리를 잡으면서 1970년대에는 비로소 미주 시단이 미약하나마 형성되기 시작한다.

미주 한인시에서 소수자 의식이 본격적으로 드러나는 것은 1970년대 이후이다. 이 시기는 다수의 제2차 미국 이민자들이 로스엔젤레스, 뉴욕, 시카고 등에 정착을 하면서 일정한 규모의 한인 공동체 사회가 형성되던 때이다.[11] 이 시기부터 한인들은 미국 사회에서 일정 규모의 소수자 집단을 이루면서 공동체 의식의 일환으로 소수자 의식을 간직하고 살아가기 시작한다. 미주

---

10 광복 직후 미주에서 발표된 한인시의 작품 수는 많지 않다. 현재 전해지는 것으로는 홍언의 작품이 대다수를 차지하는데, 이 시기 그의 작품 대부분은 창가 가사와 유사한 2행(각행 2음보) 3연의 정형률 형태를 유지하고 있다. 아직 자유시로서의 형식을 갖추지 못하고 있어서 국내의 시와는 상당한 차이점을 보여주고 있다. 그리고 광복에 관한 내용도 1945년 9월 6일자 『신한민보』의 「왜적의 항복을 듯고」에 처음으로 나타나 국내 현실과의 괴리감이 느껴지기도 한다. 이 작품의 전문은 다음과 같다. "붓대를 던지고서/엉덩춤 헛튼 노릭//원수가 항복하니/깃버서 밋첫노라//강산이 완정한 날에/닉 나라로 갈게내".

11 1965년 개정된 미국의 이민법인 '하트-셀러법(Hart-Celler Act)'에 의해 매년 2만여 명의 한인들이 미국으로 이주하게 된다. 그래서 1970년대 초반에는 미국 내 한인들의 숫자가 20여 만 명에 달하게 되고, 일정한 규모의 한인 사회가 형성되면서 미주 지역에 한인시가 본격적으로 등장하게 된다.

한인 시단도 이 시기에 이르러 광복 이전의 형성기를 거쳐 정착기의 단계에 접어들게 된다. 이 시기 미주 한인들의 시는 들뢰즈 · 가타리가 명명했던 소수자 집단의 문학과 유사한 것으로서, 언어의 탈영토화, 정치 문제와 관련된 개인적인 문제, 발화의 집단적 구성[12] 등을 특징으로 한다. 이러한 특징의 기초가 되는 것은 소수자 의식이라고 할 수 있을 터, 미주 한인 시인들이 미국 시단에서뿐만 아니라 한국 시단에서도 소수자에 속하므로 그런 의식이 또렷할 수밖에 없다.[13] 더 정확히 말하면 1970년대 미주 한인 시인들은 '소수자의 소수자' 의식을 중요한 정신적 기반으로 삼아 시를 썼던 것이다.

1970년대 소수자 의식이 형상화된 주요 텍스트로는 동인지『지평선』(1973부터 1976년, 통권 3호)[14]이 선구적이고, 개인 시집으로는 황갑주의『하늘이 따라와』(1976), 마종기의『변경의 꽃』(1976), 고원의『미루나무』(1976) 등이 주목에 값한다. 이들은 1980년대 이후 미주 한인 시단이 본격적으로 발달하기 이전에 중요한 역할을 담당한 작품집들이다. 이 글에서는 이들 가운데『재미시인선집』[15]을 중심으로 살펴보고자 하는데, 이 작품집은 미주 한인 시단에서

---

12 G. Deleuze · F. Guattari,『소수집단의 문학을 위하여』, 조한경 역, 문학과지성사, 1994, 37쪽. 들뢰즈 · 가타리는 특히 유태계 독일어 작가인 카프카가 프라하에 살면서 체코슬로바키아의 본래적 영토성에 대하여 좁힐 수 없는 거리감을 느꼈다는 점에 주목한다. 사정이 다르긴 하지만, 미국의 한인 시인들 역시 미국의 언어로 작품을 쓸 수 없기에 한국어로 시를 쓰면서 탈영토화된 미국인으로서 정치적, 집단적 소수자 의식을 간직하고 살아갈 수밖에 없다고 할 수 있다.

13 오윤정은 재미 문학이 미국이라는 이국과 한국이라는 모국에서 이중의 소외를 겪고 있다고 본다.(오윤정,「재미 시인 연구-박남수 · 고원 · 마종기를 중심으로」, 겨레어문학회,『겨레어문학』제46집, 2011, 129쪽 참조.)

14 제1호는 1973년 12월 1일, 2호는 1974년 6월 29일, 3호는 1976년 11월 10일 발간되었다. 1호와 2호는 타자로 쳐서 만든 수제품이고, 3호는 정식 출판된 것이다. 이 문예지에 관한 종합적인 연구로는 정효구의「재미동포 동인지『지평선』의 양상과 그 의미」(이동하 · 정효구,『재미한인문학연구』, 월인, 2003.)가 있다.

15 1975년 국내의 하서출판사에서 간행되었는데, 미국에 거주하는 공통점을 지닌 한인 시인들의 작품을 모아놓은 사화집이다. 모두 11명의 시인이 창작한 40편의 시가

일정한 규모와 수준을 확보한 최초의 공동시집이라는 점에서 중요한 의미를 지닌다. 이 시집에 대해서는 이미 디아스포라의 양가성과 장소 전유의 문제를 중심으로 연구가 이루어졌다.[16] 필자는 이 연구 성과를 확장하여 논의하기 위해 이 시집에 드러나는 다양한 주제의식을 고찰하되 소수자 의식이라는 키워드로 수렴해보고자 한다. 이 사화집의 소수자 의식은 주로 미국문화에 대한 콤플렉스, 고독과 불안, 죽음 의식, 유랑의식, 향수, 아메리칸 드림 등으로 다양하게 드러난다. 이들은 미국 이민의 과정에서 품고 있었던 아메리칸 드림과는 거리가 먼 것들이지만, 시인들은 그러한 의식을 형상화하면서 시인으로서의 정체성을 추구해 나갔다.

2) 1970년대 미주 한인시의 소수자 의식

(1) 미국 콤플렉스와 유랑의식

미주 시인들이 지닌 소수자 의식의 출발은 미국을 이상적 국가로 간주하고 동경의 대상으로 보는 시선이다. 이것은 그들이 미국으로 이주한 결정적인 이유이기도 하다. 문제는 미국에 관한 동경이 내면적 복합 심리로서의 콤플렉스로 이어진다는 점이다. 1970년대 한국인의 처지에서 파악한 미국은 정치적으로는 자유민주주의가 정착되어 있고, 경제적으로는 자본주의가 발달한 선진적인 국가로서 일종의 이상향이었다. 그것은 아직 민주주의가 정착되지 못하고 산업화의 초기과정에 머물러 있던 한국의 상황과 대비되는 것이었다. 당시 미국으로 이주한 한국인의 마음속에는 정도의 차이는 있을지

실려 있는 이 사화집은 단순한 작품 모음집으로 이후 본격적으로 발간되는 동인지 혹은 기관지 성격의 문예지와는 다르다.

16 남기택, 「미주지역 디아스포라 시문학의 양상」, 『어문연구』 78호, 2011.

언정 대부분 이러한 생각이 밑바탕에 자리를 잡고 있었다. 이런 맥락에서 어느 시인은 미국이 찬란했던 고대 로마보다도 더 위대한 국가라고 노래하기도 한다.

> 이십세기 롬 같아도
> 롬처럼 망하지 않을 것 같은 나라
> 자연은 아름다워 美國이라고 불러도
> 좋은 나라
> 백만장자와 극빈자가
> 사회계급 없이 똑같은 質·量의
> 점심을 먹는 민주주의 同等의 나라
> 天癡가 政治를 해도
> 政治가 되어가는 이상한 나라
> 여덟시간 노동 후에
> 칼라 텔레비전 앞에서
> 麥酒나 마시고
> 잠들면 그만인 나라
> …(중략)…
> 다들 돌아간다고 말해도
> 떠날 수 없는 魔力의 나라
> 냉장고 안에 우유나 오렌지 쥬스가 아닌
> 族譜가 필요 없는 간단한 나라
> 亡하지 않는 롬
> 社會가 필요가 없는 社會, 美國.
>
> ― 최연홍, 「美國」 부분

이 시에서 "미국"은 모든 것들이 잘 갖추어진 이상향과도 같은 나라이다. 화자에 의하면, 미국은 고대 로마와 같지만, 로마처럼 "망하지는 않을 것 같은 나라"이다. "자연"도 "미국"이라는 이름에 어울리게 아름답다. 이뿐만 아니라 미국 사회는 "백만장자와 극빈자가/사회계급 없이" 살아가는 "민주주의

同等의 나라"이다. 그래서 미국은 "다들 돌아간다고 말해도/떠날 수 없는 魔力의 나라"인데, 이는 당시 미국 이주 한인들이 지녔던 친미 이상의 숭미(崇美) 의식을 드러낸다. 사실 당시 미국 이민자들은 대부분 자발적으로 미국행을 선택한 것이기 때문에, 그들의 마음속에는 이러한 선망의식이 어느 정도는 내재해 있었다고 할 수 있다. 그러나 미국에 도착한 한인들이 미국 사회에서 그다지 환영을 받거나 존중을 받을 만한 처지는 아니었다. 한인들이 견고하게 고착된 백인 위주의 주류 사회에 진입하는 것은 애초부터 불가능한 일이었다. 이러한 이유로 한인들의 마음속에는 미국 사회 혹은 백인들에 대한 콤플렉스가 자리를 잡게 된다. 아래의 시는 그러한 한인들의 심리를 형상화하고 있다.

> 백인들의 피는 언제나 뜨겁고
> 잘 순환하고 있다.
> 무엇하나 붙잡을 것이 없도록
> 완전하고도 황량하게 얼어 붙이는
> 이 「북아메리카」의 크나큰 겨울
> 일곱번째의 이 겨울을 보내기 위해선
> 완전히 압도되지 않고 보내기 위해서는
> 나도 무언가
> 준빌하지 않으면 안된다.
> 「슈베르트」의 우울한 겨울을
> 바스나 바리콘으로 방황하는
> 그러한 육성이라도 틀기 위해서는
> 오늘 퇴근길에
> 뮤직 숖에라도 들려야겠다.
> 문을 안으로 닫아 걸고
> 졸렬하게 반항할 수밖에 없는
> 그러한 시대에도
> 아직도 詩라는 것을 만지고 있는

고국의 몇몇 친구들에게
편지라고 띄워야겠다.

— 이창윤, 「일곱번째의 겨울」 부분

한인 이민자들은 이 시의 "나"처럼 미국 사회의 주류인 "백인"[17]에 대해 선망의식과 콤플렉스를 떨쳐버리지 못하고 살아간다. "백인들의 피는 언제나 뜨겁고/잘 순환하고 있다"는 시구에 드러나듯이, "백인들"은 항상 정열적으로 아무런 문제도 없이 잘 살아가는 존재라고 본다. 그래서 유색인 이민자인 "나"는 그들에게 "완전히 압도되지 않고 보내기 위해" 여러 가지 궁리를 한다. 즉 "나"는 「슈베르트」의 우울한 겨울"의 음악을 듣기 위해 "뮤직 샾"에 들르기도 한다. 그런데 "나"가 그 많은 음악 중에 유독 "우울"한 음악을 선택하는 것은 자신의 마음이 그러한 상태에 놓여 있기 때문이다. 이 우울감은, "백인들"이 헤게모니를 잡은 미국 사회에 "졸렬하게 반항"을 해보더라도 결국은 그들을 향한 선망의식과 그로 인한 콤플렉스를 넘어서지는 못한다고 느끼는 자괴감에서 온다고 할 수 있다. 그래서 화자는 시를 쓰고 있는 "고국의 몇몇 친구들에게/편지라고 띄워" 그들과 동질감을 느껴보고 싶어 하는 것이다.

그렇다면 이민자들이 간직한 이러한 콤플렉스의 근본적인 원인은 무엇인가? 그것은 모국이 처한 가난한 상황과 미국에서의 강퍅한 생활 때문이다. 당시 미국으로 이주한 시인들은 모국에 대해 "전쟁은 아름다운 나의 幼年의 간계를/폭파해 버리고 갔다/나의 보낼 수 없는 기억은/아직도 깨끗한 포장지에 싸여/住所를 잃은 채 大西洋 沿岸의 도시/아파트에 놓여있다"(최연홍, 「정

---

17 미국의 인구통계에 의하면, 미국 내 백인의 비율은 1970년에 약 87.5%로 나타난다. 이후 히스패닉과 아시아인들의 증가로 그 비율이 점진적으로 떨어지고는 있으나, 백인은 여전히 백인이 인구 비율뿐만 아니라, 정치, 경제면에서 절대적으로 지배적인 역할을 담당하고 있다. 2016년을 기준으로 미국의 인구(총 323,127,513명) 비율은 백인 76.9%, 흑인 13.3%, 히스패닉과 라티노 17.3%, 아시아계 5.7% 등으로 조사되었다.(United States Census 참조)

읍사」 부분)는 인식에서 벗어날 수 없었다. 또한 "추위에 찌들린 가난한 할아버지는/겨울 내내 결근하는 일 없이/군밤을 구워낸다"(김송희, 「지난날 그 벤취엔」 부분)는 기억이나, "조국을 등지고 나면/유랑민족 떠도는 구름"(황갑주, 「코리안아·Ⅱ」 부분)으로 살아가야 하는 현실적 조건에서부터 자유로울 수 없었다. 당시 한인들은 이러한 모국에 대한 기억과 함께 미국에서의 곤궁한 생활로 인해 콤플렉스를 내면화하고 있다.

> 한 생애를
> 타국 직장에나 바치는
> 회의가 올 때
> 괴로울 때
> 바람은 지구를 이웃 드나들 듯
> 돌고 돌아 와서
> 세계는 어디나
> 제 뜰이라고
> 나를 희롱한다.
>
> 어둔 밤
> 고국을 못 잊어 울어본 하늘
> 저 별들
> 우주는 어디나 제 뜰이라고
> 나를 희롱한다.
> 소월이가
> 이역 신세로 살았으면
> 무슨 노래 썼을까
> 용운님 종교는
> 어이 컸을까
> 변했을까
> 희생도 봉사도

필요조차 없는
남의 하늘 땅
허탈해서
편하지만

한 인생을 타국 직장에나 버리는
회의가 밀릴 때
바람은 별을
희롱한다
동방 구석진
코리안아!

— 황갑주, 「코리안아 1」 전문

이 시는 "코리안"의 비루하고 고달픈 삶을 노래한다. "나"는 스스로에 대해
"동방 구석진 코리안"으로서 미국 혹은 세계의 중심이 되지 못하는 이방인이
라고 인식한다. 그래서 미국에서 맞이하는 "바람"이 "세계는 어디나 제 뜰이
라고 나를 희롱한다"고 한다. 속된 말로 미국에서는 "바람"마저 텃세를 부려
서 이방인 취급을 한다고 느끼는 것이다. 이뿐만 아니라 "바람"은 "고국을 못
잊어 울어본 하늘"과 그 위의 "별들/우주"마저도 "자신의 뜰이라고/나를 희롱
한다"고 한다. 이민자로서 살아가는 과정에서 느낀 자아의 극심한 상실감이
"우주" 혹은 세계의 상실감으로 이어진 것이다. 이 상실감의 밑바탕에는 인
간도 아닌 "바람"과 "우주"마저도 자신의 존재 근거("뜰")가 있는데, 유독 자신
만은 그러한 존재 근거를 상실한 유랑의 존재라는 심리가 자리하고 있다. 이
러한 심리는 또한 현실적 삶의 터전인 미국은 풍요롭고 "편하지만", 그곳이
결국은 "남의 하늘 땅"에 불과하다는 사실을 인식하게 된다. 그리하여 "나"는
"한 인생을 타국 직장에나 버리는" 데서 오는 "회의"감에 빠져들게 되는 것이
다. 이 회의감은 허탈감으로 이어지기도 하는 것이다.

허탈에서

이정표를 잃게 하는

허허벌판의 삭막한 대지에서

소름 끼치는 고적에

하나—

초라한 여행자

하루 종일 얼어붙은 하늘 그리고 광야

인정이 그리워

하염없는 눈물 쏟았다.

허무하게 부서지는 소리

차라리 저 세상을 몰랐드랬다면

이런 고통은 아니 되리

가도 가도 끝없는 시베리아 벌판

갈 길은 아득한 나머지

기차마저 목메는

황혼이자 달이 뜨면

칠야의 광막한 대지의 꿈이

삶의 방향을 잃게

사무친다.

— 김시면, 「시베리아에서」 전문

이 시에는 유랑하면서 살아가는 사람의 "허탈"감이 드러난다. 이 시의 "시베리야"는 실제 지명이라기보다는 이민자로서 살아가는 비유적 공간 혹은 상상의 공간이다.[18] 즉 "시베리야"는 러시아에 있는 실제의 장소라기보다는, 이민자로서 고달프게 살아가야 하는 황량하고 삭막한 미국 사회를 비유한

18 『재미시인선집』의 필자 약력 부분에 보면, 김시면은 1974년 시베리아, 몽골, 중공 등을 횡단 여행한 것으로 기록되어 있다. 이에 따르면 시베리아는 이 시의 창작 이전에 그가 실제 체험한 지역이지만 이 시에서는 미국 생활 가운데 호명된 것이니 시적 메타포의 기능을 하는 것으로 보는 것이 좋을 듯하다.

것이라고 볼 수 있다. 그리고 그것은 서정적 자아의 내면적 고통을 표상하는 것이다.[19] 이민자의 입장에서 볼 때 미국이라는 "삭막한 대지"는 "소름 끼치는 고적"의 공간이다. 고독하고 적막한 그곳에서 "초라한 여행자"처럼 살아가는 일은 "눈물"의 나날이라고 말할 수밖에 없다. 그리하여 "차라리 저 세상을 몰랐드랬다면/이런 고통은 아니되리"라는 생각이 들기도 한다. 이 "고통"이 미국에서 살아가는 1970년대 한국인들의 소수자 의식 가운데 중요한 부분이다.

(2) 고독과 향수, 귀향의 의지

1970년대 이후 미국에 정착한 한인들은 대부분 지성인이거나 전문가에 속하는 사람들이었다.[20] 그들의 이러한 특성은 오히려 미국에서의 생활을 더 고독하게 느끼는 이유가 되기도 했다. 당시 한인 이민자들은 미국 이민자들은 이윤기의 소설 「뿌리와 날개」에서 경계인(한국계 혼혈인 '시몬')은 자기 정체성('뿌리')과 이상('날개')을 모두 상실한 부정적인 존재와 다르지 않았다. 재미 한인 시인들은 이 양면적인 특성을 모두 시적 대상으로 간취하여 시를 쓰고 있다[21]고 할 수 있다. 어쨌든 회의감과 허탈감 속에서 살아가는 이민자들이 정주민들과 조화를 이루지 못하면서 현실에서 소외감을 느낄 때, 그들의 내면

---

19 남기택, 앞의 논문, 307쪽.

20 미국은 1965년에 아시아 국가 출신 전문가나 예술인의 이민이 용이하도록 이민 및 국적법을 개정했다. 즉 미국 시민권자의 21세 미만의 가족은 수적인 제약이 없었고, 시민권자와 영주권자의 미혼자녀, 배우자, 그리고 전문가, 과학자, 예술가, 노동자, 정치망명자 등에게 폭넓게 허용되었다. 최수정, 「한국인의 미국 이민 100년사 : 평가와 전망」, 충남대학교 사회과학연구소, 『사회과학연구』, 통권 22-1호, 2011, 156~157쪽 참조.

21 이형권, 「오늘의 미주시에 대한 서정적 보고서」, 미주시인협회, 『미주시정신』 2012년 여름호.

세계는 고독과 귀향의 정서로 나아가게 된다. 그들은 이국땅에서 이주민으로 바쁘게 살아가다가 "차를 멈추고 돌담 옆에 서면/버먼트州에 가을이 혼자 온다"(박이문, 「돌담」 부분)와 같은 고독감에 빠져들곤 하는데, 아래의 시는 그러한 고독감을 가을이라는 계절에 투사하고 있다.

> 고국에서는 방학이 끝나가고
> 오하이오州는 아직도
> 눈 덮인 기차길.
> 건널목에 서서
> 한 끝으로 아득히 긴
> 서울 우리 동네의 눈.
> 멀리도 와서 올려보는,
> 고국의 눈보다 더 높이 내리는
> 우리들의 외로움보다
> 더 높아서 내리는 눈,
> 그 보이지 않는 關係 속을
> 나는 또 온종일 헤맸다.

밤에는 눈바람이 창문을 친다. 外國의 눈바람 소리는 살수록 더욱 어둡고 크다. 고국에서 내 친구가 혼자 소주 한 잔을 들고 우는, 요즈음 울음이 오늘밤 내 창문밖에 도달해서 눈바람 소리로 들린다. 조용할 수 없는 이밤을 들깨운다. 미안하다, 미안하다. 그리고 아무도 잘못된 것이 없다는 이 커다란 確信의 목소리.

— 마종기, 「1975년 2월」 전문

제목에 드러나듯이, 이 시는 1970년대 중반에 이민자로서 살아가는 "나"의 감회를 노래하고 있다. 이 시의 작자인 마종기 시인은 실제로 미국의 "오하이오州"에서 오랫동안 이민 생활을 했다. 그는 의사라는 전문 직업인으로서 미국으로 이주를 했지만, 초창기에는 일반적인 이주민과 별반 다르지 않게 백인에게 소외당하는 삶을 살지 않았나 싶다.[22] 이 시의 "나"는 시의 화자이면서 마종기 시인과 일치하는 사람으로 볼 수 있기 때문이다. "나"가 "오하이오州"의 어느 "눈 덮인 기차길/건널목"에서 기억 속에 남아 있는 "서울 우리 동네의 눈"을 떠올리는 것은, 다름 아닌 마종기 시인의 마음인 것이다. 그는 또한 "고국의 눈보다 더 높이 내리는" "오하이오州"의 눈을 보면서 "우리들의 외로움보다/더 높아서 내리는 눈"이라는 생각에 잠기기도 한다. 그러나 "오하이오州"에 내리는 자연의 눈보다 더 높은 것은, "나"가 미국의 이민자로서 살아가면서 느끼는 인간과 사회의 벽이다. "나"가 "그 보이지 않는 關係 속을/나는 온종일 혼자 헤맸다"고 고백하는 이유는 순전히 그러한 벽 때문이다. 2연에서 "밤"의 시간에 "혼자 소주 한잔을 들고 우는" "고국"의 "친구"를 떠올리는 것도 이민자로서의 외로움 때문이다. 그래서 "外國의 눈바람 소리는 살수록 더욱 어둡고 크다"고 말하지 않을 수 없는 것이다. 실제로 마종기 시인은 미국에서 의사로서 비교적 안정적인 생활을 하면서도 항상 귀국 콤플렉스[23]를 간직하고 살았다. 이처럼 미국의 한인으로서 느끼는 외로움은 하릴없이 향수의 감정을 자극하기 마련이다. 아래의 두 시는 고독과 향수를 함께 노래한다.

> 전화가 울린 지도 오래다.
> 아무한테나 전화를 해 보려도
> 아프리카와 같은 깊은 밤인데

---

22 이 작품과 비슷한 시기에 발표한 작품 가운데 "샤워를 끝내고 플로리다산 오렌지 쥬스에 스크램블드 에그, 초록빛의 신년도 쉐보레로 출근하고, 환자를 보고, 정맥 주사를 주고, 세미나에 나가 주절대고, 시집 안 간 간호사가 눈짓으로 조르면 피임약 처방이나/써 주고, 저녁에는 젝 베니의 만담을 듣고 골프 중계를 보고, 그러나 아무리 주접을 떨어야 엽전은 엽전이다."(마종기, 「변경의 꽃」 전문, 『마종기시전집』, 문학과지성사, 1999, 180쪽)라는 시구에는 소수자 콤플렉스 혹은 열성(劣性) 콤플렉스가 드러나기도 한다.

23 정효구, 「마종기 시에 나타난 이민자 의식」, 충북대학교 인문학연구소, 『인문학지』 19호, 2000, 45쪽.

삼백만 이국의 도시는
잠이 들고

환한 것은 좁은
내 아파트 방안 뿐
들리는 것은
내 그림자 속에서
하나의 혼이 눈을 뜨는 소리 뿐

나는 지금
소년의 손이 놓친 연처럼
끝없는 하늘에 떠서
고향을 멀리

나는 우주와
혼자
다

— 박이문, 「나의 그림자」 전문

그대의 그리움은
온통
검푸른 山 그늘
아직도
먼지 낀 뒷골목엔
〈소녀의 기도〉가 불어대는
汚物車.

뜨거운 안개 속을 비틀대며
흥얼거릴
박자 없는 노래도 즐길 수 없는
거리여.
주인 없는 창공을 향하여 우뚝 서 있는

고독이여.

사람아
시인아
그 무엇으로도 살기 어려운
비극아.

오직 무궁으로 출렁이는
조국의 바다에 조용한 마음으로

돌아와 안겨라.
돌아와 안겨라.

— 김송희, 「像(五)」 전문[24]

앞의 시에서 "나"는 "깊은 밤"에 이국에서의 외로움을 토로하고 있다. "나"
가 살고 있는 곳은 비록 "삼백만 이국의 도시"지만, 그 누구에게도 전화할 만
한 곳이 마땅히 없다. "내 그림자 속에서/하나의 혼이 눈을 뜨는 소리뿐"이어
서, "나"는 "아파트 방안"에서 고립감을 느끼고 있다. 그래서 "나"는 "소년이
놓친 연"에 자신을 투사하며 자신이 "혼자"라는 것을 절감하고 있다. 이러한
"나"의 고독은 이처럼 이주민의 고달픈 삶에서 비롯된 것인 동시에 고국을
향한 그리움에서 배태된 것이다. 뒤의 시는 이민자로서의 "고독"과 함께 귀
향 의식을 드러내고 있다. 이 시에서 호명의 대상인 "그대"가 "시인"으로 등
장하는 것은 독특하고 설득력이 있다. 왜냐하면, 감성적 존재인 "시인"이 "나"
가 지닌 절실한 고독의 감정을 투사하는 데 적절하기 때문이다. 그 배경으로
등장한 "산 그늘", "오물차", "안개", "노래도 즐길 수 없는/거리", "주인 없는
창공" 등도 "나"의 "고독"을 효과적으로 드러내는 역할을 하고 있다. 나아가

---

24 김송희는 1961년에 첫 시집 『사랑의 원경』을 발간하고, 1967년 미국으로 이주한 이
후 뉴욕에 거주하면서 1971년에 시집 『얼굴』을 발간했다.

그러한 "고독"을 "그 무엇으로도 살기 어려운 비극"이라고 명명함으로써 그
것이 삶의 "비극"적 요소라는 점을 분명히 하고 있다. 그리고 "시인"에게 "고
독"을 벗어나기 위해서는 "조국의 바다"로 "돌아와 안기라"고 권유하고 있다.
이처럼 이국 이민자들은 이민 초창기부터 귀향을 지향하는 마음을 간직하고
살았다. 아래의 시는 그러한 귀향 의식을 더욱 절실하게 노래했다.

> 낙엽 밑에 감추어진 잔디밭
> 속으로 숨는 다람쥐
> 變色에서
> 이웃들의 가슴에서
> 스피노자의 안경을 닦는
> 손에서
> 빨간 색깔 속으로
> 물들어
> 숨는 향수
> 태우면 커피냄새 날 것 같은
> 한국 아닌 太平洋 沿岸의 도시에서
> 멀리 떠나가면 다시 오고 싶은
> 어머니와 아들의 나라
> 바다를 따라 태평양의 南北을 달리는
> 週末은 태평양은 건너는 船泊,
> 안에 變色, 넥타이, 안경을,
> 빨간 鄕愁를 싣는다.
> 그리고, 迷路의 그림 아파트
> 室內樂 속으로 沈澱한다.
> 설탕 없는 커피를 마신다.
>
> — 최연홍, 「歸去來辭」 전문

이 시는 이국에서의 삶을 청산하고 고국으로 돌아가고자 하는 귀향 의식을
드러낸다. 시상의 흐름이 다소 부자연스러운 부분이 없지 않지만, 대상과의

정서적 거리를 적절히 유지하면서 독특한 시적 형상을 갖추고 있다. 즉 "태평양 연안의 도시"에서 이민자로서 살아가는 화자는, "주말은 태평양은 건너는 선박"을 보면서 "어머니와 아들의 나라"로 돌아가고 싶은 심정을 드러낸다. 그것을 "빨간 향수"라고 표현하는 것은 고향에 대한 그리움의 간절함과 관계있는 것으로 읽힌다. 그러나 귀향은 실제로 이루어질 수 없는 꿈이기에 "실내악 속으로 침잠"하듯이 마음속의 귀향 의식만을 품을 뿐이다. 그리하여 시의 화자는 "설탕 없는 커피"의 맛처럼 마음이 씁쓸한 상태에 놓이게 되는 것이다. 이러한 귀향 의식은 다른 시편들에서 빈도 높게 드러나는 고향에 대한 그리움과 동질적이다. 이 시집에는 "고개 들어 가슴에/얼얼한 불길을 달래이면/몬데서 고향의 달이/창을 넘는다", "아가의 얼굴에도/어느 해 조국의 뜻이 어리누나"(김송희, 「촛불의 말씀」 부분), "하늘이 푸르른 날은/故國을 생각케 한다./쫓겨 살아 어느새/있으면서도"(황갑주, 「異域에서」 부분), "죄 받을 것 같은/향수/미국 시민이 되는/태연한 이기(利己, 한자 표기=인용자)"(황갑주, 「쓰레기통」 부분) 등과 같이 향수의 정념이 자주 드러나고 있다.

(3) 불안 · 죽음 의식과 구원의 소망

『재미시인선집』에서 소수자 의식의 또 다른 차원의 하나는 죽음의 세계에 대한 인식과 그곳에서 벗어나 구원을 받고자 하는 소망이다. 그러한 의식의 밑바탕에는 이미 생활의 불안정한 삶의 현실에서 오는 불안감이 깔려 있다. 미국의 한인들이 지닌 불안감은 앞서 살핀 대로 일차적으로 미국인에 대한 콤플렉스가 작용하는 것인데, 그것은 다른 무엇보다도 사회적 성공을 하지 못하여 타인들에게 존중을 받지 못할 것이라는 걱정과 관계 깊다.[25] 1970년대 당시에 미국 사회에서 한인 이민자들의 사회적 위상이 매우 열악했다

---

25   A.d. Botton, 『불안』, 정영목 역, 이레, 2005, 8쪽.

는 사실은 췌언의 여지가 없다, 그들은 극소수를 제외한 대부분은 사회적으로 낮은 직종, 이른바 3D 업종에 종사하면서 미국 사회에 적응해 나갔는데, 그 불안정한 삶의 과정에서 그들의 내면을 짓누르던 심리 상태가 바로 불안의식이다.

화사한 音階를 오르면
바이올린 선율은
공중 저만치에 정지한다.

팽창한 地表에
새 움이 돋아나는 통고.
붉은 빛 부리로
枯木을 쫓던
미숙한 지혜는
밤의 입 속으로 살아지는 안개.

平和한 언어의 줄기를 골라
사슴의 목에 걸어두는 일 밖에
눈시울에 번지는
새로운 불안의 깃을 여미면

回想은 모두가
손가락 사이로 흘러버린 約束이었다.
可能의 언저리를 맴돌다가
열 두 개의 빛을 따라 가버린
반쯤 눈을 뜬 별이었다.

— 최선령, 「안개」 전문

이 시는 실존적인 불안감을 드러낸다고 볼 수도 있으나, 작가의 상황이나 시상 전체의 흐름으로 볼 때 사회적 지위와 관련된 불안이라고 보는 편이 설득력이 있다. 최선령 시인은 1965년 유학을 위해 미국에 갔다가 1978년까지 그곳에서 살았기 때문에 이민자라고 보기는 어렵지만, 재미 기간이 13년에 이르고 그곳에서 시작 활동을 했기 때문에[26] 이민자 의식과 밀접한 관련을 맺는다. 어쨌든 이 시의 핵심어에 속하는 "새로운 불안" 의식은 당시 미국 생활을 시작하는 한인 이민자들이 보편적인 심리 상태였다고 볼 수 있다. 불안한 마음의 객관적 상관물로 등장하는 것은 "밤의 입속으로 사라지는 안개"와 "반쯤 눈을 든 안개"이다. 이 "불안"의 이유가 무엇인지 구체적으로 드러나지는 않지만, "새움이 돋아나는 통고"의 시절에도 "枯木을 좇던 미숙한 지혜"를 추구하면서 지난 시절에 대한 "회상"이 무의미해졌기 때문이다. 즉 유의미한 희망의 미래도 없고 과거에 대한 따뜻한 "회상"마저도 무의미해진 절망적 상황 때문이다. 이러한 절망감은 이 사화집의 다른 시편들에 등장하는 죽음 의식과 직간접적으로 연관된다.

> 묘지다,
> 철조망을 둘러친
> 어처구니없는 공동묘지다.
> 무덤마다 줄을 지어 꽂아놓은
> 알락달락 세모난 깃발.
> (마라의 후손이 뒷짐을 지고서 휴지조각을
> 날리고 서 있다.)
> 쇠가시에다 부적을 달고 다니는
> 저 흰 바람의 뻐드렁 이빨.
> (저건 열병 난 염라의 송충이떼.)
> 一九七二柱, 또는 二천만쯤의

---

26 그녀는 세 번째 시집 『다리를 건널 때』(문학예술사, 1985)의 서문 「시인은 말한다」에서 "13년간 모국어권을 떠난 미국에서의 자기 모험이 나와 시 사이의 애정의 위기를 가져올 뻔했다."고 고백한 적이 있다. 이는 미국에서의 생활이 "모험"과도 같이 생활과 마음이 불안했음을 드러내는 구절이다.

생주검을 짓밟으면서
후루룩 후루룩
날아다니는 호각소리가
또 먼지를 일으키는구나.
까닭이 있지.
겁이 나더냐, 호루라기.
그래, 그 미성년의,
숫된 애의,
강간당한 속치마를 들고 봐라.
공동묘지 철문 앞에서
무지무지해서 찢겨서, 더구나
끝끝내 칼에 찔린 피투성이 살덩이……

드디어 태양이 한없이
먹물을 토하기 시작했다.
초승달이 바위를 굴러 떨어뜨린다.
(사람 소리가 안 들리기 때문이란다.)
이제는, 그렇지, 무덤이 미쳐야지.
미쳐서 우르르 일어나야지.
그리고는 먹물을 들이키면서
바윗덩이로 弔砲를 쏴라.

마라, 마야, 야마, 염라의 땅에
호각소리는 묻히고 우르렁 우르렁
대포의 새까만 통곡이 터지거들랑,
흰 말 「깔기」나 「마이트레야」도
울려거든 선뜻 어서 와야지.

－후루룩 후루룩
먼지를 덮는 사나운 먼지.

　　　　　　　　　— 고원, 「묘지에 날으는 호각소리」 전문

이 시는 한 폭의 추상적 회화 작품을 연상하게 한다. 이 작품을 지은 고원은 미주 시단에서는 거의 유일하게 모더니즘적 지성과 실험성과 국내의 현실 정치에 대한 저항성을 강도 높게 드러내는 시인이다. 이 시의 중심 이미지는 "공동묘지"와 "호각소리"인데, 이들 시각적 이미지와 청각적 이미지가 복합적으로 작용하여 음습한 죽음의 분위기를 형성한다. 주요 배경인 "공동묘지"에 부는 "바람"을 "열병 난 염라의 송충이떼"라고 표현하여 그로테스크한 분위기마저 드러내고 있다. 여기에 수많은 "생주검을 짓밟으면서/후루룩 후루룩/날아다니는 호각소리"가 등장함으로써 죽음의 분위기가 고조된다. 인간다운 삶의 부재는 "강간당한 속치마"와 "칼에 찔린 피투성이 살덩이"로 형상화되고, 이와 유사한 맥락에서 "드디어 태양이 한없이/먹물을 토하기 시작했다"는 시구에 이르러서 세상 전체가 암흑의 상황으로 표현된다. 그러나 시의 화자는 이러한 죽음의 세계를 부정하고픈 욕망을 드러낸다. 즉 "무덤이 미쳐야지"라든가 "먹물을 들이키면서/바윗덩이로 弔砲를 쏴라"는 요구는 죽음의 세계를 극복하고 싶은 욕망을 드러낸다. 그래서 결국 "호각소리는 묻히"어야 한다는 염원과 함께 "흰 말「깔기」²⁷나「마이트레야」"가 도래해야 한다고 하는 것이다. "흰 말"의 상서로운 이미지와 불교에서 말하는 미륵("마이트레야")이라는 미래의 구원자 이미지로 마무리하고 있는 셈이다. 고원은 다른 시에서도 "비둘기 시체가 떨어지는데,/그 속에서 감전된 인조버섯이/시뻘겋게 독을 뿜는데"(「汚染」 부분)와 같이 죽음의 이미지를 형상화하고 있다. 이와 같은 불안과 죽음 의식²⁸은 이민자로서의 불안정한 내면세계를 표상하는데, 이

---

27 브라흐마(Brahma), 시바(Shiva)와 함께 힌두교의 3대 최고신인 비슈누(Vishnu)의 열 번째 화신인 깔끼(Kalki)를 의미하는 것으로 볼 수 있다. 인도 신화에 의하면, 예언자적 구원자인 깔끼는 세상이 어둠의 세계로 뒤덮였을 때, 흰말을 타고 칼을 들고 나타나 암흑과 다툼의 시대인 칼리 유가(Kali Yuga)를 파괴하고 새로운 평화의 시대를 연다고 한다(김형준, 「아리바따를 통해 살펴본 비슈누의 특징」, 한국외대 인도연구소, 『남아시아연구』 17-2호, 2011, 78쪽 참조).

28 고원 시인이 이즈음에 발간한 시집 『미루나무』에는 이러한 비극적 우울하고 비극적

런 의식은 다른 시인들의 시편에서도 반복적으로 나타나고 있다.

세상 근심이
피를 말리고

말린 피를
하늘 근심이
돌방아를 찧는
절망의 겨울밤

죽은 듯
흙무덤에 사려두었던 손길로

사랑의 丸藥을 빚어

초벌 죽음에서
건져내는
당신의 능력이여!

— 김숙자, 「鐵粉材」 전문

시인의 말은
일언반구가 유언이오
시인의 붓은
일점일획도 유서가 된다.
하루아침 순간을 천년으로
희떱게 사는 시인의 혀

인 내면세계를 표상하는 시구들이 빈도 높게 드러난다. 가령 "죽음 개를 데리고 잔/中年 미인이 비쳐 있던 곳"(「가려진 體鏡」), "그리고 가까이, 갑자기 터진 외마디 소리가/뿌리 뽑힌 채 거대한 굴뚝 속에서/죽어간다"(「이름 없는 계절」) 등의 죽음 이미지가 그렇다. 이들은 이민자로서의 상념과 국내의 정치 현실에 대한 부정적 인식이 복합적으로 작용하여 형성된 것으로 볼 수 있다.

흔연대접하는 시인의 입
숨지는 날 정작
혀는 굳고 입은 타도
안개비를 부르던
눈물, 안에 번득이니
시인이 자살할 때
유언했다는 얘길 들어보았나.
죽음은 말보다 크고
가끔 허잘 나위 없이 작아
시인은 아름답게 죽어가기 위해
임종하는 밤,
풀벌레 이름 하나 부르잖는다.
유언이 없다.
친구가 없기에 원수도 없는
보고라도 낼 데 없는 시인의 몸
깨끗하기 한 마리 두루미인다
가울지 않는 날개 의젓이 높여
굳이 다문 부리에 감꽃붓대 물고
쇠풀같은 나달, 유서만 쓴다.

— 박영숙, 「시인의 말은」 전문

　앞의 시는 "세상 근심"과 "하늘 근심" 때문에 "절망의 겨울밤"을 보내는 마음을 전하고 있다. 이때 "세상 근심"은 이민자로 살아가면서 느끼는 수다한 걱정거리를 의미하고, "하늘 근심"은 그러한 가운데 다가드는 신앙적 고뇌를 뜻하는 것으로 읽을 수 있다. 그리하여 화자는 자신의 신세를 "초벌 죽음"의 상태라고 명명한다. 그래도 신앙의 대상으로서 "당신의 능력"으로 하여 그 죽음의 상태에서 벗어날 수 있게 되었다는 것이다. 이 시는 결국 종교적 구원의 문제를 다루고는 있지만, 그 저류에는 이민자로서 고달프게 살아가는 사람의 내적 고통이 전제된 것이다. 이 시는 이후 기독교 신앙과 관련된 미주 한인시의 선구적 역할을 하는 것으로 보인다. 이러한 죽음 의식은 시적 자의식 차원에서도 드러난다. 뒤의 시는 시를 쓴다는 것은 유언을 쓰는 것과 다르지 않다는 것, 그래서 시인에게는 유언이라는 게 있을 수 없다는 것, 이것은 일차적으로 한 작품 한 작품을 유언처럼 써야 한다는 시인의 시적 자의식을 드러낸다. 한편 이러한 자의식을 노래하게 된 배후에는 소수자로서의 절박한 인생과 무관하지 않다. 사실 시를 쓴다는 것은 자본주의 사회인 미국에서 소수자가 살아가는 삶의 방식일 터, 이민자로서 살아가는 일 또한 시인의 그러한 삶과 다르지 않으니 이 시의 "시인"은 절박한 마음으로 살아가는 이민자를 표상한다고 볼 수 있다. 그리하여 "시인이 자살할 때/유언했다는 얘길 들어보았냐"라는 시구는 하루하루를 죽음처럼 살아가는 소수자의 삶에 대한 성찰이라고 할 만하다.

(4) 아메리칸 드림과 시적 자의식

그런데 소수자 집단의 시라고 해서 항상 부정적인 정신과 정서를 토대로 하는 것은 아니다. 소수자의 삶이 강퍅하고 고통스러울수록 새로운 삶의 희망을 찾아 나서게 되는 것이다. 미국 내 한인들은 모범적인 소수집단[29]으로 평가를 받을 정도로 사회적 위상이 높아져 왔는데, 그 밑바탕에는 아메리칸 드림의 내면화 과정이 자리를 잡고 있다. 미국 이민자들은 가난한 조국을 떠나 풍요롭고 선진적인 미국 땅에서 이주민으로 살아가겠다고 결정을 내린 이후부터 줄곧 마음속에 아메리칸 드림[30]을 품어왔다고 할 수 있다. 이때 아

---

29 원래는 일본계 미국인들의 경제적, 사회적 지위 향상과 관련된 용어이지만, 나중에는 모든 아시아계 소수집단을 지칭하는 것으로 사용되었다. 그런데 최근 들어서는 한국인이 전문직 등의 신분 상승률에서 일본인과 중국인을 앞질러서 모범적 소수집단의 전형으로 평가받을 만하게 되었다. 최수정, 앞의 논문, 163~164쪽 참조.

30 미국적인 이상사회에 대한 갈망을 의미하는 것으로서 정치적으로는 자유민주주의, 경제적으로는 풍요로운 자본주의와 관련된다. 이 용어는 피츠 제럴드의『위대한 갯츠비』가 발표된 1925년, 즉 미국 사회에 경제 공황으로 치닫고 있던 시기에 처음 사

메리칸 드림은 반드시 경제적이거나 정치적인 성공만을 의미한다고 볼 수는 없다. 1970년대 미국 이민자들에게 그러한 성공은 물론이려니와 소박하더라도 가난을 벗어나 마음의 평화를 이루는 삶도 아메리칸 드림의 한 목록이라 할 수 있다.

> 비가 멎은 저녁이었다.
> 메마른 나무에 물이 오르는 소리가
> 사방, 낭랑하게 울리고 있었다.
>
> 그 소리가 바위에 스며든 새벽,
> 이젠 바위 속에서 꽃망울이
> 불쑥불쑥 부풀어 터지는 노래가
> 초록색으로 퍼져 나왔다.
>
> 소리 없이 피어서
> 실상 이렇게 소리를 배는
> 영롱한 웃음.
> 네 그 아름다운 호수로
>
> 줄곧 새 하늘이 들어간다.
>
> — 고원, 「孕胎하는 微笑」 전문

　이 시의 시간적 배경은 "비가 멎은 저녁"이다. 화자는 비가 갠 후에 "메마른 나무에 물이 오르는 소리"를 듣고 있다. 물론 실제로 그 물소리가 들릴 리는 없지만, 상상 속에서 그 소리를 듣고 있다. 그런데 그 소리가 "바위에 스며"들었고, "바위 속에서 꽃망울이/불쑥불쑥 부풀어 터지는 노래가/초록색으로 파져 나"오는 것을 보았다고 한다. 그리고는 그러한 소리와 색깔이 "영롱한 웃

용되기 시작했다고 한다. 김현옥, 「미국문화 속의 아메리칸 드림과 자본주의」, 『문학과 영상』 통권 14−4호, 2013, 950쪽.

음"으로 변하여 그것이 "호수"가 되어 "새 하늘로 들어간다"고 한다. 이때 "새 하늘"은 미국 이민자의 마음속에서는 미국이라는 새롭고도 희망 어린 세상이라고 할 수 있을 것이다. 이 시에서 "비"에서 비롯된 생명력이 식물과 광물, 그리고 인간의 마음으로까지 순환한다는 상상은 파격적이고 흥미롭다. 아무튼, 이 시에서 화자가 희망의 표상으로서 "새 하늘"을 지향하고 있다는 사실이 중요하다. 이 시의 작자가 이처럼 순수하고 희망적이고 서정적인 시상[31]을 드러내는 것은 미국 이민 초창기에 가졌던 아메리칸 드림의 일종으로 볼 수 있을 것이다. 이와 같은 아메리칸 드림에 대한 간절함이 말 그대로 '드림'(꿈)을 통해 드러나는 시도 있다.

> 참으로 이상하였다.
> 바다의 무성한 수풀 속에서
> 커다란 물고기 한 마리가
> 내 젊은 아내의
> 흰젖을 빨고 있었다.
> 간밤의 나의 꿈은
> 참으로 싱싱하였다.
> 아침마다 바다로 난 문을 열고
> 나는 아직도 간밤의 꿈 생각에 젖어서
> 바다의 지붕 위를
> 홀로 산책하는 것이다.
> 아아, 간밤의 나의 꿈은
> 참으로 싱싱하였다.
> 나의 안질은 점점

---

31 그렇다고 고원 시인이 이 시기에 미국 사회에 대해 긍정만 하는 것은 아니다. 가령 "쏟아질 듯이, 욕하듯이/뉴욕이 내려다보고/강으로 쫓기는 비워리./자본이 토한 쓰레기가/쑥스럽게 날다가 쓰러져/겹겹이 쌓인다."(「비워리(Bowery) 부분,『고원문학전집 1』, 고요아침, 2006, 281쪽)를 보면 미국 자본주의의 속물성에 대해 적극적으로 비판을 하기도 한다.

푸르러지고 있는 것이다.

　　　　　　　　　　　　　　　　　　　　　— 이창윤, 「바다의 휴일」 부분

　이 시는 "꿈"의 형식을 빌려서 희망을 노래한다. "꿈"의 내용은 "바다의 무성한 수풀 속에서/커다란 물고기 한 마리가/내 젊은 아내의 흰 젖을 빨고 있"는 장면이다. 이 장면을 구성하는 "바다"와 "물고기"와 "젊은 아내의 흰 젖" 등은 모두 싱그러운 생명의 표상이다. "간밤의 나의 꿈은/참으로 싱싱하였다"는 것은 "나"가 이 "꿈"에서 일련의 희망을 발견하고 있다는 것을 말해준다. "물고기"를 "나"의 표상으로 볼 경우 더욱 그러하다. 어쨌든 "나"가 "아침마다" 그 생각을 하면서 "아침마다 바다로 난 문을 열고" 나가는 일은 희망과 생명을 찾아가는 일이다. 이처럼 소수자로서 미래를 향한 꿈을 꾸는 일은 다른 시인들의 시에서도 빈도 높게 등장한다. 이를테면 "純白의 雪花./불화음의 바람소리 속에/어떤 기별을 예감하는/昏迷의 들판에 새벽닭이 운다."(최선령, 「겨울 豫感」 부분)에서처럼 "불화음 바람소리"로 표상된 어려운 상황 속에서도 "새벽닭"과 같은 희망을 기대한다. 또한 "깊숙한 우수에 뒤덮인/조국의 窓"을 생각하면서 "조그만 가슴의 열망을/심게 하라./꽃피게 하라"(김송희, 「像(六)」 부분)는 소망을 드러낸다. 요컨대 이 시기 재미 한인 시인들의 꿈은 자신의 삶뿐만 아니라 조국의 번영과 평화까지도 기원하기 위한 것이었다고 할 수 있다.

　그렇다면 미주 한인 시인들이 지향하는 시인으로서의 꿈은 무엇인가? 그것은 아마도 각박하고 고달픈 이민자의 생활이나 굴곡진 현실에서 자유로운 상태에서 모국어로 시를 쓰는 일이었을 것이다. 현실 너머의 어떤 본질 세계에 대한 탐구심은 모든 시인들의 동경의 대상이자 서정시인 본연의 임무이기도 하다. 그러한 세계에 대한 상상은 어쩌면 고독하고 고달픈 이민자의 현실에 구속당하지 않고 싶은 열망과도 무관치 않다.

사물은 항상 言語를 통해서만
나타나고
言語는 詩로써만
의미를 찾지만
詩는 그의
절정에서
存在의 심연과 맞선다.

詩와 달라서 言語가
산산이 파열되는 순간
우리들이 만나는 것은
우리들의 무의미와 그래서
죽음뿐이다.

「그것」은 눈을 감아야만 보였다.
「그것」은 귀를 막아야만 들렸다.
「그것」은 言語 밖에 詩 밖에 있었다.
어제도 노을도 그리고 또
내일에도 뜨지 않을
별과 같은
「그것」은

그러나, 言語가 詩가 있는 곳엔
사물의 죽음이 있을 뿐이다.
그래서 우린 의미를 만들기 위해
눈을 뜨고 또 다시
詩를 써야만 한다.

— 박이문, 「사물은 항상」 전문

이 시는 마치 김춘수의 존재론적 시론시[32]를 연상케 하면서 시의 역설적 의

---

32 이를테면 「꽃을 위한 序詩」의 제1연 "나는 시방 危險한 짐승이다./나의 손이 닿으면

미를 노래하고 있다. 즉 "사물"과 "언어"와 "시"의 상관적 관계를 설정하고, "시"는 이들 관계의 절정에서 "존재의 심연과 맞선다"고 한다. "시"가 "언어"를 통해 "사물"의 "의미"를 찾지만, "언어" 자체가 지니는 한계 때문에 시인은 절망감에 빠져들 수밖에 없다는 것이다. 그 절망감 속에서 시인이 만나는 것은 "무의미와/그래서 죽음뿐"이라고 본다. 중요한 것은 그러한 "죽음"의 순간에 비로소 "존재의 심연"인 "그것"에 다가갈 수 있다는 점이다. 이때 "그것"은 칸트가 말한 물 자체와 유사하다. 현상계의 사물은 인간이 지각하여 존재하는 것이므로 그 존재의 원인이자 근거를 사유하는 대상이 필요한데, 그 대상을 칸트는 물 자체[33]라고 했다. 물자체는 자연과학의 현상계가 필연적으로 규정하는 타율적 존재에서 벗어나서, 정언명령으로 존재해야 하는 도덕적 인간의 자유로운 존재를 지향하는 칸트 특유의 사유를 함의한다. 그것은 현상계의 독단과 편견에서 벗어나 인간 최고의 선과 진정한 자유를 실현하기 위한 사유의 방법이다. 그러나 그러한 세계는 물 자체가 그러하듯이 인간이 완전하게 도달할 수 있는 것이 아니다. 그저 그것을 향해 끝없이 추구하고 지향하는 것만이 가능하다. 하지만 헛발질과도 같은 그러한 행위 자체가 역설적으로 가치 있는 일이다. "언어가 시가 있는 곳엔/사물의 죽음이 있을 뿐"이지만, 그 "죽음"을 넘어 진정한 "의미를 만들기 위해" 시인은 "시를 써야만 한다"는 것이다. 시를 쓴다는 것은 현상계 너머에 존재하는 어떤 본질을 추구하는 행위가 되는 셈이다.

너는/未知의 까마득한 어둠이 된다."와 「裸木과 詩 序章」의 "言語는 말을 잃고/잠자는 瞬間,/無限은 微笑하며 오는데/茂盛하던 잎과 열매는 歷史의 事件으로 멀어져 가고,/그 銳敏한 가지 끝에/明滅하는 그것이/詩일까,"(『김춘수 시전집』, 도서출판 문장, 1986, 153쪽과 164쪽)라는 시구가 그렇다. 이 시구들은, 시를 통한 존재의 심연을 탐구한다는 일은 그 본질의 부재(不可視, 不可知)에도 불구하고 그것에 대한 부단한 추구심(시 쓰기)을 견지하는 것과 다르지 않다는 인식을 함의하고 있다.

33 한자경, 「칸트의 물자체와 독일관념론」, 한국칸트학회, 『칸트연구』 제1호, 1995. 참조.

3) 결론

1970년대 미주 시문학사의 중요한 자료인『재미시인선집』은 미국의 한인 시인들은 시를 쓰되 머리나 재주로 쓰지 않는다는 사실을 알려준다. 그들은 삶의 현장에서 가슴으로 아니 온몸으로 시를 쓴다. 이민 생활의 고달픔 속에서 소수자 의식 속에서 억척스레 살아가는 프론티어의 신발 같은 시를 쓴다. 비유하자면, 미국의 한인 시인들은 독일의 철학자 하이데거가 본 빈센트 반 고흐의 그림「신발」과 같은 시를 쓴다. 고흐의 신발과 같은 그들의 시에는 이민자 생활에서 묻어나는 희로애락애오욕(喜怒哀樂愛惡慾)이 생생하게 살아 숨 쉰다. 그들의 시는 정직하고 따뜻하며 서정적일 뿐만 아니라, 진지하고 진실하며 아름답다. 그들의 시를 읽는 일은 가슴을 활짝 열고 그들과 대화를 하는 일이다. 사연도 많고 생각도 많고 느낌도 많은 그들의 시를 읽다 보면 속악한 세상사에 찌든 영혼이 맑게 정련된다.[34]『재미시인선집』은 이런 의미에서 문학사적, 사회사적 의미가 적지 않다.

미국 한인 시인들의 다양한 시 세계를 보여준『재미시인선집』은 1970년대 미주 한인 시문학사에서 매우 유의미한 문학적 사건이라 할 수 있다. 이 시집이 출간된 1975년은 아직 미주 한인 시단이 본격적으로 발달하기 이전이었다. 1965년 이후 한국인들의 미국 이민이 활성화되기는 했지만, 당시 미국 이민자들도 20여만 명에 불과했기 때문에 한인 사회가 아직 규모 있게 형성되지 못했던 시기였다. 이 사화집은 이런 상황에서 발간되었기 때문에 더욱 유의미한 것인데, 미주 시문학사의 차원에서 다음과 같은 몇 가지 의미를 부여할 수 있을 것이다.

첫째, 미주 한인시가 미국에서 소수집단 문학으로 정착하는 계기가 되었

---

34 이형권,「자연과 인간의 사이에서 부르는 노래」, 미주시인협회,『미주시정신』, 2013
    년 여름호.

다. 미주 한인시는 20세기 초반 개화기 때부터 형성되기 시작되었지만, 1960
년대까지만 해도 동인을 결성한다든가 공동으로 사화집을 발간한 사례는 거
의 없었다. 개인적으로 신문이나 국내의 문예지에 작품을 발표하는 것이 작
품 활동의 전부였다. 이 사화집 이전에『지평선』이라는 동인지가 있었으나
동인의 구성이나 작품의 분포 등에 있어서 본격적인 문예지로 보는 데는 한
계가 있다. 특히 1호와 2호는 정식 출간된 것도 아니고 필사본 형태였다는
점을 생각하면, 국판 크기의 하드 커버로 정식 출간된『미주시인선집』의 선
구적 의미가 더욱 도드라질 수밖에 없다.『미주시인선집』은 당시로서는 국내
시인들의 시집보다도 상당히 세련된 형태로 출간되어, 미국의 한인 시단이
견고하게 구축되기 시작했음을 알리는 표징이었다. 이 사화집으로 인해 미
주 한인 시단은 형성기를 지나 정착기로 접어들었다.

둘째, 전문가 중심의 미주 한인 시단이 정착하는 단초를 마련해주었다. 이
사화집에는 김시면 1편, 고원 5편, 김송희 4편, 김숙자 5편, 마종기 2편, 김영
숙 4편, 박이문 3편, 이창윤 4편, 최선령 3편, 최연홍 4편, 황갑주 5편 등 모
두 40편의 작품이 실려 있다. 이들은 대부분 국내에서 신춘문예나 문예지를
통해서 정식으로 등단[35]을 한 상태에서, 미국으로 이주한 다음에도 그곳에서
작품 활동을 이어나갔다. 이들의 약력과 주소록을 보면, 문예지『현대문학』
으로 추천받은 시인은 김송희, 마종기, 이창윤, 최연홍, 황갑주 등으로 대다
수를 차지하고 있다. 그 외에 김숙자는『자유문학』, 최선령은『경향신문』신
춘문예로 등단을 했다. 김시면, 고원은 등단의 과정을 거치지는 않았으나 이
미 시집을 발간한 경력이 있어서 기성 시인이라 할 수 있다. 박이문은 등단이
나 시집발간 경력은 없으나 시먼즈 여자대학교 철학 교수로서 한동안 시를
썼고 번역서를 발간한 경험이 있기에 기성 시인과 다를 바 없다. 이렇게 볼
때『재미시인선집』은 1970년대 미주 한인 시단이 아마추어리즘에서 벗어나

---

35 김시면 외, 앞의 책, 133~136쪽 참조.

국내 시단에 버금가는 수준 높은 차원에서 출발했다는 사실을 시사해준다.

셋째, 국내 시단과 유사한 작품성과 다양성을 확보하고 있다. 이 시집은 1970년대 국내 시단의 일반적인 시 경향에 부합하는 양상을 보여준다. 즉 실험적이고 지성적인 모더니즘 차원의 시편들과 현실 참여적인 리얼리즘 시편들, 그리고 순수 서정에 기대어 인간의 내면세계를 다룬 리리시즘의 시편들이 고루 포함되어 있다. 그리고 시의 형식 면에서도 단시형에서 장시형에 이르기까지 다양하게 보여주고 있다. 대부분의 시들이 단편적인 서정시 형태를 띠고 있지만, 김숙자의 「사슴하고 잉어를」과 같이 10페이지에 달하는 장시가 등장하기도 한다. 이러한 모습은 당시 국내에서 전개된 시의 양상과 유사한 모습이라고 할 수 있다. 이러한 특성을 보여주는 이유는 무엇보다도 이 시기 미국의 한인 시인들이 국내 활동의 연장 선상에서 작품을 창작했기 때문이 아닐까 한다. 『재미시인선집』은 한국시가 미국을 창작의 터전으로 삼고 있다는 점에서 한국시의 지리적 확장성을 제고해준 것이다.

넷째, 미주 이민자로서의 소수자 의식을 적극적으로 드러내고 있다. 그 구체적인 내용으로는 미국이라는 국가와 그들의 문화에서 느끼는 선망 의식, 콤플렉스와 유랑 의식, 고독과 귀향 의식, 불안과 죽음 의식, 구원의 소망, 아메리칸 드림, 시적 자의식 등이 두루 나타난다. 물론 순수한 서정을 노래하는 시편들이 없는 것은 아니지만, 그런 경향의 시는 극소수에 불과하다. 대부분의 시편에서 시인들은 고국을 떠나 미국에 정착하면서 느끼는 여러 가지 상념과 고통, 혹은 희망을 노래하고 있다. 특히 『미주시인선집』은 1970년대 미국 사회에서 마이너리티로 살아갈 수밖에 없었던 한인들의 복잡한 내면세계를 충실하게 담아내고 있다.

요컨대 1970년대 미주의 한인들은 로스엔젤레스와 뉴욕, 시카고를 비롯한 미국 전역의 도시에서 한국어 공동체를 지키면서 살았다. 한국어 공동체는 혈연 공동체에 버금가는 정도의 결속력과 응집력을 가진다는 점에서 미주 한인들의 삶에 지대한 영향을 끼치는 것이다. 미국의 한인들이 이민 초기에 느꼈던 가장 큰 어려움은 영어 공동체로부터의 소외감이었을 터, 그들은 한국어 공동체를 유지하고 한국어로 시를 쓰면서 그러한 소외감을 극복하고자 했다. 나아가 1970년대 미국의 한인 시인들은 정부의 지원도 없고, 전문적이고 상업적인 문예지도 없는 열악한 환경 속에서도 한국시의 저변을 확산시키고 지리적 영역을 확장하는 첨병 역할을 했다. 그들은 한국시의 범주를 미국이라는 세계적 범주로까지 확장하여 한국시의 국제화를 위해 일정한 역할을 담당했다. 이러한 창작성과는 미국 이외의 캐나다, 아르헨티나, 브라질 등의 미주지역 한인시, 일본이나 중국, 러시아에서 전개되었던 한인시와 함께 한국시의 세계화를 위한 디딤돌로 삼아야 할 것이다.

4. 『새울』의 창간과 캐나다 시단의 출발

1) 서론

한국과 캐나다가 국교를 수립한 것은 1963년 1월 14일이다. 이후 1966년 캐나다이민협회가 설립되면서 한인들의 캐나다 이민의 역사가 본격적으로 시작되었다. 1967년까지만 해도 한인 이민자는 622명에 불과했으나, 1971년부터 캐나다에서 시행한 새로운 다문화 정책 이후에 급속도로 성장하였다. 그리하여 1974년에는 캐나다 한인의 숫자가 10,000여 명으로 대폭 증가하는 모습을 보여주었다.[36] 그리고 오늘날 캐나다의 한인 숫자는 30여만 명에 이르는 것으로 파악되고 있으며, 이들은 각종 커뮤니티를 형성하면서 다

---

36 유양식, 유재신, 「캐나다 한인의 이민사」, 연세대학교 동서문제연구원, 『캐나다연구』 제4호, 1992, 58쪽.

양한 활동을 하고 있다.[37] 한인 이민자들은 주로 토론토, 몬트리올, 벤쿠버 등의 대도시에 거주하고 있다. 문학과 관련한 커뮤니티는 1977년 결성된 '캐나다 한국문인협회'가 대표적인데, 그 기관지인 『새울』은 북미지역 전체에서도 가장 이른 시기에 발간된 문예지였다.[38] 캐나다에서는 『새울』(제8집부터 타이틀이 『캐나다문학』으로 변경) 이후에도 『바다 건너 글 동네』, 『맑은 물 문학』, 『얼음꽃 문학』, 『밀밭』 등의 문예지가 발행[39]되었고, 현재까지 계속해서 그 명맥을 이어가고 있다.

미주의 한인시 가운데 캐나다 한인시가 차지하는 비중은 결코 작은 것이 아니다. 물론 이민자의 규모나 시인들의 분포와 활동 양상 등에서 미국 한인시에 비교할 만한 정도는 못되지만, 그 출발의 선구적 역할이라든가 시 작품의 진솔성 차원에서 보면 미국 한인시에 뒤지지 않는 모습을 보여준다. 캐나다 한인시의 선구적 활동은 시 동인지 『새울』의 창간과 함께 시작되었다고 할 수 있다. 『새울』은 1977년 '캐나다 한국문인협회'의 출범과 함께 그 기관지 내지는 회원들의 동인지 형태로 창간되었다. 창간호의 「머리말」에는 동인들이 추구하는 시적 성향과 활동의 방향성을 제시하고 있다.

> 참되고 아름다운 것을 추구함은 인류의 오랜 숙원이다.
> 그 갈증을 채워주는 것이 예술이요, 그 꿈을 구현시켜 주는 것이 문학이다.
> 이민생활의 여러 어려운 여건 속에서도 지워버릴 수 없는 예술에의 열망과 우리다운 것-한국 고유의 미에의 부절한 의욕이 모여 〈캐너더 한국문인협회〉를 탄생시켰다.(1977. 1. 15)

---

37 김환기, 「캐나다 코리안 이민사회의 형성과정과 문학의식」, 동국대학교 한국문학연구소, 『한국문학연구』 제54집, 2017, 155쪽.
38 시기적으로 더 앞선 것으로 1973년 미국에서 발행된 『지평선』이 있지만, 그것은 세 사람의 시인이 만든 시 전문 동인지였다.
39 김환기, 위의 글, 157쪽 참조.

이제 그 첫 열매로 합동시집 (제1집)을 엮어내게 되었음은 다만 우리만의 보람으로 그치는 것은 아니리라.

우리는 나아갈 것이다.

세계 각국의 온갖 민족이 모여와 서로 이질적인 다양 문화를 구가하는 이 사회에서 비록 작더라도 알차고 정지 없는 걸음으로 그들 여러 문화와 어깨를 나란히, 때로는 앞지르면서 부단히 전진할 것이다. 또 하나의 이색적인 한국문학의 이정표가 되기를 다짐하면서…

이처럼 『새울』 동인들은 시가 "참되고 아름다운 것을 추구"하는 것이라고 밝히고 있다. 진실과 심미의 세계를 추구하는 것은 모든 문학이나 예술이 추구하는 보편적인 특성일 터, 캐나다의 한인 시인들도 그러한 보편적 기준에서 벗어나지 않는 시를 쓰겠다는 것이다. 또한 "이민 생활의 여러 어려운 여건 속에서도" 진정으로 "우리다운 것―한국 고유의 미"를 추구하겠다는 의욕도 드러내고 있다. 이는 캐나다의 한인 시인들이 시의 보편성과 특수성을 모두 염두에 두면서 창작활동을 하려는 균형 잡힌 시각을 보여주는 대목이다. 나아가 "세계 각국의 온갖 민족이 모여와 서로 이질적인 다양문화를 구가하는 이 사회"에서 세계문학으로 역할을 하겠다는 포부도 밝히고 있다. 이러한 생각들을 정리하면, 특수성으로서의 한국 시를 세계적인 수준의 보편성을 획득하게 하여 한국문학의 발전에 기여하겠다는 것이다. 이와 같은 새 문학으로서의 한국 시에 관한 생각은 한국문학 전체를 통틀어서도 아주 선구적이라고 하지 않을 수 없다.

실제로 『새울』 창간호의 시편들은 「머리말」에서 밝힌 시적 지향점을 향해 나아가는 모습을 보여준다. 그 구체적인 양상으로는 크게 이방인으로서의 소외감과 고독감, 고향을 향한 향수의 서정, 새로운 희망의 추구 등으로 구분할 수 있다. 이들 가운데 가장 도드라지는 것은 이방인으로서의 고독감과 소외감인데, 이는 한인들이 캐나다 이민 초기에 느꼈던 여러 가지 복합적인 심정이나 생활의 어려움과 관련되는 것이다. 『새울』이 발간되던 1970년대는 아무래도 캐나다 이민의 초창기에 해당하는 것이므로 당시 한인들이 느끼는 이민 자로서의 어려움은 매우 컸던 것으로 보인다. 이 시기의 캐나다 한인시는 그러한 어려움과 관련되는 것들이 지배적이다.

2) 이방인으로서의 소외감과 고독감

캐나다에 이주한 한인들이 처음으로 마주한 것은 이질적인 언어와 문화가 주는 낯설음과 불편함이었다. 한 사람이 삶의 터전을 옮긴다는 것은, 그것도 머나먼 이국땅으로 옮긴다는 것은 매우 고달픈 삶이 기다리고 있다는 것을 의미한다. 캐나다는 어쩌면 미국보다도 더 불편하고 낯선 곳으로 받아들였을 수도 있다. 이민의 역사가 미국보다 짧고 한국과의 교류도 미국보다 뒤늦게 이루어졌기 때문에 그러한 심정을 벗어날 수 없었다. 시는 그러한 마음을 모국어로 형상화함으로써 위무 받을 수 있는 중요한 치유의 매개였다. 그것은 문학이라는 예술적 형상 이상의 의미를 지녔다. 주관의 객관화를 양식적 특성으로 하는 시는, 자신의 마음을 객관화시켜 봄으로써 마음 깊이 존재하는 고통과 슬픔을 치유하는 역할을 했다.

> 토론토를 타고
> 덜컹거리며
> 이민의 길을 가네
> 앵글로 색슨의
> 뾰족한 코 끝에
> 인자스런 여왕의
> 초상화가 걸려 있고
> 털 수북한
> 이따리아노 가슴팍엔
> 알몸이 된 모나리자가
> 흥겹게 고고를 추는데

이디쉬 억양의 영감쟁이
남의 푼돈까지 모두
뺏어 가는걸 보면
과연 유태 상술
알만도 하구려

죽어 엎드러진
온타리오 호수엔
갈매기의 때 저린 영혼
불야성의 번화가엔
마네킹 같은 유령들
어— 이—
프라스틱의 도시
향기가 없는
생동이 없는
천년의 이 변방에서
얼음의 도시는
영원토록 잠자고 있으니
삿갓을 쓴 사나이여
죽장 짚은 길을
멀리 돌아서 가시오

— 권순창, 「토론토 풍경(1)」 전문

　이 시는 모두 "토론토"를 배경으로 하고 있다. "토론토"는 캐나다에서 한인
들이 가장 많이 모여 사는 도시로서, 개인의 구체적인 삶의 공간이자 캐나다
이민자들이 살아가는 삶의 공간 전체를 상징한다. 1)에서 "토론토"는 시적 화
자의 여정이 지향하는 목표 지점이다. 시의 화자는 "토론토"로 가는 교통편
을 이용해 "이민의 길을 가"고 있는 상황에 놓여 있다. 그런데 "토론토"에 도
착하여 그곳 풍경을 보니 모두 낯설고 비정한 것들뿐이다. "앵글로 색슨"이
나 "여왕의/초상화", "유태 상술", "갈매기의 때 저린 영혼", "마네킹 같은 유

령들" 등이 이방인을 맞이하고 있다. 그래서 시의 화자는 "토론토"를 "프라스틱 도시"이자 "얼음의 도시"라고 느낀다. 인정미가 없고 냉정한 "토론토 풍경"을 발견한 것이다. 그래서 시의 화자는 자신과 비슷한 처지의 "삿갓을 쓴 사나이"에게 "멀리 돌아서 가"라고 권유하고 있다. 도심의 삭막한 풍경을 멀리하면서 살아가라는 마음의 표현인 셈이다.

"토론토"는 한인들의 입장에서는 정치적·경제적·사회적 주변인으로서 살아갈 수밖에 없는 도시이다. 캐나다가 아무리 이민자들의 천국이라 해도 이민 초창기에 한인들은 "고달픈 이민자들이/아라비아의 노예같이"(권순창, 「토론토 풍경⑵」 부분) 살아갈 수밖에 없었다. 한인 이민자들이 고달픈 삶을 살아갈 수밖에 없는 이유 가운데는 언어 문제가 도사리고 있었다. 익숙한 모국어를 버리고 낯선 현지어를 사용해야 하는 언어 환경이 이민자들의 생활을 더욱 힘들게 했다.

> 올라오는 년의 파란 눈동자에서
> 내려가는 놈의 둔한 손짓에서
> 알파벳을 읽는다.
>
> 이민자의 언어는
> 소리를 이어 가는 말이 아니다.
> 끄덕이는 고개의 인정(人情)이란다.
>
> 새까맣게 타다가 꼬부라진 아픈 상처
> 싸늘하게 창백한 사상을 피해 굳어진 표정
> 달려 온 어설픈 그 풋내기들
> 꾸려 온 조그마한 보따리
>
> 서로 마주 대는 얼굴에서
> Yonge과 Bloor가 만나고
> Yes와 No가 엇갈리는

희망과 후회가 부딪치는
검은 머리카락과 하얀 피부가 닿는
안 굴리는 혀로
Exercise를 하는 것이다

어쩌다가
안되는 말
못하는 말
지껄이고 나서
붉어지는 얼굴
뜨거워지는 마음
그러면서
이민자는 Exercise를 한다.

— 김창길, 「이민교실」 부분

　이 시는 이민자들이 "이민교실"에서 현지어를 배우는 모습을 통해 삶의 고
달픔을 노래하고 있다. 이민자들이 현지어를 배우기 어려운 사정은 "이민자
의 언어는/소리가 이어가는 말이 아니다"라는 시구에 드러난다. 이민자들은
현지인이 사용하는 "소리"와 같은 발음을 내면서 자연스럽게 사용하는 일이
어려우니, "끄덕이는 고개"와 같은 몸의 언어를 통해 "인정"을 나눌 따름이라
는 것이다. 이민자들은 "서로 마주 대는 얼굴"을 보면서, 정말로 이민을 잘 온
것인지 못 온 것인지 "희망과 후회가 부딪치는" 딜레마에 빠져들고, 다양한
인종들이 모여 영어를 배우는 자리에서 "검은 머리카락과 하얀 피부가 닿는"
부자연스러운 처지에 놓인 것이다. 그러나, 현지의 언어를 익혀야 하는 절박
함은 피할 도리가 없다. 영어를 배워야 생계를 유지할 수 있고 일상생활도 가
능할 터이니, "안 굴리는 혀로/Exercise를 하는 것"이다. 이민자들은 연습생
인생을 살아가면서 영어를 연습하면서 생활을 연습하는 것이다.
　이민 생활의 소외감과 고독감은 "아/놓쳐 버린 Subway는/그다지도 빠르
게//머얼리/불빛을 줄여 가며/소리를 죽여 가며/사라져 가는구나//아깝

게/놓쳐 버린 Subway는/정말/내가 타야만 할 차//나 홀로서/떨어져서만/바라다본다."(김창길, 「놓쳐버린 SUBWAY」 부분)에도 흥미롭게 드러난다. 낯설고 삭막한 이국땅에서 소외감과 고독감에 시달리며 살아가는 이민자들은 종국에는 인생의 허무감에 빠져들기도 한다.

잃어버린 얼굴
잊어버린 상념
되새겨지지 않는 퍼―런 마음을 안고
소리 없는 긴 한숨

창가에 한 잎 두 잎 부딪치는 낙엽처럼
파도 위를 슬며시 날아오르는 갈매기처럼
조용히 떨어진다
미련이 가 버린다
영
가는 것이다

새하얀 구름을 갈라내는 쨈보젯트의 폭음
멈출 줄 모르는 하이웨이의 핸들
연속 오르내리는 아파트의 숨 막히는 에레베이트
지팡이를 디디고 신호등 밑을 거니는 백발

인생은
가는 것이다
마냥 가는 것이다
미련 없이 떠나 가 버리는 것이다
모두 가는 것이다

백팔십도의 선상
동에서의 서를 향한 빛
대지의 충만함이여

초록빛 잔디의 싱그러움이여

타향살이 돌아보는 마음
끝이 틀린 웃음과 울음
모두가
그저 그런 것인데

까만 소복을 하고 제인을 지나치는 여인
가을을 줄이는 토론토의 기온
그저
가는 것이다

— 김창길, 「토론토의 여심(旅心)」 전문

이 시는 제목이 암시하는 대로 여행자의 마음을 형상화하고 있다. 시의 화자는 이국땅에서 떠돌이처럼 살아갈 수밖에 없는 심정을 여행자의 마음에 빗대어 표현하고 있다. 이때 여행자는 일상의 굴레에서 벗어난 자유로운 존재라기보다는 정착하지 못하고 살아가는 이방인에 가깝다. 그는 "잃어버린 얼굴/잊어버린 상념"과 함께 살아가는 존재로서 사람과 생각을 모두 상실하고 살아가는 상황에 놓여 있다. 그래서 "소리 없는 긴 한숨"을 쉬면서 살아가는 것이다. 힘겨운 인생살이를 살다보니 화자는 떨어지는 "낙엽"을 보면서 인생의 허무감을 느끼고 있다. 자신의 주변을 채우고 있는 "새하얀 구름을 갈라내는 쨈보젯트의 폭음/멈출 줄 모르는 하이웨이의 핸들/연속 오르내리는 아파트의 숨 막히는 에레베이트"의 도시 풍경과, "지팡이를 디디고 신호등 밑을 거니는 백발"의 사람 모습은 모두가 인생 허무감을 느끼게 하는 매개체이다. 또한 "까만 소복을 하고 제인을 지나는 여인"도 마찬가지다. 인생 허무감은 "대지의 충만함"과 "초록빛 잔디의 싱그러움"에도 불구하고 "인생은/가는 것"이라는 시구로 응축되어 나타난다.

3) 고향에 대한 그리움의 서정

　캐나다라고 하는 이국땅에서 한인들이 이방인으로서 느끼는 소외감, 고독감, 허무감과 같은 감정들은 자연스럽게 고향에 대한 그리움으로 이어진다. 이민 생활이 고달프고 외로울수록 고향을 향한 애절한 마음은 깊어진다. 그래서 향수와 귀향 의식은 캐나다 한인시에서 가장 빈도 높게 나타나는 주제 의식이다. 가령 "눈보라 거듭치는/겨울 나라"에서 "고향의 내음/뿌려대는/꽃가루,/망향에 젖은/외로운 노래"를 떠올려 보지만, "한없이/쏟아붓는/눈발에 묻혀/아직도/내 마음은/얼어만 붙고/그리운 고향길은/멀기만 하"(권순창, 「망향」 부분)다고 생각한다. 이러한 심사는 캐나다에서 살아가는 한인들이 공통적 특성이 아닐 수 없다.

> 토론토에 비 내리는 저녁
> 공원 벤취에
> 촉촉이 어둠에 젖는 나그네.
>
> 둘러선 고층 아파트의 창문마다
> 가족들의 훈훈한 체온이
> 등불을 밝히는데,
>
> 실어증(失語症)을 달래는 나그네의
> 이웃은
> 무수한 불빛들에 밀려난 외등(外燈)뿐이다.
>
> 나무잎을 두드리는 빗방울소리와
> 스쳐가는 전차가 남긴 울림은
> 주독(酒毒)든 눈으로
> 흐린 하늘에 별을 찾는 몽유병(夢遊病)을
> 현실로 굳혀 준다.

토론토에 비 내리는 밤
공원 벤취에 화석(化石)된 나그네는
비안개 속에
무국적(無國籍)이 되고 만다.

— 이석현, 「망향」 전문

이 시에서는 "비 내리는 저녁"의 "토론토"에서의 이방인 의식을 노래하고
있다. 시의 주인공인 "나그네"는 시적 화자의 마음이 투사된 대상으로서, 화
려한 도시에서 소외되고 고독한 마음으로 "공원 벤취"를 배회하는 존재이다.
"나그네"는 "고층 아파트 창문마다/가족들의 훈훈한 체온이 밝히는/등불"로
더욱 소외감을 느끼고, "빗방울 소리와/스쳐가는 전차가 남긴 울림"으로 더
큰 고독감에 빠져든다. 그는 사회와의 소통이 불가한 존재로서 "실어증을 달
래는" 존재이며, "별을 찾는 몽유병"을 "현실"로 일상화하면서 살아가는 존재
이다. 그는 또한 "공원 벤취에 화석(化石)된 나그네"로서 "비안개 속에/무국적
(無國籍)"일 뿐이라고 한다. 이러한 "나그네"의 심정은 캐나다로 이주한 한인
들의 보편적인 마음이라고 할 수 있다. 그래서 캐나다의 한인들은 시의 제목
처럼 "망향"의 서정에 깊이 빠져들 수밖에 없게 된다. 이 시를 창작한 시인 자
신도 그러한 "나그네"의 범주에 속할 것은 물론이다.

그런데 캐나다는 한인들뿐만 아니라 세계 각국에서 여러 인종이 몰려드
는 다문화 국가이다. 캐나다의 대표적인 유원지인 나이아가라 폭포에서 "안
개 속 고향 소식을/묻고 있는데//갈색 눈동자/빨갛고 파란 눈동자//물결 위
를 지나는 눈빛/물보라 속을 헤매이는데"(장석환, 「나이아가라 폭포에서」 부분)라
는 시구에는 그러한 사정이 잘 드러난다. 고향에 대한 그리움은 눈동자가 다
른 다양한 인종들 속에서 더욱 간절하게 다가오는 것이다.

국제도시 토론토에 오면
세계를 한 눈에 본다.

고국이 그리운 이들,
망각(忘却)을 망각하여
찾아온 이들로
공원은 만국기를 단다.

—안방에 앉아있을 때에는 가끔
때 절은 헌옷으로도 여겨지던
조국.

밖에 나와 이슥한 시각
물건너 멀찌기 바라보면, 그것은
바로 팔딱이는 내 심장임을….

어쩔 수 없는 시름을 휘파람에 담으면
그 소리에 묻어나는
풋풋한 미역냄새며
고향 바다의 뱃고동 소리 같은 민요가락.

저녁 노을을 해돋이로 바꾸리라던 패기도
〈시간을 돈으로만 계산하는 사회〉에 휘말려
모래성 흉내로 동전을 쌓았다가 헐고

다시 쌓으며 한낮을 넘길 즈음,
얼굴이며 가슴에는
지름길로 몰려오는 줄무늬 무늬.

만기(滿期) 인생들로
자정(子正)이면 공원은 열병을 앓는다.
　　　　　— 이석현, 「국제공원－토론토 〈벨·우드 공원〉에서」 전문

이 시를 보면 "토론토"는 향수의 도시이다. 전 세계에서 몰려든 이민자들

이 살아가는 이 도시에서 "고국이 그리운 이들"을 찾는 것은 어려운 일이 아니다. 시의 배경인 "벨·우드 공원"에 펄럭이는 "만국기"가 그러한 토론토의 도시 성격을 암시해준다. 시의 화자는 "가끔/때 절은 헌옷으로도 여겨지던/조국"이었지만, 가만히 생각해보면 자신을 근원적으로 존재케 해주는 존재로서 "팔딱이는 내 심장"과도 같다. 유년의 기억 속에서 아직도 살아 숨쉬는 "풋풋한 미역냄새며/소향 바다의 뱃고동 소리 같은 민요가락"은 고달픈 이민 생활에서 삶의 에너지 구실을 한다. 고향의 기억은 "돈으로만 계산되는 사회"를 버티게 해주는 힘이라고 할 수 있다. 시의 화자가 "만기(滿期) 인생들"ㅡ비자나 이민 허가의 기간이 만료되어 가는 불안정한 신분의 이민자들ㅡ로 북적이는 "국제공원"에서 버티는 힘은 고향 생각으로부터 나온 것이다.

4) 새로운 꿈을 추구하는 마음

캐나다라는 머나먼 이국땅에서 고달프게 살아가는 한인들에게 고향 생각으로 위안을 받는 일은 매우 소중한 일이다. 한편으로 고향이라는 과거지향적인 대상이 아니라 새로운 희망을 꿈꾸기도 한다. 고달픈 인생살이에서 미래의 꿈을 꾸는 것은 막연하게 고향을 생각하는 것보다 더 삶을 위무해주기도 한다.

하늘을 보면
눈이 먼다더라.

비 오든
바람 불든
소복이 머리 숙여
밤에 낮 이어 흙을 파노니

태양은 무서워!

눈동자를 쪼개일 듯
피빛 태양은 무서워,

축축이 젖은 어둠을 골라
두더지는 검은 씨앗을 주워 먹는다.

어느 계열의
그 무슨 저주로운 굴욕을 감고 왔기에
하늘을 못 봐,
새파아란
태고의 물 속같은 하늘을 못 봐.

그래도 우람한 폭포인 양
태양의 열도(熱度)-담대한
하늘의 빛살 쏟아지면

두더지는 눈을 감고
목숨의 샘물,
영영한 오아시스를
꿈꾸기로 하였다.

하늘을 보면 눈이 먼다고…
어둠에서 나고
어둠에서 울부짖는
빛 그리움이여!

비야 오든, 바람이사 불든
어둠을 헤쳐
두더지는 검은 씨앗을 줍는다.

— 이석현, 「두더지-어느 자화상」 전문

이 시에서 화자는 자신을 "두더지"에 비유하고 있다. "두더지"는 생리적으로 땅속에서 살아가게 되어 있어서 "하늘"이나 "태양"을 멀리할 수밖에 없다. 화자는 우선 캐나다에서 이민자로 살아간다는 것은 그런 "두더지"와 같이 꿈과 희망을 간직할 수 없는 존재라고 생각한다. 스스로 "축축이 젖은 어둠" 속에서 "검은 씨앗을 주워 먹는" 존재에 불과하다고 여기는 것이다. 그러나 "하늘의 빛살 쏟아지면//두더지는 눈을 감고/목숨의 샘물,/영원한 오아시스를 꿈꾸기로 하였다"고 한다. 즉 자신이 비록 "두더지"와 같이 "어둠에서 나고/어둠에서 울부짖는" 숙명을 타고났지만, 그런 절망적인 상황 속에서도 꿈과 희망을 잃지 않고 살아가겠다고 다짐하는 것이다. 즉 "어둠을 헤쳐/두더지는 씨앗을 줍는다"고 하는 것이다.

한편 어둠의 세계에서 꿈을 꾼다기보다는 밝은 세계 속에서 희망을 찾기도 한다. 이 경우 삶과 세상에 대한 긍정적인 인식이 뒷받침하게 된다. 인생이나 세상의 어두운 면보다는 밝은 면을 보며 희망을 간직하는 것이다.

주말 오후면
골목 골목을 찾아오는 태양은
한결 밝고 부드러운 표정이다.

알렉산드로 공원 걸상에 잠을 청하는
알콜 중독자의 얼굴에 새겨진
얼룩진 그늘.

피부 자랑을 모르는 백인 아이와
거울 보기를 잊은 흑인 아이와
누런 얼굴의 낯선 아이가
한 덩어리 되어
지구 굴리기 놀이를 하는 옆에서

저녁해를 등에 업고 앉아

묵은 사진첩을 뒤적이는 할아버지.

체온에 주려
발밑까지 다가오는 다람쥐와
비둘기는
빛톨 줍기 내기를 한다.

공원 옆을 지나가다 멎은
전차에서
눈먼 소녀의 손목을 잡아 내려주는
전사의 더운 손등을
살짝 어루만져 주는 태양은
주말 오후면 더 바쁘다.

— 이석현, 「공원 데쌍」 전문

　이 시는 따뜻한 세상을 긍정하고 있다. 화자의 시선은 "주말 오후"라는 여유로운 시간에 "공원 데쌍"의 풍경에 머물러 있다. 화자는 우선 "골목 골목을 찾아오는 태양은/한결 밝고 부드러운 표정"이라고 느낀다. "태양"은 "알콜 중독자"뿐만 아니라 "백인 아이와/거울 보기를 잊은 흑인 아이와/누런 얼굴의 낯선 아이가/한 덩어리가 되"어 어우러지는 모습을 비춘다. "묵은 사진첩을 들척이는 할아버지"의 여유로운 모습, "다람쥐와 비둘기는/빛톨 줍기 내기를 하"는 평화로운 모습도 모두 "태양"이 연출한 것이다. 특히 "눈먼 소녀의 손목을 잡아주는/더운 손등을/살짝 어루만져 주는 태양"은 아름다운 세상의 상징이다. 이러한 "태양"이 존재하는 한 세상은 아름다운 꿈으로 충만해질 수밖에 없다.

　희망을 추구하는 또 하나의 방식은 종교적 신앙 세계에 입문해 가는 것이다. 이러한 방식을 추구하는 사람들은 전통적으로 기독교 사회인 캐나다에 동화되어 가는 모습이다. 이민 초기에 한인들은 교회 커뮤니티를 통해 서로 화합하고 도움을 주는 관계를 형성하였다. 이를테면 아래의 시에서 하느님을 매개로 한 자기 성찰은 어려운 이민 생활을 극복하고 꿈과 희망으로 나아가는 지름길 역할을 했다.

나이아가라 폭포를 마주서면
눈을 감게 된다.

잔잔한 호수에서
넘실넘실─
확 펼쳐지는
세계에서 가장 큰 병풍.

우람하게 덮쳐오는 물보라에
흰 사람
검은 사람
누런 사람들의
그림자가 부서진다.

그 위에 만국기를 휘젓는
쌍무지개는
하늘 구름다리만 같다.

하이얗게 펴진 병풍 앞에 서면

우리는
하느님의 넓은 팔 안에
한 점
물방울로 작아진다.

비행기도
원자배도

모든 것이 다
물방울로 변한다.

— 이석현, 「나이아가라 폭포」 전문

이 시는 "나이아가라" 폭포를 배경으로 신앙심을 통해 자아를 성찰하고 있
다. 화자는 "나이아가라"를 "세계에서 가장 큰 병풍"이라고 여긴다. 그 "병풍"
은 포용력이 아주 커서 "물보라에/흰 사람/검은 사람/누런 사람들의/그림자"
를 모두 담아낸다. 백인, 흑인, 황인이 모두 어우러지게 하는 "나이아가라"는
세계 화합의 상징이다. "그 위에 만국기를 휘젓는/쌍무지개는/하늘 구름다리
만 같다"는 표현이 그러한 상징성을 드러낸다. 그런데 이 모든 것들이 결국
은 하느님의 섭리 안에서 존재하는 것이다. "우리는/하느님의 넓은 팔 안에/
한 점/물방울로 작아진다"고 한다. 즉 세계인이 하나가 되어 평화롭게 어우
러지는 것은 "하나님"의 품 안에서 이루어지는 것으로 본다. 캐나다의 한인
들은 이처럼 기독교 신앙을 통해 삶의 희망을 찾아 나섰다. 이후 미주시에서
는 이러한 신앙심과 관련된 시편들이 빈도 높게 등장한다. 종교적 신심은 이
방인의 고달픈 삶을 위무해주고 희망으로 안내하는 중요한 역할을 하는 것
이다.

5) 결론

『새울』은 미주지역 전체로 보아도 그 선구적 의미가 큰 문예지이다. 이 동
인지가 발간된 1977년은 미국에서도 아직 시단이 제대로 형성되어 있지 않
은 상태였다. 물론 이민자의 규모는 캐나다보다 미국이 훨씬 많은 상태였다
고 볼 때, 『새울』의 발간은 캐나다의 한인 시인들이 그만큼 적극적인 활동을
했다는 뜻이 된다. 그들이 이 문예지를 발간하게 된 계기는 편집후기를 통해
간접적으로 파악해볼 수 있다. 편집후기에 《새울》은 직역하면 "새로운 울타
리", "새로운 고을(마을)", "새로운 우리들", "새 서울" 등등 여러 풀이가 나오

겠으나 우리가 뜻한 바는 "새로운 천지", "새 살림터"이다."라고 밝히고 있다. "새울"의 다양한 의미 중에 "새로운 천지"나 "새 살림터"에 무게중심을 두고 있는 것은 캐나다라는 새로운 삶의 터전을 노래하겠다는 의미로 이해할 수 있다.

캐나다 한인 시인들은 새 터전인『새울』에서 다양한 내용의 시를 발표했다. 우선 이방인으로서의 소외감과 고독감을 노래했는데, 이러한 정서는 캐나다 이민 초기에 한인들이 느꼈던 정서였다. 소외감과 고독감은 머나먼 이국 땅에서 낯선 언어와 문화를 접하면서 살아가는 과정에서 느끼는 자연스러운 정서였다. 또한, 그러한 정서와 맞물려서 고향에 대한 향수의 서정을 노래하기도 했다. 고국을 떠난 사람들이 고향을 그리워하는 마음은 인지상정이라 할 수 있다. 캐나다 한인들은 저마다 각양각색의 이유로 캐나다로 향했겠지만, 고향을 향한 그리움과 그곳으로 돌아가고픈 마음은 모두가 한결같았다. 그러나 우리가 잊지 말아야 할 것은, 캐나다의 한인 시인들이 이민 생활의 고달픔만을 노래하지는 않았다는 점이다. 그들은 향수와 동시에 미래의 희망과 꿈, 신앙을 노래함으로써 고달픈 이민 생활에서 활력소로 삼았던 것이다.

『새울』의 성과는 권순창, 김영배, 김인, 김창길, 문인귀, 설종성, 이석현, 장석환 등의 동인들이 공통으로 이룬 것이다. 이 문예 동인지의 창간은 캐나다는 물론 미주 전체에서 한인시문학이 발전하는 계기가 되었다. 이후『이민문학』 등의 제호를 사용하다가, 1997년 발간된 제8집부터『캐나다문학』으로 제호를 바꾸어 오늘날까지 캐나다 한인문학을 이끌어가고 있다. 따라서『새울』의 창간은 캐나다 한인시의 공고한 출발점으로서 중요한 문학사적 의미가 있다고 할 수 있다.『캐나다문학』은 현재 무크지 형태로 발간되고 있지만, 앞으로는 연간지나 반년간지 형태의 정기 간행물로 자리를 잡아야 하지 않을까 싶다. 그리하여 한인시의 활성화를 도모하고 후속 세계를 발굴하는 데도 앞장서야 할 것이다. 문학의 역사는 작가의 활동과 작품의 진정성이 확보되어야만 지속성을 유지할 수 있을 테니까 말이다.

5. 1970년대 시집들의 특수성과 보편성

1) 서론

미주 한인 시문학사에서 1970년대는 정착기에 해당한다. 1905년에 시작[40]된 미주 시문학은 1930년대까지 개화가사, 창가를 거쳐 자유시 형식을 획득하는 과정이었다. 일제 강점기의 미주 시문학은 비교적 활발한 전개 과정을 보여주었는데, 그 과정은 국내 시문학과 크게 다르지 않은 모습을 보여주었다. 그런데, 자유시 형성 이후 미주 시문학은 특이하게도 창가나 신체시 형태의 과도기적 시가 계속 발표되는 상황[41]에 놓여 있었다. 미주 시문학이 국내 시문학과 특히 다른 점은 광복 직후에 이상하다 싶을 할 정도로 한동안 침체기를 겪는다는 점이다. 이것은 아마도 조국의 광복으로 인해 향수나 항일 정신과 같은 절박한 시심이 위축되었던 데 원인이 있는 것으로 보인다. 이러한 이유로 1945년 이후 1960년대 말까지 미주 시문학은 눈에 띌 만큼 활발한 활동이 일어나지 않았다. 국내 시단에서 등단의 과정을 거친 몇몇 시인들이 국내의 시단에서 간헐적으로 작품 발표를 하거나, 일부 시인들이 간혹 국내 출판사에서 시집을 발간하는 정도의 수준에 머물러 있었다.

미주 시단은 1970년대 들어서면서 다시 활성화되기 시작한다. 가령 1973년에 최초의 미주시 동인지인 『지평선』이 미국에서 발간되었고, 1975년에는 11명의 미주 시인들이 『재미시인선집』을 발간하여 미주 시단이 정착되어 가는 모습을 보여주었다. 또한, 1977년에는 캐나다 한국문인협회가 결성되면

---

40 미주 한인 시문학사의 출발은 이홍기의 「이민선 타던 전날」(『국민회보』, 1905)로 보는 것이 일반적이다. 유선모, 「북미 한인 동포 문학의 성장」, 국사편찬위원회, 『북미주 한인의 역사(하)』, 중앙P&L, 2007, 130쪽.
41 이형권, 「개화기 미주 한인시의 근대성 연구」, 국제비교한국학회, 『비교한국학』 24권 3호, 2016, 328쪽.

서 캐나다 최초의 시 동인지인 『새울』이 발간되기도 했다. 이는 미국 이외의 지역에서도 한인시가 활성화되는 계기가 되었다. 1970년대에 이루어진 이러한 성과는 이후 1980년대 초에 미주 한국문인협회가 결성되고 그 기관지인 『미주문학』이 발간되는 과정[42]에 디딤돌 구실을 했다.

그런데 이 시기의 성과에 반드시 덧보태어져야 할 것이 있는데, 그것은 개인 시집들이다. 가령 김송희의 『얼굴』, 황갑주의 『하늘이 따라와』, 『사막기』, 고원의 『미루나무』, 『북소리에 타는 별』, 마종기의 『변경의 꽃』, 최선영의 『나무의 詩』, 장소현의 『서울시 羅城區』, 박이문의 『눈에 덮인 찰스강변』 등이 그것이다. 이들은 대부분 국내에서 발간되었지만, 시 창작이 미국에서 이루어졌을 뿐만 아니라 시의 내용도 미국에서 이방인으로 살아가는 과정에서 느낀 정서들이 중심을 이루고 있다. 따라서 이들 시집이 1970년대의 미주 시문학사에서 어떠한 의미를 부여할 수 있는 것인지에 대한 논의가 필요하다. 이들에 대한 문학사적인 의미에 관한 종합적인 연구는 아직 본격적으로 이루어지지 않았다. 미주 문단을 주도적으로 이끌었던 고원이나 국내 시단과 부단히 연계하여 활동했던 마종기에 대한 논평이나 연구[43]는 다른 시인들에 비해 비교적 활발히 전개되어왔을 뿐이다.

---

42 미주문학이 일련의 지역 문학 단위로 공고하게 자리를 잡게 된 것은 계간지로까지 발전하여 오늘날까지도 속간되고 있는 이 문예지의 역할이 매우 크다.

43 고원에 관한 연구는 정효구의 「고원 시에 나타난 의식의 변모과정」(한국시학회, 『한국시학』 8호, 2003.), 오윤정의 「재미 시인 연구 ─ 박남수, 고원, 마종기를 중심으로」 (겨레어문학회, 『겨레어문학』, 2011.), 남기택의 「고원시의 디아스포라 양상」(우리어문연구회, 『우리어문연구』 45호, 2013.), 마종기에 관한 연구는 정은귀의 「미국의 한국계 시인들, 디아스포라, 귀환의 방식: 마종기, 캐시 송, 명미 김의 시를 중심으로」 (국제비교한국학회, 「비교한국학」 18권 3호, 2013.), 구명숙의 「마종기 시에 나타난 경계인 의식과 죽음 의식」(한민족문화학회, 『한민족문화학』 36호, 2011.) 등이 비교적 눈여겨볼 만한 성과이다.

2) 디아스포라 서정과 리리시즘의 지향

1970년대 발간된 미주 한인의 시집 가운데 김송희의『얼굴』, 최선영의『나무의 시』, 황갑주의『하늘이 따라와』와『사막기』는 순수 서정시를 지향한다. 미주 한인 시인들의 시적 성향은 전반적으로 가장 전통적인 의미의 순수 서정의 세계를 지향한다는 특징을 갖는다.[44] 국내에서는 1970년대 초반에 이미 『문학과 지성』을 근간으로 하는 모더니즘 성향의 시들과『창작과 비평』을 중심으로 한 리얼리즘 성향의 시가 지배적인 흐름을 형성하고 있던 것과 대비된다. 이러한 특징은 미주 한인 시인들이 지리적 거리로 인해 국내의 시단과 활발하게 교류를 하지 못한 데서 온 것으로 보인다. 최선영과 황갑주의 시집들에는 이러한 차원에서 향수와 자연 서정을 빈도 높게 보여준다. 특히 황갑주의 두 시집은 이민자로서의 디아스포라 의식이 시집 전체를 지배하고 있다. 구체적으로는 이민 생활의 고달픔, 이국 문화의 낯섦, 고국에 대한 그리움, 토포필리아의 상상력, 이국 생활의 적응과정 등이 시적 상상의 주류를 이룬다. 이렇게 황갑주의 두 시집은 전체적으로 미주 한인이 겪는 디아스포라 의식[45]을 전면적 주제의식으로 내세웠다는 점에서 이민 문학으로서의 선구적 의미를 지닌다.

---

44 미주시의 이러한 특성은 미주에서 살아가는 한인들에게 시가 갖는 의미와 연관된다. 미주 한인들이 이국에서 살아가면서 느끼는 가장 절실한 정서가 고향에 대한 그리움이거나 고달픈 삶에 대한 위안일 터, 이러한 마음을 드러내는 데에는 전통적 정서에 기반을 둔 리리시즘의 시가 선호될 수밖에 없었을 것이다. 여기에 국내 시단과의 시공간적 거리감으로 인해 시적 다양성이나 전위성의 면에서는 다소 소홀했던 것으로 보인다. 물론 실험적인 모더니즘 시나 비판적인 리얼리즘 시가 없었던 것은 아니지만, 어느 시기이든 그것들이 미주 시문학에서 지배적인 흐름을 형성하지는 못했다.

45 미주 한인시는 기본적으로 이러한 의식과 직간접적으로 연관되는데, 그것을 표현하는 방식에서 리리시즘, 모더니즘, 리얼리즘 등 여러 문예사조의 관점과 결합하고 있다.

이국에 떠 있는
저 하늘만은
외국 것만 아니고
나의 옛날 하늘인 것을,

처음 이국 땅에 내려
얼마 동안은
큼직한 남양의 수목
아름다운 화초가
낯설고 정이 안 들더니

살고 살아 보자니
산이며 바다
이 이역 땅도
외국 것만이 아니라고
정을 붙인다.

— 황갑주, 「하늘이 따라와」 부분

이 시는 "이국"에서의 삶을 적극적으로 긍정하는 시심을 담고 있다. 그 긍정의 매개는 "하늘"인데, 이 시에서 "하늘"은 어느 곳에서나 인간의 삶을 가능케 하는 보편적인 삶의 조건이다. 사실 "하늘"이나 그곳에 뜬 별과 달은 지구촌 어느 곳에서도 똑같은 것이다. 한국에서 보는 "하늘"이나 미국에서 보는 "하늘"이나 궁극적으로는 다르지 않은 것이어서 "이국에 떠있는/저 하늘만은/외국 것만 아니고/나의 옛날 하늘"이다. 그래서 "이국 땅"에 와서 "처음"에는 모든 것들이 "낯설고 정이 안 들"었지만, 적응하면서 살다 보니 "정을 붙"일 수 있었다는 것이다. 이 시집의 많은 시 작품들은 이처럼 미국의 여러 지역을 돌아다니면서 살아가는 이민자의 긍정적인 인생관을 드러내고 있다. 물론 "잔디와 꽃들/아름다운 정원/그림같은 풍경도/異國은 잠들지 못하네"(「향수」 부분)와 같은 향수가 언뜻언뜻 나타나지만, 그러한 마음이 이 시집의 주된 정서를 형성하지는 않는 것으로 보인다. 하여 황갑주의 시집은 "캘리포니아써를 사랑한다./애리조나써 네바다써 뉴멕시코, 텍사스써도/사막이 열린 어느 써의 하늘 땅도 사랑하리라."(「사막기」 부분)와 같이 미국 생활에 대한 긍정적 인식이 지배적이다. 이러한 인식은 황갑주의 시가 1970년대의 다른 미주 한인 시인들과 변별되는 특성이다.

한편, 최선영의 시집은 이국의 삶에 대한 긍정적인 인식보다는 서정적 감각과 실존적 의식을 전경화하고 있다. 1966년 미국으로 건너간 최선영 시인에게 시 쓰기는 "처음엔 文化衝激(Cultural shock)이었다. 진동이 빠를 뿐만 아니라 호흡의 반응이 색다른 뉴욕에서 適應이란 그리 용이한 일이 아니었다./위에 이물이 들어갔을 때처럼 고통과 嘔吐를 느낄 때도 있었다. 귀에 선 언어의 숲에서 迷兒가 되어 헤매기도 하고 때로는 깊은 계곡에 떨어져 놀라는 꿈을 꾸기도 했다./그러는 가운데서도 늘 간직하고 있던 다른 편의 회답은 詩를 쓴다는 것은 발명의 끝없는 여행이라는 것이었다."[46] 시집 『나무의 詩』는 이러한 인식을 기반으로 하는 서정시의 밀도를 충실히 보여주고 있다.

> 붉은 속살을
> 드러내 놓은 양
> 나무는
> 바람의 꼬리를 물고 떨고 있다.
>
> 펄럭이는 바람은
> 빈집의 유리창 같은
> 가슴에
> 푸른 旗를 꽂으며
>
> 알라스카 얼음 벌판

---

46 최선영, 「후기」, 『나무의 詩』, 동서문화사, 1977, 120쪽.

피가 어는
차가운 異國語를
흰눈처럼 뿌린다.

붉은 영혼을 헤치며
매운 바람결에 피는
나무의 詩.

— 최선영, 「나무의 詩」 부분

　이 시에서 "나무"는 시인 자신이라고 보아도 무방하다. 이국에서 살아가는 시인은 세찬 "바람" 속에 흔들리는 "나무"처럼 시련 속에서 살아가고 있다. "나무"는 이국 생활이나 이질적 문화의 시련뿐만 아니라 정서적, 정신적 시련을 겪고 있는 시인을 표상한다. 시인은 "빈집의 유리창 같은" 공허한 "가슴"에 나뭇잎 같은 희망의 "푸른 기를 꽂"아 보지만, "알라스카 얼음 벌판"과도 같이 "차가운 모국어"만이 "흰눈처럼" 흩날리고 있다. 그러나 이러한 시련의 세월 속에서 시인을 살아가게 하는 것은 "붉은 영혼"의 정열로 "매운 바람"을 극복하고 쓰는 "나무의 시"이다. 이때 시는 시련의 삶을 승화하는 기제이다. 이러한 인식은 "초연한 塔의 모습은/현실을 초월하는/詩人의 마음을 거느리고 있다"(「에펠탑」 부분)라는 시구에서도 드러난다.

　또한, 김송희의 『얼굴』은 미주 한인시집 가운데 매우 선구적인 성과로서 최선영의 시집과 비슷하게 이민 생활에서 느끼는 리리시즘의 서정을 주된 정조로 삼고 있다. 가령 "언제고 쓸쓸한 먼/異國生活./시를 써도 감격해 줄 이도/채찍질해 줄 이도 없는/그런 나라/넓은 나라/에서 눈물을 들어 스스로/꽃피고 싶음"(「마지막 장에」 부분)이라는 고백에는 시에 관한 생각이 잘 드러난다. 시는 이국에서의 "눈물" 어린 삶을 "꽃"으로 피어나게 하는 승화와 심미의 대상인 것이다. 다시 말해 시는 "사계절이 스쳐가는 것도 모르는 채,/異國의 세월은 흘러가고 마는 것을//그러나 눈이여,/눈부신 이여,/十四층 내 窓이 가까이 다가서는 그대,/얼굴, 당신의 큼직한 눈이여."(「얼굴」 부분)에서처럼 마음의 "얼굴"을 찾아 나서는 일이다. 이때 "얼굴"은 세월의 허무와 시련을 넘어서게 해주는 불변의 대상인데, 이러한 "얼굴"을 상상하는 것은 곧 시를 쓰는 일과 다르지 않을 터, 시가 인생에 다가드는 시련과 고난을 치유하고 위무해주는 역할을 하는 것이다. 이처럼 『얼굴』의 시편들은 순수 서정과 자연 서정, 그리고 낭만적 연정의 마음을 드러내고 있다.

3) 존재론적 사유와 '반시'의 언어 탐구

마종기는 일찍이 1959년 『현대문학』을 통해 등단한 시인이다. 개인 시집으로 『조용한 개선』, 『카리브해에 있는 한국』, 『변경의 꽃』, 『안 보이는 사랑의 나라』, 『모여서 사는 것이 어디 갈대들뿐이랴』, 『그 나라 하늘빛』, 『이슬의 눈』, 『새들의 꿈에서는 나무 냄새가 난다』, 『우리는 서로 부르고 있는 것일까』, 『하늘의 맨살』 등을 발간했다. 그리고 공동 시집 『평균률』[47]과 시선집 『그리고 평화한 시대가』, 시전집 『마종기 시 전집』을 발간했다. 이들 가운데 1970년대 발간한 시집은 『변경의 꽃』(1976)인데, 이 시집은 의사로서 미국으로 가서 정착하기 시작한 1972년부터 1976년까지 창작한 시편들을 모아놓은 것[48]이다. 시집의 제목은 국외자("변경")로서의 소외감과 고독감을 시("꽃")로 승화하고자 하는 시인의 의지를 내포하고 있다. 이 시집의 시편들은 음악을 매개로 한 존재론적 사유와 이민 생활에서 비롯된 디아스포라 의식이 빈도 높게 나타난다. 전자의 사례는 「첼리스트 1」, 「첼리스트 2」, 「무반주 소나타 1」, 「무반주 소나타 2」, 「작곡가의 이상한 시도」, 「꽃의 이유」 등이다.

---

47 황동규 시인, 김영태 시인과 함께 발간한 공동 시집이다. 1972년에 『평균률 2』를 발간하여 오랜 기간에 걸쳐 동인 관계를 유지했다.
48 마종기, 『마종기 시 전집』, 문학과지성사, 1999, 149쪽.

무릎 사이에 모이는
소리의 힘,
유연한 허리 밑을 통하는
손가락의 열기

여인은 비어 있다.
안아도 안아도
비어 있을 때의 눈.

드디어 공기의 바다를 넘쳐나는
끈끈한 음악,
흔들리는 몸에서
서서히 증발하는
우리들의 화음.

— 마종기, 「첼리스트 1」 전문

　이 시는 첼로를 연주하는 모습을 관찰하면서 예술의 근원적인 가치에 관한 인식을 하고 있다. 첫 연에서 시의 화자는 첼리스트가 "무릎 사이에" 악기를 두고 "허리 밑을 통하는/손가락"으로 열정을 다해 연주하는 모습을 관찰하고 있다. "여인은 비어 있다"고 할 때 "여인"은 첼리스트인 동시에 첼로라고 할 수 있을 터, 어차피 연주자와 악기는 한 몸이니까 굳이 구분할 필요는 없을 것이다. 중요한 것은 화자가 "안아도 안아도/비어 있을 때의 눈"을 보았다는 점이다. 이것은 첼리스트가 완벽한 연주를 위해 첼로에 온몸으로 다가가지만, 결국 완벽한 연주는 존재할 수 없는 데서 오는 허무감과 관련된다. 그러나 이 시의 첼리스트는 끝내 포기하지 않는 예술혼의 소유자이다. 최고의 연주를 위한 첼리스트의 열정은 "드디어 공기의 바다를 넘쳐나는/끈근한 음악"의 세계를 열어젖힌다. 그리하여 완벽하지는 않을지라도 완벽에 가까운 음악의 세계를 창조하고 있다. 연주를 위한 첼리스트의 "흔들리는 몸"이 연주장에 모인 사람들을 "우리들의 화음"을 통해 감동 공동체를 만들어내고 있는 모습이다. 이 시는 1970년대 미주 한인시에서 보기 드문 예술적 자의식과 세련된 언어 감각을 보여주고 있다.

한편『변경의 꽃』은 디아스포라 의식을 빈도 높게 드러내면서도 미주 한인시에서 흔히 볼 수 없는 지적인 언어를 활용한 내적 성찰의 태도를 보여준다. 구체적으로는「밤 운전」,「선종 이후 5」,「일시 귀국」,「1975년 2월」,「변경의 꽃」,「외지의 새」,「유리의 도시」,「비 오는 날의 귀향」 등의 시에서 그러한 태도가 잘 드러나고 있다.

1
가까이 기대와
내가 만져줄게
확실히 서 있던 두 귀 끝이
이제는 가운 없이 늘어지고
외면해도 젖은 눈시울은
내가 닦아줄게.

아무도 이해 못 할 것야.
갈수록 안정되는 생활
불안정한 외지의 정신.
이해 못 하는 당신은 이리 와,
윤기 없는 날개지만
마음에 보이는 상처를
내가 덮어줄게.

2
언제부턴가 흐릿한 새벽 추운 창문가에 와서 내 잠을 깨워주는 아침 새여. 귀환의 날을 놓친 후부터 삐삐삐 단조한 울음으로 하루의 시작을 알려주는 새여. 형상할 수 없는 고통을 대신 울어주는, 울어서 얼어붙은 하늘로 날려 보내 구름을 만드는 새여. 나는 너를 볼 수가 없어. 무너지는 모든 것

은 혼자 감당할 수 없어

— 마종기, 「외지의 새」 전문

　이 시는 이민자의 내면세계를 심도 있게 보여준다. 이 시의 "나"는 "추운 창문가에 와서 내 잠을 깨워주는 아침 새"와 자신을 동일시하고 있다. "당신"으로 의인화된 그 "새"는 "기운 없이 늘어지고/외면해도 젖은 눈시울"을 간직한 존재이다. 그런 "새"에게 "내가 닦아줄게"라고 위무하려는 것은 동병상련의 마음이 작용한 결과이다. 그 "새"와 마찬가지로 "나"를 자신의 삶이 "갈수록 안정되는 생활/불안정한 외지의 정신"의 상태에 놓여 있다고 생각한다. 이민자로서 "생활"은 날이 갈수록 "안정"되지만 "정신"의 "불안정"은 해소되지 않는 심리를 드러낸 것이다. "나"는 "귀환의 날을 놓친 후부터" 아침마다 창가에 와서 "형상할 수 없는 고통을 대신 울어주는" 존재인 "외지의 새"와 자신이 다르지 않다고 보는 셈이다. 이 시는 슬프고도 고독한 이민 생활을 인고하면서 살아가는 시인 자신의 처지를 "형상할 수 없는 고통을 대신 울어주는, 울어서 얼어붙은 하늘로 날려 보내 구름을 만드는 새"에 빗대어 노래하고 있다. 그러나 이처럼 "외지"에서의 슬픔을 노래하는 것은 단순한 감상벽이나 자위를 위한 것이 아니다. 그것은 "내가 광활한 외지의 벌판에서 바람처럼 살다가 인연 없는 땅에 묻혀 드디어 메마르고 외로운 한 가지의 소리가 되어도 기억해두자, 내가 같이 시작한 꿈, 같이 자란 꿈, 내가 집어 던져버린 꿈, 다시 집어서 같이 늙어가는 꿈, 같이 돌아가는 꿈."(「비 오는 날의 귀향」 부분)이라는 시구에 잘 드러난다. "나"는 슬픔의 성찰을 통해 그 너머의 "꿈"을 지향하고 있다.

　박이문의 시집 『눈에 덮인 찰스강변』은 전위적인 시편들을 다수 포함하고 있다. 이때 전위적이라는 것은 지적인 통찰을 바탕으로 한 실험시의 성향을 보여준다는 것을 의미한다. 이 시집에서 박이문은 "말라르메처럼 단 하나만의 〈시〉를 꿈꾸면서 나는 오늘날까지 여러 가지 언어의 실험을 꾀해봤다. 지나치게 감상적인 것이 있는가 하면, 서정적인 시를 꾀해보기도 하고, 현대 회화와 조각 혹은 음악의 모험을 거울삼아 이른바 모험적인 시, 또는 반시적인 시를 시도해보기도 했다."[49]고 밝히고 있다. 이러한 생각은 여러 편의 시에서 실천되고 있다.

> 알카쌀써의 파란 포장
> 흰 알약이 남은 아스피린 병
> 낡은 칫솔 통
> 쓰다 남은 비눗조각
>
> 휴지통 속 코카콜라 깡통
> 코 묻은 휴지조각
> 깨어진 휴식
> 찢어진 눈물
>
> 변기에 앉은
> 사랑, 진리, 지혜, 고민
> 죽음과 슬픔과 그리고 꿈
> 명상하는 변기
>
> — 박이문, 「반시」 전문

이 시는 제목부터 "반시"라는 용어를 끌어들여 실험시를 추구하겠다는 의도를 노골적으로 드러낸다. "반시"라는 일반적인 시의 문법에 "반"(反)하는 시를 의미하는 것인데, 이 시에서 그러한 요소는 상상의 방식에서 비롯된다. 1연과 2연의 파편적인 이미지들은 일상생활과 관련되는 것들인데, 이들은 현대인 삶에 드리운 어수선하고 즐겁지 않은 상황을 암시하고 있다. 뒷부분에서 "깨어진 휴식/찢어진 눈물"은 바로 그러한 상황을 구체적으로 제시하는 시구이다. "휴식"이 "깨어진" 상태라든가 "눈물"이 "찢어진" 상태라는 수식 관

---

49 박이문, 「머리말」, 『눈에 덮인 찰스강변』, 홍성사, 1979, 2쪽.

계도 돌발적인 비유라고 할 수 있다. 특히 마지막 연의 "변기에 앉은/사랑, 진리, 지혜, 고민/죽음과 슬픔과 꿈"이라는 시구는 인간 정신의 비정상성에 대한 비판적 인식을 드러낸다. 이는 관념적 허위에 매달리는 서구형이상학에 대한 전복적 인식이라 할 만하다. 그리하여 "명상하는" 존재인 인간을 "변기"와 연관 지으면서 비판적으로 보고 있다. 이때 "변기"는 관습과 허위에 매몰된 인간 정신을 전복하는 매개라는 점에서 언뜻 뒤샹의 「샘」[50]이라는 오브제를 떠올리게 한다.

박이문은 시인인 동시에 불문학을 전공한 문학 연구자이자 언어철학자이다. 그는 언어철학자로서 언어의 존재론과 관련된 연구 경험이 시에 드러나기도 한다. 가령 "두 개의 언어 사이에/낀/존재/가/있을까//산과 들/바람과 곡식/사랑과 슬픔/죽음과 삶이 있을까 언어 밖에서//언어들/바깥에서/무한한 밤뿐/거기 혹시/의식이 숨을 쉬는가"(「언어들 사이에서」 전문)라는 시가 하나의 사례이다. "언어 사이"나 "언어들/바깥"에 존재한다는 것에 대한 의구심은 언어의 불연속성[51]에 대한 사유와 연관된다. 첫 연에서 "가"라는 조사를 독립된 행으로 처리한 것은 그러한 사유와 관련되는 특이한 표현법이다. 이러

---

50 마르셀 뒤샹(Marcel Duchamp)은 1917년 기성품인 소변기에 자신의 사인을 해서 그것을 전시장에 출품한다. 소변기가 화장실에 있을 때는 소변기의 역할에 충실하지만, 그것이 전시장이라는 공간 속에서 재배치되었을 때는 예술 작품이 된다는 것이다. 기성 제품도 작가가 어떤 주제와 의식을 불어넣으면 예술 작품이 될 수 있다는 이러한 생각은 현대미술의 개념에 커다란 변화를 몰고 왔다. 예술가는 자신이 지닌 예술적인 기교나 솜씨를 선보이는 것이 아니라, 관념적인 요소나 원래의 환경으로부터 분리된 사물에 새로이 의미를 부여하는 존재가 되었다. 즉 예술가는 기술자나 제작자가 아니라 창의적인 생각을 하는 존재라고 보게 된 것이다. 조광석의 「뒤샹의 작품 샘에서 제기하는 해체의 의미와 영향」(한국기초조형학회, 『기초조형 연구』 15권 5호, 2014, 572쪽) 참조.

51 기호성, 자의성, 역사성 등과 함께 언어의 일반적 속성 가운데 하나이다. 언어는 그 유한성의 한계로 인해 사물과 세계 전체를 있는 그대로 모두 표현하지 못한다. 강범모, 『언어』, 한국문화사, 2010, 42쪽.

한 언어에 관한 탐구는 시에 관한 자의식적 탐구로 이어지기도 한다. 즉 "한 시간 동안/하루 동안/한 주일 동안/나는/빈 종이를 바라보고 있었다//한 종이의 공간을 메우려/나는 펜을 들었다/땀을 빼며/살을 깎으면서/아무것도 아닌 것을/쓴다/종이를 메꾼다/어떤 말이/시가 되나를 생각해 본다/어째서 이게 시일까"(「시작」 전문)라는 시가 그렇다. "빈 종이"를 응시하면서 "어떤 말이/시가 되나를 생각해 본다"는 것은 시의 본질에 관한 탐구를 의미한다. 이 것은 시 쓰기에 대한 시라는 점에서 일종의 메타시(meta poem)라고 할 수 있는 데, 당시 미주 한인시에 나타나는 특별한 사례라고 할 수 있다.

4) 역사와 현실에 대한 비판적 인식

고원은 미국으로 유학을 떠났다가 그대로 정착한 시인이다. 그는 국내에 있을 때도 이미 시인으로서 왕성한 활동을 했다. 1952년 장호 시인, 이민영 시인과 함께 3인 시집 『시간표 없는 정거장』을 발간한 이래 1964년 미국에 이주하기 전까지 『이율의 항변』, 『태양의 연가』, 『눈으로 약속한 시간에』, 『오늘은 멀고』, 『속삭이는 불의 꽃』 등의 시집을 발간했다. 이들 가운데 『미루나무』는 그 이후 "13년간의 산물"에 해당하는 것이었다. 이 시집에서는 그는 "리얼리즘을 거쳐 소위 '현대적인 시' 쪽으로 기울었다가 다시 큰 변동이 제 내부에 일어났습니다. 한 시인의 비평 정신이 목적의식으로 전진할 때, 그것을 형상하는 작품의 개성과 예술성은 어느 차원에서, 얼마만큼 강도를 높일 수 있느냐, 달리 말한다면, 특수한 사회와 함께 한 인간의 혁명이 어떻게 해서 시의 혁명과 일치하는 가운데 진보하느냐, 지금 제 앞에는 이러한 문제가 전보다도 더 심각하게 나타나 있습니다."[52]라고 고백한다. 이 고백은 고원 시

---

52 고원, 「설명과 고백」, 『전집』, 255쪽. 이 글은 고원의 일곱 번째 시집인 『미루나무』(해외한민보사, 1976.)의 서문에 해당하는 것이다.

인이 시의 현실성과 예술성의 조화에 대해 고민하고 있다는 사실을 알려주
는데, 그러한 고민은 시집 『미루나무』에서 빈도 높게 나타나고 있다.

> 검은 구름 속
> 까마귀의 검은 울음.
> 할짝거리는 깃발들이 거기서
> 전장과 훈장을 뿌리고 있었다.
>
> 발음이 어색한 '조국'의 하늘은
> 땅에서 추방된 깃발의 식민지였다.
> 굳어진 공중에 까마귀 수만큼
> 기의 종류가 많기도 했다.
> 기가 너무 많아서 병든 世紀.
>
> 별은 차갑고
> 무기는 뜨겁고,
> 소음에 마취된 젊은이들은
> 가장 정확하게 꿈을 죽이는
> 射程 測定에 익숙했었다.
>
> 意味의 시체 위에
> 역사의 彈皮들. 이제
> 찢어진 象徵이 다시 높이 거만하다.
> 저들은 실상 저렇게
> 찢어지도록 누구를 사랑해 봤을까.
>
> 검은 바람과 날개의 僞裝.
> 전쟁은 어차피 制服이거나 記號였다.
> 너 깃발, 오직
> 미친 미망인의 소매라 하자.
>
> ― 고원, 「旗의 의미」 전문

이 시는 조국의 현실을 비판하고 있다. 시의 앞부분부터 "검은 구름 속/까마귀의 검은 구름"이라는 부정적인 이미지가 등장하고 있다. 조국의 현실은 "전장"과 같을 뿐만 아니라 "깃발의 식민지였다"는 사실을 강조하고 있다. 이때 "깃발" 혹은 "기"라는 것은 정치적 이데올로기를 상징하는 것이다. 문제는 그러한 "기"가 과잉의 상태에 놓여 있다는 것, "기가 너무 많아서 병든 세기"라는 사실이다. 사실 일제 강점기로부터 6 · 25 전쟁과 분단, 그리고 그 이후 우리나라는 이데올로기의 과잉 상태에 놓였었다. 그래서 "별은 차갑고/무기는 뜨거"운 삭막한 세상에서 "젊은이들"은 "꿈을 죽이는" 삶을 살아갈 수밖에 없는 것이다. 이데올로기는 "의미의 시체 위에/역사의 탄피들"만을 양산하면서 인간적 "사랑"과 진실을 외면해왔다는 사실을 강조하고 있다. 정치적 욕망에 사로잡힌 사람들은 인간적, 역사적 진실을 외면한 채 이데올로기를 앞세워 사람들을 오도해왔다. 이러한 사실은 남과 북이 크게 다르지 않았다. 남한은 자본주의, 북한은 공산주의라는 이데올로기를 독재자의 영구 집권을 위한 도구로 활용해왔다. 결과는 "전쟁" 혹은 냉전의 남북 관계였다. 하여 "기"의 이데올로기는 그 본연의 긍정적인 가치를 상실하고 "검은 바람과 날개의 위장"에 지나지 않았다. "깃발"은 결국 "미친 미망인의 소매"처럼 이성을 상실한 폭력과 광기의 역사를 만들어낼 뿐이다. 이처럼 이 시는 관념과 구체를 오가는 강렬한 비유 혹은 상징을 통해 "고국"의 부정적인 현실을 비판하고 있다.

이러한 현실 비판의 태도는 실험적인 의도를 보여주는 시에서도 이어진다. 가령 "이지러진 달이 옷을 벗는 습한 소리가/저 태양의 심각한 手淫을/교묘하게 조종하는 시간에,/간호원이라나, 나체의 여자를 태운 말들이/바다 위를 다만 바다를 향해서 달리고 있다.//그리고 갑자기 터진 외마디 소리가/뿌리째 뽑힌 거대한 굴뚝 속에서 죽어간다"(「이름 없는 계절」 부분)라는 시구는 그러한 특성을 단적으로 드러내준다. 이때 "이지러진 달"이나 "태양의 심각한 수음"은 건강하지 못한 현실을, "외마디 소리"가 "죽어간다"는 것은 그러한 현실의 공포를 표상한다. 이 시구가 특이한 것은 비약적인 이미지와 돌발적 비유를 통한 전위적 표현방식에 리얼리즘 차원의 현실 비판 정신을 담고 있다는 점이다. 고원은 이러한 시 세계 이후에도 리얼리즘과 모더니즘, 그리고 리리시즘을 자유롭게 넘나드는 인상적인 모습을 보여주었다. 그는 미주 한인 시인들 가운데 시적 관심과 진폭이 매우 넓은 시인이다.

장소현 시인은 국내에서 미술을 전공하다가 미국으로 건너가 시를 창작했다. 그는 『서울시 나성구』라는 특이한 제목의 시집을 발간했는데, 이 시집은 제목부터 미주 한인 이민자들의 삶을 노래하고 있다는 점을 암시해준다. "서울시 나성구"라는 명명은 미국의 대도시 로스엔젤레스에서 한인들이 많이 모여 사는 곳을 의미한다. L.A.에 존재하는 소위 코리아타운이라고 불리는 그곳에는 미주지역 가운데 가장 많은 한인이 모여 살고 있다. 그곳에서는 한국의 축소판이라고 할 만큼 한인 상가들이 밀집해 있고, 의식주를 비롯한 모든 문화생활을 한국식으로 할 수 있다. 그러나 시인의 눈에 비친 그곳은 문제가 많은 장소이다.

> 서울시 나성구에
> 해가 저문다, 바람이
> 차다
>
> 어두워져도 합창이 없다. 이곳에는.
> 오만한 교향곡의 용광로에
> 악보 한 줄도 없이 뛰어들었다. 너와 나는….
> 목놓아 함께 노래 부르는 법을 잊은 우리의
> 발목께로 차거움은
> 스며
> 올라오고,
> 시 한 줄에 목을 매단 미치광이는 이미
> 멀리 떠나고

없다.
광대의 나팔소리도 검붉은
노을에 스며, 들리지
않는다.

— 장소현, 「타령 — 서울시 나성구 ①」 부분

이 시는 연작 시의 일부로서 "나성"(L.A.)에서 살아가는 한인들의 디아스포라 의식을 형상화하고 있다. 우선 "해가 저문다"는 시간과 "바람이/분다"는 상황의 설정은 "나성"이라는 도시에 대한 한인들의 정서적 상황을 암시해준다. "나성"에는 "어두워져도 합창이 없다"는 것은 공동체적 삶이 사라진 미국 사회의 단면 혹은 미주 한인 사회의 단면을 드러낸다. 그곳은 "함께 노래 부르는 법을 잊은" 사람들이 모여 사는 곳으로서 언제나 "발목께로 차거움은/스며/올라오"는 곳이다. 이 싸늘한 도시에서 "시 한 줄에 목을 매단 미치광이는 이미/멀리 떠나고/없다"고 한다. 이때의 "미치광이"는 시인 혹은 예술가를 제유하는 것으로서 비루하고 고루하고 강고한 현실에 미학적, 정서적 틈새를 만들어 인간 사회를 윤택하게 하는 존재이다. 그는 삭막한 현실 속에서는 "미치광이"로 취급을 받지만, 그러한 현실 너머에서는 인간적 진실을 상징한다. 시를 쓴다는 것은 세속적 자본이나 권력을 비판하면서 그 너머의 인간적 진실을 찾아나서는 일이기 때문이다. 하여 "나성"에 "시"에 목숨을 건 "미치광이"가 없다는 것은 그곳이 이미 인간적 진실이 사라진 곳이라는 의미가 된다. 이러한 인식은 다른 시에서도 "벌고 벌고 또 벌어도/끝내 미국놈일 수 없는 우리에겐/같이 부를 노래가/없다./함께 밤새울/잔치도/없다."(같은 시)는 시구에서도 드러난다. 이는 미국에서 언제나 타자로 살 수밖에 없는 한인들의 소외감을 드러내고 있다.

장소현의 시집에서 또 하나 특이한 것은 극시 형식을 띤 작품이 있다는 것과 일부 작품에 그림을 덧붙이고 있다는 점이다. 가령 「손님」은 시의 문맥에 희곡의 대화 형식을 도입[53]하고 있는데, 이는 시적 리얼리티를 강화하는 데 도움을 주고 있다. 또한, 각 장의 첫 페이지와「철수」,「탈판」,「고요함」,「장대비」,「적막강산 내리는 눈」,「간다」,「도깨비」,「나의 바램은」 등은 시의 말미에 그림을 덧붙이고 있다. 이러한 작업이 오늘날에는 사진으로까지 확대되어 자주 보이지만, 이 시집이 발간될 당시로서는 국내 시단에서나 미주 한인 시단에서 매우 드문 일이었다. 이뿐만 아니라「편지 한 장」은 편지글 형식을 취하고 있다. 이러한 점으로 볼 때 이 시집은 다양한 시의 형식을 시도했다는 점에서 당시 미주 한인시의 특이한 사례라고 할 수 있다.

5) 결론

1970년대 미주 한인시는 아직 시단을 형성할 정도로 양적 규모를 갖추지 못했지만, 차츰 독립적인 지역 시단으로서의 면모를 갖추어가기 시작했다. 그것은 소위 케네디 법안이 발효된 1968년을 계기로 미국의 한인 이민자 수가 크게 늘었던 사실과 관련된다. 1960년대 후반에서 1970년대 전반기까지 간호사, 의사, 약사 등 전문가의 이민 비중이 높았는데,[54] 이들은 훗날 미주 한인 시단의 중요한 자원으로 편입되었다. 이런 추세와 관련하여 국내에서 활동하던 몇몇 시인들도 미국으로 이주하여 그곳에서 활동하기 시작했다. 아직 변변한 문예지나 문학전문 출판사가 없었지만, 미국으로 건너간 시인들은 그곳에서 꾸준하게 시를 창작했다. 김송희, 황갑주, 고원, 마종기, 최선영, 장소현, 박이문 등은 왕성하게 창작활동을 하면서 개인 시집을 발간했

---

53 장소현 시인은 미술 분야의 저서를 출간하고, 극작가로도 활발하게 활동을 하면서 다방면의 활약상을 보여주었다. 그는 미주시에서 극작가로서의 창작 경험을 시에 수용한 거의 유일한 시인이다.

54 이전,「한인들의 미국 이민사」, 한국문화역사지리학회,『문화역사지리』14권 1호, 2002, 117쪽.

다. 이들의 성과는 1970년대 미주 한인시의 핵심적 성과에 해당한다. 박남수는 1975년 미국으로 갔지만, 생활에 쫓겨 시작 활동[55]은 활발히 하지 않았다.

이들 시집의 시 작품들은 다양한 주제의식과 표현방식을 보여준다. 김송희와 최선영, 황갑주의 시는 순수 서정과 향수를 주조로 하는 리리시즘을 지향하고 있다. 김송희와 최선영 시인은 자연물을 매개로 순수 서정을 드러내는 데 장기를 발휘했고, 황갑주 시인은 장소적 상상력을 배경을 미국에 정착하는 과정과 고향에 대한 그리움을 밀도 높게 표현하고 있다. 고원과 장소현 시인은 언어의 결이 다르기는 하지만, 국내나 미국의 정치 사회적인 문제점들에 대해 적극적으로 비판을 실천하는 모습을 보여주었다. 고원 시인이 국내의 정치 문제에 비판의 강도를 높였다면, 장소현 시인은 미국 사회 내지는 한인타운의 문제점에 대해 적극적으로 비판한다. 반면에 마종기는 이민자로서의 디아스포라 의식을 간직하면서 실존적 자의식을 빈도 높게 탐구했고, 박이문은 언어 실험과 전위적 상상을 통해 인간의 본성에 대한 철학적 인식을 깊이 있게 보여주었다. 마종기와 박이문은 미주 한인시에서 찾아보기 어려운, 지적 자의식을 추구하는 모더니즘 차원의 시를 통해 깊은 인상을 남겼다.

이처럼 1970년대에 출간된 미주 한인 시인들의 시집은 시사(詩史)적으로 중요한 의미를 지닌다. 그것은 우선 미주시의 정착 단계를 강화하고 발전 단계로 넘어가는 데에[56] 핵심적 역할을 담당했다는 점이다. 특히 당시 국내 시의 전개 과정, 즉『현대문학』계열의 리리시즘,『창작과 비평』계열의 리얼리즘,『문학과 지성』계열의 모더니즘 성향을 모두 보여주고 있다는 점은 미주 시단의 본격적인 정착에 커다란 역할을 담당했다. 또한, 시집을 발간한 주인

---

55 그는 1981년에 국내의 문학세계사에서『사슴의 관』을 출간하였다. 이 시집에서는 미국에서 1970년대에 쓴 시편들이 다수이지만 독자들이 접한 발간 연대를 고려해 여기서는 다루지 않았다.

56 미주 한인 시문학사는 앞서 밝힌 대로 형성기(1905~1945), 정착기(1945~1979), 발전기(1980~1989), 확장기(1990~1999) 등으로 구분할 수 있다.

공들이 이미 국내에서 활동하던 시인이었기 때문에 일정한 시적 수준을 확보하고 있다는 점도 특기할 만한 일이다. 이로 인해 미주 시단은 보통 초창기 시단이 갖는 부실함이나 미진함을 넘어서고 있던 것이다. 그리고 이처럼 다양한 시적 성향들의 밑바탕에 공통으로 디아스포라 의식이 직간접적으로 영향을 끼치고 있다는 점도 의미가 있다. 디아스포라 의식은 어느 시기를 막론하고 순수 서정시이든 리얼리즘 시이든 모더니즘 시이든 모든 미주 시의 정신적, 정서적 밑바탕을 이루는 것이기 때문이다.

요컨대 1970년대까지 미주에서 발간된 한인의 시집들은 국내 시의 특성을 보여주는 동시에 미주시만의 특이성을 견지하고 있다. 그 보편성은 국내의 시와 유사한 특성이며, 그 특수성은 국내의 시와 변별되는 특성이다. 이러한 특성을 가진 이 시기의 미주 한인 시인들의 시집은 몇몇 동인지나 사화집과 함께 미주시의 한 축을 형성했다. 사실 시사(詩史)는 시적 성과를 총정리하는 것이므로 시집 발간의 역사와 매우 밀접하게 연관된다. 시집은 한 시인이 일정한 기간에 자신의 창작 역량을 집중하여 창작활동을 한 결과이기 때문이다. 당연히 그 기간의 문학사적인 트렌드나 맥락이 거기에 포함되지 않을 수 없다. 이 점은 1970년대 미주 한인시의 역사에서도 마찬가지이다. 따라서 앞서 살핀 시집들은 1970년대 미주 한인 시사의 중요한 성과라고 하지 않을 수 없다. 나아가 이들은 1980년대 미주 한인 시단이 하나의 지역 단위의 시단으로 정착하는 데 이바지했다.

디아스포라 시문학의 발전기

1. 개관(1980~1989) : 문예지의 활성화와 주제의 다양성

1980년대 미주 한인 시문학사는 여러 측면에서 획기적으로 발전하는 모습을 보여주었다. 우선 그 양적인 측면에서 시인들의 숫자가 많이 증가하여 국내의 지역 시단과 비슷한 수준에까지 이르게 되었다. 이들의 등단 과정은 일차적으로 국내의 문학 매체를 통하여 이루어지는 것이 일반적이었다. 특히 국내에 거주할 때 이미 등단을 하여 미주지역으로 이주한 시인들이 미주 시단의 중심 역할을 담당했다. 그리고 이민 이후에 국내의 매체나 미주지역의 매체를 통해 등단하여 활동하는 시인들도 적지 않았다. 특히 『미주 한국일보』(1969년 창간), 『미주 중앙일보』(1974년 창간) 등의 언론 매체가 활성화되면서 신인 발굴에 나서기도 했다. 그리고 미주 시인들의 발표 욕구를 담아낼 수 있는 매체로서 여러 종류의 문예지가 발간되었고, 시집도 다수 발간되면서 바야흐로 미주 시단이 급속하게 발전해 나갔다. 이처럼 1980년대 미주 시단은 양적인 수준이 어느 정도 충족되면서 질적인 전환도 이루어지는 양상을 보여주었다.

1980년대 미주 한인시는 5·18 광주의 비극에 대한 고발정신으로 출발했다. 고국에서 벌어졌던 5·18 광주의 비극은 미주 시인들에게도 매우 큰 정신적, 정서적 충격으로 다가왔다. 그들은 국내 시인들 못지않은 민첩함을 발휘하여 국가 공권력에 의한 민간인 학살의 비극에 대한 시적 응전을 실천했다. 그들은 5·18 광주의 비극이 벌어졌던 1980년 광주의 비극을 고발하기 위해 사화집 『빛의 바다 1』을 출간했다. 고원, 김인숙, 석진영, 이세방, 이창윤, 최연홍, 황갑주 등 7인의 시인들은 고국에서 벌어진 광주의 참상을 고발하는 데 앞장섰다. 또한, 일부 시인들의 넘나듦은 있었지만, 3년 후에 다시 『빛의 바다 2』를 출간하여 국내의 현실에 관한 관심을 지속적으로 드러냈다. 이들 두 사화집에 실린 시편들은 국내의 시편들보다 더 강고하고 적나라한 고발정신을 보여주었다. 신군부 독재 세력은 물론 그들의 만행을 방조 내지는 묵인한 미국에 대한 비판적 인식을 드러내는 데도 망설임이 없었다.

1982년에 한국문인협회 미주지부가 설립된 것은 미주 한인 시문학사에서 하나의 에포크를 형성한다. 이 단체는 1982년 초대회장 송상옥, 이사장 김명환, 명예회장 박남수 등으로 임원진을 구성하고, 김지헌, 주정애, 최연홍, 조오현, 김정기 등 미국 전역에서 활동하는 시인, 소설가, 수필가, 아동문학가, 극작가, 평론가 등 101명이 참여했다. 그 규모나 수준에서 미주 문학을 대표한다고 해도 무방할 정도로 많은 문인이 동참하였다. 이뿐만 아니라 같은 해에 기관지인 『미주문학』을 창간하여 오늘날까지 연속적으로 발간하여 미주 지역의 대표적인 문예지로 자리를 잡았다. 『미주문학』은 종합지이기 때문에 모든 장르의 작품들을 수록하고 있지만, 다른 장르들에 비해 시가 차지하는 비중이 높은 편이다. 창간호만 보더라도 20명의 시인이 각각 1편에서 3편까지 총 33편의 시를 발표하고 있다.

1984년에 기독교 문학을 선도하고자 『크리스찬문예』가 창간된 것도 미주 한인시 문학사의 유의미한 사건이었다. 이 종합문예지는 1983년 미국 L.A.에서 강일, 이윤희, 배기섭 등의 발기인에 의해 출범한 미주기독교 문인협회에서 발간했다. 이 단체는 초대 이사장에 강일(목사) 시인, 회장에 배기섭(목사) 시인이 추대되었으며, 모두 27명의 문인이 회원의 명단에 이름을 올렸다. 창간호는 시화전을 기념하기 위해 시 중심으로 편집을 하였으며, 이후 시뿐만 아니라 수필이나 소설, 평론 등도 폭넓게 수용했다. 이 문예지는 제호가 말해주듯이 주로 기독교 정신을 주제로 삼은 시편들을 실었다. 그러나 기독교 정신과 무관한 이방인 의식이나 향수의 서정, 삶의 희망 찾기와 관련된 시편들도 다수 수록하여 균형 감각을 유지했다.

1985년에는 미 동부지역에서 새로운 종합문예지『신대륙』이 탄생했다. 이 문예지의 창간을 주도한 것은 강량, 김명욱, 박정태, 박철훈, 박현, 이영주, 정규택, 정문혜, 조월호, 최승아 등이었다. 창간호에는 시, 수필, 동화, 단편소설 등 다양한 장르의 작품을 수록했다. 창간호에 참여한 10명의 작가는 대부분 당시 미주 문단에서 활동하면서 등단의 과정도 거친 사람들이었다. 시장르의 경우 김명욱 4편, 박정태 4편, 박철훈 3편, 최승아 10편 등 모두 21편의 작품을 싣고 있다. 시의 내용은 이방인 의식과 미국 사회에 대한 비판, 새로운 꿈과 영혼의 추구 등 디아스포라 의식과 관련된 것들이 대부분이었다. 이 문예지의 성과는 1992년 창간하여 미 동부지역 문학을 크게 발전시킨『뉴욕문학』으로 이어졌다.

1988년 종합문예지『문학세계』의 창간은 미주 시문학 발전의 중요한 계기가 된다.『문학세계』는 기관지나 동인지의 성격을 벗어난 순수문예지라는 점에서 가치가 높다. 처음에는 무크지 형태로 발간되다가 정기 간행물 형태로 속간되었다. 발행인이자 편집인으로 이 문예지의 창간과 운영을 주관한 고원 시인은, 일찍이 미국에서 대학교수로 활동하면서 미주시의 발전을 위해 큰 노력을 기울였다. 창간호에는 박남수, 김용팔, 강위조, 김정기, 박신애, 석진영, 이창윤, 조윤호 등이 시를 발표했고, 2호부터는 이전 호와 중복을 피하여 다른 시인들의 작품을 다양하게 수록하려고 노력했다. 다른 문예지와 변별되는 점은 시조란을 두어 시조 작품을 적극적으로 수용했다는 것이다. 이뿐만 아니라 창간호부터 '재미 한국 문인 작품 목록'을 장르별로 작성하여 미주 한인시의 문학사적 맥락을 정리하는 데 앞장섰다. 또한, 영문시 수록란인 'Poetry'를 두어 한인 시인들이 창작한 영문시를 지속하여 게재했다는 점도 독특한 모습이었다.

1989년 재미 시인협회가 결성되고 시 전문 동인지『外地』가 창간된 것은 1980년대 막바지의 중요한 성과였다. 창간호에는 전달문 회장을 비롯한 곽상희, 김문희, 김송희, 김지헌, 박남수, 박이문, 오문강, 이창윤, 조성희, 조윤호, 최연홍 등의 시인들이 작품을 발표했다. 이들 가운데 최연홍 시인은 한글 시가 아닌 영문시를 5편 게재하고 있다. 이는 미주시의 언어 문제에 관하여 고민하게 한다. 미주시에서 한글시에 영어를 혼용하는 사례는 있었지만, 이처럼 전적으로 영어를 사용하는 경우는 흔치 않기 때문이다. 그러나 앞서 밝힌 대로 영어로 창작된 시는 논의 대상에서 제외했다.

이 시기에는 다양한 형태의 새로운 문예지들이 등장했다. 미국의 시카고에서는 1985년에 『백양목』이 창간되었는데, 한인이 가장 많이 밀집해 사는 L.A.와 뉴욕 이외의 미국 지역에서는 발간되었다는 점에서 관심을 끌었다. 또한, 1987년에는 종합문예지 『울림』이 창간되어 미주 한인 시단의 영역을 넓혔다. 이 문예지는 「창간사」에서부터 "특정 단체에 관계 없는 해외문예지"를 지향한다고 천명하면서, 그 편집 방침으로 "첫째, 해외에서의 한국어 문학작품의 발표와 격려. 둘째, 해외에서의 영문 문학작품 발표와 격려"라고 명시하여 한글 작품과 함께 영문 작품을 적극적으로 수용했다. 한편 브라질에서도 1986년 열대문화동인회 주도로 『열대 문화』가 창간되어 남미지역 최초의 문예지가 등장하게 되었다. 이후 남미지역에서도 한인 시문학사가 본격적으로 전개되는 모습을 보여주었다.

1980년대 미주 한인시의 형식적 특성은 1970년대 시와 큰 차이가 드러나지는 않는다. 물론 형식적 파격이 없는 단아한 자유시가 중심으로 전개되었는데, 이전에 비해 다른 점은 시 문맥에 영어를 혼용하는 사례가 자주 보인다는 점이다. 영문 작품 수록을 공식화하는 문예지가 등장할 정도로 영문 작품 발표의 양도 증가하여 미주 한인 시문학사에서 이중언어의 문제가 본격적인 현안으로 떠오른 시기이다. 시의 내용은 이전의 시기와 마찬가지로 고국의 산천과 두고 온 가족, 유년기의 추억 등에 대한 그리움 등 향수나 귀향 의식과 관련된 내용이 빈도 높게 나타났다. 반면에 미국의 자연과 친근감을 느끼거나 미국 문화와의 동화를 노래하는 시편들도 자주 등장하는데, 이는 미주로의 이민사가 축적되면서 미주 시인들이 미국의 언어나 문화에 대해 익숙해지는 과정에서 나타나는 현상으로 보인다. 이 시기 미주 한인시는 모국을 향한 그리움과 현지 문화나 지리와의 동화라는 이질적인 내용이 팽팽하게 균형을 잡고 있다고 하겠다.

이 시기에는 작품 발표의 매체와 관련하여 다양한 문예지가 등장했다. 크고 작은 각종 문학단체의 기관지를 비롯하여 일반 문예지, 동인지, 사화집 등이 다양하게 발간되었다. 일부 문예지는 작품을 수록하는 절차도 청탁, 추천, 공모 등 다양화되어 공기(公器)로서의 성격을 강화하려 했다. 작자층은 미주 지역으로 이민을 오기 전에 이미 한국에서 등단한 시인들이 주류를 이루었다. 이들 외에 1970년대 중반에 이민을 온 전문가 집단이 가세했는데, 당시 이민 행렬에 동참한 사람들은 엔지니어, 의사, 약사, 사업가 등 비교적 지식인 계층에 속하는 사람들이었다. 이들은 이민 생활을 시작하면서 한글시에 대해 적극적인 관심을 가지면서 미주 한인 시단의 작가 층위를 두껍게 해주었다. 또한, 박남수, 마종기, 이세방 등 국내에서 잘 알려진 시인들이 미주 시단과 국내 시단에서 동시에 활동하면서 두 시단 사이의 가교 역할을 했다.

1980년대 미주 한인시의 문학사적 의의는 본격적인 발전기를 맞이했다는 점이다. 이 시기를 발전기로 볼 수 있는 것은 전문가 시인 집단의 증대, 다양한 동인이나 문학 단체의 결성, 동인지나 문예지 창간의 다각화, 개인시집 발간의 활성화 등에서 획기적인 향상이 있었기 때문이다. 이에 상응하는 시 작품의 질적인 향상도 크게 이루어졌다고 판단된다. 이 시기는 이전의 시기에 비교해 시인들의 숫자가 대폭으로 증가하여 각기 활동의 영역을 넓히면서 주목할 만한 시적 성과를 이루었다. 이들은 각종 동인과 단체를 결성하고 발표 지면을 확보하기 위해 다수의 동인지와 문예지들을 창간하였다는 점도 미주 한인시의 발전에 큰 기여가 있었다. 시인들이 개인 시집을 출간하는 일도 이전의 시기에 비교할 수 없을 정도로 빈도가 높아졌다. 한 시인의 시적 성취는 시집의 발간으로 수렴되는 것이라고 볼 때, 이 시기 다수의 시집이 발간된 것은 미주 한인시의 진폭을 넓고 깊게 하는 역할을 했다고 하겠다.

2. 광주 정신의 연대와 계승—『빛의 바다』

1) 서론

　1980년 5월, 광주에서 일어났던 민주화운동이 어느덧 30년을 넘어 40년 가까운 역사성을 획득해 가고 있다. 광주민주화운동은 동학농민혁명과 4·19혁명의 민중 민주정신을 이어받은 역사적 사건이자, 제주 4·3사건이나 거창양민학살사건과 같이 국가 공권력이 국민을 상대로 폭력화한 사례에 속한다.[1] 당시 전두환을 위시한 신군부 세력은 권력을 찬탈하는 과정에서 '5월 광주'를 폭력과 비극의 희생양으로 삼았다. 광주민주화운동의 정신은 6·10민주화운동과 6·29선언으로 이어지면서 오늘날 민주 사회의 성취하는 데 밑거름이 되었다. 그러나, 이러한 광주 정신을 폄훼하는 사람들도 적지 않았다.[2] 그들은 부정한 권력과 결탁하고 역사의 진실을 왜곡하면서 기득권을 지켜나가는 데에만 혈안이 되어 있었다. 문단이라고 예외는 아니었다. 진실과 양심의 편에서 서서 문단의 어른 역할을 했어야 마땅할 어느 원로 시인은 전두환을 찬양하는 시[3]를 창작하기도 했다. 그러나 정의의 편에 선 많은 시인은 광주의 참상을 고발하고 그 역사적 의미를 고양하는 데 앞장섰다.

1　광주민주화운동은 이런 의미에서 오늘날 한국이 이룩한 민주화 과정에서 그 정점의 하나로 기록되어야 한다. 유네스코에서는 그 역사적 의미를 인정하여 2011년 광주 민주화운동 기록물을 세계기록유산으로 등재했다. 광주민주화운동기념사업회 편, 『죽음을 넘어 시대의 어둠을 넘어』, 창비, 2017, 490쪽 참조.

2　전두환 정권과 노태우 정권이 10여년 이어지면서 강제적이거나 자발적으로 신군부 세력에 부응하는 세력이 생겨나 민주화는 1992년 김영삼 문민정부가 들어설 때까지 한동안 지체될 수밖에 없었다.

3　미당 서정주의 「처음으로」는 '전두환 각하 56회 탄신일에 드리는 송시'라는 부제와 함께 1987년에 발표되었다. 이 시는 "한강을 넓고 깊고 또 맑게 만드신 이여/이 나라 역사의 흐름도 그렇게만 하신 이여/이 겨레의 영원한 찬양을 두고두고 받으소서."로 시작하면서 전반적으로 전두환에 대한 노골적인 찬양의 내용을 담고 있다.

1980년대 초의 한국 시단은 『창작과 비평』이나 『문학과 지성』 등과 같이 당대를 대표하는 문예지의 강제 폐간과 함께 암흑기에 접어들고 있었다. 신군부 세력은 자신들에게 비판적인 언론뿐만 아니라 문예지마저도 강제 통폐합했다. 시인들은 독재 정권의 사전검열 제도 때문에 작품 발표의 제약이 심해지자 잡지형 단행본(Magazine+Book)인 무크지를 통해 작품을 발표했다. 무크지는 특히 기존의 매체에 회의적이거나 기회가 주어지지 않는 젊은 시인들의 주도로 발간되었다. 출판사가 주관하는 『실천문학』을 비롯하여 동인 주도형인 『시와 경제』, 『오월시』, 『시운동』 등이 간행되었다. 이들 무크지는 민중시나 해체시, 신서정시, 도시시, 페미니즘시 등[4]을 통해 직간접적으로 시대에 대한 고민을 형상화하여 독자들의 마음을 사로잡았다. 1980년대는 무크지 외에도 박노해의 『노동의 새벽』을 비롯한 노동시집, 도종환의 『접시꽃 당신』, 서정윤의 『홀로서기』와 같은 베스트셀러 시집 등 다양한 시적 성과를 이루었다. 그리하여 1980년대는 시의 시대[5]라고 불리기도 했다.

1980년대 시의 흐름을 규정짓는 가장 중요한 특성 가운데 하나는 5·18 광주민주화운동과 관련된 시편들이다. 광주민주화운동은 1980년대 한국 사회의 큰 비극이었지만, 역설적으로는 가장 유의미한 역사적 사건이기도 했다. 5·18 광주로 인해 많은 이들이 희생되었지만, 그들의 희생을 바탕으로 한국 사회가 민주화의 큰 진보를 이룬 것이 사실이었다. 시인들은 그 비극에 대해 고발을 하고 저항하면서 시대적 사명에 충실했다. 나아가 민주화 운동의 역사적 맥락과 현실적 의미에 대해서도 적극적으로 응전했다. 특히 고은의 「금남로」, 고정희의 「이 시대의 아벨」, 황지우의 「무등」, 김준태의 「아아 광주(光州)여, 우리나라의 십자가(十字架)여」, 김남주의 「학살」 연작, 문병란의

---

4   전통적으로 명맥을 이어온 순수 서정시나 모더니즘 계열의 시가 없었던 것은 아니나, 당대 시대적, 시사적인 흐름에서 중심 역할을 했다고 보기는 어렵다.
5   홍문표, 『한국현대문학사 Ⅱ』, 창조문학사, 2015, 429쪽.

「부활의 노래」, 이영진의 「단 한 줄의 시도 쓸 수 없다」 등은 '광주 정신'[6]과 관련된 시사적, 시대사적 성과를 충실히 보여주었다.

이 글에서 주목하고자 하는 것은 국내의 시단과 마찬가지로 미주 한인 시인들도 광주민주화운동에 대한 시적 형상화에 적극적이었다는 점이다. 특히 1980년과 1983년에 미국에서 발간된 『빛의 바다 1』과 『빛의 바다 2』는 미주 시를 대표하는 시인들의 작품을 모은 사화집[7]으로 중요한 의미를 지닌다. 두 사화집에는 국내의 시에 못지않은 적극적이고 강고한 저항 의지를 보여주는 시편들이 다수 실려 있다는 점에서 주목할 만하다. 아마도 국내에서는 발표가 거의 불가능하거나, 발표했다고 해도 당대 분위기상 문제적 작품으로 비화했을 만한 작품들이 적지 않다. 그 시적 표현의 강도는 『빛의 바다 1』이 『빛의 바다 2』에 비해 큰 편인데, 그 이유는 5·18 광주민주화운동이 일어난 시간과의 차이(3년의 간극)에 기인하는 것으로 판단된다. 이처럼 개성적이고 중요한 시적 성과를 보여준 두 사화집에 관한 본격적인 연구는 아직 진행되지 못한 상태이다. 하여 이 연구는 두 사화집의 문학적, 시대적 의미에 대한 분

---

6 이 용어는 아직 엄밀한 의미의 학술 용어로 정착되지는 않았지만, 우선 5·18 광주민주화운동이 지향했던 정신 전반을 지시하는 것으로 사용한다. 즉 불의와 독재에 대한 저항, 정의와 민주주의에 대한 옹호, 민족과 지역의 가치 고양, 평화로운 공동체를 위한 실천 의지 등의 정신을 포괄하는 의미이다.

7 사화집 『빛의 바다 1』은 1980년 복음의 전령사 출판사에서 발간되었다. 이 시집은 「재미 한국문학인들의 절규」라는 제목의 서문을 싣고 있는데, "1980년 6월 10일 군사독재를 반대하는 재미 한국문학인들"이라는 제호 아래 "고원, 김상원, 박영숙, 석진영, 이창윤, 이세방, 최연홍, 최월희, 황갑주, 황영애 외 7명"이 이름을 올리고 있다. 수록 작품은 고원, 김인숙, 석진영, 이세방, 이창윤, 최연홍, 황갑주 7인이 각각 3~5편씩 모두 33편이다. 5·18에서 불과 한 달도 안 되는 시기에 이러한 시집을 엮은 것은 당시 국내의 상황에 대한 매우 민첩하고 민감한 반응이었다. 또한 『빛의 바다 2』는 1983년 복음의 전령사 출판사에서 발간되었다. '빛이 타는 5월'이라는 부제를 달고 "광주항쟁 3주년 기념집"(「후기」)으로 발간되었는데, 참여 시인은 고원, 김인숙, 이세방, 이창윤, 최연홍, 황갑주 등이다. 『빛의 바다 1』에 참가했던 박인숙, 석진영, 최월희, 황영애 등이 빠지고, 김인숙이 추가되었다.

석을 통해 1980년대 시사[8]를 확장하고 보충하고자 한다.

2) 본론 : 광주민주화운동의 시적 형상

광주민주화운동과 관련된 시적 성과는 일차적으로 시대적 소명감에 민첩하고 민감하게 응전을 했다는 점에서 찾을 수 있다. 1980년 광주민주화운동의 정점이었던 5월 18일 직후부터 시인들은 적극적인 저항의 언어들을 동원하였다. 그것은 광주 시인들의 몫이 아니라 민주화를 갈망하는 전국의 모든 시인이 감당해야 했던 역할이었다. 1980년대 시인들은 '광주의 5월'로부터 자유로울 수 없었기 때문에,[9] 그들은 광주 참상의 고발자로서 독재세력에 대한 투사의 역할에 충실했다. 시인들은 1981년 '오월시'[10] 동인(김진경, 박몽구, 나종영, 이영진, 박주관, 곽재구, 윤재철, 최두석, 나해철, 고광헌)을 결성하여 시적 응전을 시작했다. 이들뿐만 아니라 고은, 김준태, 문병란, 김남주, 황지우, 임동확 등도 광주의 비극과 의미에 대한 많은 시편을 남겼다.[11] 이들의 작품 가운데 김준태의 선구적인 시를 하나 들어본다.

---

8 미주 한인시는 한국 현대 시사의 디아스포라 문제를 논의할 때 일본 지역의 한인시, 중국 지역의 한인시, 러시아 지역의 한인시 등과 함께 중요한 의미를 지닌다. 디아스포라 문학의 주요한 지역 배경이 한반도를 둘러싼 4대 강국이라는 점은 제국주의 역사와 관련하여 시사하는 바가 크다.

9 김윤식 외, 『한국현대문학사』, 현대문학, 2005, 550쪽.

10 무크지의 일종으로서 1985년까지 연간으로 모두 5집이 발간되었는데, 광주민주화운동과 관련되는 시는 물론 사회 전반의 문제점에 대한 비판적 인식과 그와 관련된 평론도 실었다. 광주민주화운동을 전면적으로 다룬 최초의 대표적인 문예 동인지이다.

11 이들의 작품에 대한 전반적인 정리와 분석은 이황직의 「'5 · 18시'의 문학사적 위상」 (5 · 18기념재단, 『5 · 18 민중항쟁과 문학 · 예술』, 도서출판 심미안, 2006.)에 체계적으로 정리되어 있다.

아아, 광주(光州)여 무등산(無等山)이여
죽음과 죽음 사이에
피눈물을 흘리는
우리들의 영원(永遠)한 청춘(靑春)의 도시(都市)여

우리들의 아버지는 어디로 갔나
우리들의 어머니는 어디서 쓰러졌나
우리들의 아들은
어디에서 죽어 어디에 파묻혔나
우리들의 귀여운 딸은
또 어디에서 입을 벌린 채 누워 있나
우리들의 혼백(魂魄)은 또 어디에서
찢어져 산산(散散)이 조각나버렸나

하느님도 새떼들도
떠나가버린 광주(光州)여
그러나 사람다운 사람들만이
아침저녁으로 살아남아
쓰러지고, 엎어지고, 다시 일어서는
우리들의 피투성이 도시(都市)여
죽음으로써 죽음을 물리치고
죽음으로써 삶을 찾으려 했던
아아 통곡(痛哭)뿐인 남도(南道)의
불사조(不死鳥)여 불사조(不死鳥)여 불사조(不死鳥)여

…(중략)…

광주(光州)여 무등산(無等山)이여
아아, 우리들의 영원(永遠)한 깃발이여
꿈이여 십자가(十字架)여
세월(歲月)이 흐르면 흐를수록

더욱 젊어져 갈 청춘(靑春)의 도시(都市)여
지금 우리들은 확실(確實)히
굳게 뭉쳐 있다 확실히 굳게 손잡고 일어선다.
　　─ 김준태, 「아아 광주(光州)여, 우리나라의 십자가(十字架)여」 부분

　이처럼 5·18 당시 광주는 "쓰러지고, 엎어지고, 다시 일어서는/우리들의 피투성이 도시(都市)"이자 "죽음으로써 죽음을 물리치고/죽음으로써 삶을 찾으려 했던/아아 통곡(痛哭)뿐인 남도(南道)의/불사조(不死鳥)"의 도시로 불리었다. 이 시가 광주 정신을 노래한 시편들 가운데 중요한 의미가 있는 것은 세 가지 이유를 들 수 있다. 첫째는 5·18 광주에 대한 민첩하고 적극적인 반응이었다는 점이다.[12] 당시의 살벌한 시대 분위기 속에서 이처럼 저항적인 작품을 발표했다는 것 자체가 놀라운 일이었다. 둘째는 고발과 저항의 시임에도 불구하고 서정성과 작품성을 잃지 않고 있다는 점이다. 5·18 광주는 광주뿐만 아니라 전국이 아프고 고통스러운 역사적 사건이었으나, 그러한 분위기에 휩쓸리지 않고 시적 형상을 충실히 만들어 주고 있다. 셋째, 극한의 고통 속에서도 미래의 희망을 잃지 않고 있다는 점이다. 시의 마무리를 "지금 우리들은 확실(確實)히/굳게 뭉쳐 있다 확실히 굳게 손잡고 일어선다"고 하여, 불의의 신군부 세력을 넘어서 정의와 민주를 이룩하겠다는 의지를 분명히 드러내고 있다. 따라서 이 작품은 가히 5·18 광주의 비극을 시적으로 승화시켜 불굴의 광주 정신을 탄생시킨 선구적인 작품이라 할 수 있다.

　김준태의 작품 이후 광주 학살의 비극에 대한 시적 응전은 국내의 시인들뿐만 아니라, 미주지역에서 활동하는 많은 한인 시인이 동참하였다.[13] 이 글

12　이 시는 『전남매일신보』 1980년 6월 2일 자에 게재되었다. 원래는 103행의 시였으나, 당시의 검열을 의식해 33행으로 줄여서 발표한 것으로 전해진다. 시의 게재를 주도한 『전남매일신보』의 김현욱 사회부장과 교사였던 김준태 시인은 이 시를 게재한 이후 두 달 만에 모두 강제 해직을 당한다.

13　다만, 미주 한국문인협회 기관지로서 1982년에 발간된 『미주문학』(창간호)의 시

에서 집중하여 살펴볼 미주지역 시인들의 광주 시편들은 국내의 성과를 계
승하고 연대하는 차원에서 창작되었다. 그것은 국내의 시와 비슷한 양상으
로 전개되어 광주의 참상을 고발하는 시, 독재자에 대한 증오와 반미 의식,
시와 언어의 무력감 성찰, 희생자 추모와 부활의 염원 등으로 구체화된다.

(1) 5월 광주의 비극과 참상·고발

광주민주화운동은 참상이라고 표현할 수밖에 없을 정도의 비극적 사건에
서 시작되었다. 광주의 비극은 1980년 5월 17일 최규하 정부가 비상계엄 전
국 확대를 선언하고, 다음날인 5월 18일 전두환의 계엄사가 충정작전의 하나
로 공수부대를 광주 금남로에 투입하면서 시작되었다. 당시 계엄령에 대한
반발과 민주화를 위한 시위는 전국적으로 일어났으나, 특히 광주 지역에서
가장 적극적인 저항 운동이 있었기 때문에 이를 진압하기 위한 것이었다. 그
러나 민간인의 시위를 진압하기 위해 경찰이 아닌 공수부대를 투입한 것이
비극의 출발점이었다. 공수부대원들은 평화롭게 시위를 하는 광주시민을 상
대로 폭력적인 진압 작전을 펼쳤다. 그들은 진압 작전에 반발하는 광주시민
들을 전쟁터에서 적군을 상대하듯이 무자비하고 잔혹하게 탄압했다.[14] 이러
한 사실은 당시는 언론통제 때문에 국내에는 잘 알려지지 않았지만, 미주 시

편들은 이방인 의식이나 향수, 인생 성찰 등을 주제로 하는 것이 대부분이다. 이는
5·18 광주와 관련된 시편들이 거의 등장하지 않아서 『빛의 바다』 사화집과는 아주
다른 모습이다.

14 아도르노와 호르크하이머는 20세기 중엽에 유럽의 문명은 야만적인 것이 되었다고
진단하면서 이성에 대한 완전한 신뢰가 스스로 비이성적인 것으로 변해버렸다고 보
았다. 오성을 사용해도 그러한 야만을 막지 못했고, 오히려 비합리성이 역설적으로
합리성이라는 가면을 획득했다고 본다. 합리적 이성이 예측 불가능한 비합리적 광
기에 완전히 굴복한 것인데, 이것을 마지막으로 보여주는 불안한 증거는 국가사회
주의(나치)의 체계적인 광기였다고 주장한다. T. Adorno, M. Horkheimer, 김유동
역, 『계몽의 변증법』, 문학과지성사, 2001 참조.

인들은 간간이 이러한 소식을 접하면서 광주의 참상에 대한 강렬한 고발정
신을 발휘했다. 이 시기는 문학적 완성도나 수사적 의장을 넘어 시가 정치 현
실에 개입하고 역사의 이념에 복무하는 것을 허락했다[15]고 할 수 있다.

> 노한 물결 와글와글
> "전두환 찢어 죽여라"
> 80만 시민이 쳐밀던 그날
> 드디어, 참 드디어
> 민중이 비로소 차지한 땅,
> 해방된 땅에서 끝내는
> 빼앗은 총을 들고 싸웠구나.
> 그리고는 한꺼번에 쓰러졌구나.
> 적어도 1980명쯤은
> 누가 누군지 모르게 죽었구나.
>
> 갓난애를 업은 어머니 가슴이
> 미국서 실어온 탄알에 뚫어지고
> 강간당한 소녀의 유방이 떨어져 나가고
> 꿈틀거리는 노동자 얼굴은 짓뭉개지고
> 잘리운 학생의 머리통은 달아 매이고
> 처참하게
> 처참하게
> 맞고 찢기고 깔렸구나.
>
> …(중략)…
>
> 시체는 차라리 묻으랴 말고
> 차라리 우리 다 어깨에 메고

---

15 이창민, 「해방의 역설－'오월시'의 주제와 표현」, 5 · 18 기념재단, 앞의 책, 115쪽.

이번에는 저 부끄럽대서
대학생이 자살한 서울로 가자.
서러운 서울로 돌진하자.

피바다 타는 빛을
따라서 가는 길을
동족의 독재만이 막는 게 아니다.
총칼 뒤쪽 상전 꼴을 광주가 안다.
35년 외세의 본심을 주검이 안다.
그 무자비하게 능글능글하게
얕보는 외세 웃음 앞에서
슬프다 불쌍하다 통곡만 할 텐가

피가 빛나는 빛을 보아라.
광주가 번쩍이는 의미를 보아라.
　　　　　　　— 고원, 「피가 빛나는 빛을 따라」(1)[16] 부분

　　이 시는 당시 소문으로만 떠돌던 광주의 참상을 비교적 정확하게 묘사하고
있다. 앞부분에서 "노한 물결 와글와글/"전두환 찢어죽여라"/80만 시민이 쳐
밀던 그날"은 5·18 당시 광주 금남로에서 있었던 상황을 생생하게 묘사하고
있다. "전두환"에 대해 분노한 "80만 시민"은 당시 광주 인구 전체가 한마음
한뜻이었음을 의미한다. 이 시구는 5·18이 광주시민 전체 혹은 대한민국 국
민 전체가 군부 독재를 거부하고 민주주의를 정착시키고자 하는 열망의 집
약이었다는 점을 강조하고 있다. "민중이 비로소 차지한 땅,/해방된 땅"은 민
주항쟁 닷새째인 5월 22일에 시위대에 밀려 계엄군이 물러간 상황, 즉 전남
도청과 금남로를 중심으로 계엄령과 독재 체제로부터 자유로운 공간을 확보

16　시 제목 곁에 (1)을 표기한 것은 『빛의 바다 1』에서, (2)를 표기한 『빛의 바다 2』에서
　　인용한 것을 뜻한다.

했다는 사실을 드러낸다.[17] 그러나 광주시민들은 그 과정에서 끔찍한 희생을 치러야 했다. 시인은 "적어도 1980명쯤은/누가 누군지 모르게 죽었구나"[18]라고 하여 진압군의 잔혹한 폭력성을 고발하고 있다. 이뿐만 아니라 "갓난애를 업은 어머니 가슴이/미국서 실어온 탄알에 뚫어지고/강간당한 소녀의 유방이 떨어져 나가고"와 같은 부분에서는 진압군의 지독한 만행을 규탄하고 있다.

또한, 이 시는 5·18의 참상을 전하는 데 그치지 않고, 광주의 정신이 "서울"에서도 실천되기를 소망하고 있다. 광주에서 희생된 시민의 "시체"를 "어깨에 메고"서 "서러운 서울로 돌진하자"고 한다. 나아가 5·18의 비극을 초래한 신군부 독재세력과 외세에 대한 저항을 주문하고 있다. 즉 "피바다 타는 빛을/따라서 가는 길을/동족의 독재만이 막는 게 아니라" "35년 외세의 본심"도 함께 막아서고 있다는 사실을 분명히 인식한다. "35년 외세"는 광복 이후 1980년까지 남한 지역에 주둔한 미군을 지칭하는 것일 터, 광주의 비극에는 상당한 부분 미국의 책임이 있음을 말하고 있다. 그리하여 광주의 참상을 극복하는 길은 독재세력과 그들을 비호하는 미국에 대한 저항의 몸짓이라는 사실을 강조한다. "슬프다 불쌍하다 통곡만 할텐가//피가 빛나는 빛을 보아라"는 광주시민이 보여준 희생정신과 용기의 소중함을 상기시키면서 행동적 저항의 필요성을 역설하고 있다.

다른 시에서도 광주의 참상은 리얼하게 묘사된다. 가령 "신문을 안 보려고 눈을 감고 래디오를/텔레비존을 꺼버렸지만/우리나라 광주의 피바다는/우리의 가슴을 흥건히 적셔왔다."(이세방, 「별들에게」(1) 부분)는 시구에서 "광

---

17 광주민주화운동 과정에서 5월 22일부터 5월 27일까지를 해방 기간으로, 5월 27일은 항쟁의 완성일로 보고 있다. 광주민주화운동기념사업회 편, 앞의 책, 272~452쪽 참조.

18 피해 규모는 사망 155명, 행방불명 81명, 상이 후 사망 110명, 상이 및 연행구금 4,288명 등으로 집계되었다. 광주민주화운동기념사업회 편, 위의 책, 478쪽.

주"는 "피바다"로 형상화된다. 이뿐만 아니라 "젊은이의 초상을 안고 있었던/어린아이의 사진을 보았느냐,/죽은 아들의 관 앞에서/통곡하는 어머니의 사진을 보았느냐"(최연홍, 「이상한 나라 Ⅱ」(2) 부분)와 같은 비극의 공간이다. 또한 "총가진 놈들이나/상공의 헬리콥터 편대/전차대대도 막을 수 없는/혁명의 폭발은/그때 도청옥상에서 별하나 별둘 세며/윤동주의 시를 외우다 간 청년의 한,/헌혈하고 나오다 병원문 밖에서/총맞아 죽은 고등학교 여학생의 한,/손을 뒤로 묶이고 끌려 다니다/총 맞은 친구들의 한,"(최연홍의 「한」(1) 부분)에는 비극의 현장인 "광주"가 사실적으로 드러나고 있다. 계엄군들은 "총"뿐만 아니라 "헬리콥터 편대"와 "전차대대"를 동원하여 "혁명의 폭발"을 막으려고 했다. 광주는 정의롭거나 선행을 하다가 총 맞아 죽은 "청년"이나 "고등학교 여학생", "친구들"의 희생으로 얼룩진 곳이다. 미주 시인들은 이처럼 광주의 참상을 고발하는 존재로서 활약했다.

(2) 독재자에 대한 증오와 반미 의식

1980년대 초 미주시의 중요한 주제 가운데 하나는 광주의 참상을 일으킨 독재자에 대한 증오와 그것을 방조한 미국에 대한 반발이다. 미주 시인들은 전두환을 위시한 신군부 세력이 권력 찬탈을 위해 무고한 광주시민들을 희생양으로 삼았고, 그러한 모든 과정은 미국의 묵인하에 이루어졌다고 보았다. 어느 시인은 전두환의 파렴치를 아프리카의 독재자에 비유하기도 했다. "보안사령부의 소령과 그 부하들이 출판하는/한국의 모든 신문에는/「이디 아민」과 같은/「위대한 지도자 상」을 만들어선/「이디 아민」과 같이/대머리가 벗겨진 자를 골라서/모든 한국 신문의 일면 톱기사로/계속 싣고 있는 것이다"(이창윤, 「이디 아민과 신문 이야기」(1) 부분)에 풍자적 요소도 드러난다. 또한, 전두환이 저지른 폭력의 연원은 박정희 시절부터 이어온 독재와 사대주의의 연장선으로 간주했다.

만고역적의 딸 박근혜야
백성 짓밟은 십팔 년간 아비 죄상
상기도 못 깨닫고 앙탈질을 했더냐,
전두환을 붙잡고 아비 원수 갚으라고.

어미의 원수는 왜 못 갚고 있었더냐
「퍼스트·레이디」 허망된 꿈에 들때
유신잔당 장구잡이 유신나팔 부느라고
어미 원수 못갚는 불효녀가 됐느냐

흥망성쇠는 우주철칙이로다.
보아라, 악인들아, 역사의 수레바퀴
그 어느날 민중광장 정의의 심판대에
나신으로 떨 날이 기필코 오고 말리.

하늘땅이 뒤집힐 그날아 어서 오라.
무참히 짓밟힌 그 젊음! 그 원한!
하나도 남김없이 일망소탕 끌어다가
유황불에 몰아넣을 그 날아 어서 오라.

…(중략)…

오라.
오라.
백악관 광장으로
L.A. 뉴욕 시카고에서
카나다 서독 불란서에서
멀리는 남아 인도 남미에서라도
모여서 궐기하세, 백의민족 주권 찾아
반만년 짓밟혀온 약소민의 후예들아
지금은 티끌처럼 털어버릴 때.

이방나라 의지하는 사대주의 망국혼을.

— 김인숙, 「무찌르자! 지옥의 파수병졸」(1) 부분

이 시는 특이하게 "박근혜"를 호명하고 있다. 그녀에게 독재자로서 박정희가 "백성 짓밟은 십팔 년간 아비 죄상"을 깨닫지 못하고, "전두환을 붙잡고"서 "아비 원수 갚으라고" 한다고 본다. "박근혜"와 "전두환"을 "유신잔당 장구잡이"라고 간주하면서 "흥망성쇠는 우주철칙"이므로 영원한 권력이란 있을 수 없다고 한다. "전두환"과 박정희, "박근혜"가 "역사의 수레바퀴"를 거꾸로 돌리는 "악인들"이기 때문에 "민주광장 심판대에 나신으로 떨어질 날 기필코 오고 말리"라고 전망하고 있다. 민주화 운동의 과정에서 "무참히 짓밟힌 그 젊음"들의 "원한"을 상기하면서 독재 세력을 "유황불로 몰아넣을 그날"의 도래를 염원하고 있는 셈이다. 시인은 그날을 맞이하기 위해서 전 세계의 한국인들에게 "백악관 광장"에 모여 궐기하자고 제안한다. 궐기의 장소를 "백악관"으로 설정한 것은 광주의 비극이나 한국의 독재에 대해 미국의 책임을 묻고자 하는 것이다. 독재세력을 응징하는 일은 "사대주의 망국혼"을 버리고 "백의민족 주권"을 찾는 데서 시작되어야 한다고 보는 것이다. 이처럼 이 시는 광주의 비극을 박정희 정권이나 미국이라는 외세와 관계가 깊다는 사실을 주장한다는 점[19]에서 흥미롭다.

5월 광주의 비극에 미국의 책임이 있다는 점에 대한 인식은 미주 시인들의 공통적 인식인 듯하다. 실제로 미국이 5·18 당시 전두환 세력의 군사 동원이나 민중 탄압에 대해 묵인을 하거나 협조를 했다는 사실은 이미 밝혀졌

---

19 쿠데타를 주도한 신군부 세력의 우두머리였던 전두환은 사실 박정희 정권 하에서 승승장구 하면서 5·18 당시 군 권력의 핵심인 보안사령관을 맡고 있었다. 당시 보안사령관은 군뿐만 아니라 민간에게까지 큰 영향력을 미치는 존재였다. 전두환은 그 막강한 권한을 이용하여 5·18을 주도하면서 국가 권력을 찬탈하게 되는 것이다.

다.[20] 미주 시인들은 원컨대 미국이 더 적극적으로 나서서 민주화 세력에 힘을 보탰다면, 5·18과 같은 비극과 5공화국의 독재는 없었을 것이라고 본다. 이런 인식은 미주시에서 반독재와 결합한 반미 의식의 차원으로 형상화되기도 한다.

> 전두환을 죽여라.
> 찢어 죽여라
> 놈들의 손에 살을 찢겨
> 피 쏟고 죽어간 내 아들 내 딸의
> 원한을 풀어라. 원수를 갚어라.
>
> 식어가는 시신 안고 땅 치며 통곡하는
> 저 어머니들 누이들의 몸부림이
> 신파 비극쯤으로 비치이겠지
> 살찐 백성들의 뿌우연 안막에는.
>
> 선혈을 뿌리며 간 친우를 싣고
> 성난 짐승처럼 질주해가는
> 젊은 사자의 작열하는 절규도
> 서부의 활극처럼 흥미롭기만 한가.
> 짓밟히는 분노가 얼마나 큰지
> 알지도 못하는 하얀 피의 백성에겐
>
> …(중략)…
> 이제는 물러가라. 그 땅에서

---

20   기밀이 해제된 당시의 외교 문서에 따르면, 광주 진압에 군부를 동원하는 문제에서 미국은 전두환의 신군부와 공모를 한 것은 아닐지라도 적극적으로 동의를 한 것으로 밝혀졌다(박원곤, 「5·18 광주민주화항쟁과 미국의 대응」, 한국정치학회, 『한국정치학회보』 제45집 제5호, 2011, 133쪽 참조).

생가죽 벗기듯이 잔인하게도
그대들이 마음대로 토막 쳐 놓아
암흑 속을 방황하는 코리아에서

살인정권 도와주고
주고 약주고
약소민 울리는 세기의 마왕국
하늘의 푸르름이 영원하듯
영원히 남으리. 국제범죄자.
저 달 저 해가 비치는 날까지
낙인찍혀 남으리라. 세계역사에.

이제는 GO HOME!
이제는 GO HOME!
그대들의 조상이 승리를 거둔
인디언 조상의 땅 그 대륙으로
이제는 GO HOME! GO HOME !

— 김인숙, 「GO HOME!」(1) 부분

　이 시는 과격하고 직설적인 언어를 사용하고 있다. 가령 "찢어 죽여라"와
같은 특정인을 향한 공격적 언어는 그만큼 그에 대한 분노가 크다는 것을 의
미한다. 그런데 정작 이 시가 더 중요한 공격의 대상으로 삼고 있는 것은 미
국이다. 미국은 한국을 "마음대로 토막쳐 놓아"서 "암흑 속을 방황하는" 분단
국가로 만든 나라이자 "살인정권 도와주"는 나라이다. 심지어 미국은 "약소
민 울리는 세기의 마왕국"이자 "국제범죄자"로 "세계역사에"에 기록될 나라
이다. 그래서 미국인들은 이제 한국에서 나가 자기 땅으로 돌아가야 한다. 한
국의 분단과 독재의 조력자가 되지 말고 그들이 빼앗은 "인디언 조상의 땅"
으로 돌아가라는 것이다. 그래서 반미 구호인 "GO HOME!"을 외치고 있
다. 이 구호는 한 시절 국내 시에서 반미 구호로 많이 등장했던 'Yankee Go

Home'과 같은 의미를 지닌다.

미국에 사는 한인 시인이 반미 의식을 갖는다는 것은 어쩌면 이율배반이라 할 수 있다. 미국인들에 대해 자신의 나라로 돌아가라는 구호는 미주 시인들이 비록 비극에 살고 있지만, 마음은 모국에 있다는 의미를 지닌다. 이런 맥락에서 두 사화집에 드러난 미주 시인들의 반미 의식은 당시 국내 시인들이 견지했던 것[21]과 크게 다르지 않다. 미주 시인들은 광주 항쟁 과정에서 미국의 역할에 대하여 매우 부정적인 생각을 간직하고 있었던 셈이다. 다른 시에서도 미주 시인들은 반미 의식을 적잖이 드러내고 있다.

(3) 시와 언어의 무력감 성찰

미주 시인들은 5 · 18 광주의 학살 소식을 접하면서 시와 언어의 무력감에 대해 성찰하기도 한다. 사실 광주의 비극을 접하고 서정시를 쓴다는 것은 자괴감과 부끄러움만 키우는 일일 수 있었다. 당시 미주 시인들의 심정은 나치의 유대인 학살 이후에 아도르노가 던졌던 질문, '아우슈비츠 이후에도 서정시는 가능한가'라는 질문을 마주했던 것으로 보인다. 절망의 시대에 시인이 취할 수 있는 태도는 세 가지가 있을 수 있다. 하나는 시대를 고발하는 시를 써서 저항하는 것이고, 다른 하나는 절필을 하면서 침묵으로 저항하는 것이고, 또 다른 하나는 시대를 외면하는 순수 서정시의 세계로 회피해 가는 일이다. 두 사화집의 시들은 대부분 첫 번째의 경우에 속하는 것으로서 반미 의식을 드러내는 시는 내부적 시각을 넘어 외부적, 거시적 관점에서의 고발정신이 드러난 사례이다.

---

21 이형권, 「반미시의 계보와 탈식민성」, 한국언어문학회, 『한국언어문학』 60호, 2007 참조.

5월에 다시 쓰는 나의 시(詩)는
시가 되지 못한다
광주시 어디서나 피어나고 있을
채송화나 분꽃이나 혹은 접시꽃 같은
그런 흔한 꽃으로도 피어나지 못한다
「저 보이지도, 잡히지도 않던
가치를 위해
부르짖다가 쓸어져간 님들이여」
다시 돌아온 5월의 광주에서
아직도 그대들은 말이 없고
못다한 그대들의 한이나 울분이나
아니면 서러움 같은 것으로 봉오리졌다가
이런 것들을 일시에 터뜨리는
저 목단꽃 같은 것으로 피어나기에는
광주의 5월 앞에선
나의 시는 너무나 부족하다
5월에 쓰는 나의 시는
또 다시 이야기로 시작된다.

…(중략)…

그러나 나는 확신한다
5월에 쓰는 나의 시는
시가 되지 않아도 된다는 것을…,
처참하게 살육 당한 민주
피투성이가 된 자유의 역사,
그리고 부르짖다가, 부르짖다가 쓸어져간
영령들의 피 적신 이름들을 모아서
영령들의 거룩한 이름들을 모아서
광주 시청 앞에 기념탑이 세워지는 날
나는 확신한다

미주 한인 시문학사

5월에 쓰는 나의 시는

시(詩)가 되지 않아도 된다는 것을.

　　　　　　　　— 이창윤, 「5월에 다시 쓰는 이야기」(2) 부분

　이 시는 "5월에 다시 쓰는 나의 시(詩)는/시가 되지 못한다"는 시인의 고백
으로 시작한다. 한 시인으로서 시를 쓰면서 시가 되지 못한다는 이 반어적 고
백의 의도는 분명하다. 시인은 당시 고국이 처한 시대 상황을 시가 존재할 수
조차 없을 정도로 비극적이라고 보는 것이다. 즉 5월 광주에서 있었던 "저 보
이지도, 잡히지도 않던/가치를 위해/부르짖다가 쓸어져간 님들"의 희생을 떠
올리면 정상적으로 시를 쓸 수가 없다는 것이다. 그러나 시대의 비극 앞에
서 한 시인으로서 느끼는 무력감은 시에 대한 근본적인 생각을 바꾸는 계기
가 된다. 즉 시인은 "5월에 쓰는 나의 시는/시가 되지 않아도 된다는 것"을 깨
닫는다. 이때 "시"는 시대의 질곡과 맞서 싸우는 투쟁의 행동이거나 "자유"와
"민주"를 수호하기 위한 전사의 언어라고 할 수 있다. 이러한 언어는 정상적
인 시대의 기준으로 보면 "시가 되지 않"지만, 1980년 5월의 비극 앞에서는
충분한 시적 가치를 지닌다. 시는 궁극적으로 아름다운 세상을 향한 꿈의 형
식일 터, 세상이 추악한 것들로 넘쳐날 때는 그런 세상에 대한 강고한 고발과
비판을 실천해야 한다. "자유"와 "민주"를 위한 투쟁과 행동의 언어는 광주시
민들이 흘린 희생이 의미를 부여받는 날("광주 시청 앞에 기념탑이 세워지는 날")
을 위한 것이다. 시대의 질곡 앞에서 시인은 시인의 언어 이전의 인간 언어를
추구해야 한다고 노래하는 것이다.

　광주의 5월은 분명 서정시가 불가능한 시대였다.[22] 미주의 서정 시인들은
자신의 언어를 잃고 거리의 언어, 현실의 언어를 그대로 전사(傳寫)하거나,

22　당시 한국은, 테오도어 아도르노(T. W. Adorno)가 유태인 학살의 비극과 관련하여
　　"아우슈비츠 이후에도 서정시를 쓰는 것은 야만이다"라고 했던 말을, 1980년 5월 이
　　후 우리는 광주시민의 학살과 관련하여 "광주 이후에도 서정시를 쓰는 것은 야만이
　　다"라는 말로 바꾸어 말하지 않을 수 없는 상황이었다.

도저히 시를 쓸 수조차 없는 깊은 무력감에 빠져든다. 그저 "붉은 피로 쓰고 싶으오/민중의 시를"(김인숙,「통일 환상곡(통일주 타령 : 上部)(1)」부분) 쓰고 싶은 허망한 열망이 있을 뿐이다.[23] 그래서 "참다운 시인이 되기 위하여/이제 나는 시에서 떠나야 하는 것입니다./내가 나를 이별한다 함은/미래를 보고 깨닫는 일입니다"(이세방,「서시(序詩)」(2))와 같은 마음으로 나아간다.

> 1) 적군도 아닌 아군의 총에 쓰러진 수백 명의 광주시민들.
> 그 뉴스를 듣던 순간, 단한마디의 비명도 지를 수 없었던
> 무능한 시인.
>
> 한 시인의 시가 하루아침에 거꾸로 서서 걷는다.
> 한용운의 시를, 윤동주의 시를, 김수영의 시를,
> 그리고 김지하의 시를 생각하며
> 어찌하여 진실은 피를 흘리는 것인가를 생각하며
> 미쳐 시가 되기 전에 쇳소리를 내며 깨지는
> 한 시인의 언어들
>
> 창백한 우리나라 뉴스.
> 이상한 나라 코리아.
> 아름다움도 선량함도 머리끝까지 곤두서서 몸부림친다.
> 자유민주평화를 기리던 꿈은
> 하루아침에 사금파리가 되어 부서지려한다.
> 맨발로 뛰어노는 애들이 그 울분의 사금파리를 주워
> 하늘에 던진다.
> 거꾸로 곤두박질하려는 한 시인의 시가
> 벽에 가서 부딪친다.

---

23 통일을 주제로 하는 시는 미주 시단에서 그리 흔한 편이 아니다. 이 점은 1980년대 민중시 계열에서 통일을 빈도 높게 노래하던 국내의 시단과 다소 차이가 나는 모습 이다.

교포나성 어느 상점 벽에 힘차게 쓰여진 글씨.
전두환을 찢어 죽여라!는 글씨위에 한 시인의
시가 곤두박질한다.

— 이세방, 「제목 없는 시」(1) 부분

2) 유월도 하순에 접어 들면
벌서 첫 삭망이 되건만
나는 아직 진혼시를 쓰지 못했다
아 실로 그날 그 이후
그들의 원혼이 애타게 외치는 비통
그 원정을 위하여
시의 붓대를 던져 논 것이
아 벌서 첫 삭망이 되는구나

…(중략)…

님들의 선혈로 쓴 풀래카드
님들의 선혈로 적신 깃발의 절규는
내 시의 붓대마저 떨구고
시위대열에 끼어들었는데
기어코 승리의 함성
온 하늘에 펄럭일 때 아
그날부터 통곡하리라
그리고 시의 붓대를 다시 들리라

— 황갑주, 「아직 쓰지 않은 진혼시」(1) 전문

1)에서 시인은 "적군도 아닌 아군의 총에 쓰러진 수백 명의 광주 시민들"
앞에서 "단한마디의 비명도 지를 수 없었던/무능한 시인"이었음을 고백하고
있다. 질곡의 시대를 향해 강고한 저항을 했던 "한용운의 시를, 윤동주의 시
를, 김수영의 시를,/그리고 김지하의 시를" 떠올리면서 자신의 무력감을 성
찰한다. 시인은 질곡의 시대에는 "아름다움도 선량함도 머리끝까지 곤두서

서 몸부림친다"는 사실만 확인하고 있을 뿐이다. 5월의 광주의 비극은 "자유 민주평화를 기리던 꿈"은 사라지고 "거꾸로 곤두박질하려는 한 시인의 시가/벽에 가서 부딪친다"는 실감으로 다가온다. "교포"가 사는 "나성 어느 상점 벽에 힘차게 쓰여진" 독재자를 향한 분노의 구호 앞에서 시인으로서의 무력 감은 더욱 절실해진다. 시대의 비극이 시인의 상상을 앞서 나가는 5월 광주의 비극 앞에서 시인은 시를 쓸 수가 없다고 생각하는 것이다.

2)에서 "나는 아직 진혼시를 쓰지 못했다"는 고백도 마찬가지다. 광주의 "원혼이 애타게 외치는 비통"으로 인해 시를 쓸 수가 없다는 것이다. 하여 "님들의 선혈로 쓴 플래카드/님들의 선혈로 적신 깃발의 절규는/내 시의 붓 대마저 떨구고/시위대열에 끼어 들었"던 것이다. 그러나 5월 광주는 계엄군 의 총칼에 무참히 짓밟혔고, 그 이후에도 자유와 민주의 시대는 오지 않았으 니 한 시인으로서의 무력감을 떨쳐버릴 수가 없다. 그러나 그럼에도 불구하 고 시인은 "승리의 함성/온 하늘에 펄럭일 때"에 "시의 붓대를 다시 들리라" 고 다짐한다. 시를 매개로 하여, 질곡의 시대에 느꼈던 시인으로서의 무력감 을 미래의 전망으로 승화시키고자 했다.

(4) 희생자 추모와 부활의 염원

두 사화집에는 5·18 광주의 민주항쟁 과정에서 희생된 사람들에 대한 추 모의 시와 5·18 광주 이후의 나아갈 길에 대한 전망을 노래하는 시편들도 적지 않다. 지금은 광주광역시 망월동에 '국립 5·18 민주묘지'를 만들어서 광주민주화운동 과정에서 희생된 사람들을 국가 차원에서 공식적으로 추모 하고 있지만, 1980년 당시에는 변변한 추모의 공간이 있기는커녕 그들을 추 모하는 것조차 환영받지 못했다. 그러나 당시 미주 시인들은 광주민주화운 동의 희생자들을 향해 "또다시, 5월에는/서러운 일들이 너무나 많은/내 동족 들을 생각할 것이다./일시에 잃어버린 내 꽃들의 이름과/「광주」에서 무참히 쓸어져 간/내 젊은 청년들/그들의 피 묻은 이름이라도/하나, 둘, 기억해두어야겠다"(이창윤, 「이디 아민과 겨울 이야기」(1) 부분)고 노래했다.[24] 미주 시인들은 이러한 마음과 함께 그 희생자들에 대한 추모의 정을 드러냈다.

이제 당신의 모습은 하늘로부터 옵니다
슬픈 나라의 차디찬 감옥에서가 아니라
인간의 모든 비애를 굽어볼 수 있는
저 높은 곳으로부터 당신은 옵니다
그 때문에 당신의 모습은 숭고합니다
피로 물들었던 고향을 가련한 조국을
잠시나마 침묵에 잠기게 합니다
당신으로 하여금
앞서간 수천의 영령은 다시 대지를 흔들어
넋 빠진 자들을 으스러뜨립니다
저 높은 곳으로부터 당신은 옵니다
당신이 내리는 교시는
비천한 우리들을 어루만져
분노로부터 정의를 구하고
그리고 당신의 그 파리한 미소로서
결코 마지막이 아닌 새로운 시작을
끝없이 이어지는 광주의 밧줄을
당신은 우리에게 내려줍니다
그것은 당신의 영원한 생명줄입니다.
절망의 땅을 굽어보는 당신의 모습
슬픔마저 아름다움으로 꽃피우게 하는 당신은
우리들을 더욱 미비하게 합니다.
비굴한 삶을 누리는 우리는

---

24 이 시는 우리나라의 군부 독재자인 전두환을 쿠데타로 정권을 획득한 우간다의 군부 독재자 이디 아민(1978년 실각, 2003년 망명지 사우디아라비아에서 사망)에 빗대어 비판하고 있다.

그러나 저 높은 곳의 당신을 우러릅니다.
당신은 순국은 영원한 꿈입니다
삼가 당신 앞에 명복을 빕니다
　　— 이세방, 「초상(肖像)－박관현 씨의 순국 소식에 접하여—」(2) 전문

　이 시의 주인공인 "박관현"은 5·18 당시 전남대학교 총학생회 회장으로서, 광주에서 민주화 운동을 주도하다가 체포되어, 모진 고문을 받고 50일간의 옥중 단식을 하다가 사망한 사람이다. "이제 당신의 모습은 하늘로부터 옵니다"라는 시구는 그가 이미 이 세상 사람이 아니라는 것을 암시해준다. 동시에 이 시구는 그가 비록 세상에 없지만 "하늘"과 같이 많은 사람이 우러르는 존재임을 암시해준다. 그가 존재하는 곳은 "인간의 모든 비애를 굽어볼 수 있는/저 높은 곳"이다. 그의 희생은 광주 민주화 운동의 가치를 더욱 숭고하게 해준다. 실제로 그는 독재와 외세로 얼룩진 "가련한 조국"을 민주와 자유의 땅으로 만들어나가는 기폭제 역할을 했다. 민주화를 향한 5·18의 숭고한 정신은 박관현의 희생으로부터 시작되었다고 할 수 있는 것이다. 그는 "새로운 시작을/끝없이 이어지는 광주의 밧줄을/당신은 우리에게 내려주"는 존재이다.

　5·18 광주민주화운동의 희생자들은 개인적, 현실적 욕망을 버리고 국가와 대의를 위해 인생을 바친 사람들이다. 그래서 미주 시인들은 그들의 희생으로 살아남은 사람들은 스스로 겸허해지면서 그들의 뜻을 이어받아야 한다는 점을 강조한다. 나아가 그들은 비록 저세상으로 갔지만, 자유와 민주주의를 염원하는 사람들의 가슴에 부활하고 있다고 노래하고 있다.

자유가 무엇인가
민주주의가 무엇인가
그 보이지도, 잡히지도 않는
가치를 위해

부르짖다가 쓸어져간 님들이어
자유의 종을 맨주먹으로 난타하다
쓸어져간 내 동족이어
반만년역사를 부끄럽지 않게한
피의 3일
당신들이 쓸어져간 그 자리에
탱크가 지나간 자리에
자유와 민주주의의 함성이
꽃으로 피어나
죽지 않는 꽃으로 피어납니다.

자유와 민주주의는 시련
젊음의 고뇌와 시민의 절규도 모자라
생명을 앗아간 그 무지한 군인들의
총격
그러나 자유와 민주주의는 불사조
당신들의 죽음도
예수의 부활처럼 살아나올 것을
초혼하는 우리들의 심정을 아시어
고히 잠드소서

　　　　　　　— 최연홍, 「광주의 원혼들에게」(1) 전문

　5·18에서 추구했던 것은 무엇보다도 "자유"와 "민주주의"였다. 광주민주
화운동의 희생자들은 "자유의 종을 맨손으로 난타하다"가 희생당한 사람들이
다. 시인은 우리의 "반만년역사"는 그들로 인하여 "부끄럽지 않게" 이어나갈
수 있게 되었다고 본다. "탱크가 지나간 자리에/자유와 민주주의의 함성이 꽃
으로 피어나" 영원히 존재하는 것이다. "그 무지한 군인들의 총격"으로 희생
되었지만, 그들의 정신은 "자유와 민주주의의 불사조"로서 "부활"할 것이라고
한다. 하여 그들을 향해 "고히 잠드소서"라는 극진한 추모의 정을 드러내고 있
다. 그들을 추모해야 하는 이유는 "당신이 있어/내일을 기약할 수 있고/시를

쓸 수 있고/예언할 수 있고/하늘의 별을 셀수 있습니다.//그 안에서 무한한 경이를,/무한한 환희를, 무한한 기적을,/무한한 생명을 얻는 일"(최연홍, 「님에게」(2) 부분)이 가능하기 때문이다.

또한, 5·18 당시 시(인)의 희생을 추모하는 마음을 노래하기도 한다. 5·18은 일반 시민들만을 희생시킨 것이 아니라 시 또는 시인을 희생시키기도 했다. 그리하여 미주 시인들은 시와 시인을 추모하고 그 부활을 노래하기도 했다.

> 예수도 부활한 그 달에
> 한 사나이가
> 부활하고 있다,
> 작은 버러지의 유충을
> 품어서 잠 재우던
> 저 대지의 기운이
> 청창이 하나 달린 방
> 얼어붙은 시멘트 바닥을 녹이고
> 그의 호흡과
> 연결되고 있다.
> 예수도 부활한 그 달에
> 한 사나이가
> 부활하고 있다.
>
> 그러나 지금은
> 두터운 얼음장 밑에 깔린
> 완전한 겨울의 공화국
> 이단자나
>
> 거짓 예언자로 몰리거나
> 혹은 빨갱이라 부르면
> 다같이

민족의 적이 되는 것이다.
유대민족의 적이 되거나
한 민족의 역적이 되는 것이다.
그러나 부활을 꿈꾸는 사람은
그대 보다
더 오래 참고
오래, 오래
기다리며 사는 사람
그리고는 다 같이
저 십자가 위에
못 박혀지길 기다리는 것이다.

예수도 부활한 그 달에
한 사나이가
부활하고 있다.
부활한 사나이는
짐승처럼 풀려 날 것이다.
들판을 단숨에 가로 질러서
숲 속을 치달리며
꽃이랑 잎이랑 마구 짓밟으며
짐승처럼 풀려 날 것이다.
짐승처럼 완전히
그렇게 풀려 날 것이다.
— 이창윤, 「겨울을 지내는 한 시인을 위하여」(2) 전문

이 시의 "한 사나이"는 특정한 시인이라기보다는 시인 전체를 제유하는 것으로 읽힌다. 시인은 당시 상황을 "지금은 두터운 얼음장 밑에 깔린/완전한 겨울의 공화국"이라고 진단한다. 당시는 "거짓 예언자로 몰리거나/혹은 빨갱이라고 부르면/다같이/민족의 적이 되는" 비정상적인 시대임을 인식하고 있다. 5·18이 있었지만 그 정신이 실현되기까지는 암울한 상황이 지속했던

것인데, 그 상황을 타파해주는 힘은 미래에 대한 낙관적 전망임을 강조한다. 서정시의 "부활을 꿈꾸는 사람"은 스스로 "십자가 위에/못 박혀지기를 기다리는" 존재인 것이다. 그 "사람"의 희생정신과 오랜 기다림으로 미래에는 아름다운 시는 부활을 하고야 말 것을 단언한다. 머지않은 미래에 그 "사람"은 "숲 속을 치달리며/꽃이랑 잎이랑 마구 짓밟으며/짐승처럼 풀려 날 것이다"라고 믿는 것이다. 이때의 "짐승" 이미지는 그 어느 것에도 얽매이지 않는 서정적이고 자유로운 시심을 간직한 시인의 속성을 표상한다. 그 이미지는 마치 "옛날에 스쳐버리고 흘렸던 시편들이/새삼 어둠 속에서 추위 속에서/숯불로 활활 이글거린다/옛날 좋았던 시들의 체온은 식고/외세에 눌렸던 시인들이/묵묵히 혁명아 되어/어느새/시 장군이 되어 있었구나"(황갑주, 「시(詩)가 다 뭐냐」(2) 부분)에서의 "시 장군"의 모습과 다르지 않다. 시가 시대의 어둠을 뚫고 "혁명"을 실천하는 존재이어야 함을 강조하고 있는 셈이다.

3) 결론

1980년대 초 미주시는 5 · 18광주민주화운동의 과정에서 드러났던 참상과 비극과 아주 밀접한 관련 속에서 전개되었다. 미주 시인들은 비록 머나먼 이국땅에서 조국의 참혹한 상황을 접했지만, 마음만은 국내의 시인들 못지않은 민감한 반응을 보이면서 적극적인 고발과 비판, 그리고 저항의 언어를 구사했다. 한마디로 말하면 현실이 시를 압도한 시기였다. 현실의 비극이 너무도 참혹하기에 그 비극을 넘어서는 상상의 세계로 나가기 어려웠다. 현실이 상상 이상의 비극으로 다가왔고 시인들은 그러한 현실을 받아 적는 것만으로도 버거웠다. 그리하여『빛의 바다 1』과『빛의 바다 2』가 발간되던 1980년대 초의 시기는 현실이 시를 압도한 시대였다. 그러나 시의 암흑기는 아니었다. 당시 미주 시인들은 이전의 시와는 다른 시를 생각하고 실천했기 때문이다.

미주 시인들이 추구했던 1980년대 초의 '다른 시'는 미적 거리를 포기하고 고발과 비판의 강도를 높이는 시였다. 과거에 미주 시인들이 추구했던 디아스포라 시나 순수 서정시를 잠시 접어두고 조국의 현실에 눈을 돌렸다.[25] 미주 시인들은 조국으로부터 들려오는 참혹한 소식에 감정이 크게 격앙되었다. 광주시민들을 상대로 한 계엄군의 잔혹한 폭력에 대해 과격한 언어를 동원하여 고발하고 비판했다. 고원의 「피가 빛나는 빛을 따라」, 이세방의 「별들이여」를 비롯한 시들이 광주의 참상을 고발하고 나섰다. 이들 시처럼 광주 참상을 전면적으로 다룬 시뿐만 아니라 그것을 부분적으로 다룬 시편들도 적지 않았다. 나아가 그러한 참상을 야기한 전두환을 비롯한 신군부 세력과 그것을 방조한 미국에 대한 반감도 빈도 높게 드러난다. 김인숙의 「무찌르자! 지옥의 파수병졸」과 「GO HOME!」과 같은 시편들에 그러한 주제의식이 선명하게 드러난다.

또한, 1980년대 초 미주 시인들은 폭력의 시대, 질곡의 시대를 맞이한 조국을 생각하며 시와 언어의 무력감에 빠져들기도 했다. 실어증의 시대라고나 할까, 현실의 비극이 극단으로 치달을 때 시를 쓰는 일 자체에 대한 의미를 찾기가 어려웠던 것이다. 그러나 그럼에도 불구하고 그러한 마음을 시로 형상화하여 침묵하거나 도피하는 모습을 보이지는 않았다. 이창윤의 「5월에 다시 쓰는 이야기」, 이세방의 「제목 없는 시」, 황갑주의 「아직 쓰지 않은 진혼시」 등은 시를 쓸 수 없는 시대의 고통을 토로하고 있다. 그러나 미주 시인들이 시대적 비극에 그대로 함몰되고 있었던 것은 아니다. 그들은 5·18민주화운동의 과정에서 희생된 사람들을 추모하면서 새로운 시의 시대를 향한 희망을 노래하기도 했다. 이세방의 「초상(肖像)—박관현 씨의 순국 소식에 접하

---

25 1980년대 미주에서 디아스포라 시나 순수시가 활발히 창작되지 않은 것은 아니다. 그렇지만 1980년대 초의 미주 시단에서 주목할 것은 앞서 살핀 대로 당대 고국의 현실을 적극적으로 비판한 참여시 계열이라고 할 수 있다.

여」, 최연홍의 「광주의 원혼들에게」, 이창윤의 「겨울을 지내는 한 시인을 위하여」 등의 시편들이 그러한 의식을 단적으로 드러내고 있다.

이처럼 『빛의 바다 1』과 『빛의 바다 2』는 미국에서 활동하는 대표적인 한인 시인들이 5·18 광주라는 역사적 사건을 소재로 취택하여 형상화한 사화집이다. 이 시기에 5·18이라는 당대 최대의 이슈를 소재로 여러 시인이 함께 사화집을 두 권이나 발간했다는 사실은 문학사적으로 상당한 의미를 지닌다. 그것은 국내에서도 할 수 없었던 일을 미국의 시인들이 실천했다는 점에서 주목할 만하다. 미주 시인들은 비록 고국에서 벌어진 5·18을 직접 체험하지는 못했지만, 광주의 참상에 대해 국내의 시인들보다 더 적극적인 고발과 비판을 했다. 물론 당시 국내에서 그러한 사화집을 발간하지 못한 것은 신군부 세력의 탄압과 검열에 의한 것이었지만, 결과적으로 시가 비극적인 시대를 다 적극적으로 증언하고 고발하는 역할을 한 것은 미국의 한인 시인들이었다. 이런 일이 가능했던 것은 일차적으로 국내의 탄압과 검열이 미치지 못하는 미국이라는 공간에서 이루어졌기 때문이다. 그러나 그것보다 더 중요한 것은 미국에 살면서도 조국의 현실에 대해 가졌던 부단한 관심과 사랑 때문이었다고 할 수 있다.

두 사화집의 시편들이 보여주는 표현상의 특성은 우선 비교적 길이가 긴 시가 많다는 점이다. 이는 시의 리얼리티를 확보하기 위해 도입한 진술 방식이라고 할 수 있다. 5·18과 관련된 사건, 일화 등을 시에 수용하는 과정에서 시가 길어질 수밖에 없었던 것으로 보인다. 시적 응축미를 포기하는 대신 리얼리티를 확보하고자 하는 의지가 반영된 것이라 할 수 있다. 또한, 두 사화집의 시편들은 파토스와 에토스를 강하게 드러내는 특성을 보여준다. 에토스는 폭력과 독재 시대에 대한 응전으로서의 윤리적 결단의 차원에서, 파토스는 민주주의와 정의를 향한 뜨거운 열정의 차원에서 강화된 것이다. 이러한 특성으로 인해 두 사화집의 시편들은 사실, 시적 세련미나 미학적 완성도의 측면에서는 다소 부족한 모습을 보여준다. 그러나 당대의 비극적인 현실에 대한 응전의 언어를 강도 높게 보여주고 있다. 시의 중요한 기능 가운데 하나가 부정한 현실에 대한 고발이나 비판이라고 한다면, 당시 미주의 한인 시인들은 시의 그러한 역할에 충실히 복무했다고 할 수 있다. 이런 모습은 당시 미주시가 지닌 시어나 시 형식 혹은, 시적 표현의 투박함을 충분히 상쇄해준다고 할 수 있다.

3. 『미주문학』의 창간과 미주 시단의 발전

1) 서론

『미주문학』은 1982년 미주 한국문인협회에서 창간한 미주지역 최초의 종합문예지이다. 미주 한국문인협회는 미주지역에서 활동하고 있던 문학인들이 문학 공동체를 구축하기 위해 만들어졌다. 미주 한국문인협회는 미주지역에서 만들어진 문학 단체 가운데 가장 많은 문인을 아우르는 규모를 갖추었다. 이전의 동인회 혹은 동호인회 수준과는 질적, 양적으로 크게 달라진 모습을 보여주었다. 출발 당시 약 100여 명에 이르는 회원들은 미국의 L.A.와 뉴욕을 비롯한 주요 도시뿐만 아니라 캐나다에서 활동하는 문인들까지 동참했다. 그리고 그 명칭(미주+한국문인협회)에서 드러나듯이 국내의 문단과 동질성을 유지하면서 국내 문학 단체나 문예지와의 작품 교류를 시작하기도 했다. 미주 한국문인협회 홈페이지에 의하면 "창립 취지는 미주에 거주하는 문인들이 올바른 문학 의식을 가지고 한국문학으로 한국문화를 계승하는 한편 교포사회에 필요한 정신적 풍요로움을 문학을 통해 공급하자는 것입니다."[26] 라고 밝히고 있다. 이후 미주 한국문인협회는 300여 명의 회원을 둔 단체로

---

26 http://mijumunhak.net/intro_01

발전하여 오늘날에는 국내의 지역 문학 단위[27]에 버금가는 규모로 확장되었다.

『미주문학』은 미주 한국문인협회의 기관지로서 발행인 송상옥, 편집인 전달문[28], 주간 김호길이 중심이 되어 창간되었다. 편집위원은 위의 세 사람 외에 최백산, 김명환, 권순창, 황영애, 김병현 등이 이름을 올리고 있다. 이 문

---

27 지역문학 단위는 가령 경북지역 문학, 경남지역 문학, 전북지역 문학, 전남지역 문학, 충북지역 문학, 충남지역 문학 등과 같은 것이다. 지역별로 편차가 있긴 하지만 한 단위는 대략 300명 내외의 문인들로 구성되어 있다.

28 전달문 시인(1938-2017)은 평안남도 평양에서 출생했다. 1·4후퇴 때 부친이 제주로 피난을 왔기 때문에 전달문 시인도 그곳에서 중고등학교를 졸업했다. 이후 중앙대 철학과를 졸업하고, 『대한일보』와 『대한상공』의 기자, 『여원』 편집장, 한국화장품 기획실장 등을 지냈다. 1961년 『한국문학』과 『심상』을 통해 데뷔하고 김광협, 오성찬 등과 함께 '석좌' 동인으로 활동했다. 1980년 미국에 이주하였고, 1983년 *US Korean Business Times*라는 신문을 창간하여 1987년까지 운영했다. 그는 1982년 박남수 시인, 황갑주 시인, 이세방 시인, 송상옥 소설가 등과 L.A.에서 '미주 한국문인협회'를 결성하고 『미주문학』을 창간하는 데 중요한 역할을 했다. 같은 해에 『미주 펜 문학』을 창간하기도 했다. 1987년에는 '재미 시인협회'를 창립하고, 1989년에는 시 동인지 『外地』를 창간하기도 했다. 또한, 1999년에는 재미수필가협회를 창립하고 동인지 『재미수필』을 창간하는 데 주도적인 역할을 했다. 그는 전원문학상, 오늘의 시인상, 순수문학 본상, 재미 시인상 등을 수상했다.

     개인 시집으로는 『전달문 시화집』(1962), 『섬의 입김』(1975), 『꿈과 사랑과 바람의 시』(1989, 한영시집), 『두 개의 바다』, 『望鄕類曲』(시선집, 2008) 등이 있다. 그의 시는 제주도 혹은 우도에서의 실제 경험과 많은 연관성을 간직하고 있다. 그가 빈도 높게 보여준 바다의 이미지나 섬의 상상력은 그러한 경험을 기반으로 하는 것이다. 그는 미국의 바다를 바라보면서 제주의 바다를 떠올리고 모국을 향한 향수를 노래하곤 했다. 1980년 이래 미국에서 살면서 느낀 이민자 의식은 그의 시를 지배하는 핵심적 요소라고 할 수 있다. 『망향유곡』의 서문에서 밝힌 대로 그는 "고국의 하늘을 보며 귀향을 생각한 것이 얼마였던가" 고백하며, "이민 문학의 정립을 위해 헌신하는 것이 돌아가지 못한 한을" 푸는 일이라고 생각하며 살았다. 그래서 그는 미주 한인 문단의 정립과 발전을 위해 다양한 활동을 전개했고, 전통적인 서정시를 통해 모국을 향한 그리움을 절절히 노래하는 데 온 힘을 기울였다. 미국과 한국의 자연·지리를 넘나드는 그의 시는 디아스포라 의식 혹은 경계인의 상상력을 전형적으로 보여주는 사례이다.

예지의 등장은 미주지역에서 본격적인 문예지 시대가 시작되었다는 것을 의미한다. "『미주문학』의 탄생은 두말할 여지도 없이 하나의 큰 사건"[29]인 것이다. 미주 문학은 『미주문학』의 전과 후로 나눌 수 있다고 할 정도로 이 문예지의 창간은 문학사적으로 매우 중요하다. 「권두언」에는 『미주문학』의 지향점이 잘 드러나 있다.

> 우리가 태어나서 이만큼 살아올 때까지, 우리의 思考를 지배해 온 것은 母國語다. 우리는 母國語를 생각을 하며, 온갖 오묘한 감정표현도 母國語가 아니고서는 불가능하다. 여기서 태어나 이곳 언어로만 살아온 사람이라 하더라도, 그가 한국인을 부모로 하여 태어난 이상, 그의 부모가 사용하는 言語를 한갓 먼 他國語로 취급할 수가 있을 것인가. 그것도 결국 돌아갈 곳은 母國의 文化圈 이외는 없을 것이기 때문이다.
>
> 文學이란 言語로 표현할 수 있는 至高至善의 것이며, 바로 모든 것이다. 그것은 단순히 藝術의 영역 속에만 한정시킬 수 없는, 모든 것의 으뜸이다. 母國語 아닌 「文學的 표현」이란, 엄밀한 의미에서, 그 속에 생명을 불어넣을 수 없는 껍데기에 지나지 않는다. 「껍데기 文學」이 아무에게도 감동을 줄 수 없다는 것은 새삼 운위할 필요가 없다.
>
> 흔히 말하는 文學의 世界性이란 별다른 뜻이 아니다. 가장 「한국적인 문학」이야말로 세계文學에 그대로 이어진다는 것을 간과해서는 안 될 것이다. 우리는 세계文學에의 하나의 디딤돌로 「미주문학」을 감히 내놓는다.[30]

이 글에서 가장 도드라진 것은 "모국어"에 대한 강한 애정이다. 미국의 한인 작가들은 "결국 돌아갈 곳은 母國의 文化圈"이라는 인식으로 작품 활동을 하겠다는 것이다. "母國語 아닌 「文學的 표현」이란, 엄밀한 의미에서, 그 속에 생명을 불어넣을 수 없는 껍데기에 지나지 않는다"는 부분에 그러한 인식이 더욱 분명하게 드러난다. 물론 이러한 주장은 상식의 수준에서 이루어지

---

29 「권두언」, 『미주문학』 창간호, 1982년 12월호.
30 위의 글, 같은 곳.

는 것이긴 하지만, 미주 문인들이 지니는 "모국어" 문학에 대한 인식의 단초를 엿볼 수 있다. 미주 한인 문인들은 비록 미국 국적의 이민자이긴 하지만, 가장 효과적인 문학적 표현은 "모국어"에 의해 이루어져야 한다는 사실을 생각하고 있는 셈이다. 그리고 정작 주목할 것은 그러한 문학만이 세계적인 문학이라고 하는 주장이다. 즉 "가장「한국적인 문학」이야말로 세계文學에 그대로 이어진다"는 인식은 주목할 만하다. 미주 문학에서 한국문학의 세계화에 전위적 역할을 할 가능성을 발견한 것이다.

2)『미주문학』의 시작품 양상

『미주문학』은 종합문예지로서 다양한 장르의 문학작품을 수록하고 있다. 창간호만 보더라도 시, 소설, 수필, 동화, 희곡, 평론 등의 작품을 망라하고 있는데, 작가의 숫자로 보면 단연 시 장르가 으뜸을 차지하고 있다. 창간호에는 구상, 김지헌, 주정애, 최연홍, 조오현, 김정기, 이석현, 정용진, 강옥구, 김병현, 박이문, 오문강, 곽상희, 신덕재, 김명숙, 김성진, 한충식, 이성렬, 김호길, 전달문 등 20명의 시인이 각각 1~5편씩의 작품을 발표하고 있다. 특기할 것은 국내 시인 가운데 구상 시인이 작품을 발표하고 있는 점인데, 당시 구상 시인이 하와이에 머물고 있었기에 작품을 게재한 것으로 여겨진다. 또하나 특이한 점은 박이문 시인이 한글시가 아니라 영문시를 발표하고 있다는 점이다.[31] 이 글에서는 이들 작품 가운데 미주시의 특이성을 잘 드러내는 작품을 중심으로 살펴볼 것이다.

---

31 한인 시인이 창작했더라도 영문시는 '아직' 미주시에 포함하지 않으려고 한다. 물론 장차 이중언어 문제나 영문시에 대한 전향적인 태도를 갖게 되면 미주시에 포함할 수도 있을 것이다.

(1) 이방인 의식과 딜레마의 상황

이방인 의식은 미주 시인들뿐만 아니라 해외에서 생활하는 한인 이민자들이 느끼는 보편적인 마음이다. 이민자들은 언어와 문화가 다른 낯선 외국에서 '마이너리거'로 살아야 하는 운명을 지니고 산다. 특히 미주지역 이민자들의 대다수를 차지하는 미국의 한인들은 낯선 이국땅에서 체험하는 미국이라는 거대한 국가와 첨단의 현대 문명에 의한 이중적인 소외감을 느낄 수밖에 없다.

> 몇 번 찾아와도
> 뉴욕은 다른 도시이었다가
> 떠날 때
> 택시 안에서 지나는
> 똑같은
> 브로드웨이, 上下의 터널
> 공동묘지, 그리고 공항을
> 기억한다
> 사기꾼도 사기를 당하는 사람들도
> 하나님도 하나님을 팔아먹는 사람들도
> 나라를 사랑하는 사람들과
> 나라를 욕되게 히는 사람들도
> 함께 사는 세계의 도시 안에서
> 나는 고독하지 않은 채 피곤하다.
>
> 고층건물의 그늘 속에서 자라난
> 아이들은 그래도 바닷물이 와 닿는
> 도시의 해안을 거닐며
> 더럽고 소음이 가득찬
> 지하철 안에서 사랑을 고백하다가
> 청년기를 보내고

그 다음엔 떠날 수 없어
뉴욕은 그들의 고향이 된다.

며칠을 호텔에서 머물 듯
일생을 뉴욕에서 머무는 친구들은
언젠가 그들의 고향으로 떠난다
오든의 말을 기억하는가
뉴욕은 미국이 아니지
뉴욕은 뉴욕일 뿐이지

女子는 자기 꽃을 사란다
女子는 자기 옷을 벗게 해 달란다
女子는 팔짱을 끼며

끝없이 돌아가자고 말한다
나는 급히 꽃 한 묶음을 사들고
시골로 가는 비행기를 탄다

비행기 안에서
나는 쫓기는 방문객임을 발견한다
그러나 나는 한 번도 쫓겨야 할
이유를 발견하지 못한다

뉴욕을 찾아온 방문의 목적
시간과 장소는 다르지만
뉴욕을 떠나는 목적, 시간과 장소는 꼭 같았다
브로드웨이에서 탄 택시가
공항에 닿을 때까지 쫓기는
한 현대인
하늘은 결국 착한 사람들의 무덤인 것을 안다
떠날 때엔 조금은 상실했던 기억을
찾는다

뉴욕, 뉴욕.

— 최연홍, 「뉴욕, 뉴욕」 부분

이 시에 등장하는 "뉴욕"은 미국 최대의 도시로서 미국 문화가 총 집결되어있는 공간이다. 인종도 다양하고 문화도 다양한 이 도시는 현대 자본과 첨단 문명이 총 집결된 노마드의 공간이다. "뉴욕"에는 유엔본부와 세계무역센터가 있어서 전 세계 정치와 경제의 중심지 역할을 한다. "브로드웨이"로 상징되는 "뉴욕"의 문화도 세계를 지배한다. 이 "세계의 도시"에서 "나"가 느끼는 정서는 "고독하지 않은 채 피곤하다"는 것이다. "나"는 사람과 물질과 자본이 풍성한 그곳에서 "고독"을 느낄 겨를도 없이, 그 번잡스러운 도시의 메커니즘에서 삶의 "피곤"함을 느끼고 있다. "뉴욕"은 "고층건물의 그늘 속에서 자라난/아이들"이 "지하철 안에서 사랑을 고백"하면서 살아가는 곳, 길거리의 "여자는 자기 옷을 벗에 해 달라고 조르"는 타락한 도시일 뿐이다. 그래서 "나"는 "시골로 가는 비행기"를 타고 "쫓기는 방문객임을 발견한다"는 것이다. 이때 "나"는 이중적 소외의 감정에 빠져든 것이라 할 수 있다. 미국이라는 낯선 외국에서, 다시 뉴욕이라는 낯선 도시에서의 이중적인 낯섦이 바로 한인 이민자들이 느끼는 정서이다.

이뿐만 아니라 미국에서의 삶은 이민자로서의 소외감에 시달리는 것만은 아니다. 미국이라는 거대 국가의 첨단을 달리는 문명 앞에 또 한 번의 소외감을 느낄 수밖에 없다. 즉 "나"는 "브로드웨이에서 탄 택시가/공항에 닿을 때까지 쫓기는/한 현대인"임을 실감한다. 대도시 "뉴욕"의 "브로드웨이"에서부터 끝없이 이어지는 빌딩과 빌딩이 숲을 이룬 사이로 꼬리에 꼬리를 물고 달리는 자동차 행렬은, 서로 쫓고 쫓기는 듯한 상황을 연출한다. "나"는 공항으로 가는 길에 이 답답하고 삭막한 상황을 경험하면서 그런 상황에서 벗어나고자 하는 소망이 강렬해진다. "뉴욕"의 삭막한 도시에서 탈출하고 싶은 욕망은 "비행기"를 타고 "하늘"로 날아오르고자 하는 소망으로 드러난다. 이러한 소망을 간직한 사람은 삭막한 도심에 잘 적응을 하지 못하는 존재이다. 그리하여 "시골로 가는 비행기를 타"고 "뉴욕"을 벗어나 "하늘"로 날아오르는 것을 대도시의 삭막한 세계에서 벗어나 착한 마음을 간직하고 살아가려는 의지를 비유하는 것으로 본다. "하늘은 결국 착한 사람들의 무덤인 것을 안다"는 시구는, "뉴욕"이라는 공간에서 착한 사람들이 살아갈 수 없다는 사실을 비판하는 것이다.

미국은 뉴욕으로 상징되듯이 매우 풍요로운 나라지만, 중요한 것은 그것이 한인들과 같은 이방인을 위한 공간이 아니라는 점이다. 미국의 풍요는 그들만의 리그라고나 할까, 미국의 주류를 위한 풍요로움일 뿐이다. 그리하여 미주 한인들은 미국에서의 삶이 마이너리거에 불과하다는 사실에서 벗어나지 못하고 살아간다.

> 남의 땅 남의 골목길에
> 남의 글로 문패를 단다.
>
> 주소 없는 소포처럼
> 동서양을 방황하던 지친 날개를 접고
> 한 조각 남의 땅에
> 토질에 맞지 않는 꽃밭을 가꾼다.
>
> 고국에서 함께 온 人格은
> 아직 이민짐에 묶어둔 채
> 온몸이 발이 되어
> Payment 人生을 뛴다.
>
> 재봉공도 아닌 재봉공
> 청소부도 아닌 청소부
> 펌프맨도 아닌 펌프맨

소작인처럼
남의 직업을 대신 뛰고
남의 人生을 대신 살아준다.

어릿광대처럼
남의 옷을 빌려 입고
남의 신을 빌려 신고
남의 차를, 남의 술을, 남의 웃음을
남의 행복을 대신 살아준다.

모든 것 대신해도
사랑만은 대신할 수 없음에
나는 밤마다 짐을 싼다
멀리 두고 가까이 가슴 앓는 고국으로
부칠 수 없는 짐을 싼다.
— 김병현, 「남의 땅, 남의 골목」 전문

이 시의 주인공은 자신이 사는 미국의 집을 자신의 집이라고 생각하지 못한다. 그는 "남의 땅 남의 골목길에/남의 글로 문패를 단다"는 의식에서 벗어나지 못한다. 집 앞의 화원을 보면서도 "토질에 맞지 않는 꽃밭을 가꾼다"고 생각한다. 심지어 "고국에서 함께 온 人格은/아직 이민 짐에 묶어둔 채" 살아가고 있나고 한다. 그가 "인격"적으로 살아가지 못하는 이유는 "재봉공", "청소부", "펌프맨" 등을 전전하며 "온몸이 발이 되어/Payment 人生을" 살아가기 때문이다. "온몸"을 아끼지 않으면서 살아가지만, 항상 가난에 찌든, 수입보다 지출해야 할 것이 많은 "Payment 人生"은 흑자 인생이 아니라 적자 인생이다. 이런 인생은 자신의 삶에서조차 주인공이 되지 못하고 살아가는 것이므로 "소작인처럼" 살아갈 수밖에 없는 것이다. 그러나 그럼에도 불구하고 자신의 "인격"과 정체성이 살아 있는 "고국"에 대한 "사랑만은 대신할 수 없"다는 사실을 망각하지 않는다. "부칠 수 없는 짐을 싼다"는 것은, 언젠가는

"고국"으로 돌아갈 수 있다고 자신을 위무하는 행위가 되는 것이다.

　미주시 가운데는 미국에 살면서도 그 사회에 완전히 동화되지 못하고, 유년의 추억이 깃든 모국에 대한 그리움을 드러내는 것들이 적지 않다. 이미 미국에서 삶의 터전을 마련했기에 고국으로 돌아가고 싶어도 돌아갈 수 없다는 사실을 알지만, 그러한 사실 속에서 고국을 잊을 수 없을 때 미주의 한인들은 딜레마의 상황에 빠지곤 하는 것이다.

　　　　다섯 구비 휘감겨 몰아쳐 오는
　　　　찢기운 영혼의
　　　　소리를 듣는다.

　　　　여섯구비 맴돌아 점으로 지워지는
　　　　現存의 意味를
　　　　눈으로 확인한다.

　　　　태양이야
　　　　청빛나래 펼쳐진
　　　　이 아픔을 알랴

　　　　안으로만 안으로만 치닫는
　　　　生命의 소리를
　　　　가슴으로 물결쳐오는
　　　　살아있음의 나를

　　　　네 소리의 主音을 잡아
　　　　地平으로 치달으면
　　　　두 개의 바다와 마주한다.

　　　　나의 바다는
　　　　대한민국 제주도 구좌면 연평리

소섬 〈牛島〉

여기 이 바다는
싼타모니카 캘리포니아 미합중국
싼타모니카비치
나의 바다는
고향의 봄을 읊조리는
가난한 이웃들이 모여 사는
그리움의 바다

여기 이 바다는
고국을 잃은 웅얼진 덩이가
알알히 맺쳐진
아픔의 바다

두 개의 이질적인 바다와 화답하며
나는
나의 바다의 像을 끌안고
무섭게 애무하고 있다.

— 전달문, 「두 개의 바다」 전문

　이 시의 "나"는 "찢기운 영혼의 소리를" 들으며 "아픔"으로 얼룩진 "현존의 의미를" 깨닫는다. 이를 통해 "살아있음"을 확인하는 "나"는 "두 개의 바다 마주한다"고 고백한다. 하나는 "제주도 구좌면 연평리/소섬 〈牛島〉"의 바다이고, 다른 하나는 "캘리포니아 미합중국/싼타모니카비치"의 바다이다. 전자는 고국의 "가난한 이웃들이 모여 사는" 고향 마을의 "그리움의 바다"이고, 후자는 "고국을 잃은 웅얼진 덩이가/알알이 맺쳐진/아픔의 바다"이다. 전자가 마음 깊은 곳에 자리 잡은 "나의 바다"라면 후자는 이방인으로서 낯섦을 느끼는 "너의 바다"이다. 그런데 "나"는 이들 "두 개의 이질적인 바다"를 모두 끌어안고 살아갈 수밖에 없다. 기억 속에 남아 있는 "제주도"의 바다가 유년의 추억과 꿈을 간직하고 있는 마음의 바다이지만, 미국에서 이민자의 생활은 그것만을 생각하며 살아갈 수는 없는 일이다. 반면에 "산타모니카 비치"의 바다는 삶의 가까이에서 늘상 마주하는 바다이지만 그것을 마음 깊이 받아들이고 살기에는 너무도 낯설다. 결국 "나"는 "두 개의 이질적인 바다"와 함께 살아갈 수밖에 없는 한인 이민자의 딜레마적 인생을 표상하는 존재이다. 하여 이 시는 "나"를 통해 두 발은 미국의 현실에 딛고 있지만, 가슴은 한국의 추억에 머무는 미주 한인의 삶을 형상화한 전형적인 이민자 문학작품의 하나다.

(2) 조국을 향한 향수의 서정

『미주문학』 창간호의 시편들에서 도드라지게 나타나는 또 하나의 특성은 향수의 서정이다. 미국이라는 낯선 공간에서 이질적인 문화를 접하면서 살아가는 과정에서 자신이 나고 자란 모국을 그리워하는 것은 인지상정에 속한다. 향수는 미주 한인시만이 아니라 한국 근대시의 중요한 주제 가운데 하나였다. 근대 초기의 국권 상실의 과정에서 조국을 떠나 떠돌던 사람들의 심정을 노래한 유이민 시를 비롯하여 근대화 과정에서 급격히 전개된 도시 문명의 발달과 함께 전원적 공동체를 상실한 사람들의 마음을 형상화한 시에 이르기까지 다양한 양상을 보여주고 있다. 그렇다면 미주 한인시에서 향수는 어떠한 양상으로 전개되고 있는지 살펴본다.

> 뉴욕에서 보는 추석달 속에
> 코스모스 무리지어 핀
> 고향 철길 있네.
>
> 함지박에 가득담긴
> 차좁쌀, 들깨, 머루 이시고

흰 옥양목 적삼의
어머니 계시네.

장독대 뒤에 꽈리
한타래 가을볕에 익어있네.

가난이 따뜻하고 아름답던
성묘 길 송편향기
마천루위 달속에 물씬거리네.

저것은
울음 때문에 바라볼 수 없는
어머니 모습이네.

— 김정기, 「추석달」 전문

　이 시는 선경후정(先景後情)의 전개 방식으로 향수를 노래하고 있는데, 시의 화자는 "뉴욕"으로 이주한 한인이라고 읽어도 무방하다. 그는 "추석달"을 바라보면서 고국의 고향을 떠올리고 있다. 그곳은 "코스모스가 무리지어 핀/고향 철길이 있"는 전형적인 한국의 시골 마을이다. 이 아련한 자연의 풍경과 함께 가장 먼저 떠오르는 사람은 "어머니"이다. "어머니"는 "차좁쌀, 들깨, 머루 이시고/흰 옥양목 적삼"을 입고 계신 분이다. 아마도 가을을 맞아 농작물을 거두어 자식 학비나 생활비를 충당하기 위해 장터로 나가는 "어머니"의 모습일 터이다. "어머니"는 비록 가난한 집안 살림에 많은 고생을 하고 살 수밖에 없지만, 자식에 대한 사랑과 고운 마음은 그 누구보다도 아름다운 존재이다. 그리하여 화자는 다시 추석달을 바라보며 "어머니"의 모습과 "가난하고 따뜻하고 아름답던/성묘 길 송편향기"를 떠올리기도 한다. 추석달 속에서 보는 어머니의 모습은 슬프지만 아름다운 모습이다.
　추석 무렵은 고향 생각을 더욱 간절하게 하는 계절이다. 추석이 되면 온 가족들이 모여 맛있는 음식을 나누어 먹으며 우의를 다지는 행복 공동체의 시간이 펼쳐지기 때문이다. 이국땅에서 추석 무렵은 "허전한 마음은/어부가 되어/잠든 호반에/낚시 드리우면//고향의 추석 무렵/송편 내음/서린 얼굴로/물려 올라오는/낯익은 보름달"(정용진, 「밤 낚시」)이 존재하는 시간이다. 미국에서 보는 "보름달"에 향수의 마음을 투사하여 그것을 유년기 고향의 "보름달"과 동일시하는 시간인 것이다. 아래의 시는 이러한 가을 무렵의 더욱 구체적인 추억을 떠올리고 있다.

<blockquote>
가을이 되면
큰아버지네 마당에 깔렸던 멍석
그 순수한 자리에 가서
내가 앉는다.

어린 시절
사촌 언니와 나는
논두렁 사이를 뛰어다닌
작은 시간이
가만히 자리를 함께 한다.

같이 뛰던 메뚜기
한 되짜리 병에 잡아넣어
그 입 작은 병이 우리에겐

세상의 전부였다.

큰아버지가 가마솥에 볶아낸
그 알밴 메뚜기에 소금을
술술 뿌리셨다.
세상의 맛을 넣으신 거다.
그때
언니와 나는 마당에 몰려온
</blockquote>

빨간 고추잠자리처럼
맴을 돌다가
두 손에 햇빛 쥐고
잠이 들었다.

가을이 되면
나는 素朴한 옷이 입고 싶어진다.
여민 옷깃에 스쳐갔던 모든 것을
기억해 내면서
청순했던 시절의 옷을 입는다.

그 옷 빛깔은
가을 뜨락에 핀 싸르비아처럼
붉고 쓸쓸하기만 한 것은 웬일일까.

나는 이럴 때면
말없이 표주박에 물을 채운다.
나르시스의 푸른 옷소매를 좋아했던
그 핼쓱한 얼굴을 생각하면서.

감나무 끝에 달려있는 가을
거기에 내가 매달려 있다.

— 오문강, 「감이 익는 마을」 전문

이 시에서 "가을"이라는 계절은 가족 공동체의 온기가 살아 있는 따뜻한 시간을 의미한다. 시의 내용에 비추어 볼 때, "나"는 "어린 시절"에 농촌에서 "큰아버지"나 "사촌 언니"와 함께 하는 대가족 공동체 속에서 살았던 듯하다. 지금은 미국에서 이방인으로 살아가는 "나"는 "가을"을 맞이하여 대가족 공동체 속에서 있었던 "메뚜기"의 추억을 떠올려 본다. "사촌언니"와 "나"가 "논두렁 사이를 뛰어다니"면서 "메뚜기"를 잡아가면, "큰아버지"는 그 "메뚜기"

들에 "세상의 맛"인 "소금"(그 시절에는 세상이 짭짤하게 간이 맞아 살기 좋았다는 뜻이리라)을 넣어 "가마솥에 볶아"주었다. 그러는 동안 "나"와 "사촌언니"는 "빨간 고추잠자리처럼/맴을 돌다가/두 손에 햇빛 쥐고/잠이 들었다"고 한다. 서정적이고 아름다운 장면이다. 많은 시간이 흐른 지금의 "나"는 그러한 추억에서 많이 멀어진 시간을 살아가고 있지만, 그 시절과 동일시하고 싶은 욕망은 "가을이 되면/나는 素朴한 옷이 입고 싶어진다"는 소망으로 나타난다. 이 소망은 단지 특정한 옷을 입고 싶다는 것이라기보다는 순수하고 "소박한" 마음으로 돌아가고 싶다는 뜻이다. 그러나 그 옷 빛깔은 "쓸쓸하기만 한" 것으로 다가온다. "나"는 이미 그처럼 순수하고 소박한 마음에서 멀어진 삶을 살아가고 있으므로 그러한 옷 빛깔이 어울리지 않는다고 하는 생각이 들기 때문이다. 하여 "나"는 "나르시스의 푸른 옷소매를 좋아했던/그 핼쑥한 얼굴", 즉 타인들과 어울리지 못하는 순수한 존재를 떠올리면서 자신의 쓸쓸함을 "감나무 끝에 달려있는 가을"에 빗대고 있다. 이 쓸쓸함의 출처는 이방인인 "나"가 간직하고 살아가는 향수가 아닐 수 없다. 오문강 시인은 다른 시에서도 이러한 향수를 "비가 내립니다./그 속에서 고향소리가 깨어나옵니다"(오문강, 「비의 음성」 부분)라고 드러냈는데, 그녀는 그만큼 향수가 강한 시인이라고 할 수 있다.

향수의 적극적인 형태는 귀향 의식이다. 향수가 고향에 대한 그리움이라면 귀향 의식은 그러한 향수를 해소하기 위한 적극적인 행동과 관련되는 것이다.

그리운 고국으로 가자
거기 내 어린 시절
꿈을 키우던 어머니 곁으로 가자.
거기 내 죽어서도
못잊을 女人이 있는 곳으로 가자.

이 밤의 내리는 빗줄기 속에
고국을 떠나온 떠돌이의 恨이
눈물 되어 가슴속으로 흐른다.

지난 날 어느 恨 많은
사람의 이야기를
빗줄기, 천둥소리가
대신 읊고 있는가.
내 그 빗발속에 나가 서서 울어라.

그리운 고국으로 가자
비오는 날이면,
아버지 무덤가에 엎드려
울던 무성한 풀포기처럼.

그리운 옛님 우산도 없이
쓸쓸한 추억의 길
한아름 외로움의 길로,
비오는 날이면
내 모든 설움을랑 한바탕
풀어도 좋을 아
그리운 고국으로 가자.

— 한충식, 「비오는 날」 전문

이 시의 "나"는 자신을 "고국을 떠나온 떠돌이"라고 규정하고, 이방인으로서 타국에서 살아가는 일을 "한이/눈물 되어 가슴속을 흐른다"라고 표현한다. "나"는 타국에서의 이민자 생활에 대하여 "한"과 "눈물"로 얼룩진 것이라고 생각하는 것이다. 그리하여 자신에게 "그리운 고국으로 가자"라고 청유한다. "나"가 돌아가고자 하는 "고국"에는 "내 어린 시절/꿈을 키우던 어머니"가 있는 곳이다. 그곳으로 돌아가는 것은 "지난 恨 많은/사람의 이야기"를 간직하고 가므로 "쓸쓸한 추억의 길"이자 "외로움의 길"이지만, "내 모든 설움을 랑 한바탕/풀어도 좋을" 곳인 "그리운 고국으로 가"는 길이다. 그 길을 가는 것은 그동안의 서러움과 쓸쓸함을 생각나게 하지만, "그리운 고국"으로 가는 것이므로 기꺼운 마음을 동반하는 일인 셈이다. 물론 이 시에서 말하는 고국 행은 현실의 일이라기보다는 상상의 일이라고 할 수 있다. 그동안의 이민 생활을 다 버리고 다시 고국으로 돌아간다는 것은 거의 불가능한 일이다. 따라서 이 시의 고향행은 이방인으로서의 고달프고 쓸쓸함을 위로받기 위한 상상의 행동이라고 할 수 있다. 이 상상은 아마도 대부분의 미주 이민자들이 간직하고 살아가는 일종의 꿈이라고 할 수 있다.

(3) 인생의 성찰과 반성

『미주문학』 창간호 수록 시편들이 보여주는 또 하나의 중요한 특성은 인생에 대한 성찰적 인식에 적극적이라는 점이다. 사실 인생을 고독하게 살아가는 사람들은 자신의 삶에 대한 성찰을 자주 하기 마련이다. 성찰의 목록은 대개 삶의 어떤 굴곡진 시기에 던져보는 본질적인 질문, 즉 '나는 누구인가, 나는 어떻게 살아왔는가, 나는 어떻게 살아가야 하는가' 등과 같은 것들이다.

> 에워싼 어둠의 벽을
> 스스로 뚫기 위해
> 몸으로 불을 달구어
> 인력권을 벗어나던
> 별이여, 어느 밤하늘
> 빛을 긋고 가는가.
>
> 물매미 맴을 돌 듯
> 日常의 늪을 돌다
> 진실로 아픈 몸짓

어둠 속을 가르던 별아!
어느 벌 외진 하늘녘
홀로 떨고 있는가.

마흔 고개 不惑이라
흔들림이 없다는데
모든 것 다시 지우고
새로 그리는 抽象을,
떨리는 붓자국 마다
피가 고인 흔적이여.

은하속 떠돌이 별은
떠돌이 별끼리 만나
잠시 진한 모국어로
주고 받는 훈훈한 숨결,
두고 온 山川도 열고
새 하늘도 여는가.

우린 그저 외로움을
외로움으로 달래고
설움도 길이들면
허물 없고, 또 덤덤하고
눈물은 세월의 강변
砂金되어 반짝이리.

쑥 구렁 가시덤불
異邦의 전선에서
마구 찢어지고
넘어져 딩굴어도
旗手여, 어느 고지쯤
전진하고 있는가.

— 김호길, 「별의 安否」 전문

이 시는 "마흔 고개 不惑"에 접어든 화자가 삶의 전환점을 만나 자신의 삶을 되돌아보는 내용을 담고 있다. 화자는 자신의 삶을 "에워싼 어둠의 벽을/스스로 뚫기 위해/인력권을 벗어나던/별"로 비유하고 있다. 이는 미주지역으로 이민을 온 자신이 고국의 인력권에서 벗어나 더 큰 삶을 위해 살아가는 존재로 보는 것이다. 그러나 이민 생활은 그렇게 마음먹은 대로 되는 것은 아니다. "물매미 맴을 돌 듯/日常의 늪을 돌"면서 살아가고 있을 뿐이다. 비록 스스로 인생의 밝고 안정적인 "별"이 되고자 했으나 "어느 외진 하늘녘/홀로 떨고 있"을 뿐이다. 크고 빛나는 "별"이 아니라 "진실로 아픈 몸짓"으로 자신의 고독을 호소하는 존재가 되어 버린 것이다. "모든 것 다시 지우고/새로 그리는 抽象"과 같은 인생, 구체적으로 무엇 하나 분명하게 이룬 것 없는 이방인으로서 존재할 뿐이다. 하늘 어느 외곽의 희미하고 작은 별처럼.

그러나 화자는 자신이 비록 작고 초라한 "별"일지라도 그 빛을 인생 반전의 에너지로 삼으려는 마음을 포기하지 않는다. 그러한 마음을 간직할 수 있는 것은 "떠돌이 별끼리 만나/잠시 진한 모국어로/주고받는 훈훈한 숨결"이 있기 때문이다. 동병상련이라고나 할까, 자신과 함께 살아가는 미주 한인들과의 정서적 공감대가 새로운 희망의 불씨로 작용하는 것이다. 즉 "두고 온 山川도 열고/새 하늘도 여는" 것처럼, 고국의 온기도 나누고 미주에서의 희망도 간직하는 것이다. 그리하여 낯선 이국에서 마주하게 되는 이국에서의 "외로움", "설움", "허물", "눈물" 등이 끝내는 "砂金되어 반짝이"게 되는 것이다. 이민자로서 "異邦의 전선에서/마구 찢어지고/넘어져 딩굴어도" 모국어 공동체 정신과 자신의 의지로 새로운 희망으로 나아가게 되는 것이다. 따라서 이 시는 고달픈 이방인의 삶을 극복하고 새로운 희망의 "旗手"가 되려는 의지를 "별"에 빗대어 형상화하고 있다. "나"는 자신에게 "어느 고지쯤/전진하고 있는가"라는 물음을 통해 굳건한 자아정체성을 찾아 나선 것이다.

인간이 지나간 삶을 회억해보면 누구나 반성하는 마음이 생기지 않을 수 없다. 인간은 불완전한 존재일 뿐만이 아니라 고달픈 인생살이에 노출된 사람일수록 지난 시간에 대한 회오가 크지 않을 수 없다. 반성 혹은 회오의 마음은 인간다운 삶을 향한 전망이나 희망을 간직하기 위해서 아주 중요한 요소이다.

> 1) 지난 날 내가 쓴 半흘림 書體를 보니
> 적당히 살아온 무슨 罪迹만 같구나
> 붓대를 던져버리고 잠이나 잘 걸 그랬던가
> 이날토록 아린 가슴을 갈아놓은 피의 먹물
> 滿紙, 하늘 펼쳐놓자 逆天인가 온몸이 떨려
> 바로 쓴 생각조차도 짓이기고 말다니⋯─
>
>   ─ 조오현, 「내가 쓴 書體를 보니」 전문

> 2) 정결한 눈의 무게로
> 솔가지 뚝뚝 무너지듯
> 헛된 고집도
> 거추장스러운 소망도
> 매서운 겨울의 말씀 앞에서
> 꺾어버리고
> 비인 마음으로 되어지고 싶은
>
> 나의 겨울은 禪이 꽃피는 계절
>
> 서러운 황톳빛깔
> 어머님 무덤 위
> 하얗게 내려앉은 어질은 눈
> 어머님 그리움에 마음은 녹아
> 마지막 여행을 연습해보는
> 나의 겨울은 살이 허물어지는 계절
> 차 마시듯
> 시린 향기를 마시며

눈으로 맑아지는 겨울나무처럼
나의 겨울은
뼈를 다듬어 피리를 불어보는 계절.

                           — 강옥구, 「나의 겨울」 전문

  두 시는 모두 성찰의 마음을 노래하고 있다. 1)은 화자인 "나" 자신이 그동안 써온 "半흘림 書體"를 "적당히 살아온 무슨 罪逃만 같"다고 생각한다. "나"는 글씨를 한자씩 정체로 쓰지 않고 "반흘림"으로 휘갈겨 쓰는 것처럼, 자신의 인생도 대충대충 살아온 것만 같다는 인식을 하고 있다. 즉 "나"는 자신의 인생이 "이날토록 아린 가슴을 갈아놓은 피의 먹물"로 화선지를 가득 채운 것을 보면서, 하늘의 뜻을 거슬러("逆天") 살아온 자신의 인생과 매한가지라고 여기는 것이다. 또한, 2)는 화자인 "나"가 "매서운 겨울의 말씀" 앞에 서서 자신의 모습을 성찰한다. 이때 "겨울의 말씀"은 겨울이 인간에게 전해주는 어떤 메시지를 뜻할 터, 삶의 무욕이나 허무함, 공허함 등과 같은 것이라 할 수 있다. 이러한 맥락에서 "나의 겨울"에 대해 여러 가지 정의를 내리고 있는데, 그것은 "禪이 꽃피는 시절", "살이 허물어지는 계절", "뼈를 다듬어 피리를 불어보는 계절" 등이다. 즉 물질적이고 육체적인 것들을 극복하여 정신적 초월을 지향하는 계절인 것이다.

  거친 현실에서 잃어버린 영혼을 찾는 방법 가운데 하나는 자연의 순수한 경지에 몰입해보는 방법이 있다. 자연은 삭막한 현실이나 타락한 문명사회에서 지친 사람의 마음을 달래주는 정화의 장소 같은 구실을 하기 때문이다.

끝없이
프르곦은 마음
하늘 우러러
발돋움하여
억년을 한결같고,

잔 들어
구하는 목마름
해맑은 하늘을
가득히 닮았는가.

물 흐르듯
허공을 가는
구름도 쉬어 내려

가늘게 떨며
입맞춤하는
만남의 희열이여!

굽이도는
산길 따라
바람도 일어서고

무한히
푸르곺은 호기심에
달과 구름과
별들이 엮는 교향시.

간밤에 드리우고 간
달 그림자를 찾아
몸 기우리는
천년 푸른 老松.

하늘을
닮아 가곺은 호심
그 안에
안기는 하늘.

— 정용진, 「빅 베어 레이크」 전문

이 시는 "빅 베어 레이크"라는 호수에서 자연과 동화하려는 삶의 자세가 드러난다. 호수는 "억만년 한결같"은 곳으로서 "허공을 가는/구름도 쉬어" 가는 곳이고, "산길 따라 바람도 일어서"는 곳이며, "달과 구름과/별들이 엮는 교향시"가 있는 곳이다. 거기엔 "천년 푸른 老松"이 의연한 기개를 뽐내며 서 있는 곳이기도 하다. 이처럼 "빅 베어 레이크"는 온갖 자연물들과 우주적 섭리가 깃들어 있는 영원한 세계이다. 시의 화자는 그러한 세계를 지향하면서 "끝없이 프르곺은 마음"[32]을 간직하고 살아간다. 순수하고 영원한 세계의 상징인 자연과 동일시되고 싶은 꿈을 노래하는 것이다. 미국의 한인들은『미주문학』 창간호 이후에도 미국의 거대하고 풍요로운 자연과 함께 살아가는 지혜를 빈도 높게 보여준다. 미국의 자연은 그만큼 한인 시인들이 이방인으로서의 허전한 마음을 달래주는 존재인 셈이다.

3) 결론

이처럼『미주문학』에는 미주 한인들의 생활과 정서를 형상화하는 시편들을 다수 수록하고 있다. 즉 1) 이방인 의식과 양가적 딜레마, 2) 조국을 향한 향수의 서정, 3) 인생의 성찰과 반성 등을 내용으로 하는 시편들이 진솔한 시심으로 드러나 있다. 1)은 미국이라는 낯선 지역에서 살아가는 마음을 이방인 의식으로 드러낸다. 미주 시인들은 이방인으로 살아가는 과정에서 고국에 관한 생각도 잊을 수가 없다. 그래서 미국에서의 적응과 고국을 향한 그리움이 마음속에서 동시에 발현한다. 일종의 딜레마에 빠져드는 것이다. 또한, 2)는 이방인 의식과 연관되지만, 고향을 향한 수구초심이 특히 전경화되는 경우이다. 이런 시편들은 이국 생활을 하는 한인들은 어떤 형태로든 향수의 정서와 귀향의 욕망에서 완전히 자유로울 수 없다는 점을 확인시켜 준다.

---

32 "프르곺은"은 "푸르고 싶은"의 약어로, "푸르고픈"의 오기로 읽힌다.

3)은 이민이라는 삶의 모멘텀 속에서 자신의 인생을 반성, 성찰해보는 것이다. 미주 한인들의 인생은 단막극이 아니라, 2막극이라고 할 수 있다. 1막이 고국에서의 삶이었다면 2막은 미국에서의 삶이라고 할 수 있다. 이들 범주의 시편들은 인생 2막극을 시작하면서 자신의 삶을 돌아보는 미주 한인들의 심회를 담아내고 있다.

『미주문학』 창간호에 실린 시편들은 이처럼 미주 한인들의 마음을 온전히 담아내는 그릇의 역할을 충실히 했다. 그것은 「편집후기」에 드러나는 『미주문학』 창간의 취지와도 불가분의 관계에 놓인다. 나아가 미주 문학이 그 고유성을 디딤돌 삼아 한국문학을 넘어 세계문학의 범주로 확장해 나가려는 소중한 마음도 엿보인다.

> 우리 겨레는 어떠한 악조건 · 고난 속에서도 흥을 간직해온 민족이었다. 가령 장례 때 만가에도 신명이 깃들어 있다. 모내기나 길쌈 등 힘든 노동에도 노래를 부르며 흥을 돋구었다.
> 그러나 현대의 도시생활, 특히 이민생활에서 우리는 그 흥을 점차 잃어가고 있다. 악착같이 달러를 버는 일도 중요하지만 그래도 그 정신의 내면에 신명을 간직해 나간다면 생활은 한결 윤택해지고 즐거워질 수 있을 것이다.
> 미국까지 와서 죽일 놈, 살릴 놈 서로 싸울 것이 아니라 『쾌지나칭칭 나네』 하며 한바탕 흥겨운 굿마당이라도 벌여야 하리라.
> 시간에 쫓기고, 생활에 부대끼고, 직장에 눈치 보며, 엮고 있는 우리들의 눈물겨운 작업은 바로 고난 속에서도 그 신명을 되찾기 위한 첫 수확이 아닐 수 없다. 『지화자!』[33]

『미주문학』을 통한 문학 활동을 "우리 겨레"의 "흥"과 관련짓고 있는 대목이 흥미롭다. 또한, 그런 "흥"을 미국에서의 "도시생활"이나 "이민생활"을 극

---

33 「편집후기」, 『미주문학』 창간호, 1982년 12월호.

복하기 위한 중요한 요소로 간주하고 있다는 점도 눈여겨볼 만하다. 문학을 통해서 우리 민족 특유의 "흥"을 살려간다면 "생활은 한결 윤택해지고 즐거워질 수 있을 것"이라고 여기는 것이다. 문학을 통해 "흥" 혹은 "신명"을 추구함으로써 이민자로서의 고달픈 삶을 위무 받고자 한다는 사실을 분명히 한셈이다. 이뿐만 아니라 위와 같은 글에서 "이 땅에 한국문화의 뿌리를 내려야겠다고 다짐하는 문우들이 모여 '미주한국문인협회'를 결성하고 미주 최초의 종합문예지 미주 문학의 창간"했다는 점을 밝히고 있다. 미국 땅에 "한국문화의 뿌리를 내"리겠다는 의지를 밝히는 이 대목은 『미주문학』의 창간을 국내 문학이나 문화의 확장으로 인식하고 있음을 알 수 있다. 따라서 『미주문학』의 창간은 단지 미국 교포사회의 문화적 사건을 넘어 한국 문학사의 중요한 사건을 볼 수 있는 여지를 제공하고 있다고 하겠다.

4. 『크리스찬문예』와 종교시의 발달

1) 서론

『크리스찬문예』는 기독교 문학을 기치로 내걸고 1984년에 미국의 로스엔젤레스에서 창간된 종합문예지이다. 기독교적 세계관을 바탕으로 하는 문학성의 지향은 미주 한인시가 지니는 중요한 특성 가운데 하나이다. 기독교 정신이 미주시의 특성으로 자리 잡게 된 것은 미주 한인들의 생활에서 기독교가 아주 중요한 역할을 담당했다는 사실과 관련된다. 미주 한인 이민의 역사에서 기독교는 정신사와 생활사의 측면에서 절대적인 역할을 담당했다. 기독교는 미주 한인들이 서로 의지하고 살아갈 수 있는 정신적, 현실적 공동체를 형성하는 데 많은 기여가 있었다. 미주의 한인 이민자들은 타국 생활에서의 고달픔과 고독감을 기독교 신앙으로 극복하고자 했고, 그러한 정서는 그대로 미주 한인시에 반영되어 나타났다고 할 수 있다. 가령 『미주문학』이나 『뉴욕문학』과 같은 미주의 대표적인 문예지들에 발표된 시편들 가운데 적지 않은 것들이 기독교 신앙을 시 정신의 근간으로 삼고 있다. 미주 시인들은 기독교 신앙을 시심의 근간으로 삼아 작품 활동을 했다. 그런데 '미주기독교문인협회'[34]에서 주도한 『크리스찬문예』의 창간은 이러한 경향이 문예지의 형식을 빌려 전면적으로 전경화되기 시작한 것이다. 이 문예지의 창간을 주도한 강일 시인은 이렇게 밝힌다.

> 위대한 영광을 찬송할 줄 아는 사람들이 한자리에 모여 있다. 아름다운 언약을 확인하고 그 아름다운 이야기를 증거할 수 있는 문장적 은사를 받은 아름다운 가슴을 지닌 사람들이 여기 함께 모여 앉았다. 기독교문인협회의 깃발을 들고─. 오순도순 크고 아름다운 절대한 이의 존재를 증거하며 말한다.
> 절절한 가슴 여울을 풀어 복락원에의 언약을 증거한다. "아름다운 이야기를 쓰는 사람들", 우리는 오늘 함께 이 아름다운 모임의 이름으로 조촐하지만 아름다운 가슴으로 새겨 놓은 작품들을 조심스럽게 진열해 보았다. 아름다운 이야기(詩)를 묶어 시화전을 마련했고 또 그 아름다운 이야기들을 책으로 엮어 "크리스찬 문예"라는 이름으로 세상에 선을 보였다. 아직은 미숙하고 수준에 이르지 못한 글들이지만 우리는 우리 나름대로 최선을 다하는 안간힘을 썼다. 그래서 우리는 그런대로 이것들이 마냥 대견스럽다. 그것은 잃어버린 "에덴"에의 노정을 그리는 바램이 얼마나 애틋한가를 우리

---

34 1983년 11월 7일 미국 L.A.에서 강일, 이윤희, 배기섭 등의 발기로 출범한 문인단체이다. 초대 이사장에 강일(목사) 시인, 회장에 배기섭(목사) 시인이 추대되었으며, 모두 27명의 문인이 회원명단에 이름을 올렸다.(창간호 53쪽 「회원명단」 참조) 회칙에 의하면 회원의 자격을 "미주지역에 거주하고 제3조의 목적(친목 도모, 창작 의욕 고취, 선교사업=인용자 요약)에 찬동하는 기독교 문인 및 문학 동호인들로 구성한다"라고 규정하여 반드시 기독교인으로 한정하지는 않았으나, 실제적으로는 대다수 회원이 기독교인으로서 문학 활동을 하는 사람들로 구성되었다.

는 서로가 안다.[35]

인용문에 의하면『크리스찬문예』는 "아름다운 이야기(詩)를 묶어 시화전을 마련했고 또 그 아름다운 이야기들을 책으로 엮어 "크리스찬 문예"라는 이름으로 세상에 선을 보였다"고 한다.『크리스찬문예』는 특이하게도 "시화전"의 산물이라는 것이다. 이 문예지에 동참한 이들은 "위대한 영광을 칭송할 줄 아는 사람들"로서 "문장적 은사를 받은 아름다운 가슴을 지닌 사람들"이라고 밝히고 있다. 이들이 지향하고자 하는 문학은 "복락원에의 언약"과 "아름다운 이야기(詩)"로 요약할 수 있다.『크리스찬문예』의 시인들이 기독교적 이상향인 "복락원"을 지향하는(지향하기 위한) 시를 쓰겠다는 것은 자연스러운 일이다. 문학은 현실 너머의 이상을 추구하는 형식이라는 점을 염두에 두고 그것을 기독교적으로 추구해보겠다는 것이다. 또한 "아름다운 이야기"를 추구하겠다는 것은 심미적인 문학을 지향해 나가겠다는 의지를 밝힌 것이다. 물론 그 아름다움은 유미주의적이라기보다는 기독교 정신과 밀접한 관련을 맺는 것이다.『크리스찬문예』의 시편들은 이러한 기독교 정신을 중심으로 때의 절대자에 대한 찬양과 신앙심 고백, 이방인 의식과 향수의 서정, 인생의 꿈과 희망의 추구 등을 노래하고 있다.

2)『크리스찬문예』의 시적 특성

(1) 절대자에 대한 찬양과 신앙심 고백

『크리스찬문예』는 그 명칭에서 암시하듯이 기본적으로 기독교 정신을 추구한다. 창간호를 비롯하여 지금까지 수록한 작품들을 보면 그러한 지향점

---

35 강일, 「아름다운 이야기를 쓰는 사람들」,『크리스찬문예』창간호, 1984.

이 분명히 드러난다. 기독교 정신 가운데 맨 앞자리에 서는 것은, 무엇보다도 절대자인 하느님에 대한 찬양과 하느님을 향한 신앙심의 고백이다.

1) 높은 곳을 우러르는
고운 여인을 보라
꽃사슴의 꿈이여/천사의 미소여

그윽히 간구하는
고운 여인의 바램을 보라
높으신 이의 어루만짐이
비단 안개처럼 두리우네.

높은 이를 찬양하는
고운 여인의 소리를 보라
님께서 화답하시는도다.
무지개를 타고 님이여 오시는가.

— 강일, 「아가」 전문

2) 천년을 바래어 사랑을 다지고
우리 함께 닻을 올린 인생에
강산이 두 번이나 바뀌인 연월이 흘러
명주실 같은 고운 정이
이제 밧줄이 된 미더움으로
언덕인 듯 당신을 기대는
아아, 하늘같은 끝없는 가슴이여
바람도 거세었어라
꽃 피고 잎이 지던 세세 월월을.
키를 넘어선 아들들의 꿈도 대견스러워
긴 어느 겨울밤
다시 우러르는 님의 언덕이여.

— 이성호, 「당신」 전문

1)에서 "높은 곳을 우러르는/고운 여인"은 신앙심이 투철한 사람이다. "높은 곳"은 다름 아닌 절대 신앙의 세계, 즉 하느님의 다른 이름이다. 그분을 향해 정진하는 그녀의 모습은 "꽃사슴의 꿈"이나 "천사의 미소"와 다르지 않다. 이처럼 아름답고 순결한 신앙에 절대자인 "님께서 화답하시는" 것은 당연하다. 그리하여 "님"께서는 그녀의 앞에 "무지개를 타고" 나타나는 것이다. 또한, 2)에서도 "당신"을 향한 무한한 믿음을 노래하고 있다. "당신"은 "천년"이라는 시간을 넘어서는 "사랑"의 대상이며, 끊어질 수 없는 "밧줄이 된 미더움"의 대상이다. 그러한 믿음은 거친 "바람"의 시련이 있을지라도 "하늘같은 끝없는 가슴"으로 그것을 극복해낸 것이다. 이뿐만 아니라 그 믿음은 "아들들의 꿈도 대견스러"울 만큼 시간과 세대를 넘어서는 영원한 것이다. 따라서 그 믿음은 "다시 우러르는 님의 언덕"이라는 표현에 드러나듯이, 언제나 "다시" 이어지는 영원의 시간성을 획득하게 된다.

하느님을 향한 경건한 믿음은 언제나 그의 품안에서 살고자 하는 마음으로 이어진다. 즉 한 시인은 "활짝 피었다가/쉬 시들어버릴 수 없는/당신의 화분에서만 살고픈/한 오라기/생명의 꽃입니다"(김문희, 「란(蘭)」 부분)라고 고백한다. 또한, 삶의 길을 절대자에게 안내받고자 하는 마음을 "뭇 발아래 짓밟힌/세속의 조각들/황혼 속으로 부서져 가는데//빛 아쉬운 나그네 길/나는 어디로 갈까/님께 물어 그 길로"(이재학, 「길」 부분)라고 다짐하기도 한다. 나아가 신앙생활을 적극적으로 실천하려는 의지도 보여준다.

> 1) 하나님의 눈물같은
> 빗방울은 내 얼굴을 적시고
> 등에는 비지땀
> 영은 거듭날레-.
>
> 하나님의 울음같은
> 빗줄기는 조용히 내리고

달리는 아침 거리 발자국
소리마다 마음속에 부딪칠레ー.

하나님의 눈동자같은
파란 하늘의 인자가 그리워
온 몸이 눈물과 땀에 젖도록
빗속을 행진할레ー.

　　　　　　　　　　　　　ー 김시면, 「염원」 전문

2) 메마른 성터 위에 수 많은 씨앗들이
따사한 열기에 움이 텄어라.
눈보라 하염없이 휘몰아치며
눈물마저 태양에 불사른 지금
리워야와 형극에 피투성이 된 저 양들
초원의 빛을 기다리네.

여리고 성처럼 굳게 닫혀진 마음 속에
한줄기 시원한 폭포수 내리소서.
쉴만한 물가로 인도하소서,

유린당한 수 많은 양들
이제는
은혜의 동산에 사슴되어
뛰어 볼세라 훨훨 뛰어 볼세라.
은혜와 구원의 산성이여
꽃지고 열매 맺는 나무이어라.

마른 막대기에 불이 열기가 타듯
마음에 핀 가득찬 열풍
비바람 부딪치는 광야가
푸른 초장 되소서! 불기둥 되소서!

그곳에는
샤론의 아름다운 장미꽃이 가득하여라.
말씀 믿음 사랑 외치는
광야의 나팔소리에
다같이 귀를 기울이세
초원의 광야에 서서 -.

— 배기섭,「광야의 나팔소리」 전문

1)에서 화자는 "등에는 비지땀/영은 거듭날레"라고 하여 "비지땀"과 같은 육신 혹은 현실의 실천을 통해 "영"혼의 부활을 꿈꾸고 있다. "온 몸이 눈물과 땀에 젖도록/빗속을 행진할레"라고 하여 신앙의 실천을 다짐하는 것이다. 사실 신앙이라는 것은 성경이나 교회 속에서만 있는 것은 아닐진대 "빗속을 행진"하듯이 어려운 현실 환경 속에서 실천하는 행동이 중요하다고 강조하고 있다. 2)에서는 어떠한 고난 속에서도 믿음을 잃지 말아야겠다는 다짐을 드러낸다. 즉 "리워야와의 형극에 피투성이가 된 저 양들", "유린당한 수 많은 양들"이 "은혜의 동산"에서 자유롭게 평화롭게 뛰놀아야 한다는 점을 강조한다. 그것을 위해서는 "마음에 가득한 열풍"으로 "비바람 부딪치는 광야"를 건너가고자 한다. 그곳을 건너면 "샤론의 아름다운 장미꽃"이 피어있는 아름다움 신앙의 세계로 나가게 된다. 절대자의 "말씀 믿음 사랑 외치는/광야의 나팔소리"를 들으며 이상적인 신상의 세계를 위해 실천을 강조한 것이다.

신앙의 세계로 한 신앙인으로서 적극적인 실천으로 나가는 것도 중요하지만, 한편으로 하느님의 부름에 답하여 목자가 되는 더 적극적인 방법도 있다. 즉 "가라!/명하시는 대로 가야할/우리들/앞날의 우람한 세계를/힘차게 전진해 가자.//지금은/아침으로 하여/밝은 햇살이 /영존의 미래를 향해/숨 가쁘게 마냥/가슴 뿌듯한 계절./오라시는 데로/손짓하는 데로/피와 땀으로 익힌/사명자의/그 길을……//앞날의 희망찬 세계를/힘차게 발돋움 할 때…."(윤공,

「길」전문)와 같은 시는 그러한 방법을 제시한다. 이렇듯 "명하시는 대로" "사명자의/그 길" 가는 방법도 이 시기 미주시의 기독교 정신 가운데 중요한 부분이다.

(2) 이방인 의식과 향수의 서정

미주 한인들은 기독교 신앙에 의존하여 마음의 위무와 평화를 얻어 살아가지만, 이민자로서 살아가야 하는 이방인으로서의 의식을 마음속에서 완전히 지워버릴 수는 없다. 『크리스찬문예』는 기독교 정신을 노래하는 시를 많이 수록했지만, 이방인 의식과 관련된 시편들도 적지 않게 수록되었다. 나아가 이민 생활의 고달픈 마음을 위로받기 위해 향수의 서정에 빠져들기도 한다.

> 1) 뜬 구름 같은 人生
> 오늘은
> 사랑도 없다.
> 애틋한 人情에도
> 마음은 취하여
> 비를 맞고
>
> 내 발걸음
> 어느 길 따라
> 걸어 왔기에
> 고독과 서러움의 무성한 풀밭에
> 서서
> 말보다 눈물 먼저
> 터뜨리는
> 황혼을 보나.
>
> 뜬 구름-.

그것이 人生이더면
이리 고되게
살 필요는 또 무엇이었기에.

— 한충식, 「뜬구름」 전문

2) 길고 긴 영원을 토막지어
인간들이 불러 말하는
갑자년이 저문다.

적막만이 성처럼 둘러싼
황량한 광야길에
그림자도 입이 붙어
차가운 고독을 밟는
초라한 나그네에게 물어 본다.

…(중략)…

바위와 자갈 그리고 모래로 섞인 땅
태고적 그 언제에
인간의 입김 발자욱이 닿았었는지 모를
저주 받은 것 같은 땅, 이 광야.

이사야 선지자가 예언했듯이
그 한복판으로 뚫린 하이웨이가
시원스럽다

숨막힐 듯 무더운 사막을 파고
물줄기가 묻혀진 땅을
우리들이 밟고 서 있다면
그 글을 쓴 이사야가
덤에서 듣고 놀랄 텐데

허나
새로운 또 한해의 장을 펼치려는
그 바로 역사의 날개 앞 여기에
코리안이 서 있다.

— 이영일, 「여기에 코리안이 서 있다.」 부분

1)은 "뜬 구름 같은 人生"의 의미를 되새긴다. 세상을 아무리 둘러보아도 시의 화자는 "사랑"이나 "인정"을 찾아보기는 어려운 세상, "고독과 서러움의 무성한 풀밭"같은 현실 속에서 "뜬 구름"처럼 살아가고 있는 자신을 성찰한다. 이처럼 고독하고 허무한 인생은 다름 아닌 미주 한인 이민자들의 것이 아닐 수 없다. 또한, 2)는 "갑자년"이 저무는 시간에 자신의 삶을 성찰하는 시인데, 그 주인공은 "차가운 고독을 밟는/초라한 나그네"이다. 그는 사막의 땅 "캘리포니아"에서 살아가는 "코리안" 즉 한인 이민자들이다. 그곳은 "적막만이 성처럼 둘러싼/황량한 광야길"과 "인간의 입김 발자욱이 닿았었는지 모를/저주 받은 것 같은 땅"이 있는 곳이다. 그러나 "코리안"은 생존력이 강한 민족이다. 그래서 아무리 삭막한 환경 속에서도 새로운 삶에 대한 의지를 놓치지 않는다. "새로운 한 해의 장을 펼치려는/그 바로 역사의 날개"를 펼치고자 다짐을 하고 있다.

이방인의 삶은 "낯설은 이들 보다/더/낮이 선 거리를 걷다가/문득 나를 바라보면/헤매어 온 하늘과 땅이/모두 남의 노래로 찼다."(권미라, 「사연」 부분)고 느껴진다. "모두 남의 노래"라는 것은 이방인으로서의 소외감을 의미한다. 또한 "멈춰 선 발 끝에/서리는/아쉬움으로 해/되돌아 보며/되돌아 보며/저리도 뒤척이고 있는가//아득히/머언/그 길은/어차피 혼자인 것을."(이윤희, 「낙엽」 부분) 느낄 뿐이다. "어차피 혼자"라는 사실을 자각한 것이다. 이러한 이방인의 삶 속에서 마음을 위무해주는 것은 유년의 순수함과 아름다움이 살아 숨 쉬는 고향을 향한 그리움이다.

1) 두고 온 고향에 산다.
파아란 하늘에 연이 뜨던 언덕
개울가에 잠자리가 나는데
순이도 옥이도 삽살강아지도
어울려서 달리던 갯가에 나는 산다.

노래도 부르며 산다.
옛날에 한 옛날에 그리운 날에
목청을 돋구어 부르던 노래.
아아, 고향의 노래를
오늘도 눈 감으면 가슴에는 메아리.

　　　　　　　　　　　　　— 남정자, 「옛날 이야기」 전문

2) 서쪽나라 조그만 섬
봄이 오면
진달래가 산을
개나리는 뜰을
복사꽃은 울을
뒤덮는 곳.

여름엔 갈메기 노래
어부들의 뱃노래
가을엔 밤과 감을
따는 곳
겨울엔 따스한
사랑방에서
할머니한테 옛 얘기
듣는 곳.
철마다 즐겁기만 한
나의 그리운 고향

　　　　　　　　　　　　　— 배효식, 「고향」 전문

1)은 "고향"에서 살았던 시절의 애틋한 기억을 현재화하고 있다. 과거의 현재화는 현재를 부정하고 과거를 긍정하는 심리의 표현일 터, 자연과 인간이 "어울려서 달리던 갯가에 나는 산다"는 것은 바로 그러한 마음의 표현이다. 2)도 "그리운 고향"의 노래로서 "서쪽나라 조그만 섬"에서의 아름다운 날들에 대한 기억을 회상하고 있다. 자연과 인간이 어우러진 작은 어촌에서의 기억의 세계는 평화롭고 아름답다. 시의 화자는 "철마다 즐겁기만 한" 기억을 되살리며 타향에서의 고달픈 삶을 위무 받고 있다. 이러한 향수가 한 걸음 더 나아가면 귀향의 꿈으로 이어지기도 한다. 그래서 어느 시인은 "꿈을 꾼다./ 고향으로 가는 부둣가에서/연락선을 타는/하늘만한 꿈을/소년의 비단 같은 꿈을."(강일, 「인형의 꿈」 부분) 꾼다. 그 꿈은 "하늘만한 꿈"이어서 현실로 다가올 수는 없을지라도 그 꿈으로 인해 현실은 마음속에서 순화되고 고양된다.

(3) 인생의 꿈과 희망의 추구

기독교 정신과 이방인 의식으로 살아가는 과정 속에서 미주 한인들은 꿈과 희망을 잃지 않았다. 꿈과 희망은 고달픈 이민 생활의 활력소이자 삶의 에너지 역할을 하는 것이다. 하여 미주 시인들은 미주 한인들의 가슴 속에 살아 숨 쉬는 삶의 꿈과 희망을 노래한다. 물론 꿈과 희망은 이방인 의식이 아니라 종교적 차원으로 볼 수도 있으나, 이민 초창기 미주 한인들은 종교의 문제마저도 이민자로서의 사회적 정체성과 무관할 수 없었던 것이 사실이다. 아무튼 『크리스찬문예』 창간호에는 꿈과 희망의 노래가 적잖이 실려 있다.

1) 살아가면 갈수록
동그라미 커지는
서글픈 人生들

어쩌면 우린
삶이 끝날 때까지
고난의 십자가를 진
기쁨의 슬픔의 교차로.

소망에 찬 밝은 來日
동그라미 커지는
해 맑은 소망
소망의 삶.

— 정지윤, 「소망」 전문

2) 나의 화원에
어쩌다
바람이라도 부는 밤이면
고즈넉이 모란이라도
지는 소리가
들리는 것 같다.

멧새 한 마리도 돌아오지 않는
이 허기진 들녘, 그래도
나는 아직 누군가를 기다리고 있는 것일까.

때론 이슬비 되어
나의 창 밖을 적시고

조락하는 계절마다
꿈을 묻었다.

어느 시월도
다 하는 아침
오동잎새처럼 굵은 서정을

뚝뚝 떨구면서
나는 서 있다.

— 조성희, 「때론 이슬비 되어」 전문

　1)은 "서글픈 인생들"을 등장시킨다. 그들은 "삶이 끝날 때까지/고난의 십
자가를 진" 존재들이다. 그러나 그러한 삶을 극복하기 위해 "소망에 찬 밝은
來日"을 상상한다. 시의 결구에서는 희망의 미래를 향한 마음이 "해 맑은 소
망"과 함께 한다는 사실을 강조한다. 2)에서 "나"는 "멧새 한 마리도 돌아오
지 않는/이 허기진 들녘"에 있는 존재이다. 늦가을이라고 하는 "조락하는 계
절"에 인생의 허무감을 느끼는 것이다. 그러나 "나"는 희망의 끈을 놓지 않는
다. "조락하는 계절"임에도 불구하고 "꿈을 묻었다"고 한다. 생명이 사라지는
계절임에도 불구하고 돌아올 새봄을 생각하면서 "꿈"을 꾸는 것이다. 따라서
"조락의 계절"은 절망의 계절이 아니라 희망의 계절이 된다.
　희망을 간직하고픈 마음은 "억만년 이울지 않을 꿈을/키우기 위하여/나의
항아리엔 하늘을 담겠습니다"(강일, 「항아리」 부분)라는 시구에서도 강조된다.
이러한 꿈은 꽃의 형상으로 나타나기도 한다.

　1) 젖은 골짜기에
　　묻은 그대로
　　정직한 당신을 향한 꿈
　　미소 짓는 숨결

　　수많은 마음들 담아온
　　꽃병의 하얀 가슴 위에
　　날고 있는 鶴의 무게
　　손때로 아쉽던 그런 세월……

　　저녁 놀 오그라드는 아픔 속에
　　인내로 순결을 지켜온 생명

수줍은 희열 입술로 토해 놓고
맑은 사연 몰고 온 아침 해

치솟는 향기 안에서 이룩한
위대한 작업, 결실
늘도 이슬 먹은 연분홍 치마
짖궂은 가락에도 고운이여!
동굴 앞 참아 온 샘물마저
조용한 색깔로
엉크러진 풀숲의
"청초한 百合"
하고 싶었습니다.

— 이재학, 「百合日記」 전문

2) 잎도 피지 않은 앙상한 가지에
낮이면 하이얀 비둘기
밤이면 하늘의 샛별들이
지나간 겨울을 속삭인다.
새들아 거길랑 앉지 말아라
그들의 정담 깰까 두렵구나.
겹겹이 싸인 소녀의 품 속 수줍은 향기가
봄바람 타고 창가에 와서
목련이라 일러 주더라.

— 윤공, 「木連」 전문

먼저 1)은 꿈이 "백합"으로 형상화된다. "백합"은 생리적으로 "젖은 골짜기"와 같이 습지에서 피어나는데, 그러한 생리적 특성으로 힘겨운 고난에도 불구하고 꿈을 갖는 사람을 상징한다. 즉 "아픔 속에/인내로 순결을 지켜온 생명", 혹은 "백합"은 "짖궂은 가락에도 고운이"를 표상하는 것이다. 또한, 2)에서 꿈은 "목련"으로 형상화되고 있다. 그런데 "목련"의 개화는 낮과 밤에 걸쳐서 "하이얀 비둘기"와 "하늘의 샛별들"과 하나가 되는 일이다. 자연과 우주가 하나로 어우러지는 원대한 꿈의 세계이다.

꿈과 희망의 세계는 다른 시의 표현을 빌리면 "이젠 태양이 빛을 드리워라./이젠 별들이 꿈을 심어라./빈잔을 채우기 위하여/나는 오늘도 꿈을 그린다."(남정자,「바램」부분)는 세계이다. "나"는 꿈을 꾸는 이유는 "빈 잔을 채우기 위하여"라고 고백하고 있는데, 이 시를 미주 한인 시인의 작품이라는 점을 염두에 둔다면, 당연히 이민 생활의 결핍감을 채우기 위한 희망과 연결된다. 그리고 이런 희망의 추구는 자연스럽게 현세대를 넘어 미래 세대를 지향하는 속성을 지닌다. 차세대 차원의 희망 추구는 가령 "너 태양으로 솟아라./너의 빛으로 하여 누리가 밝아 오는데//내일, 내일에 부치는/어미의 푸른 소원이여."(이성호,「아들에게」부분)에 잘 드러난다. 그러니까 그 "태양의 빛"이나 "별들의 꿈"과 같은 "희망"은 자식을 향한 "어미의 푸른 소원"인 것이다.

3) 결론

『크리스찬문예』는 기독교 문학의 추구에 집중했지만, 그렇다고 하여 모든 시 작품이 기독교 정신에 근간을 두고 있는 것은 아니다. 고달픈 삶의 애환이라든가 향수, 그리고 인생의 꿈을 추구하는 모습 등은 미주시에 나타나는 일반적인 특성에 해당하는 것이다. 이 문예지는 미주 시문학사에서 기독교 문학을 추구하는 거의 유일한 것이라 할 수 있다. 그런 이유로 인해 가끔 시적 형상화보다는 신앙 간증의 형식으로 나아가는 시편들도 있지만, 그 같은 경우에도 최소한의 시적 표현 방식을 유지하고 있다.

사실 시와 종교는 매우 밀접한 관계에 놓인다. 성경은 전체적으로 문학작품으로 보아도 손색이 없을 만큼 시적인 표현이 많다. 예수님과 그 제자들의 행적과 관련된 서사 부분을 제외하면 서정적 차원의 표현들이 빈도 높게 등장한다. 특히 「시편」은 정제된 시들의 모음집이라고 할 정도로 시적인 표현들로 넘친다. 따라서 기독교와 시 혹은 문학은 매우 밀접한 관계에 놓인다. 하여 미주 한인 기독교인들이 시와 신앙을 하나로 연결해보고자 하는 시도는 매우 유의미하다. 그리고 오늘날까지 그 작업이 면면히 이어 오고 있는데, 이러한 사실은 미주 시문학사에서 주목할 만한 가치를 지니는 것이다.

5.『신대륙』과 미 동부지역의 시

1) 서론

『신대륙』은 1985년 뉴욕문학동인회에서 강량, 김명욱, 박정태, 박철훈, 박현, 이영주, 정규택, 정문혜, 조월호, 최승아 등 10명의 문인이 동참하여 창간한 종합문예지이다. 이 문예지는 1973년 미 서부지역에서 발간되었던 동인지『지평선』과 여러 측면에서 비교된다.[36] 이 글에서 주로 살펴볼 창간호에 참여한 10명의 작가는 대부분 당시 미주 문단에서 활동해오면서 등단의 과정도 거친 사람들이다.[37]『신대륙』은 시뿐만 아니라 수필, 동화, 단편소설 등의 장르를 포함하고 있다는 점에서 당시 미주 문학을 망라하고 있는 것이라 할 수 있다. 모두 3호가 출간된『신대륙』가운데 1985년 가을에 나온 제1집에는 김명욱, 박정태, 박철훈, 최승아의 시, 1986년 봄에 나온 제2집에는 김명

---

36 제3장 "2.『지평선』의 창간과 미주 한인 시단의 정초" 부분을 참조할 것. 특히 미 서부지역과 미 동부지역의 선구적인 문예지(동인지)였다는 점, 이후『미주문학』,『뉴욕문학』등 더 전문적인 문예 종합지로 발전해 나갔다는 점에서 유사하다.

37 수필가 이계향은「조용한 출범」(뉴욕문학동인회,『신대륙』창간호, 1985년 가을)에서 "이분들은 지면을 통해 꾸준히 작품 활동을 해 오다가 이곳 모 신문사에서 제정한「현상 문예」각 분야에서 거의가 입상의 영광을 차지한 신진작가들이다."라고 밝히고 있다.

욱, 김태야, 박철훈, 윤석진의 시, 1986년 여름에 나온 제3집에는 김명욱, 박
정태, 박철훈, 윤석진의 시가 실려 있다. 김명욱과 박철훈은 3호까지 모두 작
품을 게재하고 있어서 한두 호씩에 작품을 게재한 다른 시인들과 구별되고
있다.

창간호에 실린 시의 경우 김명욱 4편, 박정태 4편, 박철훈 3편, 최승아 10
편 등 모두 21편의 작품을 싣고 있다. 그리고 김정기 시인이 「빛나는 땅」이라
는 축시를 발표하고 있으니,『신대륙』에는 모두 22편의 시가 실린 셈이다. 또
한, 이 동인지의 서문도 특이하게 운문 형식을 취하고 있다.

> 멀리 서부의 알칸사스에서도 비행기로 작품을
> 전해왔고, 봉제공장, 세탁소, 야채가게
> 카운터 구석에서 써낸 원고지를 들고 와서
> 우리들의 동인이 되었습니다.
>
> 아무리 외롭고 삭막하고 전쟁터같은
> 이민생활이지만, 마음을 터놓고
> 대화할 수 있는 동인이 있으므로 해서
> 우리는 덜 외롭고, 덜 삭막합니다.
>
> 비록 우리는 매일처럼
> "헬로우" "익스큐스미" "땡큐"를 연발하며
> 살고 있지만,
> 우리들 깊은 곳에서는 모국어에 대한
> 열정으로 뜨겁게, 뜨겁게 내연하고 있습니다.[38]

이 서문에는 우선 미주 한인 시인들이 얼마나 열악한 환경 속에서 시를 창

---

38   박현, 「신대륙을 펴내면서」,『신대륙』창간호, 1985.

작하고 있는지 드러나고 있다. 미국이라는 광활한 지역에서 동인을 구성하여 활동한다는 것 자체가 매우 어려울 터인데, 동부지역에서 발간하는 이 동인지에 "멀리 서부의 알칸사스에서도 비행기로 작품을/전해왔"다고 한다. 이뿐만 아니라 "봉제공장, 세탁소, 야채가게/카운터 구석에서 써낸 원고지"를 가지고 동인 활동을 하고 있다고 한다.『신대륙』의 동인 활동은 방대한 지역으로 인한 어려움 속에서 힘겨운 생계 활동을 하는 틈틈이 이루어지고 있음을 알 수 있다. 동인들은 "외롭고 삭막하고 전쟁터같은/이민생활" 속에서도 "모국어에/대한 열정으로" 시를 쓰고 동인 활동을 하고 있다는 것이다. 이 동인지의 문학사적 의의는 미 동부지역 최초의 시 동인지라는 점에 있다. 그렇다면 실제 발표된 시편들은 그러한 문학사적 의의에 얼마나 부응하고 있는지 살펴보기로 한다.

2) 본론

(1) 이민 생활의 소외감과 미국 사회에 대한 비판

『신대륙』의 시편들에는 미 서부지역에서 발간된『지평선』의 시편들보다 이민 생활의 고달픔과 미국 문화에 대한 비판적 인식이 빈도 높게 나타난다.『지평선』에 빈도 높게 나타났던 미국 문명과 자연에 대한 찬양과 미래에 대한 긍정적인 전망이『신대륙』에는 잘 드러나지 않는다. 그 이유를 간단히 말하기는 어렵지만, 일차적으로는 10년 이상의 기간[39]을 거치면서 자신의 삶과 미국에 대한 성찰적, 비판적 거리를 확보했기 때문이 아닐까 싶다. 그러나,

---

39 『지평선』이 1976년 발간되었고『신대륙』이 1985년 창간되었다는 것은 그 중간에 10년의 기간이 개재하는 것이다. 그리고 1970년대는 한인들의 미국 이민 2차 붐이 일어나기 시작한 초창기이고, 1980년대는 이전과 비교해 그 규모도 커졌다는 점에서 차이가 있다.

『신대륙』의 시들도『지평선』의 시들과 마찬가지로 미국에 대한 동일시와 비동일시, 혹은 반동일시[40]라는 큰 틀을 벗어나고 있지는 않다. 먼저 비동일시나 반동일시 차원을 살펴본다.

> 뱀눈처럼 가느란 하늘을 붉혀
> 혀를 내민 뉴욕은 어제와 오늘
> 또 내일 텅 빈 교회당 홀로 눈 부비는
> 십자가에 빨래마냥 널리어 있다.
>
> 땅위 머무는 가느다란 호흡이
> 흐르는 개울여에 발을 담그고
> 벗으려 한다 찌들은 발가락 때들을
>
> 영생의 샘물 외쳐대는 소리들
> 뉴욕의 하늘 수놓고 아무도 안 마시려는
> 그 불빛 이슬들
> 호호호 불며 발명 안 나게 넘기는
> 아리랑 고개는 우리들의 모임들
>
> 한숨에 달리어 몸 부끄러 숨기는
> 빈 몸둥아리엔 파닥 파닥 숨 쉬고 있는
> 너와 나의 뉴욕이
> 다닥 다닥 딱지처럼
> 흩어져서 내린다
>
> — 김명욱, 「Korean의 뉴욕」 전문

이 시는 미국이 경제적 심장부 "뉴욕"에서 살아가는 한인들의 애환이 담겨있다. "뉴욕"은 "뱀눈처럼 가느다란 하늘"을 간직하고 "혀를 내민" 공간으로

---

40 Diane Macdonell, 임상훈 역, 앞의 책 참조.

서 답답할 뿐만 아니라 탐욕으로 얼룩진 곳이다. 그곳에서는 과거와 현재와 미래("어제와 오늘/또 내일")의 모든 시간이 "홀로 눈 부비는" 이른 새벽의 "텅 빈 교회당"의 "십자가에 빨래마냥 널리어 있다"고 한다. "뉴욕"의 한인들은 낯선 도시에서의 공허감과 고독감, 소외감에 시달리는 것이다. 그래서 "한인들은" "찌들은 발가락의 때들"과 같은 현실의 고통을 벗어나기 위해 "영생의 샘물 외쳐대는 소리들"을 듣는다. 즉 아직 가슴 속에 남아 있는 "아리랑" 노래의 "고개"를 극복하면서 "발병 안 나게" 현실을 극복하기를 염원하는 것이다. 그러나 근본적으로 "한숨"을 벗어날 수 없는 것이 미국에 사는 한인들의 처지이다. 하여 "빈 몸둥아리"로 살아갈 수밖에 없는 한인들에게, "뉴욕"에서의 삶은 몸과 마음의 상처가 "다닥 다닥 딱지처럼/흩어져서 내린다"고 인식될 수밖에 없다.

미국에서의 삶은 "벨트·팔웨이 달린다./아내 태우고 이른 아침 달린다//아내의 손엔/생활의 커피잔이 들려져 있다//아이 책가방에 아파트 열쇠랑 넣어주곤/서둘러 학교 데려다준다./커피마실 시간도 없이 이젠/나의 바윗돌 굴려올려야 한다"(박철훈, 「모닝 커피」 부분)와 같이 고달픈 생활의 반복에 대한 번민으로 이어지기도 한다. 그리고, 미국의 한인 시인들은 그러한 생활의 실제 속에서 미국 사회에서 소외된 존재인 흑인들과의 정서적 연대감을 드러내기도 한다.

Lin의 검은 옷자락에서
방울방울 물이 스며나오다
나의 작으디 작은 이마에선
송송이 물방울
끈적이고
Salt…
Color가 없다

아내를, 딸을
끔찍히도 좋아하는 검둥이
그는 BL.A.ck임을 모른다

아픔을 두 개
하난 기쁨
또 하나ーㄴ
슬픔.

망고 수증기에
몍 감는 기쁨도
$의 슬픔도
언젠가는 지나가리
모든 아픔이 푹 패인 상처로부터
달아날 때ーㄴ.
하늘과 땅에
곁눈질 하는
허울 속 그림자들

Yellow
BL.A.ck
White

Lin. 그는 검둥이
Harlem에서만 11년을 살았다.

입이 두터운 그는
겨울 망고를/좋아하지 않는다.

망고 수증기에
한반도의 머리를 감고,

일천 Boxes의
번뇌를 들메어 옮기고

아픔은 둘
하나는 기쁨
또
하-나
슬픔

망고 속에 피-인 아픔에
미국의
낭만이 깃들다.
겨울 망고 속에…….

— 김명욱, 「겨울 망고」 부분

　이 시에 등장하는 "Lin"은 "검둥이"로서 "Harlem에서만 11년을 살았다"는
사람이다. 할렘은 미국에서 매우 가난한 사람들이 살아가는 빈촌이다. 미루
어 짐작컨대 "Lin"은 미국 사회에서 오랫동안 가난하고 소외된 삶을 살아온
흑인이다. "나"는 한인 이민자로서 그러한 "Lin"과 함께 "겨울 망고" 가공 공
장에서 운반 일을 하는 노동자이다. "나"가 관심을 보이는 것은, "Lin"이 비록
가난하고 소외된 삶을 살아가면서도 매우 가정적이고 성실하고 착한 자세
로 살아왔다는 사실이다. 그리고 그에 관한 관심의 결과는 "Yellow/BL.A.ck/
White"와 같은 인종 구분이 아무런 의미가 없다는 인식, 가난으로 인한
"$의 슬픔도/언젠가는 지나가리"라는 긍정적 인식이다. 비록 "일천 Boxes의/
번뇌"를 나르듯이 고된 노동에 시달리며 살지라도 인종적, 경제적으로 평등
하게 살 꿈을 간직해야겠다는 의지이다. 그러면서도 미국 사람들이 한겨울
에도 망고를 먹을 수 있는 "낭만"이 "나"와 "Lin"의 고된 노동의 과정에서 나
온다는 사실을 자각한다. 이는 결국 이 시가 말하고자 하는 궁극적 의미일
터, 미국은 인종적, 경제적으로 결코 평등한 것이 아니라는 사실을 밝히는 것

이다. 이런 인식은 "몹쓸 죽을 병에 걸린 친구 하나"를 "젊은 떡갈나무 하나이/너무 일찍 간다고/처녀장가도 못 가본/한이 서린/떡갈나무였어/그 떡갈나무 친구는/Rhode IsL.A.d State/Providence에서 멀리 아니한/곳에 살고 있었어"(김명욱, 「떡갈나무들의 이야기」 부분)라는 시구에서도 드러난다.

『신대륙』에는 미국 사회의 인종적, 경제적 불평등에 대한 비판의 연장선상에서, 미국이라는 나라가 정말로 자유의 땅인가 하는 점에 대한 회의를 드러내는 시도 포함되어 있다. 가령 미국에서의 삶은 "눈물젖은 이국(異國)의 빵 한아름 안고/돌아오는 황혼길 고개 숙이면/숱하게 밀려오는 피곤의 물결떼/영혼의 둥지마저 적시고 말았단다"(박철훈, 「이브의 가죽옷」 부분)처럼 육신과 "영혼"의 피로감이 크다. 그나마 조금 더 안정적인 생활을 위해서는 영주권 획득에 대한 간절한 욕망을 품는다. 즉 "물보라 되어 피어오르는 영주권 살내음은/아가의 눈방울 속 이랑지는 아내의 마음밭/보다 그리 짙은 것 같아"(박철훈, 「영주권」 부분)에서처럼 "영주권"에 대한 소망은 간절하다.[41] 심지어는 "눈이 내린다/피가 내린다/오! 저 많은 흰 눈송이/내리며 웃는다./펄펄펄/영주권이 내린다/피로 얼룩진/땀이 저린/영주권이/파아란 웃음으로 내린다."(최승아, 「병상에서」 부분)와 같은 "영주권"에 대한 환상에 사로잡히기도 한다.

이처럼 고달픈 생활 속에서 미주 한인 시인들은 미국 사회에 대한 회의감을 갖게 된다. 그들에게 미국 사회는 더 이상으로 아메리칸 드림이 살아 있는 꿈의 터전으로 받아들여지지 않는다.

> 잭슨하이츠 오늘도 해는 지고 네온사인 붉히는
> 내일을 맞듯 밤나빈 꽃이 되어 불을 밝히다

---

41 이 작품은 영주권 취득을 위해 다른 여인과 위장 결혼을 하고 고민하는 상황을 노래한 시이다. (최미정, 「뉴욕 최초의 한인 문학동인지 연구-『신대륙』을 중심으로」, 숭실대학교 한국문학과 예술연구소, 『한국문학과 예술』 제15집, 2015, 157면.)

센 줄 모르게 가는 뉴욕의 하루
태양빛 솟아오르는 또 하루의 나그네 길은
열두 시간 육일을 수놓아 가는 아내의 유방에 덩그런히 걸리어 있다

숨죽여 이어지는 칠일의 이름 어찌 물이 되리
그 거룩함일랑 높이 치켜든 자유의 여신상의 횃불
서러움 가시기 전 감옥 속 갇혀 가신님들 불 밝히는
하늘나라 사자들 되려나

가슴을 펴 보일 수 없는 아무도 없는 어둠속
삶의 딱지가 무기수처럼 너덜거리는 어느 하오의 뉴욕
잭슨 하이츠
정녕 태평양 건너 디뎌 밟은
가슴 옹알이 새겨진 자유의 땅
자유의 하늘 아름다움이 누워있는
에덴의 동산이려나

— 김명욱, 「잭슨 하이츠」 전문

   이 시는 뉴욕의 "잭슨 하이츠"에서 "나그네의 길"을 살아가는 이민자의 고달픈 신세를 드러내고 있다. "잭슨하이츠"의 밤은 "네온사인"이 "꽃이 되어 불을 밝힌다"고 하듯이 화려하기 그지없는 모습으로 다가든다. 그러나 시인이 살아가는 일상은 "센 줄 모르게 가는 뉴욕의 하루"[42] 하루가 "나그네의 길"처럼 고달픈 유랑의 길을 가는 것과 같다. "열두 시간 육일을 수놓아 가는 아내"의 고된 삶도 마찬가지다. 이민자로서 살아가는 부부의 일주일이 "숨죽여 이어지는 칠일"처럼 긴장으로 이어지고 있는 것이다. 그래서 그처럼 고달픈

---

42 이 시구에서 "센 줄 모르게"의 원문은 "센줄 모르게"이다. 그대로 두면 "센줄"의 의미가 해독하기 어렵지만, "센 줄 모르게"로 띄어 쓰면 '헤아린 줄 모를 정도로'라고 해석하는 것이 가능해진다. 그러면 '시간을 헤아릴 수 없을 만큼 경황없이' 바쁘게 살아간다는 맥락으로 이해할 수 있다.

생활이 "자유의 여신상의 횃불"과는 괴리감이 느껴질 수밖에 없다. "뉴욕"은 "잭슨 하이츠"의 화려한 밤과 "자유의 여신상"이 환하게 밝히고 있지만, 그곳은 시인에게 "삶의 딱지가 무기수처럼 너덜거리는" 곳이자 "아무도 없는 어둠속"일 뿐이다. 따라서 시인은 "뉴욕"이라는 도시가 과연 쉽지 않은 과정을 거쳐 "태평양은 건너 디뎌 밟은" 자신에게 "자유"의 "에덴의 동산"일지 의문을 표하는 것이다.

　미국의 한인 이민자들은 이민 생활의 고달픔이 심화하면서 자신의 꿈을 실현하고자 찾아온 미국이라는 나라에 대한 실망이 커질 때 절망감으로 빠져든다. 이 절망감을 극복하는 방식은 두 가지이다. 하나는 원심적 방법으로 세상에 대한 비판이나 투쟁으로 나아가는 것이고, 다른 하나는 구심적 방법으로 자아에 대한 성찰로 나아가는 것이다. 미국 사회에 충분히 적응하지 못한 미주 한인들이 자주 선택하는 방법은 후자인데, 이를 통해 도달하는 마음의 상태는 인생의 허무감을 느끼는 것이 일반적이다.

> 물방울 속에 갇혀있던 한 사내가
> 지금
> 물이 되어 흘러가고 있다.
>
> 천년을 견디어 온 사내의 어깨뼈가
> 부서져 날리며
> 끈질기게 뒤쫓아온 시간의 발자욱도
> 사라지고
> 영원을 꿈꾸어온 의식의 마디마디가
> 간간이
> 익사자의 시체처럼 떠내려 간다
>
> 시간도 공간도 역사도
> 발디딜 땅도 없는

떠돌이 별같은 사내가 오늘도
잠깐 들른 지상의 집
가장 아름다운 강변에 서서
흘러가는 법을 배우고 있다

아,
장대같은 빗줄기 속에 갇혀 흐르지 못한 세월
강변의 나무들도 온몸으로
몸부림치고 있다.

기다리는 시간은 아름답다는데—
흘러가면서 기다리는 세월
더욱 아름답다

강물이 되지 못하는 물방울의 아픔
하늘에 떠있는 별에 가닿지 못하는
한 인간의 고뇌
지상에서 이루지 못할 꿈도
마침내 강물로
소리없이 흘러가고 있다.

— 박정태, 「강변에서」 전문

　이 시에 등장하는 "물방울 속에 갇혀있던 한 사내"는 미주 한인 혹은 시인
의 자화상이다. 그가 "물이 되어 흘러가고 있다"는 것을 "영원을 꿈꾸어온 의
식"이 "익사자의 시체처럼 떠내려 간다"고 표현하고 있다. 그런데 그 "떠돌이
별같은 사내"는 피동적으로 흘러가는 것이 아니라 "흘러가는 법을 배우고 있
다"고 한다. 이는 떠돌이 같은 이민자의 삶을 살아가면서 그런 삶에 적응하
고자 하는 시인의 의지를 엿볼 수 있는 대목이다. 그러나 그런 의지를 현실에
적용한다는 것은 쉽지 않은 일이다. 현실은 "별에 가닿지 못하는/한 인간의
고뇌"와 "지상에서 이루지 못한 꿈"만이 일렁이는 곳이기 때문이다. 따라서

시인은 자신이 "강물이 되지 못하는 물방울의 아픔"의 주인공임을 인식하고, "흘러가면서 기다리는 세월/더욱 아름답다"는 자위적 감정에 빠져들게 되는 것이다. 시인은 스스로 인생이란 강물처럼 흘러가는 것이고, 이민자의 삶은 그 강물에서조차 소외되는 것이라는 이중적 허무감을 느끼는 것이다.

(2) 새로운 꿈과 영혼의 세계, 순수 서정의 탐구

『신대륙』의 시인들은 이민자로서 느끼는 삶의 허무감과는 다른 지점에서 새로운 희망을 찾아 나서기도 한다. 미주 이민자들은 고달픈 생활 속에서도 삶의 희망을 찾는 여정을 지속한다. 물론 이민 생활이라는 현실에서의 어려움을 극복하고자 이상 세계를 추구하고, 현재라는 시간이 주는 중압감에서 벗어나려고 미래를 지향하는 것이다. 이때 미래를 지향한다는 것은 "이방인의 벽난로/이즈러진/편견의 모닥불이/그대 노오란 진실 불사르면/은나팔을 부세요"(박철훈, 「은나팔을 부세요」 부분)와 같은 마음을 기반으로 삼는다. "은나팔"은 이민자의 "진실"을 찾아 인간답게 살아가려는 의지의 표상이 아닐 수 없다.

> 바다의 시간 속에는
> 과거가 살아있고
> 과거의 시간은 다시
> 바닷가로 몰려와 부서져
> 현실의 모래가 되어
> 쌓이고 있다
>
> 해뜨는 시간이면
> 하늘은 바닷속에
> 고요히 잠겨있다

우리는
바다 살 속 깊숙이
햇살로 엮은
욕망의 그물을 던져
별빛 박힌 인간의 꿈
실존의 하늘을 시간 속으로
끌어 올릴 것이다

오늘도
가을바다는
단 한번의 비상을 기다리며
해변으로 수천 수만 개씩
비밀의 시위를
당기고 있다.
　　　　　— 박정태,「모든 사물에 인간에 이름을 짓듯 시를, 향기와 빛깔과 영혼
　　　　　　　　　　　에 맞는 시를」의 '(Ⅳ) 바다를 보며' 전문

　이 시는 긴 제목 아래 4편의 짧은 시를 연작 형태로 모았다. 그 가운데 네
번째 작품인 이 시는 "바다의 시간"이나 "과거의 시간"을 넘어서 "해뜨는 시
간"으로 나아가고자 하는 의미를 드러내고 있다. "해뜨는 시간"은 과거와 현
재의 "바다의 시간"을 넘어 미래의 시간, 영원의 시간으로 가는 매개 역할을
한다. 마치 여명이 밤과 밤의 경계를 이루듯이. 그런데 그 시간에는 "바다"에
잠긴 "별빛 박힌 인간의 꿈/실존의 하늘을" 높이 "끌어 올리"는 때이다. 그럼
으로써 유한하고 비루한 현재의 시간에 얽매여 사는 현실을 무한하고 이상
적인 미래의 시간으로 승화시키고자 하는 것이다. 그 "단 한 번의 비상"을 위
해 "수천 수만"의 시도를 하는 것은 인간이 진정한 꿈의 세계를 추구하는 형
식이다.
　이러한 승화의 의지는 다른 시에서도 다양하게 드러난다. 가령 "사라진 별
자리를/겨누고, 온몸으로 비상하는 우리들 영혼"(박정태,「활쏘기」부분)을 추구

하는 마음, 그것은 현실 너머 "영혼"의 세계를 추구하는 마음은 앞의 시와 유사하다. 또한 "가을 낙엽은 조금도 슬프지 않다/세월들의 행렬이 또 그렇기 지나가면/언젠가 낙엽 속에 싹트는 화사한/봄이 정녕 다시 찾아오기 때문이다."(박철훈, 「낙엽 속의 새싹이」 부분)라는 시구에는 "봄"을 향한 긍정적인 인식이 드러나고 있다. 이뿐만 아니라 "다시금 타오를 화산의 넋처럼,/쿠빌라이 칸의 후예가 올 때까지/강변을 닦고 있을 일이다"(최승아, 「태양이 비치지 않는 바다」 부분)에서는 역사적 이상 세계를 희구하는 마음이 나타나기도 한다.

한편, 『신대륙』에는 순수 서정시의 전통을 이어가고 있는 시편들도 적지 않다. 순수 서정의 세계는 이민자의 삶과 무관하다고 볼 수도 있으나, 다른 시각에서 보면 순수 서정의 세계로 비루한 일상의 저편에 존재하는 이상의 세계이니, 고달픈 생활을 극복하기 위해 아름다운 서정을 추구한다는 점에서는 이민자들의 삶과 아주 무관한 것은 아니다. 『신대륙』에는 순수 서정을 추구하는 시가 적지 않은데, 특히 최승아의 「꽃」 연작 5편은 사랑을 주제로 한 순수 서정의 세계를 수준 높게 형상화하고 있다.

> 별들의 속삭임 끝에 피어난
> 꿈의 꽃이에요.
> 하나씩 모은 이슬로 핀 꽃.
> 어디서 왔다가 어디로 가는지,
> 구름의 옷을 빌려 입고 핀―
> 구름의 꽃.
> 장대같은 소나기의 정열,
> 의지로 일어난 사랑의 꽃이에요.
> 바람처럼 하늬며 춤추는 꽃,
> 바람따라 가고픈 부유의 꽃이에요.
> 꽃이에요, 난.
> 꽃잎 하나에 사연담아
> 그대에게,

다른 한닢은 바람에게 띄우겠어요.
머나먼 여행을 떠나기 전에,

— 최승아, 「꽃(Ⅴ)」 전문

　이 시는 "꽃"이 되고자 하는 소망을 노래하고 있다. 그 "꽃"은 "별들의 속삭임 끝에 피어난/꿈의 꽃"이라고 하는 것으로 보아서, 현실의 "꽃"이 아님은 물론이다. 그것은 "이슬로 핀 꽃"으로서 생명의 표상이자 "구름의 꽃"으로서 동경의 표상이고, "사랑의 꽃"으로서의 정열의 표상이자 "부유의 꽃"으로서의 자유의 표상이다. 이러한 "꽃"이 되고자 하는 시인의 소망은 순수 서정의 이상 세계를 지향하는 마음이다. 특히 자신이 "꽃"이 되어 하나의 "꽃잎"은 사랑의 대상인 "그대"에게 보내고 다른 "한닢은 바람에게" 보낸다는 것으로 보아, 시인은 궁극적으로 자유로운 사랑을 추구하고 있음을 알 수 있다. 진정으로 자유로운 사랑은 그 대상에서도 자유로울 터, 이상을 향한 사랑으로부터 자연을 향한 사랑, 인생을 향한 사랑, 가족을 향한 사랑, 고국을 향한 사랑이 모두 포괄될 수 있을 것이다. 이처럼 순수한 사랑의 소중한 이유는 "도시의/어둡고/지저분한 골목마다/향기 뿌리는//사랑은 황금빛처럼/탐스럽다"(최승아, 「새벽」 부분)고 말할 수 있기 때문이다.

　최승아 시인의 다른 시에서 사랑은 인생의 매우 소중한 가치로 노래된다. 이를테면 "그대의 눈빛, 별의 마음, 한 방울의/진주액같은 사랑의 수액은/그 어떤 보석보다도 사랑을 일깨우는/언어로 들리네요"(최승아, 「이슬」)라는 시구는, 사랑의 소중함을 노래한다. 나아가 "사랑은/황금빛처럼/탐스럽다./돌탑같이 쌓아올린/씨알/눈부시다."(최승아, 「새벽」 부분)에서는 사랑에 대한 예찬으로 이어지기도 한다. 미주 한인 시인들에게 사랑은 고달픈 인생살이를 넘어서는 데 소중한 에너지 역할을 한다. 인종의 차이도, 시간의 차이도 모두 초월할 수 있는 사랑을 노래하는 일은 인간 본연의 서정을 회복하는 데 가장 중요한 요소이기 때문이다. 즉 어떤 상황에서든 인간다운 삶, 서정적인 삶을 유지하기 위해 "한 생명의 진액 피 같은 영혼을 남김없이 타버리는 촛불/우리가 호흡할 때만이 나누는 그런 사랑"(최승아, 「꽃(Ⅱ) 부분」)을 추구하는 것이다.

순수 서정의 중요한 영역 가운데 하나는 인간의 감정이나 자연 서정[43]과 관계 깊다. 사랑과 이별, 슬픔과 그리움 등과 같은 감정이나 그런 것들을 표상하는 자연의 세계는 동서고금의 시인들이 꾸준히 노래해온 순수 서정시의 전형적인 모습이다. 『신대륙』의 시인들 역시 그러한 순수 서정시의 계보학을 이어나가고 있다. 특히 아래의 시처럼 순수한 사랑과 향수가 결합해 나타나는 양상은 흥미로운 사례이다.

> 떠가는 구름을 보아라
> 어젠가 그저께
> 그 소녀의 모습을,
> 아니야 아니야 그 소녀가 아니야
> 떠나던 날 보냈던 시름이었네,
> 진달래, 철쭉 핀 아리랑 고갯마루
> 백사 쥔 손으로 뿌리며 가네,
>
> 떠나가는 구름을 보아라
> 아지랑이 감도는 꽃길위에
> 순녀가 흔드는 꽃바람을 보아라
> 아니야 아니냐 순녀가 아니야
> 죽도록 보고픈 그 얼굴.
>
> ― 최승아, 「마지막 얼굴」 전문

이 시는 "그 소녀" 혹은 "순녀"를 향한 절실한 그리움을 노래하고 있다. 시

---

43 『지평선』에는 『신대륙』에 비해 이러한 순수 서정을 내용으로 하는 시편들이 많지 않은 편이다. 이는 아직 심미적 거리를 유지할 만한 여유가 확보되지 않았기 때문에 그런 것으로 보인다.

인은 먼저 "떠가는 구름"을 보면서 떠나간 "그 소녀"를 연상하고는 이내 "그 소녀가 아니야"라고 부정을 하고 있다. 이것은 "그 소녀"와의 이별을 부정하고 싶은, "그 소녀"에 대한 마음이 아직 남았음을 드러내는 것이다. 그래서 "떠가는 구름"은 "그 소녀"가 아니라 오히려 "떠나던 날 보냈던 시름"이라고 생각해보는 것이다. 그러나 어찌 생각하든 "그 소녀"가 "철쭉 핀 아리랑 고갯마루"에 하얀 모래("백사")를 뿌리며 떠나간 사실을 되돌릴 수는 없다. 그래서 결국 "떠나가는 구름"에서 "그 소녀"를 연상하면서 "아지랑이 감도는 꽃길위에/순녀가 흔드는 꽃바람"이 분다고 보는 것이다. 그러나 여전히 시인은 "순녀"와의 이별을 인정할 수 없어 그것이 "순녀가 아니"라고 한다. 요컨대 이 시는 이별을 부정하고 싶을 만큼 "죽도록 보고 싶은 그 얼굴"에 대한 절박한 그리움을 노래한 것이다.

3) 결론

이처럼 『신대륙』은 미 동부지역의 시단을 정초하는 데 선구적인 역할을 했다. 이 문예지에 작품을 게재한 김명욱, 박정태, 박철훈, 최승아, 김태야, 윤석진 등의 시인은 당시 미 동부지역의 대표적인 한인 시인에 속한다. 이들이 보여준 시 세계는 국내 시단에서 찾아볼 수 없는 특이성을 담보한다. 『신대륙』의 시에서 빈도 높게 드러나는 이민 생활의 소외감과 미국 사회에 대한 비판 정신은 한인들이 미국에 정착해 가는 과정에서 누구나 느끼는 것이었다. 조금이라도 더 풍요로운 삶을 위해 궁핍한 모국을 떠나 이국땅에 자리를 잡아보려 하지만, 이국땅 역시 매정하고 비인간적인 속성을 간직한 장소로 다가든다. 이러한 현실 상황에 대해 시인들은 비판의 붓을 드는 것이다. 나아가 『신대륙』에는 그러한 현실을 벗어나 새로운 꿈과 영혼, 그리고 순수 서정의 세계를 추구하고자 하는 시심도 자주 드러난다. 『신대륙』의 시편들은 이러한 모순되는 두 속성을 모두 간직하고 있다.

이처럼『신대륙』은 서부지역에 편중되어 있던 미국의 한인시가 균형을 잡는 계기가 되었다. 미주 한인시가 미 동부지역보다 미 서부지역에서 더 활성화된 것은 일차적으로 인적 자원의 문제일 터, 아무래도 뉴욕보다는 L.A. 혹은 동부지역보다는 서부지역에서 한인 시인들이 더 많이 활동하고 있기 때문일 것이다. 그러나 미국의 한인시, 미주의 한인시에서 미 동부지역 시의 비중은 결코 작은 편이 아니다. 사실 미주의 한인시는 미국의 한인시가 지배적인 역할을 하는 것인데, 미 동부지역 시는 미국 한인시 전체로 볼 때 양대 산맥에 해당한다. 따라서『신대륙』은 미국 한인시, 나아가 미주 한인시의 영역을 확장하고 조화를 이루는 데 지대한 역할을 했다고 할 수 있다.

6. 브라질 한인시의 양상

1) 서론

미주시 가운데 남미지역의 시는 주로 브라질 한인들에 의해 창작되었다. 브라질은 미주지역에서 비교적 일찍이 한인 이민이 이루어진 지역이다. 한인들의 브라질 이민은 1963년 농업 이민으로 시작되었지만, 이후 제조업이나 상업 등에 종사하기 위해 상파울로와 같은 대도시로 옮겨갔다. 오늘날 브라질에는 남미 국가들 가운데 가장 많은 약 5만 명 정도의 한인들이 살고 있다. 브라질의 국토는 8,514,876.599㎢에 달하는데, 이는 남미대륙의 47.3%이자 한반도의 약 37배에 해당하는 넓은 지역이다. 인구는 약 2억 6백 44만명(2016년 기준)으로서 세계 5위[44]이다. 한인들은 이처럼 넓은 나라에서 소수자로서의 여러 가지 소외감과 고달픔 속에서 살아갈 수밖에 없는 상황에 놓

---

44 주브라질 한국대사관 홈페이지(http://overseas.mofa.go.kr/br-ko/index.do) 참조.

제4장 디아스포라 시문학의 발전기

298
299

여 있다.

브라질의 한인시는 북미 지역인 미국이나 캐나다와 비교해 소수의 시인에 의해 창작되었다. 그것은 그만큼 남미지역의 한인 이민자들이 북미지역에 비해 적기 때문이기도 하려니와 시 창작을 계속 이어나가기 위한 문화적 환경도 열악하기 때문이다. 특히 국내 시 문단과의 교류에서 북미지역과 비교해 활발하지 못한 탓에 창작의 모티브나 당대적 시의 흐름에 동참하기가 쉽지 않았던 것으로 보인다. 그러나 그럼에도 불구하고 남미지역에서는 인적 구성이나 시인 숫자에 비해 풍요로운 시적 성과를 이루고 있다.

브라질의 한인시는 브라질 한인회에서 1970년에 발간했던 종합교양지『백조』와『무궁화』, 그리고 1986년 창간된 문예 동인지 형태의『열대문화』등을 통해서 전개되었다. 특히『열대문화』는 '열대문화동인회'가 주도해서 창간했는데, 황운헌 시인을 비롯하여 권오식, 김우균, 목동균, 안경자, 연봉헌, 이찬재, 주오리, 한송원 등의 문인이 동참했다.『열대문화』는 제호를 보면 문화 잡지를 표방했지만, 문학을 중심으로 전개되었다. 그 창간사를 보면 "우리는 우리의 전통문화를 간직한 채 브라질이라는 낯선 사회에 우리의 나름대로 적응해야 하는 슬기로운 지혜를 얻어내야만 한다."고 밝히고 있다. 나아가 "이질적인 문화를 배경으로 생성된 한국의 문화와 브라질문화 사이에서 서로 공감할 수 있고 서로 이해할 수 있는 가교(架橋)의 구실도 할 것이다."라고 밝히고 있다. 문화를 통한 양국의 교류에 문학이 일정한 역할을 해야 한다고 본 것이다.

남미지역의 시에 관한 연구는 비평적 차원에서 간헐적으로 이루어져 왔다. 황운헌은「하나의 가능성을 찾아서」[45]라는 글에서 처음으로 브라질 한인 문학의 실체를 국내에 소개했다. 권영민은 일찍이「브라질에 심은 한글문학」[46]에

---

45 『울림』2호, 75쪽, 1988.
46 『문학사상』, 1989년 4월호.

서 목동균, 주오리, 이정훈 등의 시를 소개했다. 최근에 김환기는「재브라질 코리언 문학의 형성과 문학적 정체성」[47]에서 브라질 한인 문단의 형성과정과 소설의 특성을 살피고 있다. 또한, 김낙현·이명재는「재브라질 한인 문학의 형성과 성향」[48]에서 브라질 한인 문학의 특성을 유랑과 망향 의식, 정체성에 대한 자각과 탐색, 재이민과 역이민 의식 등으로 나누어 살피고 있다.

그런데 브라질 한인 문학의 중심을 차지하고 있는 장르는 시문학임에도 불구하고, 아직도 그 특성을 전면적으로 다룬 글을 찾아보기 어렵다. 따라서 이 글은 브라질 한인시가 형성된 1980년 이후의 특성을 전체적으로 정리해보고자 한다. 이 글의 텍스트는『브라질 코리안 문학 선집』[49]의 시 작품들을 중심으로 하되, 필요할 경우 다른 잡지나 문예지에 수록된 작품들도 포함할 것이다.

2) 브라질의 한인시 특성

(1) 이방인의 애환과 향수

브라질 한인시의 일차적인 특성은 이방인으로서의 애환과 향수의 서정이라 할 수 있다. 브라질이라는 머나먼 곳에서 이방인으로서 정착하고 살아가는 과정에서 먼저 느끼는 것은 고독과 슬픔이다. 그들의 고독은 남미대륙이라는 거리감과 언어, 문화의 차이에서 오는 것과 한 인간으로서의 실존적인 차원에서 오는 것이 있을 수 있다. 브라질의 한인 시인들이 즐겨 노래한 것은 물론 전자이다. 슬픔 역시 그러한 고독과 연동되면서 크고 깊은 마음의 상처

---

47 한국외대 중남미연구소,『중남미연구』제30권 1호, 2011.

48 우리문학회,『우리문학연구』47집, 2015.

49 김환기 편,『브라질 코리안 문학 선집(시/소설)』, 도서출판 보고사, 2013.

를 만든다.

　　1) 바다가 보이지 않는 마을, 갈매기 한 마리 날지 않는 마을. 김, 미역, 오징어, 김치 파는 백구촌. 아하! 109번 버스 종점이었다고 백구촌이라고…….남국에서 실려온 한 떼의 짙은 안개가 사람과 사람 사이를 가르며 차가움이 살 속 깊이 박히는구나. 깊은 어둠의 숲 속. 갈매기 한 마리 날지 않는 백구촌에서…….
　　　　　　　　　　　　　　　　 ― 목동균, 「백구촌―부에노스 아이레스」
　　　　　　　　　　　　　　　　(『열대문화』 제8호, 열대문화동인회, 1992) 전문

　　2) 빼곡히 들어간 立方의
　　반고호의 노란 햇살
　　손가락 하나 들어갈 틈이 없는
　　가득한 그들만의 構図.

　　한 그루 오렌지 나무 아래
　　粒子로 놓인
　　몇 개의 오렌지 알들.
　　노부부는 종소리 따라
　　장례 미사에 가버리고
　　哭声없는 장례식
　　바래어 버린 슬픔
　　아무 곳에도 없는 悲劇을
　　異邦人 하나 두리번거리며 찾고 있다.
　　　　　　　　　― 목동균, 「아순숀 근교에서」(『무궁화』 제1호, 브라질한인회, 1985) 전문

　　1)에서 "백구촌"은 브라질의 초창기 한인 이민자들이 자리를 잡았던 부에노스아이레스의 한 지역이다. 오늘날에는 한적한 곳으로 변했지만, 한 시절 한인들의 생화 터전으로 중요한 역할을 했던 곳으로 전해진다. 그곳은 "바다가 보이지 않"고 "갈매기 한 마리 날지 않는 마을"이라는 점으로 미루어 볼

때 그다지 아름답고 윤택한 장소는 아닌 듯하다. 다만 한인들의 전통적인 식료인 "김, 미역, 오징어, 김치 파는" 곳이라는 것으로 미루어볼 때 많은 한인이 살았던 곳이라는 점을 알 수 있다. 중요한 것은 "짙은 안개가 사람과 사람 사이를 가르며 차가움이 살 속에 깊이 박히는" 곳이라는 점이다. 사람들 사이에 따뜻한 인정미는 사라지고 냉랭한 한기만 느껴지는 그곳에서 한인들이 얼마나 고달픈 생활을 영위했는지 짐작이 가는 대목이다. 이 시의 냉랭한 풍경은 동족으로서의 인정미도 느낄 수 없을 만큼 한인들의 생활을 상징하는 것이다.

2)는 "햇살"이 내리쬐는 어느 날 "한 그루 오렌지 나무 아래"의 "노부부"와 "이방인"이 일련의 구도를 형성하고 있다. 그런데 "노부부"는 아마도 지인의 "장례미사"를 위해 성당으로 떠났고, 홀로 남은 "異邦人"은 "아무 곳에도 없는 悲劇을" "찾고" 있다고 한다. 이 "이방인"은 이 시의 화자이자 주인공일 터, 그가 "비극"을 찾아 나선다는 것은 비극적인 삶을 살아가고 있다는 뜻과 다르지 않다. 그는 사실 "아순숀 근교"에 사는 한인을 상징하는 인물이라고 볼 때, 이 시는 결국 이국땅에서 디아스포라 의식을 가지고 살아가는 한인의 슬픈 운명을 노래하는 것이다. 전체적인 풍경의 구조와 이미지의 제시가 흥미롭게 다가오는 시이다.

이국땅에서 고달프고 비극적인 삶을 살아가다 보면 당연히 고향에 대한 그리움이 싹틀 수밖에 없다. 고향에 관한 생각은 이국 생활에 지친 마음을 위무해주고, 상처받은 영혼을 치유해주는 역할을 한다.

> 어머니 가슴을 비추던 달빛
> 오늘은 브라질까지 따라 와
> 내 곁에 누었다.
> 지금은 빈자리에서
> 어머니 흉내를 낸다.
> 희기만 하던 달빛이 오늘은

붉은 빛이다.

고향 산천에선 황토 냄새가 나던 달빛
브라질에선 바다 냄새다.
달빛도
때때로 변하거늘 고향 하늘은 그대로일까.

연기처럼 흘러버려도
가슴에 흥건히 고이는 달빛
그리움은 달빛 밝기만큼
흔적을 남기고 있다.
— 최용필, 「달빛」(최용필 시집 『빗속에 빛나는 바다』, 글나무, 2002) 전문

이 시는 "어머니"에 대한 "그리움"을 노래하고 있다. "어머니 가슴을 비추던
달빛"이 "브라질까지 따라"왔다는 것은, "나"의 마음속에 아직도 어머니에 대
한 그리움이 강렬하게 자리를 잡고 있다는 뜻이 된다. 그런데 브라질에서 날
마다 달라지는 "달빛"을 보면서 "고향 하늘은 그대로일까" 궁금증을 갖는다.
이 궁금증은 정답을 원하는 물음을 포함하지 않는다. 그저 고향과 "어머니"
에 대한 간절한 그리움으로 그러한 궁금증을 가져보는 것이다. 그리하여 "그
리움은 달빛 밝기만큼"이나 크고 환하게 다가오는 것이다.

(2) 새로운 풍경의 발견과 꿈꾸기

한인 이민자의 처지에서 브라질이라는 나라는 매우 이국적이고 낯선 곳이
다. 그것은 언어와 문화의 이질성에서 오기도 하지만, 지리적 풍경의 낯섦에
서 오는 것이기도 하다. 브라질 한인시에서 지리적 상상의 차원에서 가장 중
요한 상징적 역할을 하는 것 가운데 하나는 사탕수수밭이다. 사탕수수밭은
브라질로 노동 이민을 한 초창기 한인 이민자들이 그곳에서 처음으로 발견

한 풍경이었다. 그리고 그 풍경은 이후의 이민자들에게도 브라질의 지리적 상상을 하는 모티브 구실을 해왔다. 브라질에서 만난 대자연의 아름다운 풍광은 한인 이민자들의 허전한 마음에 위안을 준다.

넌출넌출 춤추는 사탕수수는 브라질이다.
풍요란 나의 어휘가 가난해지는 이 푸른 시야, 브라질이 숨 쉬고 있다.
푸른 숨을 푸릇푸릇 숨 쉬고 있다.
대서양도 내게 주지 못했던 놀라운 노래는
여기 이 들판에서 태고의 음질로 퍼져가고 있다.
친구여 듣겠는가.
신의 음악, 바람이 연주하는 신의 교향시를,
그리고 생각해 보라, 멀리 있는 나를 위해
브라질이 내일을 이렇게 노래하고 있음을.

사탕수수밭 위로 바람이 분다.
이 거대한 아름다움
이 단순한 아름다움.
아이들은 차창 밖을 모른다.
그저 뭐라고들 재깔재깔.
이야기 나눌 사람 없이 혼자인 푸른 고원 지대.
부드러운 사탕수수밭 위로 내가 날아
날아 날아, 바람에 섞여 날아가노라면
나는 사탕 입자보다 더 작은 포자가 되리.
달린다. 바람처럼 달린다.
사탕수수 사이로, 위로, 더 위로 달린다.
마침내 하늘도 없고
지평선도 없고
푸르름도 없고
노래도 없고
생활도 없고

번뇌도 없고
아무 것도 없다.
아무 것도 없다.
— 안경자, 「사탕수수 밭으로」 부분(『열대문화』 제2호, 열대문화동인회, 1987)

이 시의 "사탕수수밭"은 "브라질"의 풍요로움을 상징한다. 넓은 대지에 끝없이 펼쳐지는 "사탕수수밭"은 "풍요란 나의 어휘가 가난해"질 정도로 광대하다. 그곳에 바람이 부는 광경은 인간의 노래를 넘어선 "신의 음악, 바람이 연주하는 신의 교향시"이다. 인간을 위해 만들어진 "사탕수수밭"이지만, 그것이 "바람"이라는 자연을 만나면서 신의 세계로까지 승화된다. "사탕수수밭"이 있는 곳은 비록 "이야기 나눌 사람 없이 혼자인 푸른 고원 지대"이지만, "나"는 신의 세계와도 같은 그곳을 "바람처럼 달린다"고 한다. 그렇게 "나"는 "사탕수수 사이로, 위로, 더 위로 달"리자, "마침내 하늘도 없고/지평선도 없고/푸르름도 없고/노래도 없고/생활도 없고/번뇌도 없고/아무 것도 없"는 경지에 도달한다. 이 무아지경의 경지는 브라질의 드넓은 "사탕수수밭"이 가져다준 신의 선물이나 다름없다.

이처럼 자연의 발견은 브라질이라는 낯선 곳에서의 고달픈 이민 생활을 위무해준다. 그리고 자연의 발견이 한 걸음 더 나아가면 밝은 미래를 향한 꿈과 희망의 표상이 되기도 한다. 그것은 "안데스 기슭/꺼칠한/계금타는 황색 시내//고사된 잡초/땅지기 시들어/주춤 겨울에 살아나는//벌레도/어울려/울어대었을까//선인장/의지 하나로/빨간 꽃잎"(김기철, 「겨울에 가야지」 전문(『열대문화』 제3호, 열대문화동인회, 1988)처럼 한인들의 마음에 피어난다.

뺨이 저리도록 몰아치는
눈보라가,
미루나무 가지에 걸려 울고 있었다.

봄은 상기 먼 제.

까치는 싸락눈만 쪼아 먹고
바람이 불면 숫제 빗날곤 했다.

나무 끝엔 지다 못진
누렁 잎이 하나
불안에 떨고

양지 쪽

소복이 눈이 쌓인 싸리나무 숲을
산새가 졸고 있었다.

메마른 부리를 죽지에 틀어박고
산새는 꿈을 꾸었다.

오곡이 무르익어 넘실거리는 황금색 들판을
앵무새가 짝지어 날아다니는……

파아란 남국의 하늘은/봄은 상기 먼데.
　　　— 주성근, 「南國의 꿈」(『무궁화』 제1호, 브라질 한인회, 1985) 전문

　　이 시의 주인공은 "몰아치는/눈보라" 속에서 "미루나무 가지에 걸려 울고
있"는 "산새"이다. "산새" 곁에서 "나무 끝에 지다 못 진/누렁 잎 하나/불안에
떨고" 있는 모습은 "산새"의 마음 상태를 온전히 반영한다. 이때 "산새"를 브
라질에서 살아가는 한인들을 비유한 것으로 읽는다면, 그 "불안"한 그 마음
을 쉽게 이해할 수 있다. 어쨌든 중요한 것은 "산새"가 그러한 마음의 상태에
서도 "꿈을 꾸었다"는 사실이다. 그 "꿈"은 "오곡이 무르익어 넘실거리는 황
금색 들판"과 관련되는 것으로 보아 풍요로운 삶을 의미할 것이다. 이것은

브라질이라는 척박한 이국에 와서 풍요로운 삶을 꿈꾸는 한인들의 마음을
형상화한 것으로 보아도 무방하다. 그 꿈은 현실적인 것보다는 마음의 상태
를 지향하는 것이다.

> 나는
> 꿈을 꾼다
> 이따빠리까의
> 갈매의
> 바다에서
> 저
> 만큼
> 꼬꼐이로의 묘묘한 조망 속
>
> …(중략)…
>
> 외잡(猥雜) 한 문명 속에서
> 사베이로를 타고 온
> 바람 같은
> 여인(旅人),
> 바람 같이
> 바람 같이
> 오동나무 금(琴)을 뜯으면
> 멀리
> 천애(天涯)를 흐르는 한 마리
> 물새,
> 나는
> 본다
> 이따빠리까의
> 망망한 낙일(落日) 속에서
> 일순
> 흩어지는

미주 한인 시문학사

　　　　무생(無生)의 환영을.
— 황운헌, 「이따빠리까의 명상」(『열대문화』 창간호, 열대문화동인회, 1986) 부분

이 시에서 "나"는 "꿈을 꾸"는 존재이다. "나"가 꾸는 꿈은 현실의 풍요로움
이나 행복이라기보다는 오히려 그러한 현실에 대한 집착을 초월한 마음의
상태를 의미한다. "나"는 "이따빠리까"라는 살봐돌(브라질의 옛 수도) 앞에 있는
섬에서 "꼬께이로"라는 야자나무가 있는 풍경을 배경으로 꿈을 꾼다. 그 꿈
은 동양의 사상사 "외잡(猥雜)한 문명 속에서/사베이로(범선)를 타고 온/바람
같은/여인(旅人)"이 되어 "노자"의 "무위"자연의 상태에 접어드는 것이다. "나"
는 "바람"처럼 혹은 "천애(天涯)를 흐르는 한 마리/물새"처럼 거칠 것 없이 자
연과 세상을 주유(周遊)하고자 한다. 이러한 경지에 도달하려는 마음은 황혼
녘에 "무생(無生)의 환영"을 떠올리게 해준다.

3) 결론

브라질의 한인 시인들은 그 어떤 고난도 물리치면서 꿋꿋하게 살아가는 한
인 이민자들의 모습을 다양한 방식으로 노래했다. 브라질은 다른 나라보다
도 더 낯설고 먼 곳이기 때문에 한인 이민자들이 받는 문화적 충격은 상당히
컸다. 일본이나 중국, 혹은 미국과는 상당히 다른 이질감을 느꼈을 것이다.
그러나 브라질의 한인들은 그러한 역경을 한글시를 통해 위무 받고 있었다.
시를 창작하는 사람들은 창작하는 사람들대로, 독자들은 독자들대로 한글시
를 통해 의지할 곳 없는 마음을 다잡곤 했다. 그것은 어떠한 슬픔일지라도 한
송이 아름다운 꽃으로 승화시킬 줄 아는 의미와 지혜의 결과였다.

　　　　상파울로 식물원의
　　　　靑苔 빛깔로 풀려 있는 연못에는

연꽃이 피어있다.
황홀한 슬픔으로 안으로부터 영롱한
연꽃이 피어있다.
타향살이 갈망 속에 뼈를 깎는 아픔을 앓더라도
모두 一蓮托生 아니겠는가.
상파울로 식물원의
粉靑의 추상으로 무늬진 연못에는
한 송이
세 송이
열 송이
백 송이
천 송이
만 송이
환하게 연꽃이 피어있다.

— 황운헌, 「상파울로 식물원의 연꽃」
(『열대문화』 제7호, 열대문화동인회, 1990) 전문

이 시에서처럼 브라질의 한인들은 "타향살이 갈망 속에 뼈를 깎는 아픔을 앓더라도" 희망을 버리지 않고 살아왔다. 이 시에 등장하는 "연꽃"처럼 진흙탕과도 같은 세상에서 아름답고 고아한 삶을 꽃피웠다. "타향살이 갈망 속에 뼈를 깎는 아픔을 앓더라도" 기꺼이 극복하여 "상파울로 식물원"에 피어난 "연꽃"처럼 삶의 의지를 고양하고 살아왔다. 이런 의지와 승화는 브라질 사회에서 소수자 중의 소수자임에도 불구하고 시와 함께 하는 수준 높은 삶을 영위해왔기에 가능한 것이었다. 문제는 미래이다. 이제 이러한 한인시 성과들이 다음 세대에까지 이어나갈 방법을 찾아야 한다. 그래야만 지금까지의 시적 성과가 더욱 빛날 것이기 때문이다. 하여 미래가 받쳐주는 현재, 현재가 받쳐주는 과거가 진정한 의미의 역사적 연속성을 보장해줄 것이란 점을 잊지 말아야 할 것이다.

7. 『문학세계』와 미주시의 민족성, 세계성

1) 서론

『문학세계』는 1988년 봄에 미국의 L.A.에서 창간된 종합문예지이다. 미주 지역에서 이전에 나온 문예지들은 대개 동인지이거나 특정 문인 단체의 기관지의 성격을 띤 것이 대부분이었다. 그러나 『문학세계』는 특정한 문학 모임의 동인이나 회원이 아닌 일반 문인들에게 원고를 청탁하여 게재하는 순문예지를 지향했다. 이 점은 『문학세계』가 갖는 중요한 의미라고 할 수 있다. 이 문예지가 창간된 1988년은 국내에서 전 세계인들의 스포츠 축제인 올림픽이 개최되었던 해이다. 국내에서는 정치·경제·사회·문화의 모든 분야에서 국제적 표준화를 성취하기 위해 노력을 하여 실질적인 성과를 이루기도 했다. 이뿐만 아니라 '87정신을 기조로 삼아 우리 사회의 각 분야에서 민주주의를 실천하기 위한 노력들이 이루어졌다. 아직 노태우 대통령이 군부 정권을 유지하고는 있었지만, 대통령 직선제를 성취하는 등 민주화의 많은 진전이 이루어지고 있었다. 미주시도 이러한 국내의 상황과 관련하여 민주주의나 민족과 같은 거시 담론에서 자유로운 문학을 추구하기 위해 『문학세계』를 창간한 것이다.

『문학세계』의 창간 과정에서 주도적 역할을 한 사람은 고원 시인이다. 그는 미국으로 이주하기 전인 1952년 「시간표 없는 정거장」으로 등단하고 『시작』이라는 문예지를 발간했던 시인이다. 그는 『문학세계』의 창간호부터 발행·편집인으로 활동하면서 수준 높은 문예지를 만들기 위해 큰 노력을 기울였다.

꼭 2년 반 전부터 구상하고 준비하던 문학잡지가 1988년 새해와 함께 출범한다. 題號도 전에 생각한 것을 그냥 쓰기로 했다. 운영, 편집 어느 면에서나 완전히 독립된 부정기 간행물로 나가게 된다. 계간으로 발전하기를 원하고 있다.

　〈문학세계〉의 뜻은 문학의 영역이라는 부문을 특정하기도 하고, 문학적 인 세계라는 일반성을 향해서 뻗어나가기도 한다. 이 문예지가 실질적으로 추구하는 것은 주로 해외에 살고 있는 한국계 문인들의 창작활동을 자극하 면서 그 결실을 모아보는 일이다. 그들의 문학세계에 새로운 次元의 민족 성과 세계성이 구축될 수 있는 가능성에 대해서, 나는 실로 깊은 관심을 가 지고 있다. "미주문단"이라든가 "교포문단"이라는 말이 더러 들리지만, "문 단"은 〈문학세계〉의 흥밋거리가 아니다. 그보다는 더 본질적인, 새 시대의 문학적 成果를 찾는 중이다.[50]

　여기서 우선 주목할 것은 "운영, 편집 어느 면에서나 완전히 독립된 부정 기 간행물로 나가게 된다"고 밝힌 점이다. 본격 문예지로서의 "독립"또한 "새 로운 次元의 민족성과 세계성이 구축될 가능성에 대해서, 나는 실로 깊은 관 심을 가지고 있다."는 대목이다. 이민 문학이 흔히 추구하는 "민족성"의 문제 뿐만 아니라 "세계성"의 차원을 지향하고 있다는 점이다. 이때 "민족성"을 특 수성이라고 한다면 "세계성"은 보편성을 지향하는 것을 의미할 터, 미주시는 한국시로서의 특수성을 추구하는 동시에 세계시로서의 보편성을 함께 추구 하겠다는 의미를 드러낸 것이다. 사실 미주시는 그동안 향수라든가 유년기 의 향토적 삶과 관련된 기억과 관련된 "민족성"에 초점을 맞추어 왔다. 그러 나『문학세계』의 발행인은 진정한 의미의 민족 문학은 세계문학의 일원이 되 어야 한다는 점을 인식[51]한 것이다.

　『문학세계』의 미주시의 세계성에 대한 인식은 1990년대 미주시의 세계화

50　고원, 「편집인의 말」, 『문학세계』 창간호, 1988, 8쪽.

51　이러한 인식은 『문학세계』 2호의 「편집인의 말」에서도 강조되고 있다. 즉 "『해외에서 의 민족 문학』이 어떻게 해서 민족성과 세계성을 융화시킬 수 있을까. 次元 높은 變 性이 어떻게 가능한가. 이제 겨우 2호를 준비한 〈문학세계〉의 어린 몸에 무거운 짐 을 느낀다."(7쪽)라고 밝힌다.

바람[52]의 출발점이 되었다. 『문학세계』의 창간과 함께 이루어진 미주시의 세계성에 대한 인식은 미주 문단의 편협성을 극복하려는 노력과도 연계된다. 즉 ""미주문단"이라든가 "교포문단"이라는 말이 더러 들리지만, "문단"은 〈문학세계〉의 흥밋거리가 아니다."라는 부분은 주목을 요한다. 그동안 미주 문학 혹은 미주시가 한국문학 속에서 하나의 특수한 영역으로 치부되는 것이 대한 비판적 인식을 보여주는 대목이기 때문이다. 이러한 인식은 미주시를 한국시의 일원으로서 그 자족성과 독립성을 확보하겠다는 의미로 읽힌다. 『문학세계』는 실제로 그동안 미주 시단에서 관심을 기울이지 못했던 미주시의 수월성 문제라든가 문학사적인 정리 작업[53]을 수행하기 시작했다. 사실 "문단" 활동에 매몰된 창작공동체는 그 수월성을 확보하기가 매우 어렵다. "문단"은 작품 외적인 활동이기 때문에 문학 본연의 작품성을 추구하는 것과는 별개의 일이기 때문이다. 『문학세계』의 창간사에 드러난 이러한 인식은 미주시의 정체성에 대한 매우 유의미한 변화라고 하지 않을 수 없다.

2) 본론

『문학세계』 창간호는 시, 시조, 소설, 희곡, 무용극, 동화, 수필, 기행문 등의 다양한 장르를 수용하고 있다. 특이한 것은 시조를 하나의 독립된 장르로 삼고 있다는 점, 무용극이 별도의 세션으로 포함되어 있다는 점, 동화를 수용하고 있다는 점 등이다. 상당히 다양한 장르를 포함하고 있다는 점에서 명실공히 종합문예지로서의 정체성을 분명히 한 셈이다. 이 가운데 시는 박남수, 김용팔, 강위조, 김정기, 박진애, 석진영, 이창윤, 조윤호 등의 시를 각각 2~

---

52 이형권, 「미주시의 '세계로서의 문학'의 가능성」, 국제비교한국학회, 『비교한국학』 26-3호, 2018, 275쪽.

53 『문학세계』는 창간호부터 그동안 미주문학의 역사를 정리하고 있어서 미주문학에 관한 학술적 연구의 기초 자료를 제공하고 있다.

3편씩 모두 19편을 게재하고 있다. 또한, 신인 입선작으로 손희숙, 정문혜, 김혜령, 박만영, 조영실 등의 시를 각각 1~3편씩 모두 9편 싣고 있다. 시조는 김호길, 변완수, David R. McCann 등의 작품을 각각 1~2편씩 모두 6편을 게재하고 있고, 신인으로서 박디디, 박양권, 백설, 신완영 등의 작품을 각각 1~2편씩 모두 7편의 시조를 싣고 있다. 이뿐만 아니라 이들 시조를 포함하여 광의의 시 장르에 해당하는 작품은 모두 41편이 게재되고 있다.『문학세계』가 종합문예지라는 점을 생각하면 비교적 많은 시작품을 수용하고 있는 셈이다.

또한『문학세계』의 특이점으로 영문 작품을 게재하고 있다는 점이다.「Poetry」란과「Short Story」란을 만들어 영문시와 영문 단편소설을 싣고 있는데, 이는 미주 시인들이 떠안고 있는 이중 언어의 문제에 대한 나름대로 해결책을 제시한 것이라 할 수 있다. 미주 시인들은 영어가 지배적인 언어 환경 속에서 한글로 시를 쓰는 과정에서 여러 가지 어려움을 느끼지 않을 수 없다. 모든 일상생활에서는 영어를 사용해야 하는 가운데 한글로 시를 쓰는 일은 그 창작의 과정뿐만 아니라 수용의 과정에서도 많은 어려움을 동반할 수밖에 없다. 시를 쓰는 일은 고도의 언어 감각과 사유를 동반하는 것인데, 평소에는 영어로 생활하다가 시를 쓸 때만 한글로 감각과 사유를 해야 하기 때문이다. 그래서 미주 시인들은 두 가지 언어를 동시에 끌어안으면서 시적 언어로 삼고자 한 것이다. 이 점은 독자의 확장성을 고양하는 데도 도움이 된다는 점에서 의미가 있다. 한글시는 한인들을, 영문시는 미국인이나 다른 나라 사람들을 독자로 삼을 수 있기 때문이다.

『문학세계』에서 또 하나 주목할 것은「자료」란을 만들어 미주시의 문학사적 정리 작업을 하고 있다는 점이다. '재미 한국 문인 작품 목록 1. 개인 시집 (한글[54] 편)'에는 '1987년 11월 30일 현재'라는 전제를 하고, 김송희의『얼굴』

---

54 한글이라는 조건은 영문시가 혼재된 시집도 있어서 명확한 기준이라고 볼 수는 없

(1971), 황갑주의『하늘이 따라와』(1973), 마종기의『변경의 꽃』(1976), 김인숙의『통일전야』(1976), 고원의『미루나무』(1976) 등 32권의 시집[55]을 소개하고 있다. 그리고 이 시집들을 정리한 기준을 제시하고 있다. 그것은 ①현재 미주에 사는 한국 문인들의 시집(일시적 재미작가의 경우 미주 거주 시에 발간한 시집), ②미주뿐만 아니라 한국에서 발간된 시집[56] 등이다. 이 조건 가운데 ①은 미주시의 범주를 실질적 '거주'와 연관 짓고 있다는 점은 상당한 설득력을 지닌다. 이처럼 미주시의 기준을 미주라는 지리적, 문화적 환경에 부합해야 한다는 점으로 제시한 것은 이 문예지가 처음이 아닌가 싶다. 또한 ②는 출판 문제와 관련되는 것인데, 원론적으로는 '미주'라는 조건을 충족시키는 것이 바람직할 것이다. 그러나 실질적으로 1980년대 이전에는 거의 모든 시인이 시집 출간을 한국의 출판사에서 했고, 오늘날에도 많은 시인이 그렇게 하고 있다는 점에서 현실성이 있다.

『문학세계』 창간호에서 또 한 가지 주목할 것은 신인작품모집을 시행했다는 점이다. 이 점은 그동안 미주 시단의 구성이 한국 문단에서 등단한 시인들 중심으로 이루어지던 패턴에 중대한 변화를 추구한 것이라 할 수 있다. 사실 하나의 문학장이 자족성을 갖기 위해서는 스스로 새로운 시인을 발굴하는 일이 매우 중요하다. 기성세대를 대신할 후속 세대를 적극적으로 발굴하지 않으면 그 문학장은 지속해 나갈 수 없기 때문이다. 따라서『문학세계』에서 신인작품모집을 시행한 것은 미주 시문학사에서 유의미한 사건이다. 미주 시단은『문학세계』가 신인 발굴에 나섬으로써 상당한 정도의 자족성을 갖

다. 앞서 언급한 대로,『문학세계』에도 영문시 난을 별도로 두고 있는 것으로 보아 이중언어의 현실성을 일정 부분 수용하고 있는 것으로 보인다.

55 1988년 가을에 발간된『문학세계』2호에는 창간호에 수록되지 못한 시집 10권(배미순의『우리가 날아가나이다』, 정소현의『하나됨 굿』, 이성렬의『The L.A.st Moon』등)을 소개하고 있다. 따라서 정리된 자료에 의하면 이 시기까지 미주에서 발간된 개인 시집은 총 42권이다.

56 『문학세계』 창간호, 245쪽.

게 되었다. 실제로『문학세계』를 통해 당선된 신인들은 오늘날까지 질적, 양적인 면에서 미주 시단의 중요한 구성원으로서 활발히 활동하고 있다. 이뿐만 아니라『문학세계』의 신인 공모는 이후 다른 문예지나 신문들[57]이 신인 발굴을 적극적으로 실천하게 되는 모멘텀으로 작용한 것으로 보인다.

『문학세계』창간호가 보여주는 이러한 서지적, 외형적 특성은 그 내용과 정합성을 얼마나 확보하고 있는지 살펴볼 필요가 있다. 창간호를 중심으로 살펴보건대,『문학세계』의 시편들은 민족적 정서와 보편적 감성의 세계가 고루 드러나고 있다. 민족적 정서는 향수나 디아스포라 의식과 관련되는 것이라면, 보편적 감성은 이국정서나 실존의식을 드러내는 것이라 할 수 있다. 전자가 구심적 상상력이라면 후자는 원심적 상상력의 차원인 터, 이들 두 가지 정서는 미주 시인들의 상호 작용을 하면서 이민자로서의 복합적 시 의식을 구성한다.

(1) 구심적 상상과 민족성 지향 : 향수와 디아스포라

미주시에서 향수는 가장 빈도 높게 드러나는 시의 주제이다. 그만큼 미주 시인들에게 고향에 대한 그리움은 시적 정서의 고갱이라고 할 수 있다. 향수의 정서는 물론 머나먼 이국에서 이주민으로 살아가야 하는 데서 오는 인간적인, 너무도 인간적인 시심이다. 하여 향수는 기본적으로 디아스포라 의식의 범주에 속한다. 디아스포라 의식은 기본적으로 고향을 떠나는 데서 발생하는 것이기 때문이다. 향수는 디아스포라 의식의 기본으로서 이민 생활의 고달픔, 현지 사회에 대한 비판 의식, 이국적 인종과 지리의 낯섦, 언어와 문화적 이질감 등으로 다양하게 연관되는 것이다.『문학세계』의 시에 나타나는

---

57 현재까지『미주문학』,『크리스찬문학』,『미주시정신』 등 다수의 문예지와『미주 한국일보』,『미주 중앙일보』 등의 신문이 신인 공모를 시행해 오고 있다.

향수는 과거 속의 고향에 대한 그리움이지만, 현재 살아가고 있는 현지의 지리 감각이나 문화 감각을 매개로 존재한다는 점에서 이전과는 다소 다른 모습을 보여준다.

강물은 흐르는데
언덕은 낯이 익다.

사내는 갔는데
어디로부터인지 꽃잎들도 흐르는데

여인(女人)은 혼자 남아
상기도 총소리만 듣는가.

비무장 지대엔
푸나무만 우거지고

원숭이 울음 소리 아득히 들려오는
유정 무정(有情 無情) 속에

부슬 부슬 강물 위에
듣는 빗소린

땅의 현(絃)을 뜯는
하늘의 추모곡인가!

여인의 볼에도
비는 내리고,

묘석(墓石) 위 한 떨기 장미에도
이슬이 맺혔네.
— 김용팔, 「임진강(臨津江)」(1) 전문[58]

___

[58] 작품명 끝에 제시하는 괄호 속의 번호는 해당 작품이 게재된 『문학세계』 발간 호수

이 시에서 "임진강"은 이중적 디아스포라 의식을 표상한다. 미국에서 한국을 생각하는 것이 일차적인 디아스포라라면, 한국 사람들에게 분단 현실과 관련된 "임진강"이 이차적인 디아스포라를 표상한다. 이 시에 등장하는 "여인(女人)은 혼자 남아/상기도 총소리만 듣"고 있는 고독한 존재이다. "사내"는 어디론가 사라졌다는 사실과 "총소리만 듣"고 있다는 사실은 "여인"이 처한 극한적 현실을 암시해준다. 그 현실은 바로 분단과 전쟁으로 인한 이산의 아픔과 고통으로 점철된 상태라고 할 수 있다. "비무장 지대"와 "묘석(墓石)"의 존재는 모국이 처한 비극적 현실을 표상하는데, 흐르는 "강물"과 내리는 "비"와 "사내"의 부재 등은 모두 그러한 현실을 강조해주는 장치들이다. 이처럼 이 시는 조국의 비극적 현실을 상기하고 있는데, 이는 모국에 관한 관심을 표명한 것이라는 점에서 향수의 정서와 연관된다. 미주시에서 모국의 분단 현실이나 정치 현실에 대한 비판은 빈도 높게 나타나는 주제의식 가운데 하나이다. 이는 미주 시인들은 고국에서 멀리 떨어져 살고 있지만, 언제나 민족적 공동체 의식을 간직하고 살고 있다는 증표이다. 다른 시인들보다 비교적 일찍 미국에 이주한 김용팔 시인[59]의 이러한 시적 성향은 미주 한인시의 주요

를 지시한다. 이 글은 『문학세계』 창간호부터 3호까지의 초창기 시편들을 대상으로 논의를 진행할 것이다.

59 김용팔 시인(1914~2008)은 전라북도 정읍에서 태어났다. 그는 건국대학교 및 동 대학원 졸업하고, 1953년 『현대문학』에 「달」이 추천되어 창작 활동을 시작했다. 1945년부터 1965년에 걸쳐 경기여고, 수도여고, 숙명여고 교사, 1964년부터 1970년까지는 건국대학교 문과대학에서 시론을 강의하였다. 1970년 이후 미국 뉴욕으로 이주해 그곳에서 거주하였으며, 미주 한국문인협회의 발기인, 고문으로 활동을 했다. 시집으로는 『폐허』(1952), 『두꺼비의 말』(1970), 『시간의 맥박』(1990), 『메랑쥬 씨의 카메라』(1995), 『자화상』(2000), 『김용팔 시집』(2000), 『귀거사』(2001) 등이 있다. 이외에도 『레바논의 숲속길』(1995), 『해외시』(2002), 『시와 평설』 등의 산문집을 출간했다.
    그의 초기 시는 전쟁의 참화와 짓밟힌 인간의 모습을 재현하고자 했다. 이후에는 감성적인 언어를 통한 자연 탐구에 몰입하여 순수 서정시의 세계를 보여주었다. 미국으로 이주한 이후에는 디아스포라 의식을 기초로 하여 문명 비판적 사상을 빈도

경향 가운데 하나로 자리 잡는다.

모국을 향한 향수의 정서는 사람에 대한 그리움으로 나타나기도 한다. 미주 시인들은 고향에 두고 온 사람, 자연, 추억 등은 세월이 흐른다고 해도 마음 깊은 곳에서 사라지지 않는다. 오히려 이민 생활의 고달픔과 고독 속에서 시간이 흐를수록 더 절실하게 그리워지는 것이기도 하다.

> 멀어도
> 그리
> 멀어도
> 고향달이 찾아오곤 했습니다
>
> 이십년 동안이나 변함없이
> 나의 침실에 들르곤 했습니다
>
> 그때마다 밤새도록
> 안고 자는 버릇이 생겼습니다
>
> 그런 이튿날 새벽엔
> 산비둘기가 무학산을 울고 갔습니다
>
> 울음은 하루종일
> 꿈바다로 밀려와서
> 바닷가로 나가 보곤 했습니다

높게 보여주기도 했다. 가령 『메랑쥬 씨의 카메라』는 특이하게도 가상의 인물인 "메랑쥬 씨"를 주인공으로 한 배역시의 일종이다. 시의 화자를 시인이 아니라 제3자로 설정함으로써 미국 문명이나 자신의 삶에 대한 비판적 거리감을 확보하고 있다. 「저자의 말」에서 밝힌 대로 시인은 "가상 인물인 메랑쥬 씨가 카메라의 앵글을 「뉴욕」에서 「인생」으로 돌리고 있"는 특이한 세계를 보여준다.

작은 물새들이 한가롭게
뜀박질을 하다가
외롭지 말라고
환한 얼굴로 쳐다보곤 했습니다

산이듯 달이듯 하늘 받들고
청정 꿈바다에
서 있으라 하심은
차라리 형벌입니다.

— 오문강, 「고향 달」(2) 전문

이 시는 "달"을 매개로 하여 고향에 대한 그리움을 표현하고 있다. "멀어
도/그리/멀어도/고향달이 찾아오곤 했"다는 첫 시구는 언제나 마음속에 고
향을 간직하고 살았다는 사실을 말해준다. 그것은 이민 생활 "이십년 동안이
나/변함없이" 간직한 마음이었다. 고향을 잊지 않으려고 무엇이든 "안고 자
는 버릇"이 생긴 것이나 "산비둘기가 무학산을 울고 갔"던 기억을 떠올리는
것은 "나"의 절박한 향수를 암시해준다. 이뿐만 아니라 "나"의 "울음은 하루
종일/꿈바다로 밀려와서/바닷가로 나가보곤" 하는 습관도 그러한 향수와 관
련된다. 마침 바닷가에서 만난 "작은 물새들"이 "외롭지 말라고" 위로를 해주
지만 고향에 대한 그리움이 사라지는 것은 아니다. 그래서 "나"는 향수의 마
음으로 "꿈바다에/서 있"다는 것은 "차라리 형벌"이라고 느낀다. "나"는 향수
가 "형벌"일 정도로 힘든 마음의 상태에 놓여 있는 것이다.

이러한 향수의 마음은 다른 시인의 시에서도 "세상 떠나기 전/꼭 한사람/
나를 보고 싶다는/고국의 옛 친구야,/우리가 어느 날/그 하늘 아래서/가을꽃
으로 피어/그 땅에/피어."(김정기, 「가을꽃」(1) 부분)와 같이 드러난다. "나"는 고
향에는 진정으로 "나"를 생각해주는 "친구"가 있어서 "그 땅에" 한 송이 "가을
꽃"으로 피어나고 싶다고 소망한다. 또는 "식민지/혼돈/포화 속/가난 동굴 헤
쳐 온 길"(「어머님이 쓰시는 시」(3) 부분)을 살아온 "어머님"의 삶을 통해 고향을

그리워하고 있다.

한편, 앞서 살펴본 시와는 조금 다른 관점의 향수 시편들이 있다. 그것은
이민자로서 살아가는 구체적 장소를 매개로 제시하면서 향수를 노래하는 모
습이다. 이는 시 속에 외롭고 고단한 이민 생활의 장소나 자연물을 제시함으
로써 이국적 분위기를 연출하면서 향수의 정서를 강조하는 효과를 불러일으
킨다.

고향은 먼 나라
정다운 사람들 멀리 두고
가을 바람 차가움에 물든 나뭇잎이
미시시피 강물 타고 고향길 간다.

강변 넘어 옥수수밭
어둠속에 파묻힐 때
남의 나라 언덕 저쪽 떠오르는 추석달이
반짝이는 물결을 따라 고향에 간다.
　　　　　　　— 강위조, 「미시시피 강변의 추석」(1) 전문

해질 녘 금빛으로 물든
오솔길에 서서
나는 사방을 두리번거렸다.

단풍든 나뭇잎들
가을 바람 불어와 흔들어 대고
라빈 새 한 마리 우는 소리
내 귀에 들리네.

다시 돌아서서
깊은 숲 속을 헤매이다가
아아, 지천으로 핀

들국화 속에서
그대 목 쉰 소리 들릴까?
피빛 갈잎 사이로
가득히 차오르는 달빛이여

오솔길 따라
그대 낙엽 밟고 오는
고향 하늘 비추는가.

— 曺允鎬,「오솔길」(1) 전문

　앞의 시는 "고향은 먼 나라"라는 생각과 함께 "미시시피 강물"이라는 장소를 구체화하고 있다. 시의 화자는 비록 이국땅에서 살면서 "남의 나라 언덕 저쪽 떠오르는 추석달"을 바라보고 있다. 미국이라는 삶의 공간에서 "고향"은 너무나 멀리 떨어져 있기에 실제로는 갈 수 없지만, 마음으로는 "고향"을 가고자 하는 마음으로 가득 차 있다. "미시시피 강물을 타고 고향길 간다"는 이유이다. 뒤의 시는 "오솔길"에서 만난 "라빈 새 한 마리 우는 소리"를 매개로 고향에 대한 그리움을 표현하고 있다. "라빈 새"는 이국적인 분위기를 연출하는 자연물로서 "나"의 향수를 더욱 강하게 불러일으키는 존재이다. "새"는 어디로든 자유롭게 날아가는 자유를 상징하는 존재인데, 그것이 "우는 소리"를 내는 상황은 그런 자유를 보장받지 못하고 있다는 의미이다. 이때의 자유는 언제든지 고향을 달려갈 수 있는 자유일 것인데, 이민 생활을 하다 보면 실상 그런 자유를 간직하고 산다는 것은 거의 불가능하다. "피빛 갈잎 사이로/가득히 차오르는 달빛"을 바라보면서 "고향 하늘 비추는가"라고 묻는 것은 언제든 고향으로 떠날 수 있는 그러한 자유의 부재를 인식하는 대목이다. 결과적으로 이 시는 "라빈 새"의 "우는 소리"를 통해 애절한 향수의 정서를 드러내고 있다.

　미주시에서 현지의 문화와 함께 실감하는 향수의 서정은 남미지역까지 확장되는 양상을 보여준다. 가령 "이곳/한인유원지 비스듬히 흙길 거닐면/사라봉(沙羅峰) 늘 푸르던 바람 부는가/몇 발자국/오두막집/죠제네 할머니가 빚은 까샤쌰/몇 모금에/향수 씻는다/짧은 햇살 가울면/마당귀/뛰둥 기우뚱 오리새끼 너댓마리의/보행(步行)/새터 오목이네 초가삼간에/앵두꽃 피듯/환하구나"(황운헌,「새터 오목이네」(3) 전문)는 브라질의 토속주인 "까사쌰"를 매개로 한다. 시인은 "까사쌰" 한 잔을 마시면서 "향수"를 달래고 있다. 평소 "향수" 때문에 우울했던 마음이 "까사쌰"를 마시자 "오리새끼"의 "뒤뚱"거리는 걸음걸이마저 고향의 "초가삼간에/앵두꽃 피듯"이 마음을 "환하"게 해준다는 것이다.

(2) 원심적 상상과 세계성 지향 : 이국정서와 실존의식

고향을 그리워한다는 것은 기본적으로 구심적 상상력에 기대어 민족성을 지향하는 것이라 할 수 있다. 그런데 미주 시인들은 이민의 역사가 오래 진행될수록 현지의 문화나 자연과 같은 것에 관심을 보이기 시작한다. 구심적 상상을 넘어 원심적 상상으로서 세계성을 지향하는 것이다.『문학세계』는 민족성을 추구하는 시편들도 적지 않지만, 오히려 세계성을 지향하는 시편들이 더 많은 편이다. 그 소재나 시적 배경으로서의 장소가 이국적이고, 주제의식도 이국정서나 실존의식과 관련된 시편들이 빈도 높게 드러나는 것이다.

> 카리브海는 물결의
> 부피가 없다. 밑바닥에
> 떨어진 조갑지가 어룽
> 어룽 물위에서 선명히 흔들린다.
> 해초가 흔들려, 지금
> 물이 흔들리고 있는 것을
> 슬쩍 알려준다. 옛날에는
> 해적들이 드나들며, 뭐든

실어 날라갔지만, 지금에는
숨어서 실어들이는
마약으로 세상이 어질
어질 흔들린다.
언제나 사람의 아들들이
카리브海를 흐리고 있다.

— 박남수, 「카리브海」(1) 전문

  이 시는 "카리브海"라는 이국적 장소를 배경으로 하고 있다. "카리브海"는
미국 남부 마이애미 아래쪽 쿠바, 도미니카, 아이티 등 여러 중남미 국가들
이 자리를 잡고 있는 곳이다. 그곳에는 크고 작은 700여 개의 섬이 분포해 있
는데, 북쪽과 동쪽 가장자리를 따라 호상(弧狀)의 열도를 이루며 화산 지대가
많다. 이 시는 박남수 시인이 미국에 이주한 이후 창작한 것으로서 그의 시
적 관심이 세계성의 차원으로 확산되어 가는 모습을 보여준다. "카리브海"는
한국과는 아주 멀리 떨어진 곳이지만 시인은 그곳의 비극적인 역사를 연상
하면서 인간의 문제적 속성을 비판하고 있다. "카리브海는 물결의/부피가 없
다"는 것은 "떨어진 조갑지가 어룽"거릴 정도로 맑은 모습을 표현하고 있다.
시인은 이처럼 맑은 바다가 자연 그 자체로 존재할 때는 순수하고 깨끗하지
만, "인간"의 역사가 개입할 때는 오염되고 타락한 곳으로 변한다는 사실에
주목한다. "옛날에는 해적"이 들끓는 곳이었고, "지금에는/숨어서 실어들이
는/마약"의 중개 통로가 되어버렸다고 한다. 하여 "언제나 사람의 아들들이/
카리브海를" 오염시키고 있다는 점을 비판하고 있는 셈이다. 박남수[60]의 인간
세계에 대한 비판적 인식은 종교나 정치와 관련해서도 드러난다. "종교의 검

---

60 1930년대부터 한국에서 이미지즘 시인으로 활동하다가 1975년 미국으로 이주했
    다. 미국에 이주한 뒤 생활에 쫓겨 창작 생활을 소홀히 하다가 1981년 시집『사슴의
    관』을 출간하면서 다시 창작 활동을 활발히 전개했다. 이형권 편저, 『박남수 시선』,
    지식을만드는지식, 2012, 176쪽 참조.

은 싸움이/태초의 날로부터 그치지 않는다./세상 싸움의 태반이/종교와 체제에서 비롯되는/이 비리의 변증법은/종말의 날을 크게 암시하고 있다."(「雨季」(2) 부분)고 비판한다.

　미주 시인들이 원심적 상상력은 실존적 자아를 성찰하는 차원에서도 드러난다. 자아를 민족적 차원에 가두지 않고 국제적 감각 내지는 세계성의 차원 속에서 살펴보는 것이다.

　　　　새로 태어나는
　　　　새벽 강물에
　　　　눈을 적시며
　　　　일터로 가는 길

　　　　나의 핏줄이 되어버린
　　　　허드슨 강은
　　　　고혈압으로 흐르고
　　　　뉴져지 언덕에 걸린
　　　　아침달
　　　　부서져 강속으로 쏟아지네.

　　　　집에서 끓고 있는
　　　　약탄광과
　　　　오늘 들여올
　　　　쥬얼리 디자인이 함께
　　　　강물에 빠지는 나.

　　　　이렇게 하루를 살며
　　　　늙어가며
　　　　잃었다고 발버둥치던 것이
　　　　언젠가는 돌아오고
　　　　내것이라고

움켜진 것이
서서히 떠나감을
이제야
알았네.

　　　　　　　　　　　　　— 김정기, 「살아가며」(1) 전문

나도 한때는 겨울 하늘의
차거운 별들을 사랑하고
나무가지 사이에서 쉽게 떨지않는
저 겨울바람처럼
그렇게 살고 싶은 때가 있었다고
우리 다같이
고목이 되어가는 나이에
우리 다같이
위로하며 살아가는 나이에
무엇을 어떻게 할 것인가
우리들의 가슴을 밟고 지나간
저 많은 노을이라고 걷어서
한번 죽을 까치 한 마리가
별빛처럼 울어대는
그러한 시라도 써서 남길 일인가
이번 가을
네가 잎을 버리는 날
나도 그 낙엽 속에
오래, 오래 누웠다가
빈 가지 같은
빈 마음으로 일어서야겠다
「북 아메리카」 대륙의 크나큰 겨울
그 겨울을 보내기 위하여
시달리며, 시달리며 그러나
완전히 압도되지 않고 보내기 위하여.

　　　　　　　　　　　　— 이창윤, 「한 그루 고목으로 서서 Ⅳ」(1) 부분

앞의 시는 "나의 핏줄이 되어버린 허드슨 강"을 노래하고 있다. 그런데 "허드슨 강은/고혈압으로 흐르고" 있다는 표현은 흥미롭다. 아침 햇살에 달의 모습이 시야에서 사라지는 것을 "뉴저지 언덕에 걸린/아침달이/부서져 강속으로 쏟아지"는 것으로 이미지화한다. 이들과 함께 "강물에 빠지는 나"라는 표현은 "나"가 간직하고 있는 상실감의 정서를 드러낸다. 모든 인생이 그러하듯이 화자는 스스로의 삶에서 "내것이라고/움켜진 것이/서서히 떠나감"을 인식하고 있는 셈이다. 이러한 인식의 배경이 "허드슨 강"이나 "뉴저지 언덕"과 같은 이국적 장소라는 점은 세계성을 지향하는 모습이다. 뒤의 시도 "고목이 되어가는 나이"에 이른 화자가 자신의 삶에 대한 성찰을 노래한다. "나"는 한때 "겨울 하늘의/차가운 별들을 사랑하"는 냉철한 마음과 "겨울바람처럼/그렇게 살고 싶은" 치열한 마음으로 살았다고 고백한다. 그러나 세월이 지나면서 "다같이 위로하며 살아가는 나이"라는 것을 깨닫고, "까치 한 마리가/별빛처럼 울어대는/그러한 시라도" 쓰고 싶은 순정한 마음을 갖게 되었다. "완전히 압도되지 않고" 살아가면서도 세월에 의해 순치되는 인간사 본연의 이치를 깨닫는 것이다. 이 시의 배경도 「북 아메리카」 대륙"이라는 점에서 앞의 시와 마찬가지로 지리적 확장성을 띤 원심적 상상력을 발휘하는 모습이다.

한편, 미주 시인들의 원심적 상상은 현지의 문화나 종교를 매개로 해서도 이루어진다. 이민자의 처지에서 현지 문화나 종교는 그동안 삶의 터전이었던 민족 문화에 확장성을 부여해준다. 이민자가 체험하는 현지의 문화나 종교는 기존의 민족 문화 경험과 어우러지면서 자의식이나 정체성을 고양하는 요소로 작용하고 있다.

아틀란타의 다운타운 거리
회색 어둠이 깔리고 있었다.
이쪽과 저쪽에서

비틀거리며 교차하고 있는
검은 대륙의 얼굴.
할렘가의 낡은 아파트 현관이
교차되어 지나가고
그들은 서로의 안부를 물었다.
잠시 후 그들은 비틀거리며
서로를 부축하여
같은 방향의 하늘을 걷고 있었다.
이미 몸 전체로,
너무 많은 빛을 포식하였다.

— 강태향, 「아메리카 2」(2) 전문

모두 기울여준 眞情이 가슴에 뜨거워
하나님께서 命하신 인간의 길을 凝視할
용기와 지혜를 이제사 가집니다.

엉크러진 思念이 불사뤄지고
깊은 고독도 메워지도록
말없이 물끄럼이 배웅해 주신 이어.

그리스도를 우러러선 은밀한 기도를
사랑을 향해서는 정결한 사랑을 품으라 하신
당신의 말씀이 내게서 이뤄지이다.

아! 창문을 활짝 열어제치고
우리 모두 地上에서 아름다운 사람되고저
마음에 소금을 두고 평화를 이뤄갑시다.

— 석진영, 「창문을 열어 제치고」(1) 부분

  앞의 시는 "아틀란타의 다운타운 거리"를 배경으로 한다. 시적 대상은 "회색 어둠이 깔리고 있"는 그곳의 "할렘가의 낡은 아파트 현관"에서 살아가는

"검은 대륙의 얼굴"이다. 가난한 동네에서 힘겹게 살아가는 흑인의 삶을 바라보면서 시인이 발견한 것은 "서로를 부축하여/같은 방향의 하늘을 걷고 있었다"는 점이다. 그들은 비록 "너무 많은 빛을 포식하여" 그늘의 휴식을 알지 못하는 삶이지만, "서로" 의지하며 살아가는 모습을 발견한 것이다. 시의 제목처럼 낯선 "아메리카" 땅의 이국적인 흑인의 삶에서도 인간 본연의 따뜻한 연대감에 주목한 것이다. 뒤의 시는 "하나님"과 함께 하는 삶을 "평화"의 삶을 지향해야 한다고 노래한다. "하나님께서 명하신 인간의 길"은 신앙인의 삶 혹은 인간다운 삶을 의미하는 것이다. 시인은 그 "길"을 가면서 "엉크러진 사념"이나 "깊은 고독"에서 벗어난 삶을 살아간다고 고백하고 있다. 나아가 "은밀한 기도"와 "정결한 사랑"의 삶이 이루어지고 있으니 신앙의 힘을 온몸으로 체험하고 있다. 이 시는 시인의 이와 같은 신앙 체험을 사람들에게 전하면서 "마음에 소금을 두고 평화를 이뤄갑시다"라고 제안하는 것이다. 미국에서 살아가는 한인 이민자인 시인은 현지의 지배적 종교인 기독교[61]를 통해 보편적인 가치를 전파하고 있는 셈이다.

3) 결론

『문학세계』가 창간되던 시기에 미주 시인들은 민족성과 세계성 차원의 상상력을 균형감 있게 추구하여 폭넓은 시상을 펼쳐보였다. 이민자의 삶이란 떠나온 고국에 대한 그리움과 새로운 세계에 대한 희망을 동시에 지니고 살아가는 일이다. 고국에 대한 그리움은 이국땅에서 느끼는 상실감, 즉 "이름 가득한 세상,/이름 주위에 자라는 잎들/비좁은 틈에 끼인, 작은 내 이름/선

---

61 기독교는 물론 국내에서도 상당한 수준의 교세를 유지하고 있어서 전적으로 외래적이라고 보기는 어렵지만, 적어도 미주 한인 시인들의 시에서 세계성 차원의 상상력을 구가하는 데 중요한 매개 역할을 했음에 틀림이 없다.

채로 가시 되어.//기다린다 하지만/기다림 세월만 녹히는데,/이름 지나간 그 뒤로/어린 물결 밀려와/내 이름을 지워."(박신애, 「작은 내 이름」(1) 전문)와 같은 마음에서 돋아난다. "이름"이란 그 사람의 정체성을 일컫는다고 볼 때, 이민자로서 이국땅에서 살아가는 일은 "이름 가득한 세상"에서 "비좁은 틈에 끼인, 작은 내 이름"을 발견하는 것과 다름없다. 한인들은 미국이라는 큰 나라에 와서 소수민족이라는 소외되고 위축되는 "이름"으로 살아갈 수밖에 없는 것이다.

그러나 자신의 작은 이름을 발견하는 일은 정직한 자기 성찰이다. 자기 성찰은 자신의 삶에 대한 실존적 자각과 함께 고국에서의 삶에 대한 회억을 포함한다. 자기 정체성은 과거의 자신뿐만 아니라 현재의 자신을 아우르는 것이기 때문이다. 이 성찰은 삶의 에너지가 되어 새로운 세계를 향한 전망과 희망을 간직하게 한다.

아득한 도시의 어둠을 거둬내면서
누구보다 먼저 시동을 걸어
새벽을 연다.

작은 몸
눌러도 일어서는 풀잎이 되어
부서지는 햇살을 불끈 쥐고서 삶을 달린다

하늘을 태울 듯한 열풍에도
제 살 깎아 빚는 하루,
넓어서 어쩌면 기댈 곳이 아쉽고
멀어서 쉽사리 되돌이가 없는 걸음.

별이 낮게 보일 때면
고국 땅, 기다림 아직도 여름 문발처럼
뚜르르 말아 올리지 못하시는

잔 무릎의 어머님 모습뿐.

눈을 내려
고단한 어깨의 날개를 접어도
우뚝 내일이면
이 땅의 주인 모습으로 일어설
당신의 아들,
그대 이름은 이민자.

— 김은희, 「이민자」(3) 전문

이 시의 주인공은 "이민자"이다. 그는 "누구보다도 먼저 시동을 걸어/새벽을 연다"고 하듯이 매우 부지런히 살아가는 사람이다. 그가 살아가는 곳은 "넓어서 기댈 곳이" 없을 뿐만 아니라 "멀어서 쉽사리 되돌이가 없는 걸음"으로 살아갈 수밖에 없다고 한다. 그는 의지할 곳 없고 돌아갈 곳이 없는 "이민자"로서의 외롭고 고달픈 삶을 살아갈 수밖에 없다는 사실을 자각하는 것이다. 사람이 살아가면서 기댈 곳과 돌아갈 곳이 없다는 것은 정말로 힘든 일이다. 하여 그는 이런 때일수록 "고국 땅"에서 자식을 하염없이 기다리는 "어머님 모습"을 떠올린다. 그는 아무리 고달픈 "이민자"의 삶을 살아가더라도 자신이 궁극적으로 기댈 수 있고 돌아갈 수 있는 "어머님의 모습"이 있다는 사실에 큰 위안을 받는 것이다. 오늘은 일순간 "고단한 어깨의 날개를 접어도" 결국 다시 "날개"짓을 하면서 희망에 찬 삶을 살아갈 것으로 낙관한다. 그는 "우뚝 내일이면/이 땅의 주인으로 일어설" 것을 확신하는 것이다.

이처럼 『문학세계』의 창간은 미주 시인들의 시가 구심적 상상과 원심적 상상이 조화를 이루는 계기를 마련해주었다. 이 문예지는 그동안 미주 시단에서 발간되었던 동인지나 사화집, 혹은 특정 단체를 대변하는 기관지 형태에서 벗어나 있다는 점에서 매우 중요한 의미를 지닌다. 『문학세계』는 미주지역에서 발간된 본격적인 문예지로서 다음과 같은 중요한 의미를 지닌다. 그것은 첫째, 『문학세계』의 창간은 미주 시단이 국내 문예지에 의존하지 않는 자족성을 갖는 계기가 되었다. 실제 이 문예지 이전에 미주 시인들이 작품을 제대로 발표할 만한 곳은 거의 없었기에, 『문학세계』가 발간됨으로써 원고 청탁으로 게재가 이루어지는 보편적인 문예지 시스템이 미주 시단에 도입된 것이다. 둘째, 미주 시인들은 이 문예지 창간을 계기로 민족성과 세계성을 함께 추구하는 균형 감각을 보여주기 시작했다. 실제로 이 문예지 창간 이전에 미주 시단에서는 본격적으로 세계성을 추구하는 시편들을 많이 발표되지 못했었다. 이 문예지에서는 현지의 문화와 지리, 영어 등과 같은 이국적 소재나 언어를 활용하면서 세계성을 시상의 핵심소로 수용했다. 셋째, 이 문예지의 시편들은 본격적인 문학성을 추구하고자 했다. 즉 편집자가 주장하듯이 시단 활동보다는 작품성을 중시하는 경향을 보여주었다. 이런 점에서 『문학세계』는 '문학'과 '세계'를 동시에 추구한 문예지라고 할 수 있다.

제5장

디아스포라 시문학의 확장기

1. 개관(1990~1999) : 문화적 동화와 세계화 지향

1990년대는 미주 한인 시문학사의 인적, 물적 기반이 크게 확장되었다. 이 시기 문학사에서 각별하게 눈여겨본 것은 우선 새로운 문예지가 다수 창간되었다는 점이다. 1991년 미 동부 문인협회에서 창간한 『뉴욕문학』은 미주 문학이 발전하는 데 많은 기여가 있었다. 미주의 문예지들은 그동안 미 서부 L.A.지역을 중심으로 발간되어왔는데, 『뉴욕문학』의 창간으로 미 동부지역의 문학적 기반이 강화되었다. 이뿐만 아니라 미주의 주요 도시들에서 다양한 문예지의 창간이 이루어지면서 문학장이 확장성을 띠고 활성화되었다. 예컨대 『워싱턴문학』, 『로스안데스문학』, 『해외문학』, 『시카고문학』 등의 창간은 미주 문학의 지역적 확장성을 견인하는 계기가 되었다. 더불어 기존의 문예지들과 함께 이 문예지들에서 시행한 신인 공모제도는 미주 시인들의 인적 확장성을 고양하는 역할을 했다. 미주 한인 시단은 이제 국내 시단에 의존하지 않고 자체적으로 신인을 발굴, 육성함으로써 독립성을 강화할 수 있게 되었다.

1992년 일어났던 L.A.폭동은 미국의 한인 사회에 많은 영향을 끼쳤다. 한인 이민사에서 가장 충격적이었던 이 사건은 미주 한인 시인들에게도 마찬가지였다. 미국의 한인들은 이 사건을 계기로 미국 사회에 대한 비판과 이민생활에 대한 근본적인 성찰을 하게 되는데, 자연히 시의 창작 과정에서도 그러한 비판과 성찰이 중요한 부분을 차지하게 되었다. L.A.폭동을 직접 시적 대상으로 삼은 작품으로 박남수의 「군중」, 고원의 「L.A. 애가」, 조윤호의 「자카란다 나무」, 마종기의 「패터슨 시의 몰락」 등을 주목할 만하다. 이들은 탑

욕적 군중 심리에 대한 비판, 코리안-아메리칸으로서의 자기 정체성 인식, 인종 화합의 아름다운 세상 추구 등을 보여주고 있다. 당시 L.A.폭동을 직접적인 대상으로 하는 작품은 많지 않지만, 그 간접적인 영향까지를 고려한다면 이 사건은 미주시의 전개 과정에 적지 않은 영향을 끼친 것으로 보인다.

1994년 '재아한국문인협회'의 발족은 남미지역에 한인시문학이 활성화되는 계기가 되었다. 이후 1996년 기관지 역할을 하는 『로스안데스문학』이 창간되어 오늘날까지 속간되고 있다. 남미지역 한인시문학은 이미 1980년대에 브라질에서 태동했었지만, 아르헨티나에서도 활성화되면서 미주 한인시문학의 다변화를 이루게 되었다. 창간호에는 시, 수필, 평론 등 다양한 장르의 작품들을 수용하고 있는데, 시 부문에는 배정웅, 윤춘식, 심근조 등 13인의 작품 47편을 수록하고 있다. 이로써 아르헨티나 한인시도 미주 문학장의 한 영역으로 자리를 잡게 되었다. 특히 아르헨티나의 지리적, 역사적, 문화적 상상력을 드러내는 시편들은 다른 지역의 미주 한인시와는 다른 개성을 보여주고 있다.

1990년대 작품 발표의 주요 매체는 문예지였다. 기존의 문예지와 새로 창간된 문예지들의 숫자가 많아지면서 미주 한인 시인들은 발표 지면을 확보하기가 수월해졌다. 특히 L.A.와 뉴욕 이외의 지역에서도 문예지가 다수 창간되었다. 작가층은 기존의 시인들 외에 미주 시단 자체에서 발굴한 시인들이 대거 등장했다. 적지 않은 문예지들이 저마다 신인 발굴 제도를 도입하여 역량 있는 시인들을 발굴했다. 이 시기 미주 한인시문학이 국내와 다른 점은 시 형식이나 내용에서 상당히 보수적인 색채를 띠고 있다는 점이다. 형식 차원에서 보면, 전통적인 행 구분과 연 갈이 방식을 취하면서 파격적이거나 전위적인 언어 사용이 거의 나타나지 않는다. 이는 해체시나 패러디시가 주요 경향의 하나로 전개되었던 사실과 매우 다른 점이다. 그 내용의 차원에서도, 리리시즘적 정서에 기반을 둔 낭만적이고 전통적인 서정이 주조를 이루고 있다. 이 점 역시 국내에서 도시시, 생태시, 페미니즘시, 영상시 등 당대의 담론이나 문화 트렌드를 반영하는 시 유형이 다양하게 등장했던 것과 다르다.

이 시기의 문학사적 의의는 문화적 동화와 세계화를 지향하는 시편들이 다수 발표되었다는 점이다. 미주 한인들에게 문화적 동화라는 것은 현지의 문화에 대한 이질감을 해소하면서 적응해 가는 과정이었다. 미주 한인들은 이민 생활 초창기부터 1980년대까지만 해도 문화적 이질감과 그것에 대한 저항의식이 또렷했었다. 그러나 1990년대 들어서면서 초기 이민자들이 미주 사회에 충분히 적응하고, 미주 사회에 대한 선이해가 있었던 전문직 이민자들이 안정적으로 정착하면서 문화적 저항의식은 이전보다 희박해졌다. 이런 현실을 반영한 듯 이 시기 미주 한인 시인들은 미국의 문화적, 지리적 환경에 대한 동일시의 정서를 노래하는 시편들을 다수 창작했다. 미주 한인 시인들에게 미주는 낯선 이국땅이라기보다는 익숙한 삶의 터전으로 더 빈도 높게 자리매김이 되고 있었다.

이 시기 또 다른 문학사적 의의는 세계화를 지향했다는 점이다. 미주시의 세계화는 미주지역 시인들의 자발적인 측면도 없지 않았으나, 보다 적극적으로 추진될 수 있었던 것은 국내의 세계화 정책이 뒷받침되었기 때문이었다. 이 시기 국내에서는 OECD 가입을 추진하면서 선진적 국가 반열에서 세계화를 이루고자 했다. 문학 분야와 관련해서는 1996년 문학의 해를 맞이하여 '해외 한민족 문학인 대회'를 추진하면서 재외 한인들의 문학에 관한 관심이 증폭되었다. 미주 시인들은 이러한 국내 분위기를 활용하여 미주 한인시의 세계화를 위한 다양한 활동을 전개했다. 실제로 미주의 대표적인 문예지인 『미주문학』이나 『뉴욕문학』은 한인 문학의 세계화를 위한 논의를 본격적으로 전개했다. 또한, 종합문예지인 『해외문학』이나 사화집 『2000년 시의 축제』는 재외 한인시의 세계화를 위해 눈에 띄는 역할을 했다.

2.『뉴욕문학』창간의 의미와 시적 특성

1) 서론

『뉴욕문학』은 1991년 '미 동부 한국문인협회'가 창간한 종합문예지이다. 미국의 동부지역에서는 이미『신대륙』이라는 문예지가 발간된 적이 있었다. 하지만 이 문예지는 소수의 문인만이 참여하고, 연속간행물이라고 보기 어려울 정도로 지속성도 짧았기 때문에 미 동부지역을 대표한다고 하기에는 역부족이었다. 뉴욕을 중심으로 한 미동부 지역은 그동안 L.A. 중심의 미 서부지역과 비교해 독자적인 문학 활동이 충분히 이루어지지 못하고 있었다. 미 서부지역에서는 이미 1982년에 미주 한국문인협회를 발족하고『미주문학』을 창간했을 뿐만 아니라 이후에도『크리스찬문예』,『문학세계』,『외지』등을 창간하여 문단이 활성화되고 있었다. 미 동부 시인들은 대개 이들 미 서부지역의 문예지를 통해 작품 활동을 이어왔었다. 그런데『뉴욕문학』이 창간됨으로써 미 동부 지역에도 명실공히 문예지다운 문예지가 등장하여 문학 활동의 활성화에 많은 기여가 있었다.『뉴욕문학』창간호 당시의 발행인은 조만연, 편집위원은 이계향, 김정기, 김송희, 정수택, 이희만 등 5인으로 구성되어 있다.

『뉴욕문학』의 창간을 주도한 미 동부 한국문인협회 이계향 회장의 머리말에는 이민자로서의 향수와 문학에 대한 자부심을 간직하고 살아가는 미 동부 문인들의 마음 자세가 드러나고 있다.

> 미국에서 살고 있는 우리들은 멀리 태평양 건너 동녘 하늘 아래 있는 조국을 그리면서 때로는 목청껏 때로는 가만히 망향가를 불러야 했습니다.
> 그 달빛처럼 애잔한 망향의 노래들이 한편의 詩가 되고 小說이 되고 隨筆이 되어 이제 우리의 가슴 깊은 곳에 뿌리내려 常住하게 됐습니다.

우리는 비록 생활상의 野營場은 서로 다르지만, 文學에의 길은 같음으로 손에 손 마주 잡고 뼈와 살을 깎는 忍苦의 길을 걷자고들 다졌습니다.

다른 예술 분야도 마찬가지겠지만, 온갖 事物과 세상 모든 사람들이 심지어 내 살붙이까지도 종래는 내 곁을 떠나가 버린다고 하더라도 文學만은 나를 떠나지 않고 내 곁에 머물러 줄 영원한 同行者라는 「이데아」적 관념이 우리의 내면을 한결같이 숨결치고 있었기에 하나로 굳게 뭉칠 수 있었다는 것이 좀더 정확한 내용이겠습니다.[1]

이 글은 미 동부 문인들이 얼마나 진지하고 성실한 자세로 문학 활동에 임하고 있는지 잘 드러난다. 그들은 자신들의 문학 활동을 "망향가"를 부르는 일에 비유하고 있다. 이뿐만 아니라 자신들이 글 쓰는 일을 삶의 "야영지"에서 "뼈와 살을 깎는 인고의 길"이라고 규정한다. 그들은 문학적 삶에 대해 향수의 서정을 기반으로 이민자로서의 고달픈 삶을 참아내는 일이라고 본 것이다. 그리고 문학을 마음의 이상향을 향한 지향, 즉 "이데아"를 추구하는 것이라는 생각을 보여준다. "온갖 사물과 세상 사람들"은 모두 떠나가도 "문학만은 나를 떠나지 않고 내 곁에 머물러 줄 영원한 동행자"라고 여긴다. 문학의 존재에 대한 이러한 긍정적인 의미 부여는 미주 한인 시인들의 열정적인 창작활동으로 이어졌다. 이러한 창간 정신은 이후의 『뉴욕문학』에도 적극적으로 반영된다. 여기서는 창간호와 2호의 시 작품을 대상으로 『뉴욕문학』 초창기의 시적 특성을 고찰하겠다.

2) 보헤미안의 노래들

『뉴욕문학』 창간호는 미 동부지역 문인들이 창작한 시 47편, 소설 4편, 수

---

1   이계향, 「책 머리에―우리의 마음은 언제나 하나입니다」, 『뉴욕문학』 창간호, 1991, 10쪽.

필 23편 등을 수록하고 있다. 희곡 작품이나 평론 작품은 수록하고 있지 않지만, 종합문예지로서의 면모는 나름대로 충분히 유지하고 있다. 시는 곽상희의 「우리가 한줄기 바람으로」 외 2편, 김명선의 「뉴욕일기」 연작 1편, 김소향의 「환생하소서」 외 2편, 김윤태의 「5번가」 외 1편, 김정기의 「발바닥(1)」 외 4편, 김태야의 「산책」 외 2편, 박철훈의 「마리아·헤르만데즈」 외 2편, 서량의 「2번 교향곡」 연작 1편, 윤석진의 「가시(Ⅱ)」 외 2편, 이정강의 「광대의 춤」 외 2편, 이희만의 「우리들의 지도」 외 2편, 정문혜의 「길」 외 2편, 정혜영의 「마음」 외 1편, 최병헌의 「방자야 저기 보이는 것이 무엇이냐」 외 3편, 최승야의 「연인 춘다에게」 외 2편, 최정자의 「서울로 70」 외 2편 등을 수록하고 있다.

그리고 『뉴욕문학』 2호는 창간호가 나온 이듬해에 발간되었는데, 특이하게 '중국 연변작가협회 편'을 특집으로 하여 김응준, 김철, 리상각 등 12명의 연변 시인들의 시작품과 리혜선, 림원춘 등 6명의 소설, 수필, 평론 작품을 싣고 있다. 이는 『뉴욕문학』이 창간호부터 지향했던 "해외의 동포 작가들과 폭넓은 교류"[2]를 실천한다는 의미가 있다. 그리고 미주 시인들의 작품으로는 곽상희의 「존재의 노래·6」 외 2편, 김명선의 「저녁 6시」 외 2편, 김송희의 「봄 아랑이 타고 온 그대여」 외 2편, 김윤태의 「고향」 외 3편, 김정기의 「바람꽃·Ⅰ」 외 3편, 김태야의 「통증」 외 2편, 서량의 「3번 교향곡」, 윤석진의 「그림자」 외 2편, 김광지의 「기다림의 길목에서」, 이상범의 「뉴욕 산조 – 야채 가게 김씨 1」 외 2편, 이정강의 「눈부신 날개로 힘차게 나는 새이거라」 외 1편, 이희만의 「그리움이 다한 것인가」 외 2편, 정문혜의 「그는 갔다」 외 2편, 정혜영의 「시 1편」 외 2편, 최병헌의 「목발」 외 2편, 최정자의 「개망초꽃 사랑 1」 외 2편 등 45편의 시가 실려 있다. 시인의 분포나 시작품 수가 창간호와 비슷하여 신뢰할 만한 정기 간행물의 성격을 충실히 담보하고 있다.

---

2   이계향, 위의 글, 11쪽.

『뉴욕문학』초창기 시편들에서 주목할 만한 것은 크게 세 가지 차원의 상상력이다. 그것은 첫째 이민자로서 살아가는 고달픔과 허전함으로 노래한 것들이다. 이런 시편들에는 낯선 땅에서 낯선 문화를 접하면서 소수자로 살아가는 한인들의 소외감과 고독감이 드러난다. 둘째 고향에 대한 그리움을 노래한 것들이다. 시인들은 미국 생활에 적응해 가면서도 '서울'로 상징되는 고국을 향한 그리움을 마음속에 간직하고 한인들의 서정을 노래한 것이다. 셋째, 미국에서의 새로운 삶의 희망을 노래한 것들이다. 이런 시편들은 고달픈 이민 생활에 적응하면서도 밝은 미래를 삶을 포기하지 않는 의지를 드러낸다. 이들은 서로 중첩되고 교차하면서 디아스포라라는 커다란 주제의식을 형성하고 있다.『뉴욕문학』의 초창기 작품들은 미주 한인시의 전형적인 가지 패턴[3]을 보여주고 있다고 하겠다.

(1) '나그네'로 살아가기

아침 일곱시 삼분에 떠나는
뉴욕행 직행 기차를 타기 위해
십삼년 하루같이
나그네의 마음으로 산다

기다림의 시간 속으로
날으는
새들의 날개짓을 따라
내 마음 반쪽 떼어내어
그대 창가에 날려 보내고

---

3 미주 한인시의 주제의식은 시기별로 조금씩 다르긴 하지만 대체로 이민 생활의 고
   달픔, 고향에 대한 그리움, 이민 생활의 희망 등의 세 가지로 수렴된다.

목화송이처럼 흩어지는
메마른 설움에
오늘도 들리지 않는
목소리

어둡고 가라앉은 하늘을 이고
내 눈동자 열리는 곳에
그리운 그대여
빈가지 끝
바람부는 레일위에
꽃씨 뿌리며
파도처럼 울고 있네

                — 김송희, 「나의 노래(5)」 전문

이 시는 "뉴욕"으로 출퇴근하면서 살아가는 이민자의 삶을 노래하고 있다. "아침 일곱시 삼분에 떠나는/뉴욕행 기차"를 타는 일을 "십삼년" 동안이나 지속해왔다는 이민자의 삶은 고달프다. "나그네의 마음으로 산다"는 것은 마음의 고향을 잃고 유랑하듯 살아가는 모습을 이야기하고 있다. 시의 화자는 마음을 위로해줄 "그대"를 찾아보지만 "오늘도 들리지 않는 목소리"일 뿐이다. "목화송이처럼 흩어지는/메마른 설움"만이 가슴에 가득하기에 "그대"의 부재는 더욱더 마음을 아프게 한다. 삶의 희망을 찾아보려 해도 "어둡게 가라앉은 하늘"처럼 막막할 따름이다. 하여 "빈가지 끝"과 같은 허망하고 위태로운 상황에서 "꽃씨 뿌리며/파도처럼 울고 있"다고 고백하는 것이다. 이는 미주 한인들이 고달픈 이민 생활 속에서 "그대"라는 삶의 동반자도 잃어버리고 슬프게 살아가는 모습을 표상한다. 이와 같은 삶을 다른 시인은 "정거장" 같은 삶이라고 노래하기도 한다.

맨하탄은

정거장

기다릴 것도
사랑할 것도
없는

그저
한 시절을
서성이다 떠나가는
바닷가의 정거장

날이 저물고
가로등 하나
어둠에 잠기어 가면

졸음에 겨운 꽃마차는
방울소리만 흔들며
공원속으로 사라지고

나는, 다시
빈 하늘을 쳐다보며
강가의 서울을
가슴에 품는다

맨하탄은 정거장
사랑할 것도
기다릴 것도
없는

타인의 도시
바람같은 정거장

— 김윤태, 「맨하탄」 전문

이 시의 제목이자 배경 구실을 하는 "맨하탄"은 미국 뉴욕시의 5개 자치구 중의 하나로 허드슨강을 끼고 있는 세계 상업, 금융, 문화의 중심지이다. 그곳은 가장 미국다운 미국이라고 할 수도 있을 터인데, "나"는 그곳을 "정거장"이라고 규정한다. "나"는 왜 미국에서 가장 화려한 도시에 속하는 "맨하탄"을 "정거장"이라고 불렀을까? "정거장"이라는 것은 잠시 머물렀다 떠나가는 속성을 지닌 공간이므로, 집에서의 안정적인 삶보다는 길 위에서 불안정한 삶을 살아가는 사람을 위한 곳이다. 따라서 "나"는 자신의 삶이 안정적으로 정착하지 못하고 그저 떠돌 듯이 살아간다는 사실을 고백한 것이다. "나"에게 "맨하탄"은 "기다릴 것도/사랑할 것도/없는" 외로운 장소인 것이다. 더구나 "날이 저물면"서 "가로등"이나 "꽃마차"도 사라지고 홀로 남았다는 생각을 하면서 "강가의 서울을/가슴에 품는다"고 한다. 망향의 공간인 "맨하탄"에서 보헤미안처럼 살아가는 "나"는 모국의 수도인 "서울"을 그리워하고 있는 셈이다.

이처럼 정처 없이 떠도는 삶을 다른 시인은 "목발"을 상실한 사람에 비유하기도 한다. 즉 "목발을 잃어버린 사람처럼 앞뒤가 모두 절벽 아닌지/한자리에 서서 **뻣뻣**이 굳어질 때/아아 나도 나무였구나/살았어도 움직이지 못하는 나무였구나"(최병현, 「목발」(2)[4] 부분)라고 노래한다. 미주 시인들의 작품들 가운데는 한인들이 "목발을 잃어버린 사람"처럼 고달프게 혹은 불구적으로 살아가는 상황을 묘사하는 것들이 적지 않다. 그들이 이민자로서의 고달픈 삶을 노래하는 것은 보통 그러한 삶을 성찰함으로써 극복의 계기를 찾기 위한 것이다.

---

4 괄호 속에 (2) 부호는 『뉴욕문학』 2호에 실린 시라는 것을 의미한다. 이 표시가 없는 시는 모두 창간호에서 인용한 것이다.

(2) '서울'을 그리는 마음

> 오늘도 맨하탄, 저 푸로메테우스의 간이 뜯기우는 형장
> 끝없는 가시덤불과 엉겅퀴 틈바귀.
> 둥우리에서 기다리는 새끼새들 생각에, 하루 해
> 지칠 줄 모르고 푸른 꿈의 모이들을 주워 모았습니다.
>
> 둥우리 돌아오는 길, 새소리 가득한 쎈트럴 · 팍
> 잘 생긴 나무들의 살찐 퍼레이드가 한창인 숲속.
> 이국의 잔디와 흙냄새 맡으며 걸었습니다.
> 그러나 마음은, 떠나던 날의 비원
> 한낮의 고요 속을 홀로 거닐고 있었습니다.
>
> 로버트 · 후로스트의 뉴 · 잉글랜드 그 풍요한
> 이념의 숲속을 공경하며 걸었습니다.
> 그러나 마음은, 장만영의 인왕산 작은 계곡 마을
> 늙은 아카시아 꽃향기에 취해 있었습니다.
>
> J 트레인. 지친 몸 실으면, 저 침묵하는 허드슨 강엔
> 황혼의 비늘들, 물길위에 분수처럼 빛나고 있었습니다.
> 그러나 마음은, 우이동 깊은 골짜기
> 흐르는 시냇물에 발을 담그고
> 아가와 함께 돌 틈에서 가재를 잡고 있었습니다.
>
> ― 박철훈, 「보헤미안」 전문

시의 제목인 "보헤미안"은 긍정적 의미와 부정적 의미를 모두 내포하고 있다. 긍정적 의미는 관습에 얽매이지 않는 자유로운 영혼을 뜻하지만, 부정적 의미는 정처 없이 떠도는 방랑자를 뜻한다. 이 시에서는 "맨하탄"을 "푸로테메우스가 간을 뜯기우는 형장"이라고 표현한 것과 연관하여 부정적인 의미도 쓰이고 있다. 화자는 "맨하탄"에서의 고달픈 "이국" 생활을 새에 비유하여

노래하고 있다. 자신은 새가 "새끼새들"에게 "푸른 꿈의 모이"를 주려고 노력하듯이, 자식들에게 삶의 희망을 갖게 하기 위해 "이국의 잔디와 흙냄새" 속에서 힘겹게 살아가고 있다. 그러나 "이국" 생활의 고달픔은 언제나 고국을 "떠나던 날의 비원"을 떠오르게 한다. 그날의 슬픈 염원은 아마도 성공하여 다시 고국으로 돌아와 평화롭고 풍요롭게 사는 것이었을 터이다. 하여 몸은 비록 "맨하탄"은 곧 떠나야 할 곳이므로 마음은 항상 서울을 향해 있는 것이다. 그래서 "로버트·후로스트의 뉴·잉글랜드 그 풍요한/이념의 숲속"을 거닐면서도 "마음은, 인왕산 작은 계곡 마을"에 가 있고, "J 트레인"을 타고 "허드슨 강"을 건너면서도 "우이동 깊은 골짜기"를 생각하고 있는 셈이다. 이러한 향수의 서정은 미주지역에서 살아가는 한인 이민자들의 마음을 표상하며, 미주 시인들은 이러한 마음을 빈도 높게 형상화하고 있다.

> 잿빛 노을로 어두워지는 맨하탄에
> 해가 지면 우는 것은
> 벌거벗은 겨울 가로수만이 아니구나
> 오렌지를 쌓다말고 돌아서서
> 낡은 지갑속의 빛바랜 그 사진을
> 또 꺼내 보는지
> 그대 마른 얼굴 주름 사이로
> 눈물 보인다
> 기회의 신대륙이라 했던
> 무지개꿈 이 땅에서
> 그대가 가지려 몸부림쳤던 모든 것
> 움켜쥔 손가락 사이로 모래처럼 흘러
> 긴 세월 모두 어디로 가든가
> 아스팔트에 버려진 빵조각들을
> 쪼아 먹던 참새 한 마리가
> 부지런을 떨며
> 식구들이 기다리는 보금자리로

어디론가 날아간 어두운 빈 하늘에서
화산리 구시골 토담집
벽에 걸려 삭아가는 시래기 다발처럼
사진속의 그들
흙담에 모두 기대어 서서
돌아오라고 어서 돌아오라고
손사래 치며
그대 부르는 소리 지금 들리는가
— 이상범, 「뉴욕산조-야채가게 김씨 1」(2) 전문

이 시는 "맨하탄"에서 "야채가게"를 운영하면서 살아가는 한인을 주인공으로 한다. 그는 하루 종일 "야채가게"를 운영하다가 저녁이 되면 "낡은 지갑속의 빛바랜 그 사진"을 꺼내 보며 울고는 한다. "그 사진"은 아마도 고향의 가족이나 사람들의 정겨운 모습을 담고 있을 것이다. 그는 "기회의 신대륙이라했던/무지개꿈 이 땅에서" 그 꿈을 이루기 위해 열심히 살고 있지만, 그러한 꿈이 "움켜쥔 손가락 사이로 모래처럼 흘러" 빠져나가는 경험을 하고 있을 뿐이다. 이민 생활이 꿈꾸었던 것처럼 이루어지지 않고 있는 데 대해 힘겨워하고 있다. 그는 오늘도 "아스팔트에 버려진 빵조각들을/쪼아 먹던 참새 한마리"마저 사라져 버린 "어두운 빈 하늘"을 바라보면서 "그 사진" 속의 고향생각을 하고 있다. "화산리 구시골 토담집"을 배경으로 한 "사진속의 그들"이 "돌아오라고" 손짓을 하는 것만 같다고 느끼는 것이다. 이 시는 뉴욕 한인의 구체적인 생활상과 거기서 연유하는 향수를 직핍하게 노래하고 있어서 흥미롭다.

향수의 서정은 과거의 시간과 먼 고향을 향한 동경심을 기반으로 삼는다. 그것은 온고지신의 태도이자 근원에 대한 성찰과 관계 깊다. "옛날은/지금이 서둘러 일어나는/긴 잠에서의 눈뜸이"자 "펑! 터지며 쏟아지는 옛날이/와르르 모여드는/그 눈부신 햇살 웃음소리가/아! 바로 지금이"(서량, 「2번 교향곡 1. 접시 안테나-안단테」 부분)라는 인식과 상통한다. 과거는 지나간 시간이 아니라 현재를 구성하는 시간이다.

(3) '눈부신 날개'의 상상

Ⅰ. 맨하탄

누구나 자기의 밑바닥을
내어보일 수 있는 곳
깊은 절망의 늪속에서
죽음의 나락으로 떨어지다
한송이 연꽃을 피우는 곳

그래서 아름답고
눈물 나는 곳
끝없이 높고, 어두운 곳
어두워 출구를 찾지 못하고
어두워 자기를 버리는 곳
버리다버리다
도로 주워
소중히 주머니 속에 집어 넣고
울며, 골목을 돌아나는 곳

엎드려 기도하는 법을 배우는 곳
이사도라 던컨처럼 맨발로 춤추다
결국 사랑하게 되는 곳
사람이 사는 곳

— 김명선, 「뉴욕일기」 부분

　이 시에 등장하는 "맨하탄"은 미 동부지역 시인들의 시에 가장 빈도 높게
등장하는 장소이다. 그곳에는 한인들이 많이 살기도 하거니와 미국 사회의

전형적인 분위기를 간직했기 때문일 것이다. 그곳은 이른바 아메리칸 드림의 대표적인 장소라고 할 수 있을 정도로 많은 사람이 꿈을 꾸면서 모여드는 장소이다. 그곳은 경쟁이 치열하고 물신주의에 찌들어서 그러한 꿈을 이루기 어려운 곳이지만, 사람들은 끝내 그러한 꿈을 포기하지 않고 살아가는 곳이다. 사람들은 "맨하탄"에서 "죽음의 나락으로 떨어지다/한송이 연꽃을 피우는 곳"이라는 생각을 버리지 않고 열성적으로 살아가는 것이다. "맨하탄"은 "그래서 아름답고/눈물 나는 곳"이자 "끝없이 높고, 어두운 곳"이라는 양면적 속성을 지닌 장소이다. 시인은 이러한 시련과 꿈이 공존하는 장소를 긍정적으로 바라본다. 시련이 오히려 "엎드려 기도하는 법"의 겸양의 마음을 배우게 하고, "이사도라 던컨처럼 맨발로 춤추다/결국 사랑하게 되는" 희망을 갖게 하는 곳이다. 하여 결국은 "사람이 사는 곳"이라고 보고 있다. 이처럼 현지의 지리적 상상에 근거하여 그곳을 긍정하고 동화되는 양상은 1990년대 이후 미주 시인들이 자주 보여준 시적 특성이다.

> 가난하고 피폐한 우리들의 영혼을 열어젖혀
> 오래 잊었던 시인 로버트 브라우닝의
> "피파의 노래(Pippa's song)"를 다시 부르자.
>
> 잃었던 보금자리 되찾아 처절히 나는 산새야!
> 새해의 여명으로 붉게 물들고
> 수북이 내린 흰 눈에 둘러싸여 햇무리처럼 밝아라.
>
> 어느 때보다 가혹한 이 겨울에
> 나눔과 감사의 둥지로서 대적하여
> 맵고 세찬 바람에는
> 더욱 깊은 뿌리를 내려라.
>
> 우리 모두는 얼어붙은 땅을 차고

신선한 산골물에 부리를 씻고
비상하는 산새이어라.
아무도 낙오되지 않는 힘찬 날개를 예비하여라.
— 이정강,「눈부신 날개로 힘차게 날아오르는 새이거라」(2) 부분

이 시는 제목만으로도 삶의 희망을 노래한다는 사실을 알 수 있다. 시의 모두에서 "가난하고 피폐한 우리들의 영혼"을 위무받기 위해 "로버트 브라우닝의/피파의 노래"를 부르자고 한다. "브라우닝"은 삶의 희망을 노래하여 많은 이들의 사랑을 받은 19세기 영국 시인인데, 그의 시 가운데 새봄의 생명과 평화를 주제로 한 "피파의 노래"는 널리 알려져 있다. 즉 "시절은 봄/봄날 아침/아침 일곱시"라는 시간을 배경으로 자연의 생동감과 하느님의 존재로 온 세상이 평화롭다고 노래한다. 위의 시에서도 "어느 때보다 가혹한 이 겨울"을 살아가는 사람들에게 "잃었던 보금자리 되찾아 처절히 나는 산새"처럼 희망을 갖자고 한다. "우리 모두는 얼어붙은 땅을 차고/신선한 산골물에 부리를 씻고/비상하는 산새"처럼 살아야 한다고 강조하고 있다. 시인은 이 시의 잠재 독자층인 미주 한인들에게 "아무도 낙오되지 않는 힘찬 날개를 예비하"라고 권면하고 있는 셈이다.

이처럼 미주 시인들은 낯선 땅에서 고달픈 이민 생활을 하면서도 꿈과 희망을 잃지 않아야 한다는 점을 자주 노래한다. 가령 "어디나 뿌리를 내리리라/누가 와서/내 땅이라고 내어 쫓으면/비켜 주리라/비켜 앉은 자리에도/나는 꽃피우리니"(최정자,「개망초꽃 사랑 Ⅰ」부분)에서는 어떠한 환경 속에서도 뿌리를 내리고 살겠다는 강한 의지를 드러낸다.

3) 결론

뉴욕의 한인 시인들은『뉴욕문학』을 창간하면서 아름다운 언어 공동체를

구축했다. 창간호와 제2호에 수록된 시편들의 주요 주제는 이민 생활의 고달 픔, 모국을 향한 그리움, 새로운 희망의 추구 등이다. 이는 이민 문학 혹은 디 아스포라 문학의 전형적인 모습이라고 할 수 있다. 뉴욕의 시인들이『뉴욕문 학』을 창간하고 계속 발간하고 있는 것은 미주 한인 시문학사에서 아주 중요 한 의미를 간직한다. 그것은 미국의 서부지역 L.A.를 중심으로 전개되었던 미주 한인시의 영토가 미 동부지역까지 활성화되었다는 점이다. 물론 이전 에도 개인적으로 활동하거나『신대륙』(1985)을 창간하는 등의 활동을 해왔지 만, 미 동부 지역 시인들이 체계적으로 문학 활동을 할 수 있었던 것은 공공 적 기능이 강화된『뉴욕문학』의 등장이 큰 역할을 했다. 이 문예지로 인하여 미 동부지역에 산발적으로 활동하던 시인들이 모여 한국어를 기반으로 하는 언어 공동체를 이룩했다. 더구나 이 문예지에는 당시 미 동부지역에서 활동 하는 주요 시인들이 대부분 동참을 한 것으로 보인다. 창간호에는 이와 관련 하여 상당히 파격적인 기법을 보여주는 시가 두 편 실려 있다.

> 나의 노래는
> 비오는 귀가길의
> 2번 교향곡이 되어
> 뉴욕 5번가 거리거리를
> 발바닥이 닳도록 헤맨다
>
> 보헤미안은
> 뉴욕일기에다
> 작별의 시를 쓰고
> 떠나는 연습을 한다.
>
> ─ 이계향, 「시인들의 노래 Ⅰ」 전문
>
> 가시는
> 나비가 되어

내 가는 곳 위에
길을 그린다

연인 춘다에게
마음을 주면서도
서울로 서울로 가는 점보기를 바라보며
난중일기를 펴든다

— 이계향, 「시인들의 노래 Ⅱ」 전문

　이들 두 시의 원본에는 시구마다 각주가 달려 있다. 첫 번째 시의 각주에는 김송희, 곽상희, 서량, 김윤태, 김정기, 박철훈, 김명선, 김태야, 이희만 등의 이름이 제시되어 있다. 이 시는 각주에서 밝힌 대로 "수록 詩人들의 代表的인 詩題를 가지고 엮"은 것이다. 여러 시인의 시구를 파편적으로 인유하고 있지만, 전체적으로는 한 편의 시로서 높은 완성도를 보여주고 있다. 첫 연에서 "나의 노래는" 언제나 "2번 교향곡"이 되어 낯선 땅 "뉴욕 5번가"를 "발바닥이 닳도록 헤맨다"고 한다. 이는 자신의 시가 이민자로 살아가는 뉴욕 한인들의 고달픔과 방황을 노래한다는 시인 자신의 생각을 반영한 것이다. 두 번째 연에서 "보헤미안"이 되어 "뉴욕일기에다 작별의 시를 쓰"는 일은 고달픈 삶을 살아야 하는 "뉴욕"에서 떠나고 싶은 심사를 드러낸다. 또한 두 번째 시의 시구마다 달린 각주에는 윤석진, 이정강, 김소량, 정문혜, 최승아, 정혜영, 최정자, 최병헌 등의 시인이 등장한다. 여기서 "가시는/나비가 되어"서 "길을 그린다"는 것과 "서울로 가는 점보기를 바라보며/난중일기를 펴"는 것은 이민자의 양가적 의식을 반영한다. 이민자로서 삶의 "길"을 개척하면서도 항상 "서울"을 잊지 못하고 산다는 것이다. 이러한 심사는 아마도 뉴욕에 사는 한인들 아니 한인 시인들의 심사가 아닐 수 없다.

　이들 두 편의 시는 시 쓰기에 대한 시이기 때문에 일종의 메타시적 성격을 지닌다. 동시에 다른 시인들의 시제(詩題)를 차용하여 완성하고 있기에 일종의 패스티쉬 시라고 할 수 있다. 이들을 각각 완성된 한 편의 시라고 볼 때 당시 미주 시단의 상황 속에서는 상당히 파격적인 모습이라고 할 수 있다. 그리고 더 중요한 것은, 이 시가 뉴욕의 시인들이 한 마음으로『뉴욕문학』이 지향하는 언어공동체에 동참하고 있음을 상징적으로 보여주었다는 점이다. 요컨대『뉴욕문학』의 창간과 속간은 이런 의미에서 미주 한인 시문학사의 중요한 사건이라고 하지 않을 수 없다.

3. L.A.폭동과 미주시의 사회학

1) 서론

1990년대 미주 시단은 확장기를 맞이하게 된다. 이 시기에 미주 시단의 인적 구성은 일련의 지역 문단을 형성할 정도의 수준을 보여준다. 시인의 숫자만 해도 100여 명[5]에 이를 정도로 확장되었고, 각종 문예지가 창간되면서 작품 발표의 매체도 매우 풍요로워졌다. 기존의『미주문학』,『문학세계』,『외지』등을 비롯하여『뉴욕문학』,『해외문학』,『로스안데스문학』등의 새로운 문예지들이 창간되었다. 시인들은 다수의 문예지를 통해 많은 시를 생산하기에 이른 것이다. 미주 시단은 이 시기에 이르러 양적으로뿐만 아니라 질적인 면에서도 상당한 정도의 수준에 도달하게 된다. 미주 시단이 한국문학사에서 하나의 지역 문학[6]으로 자리매김할 역량을 충분히 갖추었다고 볼 수 있게 된

---

5   『미주문학』제9호(1991년 가을)의 회원 주소록을 보면, 모두 146명의 문인이 이름을 올리고 있다. 이들 가운데 대다수가 시인이다. 따라서 1990년대 초의 미주 시단은 적어도 100여 명 내외의 시인이 활동하고 있었다. 이 정도 숫자는 당시 국내의 전남이나 경북, 혹은 충남과 같은 국내의 지역 시단의 규모와 비슷하다고 볼 수 있다.

6   이형권,「미주문학장의 보편성과 특수성」, *Comparative Korean Studies*, 21-3호, 국제

것이다. 미주 시단은 국내의 지역뿐만 아니라 중국, 일본, 러시아 등의 한인 시단과 함께 국외의 지역 문학 단위[7]로 설정되어야 할 필요성이 있다.

1990년대 미주시는 이전의 시기에 비해 많은 변화를 모색하는 모습을 보여주었다. 그것은 국내시의 변화와 밀접하게 연관되는 동시에 개별적인 특수성을 간직하기도 했다. 국내 시와의 연동성이 보편적 한국 현대시의 차원에서 논의될 수 있는 것이라면, 개별적인 특수성은 미주시만이 지닌 개별성의 차원에서 이야기될 수 있는 것이다. 가령 미주시의 보편성은 시적 인식의 기반을 미시 담론의 차원에서 찾았다는 것, 다양한 신인들이 등장하고 있다는 것, 많은 문예지가 등장하여 시적 외연을 넓혔다는 것 등을 들 수 있을 것이다. 반면에 특수성의 차원은 이민 생활에 대한 성찰적 거리를 확보하고 있다는 점, 고국에 대한 향수의 밀도가 옅어지고 순수 서정시가 지배적이라는 점, 시의 형식이나 표현에서 관습적인 틀을 유지하고 있다는 점 등을 들 수 있다.

1990년대 미주시의 특성은 이러한 보편성과 특수성을 포괄한 것으로 규정할 수 있다. 이러한 특성이 개별 작품들에서 복잡하게 교직되어 발현되는 모습은 시적 다양성 내지는 확장성 차원에서 이해될 수 있다. 그런데 이러한 특성이 나타나게 되는 하나의 계기가 1992년에 있었던 L.A.폭동인데, 이는 1992년 4월 29일 한인타운에서 발생한 일종의 인종 간 갈등 사건에서 출발했다. 백인 경찰들이 흑인 로드니 킹을 집단 구타하였지만, 법원에서 무죄를 선고받은 일[8]이 도화선이었다. 이 판결에 분노하는 흑인 시위대가 한인타

비교한국학회, 2013, 99쪽.

7 독립적인 지역문학 단위로 설정되기 위해서는 ①뚜렷한 자기정체성의 확립, ②수준 높은 작품성 확보, ③지역문화와의 콘텍스트성 확보, ④다른 지역문학과의 평등성, ⑤정책적 차원의 지원제도 확립 ⑥매체의 독립과 교류, ⑦탈식민적 글쓰기의 실천 등이 필요하다.(이형권,『한국시의 현대성과 탈식민성』, 푸른사상, 2009, 112~116쪽 참조.) 미주 시단은 충분하지는 않지만 이러한 특성을 갖추고 있다고 판단된다.

8 미국 주류 사회에서는 한때, 1991년 L.A.의 남부 지역에서 마트를 운영하던 한인 두

운으로 몰려가 한동안 약탈과 방화를 일삼으면서 한인들에게 막대한 피해를 가져다주었다. 이 사건은 미국의 빈부격차, 인종차별 등의 결과였지만, 미국 주류 사회는 이 문제를 한흑(韓黑) 갈등으로 몰아감으로써 한인들이 입은 정신적, 물질적 피해가 더욱 컸다. 같은 해 5월 3일까지 이어진 이 폭동[9]의 과정에서 한인들은 자신의 권익은 스스로가 지켜야 한다는 사실을 새삼 확인했다.

미주 시인들은 이 사건을 계기로 한인 권익 운동, 인권 운동, 소수자 운동 등과 관련된 시편들을 창작하였다. 미주지역, 특히 미국에서 1980년대까지만 해도 미국의 한인들은 소수자로서의 운명에 순응하면서 자기의 목소리를 내지 못하고 살았었다. 그때까지만 해도 한인들은 그저 고달픈 생활 전선에서 묵묵히 자기 일만을 하면서 아메리칸 드림을 꿈꾸었다. 그러나 1990년대 초반 L.A.폭동을 겪으면서 한인들만의 정체성과 커뮤니티의 필요성을 절감하게 되었다. 이 글은 이와 같은 재미 한인들의 현실적 상황을 반영하고 있는 박남수, 고원, 마종기 등의 시편들이 갖는 사회적, 시학적 의미를 분석해보고자 한다.

순자가 오렌지 주스를 훔치던 흑인 소녀 라타샤 할린스에게 총격을 가해 사망케 한 사건을 L.A.폭동의 원인으로 지목하기도 했다. 그러나 두순자 사건이 어느 정도 영향을 끼쳤을지 모르나 그 직접적인 도화선은 로드니 킹 사건으로 보는 게 합리적이다. 미국의 주류 사회에서는 이 사건을 미국 사회의 구조적 모순이나 백인들의 인종차별보다는 소수 인종인 한인과 흑인, 혹은 라티노 간의 인종 갈등으로 단순화하지만, 실제로는 L.A. 경찰의 제도적 폭력, 주류 매스미디어의 폭력에 의해 일어난 사건으로 보는 게 타당하다.(송용섭, 「1992년 L.A.폭동 속의 제도적 인종차별과 다인종 갈등 예방을 위한 교회의 역할」, 『한국기독교신학논총』 제13집, 2013. 참조.)

9   한 통계에 의하면, L.A.폭동은 전체적으로 사망자 53명, 부상자 4천 명의 인명피해와 함께 7억 5천만 달러에 달하는 재산 피해를 남겼다. 이 폭동은 특히 한인 사회에 엄청난 피해를 남겼다. 약 2,300개의 한인 업소가 약탈당했거나 전소되어 재산 피해액이 4억 달러에 달했으나, 피해당한 한인들의 대부분은 지방정부나 연방정부로부터 응분의 보상을 받지 못했다고 한다.(한국학중앙연구원, 『한국민족문화대백과』, 2017 참조.)

354
355

2) 본론

(1) 1990년대 미주 시단의 지형도

① 시단의 확장과 세계화 지향

1990년대 미주시는 전체적으로 문화적 동화와 보편성을 지향하는 특성을 보여준다. 이 시기는 이전의 1980년대에 비해 더 많은 시인과 더 많은 문예지가 등장하여 매우 풍요로운 미주 시단을 형성했다. 특히 미주 시인들은 이민 생활의 연륜이 깊어지면서 현지 문화나 자연과의 동화를 주제로 하는 시편들을 많이 창작했다. 또한, 미주시가 특수성의 차원에서만 존재하는 데서 한 걸음 더 나아가 한국문학 내지는 세계문학이라는 보다 보편적인 차원의 시문학을 지향해 나가는 모습을 보여주었다. 그 중요한 문학사적인 사건으로는『뉴욕문학』의 창간과 다양한 문예지의 등장, 미주지역 매체를 통한 많은 신인의 등장, L.A.폭동에 대한 시적 반영, 아르헨티나 한인시의 맹아, 세계문학에 대한 자각 등을 들 수 있다. 이러한 문학사적 사건들이 미주시 전체에서 차지하는 역할은 지대했는데, 이를 당시 미주 시단 전체와 관련지어 좀 더 구체적으로 살펴볼 것이다.

먼저 1990년대 들어서 다양한 문예지가 발간되었다는 사실은 중요하다. 1990년대 들어서 미주지역, 특히 미국에서의 시문학은 L.A.뿐만 아니라 뉴욕, 샌프란시스코, 시카고 등과 같은 여러 지역에서 새로운 문예지가 등장하면서 시단의 저변을 확대해 나갔다. 즉 1980년대 이전에 창간되어 계속 명맥을 유지해온『미주문학』,『문학세계』,『外地』,『울림』등을 비롯하여,『뉴욕문학』(1991),『워싱턴문학』(1991),『시카고문학』(1991),『해외한국시』(1993),『샌프란시스코문학』(1995),『로스안데스문학』(1996),『미주기독교문학』(1996),『캐나다문학』(1997),『해외문학』(1997),『한뿌리』(1997),『四海』(1999),『미주동백』(2000)

등이 창간되었다.[10] 이는 과거에 L.A.를 중심으로 형성되었던 시단이 미국 내 주요 도시뿐만 아니라 캐나다나 아르헨티나까지 확장되었다는 것을 의미한다.

이들 문예지는 저마다 신인등용문을 만들어서 새로운 시인들을 발굴하고자 큰 노력을 기울였다. 그리하여 많은 신진 시인들이 등장하여 미주 시단을 풍요롭게 했는데, 이는 과거 국내의 시단에서 등단한 시인들이 미주지역에 이민을 와서 작품 활동을 이어간 것과는 많은 차이를 보인다. 그들은 한국에서 등단한 시인들보다 미주지역의 현지 언어나 문화에 대한 이질감이 적고, 시에 대한 열의도 남다른 모습을 보여주곤 했다. 물론 이 시기에도 미주지역에는 국내의 문예지를 통해 등단하고 창작활동을 하는 시인들이 많지만, 이들도 미주지역에 정착한 이후에 시인으로 등단한 것이라서, 미주지역 문예지들을 통해 등단한 시인들과 별반 차이가 없다. 중요한 것은 미주지역에서 발간하는 문예지들이 신인 등단 제도를 마련함으로써 미주시단의 자립적 성격을 더욱 강화했다는 점이다. 또한, 문예지와는 조금 다르지만『미주 한국일보』나『미주 중앙일보』[11]에서 시행하는 신춘문예 제도도 그러한 자립성 강화에 많은 도움을 주었다.

1990년대 창간된 문예지 가운데 각별하게 주목할 만한 것은『뉴욕문학』이다. 이것은 뉴욕을 비롯한 미국 동부지역에서 활동하는 문인들이 1989년 '미동부한국문인협회'를 결성하고, 1991년 창간한 종합문예지이다. '미동부한인문학회'는 1989년 김명선(시), 김송희(시), 김정기(시), 변수섭(소설), 윤석진

---

10 이 문예지들은 주기적 연속성이 부족한 편이다. 정식 문예지가 되려면 계간지나 월간지 형태를 띠는 것이 바람직하지만, 이들은 대개 연간지 혹은 무크지 형태로 발간되는 것이 일반적이었다.

11 『미주 한국일보』는 1969년 창간하고 1972년 일간지로 전환했다.『미주 중앙일보』는 1974년 일간지 형태로 창간했다. 이들 두 일간지는 미주지역에서 발간하는 한글 신문으로서 한인 커뮤니티에 많은 영향을 끼치고 있다. 매년 신춘문예 제도를 시행하고 있어 신인 등장에도 도움을 주고 있다.

(시), 이계향(수필), 이정강(시), 정규택(소설), 정시훈(소설), 최병현(시), 최정자
(시) 등 11명이 모여 발기인 대회를 하고, 같은 해에 이들을 포함한 40여 명이
모여 창립총회를 개최하면서 설립되었다. 초대회장에는 수필가 이계향, 부
회장에는 시인 김정기와 시인 김송희가 피선되었다. 이후 준비 과정을 거쳐
1991년 연간지 『뉴욕문학』을 창간했는데, 이 문예지는 오늘날까지 미주문학
을 대표하는 문예지의 하나로 자리매김하고 있다.

『뉴욕문학』 창간호에는 6명의 시인(이희만, 정문혜, 정혜영, 최병헌, 최승아, 최정
자)이 18편의 시를 싣고, 그 외에 소설과 수필을 수록하고 있다. 제2호는 중
국연변작가협회 특집을 마련하여 국제적 연대감을 추구[12]했으며, 시는 곽상
희, 김명선, 김송희, 김윤태, 김정기, 김태야, 서량, 윤석진, 이광지, 이상범,
이정강, 이희만, 정문혜, 정혜영, 최병헌, 최정자 등 많은 시인의 작품이 실
렸다. 이 문예지는 종합지이기 때문에 시작품만을 수록한 것은 아니지만, 다
른 종합지들과 마찬가지로 시 장르가 차지하는 비중이 높은 편이다. 실제로
『뉴욕문학』은 매호의 맨 앞부분에 10명 내외 혹은 그 이상의 시인들이 작품
을 수록하면서 미주시의 중요한 매체의 역할을 충실히 해왔다. 『뉴욕문학』은
1985년 미 동부지역에서 처음으로 발간된 뉴욕문학동인회의 동인지 『신대
륙』의 명맥을 이은 것이다. 이 문예지는 오늘날까지 속간되면서 미국 동부지
역 한인 문학의 근거지 역할을 충실히 수행하고 있다.

또한, 1990년대 미주시에서 아르헨티나 한인시가 등장했다는 것은 특기할
만한 사건이다. 미주시가 미국과 캐나다와 같은 북미지역 국가에서 주로 전
개되기는 했지만, 브라질이나 아르헨티나와 같은 남미지역 국가에서도 이루
어졌다는 사실을 뒷받침해주기 때문이다. 이들 가운데 브라질에서는 1980년

---

12 『뉴욕문학』 제2호의 「서문」을 보면, "地政學的으로 먼 곳에 있으나 서로 交感할 수
   있었던 것은 고국을 떠나 산다는 공통점으로 하여 메아리치는 望鄕의 協和音을 형
   성했다."고 밝히고 있다.

대에 이미 시작되었지만, 아르헨티나에서는 1990년대부터 본격적으로 전개되었다. 아르헨티나는 브라질과 함께 남미지역에서 한인시 창작이 이루어지는 대표적인 나라이다. 남미에서 브라질에 이어 두 번째로 큰 국토를 가졌다. 세계에서는 여덟 번째로 큰 나라이고, 인구는 4,200여만 명이다. 한인 이민은 1956년과 1957년 2차례에 걸쳐 반공포로 12명이 입국하여 정착한 것이 처음이었다. 이후 1965년 라마르께 농장에 가족 단위 집단 이민으로 농업이민 13세대 78명이 도착하면서 한인들의 숫자가 늘어나기 시작했다. 오늘날에는 약 3만 명의 한인이 거주하고 있는데, 현지인들과도 비교적 잘 어울리면서 보통 이상의 삶을 살아가고 있다.

한인들의 시 창작활동은 1994년 재단법인 '재아르헨티나문인협회(재아문인협회)'가 결성되면서부터 본격적으로 시작되었다. 1996년 그 기관지 역할을 하는 종합문예지 『로스안데스문학』이 창간되어 오늘날까지 속간되고 있다. 이 문예지는 연간지 혹은 격년간지로 발행되었는데, 배정웅[13], 백광일, 김

---

13 배정웅 시인(1941~2016)은 남미 한인시의 선구적인 역할을 했다. 그는 부산에서 태어났다. 경북대학교 정치학과와 같은 대학원을 졸업했는데, 대학 재학시 '개안' 동인으로 활동하면서 시 창작에 눈을 뜨기 시작했다. 그는 보병 장교로 베트남전쟁에 참전하였는데, 그때의 경험을 토대로 『사이공 서북방 15마일』(1968)이라는 시집을 발간했다. 1970년 『현대문학』에 정식으로 등단하면서 문학 활동을 활발히 전개했다. 이후 남미의 아르헨티나로 이주하여 기나긴 이민 생활을 시작했다. 2000년대 들어서면서 그는 미국의 L.A.에 이주하면서 그곳의 시인들과 어울리면서 창작 활동과 문학 활동을 이어갔다. 시집으로 『타우위의 현장』(1965, 신세훈과 공동시집), 『사이공 서북방 15마일』(1968), 『길어 올린 바람』(1977), 『강과 바람과 산』(1978, 신세훈, 심상훈과 공동시집) 『바람아 바람아』(1981), 『새들은 페루에서 울지 않았다』(1999), 『반도네온이 한참 울었다』(2007), 『국경 간이역에서』(2016) 등이 있다.
    그는 미주 시단에서 왕성한 활동을 펼쳤다. 미주 이민 100주년을 기념하여 지주 지역 문인단체가 연합하여 만든 『한인문학대사전』(2003)의 대표편찬위원을 맡고, 『미주 중앙일보』의 신인문학상 심사위원으로 활동하기도 했다. 또한, 시 전문지 『미주시학』의 발행인으로 활동하면서 미주시의 발전에 많은 공헌을 했는데, 이 문예지는 특히 한글시와 영문 번역시를 동시에 게재하면서 미주시의 이중 언어 문제를 극

한수, 박복인, 심근종, 이교범, 이헌영, 최일부, 손정수 등의 활동이 두드러진다. 창간호에는 시, 수필, 소설만을 수록했지만, 2호부터는 평론, 시나리오, 번역에 이르기까지 다양한 형태의 문학 장르를 수용하여 종합문예지로서의 성격을 견지하고 있다.[14] 이들은 문예지를 발간하면서 작품 발표회, 세미나, 시낭송회 등의 행사도 진행하며 한글 공동체를 형성해왔다.

1990년대 미주시에서 특기할 만한 것은 국제적 연대와 세계화를 적극적으로 지향했다는 점이다. 미주시가 특수성의 차원에서 보편성의 차원으로 나아가는 일은 그 문학적 수준을 고양해주는 한편 세계문학으로의 편입을 위해 필요한 것이다. 미주시는 실상 국제적 환경 속에서 창작되는 것으로서 그 자체로 이미 세계문학으로서의 속성을 지니고 있다. 문제는 미주시를 세계문학으로서의 한국시와 연관 지어 어떻게 규정해야 할 것인가 하는 것이다. 이 문제는 미주시의 정체성을 어떻게 규정하는가와 관련되는 것인데, 이 저술의 서두에서 논의했듯이 미주시는 한국시의 한 부분으로서 그 확장성을

복하고자 노력을 했다. 미국의 현지 시인들과의 교류 활동도 활발히 전개하여 한인 시의 국제화 내지는 현지화에 큰 노력을 기울었다. 이뿐만 아니라 재미 시인협회 회장으로서 활동하면서 후속 세대 양성을 위해 힘을 쏟기도 했다. 그는 해외문학대상(해외문학사), 해외 한국문학상(한국문인협회), 민토 해외 문학상 등을 수상했다. 2019년부터는 그의 이름을 빌린 '배정웅 문학상'(『미주시학』 주관)을 시행하고 있다.

그의 시는 일평생을 디아스포라로 살았던 삶의 이력과 불가분의 관계에 있다. 그의 시는 월남전 참전의 경험을 생생한 언어로 재현하는가 하면, 미국이나 아르헨티나 등 미주지역에서 살아가면서 느낀 감회를 시적으로 형상화하는 데 바쳐졌다. 그의 시에는 이주와 이산의 과정에서 겪는 정서가 지배적이다. 그는 이민자 혹은 망명자의 서러움과 그리움, 그리고 이국땅에서의 새로운 지리적, 문화적 경험을 모국의 문화적 기억을 결합해서 전형적인 디아스포라 시 세계를 구현해왔다. 그의 시는 남미와 북미에서 두루 생활하면서 겪은 삶의 경험들이 진솔하게 나타나 있다. 나아가 미주지역의 문화적, 지리적 경험들이 한국에서의 그러한 경험들과 결합하면서 혼성과 경계의 상상력이라는 독특한 시 세계를 구축하고 있다.

14 김환기, 「재 아르헨티나 코리언 이민문학의 형성과 전개양상」, 『중남미연구』 제31-1호, 2012 참조.

고양한다고 생각하는 것이 중요하다. 또한, 미주시의 세계성은 한국시의 한 부분이자 중국, 일본, 러시아 등에 산재하는 한인 이민자들의 시와 함께 논의할 필요가 있다. 한반도를 둘러싼 4강에 해당하는 이들 국가에서의 한인시가 갖는 디아스포라 의식을 살핌으로써 한국인의 정체성에 대한 역사적, 객관적 관점의 논의가 가능할 것으로 볼 수 있다.

이러한 논의를 위한 텍스트로 1999년에 발간된『2000년 시의 축제』[15]를 주목하지 않을 수 없다. 이 시선집은 국내의 시인들뿐만 아니라 미국, 중국, 일본, 러시아 등에 거주하거나 거주했던 한인 시인들의 창작시들을 모아놓았다. 전 세계에 흩어져 있는 한인시를 모아놓은 이 사화집은 세계문학으로서의 한국시를 생각해볼 수 있는 텍스트이다. 세계문학으로서의 한국시 문제는 일단 한국시의 세계적인 확산이라고 볼 때, 이 사화집의 시편들이 창작되고 유통시킨 공간이 세계적 범주를 확보했다는 점에 유의할 필요가 있다. 물론 그 독자층이나 향유계층이 한인에 국한된다고 할지라도 그 근거를 국내를 벗어난 지역에 두고 있다는 점 자체가 중요하다. 이처럼 일차적인 세계화의 단계가 중요한 것은 이를 바탕으로 장차 현지인들을 독자로 수용하는 이차적 세계화도 가능할 것이기 때문이다.

이처럼 1990년대 미주시는 확장성을 견지하며 전개되었는데, 이러한 시문학적 전개의 출발점에 L.A.폭동이 있었다. 이 사건은 미국 내부에서 일어난 사건 가운데 한인 이민의 삶에 가장 큰 변화를 가져다주었다. 이는 미국의 한인들이 집단으로 우울증과 신체 증후군을 동반한 신경 면역체계의 역반응으

---

15 김철 외, 『2000년 시의 축제』, 태학사, 1999. 고원 시인은 「권두언」에서 "이 책의 편자는 세계 기구의 발족을 기다리는 한편 새천년의 출발을 계기로 해서 해외 시인들의 창작물을 모아 보자는 시대적 충동을 받은 것으로 짐작한다."고 적고 있다. 새로운 밀레니엄을 맞이하면서 전 세계에 흩어져 있는 한인 시인들의 시를 모은 것이다. 이 사화집에는 중국 13인, 러시아/일본/인도네시아 5인, 칠레/브라질/아르헨티나/멕시코 7인, 캐나다 8인, 미국 동부 12인, 미국 중부 5인, 미국 서부/하와이 22인, 한국 8인의 시를 개인별로 3편씩 수록하고 있다.

로서 '속죄양 증후군'[16]에 빠져들 정도로 충격이 컸다. 재미 한인 사회의 터닝 포인트[17]로 인식할 만한 사건이었다. 미국에서 살아가는 한인들은 이 사건을 계기로 하여 미국 사회에 대한 비판과 이민 생활에 대한 근본적인 성찰을 하게 된다. 자연히 시의 창작 과정에서도 그러한 비판과 성찰이 중요한 부분을 차지할 수밖에 없었다. 당시 사건을 직접적인 대상으로 하는 작품은 많지 않지만, 그 간접적인 영향까지를 고려한다면 이 사건은 미주시의 전개 과정에 적지 않은 역할을 한 것으로 보인다. 그리하여 이 사건이 갖는 사회시학[18] 차원의 의미를 각별하게 살펴볼 필요가 있다.

② 디아스포라 의식의 성숙과 전통적 시형

1990년대 미주시는 디아스포라 차원의 성숙한 면모를 보여주었다. 미주시의 가장 핵심 주제에 속하는 디아스포라 의식은 이 시기에 이르러 한층 깊고 넓은 차원으로 발전해 나갔다. 이는 미주지역 시 창작의 지배적인 주체로서 1960년대 이후 이주한 지식인과 전문가들이 이 시기에 이르면 어느 정도의 적응 상태에 놓이는 것과 관계 깊다. 고향에 대한 그리움이라든가 이국땅에서 느끼는 이방인 의식이 원숙한 상태로 접어드는 것이다. 더구나 L.A.폭동이라는 충격적인 사건은 미국 이민자로서의 디아스포라 의식에 대한 더욱

---

16 변주나, 「화병, 1992년 L.A.폭동의 정치 경제적 공모와 한국계 미국인 피해자들의 속죄양 증후군」, 『재외한인연구』 제5집, 157쪽.

17 장태한, 「로스엔젤레스 폭동과 동포 사회의 미래」, 『한국학연구』 12집, 고려대학교 한국학연구소, 2000, 22쪽.

18 시는 여러 가지 기호체계, 즉 사회적 교제와 예의를 갖춘 대화, 문학적 장르와 문체적 관습, 사회적·경제적 계급 구별과 사회적 개별 언어, 사적이거나 적대적인 언어 등이 대화적 관계로 구성된 사회적 다중 언어라는 관점을 수용하는 시학을 의미한다. M. Davidson, 「시적 담론의 대화성」(유명숙 역) 여홍상 편, 『바흐친과 문학 이론』, 문학과지성사, 1997, 225쪽.

진지한 성찰을 유도했다.

> 오랫동안 별을 싫어했다. 내가 멀리 떨어져 살고 있기 때문인지 너무나
> 멀리 있는 현실의 바깥에서, 보였다 안 보였다 하는 안쓰러움이 싫었다. 그
> 러나 지난 여름 북부 산맥의 높은 한밤에 만난 별들을 밝고 크고 수려했다.
> 손이 담길 것같이 가까운 은하수 속에서 편안히 누워 잠자고 있는 밝은 별
> 들의 숨소리도 정다웠다.
>
> …(중략)…
>
> 사랑하는 이여.
> 세상의 모든 모순 위에서 당신을 부른다.
> 괴로워하지도 슬퍼하지도 말아라
> 순간적이 아닌 인생이 어디 있겠는가.
> 내게도 지난 몇 해는 어렵게 살아왔다.
> 그 어려움과 지친 몸에 의지하여 당신을 보느니
> 별이여, 아직 끝나지 않은 애통한 미련이여.
> 도달하기 어려운 곳에 사는 기쁨을 만나라.
> 당신의 반응은 하느님의 선물이다.
> 문을 닫고 불을 끄고
> 나도 당신의 별을 만진다.
> — 마종기, 「별, 아직 끝나지 않은 기쁨」 부분[19]

이 시는 1990년대 미주 한인들의 정서를 전형적으로 보여주고 있다. 즉
"오랫동안 별을 싫어했다"는 이 시의 모두는, 미국 이민 생활의 고달픔 때문
에 꿈과 희망과는 거리가 먼 삶을 살아왔다는 고백이다. 미주 한인들은 고국
이나 이상적 삶과는 "너무나 멀리 있는 현실의 바깥에서" 삶을 살아왔다. 그

19　마종기, 『마종기 시 전집』, 문학과지성사, 1999.

러나 어느 정도 미국 생활에 적응이 되고 마음의 여유와 함께 희망을 찾게 되었다. 시인은 이민 초기의 상황과는 다르게 "지난 여름 북부 산맥의 높은 한밤에"는 "밝은 별들의 숨소리도 정다웠다"고 느끼는 것이다. 이뿐만 아니라 "사랑하는 이"에 대한 생각도 마음속에 자리 잡는다. 이뿐만 아니라 인생에 대한 성찰적이고 낙천적인 생각을 하기도 하는 것이다. 예컨대 "별이여, 아직 끝나지 않은 애통한 미련이여./도달하기 어려운 곳에 사는 기쁨을 만나라."는 시구가 그런 생각을 대변한다. "지난 몇 해"로 표상된 고달픈 이민 생활을 극복하고 비로소 "나도 당신의 별을 만진다"는 마음의 여유를 갖게 되었다는 것이다. 이러한 여유는 많은 시편에 두루 나타나는 보편적 특성이라고 해도 무방하다.

1990년대 미주시는 또한 전통적 시형을 그대로 유지하고 있었다. 시적 언어는 여전히 일상 너머의 순수한 자연이나 인간적 서정과 관련되는 것들을 중심으로 삼으면서, 시의 표현에서 기본 요소인 행이나 연의 구성에서도 전통적인 모습을 유지했다. 이러한 특성은 아마도 모국(어)의 모습을 마음속에 변함없이 그대로 간직하고픈 미주 시인들의 마음과 관계 깊지 않나 싶다. 고국에서 떠나올 때의 언어 감각이나 문화 감각을 잃지 않으려는 마음[20]이 전통적 시형에 대한 애착으로 나타났다고 볼 수 있다.

> 1) 나의 새로 나올 시집을
> 몹시 기다리고 있었다.
> 이제 곧 나오지 않으면, 무슨
> 큰일이라도 일어나는 듯이.

---

20 L.A.의 코리아타운에는 우리나라의 70년대나 80년대에 유행했던 문화 현상이 여러 가지 남아 있다. 상가의 이름이나 분위기, 주택의 모습이나 생활양식, 사람들의 옷차림 등도 그런 경향이 있다. 정감 있고 낭만적인 사람들의 마음 씀씀이도 그렇다. 이런 현상은 문화사적인 분석이 필요하지만, 시에 나타나는 현상만 보아도 흥미로운 일이 아닐 수 없다.

사실 二十년 가까이
헛보낸 세월을, 이것으로
보상이라도 받으려는 듯이.
그러나 끝내
아내가 죽은 며칠 후에야
책이 배달되었다.
아마 아내가 죽을 것을
나도 모르게, 내가
조바심하고 있었던가.
이상한 일이다. 나처럼
게으른 사람이, 어떻게
그런 예감 아닌 예감이 떠올랐을까.
책이 배달되고는
한동안 읽지도 않았다.
월말에 친구들께
책을 보내었는데, 그 날
L.A.에서는
흑인 폭동이 일어났다.

— 박남수, 「예감 아닌 예감」 부분[21]

2) 거듭 나는 '두' 여인은
둘이 하나가 되는
새 언덕에 서야만 했다.
한인도 흑인도 아닌
지금은 '코리안 블랙' 한 사람,
흑인 아버지에게 태어난
한국 아이보다도 더 고운
검은 빛깔로
검은 빛 아름답게

---

21   박남수, 『박남수 전집 1』, 한양대학교출판문화원, 1988.

거듭나는 여자

검은 곰의 후손이
검은 머리 검은 치마
'코리안 블랙'으로
거듭 나서 살 사람,
거듭나고자 여인이 운다.
검은 눈물로
검은 눈물로 빌면서
혼이 운다.

— 고원, 「검은 눈물로 거듭나」 부분[22]

1)에서 시인은 개인적으로 시집의 출간 때문에 가졌던 조바심을, 가정적으로 아내의 죽음이 다가오는 사실에 대한 조바심을 예감한 것으로 생각하고 있다. 사실 시집의 출간과 아내의 죽음은 별반 상관성이 없는 사건들이다. 그리고 그 사건들이 일어날 무렵에 미국 코리아타운에서 L.A.폭동이라는 사회적 사건이 일어났다는 사실을 밝히고 있다. 이 사건 역시 앞선 두 사건과 밀접한 관련이 없다. 그러나 이들 세 사건들은 운명에 대한 깨달음이라는 별도의 의미를 형성한다. 일종의 몽타주처럼 개인-가정-사회에서 일어난 별개의 사건들을 병치함으로써 제3의 의미를 형성하고 있다. 즉 시인은 호사다마(好事多魔)라고나 할까, 시집 출간이라는 좋은 일에 아내의 죽음과 L.A.폭동이라는 비극적인 사건들이 벌어진다는 인생사를 "예감"하는 셈이다. 이 시에서 주목할 것은 박남수 시인이 국내에 있을 때보다 오히려 더 고답적이고 주정적(主情的) 언어를 활용하고 있다는 점이다. 시행과 연의 구성도 전통적인 서정시의 모습을 견지하고 있는데, 이는 미국에 이주한 이후 특히 1990년대 이후의 박남수 시에 도드라지는 특성이자, 당시 미주 시인들의 시에 드러나

---

22   고원, 『고원 문학 전집 Ⅱ』, 고요아침, 2005.

는 보편적 특성이라 할 수 있다.

2)는 L.A.폭동 직전에 지어진 작품이지만, L.A.폭동 이후 한인들이 지향했던 화해의 메시지를 전하고 있어서 주목할 만하다.[23] 한인들에게 많은 고통을 안겨준 흑인들을 향한 화해의 메시지를 전하고 있다. "두 여인"이 "'코리안 블랙' 한 사람"으로 새롭게 태어난다는 이 시의 중심 메시지는, 한인과 흑인이 그동안의 갈등 관계를 극복하고 하나가 되어 살아가야 한다는 의미를 내포한다. 이 시에서도 앞의 시와 마찬가지로 언어와 형식이 서정시의 전형적인 모습을 보여준다는 점에 주목할 필요가 있다. 이 시의 작자인 고원은 비록 상대적이기는 하지만 미주 시인들 가운데 그 시상이나 표현 형식에서 가장 전위적인 모습을 보여주던 시인이다. 그는 5 · 18광주민주화운동 등과 같은 고국의 현실에 대해 직핍한 언어를 구사[24] 하면서 저항적인 시상을 전개해왔다. 그러나 이 시는 고국의 민주화 이후 현실 비판적 언어보다는 전통 서정적인 언어를 빈도 높게 사용한다. 시 형식도 대부분 시에서 순수 서정시의 양식을 따른다. 이는 이 시기의 국내에서 해체시가 등장할 정도로 시 형식의 전위적 양상을 보여준 것[25]과 대조되는 모습이다.

(2) L.A.폭동과 미주시의 사회시학

L.A.폭동은 백인과 흑인의 사소한 갈등으로 시작되었지만, 그 전개 과정을 보면 집단적인 인종 차원의 갈등으로 전개되었다. 미국 사회에는 다양한 인

---

23 시인은 이 시의 끝에 '한인/흑인 합동 시낭송회에서 영문으로 낭송했다'고 적고 있다. 고원, 앞의 책, 같은 곳.

24 고원은 5 · 18광주민주화운동과 관련한 사화집의 발간에 적극적으로 나섰을 뿐만 아니라 신군부에 대한 비판적, 저항적 시를 다수 창작했다. 이형권의 「광주 정신'의 시적 연대와 계승에 관한 연구」(어문연구학회, 『어문연구』 제95집, 2018) 참조.

25 김윤식 외, 『현대문학사』, 현대문학사, 2005, 556~558쪽.

종과 민족들이 공동체를 구성하여 살아가고 있다. 백인이 주류를 이루는 가운데 흑인이나 유색인종들이 다양하게 분포되어 있다. 민족의 구성도 다양해서 세계의 민족이 대부분 모여 산다고 할 수 있을 정도로 복잡한 인적 구성을 유지하고 있다. 이들 사이에는 많은 갈등 요소가 자리를 잡고 있지만, 합리적인 사회 시스템으로 인해 미국인들은 큰 혼란 없이 살아왔다. 그러나 1992년에 벌어진 L.A.폭동은 아메리카합중국의 정체성을 의심할 정도로 커다란 사회적 혼란을 불러왔다. 특히 미국에 거주하는 한인들에게는 미국이민 100년의 역사에서 가장 대표적인 사건[26]이라고 할 만큼 커다란 시련이자 변화의 계기로 다가왔다. 이민자로서의 코리안-아메리칸으로 살아간다는 것에 대한 진지하게 성찰하게 되었는데, 시단에서도 그러한 흔적들이 다양하게 드러난다.

① 탐욕적 군중 심리에 대한 비판

L.A.폭동 기간에 많은 일이 있었지만, 지배적인 이미지는 흑인들에 의해 벌어지는 방화와 약탈이다. 흑인들이 한인 상가를 돌아다니며 난폭하게 물건을 훔쳐 달아나거나 불을 질러버리는 일이 다반사로 일어났다. 처음에는 한두 사람에 의하여 벌어진 방화와 약탈 행위가 집단적인 군중 심리로 번지면서 더 심각한 사태를 몰고 왔다. 박남수 시인은 그러한 집단적 약탈 행위를 보면서 탐욕적 군중 심리를 문제 삼는다.

거리로 밀려 나오는
군중은 너도 아니고, 나도
아니고, 그도 아닌 뭔가 동물의 냄새가 난다

---

26 남기택, 「미주지역 디아스포라 시문학의 사건과 심상 지리」, 『비평문학』 제58호, 2015, 109쪽. 남기택의 이 논문은 L.A.폭동과 디아스포라 시 의식의 관련성을 구체적, 선구적으로 다루고 있다.

아귀아귀 쳐 넣은 상추쌈처럼
공간이 메어져 있다. 저런
모습을 생존이라 하는가. 여유가
없는 생존이 무서워진다.
꽉 메어져 질식할 것만 같은
군중은 삽시간에 자기를 잃어버리고
폭력이 되기도 한다. 1992년
4월 29일 밤, 이날 밤
흑인들이 불을 지르고, 남의 상품을
약탈한 것은 군중이었다.
자기의 죄의식까지 타인에게 밀치고
조금도 부끄럽지도 않고
그래서 오히려 당연하다고 생각한 것도
혼자서는 부끄럽고 죄를 느끼지만
군중 속에서는 자기도 한 덩어리일 뿐
개인이 아니기 때문에 책임을
못 느낀다. 동물이 벌떡
일어난 것이다. 그 아구리는
먹기 위하여 있었다. 반성이
없는 탐욕의 덩어리, 그 이빨이었다.

— 박남수, 「군중」 전문[27]

이 시는 "1992년/4월 29일 밤"에 미국 서부지역의 거대도시 L.A.에서 발생했던 폭동을 소재로 하고 있다. 당시 국내 TV에서도 폭동 장면은 생생히 중계되고 있었는데, 한인타운의 상가 지역을 중심으로 약탈과 방화가 이루어지는 장면은 끔찍한 일이었다. 흑인들은 떼로 몰려다니면서 한인 상가를 마구잡이로 약탈하여 심각한 피해를 입혔다. 시의 모두에서 "거리로 밀려 나오는/군중"에게서 "동물의 냄새가 난다"는 부분은 의미심장하다. 거리에서의

---

27 박남수, 앞의 책.

약탈 장면을 단순히 고발하는 것이 아니라 그 상황 속에서의 인간 심리를 분석하고 있다. 거리의 약탈자들은 마치 먹이를 구하기 위해 질주하는 "동물"의 모습과 다르지 않다고 본 것이다. 시인이 눈여겨 본 것은 그들은 한 개인으로 있을 때와는 확연히 다른 모습으로 방화를 하면서 약탈을 하는 모습이다. 즉 "혼자서는 부끄럽고 죄를 느끼지만/군중 속에서는 자기도 한 덩어리일 뿐"임을 발견한다. 방화와 약탈의 군중 속에서 "흑인"들은 모두가 "반성이 없는 탐욕 덩어리, 그 이빨"로 존재하는 것이다.

② 코리안-아메리칸의 자아 정체성 인식

L.A.폭동은 미국에 사는 한인들의 정체성에 대한 새로운 인식의 계기가 되었다. 미국 사회에서 수많은 소수자에 속하는 한인들은 그동안 자신의 정체성에 대해 깊이 인식할 만한 여유가 없었다. 낯선 땅에서 적응하기에 급급했던 한인들은 자신의 삶을 차분히 돌아볼 기회가 없던 것이다. 그러나, L.A.폭동은 한인들이 자신을 성찰하는 계기가 되었다.

> 넘실거리는 불길 복판이었을까.
> 4·29 난리에 맨손으로
> 부리부리 빛나는 눈으로
> 코리아타운을 지키다가
> 에드워드 이재성이 총에 맞았다.
>
> L.A.의 아들
> 미국 시민 대학생이
> 한국말은 제대로 못해도
> 한국말만 하는 어머니 품에서
> 한국의 얼로 18년 자라서
> 한국의 한으로 뼈가 굵어져서.
> "어머니, 나, 2세,

코리안·아메리칸인데
코리아타운이 몽땅 죽게
가만둘 수 없어요."
주먹만 쥐고 튀어나갔다가
에드워드 한국의 얼이
어머니도 못 부르고 총알에 뚫렸다.

그래서 또 새 일이 터졌다.
아, 우리 아들 죽었대서
아드모어 공원에 순식간에
3만인가 5만 명이 모여서
이재성의 성을 쌓고,

죽음의 도시 L.A.를 코리아가
큰 이름 코리아가 행진한다.
꽹과리 치고 북 치고 장구 치고
이재성이가 살아나서 같이
평화, 정의, 북 치고 징 치고
코리아가 미국을 누빈다.

에드워드 맑은 눈이
이젠 흑인도 남미 사람도 불러들여
태평양 바람 새 바람으로
낡은 미국의 재를 날려 보내고
여기 지금 천사들의 날개가 간다.

— 고원, 「L.A. 哀歌」 부분

이 시는 L.A.폭동 직후인 1992년 5월 발표한 작품으로서, 미국에서 이민자로 살다가 L.A.폭동으로 희생된 한인 "이재성"을 추모하고 있다. 그는 폭동의 와중에 "코리아타운"을 지키기 위해 "주먹만 쥐고 튀어나갔다가/에드워드 한국의 얼이/어머니도 못 부르고 총알에 뚫렸다"는 비극의 주인공이다. 시인이 주목하는 것은 "이재성"이라는 청년은 단지 한 개인이 아니라 "한국의 얼"을 상징한다는 점이다. 그래서 그의 장례식이 있던 "아드모어 공원에 순식간에/3만인가 5만 명이 모여서/이재성의 성을 쌓고,//죽음의 도시 L.A.를 코리아가/큰 이름 코리아가 행진한다"는 상황으로까지 발전한 것이다.[28] "이재성"의 희생은 나아가 미국이 인종차별 없는 건강한 사회가 되는 기폭제 역할을 했다. 즉 그의 희생은 "이젠 흑인도 남미 사람도 불러들여/태평양 바람 새 바람으로/낡은 미국의 재를 날려 보내고/여기 지금 천사들의 날개가 간다"는 상황을 가능케 한 것이다.

이처럼 폭동의 상황을 벗어나고자 하는 마음은 당시 미국의 한인들이 간직하고 있었던 공통의 마음이 아닐 수 없다. 한인들은 어느 민족보다도 부지런하게 살아가면서 평화와 화합을 지향하는 심상을 간직하고 살았다.

> 자카란다 나무 잎사귀에
> 왜 갑자기 불길이 치솟았는가?
> 어서 말해 보리.
> 놀란 내 가슴
> 속수무책으로 숨이 막힌다.
>
> 누구인가.
> 자카란다 나무 잎사귀에 불을 붙인 이가?

---

28 L.A.폭동 기간에 1.5세와 2세들은 소수민족으로서 그들의 부모세대가 겪는 고통의 현장을 직접 목격하였고, 언어 문제와 정치력 부재 때문에 피해를 감수해야만 하는 부모세대를 도울 수 있는 젊은 세대를 각성시키는 계기가 되었다. 이들은 폭동 직후 5월 1일 코리아타운 중심부에 주로 젊은 세대 중심으로 1,000여 명이 자발적으로 모여 평화집회를 열었고, 그다음 날인 5월 2일에는 1.5세와 2세들이 평화 대행진을 주도하고 1세들이 적극적으로 호응함으로써 하루 만에 무려 10만여 명의 대 인파가 코리아타운 한복판에 있는 아드모어(Ardmore) 공원에 집결하는 기적을 보여주었다.(한국학중앙연구원, 앞의 책 참조.)

한밤중 잿더미 속에서
유령같이 목놓아 울부짖던 그 목소리는
이제 안개 속에 묻히어 있는가?
자카란다 나무여.
L.A. 코리아타운에 봄바람이 분다.

꽃잎마다 사랑의 종을 달고
어서 보랏빛 꽃으로 다시 피어나라
네 한이 너무 길다.
— 조윤호, 「자카란다 나무―4 · 29폭동 그 이후」 전문[29]

이 시는 L.A.폭동이 왜 일어났는지 의아하다는 발언으로 시작한다. "왜 갑자기 불길이 솟았는가?" 물으면서 "속수무책"의 폭동 상황을 떠올리고 있다. "자카란다 나무에 불을 붙인 이"가 과연 누구인지 묻고 있다. 이 물음 속에는 함께 더불어 살던 흑인들이 갑자기 약탈자이자 폭도로 변한 것에 대한 의구심이 포함되어 있다. 시인은 "한밤중 잿더미 속에서/유령같이 목놓아 울부짖던 그 목소리"를 떠올리며 당시의 비극이 믿을 수 없을 정도로 돌발적이었음을 인식하고 있다. 그런데 정작 시인이 하고자 하는 것은 "코리아타운에 봄바람이 분다"는 발언이다. 이 사실에 구체성을 부여하기 위해 "자카란다 나무"를 호명하고 있다. L.A. 시가지 곳곳에서 자라는 "자카란다 나무"를 향해 "꽃잎마다 사랑의 종을 달고/어서 보랏빛 꽃으로 다시 피어나라"고 염원하고 있다. 폭동의 기간에 혹독한 시련을 겪은 한인들의 "한"이 "보랏빛 꽃"처럼 아름답게 승화되기를 소망하고 있었다.

③ 인종 화합의 아름다운 세상 추구

L.A.폭동을 겪으면서 미주 시인들은 인종 간의 화합에 대한 인식을 적극적

---

29 미주문학단체협의회, 『한인문학대사전』, 월간문학사, 2003.

으로 노래했다. L.A.폭동은 흑백 갈등 내지는 한흑 갈등으로 시작되었으나, 실제로는 미국 사회에서 살아가는 소수자들에 대한 뿌리 깊은 인종차별의 문제를 상기시켜 주었다. 한인들은 미국 사회에서 백인들에게 인종차별을 받을 뿐만 아니라 흑인이나 멕시칸으로부터도 질시의 시선을 받고 살아간다. 흑인이나 멕시칸의 처지에서는 같은 소수자들이지만 상대적으로 부지런하고 안정적으로 살아가는 한인들을 시기와 질투의 대상으로 여기곤 했다.

> 가난과 물불 없는 경쟁에서는 진작 밀려난 후
> 고국은 너무 멀었고 총알은 매일 귀끝을 스쳤다
> 영어와 한국어를 섞어서 울부짖는 동족의 외침
> 핏발선 두 눈을 가리는 억울한 눈물로도
> 지붕 위에 올라선 기관단총의 방패로도
> 무법의 높은 파도는 막아내기 힘들었다
>
> 몰락한 도시를 덮고 일어서는
> 당신의 새 노래가 그립다.
> 하늘을 향해 빠르게 오르는 무지개.
> 모든 인종이 손잡고 춤추는 '아름다운 것들.'
> 새로운 패터슨 시의 탄성이 그립다.
> 아, 무지개의 모든 물방울이 한꺼번에
> 우리를 하나로 감싸면서 쏟아져 내린다.
> ―「패터슨 시의 몰락」 부분[30]

이 시의 "패터슨 시"는 미국 뉴저지 주 북부의 작은 도시로서, 이 시 말미에 각주로 제시된 대로 '미국 현대시의 선구자인 윌리엄스(W. C. Williams)의 장시 제목'이다. 윌리엄스는 소소한 일상의 아름다움을 노래하여 많은 미국인들의 사랑을 받는 시인이다. 그의 시는 예술적이고 서정적인 영화 〈패터

---

30 마종기, 앞의 책.

슨〉에도 등장하여 인간의 삶에서 일상의 소소한 아름다움이 중요하다는 사실을 강조한다. 그러나 이 시가 창작되던 시절 미국 사회는 "무법의 높은 파도"가 치면서 그러한 아름다움을 상실한 세상이 되어 버렸다. 더구나 미국에서 살아가는 소수 이민자로서 느끼는 그러한 상실감은 더욱 클 수밖에 없었다. "고국은 너무 멀었고 총알은 매일 귀끝을 스쳤다"는 시구는 그러한 심정을 그대로 전한다. 그리하여 시인은 "몰락한 도시를 덮고 일어서는/당신의 새 노래가 그립다"고 고백한다. 그 "노래"는 "모든 인종이 손잡고 춤추는 '아름다운 것들'"에 관한 "탄성"이다. 이처럼 아름다운 것을 추구하는 순간 "무지개의 모든 물방울이 한꺼번에/우리를 하나로 감싸면서 쏟아져 내"리는 것이다. 요컨대 이 시의 제목인 "패터슨 시의 몰락"은 패터슨이라는 도시의 몰락이자 패터슨이라는 시인의 서정적인 시의 몰락을 의미한다. L.A.는 폭동으로 인해 패터슨의 시와 같은 인간적 서정을 모두 상실한 몰락한 도시가 되었다는 것이다.

3) 결론

1990년대 미주 시단의 지형도에서 주목할 것은 시단의 확장성을 제고하고 세계화를 지향했다는 점이다. 시단의 확장성은 다양한 문예지의 속간 및 창간과 그에 따른 시적 저변의 확대를 꾀한 것과 관계 깊다. 이 시기에 미주지역에서는 다양한 성격의 문예 잡지와 동인지들이 등장하는 한편, 각종의 신인 등단 제도를 마련하여 새로운 시인들의 등장을 도왔다. 이러한 현상은 미주 시단이 주로 한국 내 신춘문예나 문예지를 통해 등단한 시인들로만 구성되었던 이전의 시기와 변별되는 점이다. 또 하나 주목할 것은 미주 시단이 세계화에 대한 인식을 구체화하기에 이르렀다는 점이다. 1992년 『뉴욕문학』 2집에서 중국 동포 문학을 특집으로 다루고, 미국에서 활동하는 김호길 시인이 주관하여 발간한 『2000년 시의 축제』는 그러한 세계화에 관한 관심을 단적으로 드러냈다. 특히 후자는 전 세계에 흩어져 있는 한인 시문학을 일별해 볼 수 있게 했다는 점에서 중요한 의미가 있다.

1990년대 미주 시단의 변화를 견인한 사건으로 L.A.폭동을 들지 않을 수 없다. 물론 이 사건이 미주시의 전반적이고 근본적인 변화를 이끌었다고 볼 수는 없으나, 미주 한인들에게 이민자의 삶을 심각하게 성찰하는 계기를 마련해주었고, 미주 시인들은 그러한 성찰을 시로 수용하면서 일단의 변화를 유도했던 것은 사실이다. 그리하여 미주시는 L.A.폭동을 계기로 성찰적 거리감을 확보하면서 성숙한 디아스포라 의식을 시 정신으로 수용했다. 특이한 것은 그러한 변화에도 불구하고 시적 표현과 관련해서는 여전히 전통적인 모습을 보여준다는 점이다. 오히려 이전보다 고답적이라고 할 수 있을 정도인데, 이것은 아마도 서정시의 전통을 지킴으로써 민족정신의 근간을 지키려는 의도가 암암리에 작용한 것은 아닌가 싶다. 어쨌든 이러한 맥락에서 당시 미주 시단에서는 L.A.폭동을 직접 시적 대상을 한 작품들이 발표되었는데, 박남수의 「군중」, 고원의 「L.A. 애가」, 조윤호의 「자카란다 나무」, 마종기의 「패터슨 시의 몰락」 등은 사회성과 작품성을 확보한 사례들이다. L.A.폭동과 관련된 시들은 탐욕적 군중 심리에 대한 비판, 코리안-아메리칸으로서의 자기 정체성 인식, 인종화합의 아름다운 세상 추구 등을 보여주고 있다.

L.A.폭동은 1992년에 일어났지만, 그것은 단지 그해에 일어났던 일시적인 사건에 그치는 것이 아니었다. L.A.폭동은 그 이후 오늘날까지도 한인들의 마음속에 깊은 정신적 외상으로 남아 있다.

불길한 예감이 들어
TV 채널을 틀었다
TV 속에 로스엔젤레스 밤은
화염 속에 싸이고
여기저기 마켓들이 불이 나
불꽃이 까만 하늘을 찌르고 있지 않은가

각 TV 방송국 아나운서들 현장 취재
시청자들에게 열심히 알려준다
불안에 떠는 시민들 어떻게 잠을 잘 수 있겠나
4 · 29폭동
성난 개들이 날뛰듯
흑인들 화를 가라앉힐 수 없고
히스패닉 굶주린 아리같이
마켓 물건들 이리 빼내고 저리 빼내고

도둑 지키겠다고 한인 청년들 모두 나와
이리저리 마켓 에워싸고 심지어 지붕에
올라가 밤을 새웠다

— 강문, 「4 · 29폭동」 부분[31]

L.A.폭동 이후 10년이 지난 때에 발표된 작품이다. 이 시는 10년 전의 기억을 재현하고 있지만, 그 강렬한 인상은 시간의 간격을 뛰어넘는다. 그 시절 시인이 느꼈던 "불길한 예감"은 마치 박남수 시인의 시 「예감 아닌 예감」을 연상시킨다. 그 당시 상황에 대한 비판, 혹은 흑인이나 히스패닉에 대한 부정적 인식이라는 기본적 관점도 비슷하다. 그러나 중요한 것은 그러한 비판의 문제보다는 그 사건이 부과한 강렬한 인상이다. "여기저기 마켓들에 불이 나/불꽃이 까만 하늘을 찌르고 있"던 상황은 10년이 지난 지금도 생생할 정도다. "도둑 지키겠다고 한인 청년들 모두 나와/이제저리 마켓 에워싸고" 있는 정황은 고원의 「L.A. 애가」에 등장하는 한인 교포 '이재성'을 연상케 한다. 어쨌든 이 작품은 L.A.폭동이 미주의 한인들에게 얼마나 커다란 사건이었는지를 알려준다. 따라서 미주의 시인들이 이 사건 이후 삶과 시에서 일련의 큰 변화를 겪은 것은 당연한 일이었다.

---

31 L.A.를 중심으로 활동하고 있는 글마루문학회 동인지인 『글마루』(2002)의 특집 '4 · 29폭동 10주년에 돌아본다'에 실린 시이다.

4. 아르헨티나 한인시의 양상

1) 서론

아르헨티나 역시 남미지역 가운데 한인 이민자들이 비교적 많이 모여 사는 곳에 속한다. 아르헨티나(Argentine Republic)는 은(銀)을 의미하는 라틴어 'argentum'에서 유래했다고 하며, 23개 주와 1개의 자치시로 구성되었다. 위치는 남위 23~55도, 서경 54~74도에 위치하며, 동쪽으로는 브라질과 우루과이, 서쪽으로는 칠레, 남쪽으로는 남대서양, 북쪽으로는 볼리비아와 파라과이와 접해 있다. 수도는 부에노스아이레스 자치시(약 377만 명)이며, 전체 인구는 2018년 기준 4,450만 명 정도로 추산된다. 국토 면적은 2,791,810km²로서 한반도의 약 12.5배, 남한의 약 28배 크기이다. 전 국토의 61%에 해당하는 면적이 경작할 수 있고, 팜파(Pampa)라고 불리는 비옥한 평원으로 구성되어 있는데, 남북 간 거리는 3,800km, 동서 간 거리는 1,425km에 달한다. 언어는 스페인어가 공용어로 사용되고, 인종은 유럽계 백인(대부분 이태리계 및 스페인계)과 메스티조가 97%, 원주민계 등 기타 3%를 차지한다. 종교는 가톨릭(92%)이 대부분이고, 기독교(2%), 유대교(2%), 기타(4%) 등으로 분포되어 있다.[32] 아르헨티나는 미주지역의 주요 국가 중의 하나로서 일찍이 한인들의 이주가 이루어진 곳이다.

한인의 아르헨티나 이민은 6·25전쟁의 반공포로들에 의해 시작되었다. 6·25전쟁 후 거제도 포로수용소에 있던 북한군 출신 12명의 반공포로는 1956년과 1957년에 걸쳐서 그들이 정착할 곳으로 아르헨티나를 선택했다. 이후 본격적인 이민은 1962년 한국과 아르헨티나 사이에 국교가 수립되면서, 1965년 농업 이민 18세대 93명이 라마르께 농장에 도착하면서 본격화되

32　주 아르헨티나대사관의 「아르헨티나 개황」(http://overseas.mofa.go.kr) 참조.

었다. 또한, 1971년에서 1977년 사이에는 200가구의 신규 이민자들이 아르헨티나에 도착하여 한인 사회를 형성했다. 당시 이민자들은 주로 중산층이나 자영업자, 고등교육을 받은 사람들이 주류를 이루었다. 이들 중에 목사나 독실한 천주교 신자들이 많았다. 그리고 1985년에는 한국과 아르헨티나 간의 투자이민 협정의 체결로 아르헨티나로의 이민이 급증하게 되었다.[33] 당시 이민자들은 많은 어려움 속에서 생활했지만, 차차 여건이 나아지면서 문학 애호가들이 동인회를 결성하여 모국어로 글쓰기를 시작하게 되었다.[34] 그러나 아직은 간헐적인 활동에 그쳐서 한인 문단이 형성되었다고 보기는 어려운 형편이었다.

실질적으로 한글문학 창작이 활발해진 것은 1994년 재아한인문인협회가 창설되고, 1996년 종합문예지인 『로스안데스문학』이 창간되면서부터이다. 창간호에는 시, 수필, 평론 등 다양한 장르의 작품들이 수록되어 있다. 시 부문에 배정웅, 윤춘식, 심근조 등 13인의 작품 47편, 수필 부문에 박연우, 김경숙, 호돈 등 23인의 40편, 소설 부문에 이교범, 노충근, 박형용 등의 단편 3편이 실려 있다. 명실공히 종합문예지로서의 위상을 충실히 보여주고 있다. 「서문」에서 임동각 회장은 "그동안 가슴깊이 묻어놓은 향수를 되뇌이며 틈틈이 마음의 눈으로 보고 느끼고 겪어온 모든 것들을 정성을 다하여 그려주신 글을 대하면서 이것이 우리들의 모습이며 삶이요 동질성을 확인시켜 주는 세기가 되었다는 점을 인식할 감회가 새로웠다"[35]고 진술하고 있다. 아르헨티나 한인 문학이 이민자 문학 특유의 모국을 향한 "향수"나 민족 "동질성"을 지니고 있다고 밝히고 있는 셈이다.

1990년대 후반부터 아르헨티나의 한인 시인들은 활발한 활동 양상을 보

---

33 국사편찬위원회, 『중남미 한인의 역사』, 2007, 264쪽 참조.
34 이명재, 「아르헨티나 한인들의 한글문단 고찰」, 『우리문학연구』 46집, 2015, 300쪽.
35 재아문인협회, 『로스안데스문학』 창간호, 1996, 4쪽.(이명재의 위의 글 303쪽에서 재인용)

여준다. 그 구체적인 활동상은 김환기가 엮은 『아르헨티나 코리안 문학선집』 (2013)에 잘 드러난다. 이 선집에는 출간 당시까지 아르헨티나에서 활동한 한 인 시인들의 주요 작품이 망라되어 있다. 여기서는 이들 가운데 이 저서의 취 지에 맞게 1999년(작품 분포를 생각해 일부는 2000)까지의 작품을 대상으로 그 특성을 몇 가지 살펴보고자 한다.

2) 본론

(1) 이민 생활의 고독과 향수

아르헨티나 한인들은 지구 반대편에 존재하는 머나먼 이국땅에 정착하면 서 제일 먼저 느낀 것은 이민 생활의 고독이었다. 언어와 문화가 전혀 다른 이질적인 환경 속에서 고독을 느끼는 것은 어쩌면 당연한 일인지 모른다. 한 인 이민자들은 다양한 사연과 이유를 가지고 아르헨티나에 도착했지만, 그 들의 공통점은 모국에서의 삶보다는 더 나은 삶을 살아가기 위한 열망이 컸 다. 그러나 그들 앞에 다가온 것은 현지의 다수자들 앞에서 겪을 수밖에 없는 소수자로서의 고독이었다.

> 바다가 무어라 하지 않는데
> 까닭도 없이 서러워진다네
>
> 어느 기억을 골라
> 이 외로움을 달래어보나
> 그리움에 눈을 감은 작은 새
> 파도소리 하나로 살아간다네
>
> 구름을 베고 누운 수평선에서

옛 시인의 노래를 고쳐부르네
아껴주는 마음이 사랑이라면
미워하는 마음도 사랑이라네

아직은 봄은 멀리 있는데
바람을 쪼아 먹는 물새 발자국
　　　— 심근종, 「물새 발자국」(『로스안데스문학』통권 4호, 1999) 전문

　이 시의 주인공은 바닷가 근처에서 자신의 삶을 성찰하고 있다. 그는 광활한 "바다"를 바라보면서 "까닭도 없이 서러워진다"고 고백한다. 그는 주변에 아무도 없는 것과 같은 "바다"의 풍경 속에서 자신이 "파도 소리 하나로 살아가"는 "그리움에 눈을 감은 작은 새"라는 생각에 잠긴다. 드넓은 바다를 배경을 홀로 살아가는 "물새"와 낯선 땅에서 외롭게 살아가는 자신의 처지를 동일시하고 있다. 그는 자산의 외로움을 달래기 위해 "사랑"에 관한 "옛 시인의 노래"를 불러보기도 하지만, 외로움이 근본적으로 달아나는 것은 아니다. 하여 결국 그의 눈에 들어오는 것은 "바람을 쪼아 먹는 물새 발자국"일 뿐이다. 이때 "물새 발자국"은 "바람"처럼 떠돌며 살아가는 그의 고독을 표상하는 객관적 상관물이다. 이런 점에서 이 시는 아주 흥미로운 비유적 표현은 획득하고 있다.
　이민자들은 외떨어진 자연 속에서만 느끼는 것이 아니다. 그들은 아르헨티나의 낯선 문화를 접하면서도 고독의 정서에서 벗어나기가 어렵다.

까푸치노의 쓴 맛이 목젖을 타고 추락하고
볼펜의 똥구멍이 거미줄을 짜내어
의식의 집을 짓고

거리 나부랭이에선
창녀와 성자가 탱고를 춘다

창녀는 창 밖의 여자
성자는 성 불구자

겨울바람이 시고 날카로운 혀를 날름거리고
까칠까칠한 수염은 어둠을 먹고 자라고
사람 같은 것이 치부를 드러낸 채 연신 다리를 떨어대고

아!
포르노에서 낭만을
금속에서 생명을
PC에서 진리를 구하는 누에바 헤네라시온 신세대!

여기
스테인리스 도시에
인스턴트 고독을 마시는
스턴트 같은 인생이 있다
　　　— 김재성, 「인스턴트 고독」,『로스안데스문학』통권 5호, 2000) 전문

　이 시의 화자는 남미지역에 자리 잡은 어느 도시의 자유분방한 분위기 속에서 "고독"을 느끼는 존재이다. 그는 "볼펜"으로 "의식의 집을 짓"는다는 시구로 보건대 아마도 글을 쓰는 사람일 것이다. 글을 쓰는 사람은 그 누구보다도 민감한 감각과 순수한 정서를 간직하기 마련이므로, 그가 현지의 이질적인 문화에 대해 느끼는 "고독"의 감각은 남다르다. 그가 바라보는 현지의 문화는 "창녀와 성자가 탱고를 춘다"는 표현에 드러나듯이, 성(聖)과 속(俗)의 구분이 되지 않을 정도로 혼란스러운 상황에 놓여 있다. 다시 말해 그는 "성자는 성 불구자"라고 하듯이, 속된 문화가 성스러운 인간의 정신마저 타락시키는 문화 현실을 주목하고 있다. 특히 속된 문화에 쉽게 빠져드는 젊은 세대에 대한 비판적 인식이 또렷하다. 그는 "포르노에서 낭만을/금속에서 생명을/PC에서 진리를 구하는 누에바 헤나라시온 신세대!"를 바라보면서 이질감

을 느끼고 있다. "누에바 헤네라시온"은 스페인어로 "신세대"를 의미하는데, 멕시코의 마약 조직 이름이기도 하다는 점에서, 이 시구는 현지의 문화에 대한 비판적 인식을 강하게 드러내고 있다고 하겠다. 이처럼 현지의 타락한 도시 문화 속에서 심한 이질감을 느끼는 그는, 자신의 존재를 "스테인리스 도시에/인스턴트 고독을 마시는/스턴트 같은 인생"으로 규정한다. 삭막한 도시 문화는 누구에게나 "고독"을 느끼게 하겠지만, 이민자인 "그"가 느끼는 "고독"은 더욱 절실할 수밖에 없다.

낯선 땅에서 문화적 이질감으로 인한 고독을 느끼는 이민자들은 자연스레 고향을 그리워한다. 그들에게 시를 쓰는 일은 "이파리에 부는 한 가닥 바람결도/그냥 지나치지 않은/마구 타는 그리움"(김재성, 「시」 부분)을 표현하는 것이다. 하여 "그 청정한 가로수/대문까지 줄지어 서 있고/길에는 그리움이/화석처럼 박혀있다"(심근종, 「피뢰침」(로스안데스문학』 통권 3호, 1998) 부분)고 고백하는 것이 자연스럽다. 그들의 가슴 속에는 언제나 오랫동안 살아왔던 낯익은 고향의 자연과 사람을 향한 갈망이 자리를 잡고 있다.

> 내 가슴이 이렇게 서늘한 건
> 억수같이 퍼붓는 비 때문이 아니다
> 자스민 향기 실은 꽃 바람
> 한밤중 천둥번개로
> 돌변한 날씨 탓만도 아니다
>
> '루따'를 따라
> 한가롭게 풀을 뜯던
> 점백이 얼룩소
> 하루 일을 끝내고
> 돌아오는 저녁 들길에
> 먼 하늘을 바라보던
> 고향집 황소를 닮아

찬비에 떠는 젖은 눈망울에
잠 못 이루고 지금도
그칠 줄 모르는
이 비를 이어갈까
비바람 막아줄
잎새 큰 나무 있을까
함께 추운
비 오는 밤
　　　— 황유숙, 「비 오는 밤」(『로스안데스문학』 통권 4호, 1999) 전문

　이 시는 "비 오는 밤"을 배경으로 하고 있다. 시의 화자는 지금 "가슴이 이렇게 서늘한" 것은 "억수같이 퍼붓는 비 때문이 아니다"라고 한다. 물론 시상의 흐름으로 볼 때 비 내리는 날씨가 마음을 심란하게 하는 데 영향을 끼치지 않은 것은 아니다. 그럼에도 불구하고 "비 때문이 아니"라고 강변하는 것은 더 큰 이유가 있기 때문일 것이다. 그렇다면 그 이유는 무엇인가? 두 번째 연을 보면, "'루따'를 따라/한가롭게 풀을 뜯던/점백이 얼룩소"가 "고향집 황소를 닮아" 보인다는 사실을 고백한다. 낯선 이국땅에서 만난 "점백이 얼룩소"에서 "고향집 황소"를 연상한 것이다. 그러니까 시의 화자가 마음이 서늘한 이유는 "고향집 황소" 때문이었다. 언제나 "찬비에 떠는 젖은 눈망울"을 간직하고 있던 "고향집 황소"를 통해 고향에 대한 걱정과 그리움으로 마음이 쓸쓸해진 것이다. 이국에서 느끼는 비 내리는 날의 근심이 고향에 관한 생각으로 이어지면서 향수의 정서를 북돋운 셈이다.

(2) 지리적, 문화적, 역사적 상상

　아르헨티나 한인시의 특성 가운데 하나는 현지의 특정한 장소와 관련된 지리적 상상력을 보여준다는 점이다. 한인들은 아르헨티나에 정착하는 과정에서 자연스럽게 자기 삶의 터전에 대해 사유하고 상상하는 기회를 맞이하게

되는 것이다. 이런 경향은 고국의 특정 장소에 대해 그리워하는 것과 전연 반대의 정서라고 할 수 있다. 처음에는 낯설기만 한 현지의 장소가 어느 정도 시간이 흐르면서 적응을 하게 되고 삶의 터전이라는 생각을 하게 되는 것이다. 그런데 현지의 장소에서 지리적 상상을 하는 경우 대개는 그와 관련된 문화에 대한 동일시 내지는 동화의 성향을 보여준다.

> 내 처음 아르헨티나에 발 디뎠을 때
> 헝겊을 절단하여 옷을 깁는
> 일제 재봉틀 소리만 붕붕 돌아가는 것 같았다.
> 포도주에 취하여
> 남녀가 얼싸안고 발을 요리조리 움직이는
> 탱고의 선율만 낭자한 것 같았다.
> 노천 카페떼리아를
> 촌닭되어 지나갔을 때
> 여자들이 흰상의 다리를 꼬고 앉아
> 雨期의 여름 하늘 우러르는
> 꿈결같은 그런 모습들을 보았다.
> 경국지색 양옥환이거나 서시이거나
> 수백 수천의 아르헨티나 여인들로 환생해서 살고 있는
> 실로 기막힌 윤회의 세상을 나는 보았다.
> 그러나 젊은이들이 말비나스로, 어딘가로 끌려갔을 때
> 아르헨티나의 용감한 어머니들은
> 수시로 피켓을 들고 거리로 쏟아져나와
> 내 아들 내놓아라, 내 아들 내놓아라, 하염없이 울부짖었다.
> 내 처음 낯선 땅 발 디뎠을 때
> 시인 에르네스트 사바또,
> 이 땅의 불행을 노래하는, 한번도 만난 적이 없는
> 그의 얼굴만 상상으로 떠올랐다.
> 대서양 하얀 파도의 갈피 저 너머
> 레꼴레따 언덕 저 너머, 머나먼 땅에 두고 온

우리 어머니, 조선치마 앞자락으로
훌쩍이는 모습도 크게 크게 떠올랐다.
— 배정웅, 「南美通信 · 11 – 아르헨티나에서」
(『로스안데스문학』 통권5호, 2000) 전문

　이 시는 전반부와 후반부의 시상이 극적으로 전환된다. 앞부분에서는 한
인으로서 아르헨티나에 처음 도착했을 때 느꼈던 피상적 이미지를 묘사하
고 있다. 아르헨티나의 첫인상은 봉제 산업이 발달하여 "일제 재봉틀 소리"
가 가득하고, 낭만적이고 정열적인 "탱고의 선율" 그리고 "노천 카페테리아"
의 아름다운 "여자들"의 "꿈결 같은" 이미지로 다가왔던 셈이다. 그런데 그것
은 피상적인 이미지에 불과했다. "젊은이들이 말비나스, 어딘가로 끌려갔을
때/아르헨티나의 용감한 어머니들"의 모습은 앞서 보았던 이미지들과는 전
연 다른 것이었다. "말비나스"는 일명 "포틀랜드"라고 불리는 아르헨티나 인
근의 영국령 섬인데, 서구 제국주의의 희생양으로 우여곡절의 역사를 간직
한 이 섬에서는, 1980년대 초에 아르헨티나의 독재 정권이 정치적 목적으로
침공하여 전쟁이 일어났던 곳이다. 아르헨티나는 젊은이들만 희생된 이 불
행한 전쟁 앞에서 "아들"을 잃은 어머니들의 절박한 모성애가 살아 있는 곳
으로 다가온다. 뿐만 아니라 아르헨티나는 "이 땅의 불행을 노래하는" 멋진
"시인 에르네스트 사바또"가 있는 곳임을 상기하게 한다. 시인은 이처럼 부
정한 역사에 대항하는 모성애와 시심이 살아 있는 아르헨티나는 한국과도
닮은 점이 많다고 생각한다. 즉 "머나먼 땅에 두고 온/우리 어머니, 조선치마
앞자락으로/훌쩍이는 모습도 크게 크게 떠올랐다."고 한다. 한국에서도 불행
한 전쟁과 군사독재에 희생된 아들을 둔 어머니들의 분노와 저항이 있었기
때문이다. 그런 역사에 대해 저항하는 시인들도 있었기 때문이다.
　이렇듯 이 작품은 부에노스아이레스라는 도시, 더 구체적으로는 "레꼴레
따 언덕"이라는 장소를 매개로 아르헨티나의 문화와 역사에 대한 동일시의
정서를 보여준 것이다. 아르헨티나에 대한 호감은 "사람이 서로 만나/보기를

구우며 생선을 말려도/인간답게 살으라고 대서양의 수평선이/은빛 따라 속
삭인다"(윤춘식, 「마르 델 쁠라따 찬가」(『로스안데스문학』 통권 2호, 1997) 부분)와 같
은 시구에 함축적으로 드러난다. 이러한 상상력의 양상은 다른 시편들에서
도 빈도 높게 드러나고 있다.

> 숲이
> 일곱 색의 무지개로 탄다
> 타다 남은 재들도
> 무채색 물이 되어
> 하얀 나비떼가 태양 속에 부서져 내린다
>
> 부글부글
> 백장미 꽃다발로 끓어 넘치는
> 순 식물성 용광로
> 불변하는 물의 항아리를 구워
> 구름 위로 끌어 올린다
>
> 차디찬 설원의 증기가
> 악마같이 춤추다
> 절벽 아래로 뼈를 묻는
> 님프들의 이념이여
>
> 수천 수만의 램프를 켜고
> 타버린 물의 깃을
> 종이 비행기처럼 접고서
> 산새의 사랑은
> 산새의 사랑은
> 인디오의 북소리인양
> 정글에 퍼진다
> ― 윤춘식, 「이과수 폭포(2)」(『로스안데스문학』 창간호, 1996) 전문

원시림 속에 묻혀있는 "알베르게"
스스로를 고집하여 변할 줄 모르고
세속을 외면하는 이 땅의 주인들
굳이 사타구닐 가리지 않아도
부끄러워야할 이유가 없다.

긴긴 세월
때 묻지 않은 자연그대로의 모습으로
더불어 조화로운 야성 속에
바람도 구름도 밀림도 강물까지도
알몸인 채로
관능적인 인디오 특유의 춤을 춘다.

언제라도
인간의 모습을 탐하지 않는
이 땅의 여명(餘命)으로 남아 있으려나.
— 임동각, 「이키토스(IQUITOS)의 인디오」
『로스안데스문학』 통권2호, 1997) 부분

두 작품은 모두 아르헨티나의 시원적 자연에서 느끼는 호의적 정서를 노
래한다. 아르헨티나는 아직도 개발되지 않은 미지의 땅이 많은 나라이다. 앞
의 시에 등장하는 "이과수 폭포"는 세계적으로 유명한 관광지이다. 시인은
그 폭포의 장관을 "하얀 나비떼가 태양 속에 부서져 내린다", "차디찬 설원
의 증기가/악마같이 춤추다"와 같은 독특한 이미지로 묘사한다. 그러나 시
인이 주목한 것은 그러한 경치와 함께 그 역사성에 관해서도 관심을 가진다.
즉 "산새의 사랑은/인디오의 북소리인양/정글에 퍼진다"고 하여, 아르헨티
나 원주민들의 삶을 연상하기도 한다. 뒤의 시는 페루 북부의 도시 "이키토
스(IQUITOS)"를 배경으로 한다. 그곳에서 특히 관심을 보이는 것은 원주민
인디오들의 주거지인 "알베르게"이다. 그곳은 "원시림 속에 묻혀있는" 장소

로서 "긴긴 세월/때 묻지 않은 자연 그대로의 모습"을 간직하고 있는 곳이다. 그래서 그곳에서는 "바람도 구름도 밀림도 강물까지도/알몸인 채로/관능적인 인디오 특유의 춤을 춘다."고 한다. 시인은 이처럼 자연과 인간이 하나로 살아가는 순수한 세계가 영원히 지속하기를 소망하고 있다. "언제라도/인간의 모습을 탐하지 않는/이 땅의 여명(餘命)으로 남아 있으려나"라는 의구심은 그러한 소망의 우회적 표현이다. 이들 시에서 아르헨티나의 지리는 낯설다거나 이질적인 곳이 아니라 지극히 아름답고 순수한 곳이다. 시인은 그러한 장소에 대한 호의적 동일시의 정서를 간직하고 있다.

(3) 새로운 꿈과 희망의 언어

아르헨티나 한인들이 이민자로서 낯선 땅에서 고달프게 살아가는 이유는 새로운 꿈을 꾸기 위한 것이다. 아르헨티나 이민자들이 간직하고 사는 삶의 목적 가운데 하나는 고국에서 이루지 못한 꿈을 실현하기 위해 살아가는 것이다. 그 꿈은 경제적인 것을 포함하여 인간적, 사회적인 것까지 다양하다고 하겠다. 그들이 꿈을 꾸는 일은 "하늘은 비워내도/빛으로 온다/생명을 불어넣은/영혼 속으로//그래서 가슴에 가슴에/부는 바람아"(임동각, 「바람아 바람아」 『로스안데스문학』 통권 3호, 1998) 부분)에서처럼, "바람" 같은 유랑의 삶 속에서도 "빛"의 존재를 인식하는 긍정적인 마음을 표현한 것이다.

> 어둠을 퍼내는
> 눈먼 사람들
>
> 비워진
> 한쪽 찾으려
> 황야를 치닫는가

깃을 펴는
여백의 땅에
하늘 모르고 가꾸어 놓은 꿈

상처 깊은
흔적만 남겨놓고
하늬바람 타고
또 어디로 달려가 흐느적이는가

눈이 먼
삶의 여정 속에
영혼을 불살라
어둠을 펴내는가
　　　　　— 임동각, 「이민」(『로스안데스문학』 통권 2호, 1997) 전문

　이 시에서 "어둠을 펴내는/눈먼 사람들"은 시의 제목으로 미루어 볼 때 한인 "이민"자들로 보아도 무방하다. 그들이 삶의 터전으로 삼은 "깃을 펴는 여백의 땅"은 희망이 가득한 광활한 대지의 아르헨티나이고, "하늘을 모르고 가꾸어 놓은 꿈"은 그곳에서의 삶이 지닌 무한한 가능성을 의미한다. 실제로 살아가다 보면 물론 "하늬바람만 타고/또 어디론가 달려가 흐느적이는" 유랑의 삶이지만, 그러한 가운데 삶의 절망감은 넘어설 가능성이 존재하는 것이다. 그들은 비록 이민자로서 아르헨티나의 사회나 문화에 밝지 못하여 "눈이 먼 여정" 속에서 살아가지만, 끝내 "영혼을 불살라/어둠을 펴내는" 존재인 것이다. 이 시는 이처럼 머나먼 이국땅으로의 "이민"이 비록 당장은 어색하고 힘겨울지라도 그러한 삶을 개선해 나갈 희망을 발견하고 있는 아르헨티나 한인들의 모습을 그리고 있다.

　아르헨티나 한인 이민자들이 삶의 희망과 꿈을 발견하는 일은 현지 사람들의 삶 속에서도 이루어진다. 이러한 방식은 희망과 꿈이 막연한 수사가 아니

라 구체적인 실체를 발견한 것이라는 점에서 흥미롭다.

> 뽈뽀린행 간이역의 하오
> 한웅큼 삶의 이야기가 담기고
> 조금은 빛이 바랜 화면 속에
> 사십대의 그림자가 길게 드리운다.
>
> 묘연히 먼 과거로부터 나왔다가
> 지반을 흔들며 떠나간 기관차의 궤적은
> 회(灰) 분홍색 대기 속에
> 어쩔 수 없는 원시적 우수를 엎질러 놓고
> 철길 아스름한 곳에서 꼬리를 감춘다
>
> 남겨놓은 정적 가운데
> 앉거나 서성이는 또 다른 그림자들은
> 그들의 목적지를 생각하고 있는 것일까
>
> 평행선 저 너머 공터
> 아름드리 소나무 아래서는 지금 한창
> 공놀이에 숨이 찬 청년들의 가슴팍에
> 새 이야기가 김처럼 영상화하고 있다
> — 김남수, 「간이역 소묘」(『로스안데스문학』 창간호, 1996) 전문

이 시의 시공간적 배경은 "뽈뽀린행 간이역의 하오"이다. 시의 주인공은 "사십대의 그림자"를 간직한 중년의 여행자이다. 그가 서 있는 "간이역"은 떠돌면서 살아가는 그의 삶을, 그곳에서 맞이한 "하오"의 시간은 중년에 이른 그의 삶을 표상한다. 그는 마침 "지반을 흔들며 떠나간 기관차의 궤적" 속에서 자신의 삶에 깃들어져 있는 "어쩔 수 없는 원시적 우수"를 느낀다. 만나고 떠나는 공간인 "간이역"에는 "앉거나 서성이는" 사람들을 바라보며 "그들의 목적지"를 생각해보기도 한다. 그러나 중요한 것은 "간이역"의 쓸쓸하고 "우

수"에 찬 분위기 속에서도 일종의 희망을 발견하고 있다는 점이다. "간이역" 근처 "평행선 너머 공터"에서 "공놀이에 숨이 찬 청년들의 가슴팍에"서 "새 이야기가 김처럼 영상화하고 있"음을 발견하고 있다. 떠돌이처럼 살아가는 자신의 삶을 성찰하면서 이국땅의 젊은이들에게서 희망의 이미지를 발견하여 자기화하고 있는 셈이다.

아르헨티나 한인들의 꿈과 희망은 결국 "BS. AS. 하늘은 아름답다/시리게 푸른 호수/눈부신 은빛 섬들/올려다 보면 어느새/눈물샘 하나 툭 터져 나오고/가슴속 매듭 하나 푸드득 새가 된다"(박영희, 「BS. AS. 하늘은 아름답다」,『로스안데스문학』 통권 4호, 1999) 전문)는 인식으로 이어진다. 이는 낯선 현지에서의 적응 과정을 거쳐 그곳의 아름다움을 발견하고, 마음속에 한 마리 희망과 꿈의 "새"를 간직하는 일을 의미한다. 혹은 "낙엽을 떨구고 긴 겨울을 참아 견딘/나무 가지마다/당신의 무한한 사랑처럼/복음처럼/새 잎이 돋습니다"(주영석, 「봄을 기다리며」,『로스안데스문학』 통권 5호, 2000) 부분)와 같이 "봄"의 "새 잎"에 대한 기대감과 관계 깊다. 이렇듯 아르헨티나 한인시는 이민자의 삶을 극복하고 새로운 삶의 꿈과 희망을 찾는 한인들의 삶을 노래했던 셈이다.

3) 결론

아르헨티나 한인시를 읽으면서 우리는 모국어의 소중함과 시의 긍정적 가치를 발견한다. 한번 가면 돌아오기 어려운 머나먼 이국땅, 한번 다녀가려 해도 쉽게 시도할 수 없는 낯선 이국땅, 그곳에서 한인 시인들은 모국어를 통해 향수와 고독을 포함하여 삶의 희로애락을 진솔하게 노래해왔다. 아르헨티나 한인 문단은 그들의 인구수에 비해 적지 않은 숫자의 문인들이 많은 작품을 생산해왔다. 굳이 비교한다면 국내의 읍 단위 소도시 정도의 인구도 되지 못하는 한인 이민자들이 정식으로 문단 단체를 결성하고 문예지를 정기적으로 발간했다는 사실만으로도 높이 평가되어야 한다. 그들의 작품을 국내의 주요 문인들의 작품 수준과 비교하여 그 질적인 문제를 제기하는 것은 설득력이 떨어진다. 물론 배정웅이나 심근종, 임동각 등 적지 않은 시인들은 국내시의 수준에 뒤지지 않는 모습을 보여주기도 했다. 중요한 것은 그들의 작품을 미주의 한인 시문학사, 아니 한국문학사의 일부로서 그 실체를 인정하는 것이 중요하다.

아르헨티나 한인시에는 국내시에서 찾아볼 수 없는 개성이 존재한다. 그것은 첫째, 이민자로서의 디아스포라 의식을 간직하고 있다는 것이다. 이것은 아르헨티나 한인시의 지배적인 주제의식이라고 할 수 있다. 이러한 의식은 미국이나 캐나다 등 비교적 큰 규모를 자랑하는 다른 미주 시단과도 다르지 않은 시 내용이다. 둘째, 아르헨티나의 지리적, 역사적, 문화적 상상력이 잘 드러난다는 점이다. 지리적 상상력은 자연이든 도시이든 특정한 장소를 기반으로 시상을 전개하는 것이다. 한인들이 많이 모여 사는 부에노스아이레스를 비롯한 도시들, 이과수 폭포를 비롯한 명승지들이 시적 상상의 모티브 역할을 담당하고 있다. 이뿐만 아니라 그곳에서 새로운 문화와 역사를 체험하면서 시적 상상의 매개로 삼았다. 셋째, 이중 언어의 환경을 시적으로 드러내고 있다. 아르헨티나 한인들은 한글로 시를 창작하면서도 현지 공용어인 스페인어를 사용하고 있다. 이런 현상은 미국에서 일부 한인 시인들이 한글과 영어로 동시에 창작하는 것처럼 한글과 스페인어를 시 창작의 매개어로 사용하지는 않지만, 일부 시편들에서 스페인어 지명들이나 원주민 언어가 사용되고 있다. 이런 점에서 아르헨티나 한인시는 미주 한인시 가운데 나름의 독특한 입지를 구축했다고 평가할 수 있다.

아쉬운 것은 이 글의 텍스트를 20세기 작품들로 한정했다는 점이다. 다시 말해 2000년 이후 시작품을 텍스트로 수용하지 못했기 때문에 아르헨티나 한인시의 일부분만을 대상으로 한 셈이다. 사실 아르헨티나 한인시는 20세기보다는 21세기에 들어와서 더욱 활발히 전개되었다고 할 수 있다. 시단의 규모나 작품의 총량으로 볼 때 20세기보다는 21세기의 것이 더 크기 때문이다. 따라서 아르헨티나 한인시의 실체에 접근하기 위해서는 21세기 한인시를 대상으로 하는 후속 논의가 이루어져야 할 것이다.

5. 지역 문예지의 다양성과 확장성 – 1990년대의 미주 문예지

1) 서론 – 문예지의 다변화

1990년대 미주에서는 다양한 문예지들이 발간되어 문단을 풍요롭게 했다. 미주 시단에서는 이미 『지평선』(1973), 『새울』(1977), 『이민문학』(1979), 『미주문학』(1982), 『기독교문학』(1983), 『신대륙』(1985), 『크리스찬문예』(1983), 『객지문학』(1986), 『열대문화』(1986), 『울림』(1987), 『가교문예』(1987), 『문학세계』(1988), 『外地』(1989) 등의 문예지가 발간되고 있었다. 그런데 1990년대 들어서면서 『뉴욕문학』(1991), 『워싱턴문학』(1991), 『시카고문학』(1991), 『해외한국시』(1993), 『로스안데스문학』(1996), 『미주기독교문학』(1996), 『캐나다문학』(1997), 『四海』(1999), 『한 뿌리』(1997), 『샌프란시스코문학』(1995), 『해외문학』(1997), 『재미수필』(1999), 『미주동백』(2000) 등의 문예지들이 새로 등장하여 문단을 풍요롭게 했다. 그리고 이들 새로운 문예지들은 뉴욕, 워싱턴, 시카고, 로스안데스, 캐나다, 샌프란시스코 등 지역의 명칭을 차용하는 특성을 보여준다. 이 점은 이전의 문예지들이 한인 대부분에게 미주지역의 수도 역할을 하는 미국 로스엔젤레스를 중심으로 발간되었던 점과 상당한 차이를 보여준다. 이는 미주 문단이 지역적으로 다양화되었다는 것을 의미하는 것이다.

1990년대에 미국 로스엔젤레스 이외의 지역에서 문예지가 다수 발간되었다는 점은 미주지역 문학의 다변화를 의미한다. 이것은 마치 국내에서 서울 중심의 문학에서 벗어나 다른 지역들의 문학이 활성화되었던 것과 비슷한 사례이다. 국내에서 1990년대 이후 지역 단위에서 많은 문예지가 발간되었던 사실[36]과 맥락을 같이 한다. 이 시기에 국내에서는 수도권 지역을 비롯하여 전국 각지에서 문예지가 창간되었다. 서울경기 지역의『시안』(1998), 대전·충남 지역의『애지』(2000), 부산·경남 지역의『시와사상』(1994), 전남·광주 지역의『시와 사람』(1996), 대구·경북 지역의『시와 반시』(1992), 제주 지역의『다층』(1999) 등 지역별로 새로운 문예지들이 등장하여 확장적 문학장을 형성했다. 이는 그동안 서울 지역 중심의 소위 중앙문단을 중심으로 전개되었던 문학장에 커다란 변화를 가져왔다. 그동안 소외되었던 각 지역의 문인들에게 작품 발표 기회를 제공함으로써 문학 생태계의 다양성을 담보하게 된 것이다. 미주지역에서 L.A. 이외의 지역에서 문예지가 발간된 것은 국내 문단의 변화가 견지했던 의미가 다르지 않다.

2) 지역 문예지의 양상

1990년대 창간된 문예지들 가운데 미주 시문학사의 전개에 중요한 역할을 한 것은『뉴욕문학』(1991),『워싱턴문학』(1991),『시카고문학』(1991),『로스안데스문학』(1996),『해외문학』(1997) 등을 들 수 있다. 이들 가운데『뉴욕문학』은 별도로 살펴보았기 때문에, 이 자리에서는 그 외의 문예지들이 보여준 창간 정신과 서지의 특성에 대해 간략히 살펴보겠다.

(1)『워싱턴문학』(1991)

『워싱턴문학』은 1990년에 결성된 워싱턴문학회의 기관지로서 1991년 창간호를 발간한 이래 2018년까지 21집을 발간했다. 워싱턴문학회는 1990년 창립준비위원회를 구성하고, 준비위원장에 최연홍, 회칙 기초위원에 임창

---

36 이형권,『그러나 시가 있다』, 충남대학교출판문화원, 2014, 341쪽.

현, 위원에 반병섭, 김한옥, 김령, 안재훈 등이 활동을 했다. 그해 5월 창립총회를 개최하고 회칙을 통과시켰다. 임원으로 제1대 회장에 최연홍, 부회장에 임창현, 김행자, 총무에 허권, 서기에 원경애 등이 위촉되었다. 이후 워싱턴 지역을 중심으로 활발하게 문학 활동을 전개했다. 창간 기념으로 제1회 '워싱턴 문학상'을 공모하여 문인들의 창작 의욕을 고취시키는 데 앞장을 섰다.

『워싱턴문학』 창간호의 내용은 최연홍 워싱턴문학회 회장의 「권두언」을 필두로 시와 수필, 단편소설 등 다양한 장르의 작품을 싣고 있다. 시작품으로는 김영희의 「1990년 부활절을 맞으며」 외 4편, 김정임의 「봄맞이」 외 5편, 김한옥의 「풀꽃(1)」 외 4편, 김행자의 「나무(1)」 외 4편, 반병섭의 「목사관(6)」 외 4편 우순자의 「겨울나무」 외 4편, 유경찬의 「길」 외 4편, 이복신의 「사막의 여인」 외 2편, 이정자의 「당신은」 외 4편, 최연홍의 「사진첩」 외 2편, 허권의 「친구」 외 3편 등이다. 그리고 영문시를 수록하고 있는데, "Poetry"란을 만들어 Jaehoon Ahn의 「Little Bird in the City Park」, Kwon Hu의 「fall as the Primeval Adage」, Yearn H. Choi의 「Hawii」 외 1편, Kyungil Mah의 「Drying L.A.undry in the Sun」 외 4편, Zachary S. You의 「Missing Her」 외 2편 등을 싣고 있다. 이들 외에 수필 작품으로 변완수의 「취향정」 외 2편, 원경애의 「네델란드의 향수」 외 1편, 이복신의 「봄」 등이 실렸다. 또한, 단편소설로 안설희의 「떠나가는 배」, 유인국의 「추방당한 여자」 등이 게재되었다.[37] 이러한 작품 경향으로 볼 때 종합문예지로서 시 작품을 충실히 수용하고 있다고 할 수 있다.

(2) 『로스안데스문학』(1996)

『로스안데스문학』은 남미지역의 한인 문학작품을 대상으로 하는 대표적인 종합문예지이다. 이 종합문예지는 아르헨티나 교민의 문학 활동과 친목

---

37 http://www.washingtonmunhak.com/xe/ 참조

을 목적으로 1994년에 설립된 재단법인 아르헨티나 문인협회의 기관지이다. 1996년에 창간호를 발간한 이래 오늘날까지 연간 혹은 격년으로 연이어 발간되고 있다. 다만 1996년부터 2006년까지는 매년 발간하였지만, 창립 20주년을 맞이한 2007년부터는 격년으로 간행하고 있다. 2013년에는 창간호부터 제13호까지 게재된 작품 중 일부를 선정하여『아르헨티나 코리안 문학선집』 2권으로 엮은 작품집을 발간하기도 했다.

임동각 회장은 창간호「서문」에서 "이민 30년의 발자취를 되돌아 길지도 않은 조각들을 헤집어보면 참으로 말과 글로 형언할 수 없는 사연들이 수없이 서려 이과수처럼 거칠고 힘차게 쏟아부을 수도 있으련만 그러나 우리들은 아직은 아니다. …(중략)… 그동안 가슴 깊이 묻어놓은 향수를 되새기며 틈틈이 마음의 눈으로 보고 느끼고 겪어온 모든 것들을 정성을 다하여 그려주신 글을 대하면서 이것이 우리들의 모습이며 삶이요 동질성을 확인시켜 주는 계기가 되었다는 점을 인식할 때 감회가 새로웠다."[38]고 밝히고 있다. 한글로 글을 쓰는 일은 이민 생활 과정에서 겪은 "말과 글로 형언할 수 없는 사연들"과 "향수"를 형상화하여 "동질성을 확인시켜 주는 계기"로 생각하고 있다. 아르헨티나 한인들의 문학 활동이 일반적인 이민 문학의 테마—이민 생활의 고달픔과 향수, 그리고 공동체 의식 등—와 다르지 않음을 밝히고 있다. 실제로『로스안데스문학』의 시편들은 이러한 주제에서 크게 벗어나지 않고 있다.

창간호에는 아르헨티나 문인협회의 회원 41명의 시, 단편소설, 수필 등이 실려 있다. 380페이지가 넘는 방대한 분량 가운데 시 부문에는 13인의 한글 시 47편이 실려 있다. 수록된 시들을 살펴보면, 배정웅의「바람이 불거든」외 4편, 윤춘식의「이과수 폭포 1」외 4편, 심근종의「사리」외 4편, 김규한의「아애」, 김남수의「초저녁의 귀로」외 4편, 김옥산의「꽃이 하는 말」외 4편, 김재심의「할머니께」, 신지혜의「바람 1」외 1편, 정문희의「소야곡 1」외 2편, 주

---

38   재아문인협회,『로스안데스문학』창간호, 아르헨티나 문인협회, 1996, 4~5쪽.

영석의 「팔월의 강가에서」 외 4편, 황유숙의 「길」 외 2편, 황현신의 「이민 30 주년 기념시」 외 2편, 임동각의 「인생」 외 4편 등이다. 이들은 대부분 이민 생활에서 오는 디아스포라 의식을 시상의 기반으로 삼고 있다.

(3) 『해외문학』(1997)

『해외문학』은 1997년 해외 한인 문학의 국제적인 확장성을 위해 창간했다. 2018년까지 모두 22호를 발간했다. 이 문예지의 창간은 조윤호 시인이 편집인 역할을 하면서 주도를 했다. 창간 당시 고문은 미국에서 많은 활동을 하고 있던 고원 시인, 편집위원은 미국의 김선현, 김호길, 김문희, 김정기, 명계웅, 이계림, 최연홍, 러시아의 리진, 일본의 박철민, 중국의 김철, 리상각, 우광훈, 볼리비아의 배정웅, 캐나다의 반평섭, 호주의 윤필립, 카자흐스탄의 박미하일, 양원식, 아르헨티나의 임동각 등으로 구성되었다. 이 문예지는 편집위원의 분포가 독특한데, 미국을 비롯하여 일본, 중국, 볼리비아, 캐나다, 호주, 카자흐스탄 등 다양한 국가에서 활동하고 있는 문인들이 동참하고 있다. 다른 문예지들과 현격히 구별되는 이러한 편집위원의 구성 정황은 이 문예지가 지향하는 국제화 코드에 적실하게 상응하고 있다.

창간호에는 조윤호 편집인의 창간사와 함께 시, 시조, 소설, 평론, 수필, 수기 등 다양한 장르의 문학 작품들을 게재하고 있다. 시작품으로는 고원의 「황혼이 곱더라」 외 2편, 김문희의 「가을의 거울」 외 2편, 김선현의 「휴전선」 외 2편, 김학천의 「가을 연석(宴席)」 외 2편, 김행자의 「나도 그렇게 피고 싶다」 외 2편, 리스티니슬라브의 「우리는 누구인가」 외 2편, 리진의 「흐르는 물같이」 외 2편, 박현의 「까치가 운다」 외 2편, 박효근의 「가면」 외 1편, 배정웅의 「남미통신」 외 2편, 변창섭의 「이상하다」 외 2편, 양원식의 「카자흐 초원」 외 1편, 오문강의 「그냥 사는 거다」, 윤춘식의 「순례자」 외 2편, 윤필립의 「세상 밖으로」 외 1편, 윤휘윤의 「눈금」 외 1편, 이상각의 「꽃은 피는 거다」 외 2

편, 이성호의「네카강」외 2편, 이승희의「당신의 하늘」외 2편, 이초혜의「정자나무」, 장태숙의「사막의 강」외 2편, 정문혜의「아버지(1)」외 2편, 정정선의「겁 Fear」외 2편, 조윤호의「코스모스」외 2편, 최현의「무제」외 2편, 홍정희의「밤의 해안」외 2편 등이 수록되었다. 시조로는 김호길의「스모키산 낙조」외 1편, 반병섭의「백두산」외 2편 등을 싣고 있다. 시조를 포함하여 모두 29명의 시인이 작품을 발표하고 있다.

『해외문학』창간호는 전 세계 한인시를 망라했다고 해도 과언이 아닐 정도의 다양한 국가에서 활동하는 한인 시인들의 시를 폭넓게 수용하고 있다. 이는 조윤호 시인이 창간사인「세계 속에 한국문학을 꽃피우자」에서 밝힌 "문학작품을 통해 해외 한민족의 공동체 정신을 살리는 한편 해외 작가들의 창작 의욕을 고취하여 노벨문학상에 도전할 수 있는 문학작품을 창작할 수 있도록 그 밑거름이 되게 하며, 그리고 평화적으로 남북통일을 앞당기는 데 미력이나마 기여하자는 것"이라는 취지에 상응하는 것이다.

3) 결론 – 이후의 문예지들

이 문예지들은 모두 종합지로서의 성격을 지니고 있다. 이들 외에도 미주에서 발행되는 문예지들은 대개 종합지의 성격을 지니고 있지만, 시의 비중이 높은 편이라는 공통점을 지닌다. 이러한 특성은 아무래도 미주 문단의 분포가 시인 중심으로 이루어졌고, 미주 문단의 인적 규모가 적어서 특정 장르 중심으로 활동하기 어렵기 때문일 것이다. 실제로 미주지역에서 활동하는 문인들의 대다수가 시인이고, 나머지가 소설가, 수필가, 극작가, 평론가 등이다. 이 점은 1990년대 국내의 문단 사정과 상당히 다른 점이다. 이 시기 국내에서는『심상』,『시문학』등이 이전부터 간행되고 있었고,『시안』,『시와 사람』,『시와 반시』,『시와 사상』,『다층』,『시와 생명』등 시 전문지들이 새로이 창간되면서 시인들의 창작 수요를 담당해왔다. 그리고 2000년대 들어서서도

『시작』, 『시로 여는 세상』, 『시인세계』 등 다양한 시 전문지들이 등장하였다.

또한, 이 문예지들은 미주 시문학의 중심지인 미국의 L.A.를 벗어난 지역에서 발간되었다는 점을 주목할 필요가 있다. 이러한 추세는 이후 미국의 샌프란시스코, 시카고, 오렌지 카운티, 애틀랜타, 캐나다의 토론토, 브라질의 부에노스아이레스 등으로 확장되어 나가는 계기가 되었다. 이후 『오렌지문학』(2001), 『미주시인』(2005), 『버클리문학』(2014) 등의 지역 문예지들이 창간된 것도 같은 계기에 의해 이루어졌다. 이는 한인시의 창작과 감상이 미주지역 내에서도 다수의 한인이 거주하는 대도시를 중심으로 매우 다양하게 전개되었다는 사실을 증명해준다. 이런 현상은 국내의 문단 사정과 비슷한 모습이라 할 수 있다. 어쨌든 1990년대와 2000년대는 L.A.나 뉴욕 이외의 지역에서 다수의 문예지가 창간되어 이후의 문단을 이끌어가고 있다. 이 시기 문예지는 시문학의 부흥과 발전에 크게 기여가 있었다고 할 수 있다.

6. 미주 한인시의 국제적 연대와 세계화

1) 서론 - 미주 한인시의 정체성

미주 한인시는 20세기 초반부터 시작되어 한국문학의 외연을 확장해주는 역할을 해왔다. 미주 한인시는 한국문학이 국내의 문학뿐만이 아니라 재외에서 활동하는 한인 작가들의 작품까지 포괄해야 한다는 인식을 고양했다. 재외 한국문학은 전 세계적으로 다양하게 산포되어 있는데, 그 대표적인 곳은 중국이나 일본, 러시아와 같은 유라시아 지역, 미국, 캐나다, 브라질, 아르헨티나와 같은 미주지역이다. 그런데 이들 가운데 현재까지 일정한 정도의 문단 규모를 유지하면서 문학 활동이 활발히 전개되는 곳은 미국과 중국(연변) 지역 정도이다. 특히 미국의 한인시는 오늘날 전 세계 재외 한인들의 문학 가운데 그 범위나 활성화 측면에서 가장 도드라진다고 할 수 있다. 따라서 미국을 중심으로 하는 미주 시인들의 시적 성과에 대해서는 어느 지역의 것보다도 더 많은 관심을 가질 필요가 있다. 특히 미주 시인들이 1990년대부터 시의 세계화를 위해 노력해온 점은 한국시의 확장성 제고에 중요한 역할을 했다고 하지 않을 수 없다. 그 노력의 과정을 살펴보는 일은 미주시의 세계화를 넘어 한국문학의 세계화[39]를 위해서 필요한 일이다.

1990년대 이후 미주 한인시의 세계화를 위한 여러 가지 활동을 전개해왔다. 문예지들의 기획 특집으로 미국 이외의 국외 한인시를 수록하고, 그들의 작품 세계를 소개하는 빈도가 높아졌다. 가령 1992년 발간된 『뉴욕문학』 제2집은 특집으로 중국 연변작가협회 편을 기획하여 재중 한인 작가 17인의 최신작[40]을 싣고 있다. 시, 소설, 수필, 평론 등의 장르를 망라하고 있는데, 시는 김응준, 김정호, 김철, 김학천, 리삼월, 리상각, 문창남, 박화, 송정환, 임효원, 조룡남 등 11인의 작품을 싣고 있다. 이후 미주지역에서 발간되는 여러 문예지도 다른 나라의 한인시에 대한 관심을 지속하여 보여주었다. 몇몇 시인들은 한글시를 영어로 번역하여 미국 문단에 소개하는 작업도 전개했다.[41]

---

39 이 용어는 울리히 벡(U. Beck)의 개념을 전유한다. 울리히 벡은 세계주의와 세계화를 구분하는데, 그에게 세계주의는 신자유주의 이데올로기와 연동되는 것으로서 세계의 다양한 차원들을 경제적 차원으로 환원하고 생태적, 문화적, 정치적, 시민 사회적 차원들을 묵살해 버리는 것이다. 그러나 세계화는 그러한 차원들이 상이하고 고유한 논리를 가지고 각축하는 것을 지향한다. 세계화는 초국가적인 사회적 유대와 공간들을 창출하고 지역적 문화들에 더 높은 가치를 부여하며 제3의 문화를 생산하는 과정이다. (정창호, 「세계화의 도전과 상호문화 교육」, 한독교육학회, 『교육의 이론과 실천』 제14권 2호, 2001, 187쪽 참조.)

40 미 동부 한국문인협회, 『뉴욕문학』 제2집, 1992. 이계향 회장은 「책머리에」에서 "지정학적으로 먼 곳에 있으나 서로 交感할 수 있었던 것은 고국을 떠나 산다는 공통점으로 하여 메아리치는 望鄕의 協和音을 형성했다."면서 "앞으로도 계속해서 지구촌에 널리 흩어져 살고 있는 동포들의 작품을 초대하여 문화교류에 일익을 감당할 수 있도록 힘이 미치는 데까지 노력할 것을 약속한다."고 다짐하고 있다.

41 『미주시학』(발행인 배정웅, 주간 박영호)의 창간(2005)은 작품 게재 시 한글과 영어

또한, 미국에 거주하는 김호길 시인이 주도하여 1999년에 발간한 『2000년 시의 축제』는 미주 한인시의 세계화와 관련하여 주목할 만한 성과이다. 이 사화집에는 중국, 러시아, 일본, 인도네시아, 칠레, 브라질, 아르헨티나, 멕시코, 캐나다, 미국, 그리고 한국의 시인들이 작품을 발표하고 있다.[42] 참여 시인들의 분포가 주요 지역의 재외동포 시인들을 총망라하고 있는데, 이는 국내에서뿐만 아니라 국외에서도 유례를 찾아보기 어려운 시도이다. 고원 시인은 「서문」에서 이 사화집의 성격을 이렇게 밝히고 있다.

> 국외 거주자 문학이라고 하는 문화 영토에서 곧잘 문제될 수 있는 일이 말이다. 모국어보다 현지어가 표현 수단으로서 훨씬 더 적절한 문인들이 많다. 특히 중국, 일본, 러시아의 경우는 그렇다. 앞으로 라틴계 언어도 그렇게 되지 않을까? 이중언어를 구사할 수 있는 시인이나 작가도 있고, 한국말을 끝까지 지켜 내는 문인들도 물론 많다. 우리 민족의 문학을 큰 안목으로 보자면 이런 면은 대단히 고무적인 장점이 아닐 수 없다. 여기 나가는 2천년 시선은 그런 장점을 뛰어넘어야 할 상황이 아쉬운 반면 모국어에 대한 사랑이 뜨겁게 배어 있다.[43]

필자는 국외 한인들의 문학을 "국외 거주자 문학"이라고 명명하면서 "모국어"를 지키는 문제의 중요성을 강조하고 있다. 미주 시인들은 한국시의 세계화 방향을 "현지어"에 의지하지 않으면서, "한국말을 끝까지 지켜내는 문인

의 이중언어 사용을 공식화한 미주지역 최초의 문예지다.

42 이 작품들은 중국, 러시아, 일본, 인도네시아, 한국의 한인시를 제외한 나머지는 모두 미주 한인시에 해당한다. 미주 한인시는 단지 이 사화집의 구성에서만이 아니라, 그 지역에서의 창작활동 면에서도 오늘날 재외 한인시 가운데 활동 반경이 가장 광범위하고 활발하다. 지금까지 국외 한인시에 대한 연구는 대부분 총론 차원에서 이루어졌는데, 이제는 개별 시인들에 관한 연구를 통해 더욱 구체적인 문학사적인 평가가 필요하다.

43 고원, 「2천년의 축제」, 『2000년 시의 축제』, 태학사, 1999, 5쪽.

들"의 작품 활동으로 이루어진다는 신념을 드러낸 것이다. 세계 각국의 한인 작가들 가운데는 "이중언어를 구사할 수 있는 시인이나 작가"나 "모국어보다 현지어가 표현 수단으로서 훨씬 더 적절한 문인들"이 많은 것을 "장점"으로 인정하면서도, 그것을 "뛰어넘어야 할 상황"으로 보고 있다. 그러나 한인시 의 세계화는 "모국어에 대한 사랑"에 전제되는 것임을 강조함으로써 세계주 의 체제에 획일적으로 편입되기보다는 민족적 개별성을 담보하면서 성취해 야 하는 것으로 본 셈이다. 카사노바가 말한 '세계로서의 문학'[44]을 연상하게 하는 이러한 인식은 사화집 『2000년 시의 축제』의 작품들에 빈도 높게 나타 난다. 특히 그러한 인식은 장소에 대한 자각[45]의 일종인 토포필리아(topophilia) 와 관련지으면서 시상의 구체성을 담보하게 된 것이다.

2) 세계화의 전개와 한국문학의 현실

민주화 운동의 절정이었던 1987년 이후, 실질적으로는 1993년 문민정부 의 등장 이후 한국에서는 세계화에 대한 논의와 실천이 활성화되었다.[46] 그

---

44 이는 부르디외의 '문학장' 개념과 유사하지만, 문학장 자체의 구성 과정보다는 문학 장의 바깥 즉 주변부의 위치에서 그 체제에 맞서 투쟁하는 성격을 지닌다는 점에서 다르다.(P. Casanova, 「세계로서의 문학」, 차동호 역, 『오늘의 문예비평』 74호(2009 년 가을호), 128~129쪽 참조.

45 미주 시인들의 장소에 대한 애착은 삶과 시 창작의 근본적 동인으로 작용한다. 고향 의 장소에 대한 애착은 향수를 불러일으키고, 현지의 장소에 대한 애착은 동일시 욕 망을 불러일으킨다. 에드워드 랠프가 말한 대로 장소는 그 사람이고, 그 사람은 곧 장소이다. 장소는 그래서 "상징적 의미를 공유하면서 경험을 함께 나누고 관련을 맺음으로써 창조되고 알려지기 마련"이다.(E. Relph, 『장소와 장소상실』, 김덕현 외 역, 논형, 2005, 88쪽 참조.)

46 1989년 베를린 장벽의 붕괴나 1991년 소비에트 연방공화국의 붕괴와 이후 동구 공 산권 국가들의 몰락 등도 세계화 논의가 활성화되는 대외적인 여건이었다고 할 수 있다. 자본주의와 공산주의의 냉전 체제가 종식되면서 전 세계는 이념적, 국가적 장 벽을 허물기 시작하면서 세계 체제로의 변화를 적극적으로 도모했다.

이전까지 우리 사회의 최대 관심사는 민주화였기에 주로 국내 차원의 문제들이 사회적 이슈로 자리를 잡고 있었다. 그러나 민주화가 어느 정도 이루어지자 국민들 사이에 세계화에 관한 관심이 크게 높아지면서 국가 차원에서도 적극적으로 추진했다. 김영삼 정부는 1994년 '시드니 선언'을 통해 세계화를 핵심적인 국가 전략으로 선택하여 다양한 대내외적 정책을 실천했다. '세계화추진위원회'를 출범시켜 무역, 금융, 문화, 교육, 사회복지, 노사관계 등에 이르기까지 국가경쟁력을 세계적 수준으로 높이고자 했다. 그러나 당시의 세계화 정책은 정부가 무모하게 일방적으로 추진함으로써 많은 국민들에게 고통을 안겨주며 미완의 세계화 혹은 실패한 세계화로 끝나고 말았다. 사회적 합의 없이 정부가 일방적으로 주도하면서 제도개혁, 의식개혁, 문화개혁에 앞서 OECD에 가입하고, 급격하게 금융시장을 개방함으로써 국제통화기금 구제금융 사태라는 파국적 결말로 이어졌다.[47] 일명 'IMF 사태'가 김영삼 정부의 세계화 정책의 결론이었던 셈이다.

문학 차원에서의 세계화 역시 1990년대 들어 활발히 전개되었다. 그것은 두 가지 차원으로 전개되었는데, 하나는 세계문학을 민주주의라는 정치적 장으로 인식한 것이고, 다른 하나는 타자의 환대라는 윤리의 차원으로 간주한 것이다.[48] 이때 전자는 서구의 문학에 대한 비판적 논의를 통해 민족 문학의 위상을 고양하려는 것이고, 후자는 인류 보편의 문학을 통해 인간으로서 갖추어야 하는 윤리적 권리를 추구하려는 것이다. 그러나 이들 두 경향은 배타적이거나 양자택일의 문제라고 볼 수 없다. '세계로서의 문학'은 민족 문학으로서의 정치적 특수성과 탈민족 문학으로서의 윤리적 보편성을 함께 지향하는 것이기 때문이다. 중요한 것은 문학이 현실 정치나 현실 윤리를 맹목

---

47 박창건, 「김영삼 정부의 세계화와 흔들리는 한일관계」, 현대일본학회, 『일본연구논총』 제42호, 2015, 60쪽 참조.

48 이은정, 「세계문학과 문학적 세계 1」, 세계문학비교학회, 『세계문학비교연구』 제55집, 2016년 여름호, 9~12쪽 참조.

적으로 매개하거나 그것에 복속되는 것이 아니라 그것들의 새로운 가능성을
향한 도전과 전복을 도모하는 일이다. '세계로서의 문학'의 과제는 정치의 문
학, 윤리의 문학이 아니라 '문학의 정치'와 '문학의 윤리'[49]를 정립해 나가는
것이다. 즉 한국문학을 거시적인 안목으로 멀리서 보는 동시에 미시적 안목
으로 깊이 있게 바라보는 시각을 확보하는 작업이다.

한국문학의 세계화와 관련한 실천은 그동안 두 가지 방향에서 진행이 되
어 왔다. 한국문학을 외국에 소개하는 일(outbound)과 외국 문학을 한국에 수
용하는 일(inbound)이 그것이다. 이들은 모두 번역의 문제가 개입하게 되는데,
전자의 경우 1993년부터 대산문화재단이 한국문학 번역상 시상과 번역지원
사업을 시행하고, 1996년에 (재)한국문학번역금고[50]가 설립되어 한국문학의
외국어 번역 사업을 정부와 민간 차원에서 지원하기 시작했다. 이들의 활동
은 그동안 인바운드에만 치중했던 문학의 국제화를 아웃바운드에도 관심을
두는 계기를 마련했다. 이러한 번역 사업이 초창기에는 일부 선진국 언어에
국한하여 간헐적으로만 이루어졌지만, 오늘날에는 다양한 국가의 언어로 지
속하여 번역 사업이 이루어지고 있다. 특히 프랑스에서 한국문학을 번역하려
는 움직임은 매우 적극적이며[51] 미국의 대학 도서관에도 한국문학이 번역되
어 자리를 잡기 시작했다.[52] 이 시기 해외 문학을 한국에 소개하는 일도 적극

---

49 '문학의 정치'는 랑시에르의 그것처럼 문학적 감성을 통해 세상을 갱신하는 문학 행
    위를 의미한다. '문학의 정치'는 작가의 정치 행위가 아니라 문학이 그 자체로 정치
    행위를 수행하는 것을 의미하는 것이다.(J. Ranciere, 『문학의 정치』, 유재홍 역, 인간
    사랑, 2011, 9쪽) '문학의 윤리' 역시 작가의 윤리가 아니라 문학적 감각을 통해 새로
    운 윤리의 세계에 도달하는 창조적 행위 자체를 일컫는다.

50 2005년 문화체육관광부 산하 '한국문학번역원'으로 명칭이 바뀌었다. 과거에는 소
    수의 한국문학 작품을 일부 선진국 언어로 번역하는 데 치중했으나, 요즈음 들어서
    다수의 문학작품을 다양한 언어로 번역하고 있다.

51 정명교, 「한국문학의 세계화를 위한 문학적 기반 구축에 관한 연구」, 국제비교한국
    학회, 『비교한국학』 23권 2호, 2015, 216쪽 참조.

52 이태동, 「한국문학 세계화의 문제점과 해결방안」, 세계비교문학회, 『세계비교문학

적으로 전개되었는데, 여러 나라의 외국 문학 작품들이 단행본으로 출간되거나 주요 문예지들에서 외국 문학 소개란을 두어 국내에 소개했다. 특히『외국문학』[53]은 그 제호에서도 드러나듯이 외국 문학의 국내 소개를 목적으로 발간된 문예지였다.

　최근 들어서 외국 문학을 국내에 번역하는 작업은 다소 소홀해진 듯하다. 이러한 사정은 출판계 전체의 부진과도 관련되는 것이지만, 우리 문단 구성원들의 국제적 감각과 관심이 약화되고 있는 데서 기인하는 것이기도 하다. 단행본은 그동안 번역된 고전급의 작품이나 인기 작가의 베스트셀러를 중심으로 이루어지고 있고, 국내에서 발간되는 주요 문예지들에서도 외국 문학 소개란은 거의 사라졌다. 그러나, 한국문학의 외국어 번역 사업은 오늘날 한국문학번역원과 대산문화재단이 중심이 되어 활발하게 진행되고 있다. 번역의 대상이나 언어도 다각화되고 있어서 고무적이다. 또한, 최근 미국에서 신경숙의『엄마를 부탁해』영문본이 10만 부 이상 판매되었고, 한강의『채식주의자』가 영어로 번역되어 맨부커상을 수여 받는 영예를 얻기도 했다. 그러나 그동안 기대해 마지않았던 노벨문학상은 매번 우리의 기대를 빗나가고 있다. 노벨문학상이 최고의 문학작품임을 증명하는 것은 아니지만 한국문학의 세계적 명성을 위해서는 한 번쯤은 겪어야 하는 통과제의가 아닐까 싶다.

　한국문학의 세계화는 국제적 명성을 얻는 일과 관계있는 것으로서 크게 두 가지 측면에서 노력이 필요하다. 하나는 한국문학을 세계문학의 수준 이상으로 만들어가야 하는 일이다. 우리 문학인들이 세계문학의 흐름을 정확히 이해하고 그것을 선도해 나갈 작품을 생산해야 한다. 한국문학은 지나치

연구』, 2000, 31쪽.
53　1984년 여름호로 창간되어 1998년 봄호(통권 54호)까지 발간되었다. 처음에는 전예원출판사에서 출간하다가 1988년부터 열림원에서 속간했다. 유럽과 영미권 문학 작품과 문학 이론뿐만 아니라, 라틴아메리카와 아프리카 등 제3세계 문학, 러시아 문학 등도 활발히 소개하였다.

게 편협하고 특이한 세계에서 벗어나 인류 보편의 삶의 문제나 사회 문제를 다루는 방향으로 나아가야 한다. 그동안 세계적으로 관심을 받았던 작품들이 보여준 인간 신뢰를 바탕으로 한 휴머니즘의 가치를 적극적으로 주창해 나가야 한다. 가령 소설 분야에서 양식상으로 장편소설보다는 단편소설이나 대하소설이 주류를 이루는 한국문학 상황도 문제이다.[54] 한국문학의 세계적 명성을 위해 해야 할 다른 하나의 일은 한국문학의 독자들을 전 세계적으로 확장해 나가는 것이다. 이는 번역의 문제와 연관되는 것인데, 특히 외국 문학의 한국어 번역보다는 한국문학을 외국어로 번역하는 문제가 더 중요하다. 문제는 그런 작업을 하는 유능한 번역가들이 양성되는 시스템은 열악하고, 번역을 유인하기 위한 경제적 보상 제도가 제대로 갖추어지지 않았다는 점이다. 당연히 한국문학이 세계의 독자와 만날 기회가 적어지면서 한국문학의 세계화도 난맥상에 처한 것이다.

또 하나 한국문학의 세계화를 위해 재외동포들의 문학에 대한 인식의 제고가 이루어져야 한다. 즉 한국문학을 국내 문학뿐만 아니라 재외에서 활동해 온 한인 작가들[55]의 작품까지 확장하여 생각할 필요가 있다. 다행스럽게 요즈음 들어서 이러한 인식이 확산하면서 관련 연구가 활발하게 이루어지고 있

---

54 한국문학의 문제점 가운데 하나가 극소형(단편소설)이나 극대형(대하소설)이 지배하는 현상이라고 진단한다. 그래서 세계적인 보편적인 트렌드와 멀어지고 번역의 문제도 생기면서 노벨상을 수여 받지 못하는 상황을 초래했다고 지적하기도 한다 (이태동, 앞의 글, 44쪽)

55 사실 이들의 정체성은 애매하다. 가령 미국에서 시민권을 획득한 사람은 공식적인 국적이 미국이므로, 시민권을 가진 한인 시인의 경우 한국인이 아니므로 그가 쓴 시는 한국시가 아니라고 볼 수도 있다. 그러나 인간 서정이나 사상을 다루는 문학의 특수성을 생각하면, 국적 문제는 그다지 중요하지 않다. 그래서 미주 시인들은 국적 중심의 명칭인 '한국시인'보다 정서 중심의 포괄적인 의미를 지닌 '한인 시인'으로 부르는 것이 바람직하다. 그들의 작품을 광의의 한국문학으로 보는 게 어색하지 않은 이유이다.

는 현상[56]은 고무적이다. 이들 문학의 정체성에 관해서는 국적과 관련된 논란이 있을 수 있지만, 그 주체가 국적상의 한국인보다는 넓은 개념인 한인 혹은 한민족이라는 차원에서 논의하면 문제의 소지가 없지 않나 싶다. 그러면 해외 한인 문학의 정체성과 관련하여 그 주체(한인), 내용(한인의 사상과 감정), 표현(한국어) 등에서 한국문학은 한인 문학을 포괄하는 개념으로 확장성을 확보하게 되는 것이다. 한인 문학을 설정하는 순간, 국문학을 버리고 한국문학을 취하는 데서 오는 난제[57]를 극복할 수 있는 하나의 실마리도 찾을 수 있게 된다. 우리 시대의 한국문학은, 일정 부분의 논란을 무릅쓰고라도 한국인만의 '우리끼리'의 문학이 아니라 세계인과 함께 하는 '모두 함께'의 문학을 지향해야 한다.

미주 한인시는 한국문학의 타자에 해당하는 것으로서 국내 한인시를 기준으로 볼 때 주변적인 위치에 놓인다. 이뿐만 아니라 미국 문단에서는 더더욱 타자의 위치에 놓인다. 그러나 세계문학의 차원에서 이러한 타자의 위치는 역설적으로 중요한 의미를 부여받는다. '세계문학공화국'을 지향했던 문학이론가 카사노바는 세계문학의 궁극적 지향은 주변부 작가들이 중심으로부터 차용을 했느냐, 문학적 교통이 중심에서 주변부로 흘러갔느냐의 문제가 아니라, 오히려 종속된 작가들의 투쟁 형식들, 특이성들, 고난들을 복원하는 일이라고 한다. 카사노바는 조이스, 카프카, 입센, 베케트, 다리오 등에서 보듯, 많은 문학적 혁명들은 주변적인 곳들과 종속적인 지역들에서 발생했다는 데 주목한다.[58] 미주시도 이와 유사한 관점에서 살펴볼 필요가 있다. 사실 서구 중심적인 관점에서 보면 한국문학 자체가 타자인데, 미주 한인시는 그

---

56 재미 한인들의 한글문학, 재일 한인이나 재중 한인의 한글문학 등에 관한 연구는 상당한 정도의 양적, 질적 수준을 확보했다.

57 고봉준, 「'세계문학론'의 한국적 전유와 그 난제들」, 한국문학회, 『한국문학논총』 76집, 2017, 168쪽.

58 P. Casanova, 앞의 글, 140쪽.

타자의 문학 가운데서도 다시 타자의 위치에 놓이는 것이다. 그러나 '타자의 타자'의 문학으로서 미주시는 국내시에서 찾아볼 수 없는 특이점들을 간직하고 있다는 점에서 중요하다.

『2000년 시의 축제』의 시편들에 나타나는 특이점들은 이민자로서의 디아스포라 의식을 기저로 삼는다. 시인들은 그러한 인식에 기반을 두고 미주지역의 지리적 상상력을 통해 다양한 시 세계를 개척했다. 이를테면 이민 생활의 고달픔, 고향에 대한 그리움, 고향과 현지 사이의 양가감정, 현지 적응을 위한 동일시의 정서 등을 들 수 있다. 물론 이러한 특이점들 외에 시 일반이 다루는 테마도 빈도 높게 나타난다. 한 인간으로서의 실존의식, 노년의 성찰적 인식, 이성애적 사랑의 감정, 종교적 신앙심, 속악한 사회 현실에 대한 비판 등도 자주 다루어지는 내용이다. 그런데 세계문학으로서의 미주시와 관련하여 이 글에서 주목하고자 하는 것은 지리적 환경에 대한 반동일시와 동일시, 즉 토포필리아의 상상을 통해 시상을 전개하는 시편들이다. 세계 어느 지역에서 살아가든 그 지리적 환경에서 상상의 씨앗을 구하는 일은, 한국시의 글로벌한 상상력을 보여주는 단적인 사례이기 때문이다. 이러한 양상은 시인은 자기가 살아가는 장소를 매개로 하여 시적 상상을 한다는 의미에서 '토포필리아의 상상력'이라고 이름 붙일 수 있을 것이다. 이때 토포필리아는 자아의 근원이자 세계의 중심[59]이라는 점에서 미주 시인들의 시상 전개에 중요한 역할을 담당하는 것이다.

---

59 이푸투안의 토포필리아 개념 – 인간이 물리적 환경을 매개로 인생의 가치관과 세계관을 형성해 나간다는 의미 – 을 전유하고자 한다. Yi-Fu Tuan, 『공간과 장소』, 구동회 · 심승희 역, 도서출판 대윤, 1995, 239쪽.

제5장 디아스포라 시문학의 확장기

408
409

3) 이질적 정서와 향수의 토포필리아

이민자로서 낯선 땅에서 느끼는 이질적 정서와 고향에 대한 그리움은 미주 한인시의 중요한 테마에 속한다. 이국에서의 이질적 정서는 일종의 문화적 충격에서 오는 것이다. 사실 이민 생활의 초창기에는 의식주나 정서와 가치관에 이르기까지 모든 것이 낯설고 어색하기 마련이다. 거기에 생활이나 생계의 어려움마저 보태지면서 힘겨운 삶을 살아갈 수밖에 없게 된다. 이민자들이 타향에서의 삶이 힘겨울 때마다 고향에 대한 그리움을 느끼는 것은 자연스러운 일이다. 향수의 정서는 유년기의 추억이나 그곳에 살던 가족, 친구, 자연 등을 떠올리는 것을 의미한다. 가고 싶기도 하고 보고 싶기도 하지만 멀리 떨어져 있기에 하릴없이 과거의 기억을 떠올리면서 마음의 위안을 받고자 하는 것이다. 시인들은 그러한 기억을 재현하는 데 머물지 않고 시적 상상을 통해 현재나 미래의 삶과 연계한다. 이때의 기억은 과거의 지나간 일이 아니라 현재와 미래의 삶의 디딤돌 역할을 하는 생산적인 것으로 되살아난다. 이러한 고향의 기억은 이국의 구체적 장소를 매개로 떠올릴 때 더욱 절실한 감정을 불러일으킨다.

　　　맨해튼은
　　　정거장

　　　기다릴 것도
　　　사랑할 것도
　　　없는

　　　그저 한 시절을
　　　서성이다 떠나가는
　　　타인의 도시

바닷가의 정거장

날이 저물고
가로등 하나
어둠에 잠기어가면

졸음에 겨운 꽃마차는
방울소리만 흔들며
공원 속으로 사라지고

나는 다시
빈 하늘 쳐다보며
강가의 서울을
가슴에 품는다

맨해튼은 정거장
사랑할 것도
기다릴 것도
없는

타인의 도시
바람 같은 정거장

— 김윤태, 「맨해튼·1」 전문[60]

뉴욕 지하철 창가에
빗발이 지도를 만들고
그 지도 속에 길을 잃은 나,

---

60 특별한 언급이 없으면, 이 글에 인용된 시편들의 출처는 『2000년 시의 축제』(김철
    외, 태학사, 1999)이다.

…(중략)…

생생한 아픔이 온갖 기억을 마비시키면
뉴욕시에 널브러진 홈리스처럼
좌표를 잃고
나침반도 잃고
표류하네.

아직도
크리스마스트리에
불을 켜지 못했네.
거슴푸레한 눈으로 흔들거리는
저 이웃의 몸매를 눈여겨보며

내 모습이 자꾸 어른거려
외면하네.

록펠러 센터의
천사의 나팔소리는 아직도 기다립니다.
— 이정강, 「맨해튼 천사의 나팔소리」 부분

　이들 시는 모두 뉴욕의 중심가인 "맨해튼"을 배경으로 하고 있다. 앞의 시는 "맨해튼"을 "정거장"으로 비유한다. "정거장"이란 길을 가다가 잠시 들렀다가 다시 떠나는 곳으로서 낯선 땅에 와서 정착하지 못하고 살아가는 미주 한인들의 처지와 관계 깊다. 미주 한인들은 자신이 사는 "맨해튼"이 "그저 한 시절을/서성이다 떠나가는/타인의 도시"일 뿐이라고 생각한다. 새로 정착한 도시에 정서적 이질감을 드러내는 것인데, 시의 마무리에서 끝없이 떠도는 삶을 "바람 같은 정거장"이라고 노래하는 이유이다. "바람"의 "정거장"같이 떠도는 삶, 그것은 전형적인 디아스포라 인생을 표상한다. 뒤의 시에서 "맨해튼"은 방황의 공간이다. "길을 잃은 나"는 한인 이민자로서 정착하지 못하는 삶을 성찰하고 있는데, 심지어 자신을 "뉴욕시에 널브러진 홈리스"와 동일시하고 있다. 화자는 자신의 삶을 "좌표도 잃고/나침반도 잃고/표류하"는 사람으로 인식하고 있다. 다만 이 시는 앞의 시에 비해 고달픈 현실을 벗어나 희망을 찾으려는 마음이 강하게 드러난다. 자신은 "아직도/크리스마스트리에/불을 켜지 못했"지만 "록펠러 센터의/천사의 나팔소리[61]는 아직도 기다립니다"라고 하여 화자는 여전히 따뜻한 세상을 고대하고 있다.

미주 한인시 가운데는 이민자로서의 소외감과 방황 심리를 좀 더 적극적으로 노래하는 시편들이 있다. 미주 한인들은 이민 생활의 연륜이 깊어지면서 처음에는 막연하게 느꼈던 이민 생활의 고달픔을 더욱 생생하게 체감하면서 그 원인에 대한 성찰적 인식으로까지 나아가는 것이다. 아래의 시편들은 고달픈 이민 생활의 근본적 원인에 대한 인식을 드러내고 있다.

> 울퉁불퉁한 보도블록을 걸으며
> 토론토를 생각한다
>
> …(중략)…
>
> 시민권 받아 어엿한 한 표 행사하는 지금까지
> 왜 나는 정(情)이라는 단어를 아끼고 있을까
> 농부가 순리대로 심고 거두듯
> 그건 바로 정직함의 핵심이지요, 어머니
> 캐나다산 아들의
> 나라 사랑 원칙에 동감하면서도
> 정 붙지 않던 그 마음이

---

61 뉴욕의 번화가인 맨해튼 거리의 록펠러 센터 정원에 크리스마스 장식에 등장한 '나팔을 부는 천사' 모형을 시의 소재로 삼은 것이다.

모국의 하늘 아래서 '오! 캐나다'를 부르고 있는가
얄팍한 이 인정 싫고 싫어서
애꿎은 보도블록만 탓하는
떠돌이 이민자의 슬픔, 혹은 그리움이여.
　　　　　　　　— 주선희, 「이민자의 그리움, 혹은 슬픔 · 2」 부분

청람빛 꿈 싣고
노 저어 저어
이 땅에 꿈 심은
이마 푸른 선각자여

홀로이 손 흔들며
내디딘
섬
하와이

등줄기 태우는
태양 벗삼아
땀 뿌려 거름 만들고
꿈 풀어 사탕수수 심었네

돌부리 피멍
아린 생채기
고향하늘 바라보며
그리워 그리워서…

메아리 되돌아와
다시 안기면
밭이랑 골골마다
심은 그리움
　　　　　　　　　　　— 손희숙, 「이민 선조를 생각함
　　　　　　　　　　−하와이 사탕수수 이민 90주년에 부쳐」 전문

앞의 시에서 화자는 "토론토"에 이민을 와서 온갖 고난을 겪고 이제는 어엿한 "시민권"자이다. 외국 생활을 하면서 시민권을 얻는다는 것은 완전히 그 나라 사람이 된다는 것을 의미한다. 대개 시민권을 얻으면 투표권까지 얻게 되니 그것을 획득하는 일은 이민자들의 가장 큰 꿈이라 할 수 있다. 그런데 이 시의 화자는 "시민권"을 얻고도 그다지 행복하지 않다고 한다. 왜 그럴까? 화자는 그 이유를 "토론토"라는 도시 혹은 "캐나다"라는 나라에 아직 "정"을 붙이지 못했기 때문이라고 한다. 특히 "캐나다산 아들"을 두고 느끼는 미묘한 감정, 즉 자신의 국가인 "캐나다"에 대한 "나라 사랑"을 인정하면서도 마음 깊은 곳에서는 어색하다고 생각하고 있다. 이는 이민자들의 뿌리 깊은 정서를 그대로 드러내준다. 이국땅에서 아무리 잘 적응하면서 성공을 하고 살아도 "떠돌이 이민자의 슬픔, 혹은 그리움"에서 벗어나서 살기 어렵다는 사실을 말해주는 것이다. 뒤의 시에서는 이민자들이 느끼는 삶의 고달픔이 아주 오래되었다는 사실을 상기시켜 준다. 그 연원은 "하와이 사탕수수 이민 90주년에 부쳐"라는 부제에 나타나듯이, 미주 이민의 출발선이라고 할 수 있는 "하와이" 이민의 역사[62]를 회억하고 있다. 미주 한인들이 이민 초창기에 "등줄기 태우는/태양"을 등에 지고 "사탕수수"밭에서 노동하면서 "꿈"을 키웠던 사실을 떠올리고 있다. 그들은 가난한 모국을 등에 지고 이른바 아메리칸 드림을 위해 "하와이"에 터전을 잡고 정신없이 살면서도 "고향"에 대한 그리움을 벗어날 수 없었다. 그래서 "밭이랑 골골마다 심은" 것은 고향에 대한 "그리움"이었던 것이다.

향수의 서정은 미주 한인들이 지워버리고 싶어도 지워버릴 수 없는 지문과도 같은 것이었는지 모른다. 미주 한인들은 다른 지역에 비해서도 모국에서

---

62 미국으로의 이민은 1903년 101명의 한인이 사탕수수 농장의 노동자로서 하와의 호놀룰루에 도착한 것에서부터 시작한다. 원래는 121명이었으나 20명은 이민 심사에서 탈락해 미국 입국을 하지 못했다고 한다.(국사편찬위원회, 『북미주 한인의 역사』(상), 중앙P&L, 2007. 참조.)

유난히 멀리 떨어져 살았기 때문에 향수의 서정이 더 강렬하지 않았을까 싶다. 그들은 "몸만 돌리면 모두 다른 성질을 가진/남의 땅, 남의 문화//네 나라 내 나라 국적의 언어가/노래하듯 떠다니는 밴쿠버"에서 "서대문구 북아현동/내 아이들 몸 푼 곳/조선이 그립다"고 노래하고 있다.(김영주, 「풍경」 부분) 이렇듯 평생을 향수 고문에 시달리면서 살아가는 미주 한인들의 마음을 노래하는 시편들은 미주 한인시에 빈도 높게 나타난다.

모여 살아도 따습지 않고
부비며 지내도 허허한 마음
하늘 휘저으며 몸부림쳐도
잊혀지지 않는 강산아
훌훌 갈꽃으로 날아가도
바람벽에 부딪치는 망향.

서러운 바람결에
퉁소 소리 들린다
날 부르는 소리
어제는 강마을 갯벌에서
야윈 갈대와 서걱이다가
간밤에는 진달래 만발한
언덕에서 뒹굴었지.

태평양 기슭
청선돌산 벼랑에 발돋움하고
망부석인양
긴 목 드리우고
보랏빛 기별 기다린다.

모여 살아도 그리움은
나날이 짙어가고

기대고 마주해도
돌아앉는 타인의 등
훌훌 갈꽃으로 날아가도
바람벽에 부딪치는 망향.

— 이성호, 「캘리포니아 갈대」 전문

이대로 달려가고 싶습니다
어머니.

지난밤 번뇌의 잔가시를 털어내고
선잠 깬 찬바람에 씻어
이 아침, 이슬 맑은 육신으로
당신 곁에 가고 싶습니다.

달려도 여전히 이어지는 프리웨이
물기 없는 캘리포니아 사막길인데도
당신에게 흘리게 한 눈물만큼
내 마음은 밑바닥부터 젖어옵니다.

처음으로 나를 안아내실 때처럼
그 원초의 순수한 사랑 곁으로
또 한번 도달할 수만 있다면
얼마나 멀까요, 당신이 계신 저승 쪽으로
시속 65마일의 프리웨이를 돌려놓고 싶습니다.

흰 광목, 물빨래 냄새의 어머니 품에
중년의 딸이 못내 안기고 싶은 이 새벽,
곧게 달리는 프리웨이 저 끝 하늘에서
당신은 거대한 신기루로 서십니다.

— 김문희, 「새벽 프리웨이에서」 전문

앞의 시에서 "캘리포니아 갈대"는 미국에서 살아가는 실향민으로서의 한인을 비유한다. "캘리포니아"는 미국에서 한인들이 가장 많이 모여 사는 곳으로서 '코리아타운'이라는 특별한 공간까지 자리를 잡은 장소이다. 그곳의 "갈대"들은 "모여 살아도 따습지 않고/부비며 지내도 허허한 마음"을 가지고 살아가는 한인을 비유한다. "갈대"들은 군락을 이루어 함께 살아가지만, 그 사이에 "바람"이 통과하기가 용이하여 모여 사는 의미가 별로 없는 식물이다. 미주 한인들도 이러한 "갈대"와 비슷하여 '코리아타운'과 같은 공동체를 이루어 살아가지만, 정서적으로 큰 도움이 되지 못한다. 아무리 함께 모여 살아도 고향에 대한 그리움을 근원적으로 해소할 수 없기 때문이다. 때로는 "갈꽃"이 되어 고향으로 돌아가려고 마음을 먹어보기도 하지만 현실의 한계 때문에 "바람벽에 부딪치는 망향" 의식 속에 머물 수밖에 없다. 뒤의 시에서는 "어머니"를 매개로 고향에 대한 그리움을 노래하고 있다. 시의 화자는 지금 미국 서부 "캘리포니아"의 고속도로인 "프리웨이"를 달리고 있다. 화자는 운전대를 잡고 달리면서 "당신이 계신 저승 쪽으로" 달리고 싶다고 한다. 삭막한 "프리웨이"를 달리다가 미국에서의 이민 생활의 고달픔을 느끼면서 포근했던 "어머니"의 기억이 되살아났기 때문이다. "원초의 순수한 사랑"의 표상인 "어머니"를 떠올리며 "흰 광목, 물빨래 냄새의 어머니 품"에 안기고 싶은 소망을 드러낸 것이다. 그 소망은 화자 앞에 "프리웨이 저 끝 하늘에서/당신은 거대한 신기루로 서" 있다는 환영이 나타날 정도로 절실하다.

이들 시에서처럼 이민자들이 고향을 향하는 마음은 평생 벗어날 수 없는 운명과도 같은 것이다. 어떤 시인은 이민자의 향수는 죽은 뒤에도 이어지는 것이라고 노래한다. 이를테면 "감자 캐던 러시아 소년은/황금을 캐러 북미주 땅에 내려" 살았지만 "상복도 호곡도 없이/한 줌 재가 되어/태평양 하늘에 뿌려진 92세/'혜리'는 오늘 고향 땅 감자밭으로 간다"(이숭자, 「감자 싹이 텄네」 부분)고 한다. 어린 시절에 이민을 와서 "92"세가 될 때까지 미국에서 살다가 쓸쓸하게 생을 마감한 "혜리"라는 인물이 결국 죽어서 고향으로 돌아간다고 본다. 시인은 "혜리"의 죽음 소식과 함께 "감자에 싹이" 트는 것을 보고, "혜리"의 죽음은 그녀가 고향에서 하던 "감자" 농사를 하러 간 것이라고 상상한 것이다. 미주 시인들의 다른 시에서도 이처럼 이민자들의 절박한 마음으로서의 향수가 빈도 높게 드러낸다.

이민자들은 경계의 삶 혹은 이중의 삶을 산다고 할 수 있다. 이유도 사연도 다양한 그들은 이국의 땅에 생활의 터전을 잡고 살아가면서도 그들의 지리와 문화에 완전히 동화되어 살 수는 없다. 그렇다고 이민 생활을 포기하고 고향을 다시 돌아가 살아갈 수도 없는 처지이다. 결국, 그들은 이국땅과 고향 사이의 딜레마 속에서 살아가는 경계인으로서 '날개도 없고 뿌리도 없는'[63] 운명의 소유자다.

> 다섯 굽이 휘감겨 몰아쳐 오는
> 찢기운 영혼의
> 소리를 듣는다
>
> 여섯 굽이 맴돌아 점으로 지워지는
> 현존의 의미를
> 눈으로 확인한다.
>
> 태양이야
> 청빛 나래 펼쳐진
> 이 아픔을 알랴,
>
> 안으로 안으로만 치닫는
> 생명의 소리를,

---

63 이윤기의 소설 『뿌리와 날개』(현대문학, 1998)에서 한국계 혼혈인이 미국에서 살아가면서 느끼는 뿌리(현실적 기반) 없음과 날개(미래의 전망) 없음의 상황은 바로 미주 한인들의 처지와 다르지 않다.

가슴으로 가슴으로 물결쳐 오는
살아 있음의 나를.

네 소리의 주음(主音)을 잡아
지평(地平)으로 치달으면
두 개의 바다와 마주한다.

나의 바다는 대한민국 제주도 구좌면 연평리
소섬(牛島).

여기 이 바다는
산타모니카 캘리포니아 미합중국
산타모니카 비치

나의 바다는
고향의 봄을 읊조리는
가난한 이웃들이 모여 사는
그리움의 바다

두 개의 이질적인 바다와 화답하며
나는
나의 바다의 상(像)을 끌어안고
무섭게 애무하고 있다.

　　　　　　　　　　　　　　　— 전달문, 「두 개의 바다」 전문

　　이 시의 "나"는 경계인으로 살아가면서도 끝내 고향에 대한 그리움을 떨쳐 버릴 수 없는 존재이다. "나"는 이방인으로서 "찢기운 영혼의 소리"의 "아픔" 속에서 살아가면서 "안으로만/치닫는 생명의 소리"를 들으면서 살아가야 하는 운명이다. 이 시는 그런 "나"의 삶을 "태양"이 비추는 외부 세계보다는 실존적 내부 세계 속에서 움츠리고 살아갈 수밖에 없는 이민자의 "현존"으로 노래하고 있다. "나"는 이러한 상황에서 "두 개의 바다"와 마주치며 살고 있다. 하나는 "나의 바다"인 "대한민국 제주도 구좌면 연평리/소섬"의 바다이고, 다른 하나는 "산타모니카 캘리포니아 미합중국/산타모니카 비치"이다. "나"는 이들 "두 개의 이질적인 바다와 화답하며" 살아가고 있다. "나"의 삶은 미국과 한국이라는 두 나라의 "산타모니카"와 "소섬"이라는 구체적인 장소 사이에서 경계인으로 "현존"하는 것이다. "나"는 이민을 와서 지금 살아가는 현지의 장소와 마음속에 간절하게 남아 있는 고향의 장소 사이에서 사는 한인 이민자라는 사실을 벗어날 수 없음을 확인해보는 것이다. 이렇듯 미국이라는 현실에서 살아가면서도 그곳에 완전히 동화되지 못하고 사는 "나"의 마음은, "나의 바다의 상(像)을 끌어안고/무섭게 애무하고 있다"는 결구에 함축적으로 제시되고 있다.

4) 현지 적응과 동일시의 토포필리아

이민자들은 일반적으로 이주 초창기에는 현지 적응에 어려움을 겪기 마련이다. 평생 살아온 모국과는 지리적, 문화적으로 많은 차이가 날 뿐만 아니라 생계 문제와 관련해서도 어려움을 겪을 수밖에 없다. 가까운 가족이나 친지와 멀리 떨어져 살다 보니 정서적으로도 현지 적응은 쉽지 않은 문제이다. 미주지역의 이민자들은 특히나 고향과의 지리적인 거리감이 크기 때문에 더욱 단절감과 소외감을 느끼면서 살아간다. 그러나 시간이 지나면서 이민자들은 자신이 살아가는 장소에 대해 새로운 인식을 하게 된다. 이민자들은 어차피 고향으로 돌아갈 수 없다는 것을 인정하고 현지에 적응하려고 노력을 한다. 이러한 차원에서 미주 한인시에는 현지 적응을 위해 그곳의 자연이나 문화와의 자기동일성[64]을 지향하는 시심이 드러난다고 할 수 있다.

---

64 이는 '동화되다'는 의미에서의 동일시로서 일련의 심리학적 개념인 소망, 감정이입,

고향 생각이 나서 어렵게 물 건너온 항아리 한 점을 구해 놓았다. 있는 듯 없는 듯 높낮은 산이 목화로 그려져 있고, 유채꽃 같은 안개가 강물처럼 가물거리는 평범하디 평범한 그런 항아리. 저 항아리가 고향을 떠나 바람으로 떠도는 나에게 무슨 위안이 되랴. 무슨 기쁨이 되랴. 속 깊이 되뇌이면서도 내 살 여물고 뼈 여문 고향 산천 바라보듯이 소중히 아껴서, 항아리산에 앉은 먼지도 털고, 항아리안개에 앉은 아열대 먼지도 털고, 아아 또한 한갓 세속의 먼지일 뿐인 나도 털면서 내내 바라보거니, 혹시 꿈속에서라도 산꽃 향기 흐르고, 그 골짜기 안개 풀리고 팜파의 들바람소리ㆍ여울소리 내 아픈 영혼 속으로 물결쳐 흐를 것을 기다리면서, 기다리면서.

— 배정웅, 「남미 통신ㆍ5 − 물 건너온 항아리」 전문

탱고를 들으면
가슴속에
샘물이 솟는다

아프리카 검은 북소리에
유럽 품팔이의 슬픔이 서리고
흑인 영가까지 녹아들어
이윽고 함께 피워내는 독버섯 같은
외로움

숨가쁘게 절정의 고비를 넘나드는
현란한 춤사위
틈새로 사정(射精)하는
터무니없이 낯익은 미롱가여

쌍 바이얼린의 비명과
쌍 반도논의 탄식이 함께 꼬이는 탱고

공감, 정신적 전염, 투사 등을 포함하는 것이다.(Laplanche, Jean ㆍ Pontalis, J. B., 『정신분석사전』, 임진수 역, 열린책들, 2006, 119쪽.)

그 속에선 문득
북소리 징소리도 들려온다

오천년 역사 고비마다 수없이 당한
노략질
차마 억장이 무너지는 소리
소리 소리 소리 비명소리
죽음과 생이별의 아픔이 켜켜이 쌓이고
넉넉히 남아 고인 한(恨)이
차라리 술처럼 익어버린 가락
아리랑
소리로 들려온다.

쿵—쿵—쿵더쿵—
가슴 저리도록
투박한 선율을 타고
배달민족의 힘(氣)이 뭉친
사물놀이
그 소리도 들려온다

아—
탱고를 들으면
가슴속에서
거꾸로 활동사진이 돌아간다
— 주영석, 「탱고를 들으며」 전문

　　두 시의 공통점은 이국의 특정한 장소에서 현지의 문화와 고향의 문화를 동일시하고 있다는 점이다. 앞의 시에서 화자는 한국에서 "물 건너온 항아리"를 앞에 두고 고국을 생각하고 있다. 그 "항아리"에 그려진 "안개가 가물거리는" 고국의 산천을 바라보면서 처음에는 그 그림을 바라본다고 한들 "무슨 위안이 되랴" 생각을 한다. 그러나 다시 생각하니 그림 속의 자연은 비록 "안개"처럼 답답할지라도 "내 살 여물고 뼈 여문 고향 산천"이기 때문에 화자는 "항아리"를 애지중지하고 있다. "나"는 "항아리"의 "먼지를 털면서" 그것이 그려진 자연의 세계처럼 깨끗한 마음을 지향하는 것이다. 그리하여 "속세의 먼지일 뿐인 나"에 찌든 삶이 정화되기를 소망하고 있다. 그림 속의 "안개"처럼 막막한 자신의 삶이 맑고 투명한 "팜파의 들바람소리 · 여울소리"[65]와 하나가 되기를 소망한다. 아르헨티나의 대자연이 "내 아픈 영혼 속으로 물결쳐 흐를 것을 기다리면서" 살아가고 있다. 현지의 자연은 낯설고 부자연스러운 대상이 아니라 하나가 되고 싶은 대상이 된 셈이다.

뒤의 시는 "탱고"라는 춤곡에 드리운 소수자로서의 서러운 사연들을 한국인의 처지와 동일시하고 있다. 화자는 한인 이민자로서 "탱고"에는 소수자로 살아가는 "유럽 품팔이의 슬픔"과 "흑인"들의 서러움까지 녹아들어 "독버섯 같은/외로움"이 배어 있다는 점에 주목한다. 아르헨티나의 전통을 간직한 "탱고"인 "미롱가"는 "쌍 바이얼린의 비명과/쌍 반도뇬의 탄식"으로 그러한 "외로움"을 더 크게 한다. 그런데 화자는 이러한 음악 소리에서 한국의 "북소리 징소리 북소리도 들려온다"고 한다. 열강에 둘러싸여 "노략질"을 당하면서 "비명"과 "죽음"의 역사를 살아왔던 한민족의 "한(恨)"이 어린 "아리랑 소리로 들려온다"고 한다. 이뿐만 아니라 그러한 서러움 속에서도 그것을 힘차게 극복하기 위한 "배달민족의 힘(氣)이 뭉친/사물놀이/그 소리도 들려온다"고 노래한다. 이렇듯 화자는 머나먼 이국땅에서 "탱고"와 하나가 되면서 현지의 역사와 동일시하고 있다.

현지의 자연 혹은 장소에 대한 동일시는 "언제부터인지 그 쪽 산과 들/강물들이/내 가슴에 와 들어앉아 있었다./가슴에서 또 하나의 다른/산이 되고/

---

65 팜파(Pampa)는 아르헨티나를 중심으로 하는 남미의 대초원 지대로서 19세기 후반부터 개발되어 비교적 인구 밀도가 높은 지역이다.

들로 일어서고/골짝으로 휘어져 뉘이며/강물은 잠자듯이/곱게 흐르는 것이
었다.”(곽상희, 「그 쪽 산과 들 강물들이」 부분)는 인식과 관계 깊다. 어느 곳이든
정붙이고 살다 보면 그곳의 자연이나 장소와 동일시된다는 것이다. 이러한
인식에서 한 걸음 더 나아가면 현지의 삶에 대한 적극적인 가치 부여를 하게
된다.

> 연 사흘 동안 순한 바람이
> 나뭇가지를 어루만지더니
> 오늘은 북쪽에서 내려온 바람이
> 눈송이를 섞어서 휘몰아치고 있다.
> 금방 터질 것 같던
> 자목련 봉오리가 움찔한다.
> 이 광막한 대륙에 봄이 오는 일은
> 언제나 마음이 조마조마하다.
> 일찍이 동양의 한 시인이 노래한
> 조그만 멧새 한 마리
> 발 오그리고 깃 얽고 눈을 맞고 있다.
> 바람은 다시 남쪽에서 불어오고
> 내일은 하루 종일
> 쪼개어지는 뜨락의 목련꽃
> 그 다음날은 하루 종일 흐드득, 흐드득
> 뜨락에 목련이 지는 날
> 슬픈 생각에 잠길 틈도 주지 않고
> 개능금 꽃과 벚꽃이
> 온 마을을 가득하게 할 것이다.
>
> 발 오그리고 깃 얽고
> 봄눈을 맞고 있던 멧새 한 마리
> 꽃 그늘에서 꽃 그늘로
> 끝없이 이어지는 작은 길은

이 쪽 세상에 와서
더 선명하게 보이고 있다.

— 이창윤, 「대륙의 봄」 전문

두 날개가 만드는 큰 그림자가
이 빈 땅에
살아있는 것이 있음을
증명한다.

이상한 강물이
지평선 위에 흐르고
인디언 마을이
거기 있을 것 같아

다행히
저녁은 서서히 오고
먼 마을의 불빛이
나를 달래준다
별빛처럼

정말 두터운 어둠이
사막에 기어든다
그러나 하늘은 아직도
바닷물처럼 푸르다

하나님은
하늘과 땅이 닿은 곳에
목수처럼
줄 하나를 긋고 있다

나는 하나님이 인디언이라고

생각하고 있었다.

— 최연홍, 「남서부에서-뉴멕시코 사막에서」 전문

앞의 시는 아메리카라는 "광막한 대륙"에 봄이 오는 풍경을 묘사하고 있다. 화자는 봄이 오는 과정에서 간혹 꽃샘의 눈보라가 몰아치기는 하지만 "바람은 다시 남쪽에서 불어오고/내일은 하루 종일/쪼개어지는 뜨락의 목련꽃"이 피어날 것을 기대하고 있다. 봄은 "슬픈 생각에 잠길 틈도 주지 않고/개능금꽃과 벚꽃이/온 마을을 가득하게 할 것"이라고 예상한다. 이와 같은 봄의 광경을 바라보면서 화자는 자신을 "봄눈을 맞고 있던 멧새 한 마리"에 투사하고 있다. 자신의 삶에서 희망에 찬 새로운 봄의 세계로 가는 길, 즉 "꽃 그늘에서 꽃 그늘로/끝없이 이어지는 작은 길"이 "이쪽 세상에 와서/더 선명하게 보이고 있다."고 한다. "이쪽 세상"은 시의 제목에서 유추하면 아메리카 "대륙"일 터, 화자는 더 넓은 세상에 와서야 더 큰 희망을 품게 해주는 대자연의 힘을 더 "선명하게" 깨닫고 있다. 뒤의 시는 미국의 남서부에 있는 "뉴멕시코 사막"의 시원적 생명력을 발견하고 있다. 삭막한 사막을 생명의 땅으로 만들어주는 것들은 "두 날개가 만드는 큰 그림자"의 주인공인 맹금류, "이상한 강물", "먼 마을의 불빛" 푸른 "하늘" "인디언" 등이다. 그런데 이러한 생명의 세계의 주인공은 "인디언"이라고 본다. 화자는 "나는 하나님이 인디언이라고/생각하고 있었다"라고 함으로써 아직 문명에 찌들지 않은 시원적 생명의 주인을 아메리카 대륙에서 발견하고 있다.

미주 한인시는 모국이나 고향의 굴레에서 벗어나 현지에 존재하는 것들에 대한 그 자체의 의미를 탐구하기도 한다. 이러한 시에서는 고향에 대한 그리움이나 망향의 정서는 더이상 개입되지 않는 특성을 보여준다. 이는 카사노바의 용어를 빌리면 '동화'[66]의 단계에 해당하는 것이라 할 수 있다.

---

66 파스칼 카사노바는 힘의 위계질서에 의해 중심부와 주변부로 나뉜 불평등한 체제

말레이시아 열대 우림 속
마호가니 나무는 우지끈
외마디 소리로 죽어도
단단한 뼈의 혼령으로 남아
이제 나의 서재로 옮겨 와서
저의 뼈마디로 날 받치누나

세월은 그 톱니로 날 넘어뜨리고
우지끈 쓰러져서 삭아도
마호가니 뼈마디 같은
단단한 시나 몇 편 남기라고
온몸을 치뻗고 올라오는
마호가니 혼령

— 김호길, 「마호가니 혼령」 전문

가을 문턱의 해변

누군가가
지우개로 그림을 지워나가다가
한쪽 끄트머리만
파아랗게 남겨두고 떠났다
지우다 만 그림
낡은 동양화
치매 노인의 얼굴마냥
조금은 쓸쓸하나

에서 갈등이 전개되는 유형을 동화, 저항, 혁명 등으로 구분한다. 동일시는 이때 동화와 관련되는 것이다. 김연신, 「세계문학의 공간과 18세기 독일 문학의 지형도─파스칼 카사노바의 세계문학론에 근거하여」, 한국독일어문학회, 『독일어문학』 제49집, 2008, 4쪽 참조.

영원히 지워지지 않은
살아 있는 바다와
서로 잘 어울리는

반 고흐의 해안 풍경 같은
— 석상길, 「산타모니카 해안」 전문

앞의 시는 지리적 상상의 터전을 "말레이시아 열대 우림 속"까지 확장하고 있다. 물론 직접적인 상상의 매개는 "나의 서재"에 있는 책상이나 서가 등의 가구들이다. 시인은 이런 가구들을 통해 "마호가니 나무"는 "외마디 소리로 죽어도/단단한 뼈의 혼령으로 남"는다는 속성을 상기한다. "마호가니 나무"가 가공이 쉽고 단단하여 인간 생활에 유용하다는 속성을 "혼령"의 차원으로까지 유추한 것이다. 나아가 그 "혼령"이 "마호가니 뼈마디 같은/단단한 시나 몇 편 남기라고" 한다는 것이다. 이러한 상상력은 나무의 정령을 믿는다는 점에서 일종의 애니미즘과 관련된다. 뒤의 시는 미국 캘리포니아에 있는 "가을 문턱"의 "산타모니카 해안"을 묘사하고 있다. 그곳의 "가을" 풍경을 "낡은 동양화"의 이미지로 형상화하고 있는데, 이는 "치매 노인의 얼굴마냥/조금은 쓸쓸하"지만 "살아있는 바다와 잘 어울리는" 모습이라고 본다. "산타모니카 해안" 풍경이 "가을"이라는 계절이 주는 조락의 쓸쓸함과 수확의 풍요로움을 동시에 지녔다고 보는 것이다. 그것은 마치 인상파 화가인 "고흐"가 그린 "해안 풍경"처럼 모호한 가운데 많은 메시지를 전해주는 풍경으로 본 셈이다. 이 시의 원문은 행련 배열을 불규칙하게 하여 일종의 형태시 형상을 띠고 있는, 미주 한인시에서 보기 드문 사례라는 점에서 더욱 흥미롭다.

5) 결론 – 한국 시문학의 세계화

미주 시인들은 1990년대 들어서 타자와의 공존을 지향하는 국제적 상상력을 보여주었다. 그들은 미국, 중국, 일본, 캐나다, 아르헨티나, 브라질, 칠레 등에서 활동하는 해외 한인 시인들과의 교류를 활성화하는 데 힘을 기울였다. 미주에서 발행되는 문예지들을 통해 미주 이외의 지역에서 활동하는 시인들의 특집을 마련하기도 했다. 또한, 전 세계의 한인 시인들의 시를 망라하는 공동 사화집『2000년 시의 축제』를 발간하여 국제적인 연대감을 과시하는 모습을 보여주었다. 이뿐만 아니라 한글시를 영문으로 번역하는 작업도 추진하여 한인시의 세계화에 적극적으로 나섰다. 이런 작업은 이민자 문학이 갖는 이중언어의 문제에 대한 하나의 방향을 제시해준다고 할 수 있다. 모국어와 현지어를 동시에 사용하는 이중언어의 실정성을 그대로 인정하여 문학 활동을 한 것이다. 이때 두 가지 언어가 지니는 기묘한 언어 감각을 동시에 즐길 수 있다는 점은 미주 한인시가 독자에게 주는 망외의 소득이라 할 것이다. 이러한 활동들은 미주 시인들이 한국적인 동시에 국제적인 이중적인 위치[67]를 갖게 되는 것을 의미한다.

미주 시인들은 이러한 외적 활동뿐만 아니라 창작의 과정에서도 토포필리아의 상상을 통해 현지의 자연이나 장소를 시적 상상의 영역으로 적극적으로 호출하였다. 오늘날 전 세계 방방곡곡에 흩어져 사는 한인들은 현지에서의 고달픈 삶을 위무 받기 위해 자신이 살아가는 자연이나 장소를 시적 상상의 매개로 삼고 있다. 이러한 토포필리아적 상상은 고향에 대한 그리움의 정서뿐만 아니라 현지 적응을 위한 동일시의 정서를 고양시켜 준다. 중요한 것은 세계 각국의 이들 개별적인 작품들이 세계문학이라는 커다란 구조를 형성하는 역할을 담당한다는 사실이다. 그래서 우리는 미주 시인들의 작품이 토포필리아의 상상을 기반으로 하여 구체적이면 구체적일수록 더 커다란 상상의 진폭을 만들어 낸다는 점을 주목하지 않을 수 없다. 작은 것, 작은 장소

67　윤화영, 「파스칼 카사노바의 세계문학 이론과 베케트」, 한국외국어대 외국문학연구소, 『외국문학연구』 제35호, 2009, 173쪽.

에서 세계적인 것, 우주적인 것을 상상하는 것은 시 본연의 가치에 충실히 부응하는 것이다. 아래의 시는 그러한 가치를 도드라지게 보여주고 있다.

> 우주의 어느 골짜기 이 한 몸이
> 온통 우주를 향한 대전체임을 알았네
>
> 음극 양극 뚜렷한
> 사랑도 미움도 증오도 잘 갈무리한
> 대전체임을 알았네
>
> 미움과 증오는 내 몸 속의 배터리
> 산액 속에 녹여
> 다만 하얀 결정으로 녹여 내리고
> 거친 분노는 가슴 밑바닥 앙금으로 가라앉히고
> 이제는 오직 사랑과 미소만을 방출하는
>
> 뚜우~뚜우~뚜~
> 영혼의 안테나를 높이 세우고
> 우주의 어느 외진 골짜기
> 숨은 꽃의 미소를 찾아 나서네
>
> — 김호길, 「송신」 전문

이 시의 화자는 자신이 "어느 골짜기의 이 한 몸"에 불과할지라도 궁극적으로는 "우주를 향한 대전체"라고 노래한다. 이때 "이 한 몸"은 세상 어느 곳에서든지 자신의 존재를 증명하면서 살아가는 모든 인간을 제유한다. 이 글의 테마와 관련해서 해석하면, 세계 어느 곳에서든지 시를 쓰면서 살아가는 한인 시인들이라고 할 수도 있다. 그들은 "사랑도 미움도 증오도" 시상을 통해 "잘 갈무리"하면서 "영혼의 안테나를 높이 세우"는 존재이다. 그들의 여정은 "우주의 어느 외진 골짜기"에서 살더라도 "숨은 꽃의 미소를 찾아 나서"는 것이다. 이러한 모습은 높은 "영혼"의 세계에 다다르기 위한 아름다운 인간 혹은 우주적 상상을 하는 시인을 표상한다. 이처럼 문학공간의 중심부로 진입하여 새로운 질서를 세우고자 하는 주변부 문학의 시도들은 국제적인 문학의 우주계를 전체적으로 바라볼 때도 관찰된다.[68] 이 시의 화자는 미주 시인의 초상으로서 가장 작은 장소의 구체적인 삶들을 교직하여 가장 큰 우주적 상상의 세계를 상상하는 미주 시인들의 모습이라 할 수 있다.

이렇듯 미주 시인들은 토포필리아의 상상을 통해 한국 시문학의 확장성을 추구했다. 이와 관련하여 사화집 『2000년 시의 축제』는 각별하게 주목할 만하다. 이 사화집에 참여한 시인들은 시를 창작하는 일아 문학 행위 그 이상의 의미를 지닌다고 생각했다. 그들이 한글시를 창작하고 감상하는 일은 민족정신을 고양하고 공동체 의식을 앙양하는 일이었다. 이뿐만 아니라 그들에게 시 창작은 인생 자체의 실존적 의미를 탐색하는 일이자, 세계 시민의 일원으로서 살아가게 해주는 정신적 계기로 작용했다. 이는 카사노바의 용어를 빌리면 '세계로서의 문학'에 발을 들여놓는 것이다. 미주 시인들은 뉴욕은 뉴욕의 정서로, 토론토는 토론토의 정서로 창작한 시들을 다수 발표했다. 이들의 작품들은 마치 양탄자의 무늬처럼, 제각각의 존재 의미를 부여받는 동시에 전체로서의 세계문학을 구성하였다. 미주 한인시는 한국시에서 찾아볼 수 없는 토포필리아를 보여준다는 그 자체만으로도 의미가 있다. 그것은 한국시가 결여한 부분을 보완하면서 세계문학으로서의 한국시의 위상을 높여주는 데 기여가 크기 때문이다. 이런 점에서 1990년대 미주 한인시는 한국문학이 '세계로서의 문학'의 가능성을 간직하고 있음을 보여주는 하나의 사례이다.

68　김연신, 앞의 논문, 같은 곳 참조.

7. 미주 시조의 장르 의식과 디아스포라

1) 서론—미주 시문학사와 시조

개화기 이후 미주 시조 문학은 국내의 시조에 뒤지지 않을 정도로 활발하게 전개되었다. 미주 지역에 시조가 등장한 것은 1908년 8월 26일 『신한민보』의 '해가(諧歌)' 난에 고시조 10편이 소개된 것이다. 이듬해 8월 25일 같은 신문에는 반용산소년(盤龍山少年)에 의해 미주 지역 최초의 창작 시조가 발표된다. 이 작품[69]은 당시 활발히 창작되던 창가와 명확히 구분하기가 어렵지만, 이 작품이 실린 곳이 1면의 '단가(短歌)' 난이어서 시조 장르로 소개된 것이 분명하다. 이후 미주 지역에서 시조 문학을 가장 활발하게 창작한 사람은 『신한민보』의 주필이었던 홍언(洪焉)이다. 그는 일찍부터 항일 운동에 투신한 언론인이자 시인으로서 미주 한인 교포들의 민족의식을 고취하는 데 힘썼다.[70] 이후 1970년대까지 미주 문단에서 시조 문학은 그다지 활발하게 창작되지 않았다. 이러한 사정은 시조뿐만 아니라 일반 시에서도 크게 다르지 않았다.

시조가 미주 문학사에서 일정한 규모로 확대되어 일련의 문단을 형성한 것은 1985년 '미주시조연구회'의 결성과 함께 사화집 『사막의 달』을 발간하면서

---

69 일반적인 시조의 형식과 달리 장의 구분이 없이 줄글 형태로 되어 있다. 본문은 "오추마 급히 모라 오강변 당도하니 돌아 갈길 어디던가 가셕ᄒ다 뎌 장사야 절망병 티료ᄒ고 직도강동 ᄒ엿더면 텬하사를"이다. 그러나 4음보 단위로 나누면 3장 6구의 시조 형식을 취하고 있음을 알 수 있다. 종장의 첫 3자도 지키고 있다. 이렇게 표기된 것은 당시 창가 일반의 표기 형식을 따랐기 때문으로 보인다.

70 홍언(1880~1951)은 일찍부터 항일 운동에 투신하기 위해 간도를 거쳐 미국으로 건너갔다. 그는 미국에서 『신한민보』의 주필로 활동하면서 도산 안창호와 함께 흥사단의 창립위원으로 일하기도 했다. 그는 또한 다수의 시와 시조 작품을 창작, 발표하여 초창기 미주 한인 문단에서 매우 중요한 역할을 했다.

부터이다. 이 사화집에는 당시 미주 문인협회 회장이었던 고원 시인을 비롯하여 많은 시인[71]의 작품을 수록하고 있다. 미주 시조 연구회는 훗날 미주 시조 시인협회로 발전하면서 『사막의 민들레』와 『사막의 별』[72] 등을 더 발간하여 시조사적 연속성을 확보한다. 이들은 명실공히 미주 시조 시인들이 대부분 참여하여 창작 역량을 충실히 보여주었다. 더구나 그것이 일회성 이벤트에 그치지 않고 3회에 걸쳐 지속하여 이루어졌다는 점은 국내보다 한참 열악했던 당시의 미주 시조 시단을 고려할 때 매우 주목할 만한 일이다. 이뿐만 아니라 1999년에는 시조 전문지인 『해외 시조』를 창간하여 미주에서의 시조 문학이 활성화에 많은 역할을 했다.

미주 시조에 관한 연구는 그 창작의 성과에 비해 매우 미진하다. 미주 시조는 미주 시와 함께 충실한 역사성과 문학성을 지니고 있으나, 그 의미에 관한 연구나 비평 작업은 아직 본격적으로 이루어지지 않고 있다. 사실 미주 한인 시조가 지향했던 장르 의식과 디아스포라라는 특수성의 차원은 문학사적으로 중요한 의미가 있다. 그것은 일찍이 한국 시조가 경험하지 못했던 차원으로서, 미주 한인 시문학사 혹은 한국 시문학사에서 결락할 수 없는 중요한 부분이다. 미주 시조에 관한 연구는 지금까지 박시교와 서벌의 비평문[73]과 박미영의 학술 논문[74] 외에는 찾아보기 어렵다. 앞의 비평문들은 사화집의 해설이

---

71 고원, 이숭자, 황희영, 김호길, 이정강, 김영수, 반병섭, 길미자, 변완수, 배명숙, 김성진, 이풍호, 이성호, 이성열, 박양권, 최달생, 박지아, 신원영 등 18명의 시인이 각각 2~9편의 시조를 수록하고 있다.

72 이글의 텍스트는 미주시조연구회의 『사막의 달』(도서출판 백상, 1989.), SIJO Society of America의 『사막의 민들레』(도서출판 나라, 1994.), 미주시조시인협회의 『사막의 별』(가람출판사, 1996.) 등 세 권의 사화집이다.

73 박시교, 「틀과 내용의 차이」, 미주 시조 연구회, 『사막의 달』, 도서출판 백상, 1989.
서벌, 「移民地에서 뿌리 내린 시조의 숨소리들」, 미주시조연구회, 『사막의 민들레』, 도서출판 나라, 1994.

74 미주 시조와 관련된 논문으로 「재미작가 홍언의 시조 형식 모색과정의 선택」(한국시조학회, 『시조학논총』 18호, 2002), 「미주 시조 선집에 나타난 디아스포라 작가의식」

므로 실질적인 연구 작업은 뒤의 논문이 거의 전부라고 해도 과언이 아니다. 이 논문은 미주 시조 선집의 작가의식을 디아스포라와 관련된 파생과 제휴라는 관점에서 분석하고 있다. 영문 시조에 관한[75] 연구도 있으나, 한인 시조의 영역 밖이라서 본 연구와 깊이 연관되지는 않는다.

본 연구는 기존의 논의에서 아직 다루지 못한 부분, 즉 미주 시조의 자아 정체성과 문학사적 의미에 대한 논의에 초점을 맞추고자 한다. 이를 위해 미주 시조에 나타난 시조 장르에 대한 인식과 자아 정체성을 분석해보고, 그 특수성으로서의 지리적 상상과 이민자 의식이 갖는 문학사적 의미를 살펴볼 것이다. 지리적 상상력은 미주 시조 시인들이 경험한 현지의 장소를 매개로 한 것이고, 이민자 의식은 이주민으로서의 향수와 그리움의 정서를 기반으로 한 것이다. 앞서 언급했던 사화집들은 이러한 미주 시조의 특성을 전반적으로 잘 드러내 주고 있다. 이들은 미주 시조가 개별적 창작을 넘어 집단적인 운동의 차원으로 나아가고 있다는 사실을 알려 준다. 미주 이주 시인들이 우리 고유의 시조 장르에 대한 자아 정체성을 인식하고 문학 운동을 전개했다는 것은 주목할 만한 문학사적 사건이다.

2) 서론

(1) 시조 장르의 인식과 자아 정체성

미주의 시조 시인들은 시조 장르에 대해 자의식 내지는 자아 정체성을 충실히 간직하고 창작에 임했다. 주지하듯이 시조는 고려 말에 형성되어 오늘

(한국시가학회, 『한국시가연구』 25호, 2008.), 「미주 시조 선집에 나타난 디아스포라 시조론」(한국시조학회, 『시조학논총』 30집, 2009.) 등이 있다.
75 박미영, 「미주 발간 창작영어시조집에 나타난 시조의 형식과 그 의미」, 한국시조학회, 『시조학논총』 34집, 2011.

날까지 이어져 온 민족 고유의 문학 장르이다. 우리 문학사에 수많은 문학 장르들이 명멸했지만, 고전과 현대를 아우르면서 오늘날까지 맥락을 유지해온 장르는 시조가 유일하다. 시조는 비록 정형시이긴 하지만 평시조나 단시조에서 엇시조, 사설시조, 연시조 등으로 진화, 발전되어 왔다는 점에서 형식적으로 유연성을 확보한 장르이다. 현대 사설시조의 형식이 갖는 공간 구조는 오늘날 현대 시와의 접점을 찾는 것이 어렵지 않다[76]는 주장이 어색하지 않다. 어쨌든 미주 시조 시인들은 이와 같은 시조에 대한 자아 정체성을 충실히 인식하고 있었다. 자아 정체성이라는 것은 본래 변하지 않는 자신의 고유한 성격을 의미하는 것일 터, 미주 시조 시인들이 그런 인식을 토대로 창작에 임했다는 것은 그만큼 시조 장르에 대한 애착이 남달랐다는 것을 의미한다.

미주 시조 시인들이 시조에 대한 자의식이 강했다는 사실은 실제 작품이나 산문을 통해 드러난다.[77] 박미영은 미주 시조 시인들의 시조론을 '디아스포라 시조론'이라고 규정하면서 형식상의 전통성과 자기표현을 중시한다는 점, 형식의 파격보다는 정형적 형식미를 강조한다는 점, 창작 의도와 관련하여 민족 문학론에 기대고 있다는 점 등으로 파악하고 있다.[78]이는 미주 시조 시인들의 시조에 관한 자의식을 요령 있게 정리해주고 있으나, 짧은 창작 노트를 분석한 것이어서 체계적인 산문이나 실제 작품을 토대로 보완하여 재정리할 필요가 있다. 이러한 맥락에서 미주 시조 연구회의 결성에서 사화집 발간에 이르기까지 미주 시조의 발전을 위해 주도적으로 역할을 담당해온 김호길

---

76 이지엽, 「현대시와 현대시조의 소통」, 한국비평문학회, 『비평문학』 41집, 2011, 322쪽.
77 두번째 사화집 『사막의 민들레』에는 모두 15명의 작품이 수록되었는데, 시인별 작품의 끝부분에 모두 「시작 노트」를 포함하고 있다. 이들은 미주 시조 시인들의 시조에 대한 자의식을 구체적으로 드러내고 있다. 또한, 이 사회집을 포함하여 나머지 두 사회집에는 시적 자의식을 드러내는 시론시에 해당하는 작품들이 다수 포함되어 있다.
78 박미영, 「미주 시조 선집에 나타난 디아스포라 시조론」 참조.

시인의 언급은 주목할 만하다.

> 우리들은 미주 각처 카나다 등지에 흩어져 있지만 시조를 우리의 차세대에게 전하고 미주 대륙에 우리 문화유산을 보급 계승할 시조의 전도사로서의 임무를 자각하고 있다. 우리가 자신들의 문화유산의 정수이며 얼이 매인 시조를 푸대접하고 있는 동안에 일본의 하이꾸는 미국의 초등학교 교과서에 실리고 수업시간의 숙제로 나오고 그 동호인인 하이꾸 소사이어의 회원만도 수만 명에 이른다는 사실은 우리를 부끄럽게 만든다.[79]

시조는 "우리" "자신들의 문화 유산의 정수이며 얼"이라고 강조하면서, "시조를 우리의 차세대에게 전하고 미주 대륙에" 널리 "보급"할 필요성을 역설하고 있다. 시조가 우리 문화의 소중한 자산이라는 점에 대해서 이의를 제기할 사람은 아무도 없을 것이다. 그런데 그것을 미국 사회에 보급해야 한다는 주장은 시조 문학의 세계화 문제[80]와 관련하여 눈여겨 살펴볼 필요가 있다. 특히 시조가 "일본의 하이꾸"와 비교하여 미국 사회에서 확장성을 띠지 못하고 있는 상황에 대한 언급은 문화적 자긍심과 관련하여 중요한 발언이다. 시조는 문학적으로나 역사적으로나 일본의 하이쿠에 뒤지지 않는 장르임에도 불구하고, 그것이 미국 사회에서 홀대를 받는 것에 대하여 한 시조 시인으로서 안타까워하는 것이다. 이러한 생각은 시조 작품에서의 시조의 본성에 대한 자의

---

79 김호길, 「미주 대륙에 심은 시조의 튼튼한 뿌리」, 『사막의 별』, 가람출판사, 166쪽.
80 국내에서도 시조의 세계화와 관련된 논의가 전개되고 있다. 대표적으로 시조의 형식미를 지키면서 국악인과 협력하여 시조의 창을 되살리고, 영문학자와 연대하여 번역 작업을 충실히 하자는 의견(임종찬, 「현대 시조의 진로 모색과 세계화 문제 연구」, 한국시조학회, 『시조학논총』 23집, 2005), 시조의 활성화와 더불어 유네스코 세계무형문화유산에 등재하고 해외의 학자나 시인들과 연대하자는 의견(김성문, 「시조문학의 가치와 위상, 그리고 세계화 방안 모색」, 한국시조학회, 『시조학논총』 41집, 2014.) 등이 있다. 그런데 무엇보다도 국내에서의 활성화가 이루어지지 않는 한 시조의 세계화는 사상누각에 불과할 것이다. 국내든 미주든 한글 시조의 활성화는 그런 점에서 시조 문학의 세계화를 위한 디딤돌 구실을 할 것이다.

식적 성찰과 연관되어 드러나기도 한다. 아래의 시조에서 시조는 신성한 정신적 가치에 도달하는 매개이다.

길 잃은
추운 겨울새
하얀 가슴 덥히도록.

詩 속에 부는 삭풍도
비장한 노래로 열어라.

시린 손
은거울 심장에 묻은
유니콘의 처녀지……

— 이정강, 「떨어진 단추를 꿈꾸는 골무」(2)[81] 부분

여기서 "시"는 시조라고 읽어도 무방하다. 이 시에서 시조는 "길 잃은/ 겨울 새"로 표상되는 이민자의 고달픈 삶을 따뜻하게 "덥히도록" 해주는 위안의 존재를 상징한다. 고달픈 생애 가운데 시조를 쓰는 일이 쉽지는 않지만, 시조는 마음속에서 "비장한 노래"가 되어 삶의 희망을 열어준다고 보고 있다. 그러나 시조가 현실적, 실용적 차원의 어떤 이익이나 이득을 줄 수 있는 것은 아니다. 시조는 "유니콘의 처녀지"에 비견될 만큼 정신적인 순결에 도달하게 해주는 존재일 뿐이다. "유니콘"은 하나의 뿔을 가진 사납고 야생적인 짐승이지만, 자신의 새끼에게는 매우 헌신적이며 순결한 젊은 처녀 앞에서는 유순해진다고 알려져 있다. 천주교에서 "유니콘"은 정결과 청순을 상징하는 것으로서 세상을 해독하는 독생자 예수 그리스도와 동일시한다. 이런 관점에서 이 시의

---

81 작품명 뒤의 번호는 작품의 출전에 해당하는 세 권의 사화집을 순서대로 지시한다. 즉 (1)은 『사막의 달』(1989), (2)는 『사막의 민들레』(1994) (3)은 『사막의 별』(1996)에서 인용했다는 것을 의미한다. 이하 같음.

"시"(시조)는 고달프고 비루한 이민 생활의 고달픔을 정신적으로 고결하게 승화시켜 주는 존재인 것이다. 다른 시인도 시조는 "보이는 그대로/ 보이지 않는 그대로도// 마음이 닿은 곳에/ 신의 뜻이 함께 하면// 울리어 노래가 되는/ 하늘 아래 첫소리"(유병옥, 「시가 되는 것」(3) 전문)라고 하여 그 신성성을 강조하고 있다.

한편, 미주 시조 시인들은 시조를 이민자의 고달픈 삶을 고백하고 성찰하면서 미주 한인들의 서정적 공동체를 이루는 통로로 인식한다. 이러한 인식은 문학 원론적으로 볼 때 객관론과 효용론보다는 표현론과 모방론의 차원[82]에서 이해하고 있다고 할 수 있다. 미주 시조가 일반적으로 미학적인 실험성이나 공리적 교훈성이 잘 드러나지 않고, 주관적 서정과 이민 생활을 적극적으로 반영하는 모습을 보여주는 것은 이와 관련된다. 이러한 관점은 미주 시조 시인들의 일반적인 문학관으로 자리를 잡고 있다.

> 쌀 팔아 밥값 못하는
> 벼농사나 詩농사나
>
> 하늘이 心 박아 놓아
> 어쩔건가
> 이 불침
>
> 아픔도 목숨의 살점
> — 덴자국에 모를 심는다(김영수, 「奉畓」(3) 전문)

---

82 M.H. Abrams, *The Mirror and Lamp*, The Noreon Library, New York, 1958, 6~10쪽. 문학의 본질을 작품이 갖는 작가, 독자, 세계와의 관계 속에서 파악하는 것이다. 표현론은 작품을 작가의 내면을 표현하는 것으로, 모방론은 작품을 세계의 모방으로, 효용론은 작품을 독자에게 영향을 주는 것으로, 객관론은 작품은 외부와 독립적으로 존재하는 것으로 보는 것이다.

역겹고 질긴 목숨 불멸의 의미를 새긴
뼈시린 절망의 산아, 간절한 그리움의 산아
더불어 나의 시름은 은혜로운 詩로 핀다
　　　　　　　　— 김호길, 「유배지의 산」(3) 부분

앞의 시조에서 시조는 "밥값 못하는" 것으로서 현실 생활에서는 쓸모가 없
는 것이다. 그러나 시조는 시인의 마음에 "하늘이 心 박아 놓"은 것이기 때문
에 잠 못 이루는 "불침"(不枕)의 나날을 가져다주었다. 시조는 물질적, 현실적
삶이 아니라 마음이나 정신의 삶을 지배하는 것이라고 보는 것이다. 뒤의 시
조에서도 시조는 현실에서의 "역겹고 질긴 목숨"에게 "불멸의 의미를" 깨닫
게 해주는 존재이다. 그리하여 현실에서 오는 "뼈시린 절망의 산"을 "간절한
그리움의 산"으로 변화시켜 주는 존재이다. 시조는 "나의 시름"을 "은혜로운
시"로 피어나게 해주는 존재이다. 하여 시조는 "달빛이 해일처럼/ 뜨락에 밀
려든 밤// 나도 귀뚜리 더불어/ 쉽게 잠을 못 이루고// 피닳은/ 가슴의 불을/
어이할까 나의 시여"(김호길, 「달밤」(3) 부분)에서처럼, 쉽사리 제어되지 않고 뜨
겁게 타오르는 삶의 열정("가슴의 불")을 승화시켜 주는 존재이다.

이렇듯 미주의 시조 시인들은 시조를 민족 문화의 정수로 보고 전 세계에
확장하려는 의지를 간직하고 있다. 또한, 시조가 신성한 정신에 도달하고 고
달픈 이민 생활을 위무하는 역할을 해야 한다고 본다. 시조는 이민자의 삶을
내용으로 하는 인간적인, 너무도 인간적인 장르인 것이다. 그래서 미주 시조
에는 앞서 밝혔듯이 그 형식에 대한 자의식이나 실험정신은 잘 드러나지 않
는 것이다.[83] 즉 대부분 작품이 3장 6구의 평시조 형을 유지하면서, 그 표기

────────────

83　원래 '부르는 노래'였던 시조가 1905년 이후 '읽는 시조'로 인식되기 시작하면서 여
　　러 변이적 형태가 등장하기도 했다. 최근에는 평시조의 형식을 크게 벗어나지 않으
　　면서 사설시조 정신을 계승한 근대의식, 사회비판의식, 고발의식, 사실주의 정신,
　　서민의식, 산문체와 일상어 등이 도입되고 있다.(강명혜, 「시조의 변이 양상」, 한국
　　시조학회, 『시조학논총』 24집, 2001. 참조) 이러한 면모는 형식상으로는 보수적이지

방식은 현대 시조의 일반적인 형태인 3행(1장 1행)이나 6행(1장 2행)을 빈도 높게 보여준다. 이는 첫 사화집의 해설에서 박시교가 주장했듯이 "내용물이 신선하고 경이로웠을 때 그 틀도 견고하고 빛나는 예를 우리는 좋은 시조 작품을 통해 얼마든지 보아왔다."[84]는 점과 관계가 깊은 것으로 보인다. 이때 "내용물"은 시조의 주제 의식을 뜻하는 것일 터, 미주 시인들도 시조의 내용이 형식이나 표현("틀")의 문제보다 더 중요한 것[85]으로 본다고 하겠다. 실제로 이 글의 텍스트인 세 권의 사화집은 대부분 평시조나 단시조로 구성되어 있으며, 비교적 파격을 추구하는 엇시조나 사설시조의 형식이 잘 드러나지 않는다. 시구 배열이나 진술 방식에서도 일반적인 수분의 변형은 있으나 파격적이라고 볼 만한 요소들을 찾아보기 어렵다.

(2) 지리적 상상과 동일시의 정서

미주 시조의 특수성 가운데 우선 주목되는 것은 이민지의 특정한 장소를 매개로 이루어지는 지리적 상상이다. 미주 시조 시인들은 미주 현지에서 살아가면서 그곳에서 경험한 장소를 시적 대상으로 하여 자신의 실존적 정체성을 노래하곤 한다. 그들에게 미주 지역의 특정한 장소는 인간의 혼이 깃든 곳으로서 물질이나 재질, 형상, 색깔 등을 가진 구체적인 사물들로 구성된 총체성을 뜻한다.[86] 즉 장소는 단순하고 추상적인 공간이 아니라 삶의 모든 성

만 내용상으로는 진보적이라고 할 수 있을 듯하다.

84 박시교, 앞의 글, 178쪽.

85 문학에서 내용이 먼저냐 기교가 먼저냐의 문제는 해묵은 논쟁거리이기도 하지만, 실상 아무런 의미 없는 공론에 불과하다고 할 수도 있다. 문학 작품에서 내용과 형식이라는 것은 분리할 수 없는 하나이기 때문이다. 시조는 정형시이기 때문에 형식상 고정성을 지니고 있어서 자연히 형식보다는 내용의 진솔성이나 참신성이 중요하다고 할 수 있다.

86 Christian Norberg Sohulz, 『장소의 혼』, 민경호 역, 태림문화사, 2008, 11쪽.

신적, 정서적 토대인 것이다. 미주 시조에서 이와 같은 장소의 상상 혹은 지리적 상상은 두 가지의 특성으로 나타난다. 하나는 미주 지역의 장소를 보편적인 것으로 수용하는 것인데, 이 경우 장소는 세계 어느 곳에서나 만나볼 수 있는 자연의 한 부분에 속한다. 다른 하나는 미주의 장소를 국내에서 경험한 적이 없는 새롭고 경이로운 대상으로 보는 것이다. 이때 미주의 특정한 장소는 경계심을 가져야 할 낯선 곳이 아니고 인생의 의미를 깨닫게 해주는 매개체이다. 전자의 사례를 먼저 살펴보자.

> 북미의 지붕
> 럭키 산정에 오르니
>
> 만년설(雪) 영봉(靈峯)들이
> 발 아래 연좌(連座)했네
>
> 평생에
> 이런 때 있어
> 나도 신선(神仙) 되는 것을!
>
> 오를 데 더 없으니
> 하늘 아래 첫 뫼이고
>
> 그 위에 내가 서니
> 땅 위의 정상(頂上)일세
>
> 바람과
> 구름 외에는
> 탐할 것이 없어라.
>
> ── 반병섭, 「럭키 山頂에서」(1) 전문

이 시는 "북미의 지붕/ 럭키 산정"에 올라서 느낀 감회를 노래한다. 시의 화자는 산꼭대기에 올라 "만년설 영봉들"이 줄지어선 모습을 보면서 "선선이 되는" 기분을 느끼고 있다. 지상에서는 멀어진 "하늘 아래 첫 뫼"에 올라 "바람과/ 구름 외에는/ 탐할 것이 없"음을 생각한다. 이 시조는 "북미"의 특정한 장소에서 동양적 깨달음의 경지를 노래한다는 점에서 특이성을 확보한다. 즉 "럭키 산정"에서 도교에서 말하는 초월자의 경지인 "신선"[87]이 되는 정신적 경험을 노래하고 있다. 이는 동양적 인식과 서양의 지리를 결합하면서 인간 정신의 높은 경지라는 보편적인 가치 세계에 도달하는 모습이다. 반병섭의 시조에는 이러한 장소의 상상력이 빈도 높게 드러나는데, 가령 "하늘과 山 태고의 위엄/ 두렵도록 신비하니// 神들의 常在를 믿는/ 경건한 인디안들!"(반병섭, 「沙漠 紀行」(3) 부분)과 같은 시구도 흥미롭다. 또한 「브라질 素描」(3), 「뱅쿠버(Vancouver)의 서정」(1)에서는 남미와 북미를 넘나드는 지리적 상상을 전개하고 있다.

미주 시조에 등장하는 장소는 미주에서만 경험할 수 있는 곳으로서 신비로운 대자연의 섭리를 깨닫게 해준다. 미주의 자연은 한국의 자연에 비할 때 그 규모가 방대하여 그러한 깨달음의 매개로서 적실하다. 무릇 인간이 아무리 만물의 영장이라 해도 대자연의 신비로움 앞에서는 겸허해질 수밖에 없는 것이다.

> 안개 속 쌍무지개 뜨고
> 750m 둘러친 병풍
> 찢어도 찢어도
> 48m의 눈보라

---

87 도교에서 신선이란 도(道)를 닦아서 현실의 인간 세계를 떠나 자연과 벗하며 산다는 존재이다. 그는 세속에 구애되지 않으면서 고통이나 질병도 없이 영생불사하는 상상 속의 존재인 것이다.

차라리 입을 다물고
나를 잊고 산다.

배를 타고 강을 거슬러
폭포 밑에 다다르니
웅장한 성벽이 지쳐
하늘에선 비를 뿌린다
어디서 이들은 와서
또 어디로 간단 말가.

갈매기떼 어디 숨었는지
인적 또한 뜸한데
오색빛 환상의 너울을
꿈결인양 펼쳐 날으니
창조주 오묘한 섭리
말을 잊고 서 있다.

— 길미자, 「나이아가라 폭포」(1) 전문

이 시조는 미국과 캐나다 사이에 있는 "나이아가라 폭포"를 노래하고 있다. 특정 장소에 대한 지리적 정보를 토대로 인생을 성찰하는 것은 미주 시조가 지닌 일련의 특성에 해당한다. 첫 장에서 화자는 "750m"에 달하는 "나아아가라 폭포"의 원경(遠景)을 제시하면서 그 웅장함에 탄복하고 있다. "차라리 입을 다물고/ 나를 잊고 산다"는 것은 큰 감명을 받았을 때 나타나는 유구무언의 경지 혹은 망아(忘我)의 경지를 일컫는다. 두 번째 장에서는 "배를 타고"서 "폭포 밑에 다다"른 상태의 근경(近景)을 제시하면서 인생에 대한 화두를 얻는다. "어디서 이들은 와서/ 또 어디로 간단 말가"라는 질문은 폭포수를 두고 한 말이지만, 인간의 의지와는 무관하게 부단히 오고가는 인생의 본질을 깨닫게 해주는 화두 역할을 한다. 또한, 세 번째 장에서는 "나이아가라" 폭포를 통해 "말을 잊고 서 있"을 수밖에 없는 "창조주의 오묘한 섭리"를 노래한다.

미주 지역의 특정한 장소에서 자연의 섭리를 감동적으로 깨닫고 있는데, 길미자 시인은 「토론토의 봄」(1)에서도 이와 비슷한 장소의 상상력을 보여준다.

미주의 자연이 주는 경이로움은 다른 시인들의 작품에서도 빈도 높게 나타난다. 가령 "시름도 사무치면/ 되려 귀(貴)타 보듬을라// 밤 두견 홰울음에/ 은한강도 벗기는데// 반백년/ 못다한 꿈아,// 별이 지는 쉐난도아."(변완수, 「쉐난도아(Shenandoah)」(2) 전문)와 "아리조나 사막에/ 오롯이 핀 선인장 꽃// 뜬 세상 밀어내고/ 파란 하늘 마주보며// 그 무슨 꿈이 서리어/ 지칠줄을 모르나."(이초혜, 「아리조나 선인장」(2) 전문)에서는 "쉐난도아"와 "아리조나"에서 "선인장"을 바라보며 탈속의 "꿈"을 발견한다. 또한, "아아하 예 어디냐 이승이냐 저승인가/ 예 와서 난생 처음 보는 조물주를 만났구나// 글로 쓰자 붓을 드니 붓끝 굳어 바위되고/ 입으로 말을 하자니 세치 혀가 짧구나"(박양권, 「그랜드 캐년」(3) 전문)에서는 "그랜드 캐년"에서 "조물주"의 위대한 능력에 감동하고 있다.

특정한 장소에 대한 감동은 삶에 대한 긍정과 희망을 발견하는 것으로 이어진다. 미주의 특정 장소는 더 이상 낯설고 불편한 이민지가 아니라 긍정적으로 적응하고 살아가야 할 삶의 터전인 것이다. 미주 시조에 자주 등장하는 지리적 상상은 이러한 낙관적 인생론을 드러내는 데 많은 역할을 한다.

> 쏴하고 바람일어 미류나무 색바뀌면
> 떠났던 옛사람이 저리로 오는듯해
> 깊이둔 거울을 꺼내 성긴머리 매만진다–팜스프링 단풍–
>
> 손가락 네개 합쳐 네모로 만들어서
> 눈에 대고 숲을 보니 액자속 그림되네
> 그속에 네가섰으니 너 또한 그림일레–캥스캐년 숲에서–
> ― 박지아, 「가는 곳마다 새로워라」(2) 부분

물려받은 祖上의 땅
인디안의 보호구역

버릴 돌이 어디 있나 못 쓸 山이 어디 있나
유타주도 寶庫이고 네바다에 꽃피었네
가꾸고 정성 드리면 주어진 땅 樂園되네
(Utah주에서)

— 반병섭, 「大陸橫斷 詩抄」(3) 부분

  앞의 시조에서 "팜스프링"이나 "킹스캐넌"은 이국의 특정 장소이지만, 이국적인 정취나 낯섦을 느끼는 대상으로 등장하지 않는다. 시인에게 그곳은 한국의 온양온천이나 설악산과 다르지 않게 삶의 과정에서 만나게 되는 하나의 장소일 뿐이다. "팜스프링"은 그곳에 "단풍"이 들면 "떠났던 옛사람이 저리로 오는 듯"하여 "거울을 꺼내 성긴 머리 매만진다"고 하듯이, 인간이 보편적 정서로서의 그리움과 기다림을 유발하는 장소이다. 뒤의 시조는 "Utah주"에 있는 "인디안 보호구역"이라는 장소를 매개로 시상이 전개된다. 이곳 역시 이국의 특수한 장소에서 느끼는 이질감이 드러나지 않는다. 오히려 인간의 희망찬 삶이 전개되는 긍정적인 삶의 장소로서 시인에게 일종의 장소애(topophilia)를 느끼게 하는 대상이다. "유타주도 寶庫이고 네바다에 꽃피었네"라는 시구는 그러한 긍정적 인식을 드러낸다. 이러한 장소애는 비단 "유타"뿐만이 아니라 "가꾸고 정성 드리면" 어느 곳이든 "주어진 땅 樂園되네"라는 시구에 더 분명하게 드러난다.

  이민지의 특정한 장소를 매개로 한 지리적 상상은 미주 시조의 특이한 모습으로서 그 장소를 단순한 삶의 터전 이상으로 여기고 있다는 점을 알려준다. 즉 장소는 어떤 환경 속에서 공간을 인식하는 주체와의 관계를 통해서 의미화되는 대상으로 여기는 것이다. 이러한 의미화 과정상에서의 장소에 대한 인식이나 정서가 장소 감각인데, 그것은 주체와 공간의 관계를 대변하는 것으로서 방향을 찾거나 위치를 파악하는 능력 이상의 복잡하고 심오한 속성을 지닌다[88]고 보는 셈이다. 즉 장소는 어떤 환경 속에서 공간을 인식하는 주체와의 관계를 통해서 의미화되는 대상이다. 미주 시조 시인들은 미주의 특정한 지리에 대해 삶의 터전이라는 점을 분명히 하면서 정서적, 정신적 동일시를 인식하고 있다. 미주 시조 시인들은 이러한 장소 감각으로 국내 시조에서 찾아볼 수 없는 독특한 시조 세계를 창출해 냈다고 할 수 있다.

(3) 이민자 의식과 순수 서정의 언어

미주 시조의 특성 가운데 하나는 이민자로서의 자의식이 빈도 높게 드러난다는 점이다. 이는 일반 시에서도 이러한 점은 비슷하게 드러나는 특성[89]으로 이민자로서 시조를 쓰는 과정에서 자연스럽게 드러나는 것이다. 미주 시조의 이민자 의식 가운데 먼저 주목할 것은 향수이다. 사실 머나먼 이역 땅에서 살아가면서 향수의 정서에서 완전히 벗어나는 것은 불가능한 일이다. 고향에는 유년기의 어머니, 아버지를 비롯한 가족, 친지, 친구와의 아련한 추억이 생동하는 곳이기 때문이다. 그리하여 미주 시조 시인들은 "고향고샅 바람골의/ 그 혼령이 날 따라와// 꿈에도 생시에도/ 노랑 꽃대궁 나부낀다"(김호길, 「캘리포니아 민들레」(2) 부분)고 노래하지 않을 수 없다. 언제나 "고향"의 "혼령"과 함께 살고 있으니, 미주 시조 시인들은 마음 깊이 자리 잡은 이민자로서의 향수를 노래하는 것이다.

　　　태평양 거센 바람

88 　Edward Relph, 『장소와 장소 상실』, 김덕현·김현주·심승희 역, 논형, 2005, 145쪽.

89 　이형권, 「미주 한인시의 디아스포라와 공동체 의식」, 어문연구학회, 『어문연구』 74호, 2012 참조.

야자벌을 후려치면
겨우내 어수선하게
세상이 다 흔들려도
도리어 더 짙푸른 기운
윤을 내는 동백아

고국에 갈까 말까
바다 소리 오고 가고
고향보다 이른 철에
꽃망울 부풀더니
기다림 터뜨렸구나
반색하는 진분홍

— 고원, 「겨울동백」(1) 전문

이 시조에서 화자는 "태평양 거센 바람"에도 불구하고 "짙푸른 기운/ 윤을 내는" 모습의 "겨울동백"을 바라보면서 이민자로서의 향수를 떠올리고 있다. 바닷가를 배경으로 자라는 "동백"은 다른 지역에서 사는 것보다 더 윤기도 도는 것이 사실이다. 그것은 잎사귀들이 차가운 바닷바람에 단련되어 강인한 생명력을 간직하고 있기 때문이다. 그런데, 그렇게 윤이 나는 "동백"이 온갖 시련을 극복하고 "꽃망울"을 터뜨리는 모습을 보면서 오랜 "기다림"의 결과라고 생각하고 있다. 그것은 마치 고달픈 생활 속에서 언제나 "고국에 갈까 말까"하는 망설임으로 살아가는 이민자의 삶과 다르지 않다고 본 것이다. "고향"을 향한 향수가 이민 생활을 고달픔을 위무해주면서 더 강인한 생명력을 갖게 해준다고 보는 것이다. 이런 점에서 이 시조는 향수에 대한 대단히 개성적인 인식을 담고 있다고 할 수 있다. 보통 이민자들에게 향수는 감상적인 정조에 머무는 경우가 많은데, 이 시조는 그러한 매너리즘에서 벗어나 건강한 생명력의 정서적 토대라고 노래한 것이다.

한편, 미주 시조의 이민자 의식은 공동체 의식을 고양하기도 한다. 사실 미주 지역에서 살아가는 한인들은 서로에게 의지하면서 공동체 생활을 영위하고 있다. 미주의 한인들은 규모가 큰 도시들에는 대개 한인 집단 거주지역에서 생활공동체를 이루기도 하도, 그렇지 않은 경우에도 서로 도움을 주고받으면서 고달픈 이민 생활을 이어가고 있다. 미주의 시조 시인들은 이러한 한인들의 정서를 적극적으로 노래하곤 한다.

> 은하 속 떠돌이별은
> 떠돌이 별끼리 만나
> 잠시 진한 모국어로
> 주고 받는 훈훈한 숨결
> 두고 온 산천도 열고
> 새 하늘도 여는가.
>
> 우린 그저 외로움을
> 외로움으로 달래고
> 설움도 길이 들면
> 허물없고 또 덤덤하고
> 눈물은 세월의 강변
> 사금되어 반짝이리.
>
> 쑥구렁 가시덤불
> 異邦의 전선에서
> 마구 찢어지고
> 넘어져 뒹굴어도
> 旗手여, 어느 고지쯤
> 전진하고 있는가.
>
> ─ 김호길, 「별의 안부」 1 부분

이 시조에서 "은하 속 떠돌이별"은 이민자도 살아가는 한인을 상징하는 것으로 읽을 수 있다. 한인들은 이국의 환경 속에서 틈틈이 만나 "잠시 진한 모국어로/ 주고받는 훈훈한 숨결"을 느끼면서 살아가고 있다. 그 과정에서 "두고 온 산천"을 떠올리면서 향수의 감정에 빠져들기도 하고, 이국에서의 새로운 삶을 위해 "새 하늘"을 향한 꿈을 꿈꾸기도 한다. 이는 이민자들은 이 고향과 이민지 사이의 양가감정 속에서 살아갈 수밖에 없다는 점을 말해주는 것이다. 그러나 이국에서의 삶에서 "고향"이나 "모국어"의 존재는 수시로 밀려드는 "외로움"이나 자신의 "허물"을 승화시켜 주는 매개 역할을 한다. 하여 "눈물"로 얼룩진 이민의 "세월"이 "사금 되어 반짝이리"라고 기대할 수가 있는 것이다. 그래서 시인은 한인 이민자에게 삶이 비록 "쑥구렁 가시덤불"과 같은 "이방의 전선"에서 전쟁처럼 살아가면서도 "어느 고지쯤/ 전진하고 있는가"라고 묻고 있다. 이는 이민자에게도 인생의 목표로서의 "고지"를 향한 "전진"하는 삶이 필요하다고 강조한 셈이다. 이처럼 미주 시조에 등장하는 한인들의 삶은, 고달프지만 공동체 의식을 간직하면서 희망을 잃지 않고 있는 모습이다.

미주 시조에서 드러나는 또 하나의 특성은 순수 서정의 시상을 보여준다는 것이다. 순수 서정은 소월, 영랑, 미당, 목월, 박용래, 박재삼 등으로 이어지는 우리 시의 전통 가운데 하나이다. 이때 순수 서정은 서정시라는 장르 의식을 지시하는 것이 아니라, 서정시 가운데 리얼리즘 차원의 현실의식이나 모더니즘적인 실험의식과는 다른 리리시즘 차원의 시심이 강조되는 시를 일컫는 것이다. 순수 서정은 한국 시에서 지배적인 성향에 속하는 것인데, 미주 시조에서도 그와 비슷한 모습이 빈도 높게 드러난다. 이러한 성향은 미주의 일반 시보다도 더 지배적으로 나타나는데,[90] 이는 미주 시조로서의 특수성보

---

90 이 글의 기본 텍스트인 세 권의 사화집에 수록된 시조들의 절반 이상이 이러한 성향을 보이는데, 이런 특성은 아마도 시조가 전통적인 서정을 중시하는 장르라는 점과 연관되는 것으로 판단할 수 있다.

다는 인간 정서의 보편성과 관련되는 것이다. 다만, 이 또한 고달픈 이민 생활을 위안받고자 소망과 관련된다는 점에서 디아스포라와 전혀 무관하지는 않다.

입춘 부근에 서면
새소린 벌써 연두빛

부리로 쪼는 곳에
水晶 빛살도 돌고

노래 끝 生氣를 타고
포릇포릇 돋아라.

실눈 도로 감던
구덕살 둥걸의 잠

謫所를 벗은 몸이
좁쌀같이 자그러워

새소리 부근에 서면
立春은 벌써 연두빛

— 김영수, 「입춘 부근」 1 전문

언제부터 쌓였는지
본 사람 있을라구.

모르게 많이 와서
녹을 날도 없는 게지.

산마음

산 눈에 솟아
높은 척도 안하네.

— 고원, 「산눈」(2) 전문

앞의 시조는 "입춘" 시절의 순수하고 아름다운 자연을 노래하고 있다. 기나긴 겨울이 지나고 신록이 돋아나는 "입춘" 시절에 세상은 온통 연초록의 싱그러운 모습으로 탈바꿈한다. "새소린 벌써 연둣빛"이라는 시구는 청각을 시각화하면서 더욱 생동감 넘치는 봄의 분위기를 연출하고 있다. "수정 빛살"이나 "생기" 등도 그런 분위기를 강조한다. 이와 같은 대자연의 생동감은 "적소를 벗은 몸"과 같이 자유로움과 평화로움을 느끼게 하는데, 이것이 바로 "입춘은 벌써 연두빛"이라고 반복적으로 노래하는 이유이다. 또한, 뒤의 시조는 산에 내린 눈을 바라보면서 자신을 낮춤으로써 높아지는 역설적 존재론을 노래하고 있다. 산정에 쌓인 눈은 속악한 인간의 세계와는 동떨어진, 그래서 순수하고 경건한 세계를 상징한다. 그곳은 "산마음/ 산 눈에 솟아" 있는 장소로서 현실 욕망에 얽매여 살아가는 "사람"이 없는 순수한 세계인 것이다. 더구나 "산 눈" 위에 솟아 있는 마음은 "높은 척도 안하"는 것으로 미루어보건대 지극한 겸양의 상태에 놓여 있음을 의미한다. 높으면서 높은 체를 하지 않는 "산마음"의 역설, 이것이 바로 진정으로 순결하고 드높은 정신성을 표현한 것이 아닐 수 없다. 이 마음은 어느 시조 시인의 설명대로 정결한 눈(雪)이자 진정으로 살아 있는 눈(眼)[91]으로 읽어도 어색하지 않다. 또한, 이 시구는 김수영의 「눈」이나 조정권의 「산정묘지」[92]를 연상하면서 상호텍스트의 차원에서 읽어도 흥

---

91 서벌, 앞의 글, 165쪽. "〈산마음〉이 〈山心〉일 수 있다면 〈산 눈〉은 살아봐야 알 수 있는 눈 즉 生眼의 경지 그것이다."

92 김수영의 시구 "눈은 살아 있다./ 떨어진 눈은 살아 있다./ 마당 위에 떨어진 눈은 살아 있다."(「눈」 부분)에서 "눈"이 갖는 염결한 정신성과 중의성(眼, 雪), 조정권의 시구 "가장 높은 것들은 추운 곳에서/ 얼음처럼 빛나고/ 얼어붙은 폭포의 단호한 침묵"(「산정묘지 1」 부분)에서 노래하는 고결한 정신성이 연상된다.

미롭다.

3) 결론-시조의 세계화와 미래

미주의 시조 시인들은 시조에 대한 자의식을 바탕으로 창작에 임했는데, 이는 민족 문화에 대한 자긍심이나 시조의 세계화를 향한 의지와 관계 깊다. 그들은 시조가 전 세계 어느 나라의 어느 문학 장르보다 우수하다고 보고, 이 러한 시조를 더욱 발전시켜 세계 각국으로 전파해야 할 필요가 있다고 역설 한다. 그들의 시적 자의식은 시조 형식의 정통성에 대한 인식과도 연관된다. 그들은 3장 6구를 전통적인 3행 형식이나, 현대 시조에서 일반적으로 시도되 는 2행, 6행, 7행 등의 형식을 선호하고 있다. 또한, 단시조와 평시조가 지배 적이고 연시조가 빈도 높게 창작되고 있지만, 엇시조나 사설시조는 매우 드 물게 창작되고 있다. 시조 형식에서 아주 파격적인 수준까지 나아가지는 않 고 있는데, 실제 작품이나 창작 노트, 혹은 시론에는 그러한 인식을 구체화하 고 있다. 그들은 시조의 형식보다는 그 내용이 중요하다고 본 것이다. 이는 시조가 아무리 현대적인 변형을 시도한다고 해도 여전히 정형시라는 성격을 완전히 벗어날 수 없다는 점, 미주 시조 시인들의 정서가 이주민의 삶에 드리 운 절박한 내용과 깊이 연관된다는 점 등에 기인한 것으로 보인다.

미주 시조의 상상력을 두 가지 차원이 공존하고 있다. 하나는 밖으로 넓어 지는 원심적 상상으로서 세계화 지향이다. 미주의 특정한 지역을 시적 상상 의 매개로 삼을 경우, 그 지리적 상상에 대한 동일시는 고향에 대한 애착을 넘어서서 현지의 삶을 적극적으로 살아가기 위한 것이다. 나아가 시조를 통 한 세계화를 위한 인식의 전환을 보여주는 것이기도 하다. 이는 시조의 세계 화 논의와 자연스럽게 조우한다. 시조 시인 서벌은 "한국인의 해외 이주, 그 移民史에 시조 또한 移調로 가 흐르고, 그러한 조율의 악기가 되어 어울린 시 인들의 마음을 우리 이제야말로 제대로 읽을 수 있어야 한다. 이들에 의해 한반도의 리듬이 재구성되면서 시조의 세계화를 위한 새로운 하나의 밑변이 되어 줄 수 있다."[93]고 주장한다. 미주 한인 시조의 "세계화" 가능성을 언급하고 있다. 이러한 주장은 미주 시조 시인들이 지향했던 실제 작품 세계와 상당한 수준에서 일치한다. 미주의 시조 시인들은 국민문학으로서의 시조 문학이 세계적인 문학 장르로 나아갈 가능성을 모색하는 데 많은 역할을 했다. 미주에서의 시조 문학 활성화는 그 지리적 토대에서 세계문학으로 나아가는 데 유리한 조건을 갖추고 있다는 점에서 그러한 모색은 더욱 값지다고 할 수 있다.

미주 시조가 보여주는 다른 하나의 상상력은 안으로 깊어지는 구심적 상상으로서 민족성 지향이다. 디아스포라 혹은 향수와 관련되는 이러한 특성은 국내 시조와는 다른, 한인 시조만이 지니는 특수성이다. 미주의 한인 혹은 한인 시인들은 낯선 이국땅에서 살아가는 이민자로서 마음 깊은 곳에 디아스포라를 간직하고 살아간다. 모국을 향한 노스탤지어를 포함하는 디아스포라는 미주 시조가 보여주는 핵심적인 특수성에 속한다. 디아스포라는 이민 생활이 고달플수록 더욱 강렬해질 수밖에 없을 터, 미주 시조에서 그러한 의식은 중요한 시적 대상이자 소재라고 할 수 있다. 이뿐만 아니라 미주 시조는 순수 서정에 관한 폭넓은 탐구 정신을 보여주고 있는데, 이는 리리시즘 차원의 정서와 감성을 간직한다는 점에서 디아스포라와 유사하다. 순수 서정은 미주 시조 시인들이 가장 보편적으로 펼치는 시상의 성향을 대변해주는데, 실제로 고원이나 김호길 등의 시조에는 그러한 인식이 인상 깊게 표현되고 있다.

미주 시조는 이처럼 깊이와 넓이가 상호 교직하면서 미주 한인 시문학사의 중요한 부분을 담당해왔다. 그 문학사적 의미는 첫째, 시조에 대한 자의식과 세계화를 지향했다는 점이다. 둘째, 국내 시조의 한 부분, 즉 지역 시조로

93　서벌, 앞의 글, 1994, 163쪽.

서의 위상을 갖추었다는 점이다. 셋째, 지리적 상상과 관련하여 국내 시조와는 다른 특수성을 지닌다는 점이다. 그리하여 미주 시조는 한국 시문학사 내지는 미주 시문학사에서 중요한 역할을 담당한다고 말할 수 있다. 문제는 그 미래가 어떻게 전개될 것인지 하는 점인데, 이는 비단 미주 시조뿐만 아니라 미주 문학 전반과 관련된 민감한 사안이다. 안타까운 것은 현재 미주 지역에서 활동하는 시조 시인은 대략 20여 명으로 파악되는데, 이들은 대부분 연로하여 창작 활동을 지속할 만한 시간이 많지 않다는 사실이다. 미주에서는 일반 시단도 그렇거니와 시조 시단은 더더욱 고령화가 심각한 상태이다. 시조를 창작하고자 하는 신진 시인들이 거의 등장하지 않고 있다는 점은 더 심각한 문제가 아닐 수 없다. 영문 시조를 창작하면서 그 타개책을 모색하고 있지만, 그것이 과연 고유의 장르 의식을 온전히 지키면서 문학성을 고양해 나갈 수 있을지 의문이다. 그 의문에 대한 현답(賢答)을 찾는 일은 다음의 과제로 남겨두려 한다.

8. 탈경계의 언어공동체를 꿈꾸는 시인들

1) 서론

미주 시인들은 미주지역이라는 특수한 시적 환경 속에서 한글시 독자들의 보편적 공감을 불러일으키기 위해 부단히 노력해왔다. 그들은 현지어가 지배하는 언어 환경 속에서 살면서도 한국어를 기반으로 하는 언어공동체를 꿈꾸면서 살아가고 있다. 미주 시인들이 한글시를 쓰는 일은 현지 사회의 관점으로 보면 이단아가 되는 일이지만, 한편으로는 현지의 문화 공동체를 더욱 다양하게 만드는 순기능의 역할도 수행한다고 할 수 있다. 동시에 국내의 시단에도 무언가 '다른' 시를 제시함으로써 풍요로운 시단 형성에 적잖이 기여하는 것이다. 물론 미주 시인들은 현지어가 지배하는 세계에서 한국어로 창작을 하다 보니 언어의 세련미나 미학적 완성도에서 다소 아쉬운 부분이 있을 수 있다. 그러나 이러한 한계를 극복하고 나름의 시적 성과를 보여준 시인들이 적지 않다. 그들 가운데 박남수, 고원, 마종기, 이세방 등의 시적 성과를 주목해본다.

고원은 젊은 시절에 미국으로 이주를 하여 일찍이 미국 사회에 적응한 시인으로서 미주 시단의 지도적 위치에서 많은 활동을 했다. 이세방 역시 미국에 일찍이 정착하고 시작 활동을 꾸준히 이어온 시인이다. 이들 두 시인은 국내 시단과 간헐적으로 교류를 하면서 활동을 했다. 이들에 비해 마종기는 일찍이 미국으로 이주하여 생활하면서 국내 시단과 부단히 교류를 유지했다. 또한, 박남수는 국내에서 시인으로서 왕성한 활동을 하다가 뒤늦게 미국으로 이주한 특수한 이력을 지닌다. 그는 미국으로 이주를 한 뒤에도 국내에서 시집을 출간하면서 국내 시단과의 관계를 유지했다.

이들의 공통점은 미국이라는 영어 공동체 속에서 한글시 창작활동을 했다는 점, 미주의 시나 국내의 시를 기준으로 볼 때 높은 수준의 성과를 성취했다는 점, 빈도나 정도의 차이는 있지만, 국내 시단과 부단히 교류했다는 점을 들 수 있다. 다만 고원과 이세방은 리얼리즘 차원의 현실 비판적인 시를 많이 썼고, 마종기와 박남수는 인생 성찰과 생활의 애환과 관련된 리리시즘 시에 치중했다는 점에서 차이가 난다. 또한, 고원은 내면 의식과 형식 실험을 추구한 모더니즘 계열의 시도 다수 창작했다. 마종기도 지적 성찰과 감각적 이미지를 추구하여 모더니스트로서의 면모를 보여준다. 이들은 시단에서의 활동이나 시의 수월성 차원에서 미주시를 대표하는 시인 그룹에 속한다. 따라서 이들의 시적 이력과 작품을 살펴보는 일은 미주시의 전체적인 구도와 시적 성취도를 가늠해보는 일이 될 것이다.

2) 박남수(1918~1994)의 시 세계

박남수 시인은 1918년 평안남도 평양에서 출생했다. 평양의 숭인상고를 거쳐 일본의 쥬오대학을 졸업했다. 그는 1932년부터 신문과 동인지에 시와 희곡을 발표해 오다가, 1939년 정지용의 추천을 받아『문장(文章)』에 시를 발표하면서 본격적인 작품 활동을 시작하였다. 그는 조선식산은행(朝鮮殖産銀行) 평양지점장으로 근무하다가, 1951년 1·4 후퇴 때 월남하여 남한에서 시인, 강사 등으로 활동을 하다가, 1975년에는 가족들이 미리 가 있던 미국으로 이주를 했다. 그는 약간의 단속(斷續)은 있었지만, 미국에서도 한글시를 꾸준히 창작하여 국내 시단이나 미주 시단에 꾸준히 발표했다.

박남수 시인은 감각적, 존재론적 이미지와 표현미를 중시했다는 점에서 전형적인 모더니스트다. 다만 미국으로 이주한 이후의 시에는 인생에 대한 감성적 인식이 주조를 이룬다는 점에서 리리시즘 성향을 보여주기도 했다. 그의 시는 대략 세 시기로 구분할 수 있다. 제1기는 첫 시집『초롱불』(1939)을 출간한 시기로서 감각적, 예술적 이미지를 강조하는 시를 보여준다. 제2기는『갈매기 소묘』(1958),『신의 쓰레기』(1964),『새의 암장』(1970)을 출간한 시기로서 지성적, 존재론적 이미지를 형상화하는 데 큰 노력을 기울인다. 그리고 제3기는『사슴의 관』(1981),『서쪽 그 실은 동쪽』(1992),『그리고 그 이후』(1993),『소로』(1994)를 출간한 시기로서 이민 생활의 향수와 인생의 본질에 대한 성찰을 빈도 높게 드러내고 있다.

이들 가운데, 제3기의 시는 1975년 미국으로 이주한 후에 창작한 작품들을 포괄한다. 이 시기에 창작한 시에서는 그 이전에 지속하여 탐구했던 모더니즘 혹은 이미지즘의 경향이 잘 드러나지 않는다. 대신에 미국 생활을 하면서 느꼈던 노스탤지어나 한 인간으로서의 실존의식을 형상화하는 데 초점을 둔다.

맨하탄 어물 시장에 날아드는
갈매기. 끼룩끼룩 울면서, 서럽게
서럽게 날고 있는 핫슨 강의 갈매기여.
고층 건물 사이를 길 잘못 들은
갈매기. 부산 포구에서 끼룩끼룩, 서럽게
서럽게 울던 갈매기여.
눈물 참을 것 없이, 두보처럼
두보처럼 난세를 울자.
슬픈 比重의 세월을 끼룩끼룩 울며
남포면 어떻고 다대포면 어떻고
핫슨 강반이면 어떠냐. 날이 차면
플로리다쯤 플로리다쯤, 어느
비치를 날면서 세월을 보내자꾸나

—「맨하탄의 갈매기」 전문

　이 시는 평생 동안 유랑을 거듭해온 시인이 자신의 삶을 스스로 위무하는
모습을 보여준다. "갈매기"는 바로 그러한 위무의 매개다. 시인은 허드슨강
근처 "맨하탄의 어물시장"에서 본 "갈매기"에 감정을 투사해 "울면서, 서럽
게" 날고 있다고 생각한다. "갈매기"가 서러운 울음을 운다고 본 것은 미국으
로 이주하기 이전에 북한의 "남포", "부산 포구"인 "다대포"에서 보았던 "갈매
기"를 연상했기 때문이다. 그러면서 "갈매기"의 울음은 그것에 "슬픈 比重의
세월"이 담겨 있는 사실에 주목한다. 인간의 삶이 지닌 슬픔이라는 공통 감
정 그 자체를 느끼는 것이 중요한 것이지 "맨하탄"이든 "부산"이든 상관이 없
다는 것이다. 그래서 시인은 이국땅인 "맨하탄"에서의 서러움과 슬픔을 그대
로 수용하면서 "세월을 보내"고자 한다. 이처럼 이 시기의 시에는 이국적 환
경에 처한 자기를 긍정하려는 의지가 자주 드러나고 있다.
　이 시기의 시 가운데는 이민 생활의 고달픔과 고국에 대한 그리움을 드러
내는 것도 적지 않다. 이를테면 "옮겨다 심은, 나의/생활이/잘못 쓴 시구처

럼 위태롭다"(「생활」)고 하면서 "산타 모니카 해안에 앉아/멀리 서역을 바라보면서/동방의 사람, 나 朴南秀는/여기서는 서쪽, 그 실은 해 뜨는 동쪽/조국을 생각한다"(「서쪽, 그 실은 동쪽」)고 고백한다. 이것은 "연어가 제 태어난 곳을 못 잊듯/한 민족의 핏속에는 잊지도 버리지도 못하는/뿌리가, 거대한 뿌리가 넓게 넓게 뻗어 있다"(「회귀·2—꿈」)고 할 때의 노스탤지어와 맞닿는다. 그 마음이 너무도 간절해 "어머니가 계신 곳에/가닿을 울울한 소리./한번 울리면/그칠 줄 없는 波動./이승의 끝까지 울려 가는/소리고 싶다"(「소리」)고 한다. "이승의 끝까지"라도 "어머니"가 계신 고향땅 혹은 조국을 잊지 못하는 마음을 드러내고 있다.

박남수 시인은 한국 근대사가 겪은 분단과 가난의 한가운데서 살았다. 그는 젊은 시절 자신의 고향인 북녘땅을 버리고 월남해 평생을 실향민으로서 살았다. 그러다가 1975년에는 한국을 떠나 머나먼 이국땅인 미국으로 이주하여 살다가 그곳에서 세상과 작별했다.[94] 그는 평생 그 어느 곳에도 정착하지 못하고 살았다는 의미에서 디아스포라 인생의 전형에 해당한다. "나는 천사는 아니지만/마음 따라 날아 다닐 수가 있다/평양에서 부산으로/서울로, 그리고/로스엔젤레스, 뉴욕으로/플로리다, 뉴저지로, 나는/족쇄를 차지 않았다/가산은 많지 않지만/어디에 정주하든 구속은 없다"(「驛馬」 부분[95])와 같은 의식으로 한평생을 살았다. 이러한 의식이 시에 자주 드러난 것은 미국으로 이주한 이후의 시편들이다. 따라서 미국 시절에 쓴 그의 시편들은 미주시 가운데 디아스포라 의식을 수준 높게 보여준 사례에 속한다.

---

94   이형권 편, 『박남수 시선』, 지식을만드는지식, 2012, 165~173쪽 발췌 인용.
95   1994년 발간한 마지막 시집 『소로』에 실려 있다.

3) 고원(1925~2008)의 시 세계

고원 시인은 1925년 충북 영동에서 태어났다. 동국대학교 영문학과를 졸업하고 미국에서 석·박사 학위를 취득했다. 이후 미국에 정착하면서 시인, 교수, 문예지 발행인 등으로 왕성한 활동을 펼쳤다. 졸업 후에 그는 김기림, 양주동, 피천득 등과 어울렸고 특히 김기림으로부터 시 창작 교육을 받았다. 1950년 6·25전쟁 직후에는 의용군으로 인민군에 끌려갔다가 다시 국군의 포로가 되어 거제도 수용소에서 2년을 보냈다. 수용소에서 풀려난 고원은 장호, 이민영과 함께 피난지 부산에서 1952년 3인 시집 『시간표 없는 정거장』을 발간했는데, 이 시집은 1950년대 문학사에서 그 희귀성과 역사성에 대한 평가를 충분히 받을 필요가 있다.[96] 이후 1964년에 그는 영국과 미국 유학길을 떠났는데, 미국에서 석사와 박사 학위를 취득하고, 브루클린 대학 등 미국 대학의 교수로 활동을 하다가 2008년 작고했다.

고원 시인은 그동안 개인 시집으로 『이율(二律)의 항변』(1854), 『태양의 연가』(1956), 『눈으로 약속한 시간에』(1860), 『오늘은 멀고』(1963), 『속삭이는 불의 꽃』(1964), 『미루나무』(1976), 『북소리에 타는 별』(1979), 『물너울』(1985), 『다시 만날 때』(1993), 『정』(1994), 『무화과나무의 고백』(1999), 『춤추는 노을』(2003) 등 12권[97]을 발간했고, 2006년에는 『고원문학전집』(5권)도 발간했다. 그는 또한 1986년 미국 L.A.에서 글마루 문학회를 결성하여 후진을 양성하는 한편 1988년에는 종합문예지 『문학세계』를 발간하면서 미주 문단의 활성화를 위

---

96 『문학과 창작』 1998년 5월호에 '다시 읽는 명시집 전권 수록'이라는 제목으로 작품 전부와 1952년 12월 고원 이름으로 된 후기를 실었다. 고명수는 「시간표 없는 정거장의 문학사적 위치」를 재평가했다.

97 그의 시적 이력(『고원문학전집 I』, 고요아침, 2006, 370쪽)에 의하면, 1946년에 『새움』이라는 개인 시집을 발간했다고 기록하고 있는데, 이것을 포함하면 13권의 개인 시집을 발간한 것이 된다. 그러나, 이 시집의 실체를 본인도 확인할 수 없다고 하면서 전집에도 포함시키지 않았기 때문에 발간 시집의 통계에서 제외했다.

해 큰 노력을 기울였다. 그는 미국에서 시작 생활과 시단 활동을 모두 열성적
으로 실천한 흔치 않은 시인이라고 할 수 있다.

그의 시는 큰 틀에서 보면 부정한 현실에 대한 비판 정신을 기조로 삼는 리
얼리즘 경향을 주조로 삼는다. 특히 1950년대부터 1980년대까지, 시집으로
보면 『이율의 항변』에서 『물너울』까지, 그의 시는 그러한 특성을 더욱 분명하
게 보여준다. 물론 김기림에게 사사 받은 경험이 시 속에 녹아들면서 주지적
모더니스트의 면모를 보여주기도 한다. 하지만 다소 전위적인 표현 방식을
활용할 때도 현실 비판을 위한 형식 파격의 면모를 보여준다는 점에서 리얼
리스트로서의 특성을 포기하는 것은 아니다.[98] 그는 1950년대 이승만 독재에
서부터 1960~70년대 박정희 독재, 그리고 1980년대 전두환 독재 시대를 바
라보면서 당대 현실에 대한 정치적, 사회적 비판 정신을 일관성 있게 보여주
었다. 1990년대 이후에 보이는 미국 사회나 미국 내 한인 사회에 대한 비판
적 인식의 시편들, 특히 1992년 L.A.폭동과 관련된 시편들[99]은 고원이 여전
히 현실 비판에 적극적인 시인임을 증명해준다.

> 참 모처럼 오다 말고
> 이번에도 저만치 물러선 봄을
> 피가 나게 벼른 우리들의 봄을
> 또 그대로 보낼 수는 없다.
>
> 70년의 어둠에
> 18년 굳은 얼음에
> 겨울이 새로

98　고원 시의 형식 파격과 부정적 현실 인식에 관한 논의는 남기택의 「고원 시의 디아
　　스포라 양상」(『우리어문연구』, 2013.)을 참조할 것.

99　L.A.폭동 이듬해인 1993년 간행된 『다시 만날 때』 제2부에 실린 「검은 눈물로 거듭
　　나」, 「L.A. 哀歌」 등의 시가 인상적이다.

칼날을 세웠다면
오다 만 몸짓을 탓하겠는가.

마지막까지 갈아야지
언 땅을 몽땅 뒤엎어야지
저만치 멈춘 우리 봄을
80년엔 그대로 보낼 수 없다.

— 「80년의 봄」 전문

이처럼 고원 시인은 "70년의 어둠"을 노래하고 있다. 국권상실과 이승만, 박정희의 독재로 이어진 1910년부터 1980년까지의 우리 근대사 "70년"을 "어둠"으로 규정하고 있다. 동시에 "1980"년을 맞아 그러한 "어둠"에서 벗어나야 한다는 의지를 "저만치 멈춘 우리 봄을/80년엔 그대로 보낼 수 없다"고 드러내고 있다. 이처럼 고원의 시에는 1980년대 이전의 국내 현실에 대한 비판 정신이 지속적으로 드러난다. 이뿐만 아니라 고원의 시에는 미국에서 살아가는 한인들의 디아스포라 의식이 빈도 높게 드러난다. 고원 시인은 물론 미국에서 대학교수로서 활동했기 때문에 일반적인 한인들보다는 이방인의 소외감을 덜 느꼈을지 모른다. 그러나 그의 시를 살펴보면 그것은 미세한 정도의 차이일 뿐이어서, 자신이 '코리안 아메리칸'으로 살아가는 과정에서 느끼는 애환에서 벗어날 수 없었다.

우리는 코리안 아메리칸
20세기에 새로 나온
우리 이름이 좋다.

코리안 아메리칸의 힘줄에는
1903년 하와이
사탕수수밭에서 할아버지들이
한 맺혀 흘린 피가 돌고 있다.

그 무렵에 "사진신부"로 건너온
할아버지 외할머니 찌든 땀이
코리안 아메리칸의 가슴을 적신다.

배달땅 아득한 옛날부터
우리 조상 넋을 지켜온
물빛과 하늘빛 곱게 받아
코리안 아메리칸은 마음의 눈이 맑다.
어이없이 한동안 빼앗겼던
조국 코리아를 되찾는 싸움에
북미대륙도 태평양 대서양도
뜨겁게 출렁이던 양심의 소리가
코리안 아메리칸 뼛속에 새겨져 있다.

오늘은 미국 어느 구석에서든지
반갑게 손을 잡는 사람들.
유난히 정이 많고
슬기로운 사람들.
늠늠한[100] 코리안 아메리칸이
코리아를 크게 만들고
아메리카를 더 장하게 만들어 간다.

코리안 아메리칸은 지금
새 세상을 이룩하는 세계 시민
세계의 하늘이 코리안 아메리칸을
자랑스럽게
사랑스럽게
밤낮 비추어주고 있다.

— 「우리 노래」 전문

---

[100] '늠름한'의 오기로 보인다.

이 시는 1999년 발간된 시집『무화과나무의 고백』의 끝부분을 장식하고 있는 작품이다. 미국 사회에서 살아가고 있는 한인들의 역사적 내력을 순차적으로 제시하고 있는 단순한 작품이지만, 한인들이 영위해온 디아스포라의 삶을 "세계 시민"의 관점으로 본다는 점에서 주목하지 않을 수 없다. 이 시의 제목에 등장하는 "우리"는 물론 미국에서 살아가는 '코리안 아메리칸' 전체를 아우르는 것이다. 이 시는 이러한 "우리 이름이 좋다"라고 시작한다. 그리고 그 이유를 제시하는데, 우선 "1903년 하와이/사탕수수밭에서 할아버지들이/한 맺혀 흘린 피가 돌고 있"기 때문이라고 한다. '코리안 아메리칸'은 고난의 시간을 꿋꿋하게 이겨낸 자긍심의 존재라는 점을 강조하는 것이다. 또 하나는 "코리안 아메리칸은 마음의 눈이 맑"고 민족과 정의를 위한 "양심의 소리"를 간직하고 있기 때문이다. 이뿐만 아니라 "유난히 정이 많고/슬기로운 사람들"이기 때문이다. 나아가 미국의 한인들은 미국과 한국을 아우르면서 "새 세상을 이룩하는 세계 시민"으로 규정하고 있는 부분은 주목할 만하다.

4) 마종기(1939~)의 시 세계

마종기 시인은 1939년 일본 동경에서 태어났다. 서울고등학교를 거쳐 연세대학교 의과대학을 졸업했다. 1959년『현대문학』에 시「해부학교실」이 추천되어 시인으로서의 활동을 시작했다. 1966년 미국으로 건너간 이후 오늘날까지 그곳에서 의사와 교수로서 살아가면서 시 창작을 꾸준히 이어왔다. 그동안『조용한 개선』(1960),『두 번째 겨울』(1965),『변경의 꽃』(1976),『안 보이는 사랑의 나라』(1980),『모여서 사는 것이 어디 갈대들뿐이랴』(1986),『그 나라 하늘빛』(1991),『이슬의 눈』(1997),『새들의 꿈에서는 나무 냄새가 난다』(2002),『우리는 서로 부르고 있는 것일까』(2006),『하늘의 맨살』(2010) 등의 시집을 간행했다. 1991년『마종기 시전집』이 발간되기도 했다. 이들 시집은 마종기 시인이 줄곧 미국에서 살면서 이국에서의 애환을 노래하는 시편들을 수록하고 있음에도 불구하고 모두 국내에서 발간되었다. 그는 국내 시단에 디아스포라 시학을 수립한 시인이다.

그의 시는 대부분이 외국에서 태어나고 외국에서 살아온 한 생애의 서정적 기록이다. 그는 일본에서 태어나 한국에서 자란 후에 미국의 오하이오에서 의사 생활을 하면서 평생을 살아왔다. 그러나 그의 미국 생활은 "갈수록 안정되는 생활/불안정한 외지의 정신"(「외지의 새」 부분)과 같은 모순을 벗어날 수 없었다. 겉으로 보기에는 안정적인 전문직 생활이었지만, 마음은 항상 떠돌이처럼 "불안정한" 상태에서 벗어날 수 없었다. 즉 그의 시는 출발 시기부터 한국과 미국 사이의 경계인으로 살아갈 수밖에 없는 데서 오는 디아스포라 의식을 시의 주제로 삼았다.

> 우리들의 의욕이 조금씩
> 무너지고 있었다
> 무너지는 흙 속에서
> 우리들은 매일 아침 눈떴다
> 그러나 씨를 맺기 전에
> 바람에 날리는 꽃
>
> 모든 열성의 꽃은
> 바람이다
> 모든 열성의 꽃은
> 바람의 연료다
>
> 변경의 내막은
> 아직도 아픔이다
> 만날 수 없는 망설임이
> 모두 깃발이 되어
> 높은 성루에서 계속
> 꺾이고 있었다.

우리들 몸 안에서 끝나는
열성 인자의 사랑
아프지 않고는 아무도
불탈 수 없다.

—「변경(邊境)의 꽃」 전문

　이 시는 미국으로 건너간 지 10년 만에 낸 첫 시집에 실려 있는 작품이다. 시의 제목인 "변경의 꽃"은 바로 평생을 이방인으로 살아온 시인 자신의 인생을 표상하는 것으로 읽어도 무방하다. 국내에서나 외국에서 언제나 중심이 되지 못하고 "변경"에서 살아갈 수밖에 없는 자신의 삶에 대한 성찰을 담고 있다. "변경"의 삶을 단적으로 드러낸 표현인 "열성의 그늘"은 경계인으로 살아갈 수밖에 없는 데서 오는 일종의 콤플렉스(劣性)라고 할 수 있다. 그는 비록 미국 사회에서 의사라는 성공적인 직업을 가지고 살았지만, 그렇다고 미국의 주류 사회에 곧장 진입할 수 있었던 것은 아니다. 그의 다른 시에서도 빈도 높게 드러나듯이 유색인으로서의 이런저런 차별 속에서 살아갈 수밖에 없었다. "변경의 내막은/아직도 아픔이다"라는 시구는 경계인의 삶에서 오는 "아픔"을 드러낸다. 그러나 중요한 것은 시인이 그러한 "아픔"이 바로 경계인의 삶이 가져다 준 "열성"을 극복할 수 있는 역설적 에너지가 된다는 점을 깨닫고 있다는 점이다. 그는 자기 정체성의 이중성, 이원성을 거부하지 않고,[101] 있는 그대로 인정하면서 그것을 극복하고자 한다. 이때 이방인으로서의 현실에서 느끼는 "열성(劣性)"은 그것을 넘어서고자 하는 마음의 열성(熱性)이 된다. 이러한 점에 대한 각성이 "아프지 않고는/아무도 불탈 수 없다"는 시구로 수렴된다.

　마종기 시의 이방인 의식은 이후의 시편들에서도 시 정신의 차원에서 내면

101　오윤정, 「재미시인 연구—박남수·고원·마종기를 중심으로」, 『겨레어문학』 제46집, 2011, 141쪽.

화되어 변함없이 지속된다. 그의 시에서 이방인 의식은 자연스럽게 향수 또
한 귀향 의식과 결합하는 양상도 자주 드러난다. 그러나 마종기 시인을 비롯
하여 미주 한인들에게 현실적으로 귀향이라는 것은 쉽게 이루어질 수 없는
것이다. 그래서 현실의 귀향보다는 마음의 귀향을 선택할 수밖에 없다.

> '고국에 묻히고 싶다'—교포 신문의 큰 제목
> 병고에 시달리는 재미 교포 노인의 호소
> 그러나 노인은 고국의 땅값을 잊은 모양이지.
> 수십 년 노동으로 사놓은 때절은 그 집 팔아도
> 고국의 땅을 몇 평이나 살까, 몸이나 눕힐까.
> 쓸데없는 욕심입니다. —신문 던져버렸는데
> 며칠째 그 노인의 누운 사진이 눈에 번진다
>
> —그렇다면 좀 자세히 들어보세요.
> 시체를 고국에 운반하려면 돈도 많이 들고
> 시체 출국 수속 절차도 아주 복잡하답니다.
> 묘지값 비싼 것이야 말할 것도 없겠지요.
> 그뿐인가, 재산 털어 설사 고국땅에 묻혀도
> 어디서 왔느냐고 죽어서도 발길질당할지.
> 정 돌아가시겠다면 유골로 가는 게 어떠세요.
>
> —자네는 내 말을 잘못 알아들었군
> 나는 고국의 비싼 땅에 묻히려는 게 아니고
> 그 나라 푸른 하늘 속에 묻히고 싶다는 말일세
> 고국에 비가 오면 나도 같이 젖어서 놀고
> 비 그치고 무지개 피면 나도 무지개를 타겠지
> 그 나라 하늘빛에 묻히고 싶다는 말일세
> 또 언젠가 깨어나서 그 하늘의 한쪽이 된다면
> 고국의 산천은 언제나 눈앞에 서 있지 않겠는가
> 더 이상 사무치지 않아도 되지 않겠는가

그런데 참, 그 나라 하늘빛을 아시는가

—「그 나라 하늘빛」 부분

　　이 시의 주인공인 "병고에 시달리는 재미 교포 노인"은 죽음을 앞두고 귀향을 소망한다. 시의 화자는 그 "노인"과의 가상 대화를 통해 시상을 이끌어 간다. 화자는 그 "노인"에게 경제적으로나 현실적으로 귀향이 아주 어려운 일이라고 말한다. 그러나 그 "노인"은 "고국의 비싼 땅에 묻히려는 게 아니"라고 강변한다. "노인"은 그저 "그 나라 푸른 하늘 속에 묻히고 싶다"고 한다. 이때 "그 나라"는 물론 고국을 의미할 터, 이 명칭에는 부동산 가격이 폭등하고 속화 일로를 걷고 있는 고국에 대한 "노인"의 거리감이 내포되어 있다. 그럼에도 불구하고 "노인"은 죽어서라도 "고국"으로 돌아가고 싶다고 한다. 이때 "그 나라"는 순수한 세계로서의 고국 혹은 고국의 자연을 의미한다. 즉 "고국에 비가 오면 나도 같이 젖어서 놀고/비 그치고 무지개 피면 나도 무지개를 타겠지"에 드러나듯이, 순수한 "고국"의 자연. 혹은 "하늘의 한쪽"이 되고 싶다고 한다. "노인"은 비록 죽어서라도 이처럼 순정한 "고국의 산천"과 함께하면 "더 이상 사무치지 않"을 것이라고 말하고 있다. 이러한 귀향 의식은 그 방식이나 정도의 차이는 있을지언정 미주 한인들의 공통적인 소망에 속하는 것이다.

5) 이세방(1941~　)의 시 세계

　　이세방 시인은 1941년 서울에서 태어나, 서라벌예술대학 문예창작과에서 공부했다. 1961년 『자유문학』에 「노을」이 당선되고, 1965년 『사상계』 신인문학상을 받으면서 본격적으로 창작 활동을 시작했다. 1967년 미국으로 이주한 이후 1972년 미국 시민권을 획득하고, 교포 잡지 『뿌리』의 편집장으로 일하면서 시작 활동을 이어갔다. 그는 시인으로뿐만 아니라 전문 사진가로서의 활동을 왕성하게 전개해왔다. 그는 1974년 미국 프로작가 서부지역 사진 경연대회에서 입상하면서 사진의 세계에 발을 들여놓았다. 그는 L.A.에서 '이세방 사진 갤러리'를 운영하고 국제사진전 심사위원을 할 정도로 사진 전문가의 삶을 살아가고 있다. 그는 사진 찍는 일이 시 쓰는 일을 도와준다고 말하기도 한다. 즉 "그러나 세상은 그렇게 쉽지 않았다. 가뜩이나 내가 지닌 세상은 소위 이중 문화권에 속했으며 나의 생각을 한국이나 미국 그 어느 쪽에도 명료하게 전달하기가 어려웠다. 그 어려움 때문에 나는 시와 사진을 같이 했다. 시가 제대로 안 될 때는 사진을 찍었다. 사진을 찍다 보면 어느 때엔 시가 술술 나오기도 했다."[102]고 말한다.

이세방 시인은 그동안 『갱에서 죽은 어떤 광부의』(1966), 『조국의 달』(1987), 『서울 1992년 겨울』(1992), 『걸리버 여행기』(1999년, 시선집) 등의 시집을 발간했다. 이들 가운데 미국으로의 이민 이전에 발간한 시집에는 부조리한 세상과 인생에 대한 비판적 성찰이 도드라진다. 그의 시에서 디아스포라 의식이 전경화되는 것은 『조국의 달』 이후이다. 그것은 구체적으로 미국에서 이방인으로 살아가는 과정에서 느끼는 회한이나 소외감, 조국의 독재자에 대한 증오심과 향수의 서정, 미국의 속물적 자본주의 사회에 대한 비판 등으로 나타난다. 이와 관련하여 시인은 그 어느 곳에도 정착하지 못하는 자신의 처지를 노래하고 있다.

> 내 씨알머리
> 밑도끝도없이
> 무슨 팔자소관으로
> 양키 나라에 와서
> 어머니는 글자도 화려한
> 할리우드 뒷산에 묻히시고

---

102 이세방, 『걸리버 여행기』, 문학과지성사, 1999, 5쪽.

아버지는 우리나라 경기도 양주군
덕소리 석실에 묻히셨나.

내 씨알머리
이놈의 나라에 또 내 씨 두 녀석 놓아
고것들 밑도끝도없이
눈만 뜨면 양키 두들두 타령이라.

아무리 생각해 봐도
머리에서 발끝까지
어디서 어디까지가
꿈이고 생시인지
분통터질 노릇이련만
어제도 오늘도 혀 꼬부라진 소리로
땡볕 아래 돌고 돈다 고추잠자리모냥
이러다간 곧 끝장이 나련만
내 씨알머리 다할지 모르련만
언제 진정으로 고향에 안겨볼 것인가
언제 통일된 조국 강산에 안겨볼 것인가

—「씨알머리 타령」부분

　이 시는 시인 자신의 자서전적 이력을 들려주고 있다. 시의 제목인 "씨알머
리"는 자신의 가계(家系)를 구성하는 기본 단위이다. 그것은 생물학적인 유전
자일 수도 있고, 정신적이거나 문화적인 차원의 전통을 지시하기도 한다. 어
쨌든 시인은 고국에서 정주하지 못하고 미국이라는 낯선 땅에 이주해 살아
가는 자신과 가족들의 처지를 다양한 각도에서 조명한다. 돌아가신 부모님
가운데 아버지는 고국 땅에 묻혀 계시지만, 어머니는 "할리우드 뒷산에 묻히"
신 기구한 상황을 안타까워한다. 또한, 미국에서 태어난 두 자녀는 미국 문
화에 익숙하게 살아가는 모습을 보면서 불편해하고 있다. 자녀들이 "고것들

밑도끝도없이/눈만 뜨면 양키 두들두 타령이라"고 한탄한다. 이러한 이방인 생활에 대해 시인은 현실감을 느끼지 못하면서 "분통이 터질 노릇"이라고 한다. 시인은 삶의 뿌리를 잃어버린 미국의 이민 생활을 생각하면서 이러다가 한인으로서의 정체성마저 상실할지도 모른다는 염려를 한다. 하여 "언제 진정으로 고향에 안겨볼 것인가"를 생각하며 안타까워하고 있다.

6) 결론

지금까지 살펴본 미주 시인들의 일차적인 공통점은 미국에서 이방인으로 살아가고 있다는 것이다. 미국 사회에서 한인으로 살아간다는 것은 타자의 타자로서 살아가는 것과 마찬가지라고 할 수 있다. 미주 한인들은 미국의 주류 사회에서의 타자인 동시에 조국에서도 타자의 위치를 벗어날 수 없는 존재이다. 조국의 중심에 서지도 못하고, 미국의 주류에 포함되지도 못하는 삶을 지배하는 것은 소외감과 고독감이다. 이 고독감과 소외감을 벗어나기 위해 미주 한인들은 자연 서정이나 미국 문화에 동일시되고자 노력을 하거나, 고국이나 미국 사회가 지닌 부조리에 대해 비판의 언어를 벼리기도 한다. 박남수, 고원, 마종기, 이세방 등 시인들은 그러한 한인들의 삶을 한글시로 형상화하면서 시인 자신과 미주 한인들을 위무하고 치유하는 역할을 해왔다.

앞서 살핀 네 명의 시인들은 미주 한인시의 수준을 한 단계 높여주었다고 할 수 있다. 박남수는 국내에서 보여주었던 창작 능력을 미국에 가서도 변함없이 보여주었고, 고원 역시 국내에서 간직했던 시문학에의 열정을 미국에 가서도 유감없이 발휘하였다. 또한, 마종기는 의사 시인으로 이주민 인생에 대한 성찰의 깊이를 돋올하게 보여주었고, 이세방은 미국에서 살아가는 한인의 고달픈 인생과 고국의 현실에 대한 비판 정신을 정직하게 드러냈다. 박남수의 '맨하탄 갈매기' 이미지, 고원의 '세계 시민' 의식, 마종기의 '변경의 꽃' 이미지, 이세방의 '씨알머리' 의식 등은 모두가 디아스포라 의식의 구체화라고 할 수 있다. 이들 시의 디아스포라는 고국과 미국 사이의 경계인 의식에서 잉태했다는 점을 기억할 필요가 있다. 나아가 이들은 모두 고국의 시단 경험, 그것도 한때 주목받는 시인으로서의 경험을 가지고 미국으로 건너갔으며, 그러한 경험이 미주지역에서의 창작활동의 토대 구실을 했다는 점도 흥미롭다.

제6장

미주 한인 시문학사의 의의와 미래

1. 미주 한인 시문학사의 특수성과 그 의미

미주 한인 시문학사는 형성기, 정착기, 발전기, 확장기 등 네 단계의 발전 과정으로 나눌 수 있다. 이와 관련하여 지금까지 논의한 내용을 간략히 요약하면 다음과 같다. 우선 형성기는 1905년부터 광복 이전의 시기까지를 의미한다. 이 시기에 미주 한인 시문학사의 첫 작품인 이홍기의 「이민선 타던 전날」이 『국민회보』(1905)에 발표된다. 이 문학사적 사건은 한인들의 미주지역 이민이 시작되던 때와 비슷한 시기에 일어났다. 이 시기 미주지역의 한인 시문학사는 국내의 시문학사와 비슷한 양상으로 전개되었다. 개화기의 개화가사나 창가, 혹은 신체시 형태가 지배적이었고, 근대적 시 형식인 자유시 유형의 시편들도 다수 발표되었다. 주제의식은 애국 계몽과 독립정신 등이 주조를 이루었다. 국내와 다른 것은 국내에서는 1910년대 후반 자유시가 등장하면서 거의 자취를 감추었던 창가 형태의 시작품이 광복 직전까지 지속적으로 창작되었다는 점이다. 1920년대부터는 주제의식이 분화되면서 애국 계몽, 독립정신 외에 구체적인 삶의 장소와 관련된 지리적, 문화적 동일시 양상도 나타난다. 작가는 실명을 드러내는 경우가 간혹 있었으나, 무명이나 필명을 이용하는 경우가 많았다. 매체는 주로 미국에서 발간되었던 『국민회보』, 『공립신보』, 『대동공보』, 『신한민보』와 같은 교민 신문을 통해서 이루어졌다.

정착기는 광복 이후부터 1970년대 말까지의 시기를 의미한다. 이때는 광복과 함께 근대문학사상의 한글시 운동이 본격적으로 창작되는 시기이다. 다만 광복 직후부터 1960년대 말까지는 미주 한인시의 창작이 저조한 편이었다. 광복 이전에 한글시 운동을 항일 운동의 차원에서 전개했던 까닭에 그 절박함이 줄어든 탓으로 보인다. 따라서 미주 한인 시단이 본격적인 정착되기에 접어든 것은 실질적으로 1970년대라고 할 수 있다. 1973년 미주지역에서 발간된 최초의 동인지인『지평선』이 발간되었는데, 여기에 동참한 박신애, 임서경, 강옥구 등 3명의 시인은 모두 국내에서 등단하고 미국으로 이주한 시인들이었다. 또한, 1975년 발간된 사화집『재미시인선집』에는 김시면, 고원, 김송희 등 11명의 시인이 동참하였다. 이외에서 1977년 캐나다에서 동인지『새울』이 발간되고, 고원, 마종기, 박이문, 장소현, 황갑주 등은 개인 시집을 발간하여 미주 시문학의 정착에 적지 않은 기여가 있었다. 이 시기의 작가는 대부분 한국에서 등단하고 미주지역에 이주한 시인들이었다. 그들은 1960년대 중반에 시작된 전문가 집단의 이민과 밀접한 관련이 있다. 매체는 개인 시집이나 사화집 형태의 단행본으로 이루어지는 경우가 지배적이었다. 신문 매체로는 기존의『신한민보』와 함께 새로이 창간된『미주 한국일보』(1969),『미주 중앙일보』(1974) 등이 있어서 작품 발표의 매개 역할을 했다.

발전기는 1980년대의 시기를 의미한다. 이때는 명실공히 미주 한인시문학의 상당한 수준으로 발전을 한 시기이다. 그 발전의 출발은 1980년 국내에서 있었던 광주의 비극을 형상화하는 일에서 이루어졌다. 고원, 김인숙, 석진영, 이세방, 이창윤, 최연홍, 황갑주 등 7인이 발간한 사화집『빛의 바다 1』는 광주의 비극을 고발하고 알리는 데 많은 역할을 했다. 1982년에 한국문인협회 미주지부가 설립되고 기관지『미주문학』이 창간되면서 미주 시문학은 크게 발전하는 계기를 맞이했다. 1983년에는 미주 기독교문인협회가 설립되고, 이듬해에『크리스찬문예』가 창간되어 종교시의 확산에 많은 기여가 있었다. 또한, 1985년 미 동부지역의 문인들이 주도한 문예 동인지『신대륙』, 1988년 고원 시인이 주도로 종합문예지『문학세계』, 1989년 시 전문 동인지인『외지』등이 창간되어 시의 발표 지면이 확대되었다. 작가는 1970년대 중반에 이민을 온 시인이나 전문가, 지식인 등이 주류를 이루었는데, 그들은 대부분 국내에서 시로 등단을 한 기성 시인들이었다. 매체는 다양한 문예지와 개인 시집, 사화집 등이 다채롭게 활용되었다.

　확장기는 1990년대 시기를 의미한다. 이때를 확장기라고 지칭할 수 있는 것은 두 가지 이유가 있다. 하나는 시단 내부적 차원에서 문예지나 시인의 증가로 시 문단 자체의 카테고리가 확장된 것이고, 다른 하나는 시단 외부적 차원에서 국내 시단뿐만 아니라 일본이나 중국 등의 다른 해외 지역 시단과 교류를 활발히 전개했다. 시 문단의 확장은 1980년대 창간된 『미주문학』이나 『문학세계』, 『외지』 등이 속간되는 한편 『워싱턴문학』, 『뉴욕문학』, 『로스안데스문학』, 『해외문학』 등 새로운 문예지들이 창간되면서 이루어졌다. 문예지와 신문이 다양한 경로로 신예 시인을 발굴한 것도 시단 확장에 중요한 몫을 담당했다. 또한, 1994년 재단법인 '재아르헨티나문인협회(재아문인협회)'가 결성되어, 미국이나 캐나다 중심으로 이루어졌던 미주 시문학사가 남미지역으로까지 확장되었다. 1996년 기관지 역할을 하는 종합문예지 『로스안데스문학』이 창간되어 오늘날까지 속간되고 있다. 미주시의 해외 지역 확산은 국내의 세계화 정책과 연계되는 양상을 보여준다. 1997년 창간된 문예지 『해외문학』은 창간 목적 자체를 미주 문학의 세계화로 내걸었고, 실제로 그에 적합한 활동을 활발하게 전개했다. 또한, 1999년에 김호길 시인의 주도로 발간된 사화집 『2000년 시의 축제』는 미주 시인뿐만 아니라 중국, 일본, 중앙아시아 등의 한인 시인들과 국내 시인들의 작품까지 망라하고 있다. 이 시기의 작가는 원로급에 속하는 국내 출신의 시인들과 미주지역 자체적으로 발굴한 비교적 젊은 층에 속하는 시인들이 조화롭게 분포하고 있었다. 매체는 1980년대와 마찬가지로 개인 시집과 사화집, 문예지, 그리고 신문 등으로 다각화되었으나, 다양한 지역에서 새로운 문예지들이 다수 등장하여 작품 발표의 폭을 넓혔다.

　이러한 미주 한인 시문학사는 한국 시문학사의 일부로서 특수성을 지닌다. 그것은 우선 특정 지역의 시문학사라는 성격에서 연유된다. 한국 시문학사에서 특정 지역이라는 것은 우선 국내와 국외의 구분이 가능하다. 먼저 국내의 경우 한국 시문학은 서울지역, 경기지역, 충청지역, 강원지역, 경상지역, 전라지역, 제주지역 등으로 나눌 수 있다. 국외의 경우 미주지역, 중국지역, 일본지역, 중앙아시아지역 등이 대표적이다. 이들 지역에서 활동하는 시인들의 질적, 양적인 측면을 고려하면 이러한 구분의 실효성이 다소 떨어지는 것은 사실이다. 왜냐하면 국내 시단은 사실 서울 지역과 경기 지역을 중심으로 하는 이른바 수도권에서 절대적인 지배력을 행사하기 때문이다. 또한 국외 시단의 경우에는 미주지역이나 중국지역이 다른 지역에 비해 규모가 큰 편이기 때문이다. 그러나 지역 시단의 구분을 선거구 획정하듯이 인구 비례나 시인 비례로 할 수는 없는 일이다. 시단의 지역 구분에서 중요한 것은 그 지역의 시적 특수성이다. 그리하여 앞서 제시한 지역 구분이 그 지리적, 문화적 특수성의 시적 반영이라는 점을 염두에 두면 그 실효성을 인정하지 않을 수 없다.

미주 한인 시문학사의 특수성은 그 주체, 언어, 내용과 관련하여 규정하고자 했다. 먼저 주체의 측면에서 이민자의 삶을 생각하여 국적과 관련해 유연한 설정을 했다. 미주의 한인 시인들 가운데는 미국이나 다른 나라의 국적을 가진 시민권자도 있고, 한국 국적을 유지하고 있는 영주권자나 유학이나 취업과 관련된 일시적인 체류자도 존재한다. 국외의 한인 시문학사는 '한인'에 초점이 있고 그 내용이나 언어 문제가 더 중요하기 때문에 유연하게 생각하여 미주의 한인 시인들은 비록 국적이 한국이 아니라도 한인 시문학사의 대상으로 편입했다.

언어의 측면에서도 한글시가 중심을 이루지만 현지어가 한글시에 부분적으로 수용된다든가 전적으로 현지어로 창작한 것들도 부분적으로 수용했다. 실제로 미국의 한인 시인들의 경우 한글과 영어를 혼용하기도 하고, 영어로 창작으로 하기도 한다. 혹은 한글시를 영어시로 번역하여 동시에 두 가지 언어로 발표하기도 한다. 이때 한글시는 한인 시문학사에 편입하여 논의했지만, 영어시는 그 창작의 비중이 높아지기 전까지는 일단 유보해두었다.

미주 한인 시문학사가 국내의 시문학사와 확연히 다른 점은 그 내용이다. 물론 국내 시문학처럼 순수 서정이나 실존적 고뇌, 정치 사회 현실에 대한 비판 등을 드러내기도 한다. 하지만 국내의 시에서 찾아볼 수 없는 이민자로서의 고달픈 삶, 향수와 귀향 의식, 문화적 이질감, 현지의 삶에 대한 동경, 현지의 자연이나 문화와의 동화의식 등을 빈도 높게 드러낸다. 이러한 내용은 미주 한인시의 여러 가지 특성 가운데 가장 특수한 면모라고 할 수 있을 터, 국내시에서 국권 상실과 관련된 적지 않은 유랑시가 있지만, 이들과도 그 구체적인 면에서 상당한 차이점을 보여주는 게 사실이다. 미주 시인들은 국내의 일제 강점기나 급격한 도시화 시기의 과정에서 일어난 강제된 이주가 아니라, 스스로 새로운 꿈을 찾아 나선 자발적인 이주가 많았기 때문이다. 실제로 미주 한인시 가운데에는 미국 사회에 동화하고자 하는 의식이나 아메리칸 드림과 관련된 시편들이 적지 않다.

이러한 미주 한인시는 한국 시문학사에서 중요한 의의를 지닌다. 미주 한인시는 국내 여러 지역의 시문학이나 해외의 다른 지역의 시와는 다른 특수성을 확보하고 있다. 그것은 한국시의 주체와 언어와 내용의 확장성을 확보했다는 데서 찾을 수 있다. 문제는 그 시간이 지날수록 그 확장성이 위축되어 간다는 점이다. 이민 1세들의 시 창작 활동이 2세대나 3세대로 이어지지 못하고 있다. 사실 이민 2세나 3세들은 한국어를 능숙하게 구사하지 못하기 때문에 그들이 고도의 언어 감각을 요구하는 한글시를 쓴다는 것은 무리이다. 그렇다면 이민 1세대들이 창작활동을 하지 못할 시기가 되면 미주 한인시문학의 운명은 과연 어떻게 되는 것일까? 이것은 미주 한인시문학사의 미래와 관련하여 매우 중요한 물음이다. 현재 한글시를 창작하는 주류 시인들의 연령대가 70대와 80대로 접어들었고, 이후 후속 세대들의 한글시 창작이 활발하지 못하다는 점을 생각하면, 이제 그 물음에 대한 대답을 시급히 찾아 나서야 할 시점에 이르렀다.

2. 모국어의 운명과 미주 한인시의 미래

미주 한인들은 모국어로서의 한국어를 일상적으로 사용하고 있다. 직업이나 사업상의 필요가 있을 때는 현지어를 사용하더라도 가정이나 일상생활에서는 한국어를 사용하는 것이 일반적이다. 한인들이 모여 사는 뉴욕이나 L.A.와 같은 대도시의 한인타운에서는 한국어만을 사용하면서도 아무런 불편이 없을 정도로 한국어가 일반적으로 사용되고 있다. 미국 캘리포니아 지역에서는 학교나 공공기관에서도 한국어를 병용하는 사례는 적지 않다. 이러한 환경은 자연스럽게 한글시를 창작할 수 있는 언어 문화적 토대를 이루고 있다. 이뿐만 아니라 교통과 통신의 발달로 인해 한국 드라마나 방송에 대한 접근이 용이해진 점도 모국어로 시를 쓸 수 있는 환경을 조성해주고 있다. 미국 내의 한인들은 사실상 이중 언어의 환경 속에서 살아가고 있다. 공적인 언어로서의 영어와 사적인 언어로서의 한국어를 동시에 사용하고 있는 셈이다. 이러한 언어생활은 사유의 혼성성을 통해 다층적인 문화 체험을 가능케 하고, 그것을 토대로 독특한 시가 탄생할 수 있게 한다는 점에서 시문학사적으로도 매우 유의미하다.

그러나 미주지역에서 한국어의 비중은 점차 낮아지고 있다. 이민 1세대나 1.5세대들은 한국어를 일상적으로 사용하는 것을 당연시하였으나, 2세대나 3세대들은 한국어보다는 현지어를 더 편하게 구사하고 있다. 한인 사회의 주류를 형성해 나가고 있는 2세대나 3세대들은 이제 더 이상 한국어를 사용하려 들지 않는다. 그들은 생활 패턴이나 문화적으로 이미 현지인처럼 살아가고 있다. 그나마 한국어와 관련된 유년기 체험이나 부모들의 권유로 한국어를 배척하지는 않지만, 그들은 더 이상 일상적 언어로 한국어를 사용하여 들지 않는다. 사정이 이렇다 보니 이민 2세대나 3세대들이 한국어로 시를 창작한다는 것은 엄두도 못낼 일이다. 1905년 이홍기(李鴻基)가 「이민선 타던 전날」을 발표한 이래 오늘날까지 100여 년의 한인 시문학사를 면면하게 이어왔지만, 이제는 위기를 맞이했다고 하지 않을 수 없다. 그렇다면 이 위기 상황을 타개할 방법은 없는 것일까? 이와 관련하여 우리에게는 몇 갈래의 고민거리가 다가온다. 그것은 첫째 한인의 범주, 둘째 언어의 문제, 셋째 한국 시문학사와의 관계 등이 그것이다.

먼저 작가의 정체성과 관련된 한인의 범주 문제를 설정해야 한다. 보통 한국문학을 정의할 때, '한국인이 한국인의 사상과 감정을 한국어로 표현한 문학예술'이라고 하므로, 엄격한 의미에서 미주시문학이 한국문학의 범주에 들어오려면 한국인이라는 국적이 충족되어야 한다. 그러나 앞서 밝힌 대로 미주 한인문학사에서 '한인'은 한국인과 동일한 의미를 지니는 것으로 볼 수는 없다. 한인은 비록 외국으로 이민을 갔기 때문에 한국의 국적을 지니고 있지 않을지라도 한민족 정서를 가지고 살아가는 사람 전반을 포괄하는 것으로 보아야 한다. 이때 한민족 정서라는 것은 한반도의 자연과 한민족 특유의 문화, 역사, 가치관, 생활 습관 등에 대한 동질감을 의미한다. 시적 담론에서 중요한 것은 행정적 담론의 기계적 논리가 아니라 심미적 차원의 서정이기 때문이다. 사실 외국 이민자들 가운데는 한국의 국적을 포기하고 싶지 않아도 현지에서의 사업적, 일상적 편의를 위해 외국 국적을 취득하는 경우가 많다. 이런 점을 염두에 둔다면 한인 시문학의 정체성은 유연하게 정의해야 하겠다.

미주 한인 시문학사에서 언어의 문제도 매우 중요하다. 문학은 기본적으로 언어예술이므로 미주 한인 시문학사의 미래와 관련하여 언어의 문제를 생각해보지 않을 수 없다. 미주지역의 한인 이민자들은 언어의 사용과 관련하여 세 가지 정도의 유형으로 구분할 수 있다. 미주의 한인들은 1)한국어만을 사용하는 사람, 2)한국어와 현지어를 함께 사용하는 사람, 3)현지어만을 사용하는 사람 등의 유형이 있다. 1)은 대개 이민 1세대들로서 초창기 노동이민자들이나 고령의 이민자들이 여기에 포함된다. 2)는 1세대 이민자들 가운데 현지어를 습득한 지식인 그룹이나 전문직 종사자들이 해당된다. 미주에서 문학 활동하는 사람 대부분이 여기에 해당한다. 그들은 현지어를 능숙하게 구사하지는 못하지만, 필요에 따라서 사용이 가능한 사람들이다. 이들에 비해 3)은 한국어를 거의 모르는 이민 2세대나 3세대들이 해당한다. 이들은 현지에서 태어나 현지에서 교육을 받은 미주가 고향인 사람들이다. 따라서 한국어로 시를 쓰는 일은 거의 불가능한 사람들이다. 미주 한인시문학은 지금까지 한국어를 지배적인 매체로 사용해왔다. 간혹 미주 현지어, 특히 미국 지역에서 영어로 시를 창작하는 경우가 간헐적으로 있었다.

언어의 문제와 관련하여 핵심 쟁점은 한인이 현지어로 쓴 작품을 미주 한인 문학사에 포함을 시킬 수 있느냐의 문제이다. 결론부터 말한다면 현재는 그 필요성이 크지 않지만, 앞으로는 전향적으로 생각할 필요가 있지 않을까 한다. 그 필요성이 크지 않다는 것은 그만큼 실제 작품의 창작이 이루어지지 않고 있기 때문이다. 미주지역에서 발간되는 일부 문예지에서 영어로 된 작품을 게재하거나, 한글시를 영어로 번역하여 게재하거나, 혹은 한글시집을 전체적으로 영어로 번역하는 경우 등이 있으나, 양적으로 볼 때 아직은 미미한 편이다. 그리하여 앞으로 미주지역에서 한인이 현지어로 창작을 하고 발표하는 비중이 높아진다면 전향적으로 검토할 필요가 있다. 가령 차학경이나 이창래의 문학 작품들 가운데는 그 표현이 비록 영어로 되어 있을지라도, 그 내용은 한인들의 정서와 사상을 기반으로 하는 것들이 많다. 그렇다면 앞으로 한글시를 쓰는 사람들이 줄어들고, 이러한 영어 작품을 창작하는 사람들이 많아질 경우 이들을 한인 시문학사에서 포함해야 할 것이다. 미래의 글로벌 사회에서는 국경이나 언어의 장벽이 사라지거나 희미해질 것이므로 이러한 생각은 설득력을 발휘하지 않을까 싶다. 이와 관련하여 어느 문예지 편집인의 주장은 흥미롭다.

새롭다는 것은 무엇일까? 여기 대한 답이 간단하지는 않다. 이 편집인은 지금 꽤 오래 된 말을 또 한 번 하고 싶다. 해외에 나와 사는 문인들, 그리고 여기서 글을 쓰기 시작한 사람들이 각자 호적상의 본적과 함께 현주소 정리를 잘 해야 할 것 같다. 현실생활에서 이민이라든가 이중국적(혹은 그와 비슷한 사정)이 가지는 의미 이상으로, 생리적이고 물리적인 변화가 사고와 창작 면에서 새롭고 중요한 작용을 할 수밖에 없지 않은가.

왜 굳이 외국에 나와서 영주하기로 결심을 했느냐 하는 사회적(제도적) 반성은 외국에서도 왜 굳이 한국말로 창작활동을 하겠다는 거냐 하는 문화적 반성으로 자연히 이어진다. 이것을 또 말 자체에 대한 반성으로 통한다. 모국어, 이중언어, 삼중언어, 무엇이든 상관없다. 인간형이 달라진다면 목소리와 함께 언어감각도 달라지게 마련이다.

— 『문학세계』 3호, 1990, 「편집인의 말」 부분

끝부분에서 한인의 문학 활동은 "모국어, 이중언어, 삼중언어. 무엇이든 상관 없다"는 주장은 의미심장하다. 그리고 그 이유로 "인간형이 달라진다면 목소리와 함께 언어감각도 달라지게 마련이다"라고 한다. 문학은 새로운 생각과 감각을 가지고 하는 것이 중요하지 언어 문제는 그다지 중요하지 않다는 것이다. 아니 중요하지 않다기보다는 유연하게 생각해야 한다는 의견을 제시하고 있다. 한인의 시 창작이라면 그것이 한글로 이루어지든 현지어로 이루어지든, 혹은 두 가지로 함께 이루어지든 상관없다는 것이다. 이것은 외국에서 한인 이민자로서의 한글시를 오랫동안 창작해온 시인의 언급이므로 충분히 존중해야 해야 한다. 가령 미국에 사는 한인이 영어로 시작품을 창작하여 미국인들을 감동하게 한다면 그것만으로도 충분한 가치가 있지 않을까 싶다.

또한, 미주 한인 시문학사가 한국 시문학사와 어떠한 관계를 설정하느냐의 문제도 중요하다. 미주 한인 시문학사는 사실 한국 시문학사의 범주 속에 있으면서 동시에 바깥에 존재하는 것이다. 다시 말해 협의의 한국 시문학사 개념으로 보면 지금까지 기술해온 미주 한인 시문학사의 많은 부분이 제외되어야 한다. 한인은 한국인의 범주 내에 들어오지 않으며, 한인시문학은 한국어라는 언어 범주에서 벗어나 있는 부분이 존재하기 때문이다. 그러나 여기서 우리가 상정해야 하는 것은 광의적이고 미래지향적인 한국 시문학사 개념이다. 광의적이라는 것은 시문학의 주체인 한국인의 범주를 국적 개념이

아니라 정서적 공동체 개념으로 상정하고, 언어 문제도 미래에 다가올 전면적인 글로벌 시대에 적합한 유연성을 발휘할 필요가 있다. 따라서 미주 한인 시문학사는 '한인이 한인들의 사상과 감정을 한인의 언어로 표현한 예술'이라고 규정할 수 있을 것이다. 이때 한인의 언어는 일단 한국어를 지시하되, 멀지 않은 장래에는 현지어를 수용하는 방향으로 나아가야 하지 않을까 싶다. 이는 분명히 한국 시문학사의 일부이지만, 다른 지역의 시문학사와는 변별되는 특성을 간직한 실체로 인정해야 한다. 미주 한인 시문학사는 한국 시문학사의 지역 시문학사라는 특수성을 인정할 필요가 있다. 미주 한인 시문학사는 한국 시문학사의 개성과 확장성을 제고해줄 것이 틀림없을 것이기 때문이다.

마지막으로 미주 한인 시문학사의 기술을 마무리하면서 가장 아쉬운 점은 2000년대 이후의 미주 한인시에 대한 논의를 하지 못했다는 것이다. 실은 그 시기의 시문학은 물적인 토대나 인적 구성에서 이전의 시기보다 더욱 풍요롭고 다양하다. 그렇지만 미주 한인 시문학사에 아직 포함시키지 않은 것은 지나치게 당대적 성격을 지니기 때문이다. 2000년대나 2010년대의 시작품들은 아직 20년도 경과하지 않은 작품들이므로 그것에 대한 역사적 평가는 시기상조라는 생각이 들었던 것이다. 그러나 분명한 것은 향후 2000년대 이후의 시문학에 대한 문학사적 기술도 언젠가는 반드시 이루어져야 할 것이다. 또 하나 덧붙이고 싶은 것은 미주 한인시의 자료들에 대한 체계적인 정리가 필요하다는 점이다. 미주 한인 시문학사를 기술하는 과정에서 관련 자료들이 생각보다 잘 보존되어 있지 못하다는 점이 못내 아쉬웠다. 미주 한인시 문학과 관련된 자료는 한국문학사의 소중한 자료라는 생각으로 단순한 보존을 넘어 체계적인 정리를 할 필요가 있다. 이런 관점에서 시문학 관련 자료를 총 정리하는 아카이브(archive)를 만드는 일도 민간 혹은 정부 차원에서 시급히 추진되어야 할 것이다.

보론

보론 1
미주 한인시의 디아스포라와 공동체 의식

1. 서론

한국문학의 범주는 국내의 문학 현상에만 머물지 않는다. 한국문학의 개념
을 '한국인이 한국인의 사상과 감정을 한국어로 표현한 문학'이라는 협의의
관점에서 보더라도 국외 한국인의 문학작품은 분명히 한국문학의 범주에 포
함된다. 국외에 살더라도 한국인의 정체성을 간직하고 살면서 한국어로 표
현한 작가의 작품이라면 당연히 한국문학에 포함되는 것이다.[1] 국외의 한국
문학은 주로 미국과 일본 지역, 그리고 중국과 중앙아시아(구 소련) 지역에 분

---

1   이것은 국적의 문제가 아니다. 문학의 차원에서 해외에 거주하는 한국인의 범주는
      법률상의 국적보다는 문화적 정체성으로 규정해야 할 것이다. 이를테면 해외에 흩
      어져 사는 이민자들의 경우 국적이 한국으로 남아 있을 때는 문제가 없지만, 국적
      자체를 그 나라의 것으로 바꾸었을 경우 법률적으로 한국인이라고 보기 어렵다. 그
      러나 한국 국적으로 포기했다고 하더라도 한국어와 한국문화의 정체성을 지켜나가
      는 작가의 작품은 한국문학의 범주에서 다루어져야 한다. 특히 미주지역에는 미국
      의 시민권을 획득하고 한국어로 작품을 쓰는 작가들이 적지 않은데, 필자는 이들의
      작품을 모두 한국문학의 범주에서 다루어야 한다고 보고 싶다. 그래서 이 글에서 사
      용하는 '한인시'라는 개념은 한국인 혹은 한국인 출신 작가가 창작한 한국시를 의미
      한다. 다만 창작 자체를 영어로 한 작품들은 제외해야 한다고 본다. 언어의 문제는
      문화적 정체성의 핵심이기 때문에 처음부터 영어로 창작된 것은 미국 문학의 범주
      에 포함하는 것이 합당할 것이다.

포되어 있다. 이들 지역에서는 특히 20세기 초반 국외 이민의 역사가 활발해지면서 일정한 문학장이 형성되었다. 한국사에서 이민의 역사가 특수한 사건이듯이, 한국문학사에서도 이민 문학은 독특한 사건으로 진지하게 다루어야 할 것이다. 특히 이민자에게 모국어 문학은 디아스포라 의식을 기반으로 하는 공동체 의식의 형성에 지대한 영향을 미친다는 사실을 주목할 필요가 있다.

오늘날 국외 한국문학에 관한 연구가 시급하게 요청되는 이유는 현지의 복잡한 사정 때문이다. 국외에서 한국어로 문학 활동을 하는 작가들이 대부분 이민 1세대들이고, 그들은 이제 이미 작고하였거나 60~70대의 연로한 나이에 이르렀다. 또한, 이민 2세대들은 문학작품을 창작할 정도로 한국어를 능통하게 구사하는 사람들이 많지 않기 때문에, 문학에 대한 관심도나 창작 능력도 현저히 떨어지고 있다. 그리하여 국외 한국문학에 관한 연구와 정리 작업이 빠른 기일 안에 이루어져야 한다. 혹여 이민 1세대들이 이룩한 문학적 성과가 그 연속성을 보장받지 못하더라도 일련의 역사적 사건으로 평가받아야 마땅하다. 역사적 사건 혹은 문학적 사건이라는 것은, 그것이 벌어진 시점에서의 실정성이 중요한 것이지, 그 후속 사건의 유무에 의해서 그 가치가 결정되는 것은 아니기 때문이다. 이것은 조선의 역사이든 발해의 역사이든 모두 한국의 역사가 아닐 수 없는 것과 같은 이치이다.

이 글의 대상은 미주지역의 한인시로 한정하고, 그중에서도 미국의 한인시를 중심으로 살펴보고자 한다. 북미주와 남미주를 포함하는 미주지역에서 시작 활동이 가장 활발하게 이루어지는 곳은 미국이기 때문이다.[2] 미국에서도 특히 L.A.지역은 한인시의 메카 구실을 한다고 할 정도로 많은 시인이

---

2 기억할 것은 미주지역은 미국만이 아니라 북미의 캐나다, 남미의 아르헨티나와 브라질에도 한인들의 문학 단체가 존재한다는 점이다. 그리고 1980-90년대에는『캐나다문학』,『안데스문학』,『열대문화』와 같은 문예(동인)지가 발간되기도 했었다는 사실도 주목할 필요가 있다.

활발하게 활동하고 있다. 미국에는 현재 시인, 수필가, 소설가, 희곡작가 등 300여 명의 문인이 활동하고 있는데,[3] 이들 가운데 다수의 문인이 L.A.에 거주하고 있다. 장르상으로 구분하면 가장 많은 숫자를 차지하는 것은 시인들인데, 이들과 관련되는 단체나 동인도 '한국문인협회 미주지회' 시 분과, '국제펜클럽 미주지회' 시 분과, '미주시인협회', '미주 크리스찬 문인협회' 시분과, '미주 기독교 문인협회' 시 분과, '글마루 문학동인회', '미주시문학회', '시와 시인 동인회'[4] 등으로 다양하게 분포되어 있다.

미주 한인시의 중요한 특성 가운데 하나는 디아스포라를 기반으로 하는 공동체 의식의 이중성을 보여준다는 점이다. 그동안 미주시에 관한 연구로는

---

3 미주에서 가장 큰 문학 단체인 '한국문인협회 미주지회'에서 발간하는 계간『미주문학』의 주소록을 보면 2011년 겨울호를 기준으로 323명의 문인이 등재되어 있다. 미주 문인들의 활동을 총결산하는 작업으로 미주 이민 100주년을 기념하여 만든『한인문학대사전』(미주문학단체연합회, 월간문학출판부, 2003)은 미주지역에서 활동하는 대표적인 문인들의 작품들이 망라되어 있다. 이는 미주문학에 대한 텍스트로서 중요하다고 하지 않을 수 없다. 앞으로 특별한 인용 표기가 없는 경우 이 사전에 수록된 시작품임을 밝혀둔다.

4 필자가 미국에 가서 직접 경험하고 조사를 하면서(2012) 느낀 것은 그곳의 한인 시인들은 시에 대한 진지함이나 절실함에서 매우 강하다는 점이다. 필자는 그들의 시 창작이 대개 두 가지의 열망의 사이에 존재한다고 보았다. 하나는 한인으로서의 문화적 뿌리를 찾고자 하는 민족 공동체를 향한 열망이고, 다른 하나는 현지의 주류 사회에 편입해 가려는 국가(미국) 공동체를 향한 열망이다.

조규익[5], 정효구[6], 정은귀[7], 최미정[8], 오윤정[9], 남기택[10] 등의 논문이 주목할 만하다. 이들은 미국 이민자들이 낯선 땅에서 이주민으로 살아가면서 느끼는 상념과 정서를 디아스포라의 차원에서 살피고 있다. 그러나 이들의 논의에서 디아스포라가 공동체 의식과의 상관성에 대한 논의가 충분히 이루어지지 않았다. 그래서 이 글은 미주 한인시에 드러나는 디아스포라가 공동체 의식과 밀접하게 관련된다는 사실에 주목해보고자 한다. 미주 한인시의 공동체 의식은 미국(문화)에 대한 동일시와 반동일시의 양상으로 나타나는데, 동일시는 미국이라는 국가 지향의 공동체 의식과 연관된다면 반동일시는 한민족이라는 민족 지향의 공동체 의식과 연관된다. 그 세목으로서는 에스니시티(ethnicity), 문화적 부적응과 반미감정, 정서적 동화와 경계인 의식, 토포필리아 등이 도드라진다. 이 네 항목은 서로 길항하거나 상응하는 관계에 놓이면서 미주 한인시의 한 특성으로서의 복합적 공동체 의식을 구성하는 것이다.

2. 반동일시 욕망과 '회상 공동체'로서의 민족

미주 시인들의 디아스포라 의식 가운데 반동일시 욕망은 모국에 대한 친근

---

5   조규익, 『해방전 재미한인 이민문학 1 연구 편』, 월인, 1999.
6   정효구, 「재미동포 시인들의 시에 나타난 의식의 변천과정 연구」, 개신어문학회, 『개신어문연구』 18호, 2001. ──, 「재미동포 시인들의 시에 나타난 의식의 변천과정 연구(Ⅱ)」, 개신어문학회, 『개신어문연구』 19호, 2002.
7   정은귀, 「미국의 한국계 시인들, 디아스포라, 귀환의 방식」, 비교한국학회, 『비교한국학』 18호, 2010.
8   최미정, 「재미한인 한국어 시문학 연구」, 숭실대학교 대학원(박사 논문), 2010.
9   오윤정, 「재미시인 연구─박남수 · 고원 · 마종기를 중심으로」, 겨레어문학회, 『겨레어문학』 46호, 2011.
10 남기택, 「미주지역 디아스포라 시문학의 양상」, 어문연구학회, 『어문연구』 70호, 2011.

감과 미국의 자연이나 문화에 대한 반감으로 나타난다. 모국의 자연이나 그 문화를 회상하면서 민족 공동체 의식을 갖는 것은, 머나먼 타향으로 이민을 떠나왔지만, 마음속에는 여전히 고향과 동일시하고자 하는 욕망이 남아 있다는 것을 의미한다. 이런 의식은 대개 시간상으로는 과거를, 공간적으로는 모국을 지향하면서 방법적으로는 기억이나 회상에 의존하여 존재한다. 상상의 공동체로서의 민족을 주창한 베네딕트 앤더슨의 용어를 변용하면, 미주 한인들은 대부분 회상의 공동체[11]인 민족을 마음속에 간직하고 이민 생활을 한다. 이런 의식은 이주민으로서 현재의 미국 원주민으로부터의 소외감이나 이민 생활의 어려움을 극복하기 위한 심리적 방어기제의 일종이다. 낯설고 어색한 이주민 생활의 고통을 익숙하고 자연스러운 모국과 모국 문화를 회상하며 극복하고자 하는 것이다. 나아가 미국이나 미국 문화에 대한 반감을 드러내면서 한민족과의 일체감을 지향하고 있다.

1) 노스탤지어와 에스니시티의 차원

노스탤지어는 디아스포라의 핵심 기제이다. 이국땅에서 수십 년을 살아가면서 모자람 없이 적응했다고 하더라도, 마음의 근원에서 솟구치는 향수를 완전히 떨쳐버릴 수 있는 것은 아니다. 미국에서 활동하고 있는 어느 수필가는 이렇게 말한다. "이국땅에서 발 붙이고 산 지도 벌써 35년이 됐고, 조국에서 산 세월보다 타국에서 산 세월이 더 많다. 그런데도 영혼의 뿌리는 착근하지 못한 채 조국을 그리워하고 있고, 이 그리움은 단순한 향수가 아니라 태어

---

11   Benedict Anderson, 『상상의 공동체』, 윤형숙 역, 나남출판, 2002, 그가 말하는 '상상의 공동체'는 근대 민족국가나 자본주의 사회의 성립과 밀접한 관련을 맺는 정치공동체이다. 그러나 이 글에서 필자가 제안하는 '회상 공동체'라는 용어는 미주 한인들이 과거 모국의 기억을 반추하고 회상하면서 자기들만의 유대감을 간직하려는 혈연공동체를 의미한다.

난 나라와 뗄 수 없이 연결된 탯줄과 같은 근원적 그리움이다."[12] 이런 심정은 미국에 이민 온 한인들이 지니고 사는 공통적인 심사가 아닐 수 없을 터, 미주 한인시에는 "아리랑 목에 감기고/외로운 영혼의 飛翔 우러르는/나는 디아스포라"[13]와 같은 이산(離散)의 자의식이 빈도 높게 드러나고 있다.

> 고향 생각이 나서 어렵게 물 건너온 항아리 한 점 구해 놓았다. 있는 듯 없는 듯 낮은 山이 묵화로 그려져 있고, 유채꽃 같은 안개가 강물처럼 가물거리는 평범하디 평범한 그런 항아리. 저 항아리가 고향을 떠나 바람으로 떠도는 나에게 무슨 위안이 되랴. 무슨 기쁨이 되랴. 속 깊이 되뇌이면서도 내 살 여물고 내 뼈 여문 고향 산천 바라보듯이 소중히 아껴서, 항아리 산에 앉은 먼지도 털고. 아아 또한 한갓 세속의 먼지일 뿐인 나도 털면서 내내 바라보거니. 혹시 꿈속에서라도 산꽃향기 흐르고, 여울소리 내 아픈 영혼 속으로 물결처럼 흐를 것을 기다리면서, 기다리면서.
> — 배정웅, 「남미통신 – 물 건너온 항아리」 전문

이 시의 "고향 생각"은 이민자들이 일반적으로 간직하고 살아가는 노스탤지어를 의미한다. 시의 표제이기도 한 "물 건너온 항아리"는 고국인 한국에서 건너온 물건일터, 시인은 그것을 애지중지하면서 고향을 떠올리고 있다. 그 "항아리"에는 "있는 듯 없는 듯 낮은 산이 묵화"와 "유채꽃 같은 안개"가 그려져 있는 "평범한 그런 항아리"이다. 그러나 시인에게 "항아리"는 결코 평범한 것이 아니다. 그에게 "항아리"를 살펴보는 것은 "내 뼈 여문 고향 산천"을 마음속에 되살리는 일이다. "항아리"는 아련하기만 한 고향에 대한 그리움을 되살려 이민 생활로 찌든 마음을 위안받는 매개인 셈이다. 그리하여 "항아리"에 앉은 "먼지"를 터는 일은 고향의 순정한 자연, 즉 "산꽃향기"를 맡고 "여울소리"를 듣는 것과 다르지 않다. 그것을 통해 시인은 "세속의 먼지"

---

12 이충렬, 「어느 이민자의 작은 소망」, 『재미수필』, 재미수필문학가협회, 2011, 222쪽.
13 최선호, 「다이스포라 別曲」, 『미주시정신』 2012년 여름호, 229쪽.

에 찌든 자신의 마음을 정화하고자 한다. 그리하여 마침내는 "꿈속에서라도" 포근한 고향의 서정이 "내 아픈 영혼 속으로" 들어와 주기를 소망하는 것이다.[14] 이 소망으로 시인은 이미 이민 생활의 고달픔을 위안받은 것이나 다름없다.

이러한 노스탤지어는 미국 사회에 동일시[15]되지 못하는 것에 대한 정서적 반응인 동시에 동일시되기를 원치 않는 심리의 표현이다. 이와 같은 반동일시의 심리적 기제는 내면화된 상처에 의한다. 이민 생활은 아무리 적응을 잘한다고 할지라도 온전한 뿌리와 날개를 간직하고 살아가기 어려운 처지에 놓일 수밖에 없을 터, 이민자는 그 사회의 소수자로서 항상 소외와 상처의 그늘 속에서 살아갈 수밖에 없기 때문이다.

> 작은 갈대 한 묶음을
> 아내가 언덕에서 옮겨와
> 꽃병에 꽂아 놓았다
> 간들간들
> 고운 몸매에 생기가 흐른다
>
> 성한 갈대다
>
> 날마다 그 앞에 서서
> 상한 갈대가 바라본다

---

14 배정웅 시인은 「신남미통신 1」에서도 이와 유사한 상상력을 보여준다. "목각인형 뻬까로를 처음 보았을 때 얼굴은 내 고향마을 어려서 본 천하대장군을 쏙 빼 박았어요"(『반도네온이 한참 울었다』, 창조문학사, 2007).

15 Jean Laplanche · Jean-Bertrand Pontalis, 『정신분석사전』, 임지수 역, 열린책들, 2006, 118쪽. 어떤 주체가 다른 사람의 모습이나 특성이나 속성을 동화시켜 전체적으로나 부분적으로 그 사람을 모델로 자신을 변화시키는 심리과정을 일컫는다. 이 글에서는 주체를 미주 한인으로 다른 사람을 미국(문화)로 상정하며, 반동일시는 그와 반대되는 작용을 일컫는 용어로 사용하고자 한다.

상한 갈대도 갈 때가 되면
어디 갈 데가 있을 텐가.
정다운 손길 만나면
꽃병에 들어앉을까.

갈대의 고향 언덕에서
시원한 바람이 가끔 찾아와
두 갈대를 흔들어 준다.

— 고원, 「상한 갈대」 전문[16]

이 시의 모티브는 "아내"가 어느 "언덕"에서 가져와 "꽃병에 꽂아 놓"은 "작은 갈대 한 묶음"이다. 방금 꽂아놓은 "갈대"는 "고운 몸매에 생기"를 간직하고 있다. 시인은 "성한 갈대"를 바라보면서 자연의 생동감과 윤기를 발견하는 것이다. 문제는 그것을 바라보는 시인의 심사이다. 시인은 자기 자신을 "상한 갈대"라고 지칭한다. 소수자 민족의 이민자로 평생을 살아오면서 시인은 자신은 영원한 유랑자라고 생각한다. "갈 때"가 되어도 "갈 데"가 없는 "상한 갈대"는 항상 방황 속에서 살아온 것이다. 그 방황을 멈춰줄 "정다운 손길"을 생각해보지만 이방 지역에서 그런 존재를 찾기는 쉽지 않다. 그러나 "상한 갈대"를 위안하는 것이 전혀 없는 것은 아니다. "갈대의 고향 언덕에서" 불어오는 "시원한 바람"이 그것이다. 물론 상상에 의한 것이지만, "갈대의 고향"에서 불어오는 "시원한 바람"이 "두 갈대를 흔들어 준다"고 한다. 그 "바람"은 "성한 갈대"의 고향에서 온 것이지만, "상한 갈대"인 시인은 그것이 자신의 고향에서 불어온 것이라고 상상한 것이다. 이 상상은 절실한 노스탤지어의 마음을 모태로 삼는다.

---

16 고원, 『고원 시전집』, 고요아침, 2005. 고원 시인은 L.A.지역에서 활발한 문학 활동과 후진 양성에 성심을 다했던 작고 시인이다. 그의 문하생들은 지금도 '글마루문학회'라는 동인회를 만들어서 현재 미국에서 가장 활발하게 활동하는 단체 가운데 하나가 되었다.

이러한 노스탤지어는 에스니시티와 불가분의 관계에 놓인다. 미국이 아무리 자유와 평등을 지향하는 나라라고 하지만, 한인은 소수민족으로서의 여러 가지 소외감과 불안감을 떠안고 살 수밖에 없는 처지이다. 이를테면 "갈수록 안정되는 생활/불안정한 외지의 정신/이해 못하는 당신은 이리 와/윤기 없는 날개지만/마음에 보이는 상처를/내가 덮어줄게"(마종기의 「외지의 새」)라고 할 때의 "상처"와 관계 깊다. 미주 한인들은 근면 검소하여서 날이 갈수록 "안정되는 생활"을 하게 되지만, 소수자의 처지에서 오는 "불안정한 외지의 정신"은 어쩔 수가 없다. 즉 "그러나 씨를 맺기 전에/바람에 날리는 꽃//모든 열성의 꽃은/바람이다/모든 열성의 꽃은/바람의 연료다"(마종기, 「변경의 꽃」부분)라는 시구에서 보이는 "열성"(劣性), 즉 미국 주류 사회에 나아가지 못하고 소수민족으로 살아가야 하는 데서 오는 콤플렉스다. 그것은 "멀고 먼 나라 고향 떠나온/유럽피언의 눈물/아프리칸의 눈물/아시안의 눈물/갈매기도 꺽꺽 울며 나는/바다는 그리움의 눈물/눈물로 가득 채워지고" "우리 조상들의 아리랑 노래 소리도 들리더이다"(장동섭, 「아메리칸의 바다」부분)라고 할 때의 "눈물"의 원천이다. 하여 시인들은 민족 공동체 의식을 통해 이민자의 삶을 위안받고자 하는 것이다.

2) 문화적 갈등과 반미 의식

미국 문화와의 갈등은 반동일시의 대표적인 사례에 속한다. 수십 년 동안 모국에서 살던 사람들이 문화와 언어가 다른 외국에서 살아간다는 것, 잠시 여행을 하는 것이 아니라 낯선 땅에 정착해서 생활해야 한다는 것, 그것은 당연히 문화적 충격을 동반한다. 탈식민주의적 관점에서 보면 지배 문화에 대한 소수 문화의 저항이라고 할 수 있을 터, 프란츠 파농이 말한 대로 문화적 저항[17]을 수행하는 것이다. 물론 미주 한인시에서의 이러한 저항은 식민 사회에서의 전복 의지나 투쟁의 의지를 동반하는 것이 아니라, 미국 내 한인들이 소수민족으로서의 자의식을 성찰하고 자기 정체성을 자각하려는 의지와 관계 깊다.

옮겨다 심은, 나의
생활이
잘못 쓴 시구처럼 위태롭다.
깨어진 씬텍스의 조각들을
어떻게 맞추면, 하나의
생활이 되는가.

반복하는 바하의 음악을
귀 담아 익히듯
익히고는 있지만, 나의
생활 속에는 한 조각의 된장국도
한 조각의 치즈도
잘 맞춰지지 않는다

깨어진 조각들을, 어떻게
얽어 맞추면
하나의 생활이 되는가

쓸쓸한 가슴을 데리고
비치에 서면

---

17 Franz Fanon, 『대지의 저주받은 자들』, 남경태 역, 그린비, 2004, 251~252쪽. 파농에 의하면, 문화적 저항은 세 단계를 거친다. 첫 단계는 원주민 지식인이 지배 문화에 동화되는 덕이고, 두 번째 단계는 자신의 정체성에 혼란을 느끼는 것이고, 세 번째 단계는 민중과 민족의 가치를 발견하여 투쟁하는 것이다.

바다 저쪽에는 생활이

　　생활의 냄새가 있음직한 유혹.

— 박남수, 「생활」 전문[18]

　이 시에서 "옮겨다 심은, 나의/생활"은 이민 생활[19]을 의미한다. 시인은 그
것이 "잘못 쓴 시구"나 "깨어진 씬텍스"(syntax)처럼 "위태롭다"고 진단한다.
이민 생활이 문화적 부적응 때문에 혼란스럽다는 것이다. 이민자들은 누구
나 그 나라의 문화에 적응하려고 노력하지만, 문화라는 것이 그렇게 쉽게 자
기화되는 것은 아니다. 그래서 "한 조각의 된장국도/한 조각의 치즈도/잘 맞
춰지지 않는다"고 고백한다. 문화라는 것은 하나의 퍼즐처럼 의식주와 정서
가 상호 관계 속에서 존재하는 것일 터, 한국 문화에 익숙한 사람이 미국 문
화 속에서 살아간다는 것은 서로 문양이 다른 두 개의 퍼즐을 맞추려는 것과
다르지 않다. 즉 "된장국"의 퍼즐과 "치즈"의 퍼즐이 "잘 맞춰지지 않"는 것은
당연한 일이다. 두 문화의 퍼즐을 맞추어보려고 노력을 해봐도 "된장국" 문
화에 마음이 가는 것은 어쩔 수 없는 일이다. 편안하게 이루어지는 진정한
"생활"은 "바다 저쪽" 모국에 있을 수밖에 없다고 느끼는 것이다.

　미국 문화에 부적응에서 한 단계 더 나아가면 미국이라는 나라를 부정하고
그것에 저항하는 데까지 이른다. 반미 의식은 친미 의식 못지않게 국내의 시
인들에게서도 빈도 높게 나타나는 특성이다.[20] 미국의 한인시에서도 마찬가
지다. 미주 시인들은 마음의 저변에는, 디아스포라 지식인이 사회적 소외를
감수하는 한이 있더라도 공동으로 저항하는 것은 바로 이 피의 결속이라는

18　박남수, 『서쪽, 그 실은 동쪽』, 인문당, 1992.

19　박남수 시인은 1975년 미국으로 이주하여 그곳에서 세상을 떴다. 처음에 가서는 과
　　일 장수를 하는 등 실제로 생활이 아주 어려웠는데, 그런 가운데 문화적 충격과 부
　　적응에 관한 시를 다수 창작했다.

20　이형권, 「반미시의 계보와 탈식민성」, 한국언어문학회, 『한국언어문학』 60집, 2007.

감정[21]에 충실하고 싶은 마음이다. 미국과의 반동일시를 추구하면서 한민족 공동체 의식을 시 정신의 배후로 삼는 것이다.

> 도대체 너의 정체는 무엇이냐
> 너를 굽어보고 있는 내가
> 골백번 죽었다 살아난다 해도
> 애리조나 카우보이가 될 수 없는 것처럼
> 너야말로 억만년 그대로 침묵만 지키거라
> 제길헐 도대체 너의 정체나
> 나하고 무슨 상관이 있단 말이냐
> 무엇 때문에 나는 너의 꼴을 봐야 한단 말이냐
> 아무리 두 눈을 부릅뜨고 보아도
> 너는 너무나 광적이다
> 아니 시뻘건 치마폭을 뒤흔드는 너는
> 어쩌면 그렇게 창녀스러운가
> 이것 보아라
> 들어보아라
> 아무리 대가리를 처막아도
> 애리조나 카우보이가 될 수 없는 나는
> 영원한 코리언일진대
> 이럴 수가 있느냐
> — 이세방, 「그랜드캐년 別曲」 부분[22]

이 시는 미국에서 가장 유명한 관광지의 하나인 "그랜트캐년"을 매개로 하여 미국의 자본주의와 제국주의에 대한 비판을 수행한다. 시인은 대자연의 신비감을 구경하기 위해 연간 수백만 명이 찾아온다는 "그랜드캐년"을 둘러

---

21   Ray Chow, 『디아스포라 지식인』, 장수현·김우영 역, 이산, 2005, 46쪽.
22   이세방, 『서울 1992년 겨울』, 문학과지성사, 1992.

보면서 보통 사람들과는 다른 생각을 한다. 수백 킬로에 달하는 콜로라도 강
과 붉은 계곡의 조화에서 신비를 느끼기는커녕, 천박스럽게 "시뻘건 치마폭"
이라는 느낌을 받고 있다. 시인은 "그랜드캐년"에서 미국의 부정적인 역사를
떠올리는 것이다. 그래서 자신은 "골백번 죽었다 살아난다 해도/애리조나 카
우보이가 될 수 없는 것"이라고 강조한다. 그 구체적인 이유는 "너무나 광적"
이며 "창녀스러운" 미국의 "정체" 때문이라고 한다. 미국을 광인과 "창녀"에
빗대고 있는 것은 미국 사람들이 인디언을 몰아내고 터전을 잡았을 뿐만 아
니라, 그 이후에는 세계 정복을 위한 제국주의적 행태를 보여주기 때문이다.
즉 "인디언들 뿔뿔이 다 흩트려놓은 채/이제 와서 너는 달이나 보는구나/제
국주의가 쏘아올린 로켓이 박힌/희멀건한 달이나 쳐다보고 있구나"(같은시)라
고 보는 것이다. 시인은 미국의 건전하지 못한 역사에 동화될 수 없는 "영원
한 코리언"임을 자처하는 것이다.

　미국에서의 생활이 녹록지 않다는 인식은 "봄비도 인색한 타향에서는/눈
물비 한 자락 스쳐 간 언덕에 서서/어쩌리, 젖어서 피는 자욱한 슬픔도 있
다"(김문희, 「사막의 파피꽃들」[23] 부분)는 시구에서처럼, 아름다운 꽃을 두고도 "봄
비도 인색한 타향"에서 살아가는 "슬픔"으로 드러난다. 또한 "어릿광대처럼
남의 옷을 빌려 입고/남의 신을 빌려 신고/남의 차를, 남의 언어를, 남의 술
을, 남의 흥을,/남의 행복을 대신 살아준다"(김병현, 「남의 땅, 남의 골목길」 부분)
에서는 영원한 타자 혹은 소수자로서의 의식까지 드러난다. 이러한 의식은
경국 "너희들은 어쩔 수 없는 코리아의 핏줄/옹골진 마음으로 기죽지 말거
라/세계에서 우뚝 선 나무로 자라거라"(이승희, 「코리언 어메리칸」[24] 부분)라는 자
기 정체성의 강고한 추구 정신으로 귀결된다.

23　김문희, 『당신의 촛불 켜기』, 문학수첩, 2007.
24　미주시인협회, 『미주시정신』 2011년 여름호.

3. 동일시 욕망과 '체험 공동체'로서의 국가

미주 한인시의 동일시 욕망은 미국의 자연이나 문화에 호의에 기반을 두고, 미국이라는 국가를 기반으로 하는 공동체 의식을 지향할 때 드러난다. 낯선 나라에서 이민자로서 살아가기 위해서는 그 나라에 적극적으로 동화되는 것이 바람직하다고 인식하는 경우이다. 미주 한인 시인들은 미국이라는 국가 정치적, 문화적 장점들에 주목함으로써 이민자로서의 회의와 고통을 극복하고자 한다. 이민을 온 미국이라는 나라가 협애한 민족이라든가 혈통의 공동체보다는 하나의 국가라고 하는 광의의 공동체 속에서 일체감을 느끼면서 살고자 하는 것이다. 더구나 미국의 자연은 말 그대로 대자연이라고 해야 할 만큼 모든 것이 풍성하고 웅장하다고 할 수 있을 터, 그런 자연과의 동일시는 현재의 미국이라는 국가 공동체의 일원임을 긍정적으로 인식하게 한다. 이런 인식은 미주 한인 시인들이 자신의 정체성을 한국인이 아니라 한국계 '미국인'(Korean American)[25]이라는 점을 분명히 자각하면서 미국이라는 국가 공동체에 적극적으로 동참하려는 의지와 연계된다.

1) 경계인 의식과 정서적 동화

미주지역으로의 이민은 중국이나 러시아 지역과는 달리 망명이나 도피의 성격보다는 신천지를 향한 동경이나 개화 의식과 더 밀접히 관련된다[26]는 점에서 독특하다. 특히 미국 이민과 유학이 활성화되기 시작한 1960년대 이후는 한국의 중산층과 지식인들이 상당수 유입되면서 문단도 활성화되기 시작

---

25 장태한, 『아시안 아메리칸』, 책세상, 2004, 148쪽.
26 임헌영, 「이카로스, 탈출과 추락의 변증법」, 『한인문학대사전』, 월간문학출판부, 2003, 1153쪽.

했다. 그런데 미주 한인들이 견지하는 미국이라는 국가 공동체에 대한 동일
시 욕망은 이민 직후부터 자동으로, 전적으로 발현되는 것은 아니다. 그 전
단계로서 경계인 의식을 거쳐서 동일시 욕망으로 나아간다고 볼 수 있다. 경
계인은 문화적 크레올 의식을 용인하면서 미국 사회에 정서적으로 적응해
가는 과정을 거치게 마련이다.

> 나의 바다는
> 대한민국 제주도 구좌면 연평리
> 소섬(牛島)
>
> 여기 이 바다는
> 산타모니카 캘리포니아 미합중국
> 산타모니카 비치
>
> 나의 바다는
> 고향을 읊조리는
> 가난한 이웃들이 모여사는
> 그리움의 바다
>
> 여기 이 바다는
> 고국을 잃은 응어리진 덩이가
> 알알이 맺혀간
> 아픔의 바다
>
> 두 개의 이질적인 바다와 화답하며
> 나는
> 나의 바다의 상(像)을 끌어안고
> 무섭게 애무하고 있다
>
> ─ 전달문, 「두 개의 바다」 부분

이 시에서 "두 개의 바다"는 시인이 미국 이민 생활을 하면서 간직하고 사는 이중적 정서를 상징한다. "제주도"의 "바다"는 모국을 표상하면서 유년기의 기억 속에 존재하는 "그리움의 바다"이고, "산타모니카"의 "바다"는 미국을 표상하면서 현재의 이민 생활이 부과하는 고통을 간직한 "아픔의 바다"이다. 이 시의 "나"는 이 "두 개의 바다"를 모두 긍정하면서 살 수밖에 없음을 자각하고 있다. 이런저런 곡절 끝에 미국에 정착하면서 모국을 향한 원망과 미움도 있었을 터, 시간이 흐르고 이민 생활에 적응해 가면서 시인은 모국을 노스탤지어의 대상으로 품어 안는다. 동시에 현재의 삶의 터전인 미국을 부정할 수도 없을 터, "나의 바다"에 대한 애착("애무")이 강하기는 하지만 "두 개의 이질적인 바다와 화답하며" 살아가야 한다는 사실을 직시하는 것이다. 이것은 경계인의 삶을 긍정적으로 성찰하고 있는 모습이다.

경계인 의식에서 한 걸음 나아가면 미국이나 미국 문화에 관한 호의의 정서를 간직하게 된다. 미국에 호의적인 시인들은 미국은 20세기 최고의 능력을 지닌 국가라는 점에 대해서 전혀 이의를 제기하지 않는다. 그들은 미국이 국토는 윤택하고 국가 시스템은 효율적으로 정비되어 있으며 누구든 개인의 능력과 창의력을 마음껏 발휘할 수 있는 나라라고 생각한다. 이런 생각의 기저에는 미국은 어차피 살아가야 할 땅이므로 적극적으로 적응을 해야 한다는 인식이 깔려 있다. 이런 인식과 관련된 시에서 미국은 말 그대로 아름다운 나라이다.

> 이십세기 롬 같아도
> 롬처럼 망하지 않는 나라
> 자연은 아름다와 美國이라고 불러도
> 좋은 나라
> 백만장자와 극빈자가
> 사회계급 없이 똑같은 質·量의
> 점심을 먹는 민주주의 同等의 나라

天痴가 政治를 해도
政治가 되어가는 이상한 나라
…(중략)…
두 개의 大洋 사이에 놓인 대륙
인생은 짧아도 旅路를 사랑하는
東洋의 靑年에게 美國은 그런대로
괜찮다
다들 돌아간다고 말해도
떠날 수 없는 魔力의 나라
냉장고 안에 우유나 오렌지 쥬스가 아닌
族譜가 필요 없는 간단한 나라
亡하지 않는 롬
社會가 없는 社會, 美國

— 최연홍, 「美國」 부분[27]

　　이 시에서 미국은 "이십세기 롬"이라고 정의된다. 미국이 오늘의 로마일 수
있는 것은 팍스 아메리카로 표상되는 세계적인 국력이 타의 추종을 불허하
기 때문이다. 인구는 불과 3억 명 정도로서 세계 인구의 5%에 그치는 나라지
만, 그 경제적 능력이나 군사력은 세계를 지배할 만큼 넉넉한 나라가 바로 미
국이다. 또한, 자유와 평등과 같은 민주주의의 가치를 가장 보편적으로 실천
하는 나라이기도 하다. 그러나 과거의 로마와 다른 것은 결코 "망하지 않는
나라"라는 것이다. 미국이 "망하지 않"는 것은 그 국력이 지속 가능한 시스템
을 잘 갖추고 있다는 사실이다. "天痴가 政治를 해도/政治가 되어가는 이상
한 나라"이니 망할 리가 없는 것이다. 시인은 "旅路를 사랑하는/東洋의 靑年"
으로서 "떠날 수 없는 魔力의 나라"일 수밖에 없는 것이다. 미국에 산다는 것
은 "민주주의 同等의 나라"이고 실용주의가 발달한 "간단한 나라"로의 공동
체에 동참하는 것이다.

27　김시면 외, 『재미시인선집』, 하서출판사, 1975.

미주 한인들이 경계인 의식에서 미국이라는 국가 공동체에 대한 동일시 욕
망으로 나아가는 과정은 수많은 심리적인 갈등을 수반한다. 가령 "나도 이곳
으로 쫓겨온 후 고통이나 절망을 식은 죽 먹기로 했다"면서도 "또 다른 세상
을 택했다 현실이 가장 좋은 대안이었다. 저 구불구불하면서도 강인한 생존
의 방울 소리가 그것을 확인시켜 주었다"(유장균,[28] 「방울뱀」 부분)고 할 때, "나"
와 "방울뱀"의 타협은 미주 한인들이 두 개의 공동체에서 방황하다가 미국
공동체에 적응해 가는 과정을 상징한다. 이것은 이민자로서의 미국과의 반
동일시를 지향하다가 결국은 그것과의 동일시를 수용하는 것이다. 이러한
의식이 시간이 흐르면서 "한 시대로 끝나는 詩를/안쓰럽게 끌어안고/뉴욕과
서울을 오가며/이젠/나그네처럼 쓸쓸해 할 필요가 없다"(김송희, 「하늘 한줌 ·
바람 한줌」 부분)는 초월 의지로 나아가기도 하는데, 이러한 의지는 미국에 대
한 호감을 간직하게 하는 매개 역할을 담당한 것이다.

2) 자연 예찬과 중층적 토포필리아

미주 한인시의 적지 않은 부분을 차지하는 것이 미국의 대자연을 노래한

---

28 유장균 시인(1942 – 1998)은 1942년 강원도 춘천에서 태어났다. 1962년 고려대학
교 입학 당시 『조선일보』 신춘문예에 「하늘」이라는 시로 가작을 수상했다. 1968년
졸업한 이후 문화방송(MBC) 기자로 재직하다가, 1974년 미국에 이민하여 L.A.에
정착했다. 이후 창작 활동하지 않다가 1990년 월간 『현대시』로 재등단하고 미주시
인협회에 가입하면서 시작 활동을 재개했다. 시집으로 『조개의 무덤』(1990), 『고궁
의 돌담길을 걷고 싶네』(1991), 『세크라멘토의 목화밭』(1994) 등을 출간했다. 이후
이창윤, 송순태, 배미순, 한혜영, 장용철, 김혜령 등과 '해외 한국시' 동인으로 활동
을 하면서 3권의 동인시집을 발간하기도 했다. 그의 시에는 객지에서 외롭게 사는
사람들을 격려하고 위로하는 따뜻함이 배어 있다. 이민자의 애환을 다룬 시에서는
휴머니즘의 가치 회복을 염원하는 마음이 드러난다. 그의 시는 시학의 기본에 충실
히 지키면서 언어의 정밀성과 독창성을 추구하는 동시에 낭만적이고 인간적인 서정
도 잃지 않았다.

시편들이다. 미국의 아름답고 장엄한 자연에 매료되는 것은 미국 생활에 적응해 가는 과정에서 매우 긍정적인 역할을 한다. 공동체와 장소 사이의 관계는 사실 매우 밀접해서 공동체가 장소의 정체성을, 장소가 공동체의 정체성을 강화시키며, 이 관계 속에서 경관은 공통된 믿음과 가치의 표출이자, 개인 상호 간의 관계 맺음이다.[29] 특히 미국이라는 국가 공동체와 동일시하고자 하는 시인의 처지에서 미국의 자연경관은 풍요롭고 아름답다.

> 우리 동네는 오렌지 나무들이 곳곳에 모여 산다
> 다정한 이웃의 눈인사처럼
> 따뜻하게 서서 꽃도 피우고 열매도 맺는다
> 그뿐만 아니라 봄이 되면
> 사람들과 더 친해지고 싶어서
> 오렌지 꽃향기 축제도 열어준다
> 그 꽃 잔치 속으로 바닷바람도 슬며시 찾아와서
> 마음 풀어놓고 춤추다가 들키기도 한다
>
> 오렌지 카운티에는 쳐다보면
> 편안해지는 나무가 여기저기 살고 있다
> 오렌지 나무 쟈카란다 유클립투스 은행나무
> 여럿이 모여 있으면서도 조용해서
> 사람들은 더 좋아한다
> 보고 싶어도 적당히
> 외면할 줄 아는 꽃나무들 때문에
> 오렌지 카운티를 떠날 때 사람들은
> 가슴 하나 꽃가지에 걸어 놓고
> 이름만 들고 간다.
> ─ 오문강, 「오렌지 카운티에 사는 이유」 전문

---

29 Edward Relph, 『장소와 장소상실』, 김덕현 · 김현주 · 심승희 역, 논형, 2005, 86쪽.

이 시는 "오렌지 나무들"가 가져다주는 아름다운 서정을 노래하고 있다. 시인은 "오렌지 나무들"이 많아서 붙여진 "오렌지 카운티"에 살면서 지역에 대한 애착심을 갖고 사는 것이다. 시인의 장소애는 "오렌지 나무들"이 "따뜻하게 서서 꽃도 피우고 열매도 맺는다"는 사실뿐만이 아니라 "사람들"과 어우러질 수 있는 "꽃향기 축제도 열어준다"는 사실 때문에 생겨난다. "오렌지 카운티"는 꽃내음을 맡으면서 과일향을 맡으면서 사람들과 어우러져 사는 재미를 제공하는 아름다운 장소인 셈이다. 더구나 그곳은 "오렌지 나무들" 외에도 "쟈카란다 유클립투스 은행나무"와 같은 다양한 나무들이 "조용"한 가운데 어우러져 있기에 더욱 애틋한 마음이 생겨나는 장소이다. 이 "꽃나무들"은 대자연 속에서 호들갑 없이 존재하기에 혹여 "오렌지 카운티"에 살다가 떠나더라도 "가슴 하나 꽃가지에 걸어놓고/이름만 들고 간다"고 한다. 진정한 사랑은 떠난 뒤의 여운 속에서 완성되는 것일 터, "오렌지 카운티"는 그런 장소애가 가능한 아름다운 미국의 자연을 표상한다.

미국의 자연과 관련된 장소애 가운데는 미국의 특정한 장소를 고국의 이미지와 중첩하여 상상하는 방식도 있다. 미국의 독특하고 아름다운 자연경관을 바라보면서 고국에서의 애틋한 추억을 되살려냄으로써 미국과 고국 사이의 이질적 느낌을 제거한다. 중층적 토포필리아라고 부를 수 있는 이런 방식은 미국과 한국의 지리적, 정서적 거리를 좁혀서 미국과의 심리적 동일시를 지향하는 것이다.

> 단발 엔진 4인승 세스나 경비행기를 타고 6천2백 미터의 멕킨리 산정을 향했다. 잠자리보다 작게 바람에 날려가며 북미주 최고봉의 얼음산을 향해 헐떡이는 비행기, 높은 산 몇 개를 간신히 넘고 나서 빙벽으로만 보이는 눈과 얼음의 산, 사면팔방의 광대함에 질려 앞으로 나가지도 못하는 기체가 찬바람에 왜소해진 채 갑자기 심하게 흔들릴 때, 나는 내가 죽을 곳으로는 이보다 좋은 곳이 없겠구나 생각하며 머리가 편안해졌다. 정말이다. 아무도 건드리지 못할 얼음산 골짜기에 누워 백 년을 사는 까딱없는 죽음이 얼마나

시원하랴.

　허술한 비행기 틈 사이를 자르며 큰 산의 추운 침묵이 내 살을 얼리고
있을 때 나는 가볍게 떠오르는 몇 사람의 혼을 보았다. 그것은 단정하고 희
고 밝았다. 비행기의 엔진 소리가 잦아들고 동반자 하나 기절하고 내 몸도
어디론가 떠나고 있었다. 떠나리라, 그리고 안타까운 사람아, 더 이상은 아
프고 싶지 않다. 아는 이 없는 곳으로 가 가없이 날리라. 사위가 넓어지면서
그리운 자유의 냄새가 내 눈을 닦아주었다. 정말이다. 그 냄새는 내 어릴 적
은방울꽃 향기였다.

— 마종기, 「알래스카 시편 2」 전문[30]

　이 시의 "멕킨리"는 알래스카에 있는 북미 최고의 산으로서 미국의 장엄한
자연 경관을 대표한다. 시인은 "경비행기를 타고" 그 산의 정상을 향해 가고
있다. 시인은 "사면팔방의 광대함"으로 요약되는 미국의 대자연을 관광하면
서 번잡스러운 현실에서의 해방감을 만끽하고 있다. 심지어는 "내가 죽을 곳"
이라는 생각을 하면서 "머리가 편안해졌다"고 한다. "아무도 건드리지 못할
얼음산 골짜기"에서 자신의 "죽음"마저 맡기고 싶은 신성한 기운을 느끼고
있다. 더구나 시인은 그곳에서 "몇 사람의 혼을 보았다"고 한다. 그곳은 속세
를 벗어나 "아는 이 없는 곳"으로서 번잡한 세상사의 속박에서 벗어난 장소
로서 "자유의 냄새"가 있는 곳이다. 그리고 시인은 그 "냄새"가 "내 어릴 적 은
방울꽃 향기"처럼 싱그럽기만 하다고 느낀다. 미국의 대자연에서 신성한 "자
유"와 유년의 순수를 되찾은 것이니 미국은 심리적인 동일시가 충분히 가능
한 나라이다.

　미국의 자연미나 장소애와 관련된 시구는 미주 시인들의 작품에서 자주 눈
에 띈다. 예컨대 "꽃잎마다 사랑의 종을 달고/어서 보랏빛 꽃으로 다시 피어

30　마종기, 『우리는 서로 부르고 있는 것일까』, 문학과지성사, 2006.

나라/내 한숨이 너무 길다"(조윤호, 「자카란다 나무-4·29폭동 그 이후」 부분)는 데
서는 생의 "한숨"을 극복하고자 하는 매개로 L.A.지역에 즐비한 "자카란다 나
무"의 개화를 소망한다. 또한 "붉은 울음을 울었던/미당의 문둥이 울음이/오
늘은 보랏빛이다/짓밟히고 뭉그러진/자카란다의 설움이/보랏빛 눈물을 지
어낸다"(구은희, 「자카란다 나무 꽃잎」 부분)고 하여 "자카란다"를 "미당"의 토속적
서정과 동일시하여 친근감을 나타낸다. 그리고 "흩어진 뼈 마디마디 추스르
고/힘겹게 일어서는 대자연의 숨소리/하늘이 열리기 시작한다"(최재명, 「그랜
드 캐년은 살아 있다」 부분)는 미국의 대자연을 예찬한다. 나아가 "댓살 굵은 할
배 부채//아자형 발을 드리운 대청마루에//목침 베고 할배가 살아서//부채를
흔드신다//부채살을 펴고 바람을 일으키신다.(윤휘윤, 「팜트리」 전문[31])라고 하면
서, 캘리포니아에 즐비한 "팜트리" 나무를 한국의 "할배 부채"로 빗대면서 이
국적 자연에 대한 친근감을 나타내기도 했다.

4. 결론

　미주의 한인 시인들은 이렇듯 미국에 대한 동일시와 반동일시의 차원에서
미국 생활에 적응해 가는 이민자들의 삶을 서정적으로 형상화해왔다. 동일
시의 차원에서는 미국이라는 국가 공동체와의 정서적 동화를 지향하면서 자
연미와 장소애를 통해 이민자의 삶을 개척해 나아가는 모습을 주목한다. 이
때 미국이라는 국가 공동체는 호의의 대상이며 그 자연은 한국의 자연과 다
르지 않은 친화의 대상으로 형상화된다. 반동일시의 차원에서는 한국이라
는 민족 공동체와의 정서적 동화를 지향하면서 노스탤지어를 드러내면서 문

31　윤휘윤, 『뿌리와 날개』, 지혜, 2012.

화적 부적응과 탈식민주의 의식을 드러낸다. 이때 미국은 이민자들에게 고통을 안겨주면서 제국주의와 자본주의에 기대어 세계 착취를 일삼는 나라로 묘사된다. 그런데 이러한 양상은 이주민으로서의 특수성을 시의 강화한다는 한계를 가질 수밖에 없다. 미주시가 더 성숙하려면 보편성의 차원에서 인간 실존의 문제라든가 역사적 상상력, 예술적 실험성 등을 형상화하는 방향으로 진화해 나아가야 할 것이다.

아쉬운 점은 미주 한인시는 본국 시인들의 미국과 미국 문화에 대한 작품들과의 비교 연구를 하지 못했다는 점이다. 광복 이후 한국 현대시에는 미국(문화)에 대한 동일시 담론, 비동일시 담론, 반동일시 담론 차원의 작품들이 다양하게 등장한다. 문병란, 김준태, 김남주, 최두석 등의 시에는 반동일시의 욕망이 드러나고, 김수영, 오세영, 김승희, 김명인, 장영수, 장정일, 유하, 함민복 등의 시에는 비동일시의 욕망이 드러나고, 박인환, 황동규 등의 시에는 동일시의 욕망이 잘 드러난다.[32] 이들과 미주 시인들의 미국(문화)에 대한 동일시나 반동일시 욕망은 상호텍스트의 차원에서 함께 고찰될 필요가 있다는 것이다. 또한, 최근 들어 본국 시인들의 시에 빈도 높게 나타나기 시작하는 국내 이주민에 관한 시편들, 국내의 외국인 이민자들이나 다문화 가정의 문제 등을 다룬 시편들과의 비교 연구도 논의의 필요성이 대두된다.

요컨대 미주를 비롯한 국외 한인시는 지역 문학의 차원에서 새롭게 조명될 필요가 있다. 미주시를 지역 문학의 차원에서 다루는 것은 미주지역의 시단이 한국의 지역 시단과 유사한 점이 많기 때문이다. 우선 그 규모 면에서 300여 명이 활동하고 있는 점은 부산이나 대구, 광주, 대전 등과 비슷하다고 하겠다. 물론 수도권 지역과는 커다란 차이를 보이지만 그 외의 지역 문단과 아주 흡사하다고 볼 수 있다. 더구나 여타의 지역 문단이 수도권 문단에서 소외된 것과 마찬가지로 미주 문단은 본국의 문단에서 소외된 상태에 있다. 본국

---

32 이형권, 『한국시의 현대성과 탈식민성』, 푸른사상, 2010, 46~77쪽.

문단에서 가끔 관심을 가지지만, 가끔 배려의 차원에서 문예지의 특집으로 다루어 주는 정도에 그치고 있다.

　미주시는 또한 탈식민주의적 관점에서 접근할 가능성이 열려 있다는 점을 상기할 필요가 있다. 탈식민주의는 식민국가와 피식민국가 사이의 문제만이 아니라, 지역이나 계층, 성별의 차원에도 존재하는 식민주의를 일탈하는 문제까지도 포함한다. 더구나 미주시단은 본국의 비수도권 시단보다 더 식민화된 상태이기 때문에 그 시를 분석하는 데 탈식민주의는 아주 유용하다. 미주 시단은 이른바 중앙 시단에서 소외된 지역 시단과 같으면서도 동시에 미국 시단에서 소외되었기 때문이다. 그리고 미주 시단은 자체적인 연구와 비평의 기능이 매우 부족하기에 더욱 많은 논자가 관심을 기울여야 할 것이다. 다른 한편으로 미주 시단은 모국의 시단과 미국의 시단이라는 두 주체로부터 소외된 타자의 시단 혹은 소수자의 시단을 형성하고 있기에 탈식민주의적 관점이 더욱 유효하다. 미주 한인시는 앞으로도 이런 관점에서의 연구가 더욱 활발하게 전개되어야 할 것이다.

보론 2
슬픔을 넘어서는 슬픔의 노래들
— 최근 미주시의 경향

1. 재미시인협회, 하나의 풍경

2018년 재미시인협회 문학축제가 L.A.의 가든스윗 호텔에서 지난 8월 21일에 열렸다. 이 축제에 초청을 받은 필자는 '미주 한인시의 정체성과 역사성'이라는 주제로 강연을 했다. 이 주제는 필자가 오랫동안 고민을 하면서 그와 관련한 적지 않은 글을 써온 터였다. 강연에서 필자는 미주 한인시의 정체성을 한국 문학과 디아스포라 문학의 차원에서 확립하고 그 역사적 전개 과정을 정리할 필요성에 대해 역설을 했다. 미주 시인들의 반응은 뜨거웠다. 강연 시간보다 토로 시간이 더 길 정도로 많은 분이 『미주한인시문학사』 기술에 대해 많은 관심을 표해주었다. 미주 시인들을 한 자리에서 모두 함께 만난 것은, 필자가 UCLA 방문교수로 L.A.에 머물던 지난 2012년에 해변문학세와 미주시인협회 문학축제의 연사로 나섰던 이후 오랜만이었다. 6년이라는 시간이 지났지만, 미주 시인들은 여전히 시에 대한 열정과 창작의 활기가 넘쳤다.

재미시인협회는 이전에 여러 분파로 갈려 있던 미주 시인들이 하나로 모인 미주지역 최대의 한인 시인단체이다. 물론 아직 이 단체에 동참하지 않는 시인들도 없지 않으나 그 숫자는 미미하다. 어느 문단이나 비슷하지만, 문인들은 대개 세대나 이념, 종교적 배경 등에 의해 분파를 형성하는 습관이 있다.

미주 시인들도 보수적인 시인들과 진보적 시인들, 특정 학교 출신들과 그렇지 않은 시인들, 혹은 기독교 계열의 시인들과 그 외의 시인들이 개별적으로 활동을 해왔다. 하지만 그런 분파적인 활동은 미주 시단의 규모로 볼 때 바람직하다고 할 수 없다. 따라서 현재 재미시인협회가 미주 시인들 대다수를 포용하면서 활동해 나가고 있는 상황은 아주 고무적이라고 하지 않을 수 없다.

『미주한인시문학사』 기술은 필자가 최근 몇 년 동안 가장 심혈을 기울여 진행하고 있는 일이다. 이 일은 한국연구재단에서 시행하는 저술지원사업에 선정되어 2016년부터 올해까지 3년 동안 이어온 연구 프로젝트이다. 1905년 이흥기의 「이민선 타던 전날」이 발표된 이후 100여 년을 지속해온 미주 한인 시문학의 역사를 전체적으로 정리해보는 것이다. 미주 한인시의 역사는 국내 시문학의 역사와 비슷하면서도 다른 면모를 지니고 전개해왔다. 그 비슷한 점은 한국의 현대사에 드리운 굴곡과 함께 해왔다는 것, 지리학적으로 한반도라는 장소를 바탕으로 삼고 있다는 것, 비교적 리리시즘 계열의 작품들이 많이 생산되었다는 것, 한국어를 매개로 했다는 것 등을 들 수 있다. 그러나 미주 시문학은 국내의 시문학과 적지 않은 차이점을 갖는다. 한국 문학이나 미주의 주류 문학 처지에서 볼 때 소수자의 문학이라고 볼 수밖에 없다. 이민자라는 소수자들이 미주라는 낯선 타국에서 정착해 가는 과정에서 쓰인 시작품들은 일반적인 문학 작품과 비교해 독특한 개성을 드러내고 있다. 그 개성은 물론 미주 시인들이 겪어온 삶의 굴곡과 깊이 연관되는 것이다.

올해도 미주 시인들의 개성은 돌올하게 빛났다. 이민자로서의 고달픈 삶의 서정을 노래하면서 마음을 위무 받고, 노년을 살아가는 한 인간으로서의 고독감이나 자존감도 드러난다. 사랑이라는 인간 본연의 마음을 노래하는가 하면 종교적 신앙심이나 사회적 정의에 대해서도 노래를 한다. 이와 같은 노래들의 심연에 자리 잡은 정서는 슬픔이다. 미주 시인들의 밑바탕 정서에 자리 잡은 슬픔은 단순한 감정의 차원에 머물지 않는다. 그들의 슬픔은 한 인간으로서의 실존적 가치를 탐색하는 것인 동시에 사회적 존재로서의 의미를 탐구하는 매개로 기능한다. 그리하여 그들의 슬픔은 슬픔을 넘어서는 슬픔이라고 말하는 것이 온당하다. 인간 본연의 슬픔이든 사회적으로 주어진 슬픔이든, 미주 시인들은 그것에 대한 깊은 성찰을 통해 인생과 사회생활에 관한 지혜를 얻고 있다.

2. 이민자의 삶과 디아스포라의 시

이민자로서 느끼는 삶의 감각은 미주 시인들에게 변치 않는 시의 주제이다. 미주 이민을 시작한 지 100년이 훌쩍 지났지만, 미주 시인들에게 이민자의 삶은 여전히 중요한 정서적, 정신적 문제로 남아 있다. 이는 한인 이민자들이 궁극적으로 원주민이 될 수 없다는 운명에서 파생되는 것이다. 그리하여 한인 시인들은 아직도 이민자의 삶의 고달픔, 소외감, 고독감 등의 정서에서 놓여나지 못했다. 다만 요즈음 시편들에서는 그러한 정서가 상당 부분 과거의 기억 속에 존재하거나, 삶의 희망이나 자연에 대한 호감 등과 관련된 긍정적인 정서를 드러내곤 한다.

> 허공에서 문득 멈춘 새의 날개처럼
> 탁 놓아버린 시간들이
> 황막한 사막을 건너가고 있다
>
> 모진 세월 감싸 안던 가쁜 호흡들이
> 남은 시간들의 불티를 뚝뚝 떨어뜨리며
> 잦아들고 있다
>
> 영혼 따위는 없이
> 모시나방 애벌래처럼 꿈틀꿈틀 미래를 밀며
> 황량한 부재 속으로

있는 듯 없는 듯 부유하는 삶

한때의 쓸쓸함과 눈물도 바람일 뿐
허공에 비명처럼 번지는
참 쓸쓸하고도 섬뜩한 안광

지금 막
누군가 울음을 뚝 그치고 실려 나간다
소리 없는 비명이 우르르 쏟아진다

— 장효정, 「양로병동」 전문

이 시는 미주 한인들의 고달팠던 삶과 허무한 죽음의 사연으로 읽어도 무방하다. 즉 이 시는 "누군가"가 "허공에서 멈춘 새의 날개처럼" 삶의 "시간들"이 정지하려는 찰나를 묘사하고 있다. 죽음을 앞둔 그가 살아온 "시간들"은 "황막한 사막"과도 같이 "모진 세월"로 점철된 것이었다. 그의 고달픈 삶은 "영혼 따위는 없이" 삭막하게 살았기에 "황량한 사막"과도 같은 "시간들"이었다. 그는 지금 "황량한 부재 속으로/있는 듯 없는 부유하는 삶"을 마무리하고 있다. 죽는다는 것은 "남은 시간들의 불티를 뚝뚝 떨어뜨리며" 빛을 잃어가는 일이다. "참 쓸쓸하고도 섬뜩한 안광"은 그의 생애에서 남았던 마지막 빛의 모습이다. 그 빛마저 잃고 난 그는 이승의 문턱을 넘어 저승으로 "실려 나간다." 이 죽음의 순간에 "양로병동"에는 "소리 없는 비명"만 남을 뿐 아무런 흔적도 남지 않는다. 이 허무한 삶의 마지막 모습은 굳이 한인 이민자의 삶을 떠올리지 않아도 무방하다. 죽음을 맞이하는 한 생명의 실존적 모습 자체라고 해도 부자연스럽지 않다. 다만 장효정 시인의 시와 삶의 이력으로 볼 때 "부유하는 삶"을 한인 이민자들의 디아스포라 차원에서 읽는 것이 더 타당하지 않나 싶다. 어쨌든 이 시는 관념과 묘사의 적절한 조화를 통해 떠도는 삶과 허무한 죽음의 의미를 흥미롭게 보여주고 있다.

한편, 이민자로서의 고달픈 삶을 이제는 과거의 기억 속에서 발견하기도 한다. 과거는 현실의 삶에 대한 비판적 거리감을 가질 수 있는 시간이고, 기억은 과거의 시간을 성찰하기 위한 중요한 기제이다.

들여다보지 못한 날의
하루가 저무는 시간
기우는 달이
탱자나무 가시에 걸리는 걸 보았다

이민국(移民局) 청사 벽을 따라
늘어선 사람들 속 하나가 되어
각기 다른 색깔의 얼굴과 언어들이
기대와 희망으로 어울리던 때

제 발로, 떠밀려, 이도 저도 아니게
꿈이다, 생업이다, 복지의 나라다
이유와 목적이 달라도
심사서류에는 누구나 같이
아메리칸 드림이라 쓰고

이건 분명 길 밖이라고
지각(知覺)하고 난 뒤
지각(遲刻)하지 않은 다행을
잠시 안고 되돌아보며

길로 들어서기 위해 버둥거리며
줄에서 벗어나지 못하고
고향 떠나던 날의 순후(醇厚)한 얼굴들
그리다 외면하는 시간에 멈춘다
　　　　　　　　　　　　— 김신웅, 「길 밖의 시간」 전문

이 시의 표제인 "길 밖의 시간"은 이민자로 살아가는 과정에서 경험했던 소외된 시간이다. 그 경험은 이제 과거의 기억으로서 현재의 시간 속에서는 반추의 대상이다. "들여다보지 못한 날의/하루가 저무는 시간"은 바로 그러한 시간이고, "기우는 달이/탱자나무 가시에 걸리는" 정황은 그러한 시간을 적실하게 비유한다. "이민국 청사 벽을 따라/늘어선 사람들 소 하나가 되어" 살아갔던 시절이 "더 정확히 말하면 소외된 자의 시간이다. 이민자들은 그런 시간 속에서 누구나 "아메리칸 드림"을 꿈꾸었으나, "길 밖"의 삶을 살아갈 수밖에 없었다. 한인들은 미주지역에서 주류적 인생길 '안'에서 살아가기를 지향해보았지만, 결국 소외의 "줄에서 벗어나지 못하고" 말았음을 회억해 보는 것이다. 그리하여 시인은 "외면하는 시간에 멈춘다"는 표현에 드러나듯이, 한인들은 소외된 삶을 살 수밖에 없었음을 인식하고 있다. 김신웅 시인은 다른 시에서도 "등 굽은 저녁이 고개를 넘고 있다"(「엔젤레스 프라자 D동 716호」 부분)거나 "시간 좀 쉬어가게 할 수는 없는가"(「시간 좀 쉬어갈 수 있게」 부분)라는 시적 인식을 드러낸다. 이들은 "시간"을 매개로 한 이민자로서의 허망한 삶을 노래하고 있다.

미주 한인들에게 이민자로서의 향수는 아직 진행 중이고, 그 고달픈 삶은 외국에 나가서도 이어지는 변치 않는 심사이다.

    1) 낭만의 노래 메아리쳐
      빗방울 되어 창문 때리는 소리
      나르는 물새 공상의 날개 펴
      나그네 가슴 채운다.

      깨어난 현실 앞에
      뿌리 없이 떠 있는 불야성
      생의 지난 세월들
      적막한 물 위의 풍경 되어
      늙은 악사의
      젖어있는 노래 소리 구슬프다.

각박한 삶
잠시 현실을 잊고
흥겨운 베네치아의 숨결
내일이란 불가사의에 속은
황홀한 노래 흐르고 있다.
　　　　　　　　　— 박복수, 「비에 젖은 베네치아」 부분

2) 어머니도 고향에 가고 싶으셨나 보다.
　　먼 바다 건너에서
　　슬금슬금 시간의 눈치만 보고 있을 때
　　어머니께서는 여장을 단단히 챙겨
　　돌아올 수 없는 먼 여행을 떠나셨다
　　어머니의 어머니께서 하얀 기억을 씻어 주시는 그곳으로
　　그리 그리던
　　이 먼 땅에 딸도 있으신 채

　　아이처럼 웃고 싶으셨나 보다
　　　　　　　　　— 하향이, 「어머니의 고향」 부분

　　1)은 "베네치아"에 가서 낭만을 구가하면서도 떠돌이 같은 인생의 구슬픈 감정을 노래하고 있다. 시인은 그곳에서 "생의 지난 세월들"을 떠올리면서 "늙은 악사의/젖어있는 노래 소리"와 동질감을 느끼고 있다. 그 동질감의 정서는 "구슬프다"는 것이다. 시인은 이러한 정서를 통해 "각박한 삶/잠시 현실을 잊"게 하는 "흥겨운 베네치아의 숨결"을 느끼면서 떠도는 인생살이의 애환에 젖어들고 있는 것이다. 그런데 시인은 여행자와 같이 떠돌며 살아온 자신의 삶에 대해 "내일이라는 불가사의에 속은/황홀한 노래"라는 역설적 인식을 하고 있다. "내일"이라는 희망의 "황홀한 노래"를 듣고자 평생을 살아온, 아직은 그러한 "내일"에는 도달하지 못한 서글픔을 노래하고 있다. 2)는 "어머니"를 매개로 삼아 향수를 노래하고 있다. "어머니"의 죽음을 두고 "고향에

가고 싶으셨나 보다"라고 생각하고 있다. 이때의 "고향"은 인간의 근원적인 본향을 일컫는 것일 터, "하얀 기억을 씻어 주시는 그곳"은 이승에서의 온갖 고단한 삶을 승화시켜 주는 곳이다. 시인은 이러한 "어머니"의 여정을 떠올리면서 향수에 젖어본 것이다.

한편, 미주 시인들은 고단한 이민 생활 가운데서도 삶의 희망을 잃지 않고 살아가려는 의연한 모습을 노래하기도 한다. 시 쓰기의 중요한 기능 가운데 하나는 현실의 비루함을 정신적 의지나 영혼의 정결함으로 극복하게 하는 것이다. 아래의 시편들은 그러한 기능을 증명해준다.

> 1) 어느새
> 새벽을 깨우는
> 허밍버드 날개짓 소리
>
> 선물 받은 아침 산책길
> 선인장 사이사이 야들야들 예쁜 꽃들
> 기상이변으로 멀리 가고
> 아깃자깃 조약돌 무늬판
>
> 오랫동안 마음 속 깊이
> 키워온 나의 꽃들
> 사랑의 이변으로 밀어내고
> 영원히 시들지 않는
>
> 도란도란 얘기 나눌
> 조약돌 꽃밭을 만들어 볼까
>
>   — 김희주, 「꽃 대신」 부분

> 2) 바람이 배를 빨리 가게 하듯
> 차가운 연단이 무쇠를 강하게 만들듯
> 위험은 우리를 죽이지 못하거니

언제나 새로운 기회의 문을 연다

위기는
위험과 기회의 만남
둘이 함께 손을 잡고
어둠 속에서 춤추면
인생을 빛나는 작품으로 빚는다

— 나삼진, 「위기」 부분

    이들 시가 보여주는 공통점은 삶에 대한 희망을 노래한다는 점이다. 1)은 "팜스프링"이라는 미국의 유명한 휴양지를 배경으로 한다. 시인은 그곳의 "아침 산책길"에 만난 "허밍버드 날개짓"과 "기상이변"으로 인해 시들어버린 "예쁜 꽃들"을 바라보면서 "오랫동안 마음속 깊이/키워온 나의 꽃들"을 떠올리고 있다. 그 "꽃들"은 아마도 시인이 오랫동안 생각해온 아름다운 삶의 모습일 터, 그 "꽃들"이 시들어버리지 않기를 바라면서 "조약돌 꽃밭을 만들어볼까" 생각하고 있다. 요즈음 "기상이변"도 많고 "사랑이변"도 많은 세상에서 영원히 변치 않은 마음의 "꽃밭"을 가꾸어보고 싶은 것이다. 이 시는 삶의 새로운 희망을 "조약돌 꽃밭"이라는 특이한 상징으로 표현하고 있다는 점에서 흥미롭다. 또한, 2)는 "위기는/위험과 기회의 만남"이라는 에피그램을 선보이고 있다. "위기"로 점철된 고달픈 삶의 과정을 "위험"일 뿐만 아니라, 오히려 그것이 역설적으로 "기회"가 될 수 있다는 깨달음을 전하고 있다.

    이민 생활에 대한 긍정적 인식은 지나간 삶에 대한 가치를 부여할 수 있는 마음의 여유를 갖게 한다.

  1) 헐린 집이 부려 놓은 가구를 고른다
     폐자재인 줄 알았더니 생뼈 같은 날의 기억
     창틀이 액자가 되어 이민의 날을 다듬는다

눈 감은 듯 눈 뜬 듯 남루하게 누운 것들
오래된 문서들과 뒤축 접힌 신발 사이
발자국, 붉은 피톨처럼 와자하고 환하다

살아서 오고 가며 열고 이은 내력들
벽문을 열 때마다 그 무늬가 새겨 있다
모르는 노래를 처음 배워 부를 때처럼.

— 안규복, 「터무늬를 읽다」 전문

2) 산길 들길 구비구비 고단한 이민 생활
생과 사의 갈림길에서 헤맸던 여자
60 고개 넘어선 행복감
'너 늙어 봤냐 나 젊어 봤단다'
흥얼대는 콧노래가 신바람을 탄다

일단 세상 소리는 다 접기로
한 마리 새가 되어
솜사탕 흰 구름 타고
아 날씨 한 번 좋다

내 인생 내리막길
소감 한마디
슬픔보다 기쁨이 먼저라고
하느님이 20대로 돌려준다 하시면
정중히 'NO'
새로운 출발
웃음꽃 기쁨꽃 영혼의 보석 상자 찾아 나선 길
바다 위에 선 여심.

— 전광의, 「여심」 부분

1)은 "헐린 집이 부려 놓은 가구"를 통해 지난날의 고달프고 남루했던 이

민 생활의 소중함을 노래한다. 낡고 오래된 물건들에서 "생 뼈 같은 날의 기억"을 호출하면서 "이민의 날을 다듬는다"고 한다. 그것들은 이제까지의 삶을 가능케 했던 소중한 것들이기에 "붉은 피톨처럼 왁자하고 환하다"는 긍정적 이미지로 다가온다. 따라서 낡은 물건들에서 "터무늬를 읽"는 일은 고달팠으나 아련한 이민 생활의 "내력들"을 회억하는 일이다. 그 "내력들"은 오늘의 삶을 이루는 디딤돌 역할을 했으니 "모르는 노래를 처음 배워 부를 때처럼" 설레게 한다. 슬픈 "내력들"이 슬프지만은 않은 이유이다. 2)는 지난날의 고달팠던 이민 생활을 겪어낸 자신에 대한 자긍심을 드러낸다. 시인은 현재 "생과 사의 갈림길에서 헤맸"다고 할 정도로 "고단한 이민 생활"을 겪어내고 "60 고개 넘어선 행복감"을 노래한다. 이때 "60"이라는 "인생의 내리막길"에서 행복감을 느끼는 것은, 지난날의 상처와 고통을 극복해낸 자신에 대한 자존감에서 비롯된 것이다. 보통 사람들은 청춘을 돌려달라고 기도하지만, 시인은 "하느님이 20대로 돌려준다 하시면/정중히 'NO'"라고 단호히 거절한다. 시인은 지금 "영혼의 보석 상자를 찾아 나선 길"을 찾아 "새로운 출발"을 하고 있기 때문이다. 진정한 인생은 육신의 젊음이 아니라 "영혼"의 문제라고 보고 있는 셈이다. 이는 시심을 통해 다져진 높은 영혼의 소유자이기에 가능한 일이다.

이민 생활에 대한 긍정적인 인식은 자신이 새로운 삶의 장소로 선택하여 살아가는 곳에 대한 애착과 사랑으로 나아간다. 자신의 삶에 대해 긍정하는 사람은 자신의 삶과 관련된 장소를 긍정하기 마련이다.

> 1) 바람에 부딪치며 흐르는 향기
>   사람들이 주고받는 향기
>   꽃을 두고 너와 나 사이에 번지는
>   향기
>
>   서로가 서로에게 향기를 나누며

즐거워하는 노래들

이런 사람들이 모여서
만든 꽃밭이
우리가 사는 동네 가까이에도 있다

— 송인, 「Rose Garden에서」 부분

2) 파랑과 하얀 색으로
　 펼쳐진 하늘 아래
　 실바람 조용히
　 나뭇가지를 흔듭니다.

　 화려했던 봄의 꽃들은
　 떠나 버렸지만
　 짙은 초록의 여름이
　 풍성한 열매를 선물하네요

　 가고 다시 오는
　 자연의 삶
　 그 속에 우리의 삶도
　 함께 하네요.

— 안신영, 「나의 삶」 부분

1)은 시적 화자가 살고 있는 장소의 인간과 "자연"에 대한 긍정적 인식, 즉 "자연"과 함께 하는 삶의 행복감을 노래하고 있다. 이때의 자연은 물론 미주 한인들이 함께 사는 "자연"이고, 이 시는 미국에 사는 시인이 지었으므로 미국의 "자연"일 터이다. 한때 미국의 "자연"은 한인들에게 낯설고 불편한 곳이 었다. 그러나 이 시에서 미국의 "자연"은 아주 자연스럽고 편안한 삶의 터전이다. 미주 한인의 시가 특수성의 차원이 아니라 자연 서정이라는 보편성의 차원으로 가는 길목에 이러한 인식이 있다. 2)는 "자연의 삶/그 속에 우리의

삶"이 깃든 데서 오는 기쁨을 노래하고 있다. 이 시의 계절적 배경인 "여름"을 "짙은 초록의 여름이/풍성한 열매를 선물하네요"라고 인식하고 있다. 계절이 "선물"이라면 삶 역시도 "선물"일 터, 이 모든 것이 "자연"과 함께 살아가는 데서 오는 즐거움이다. 이 시구들에 의하면, 시인은 자연주의자 혹은 행복주의자라고 말할 수 있을 것이다.

3. 인생에 대한 성찰과 탐구의 시

시인이 시를 쓰는 중요한 이유 가운데 하나는 인생이란 무엇인가에 대한 답을 구하기 위한 것이다. 그것은 물론 철학자들이 수천 년 동안 탐구해온 명제이긴 하지만, 동서고금의 시인들도 이 물음에 대한 답을 구하고자 했다. 시인이 철학자와 다른 점은 그 대답을 시적인 언어, 시적인 인식 방법으로 한다는 것이다. 그것은 철학자의 관념적인 언어나 논리적인 인식 방법과는 다르다. 시인은 구체적이고 운율적이고 함축적인 언어를 사용하면서, 직관적이고 감각적인 인식 방법을 취한다. 미주 한인 시인들도 이러한 주제와 방식의 시 쓰기를 꾸준히 이어왔다. 이 점은 미주 한인 시인들의 시가 이민자의 삶이라는 특수성에만 얽매이지 않고, 한 인간으로서의 실존적인 삶이라는 보편성으로까지 나아간다는 사실을 말해준다.

> 아! 추락(墜落)의 모습이
> 이렇게 아름다울 수가
> 한 순간에 전부를
> 내던지는 저 용기
>
> 한 점 숨김없는
> 저 화려한 속살

부서지는 수억의 영혼 속에
하늘 건너는 무지개 뜬다

추락을 두려워 말자

산산이 부서져야
만날 수 있는
거룩한 새 출발.

— 강언덕, 「추락」 전문

　이 시는 인생에 대한 역설적 인식을 보여준다. 이 시에서 중요한 것은 핵심 시어인 "추락"이 수동적인 행위가 아니라 능동적인 행동이라는 것이다. 즉 "추락"은 주어진 환경이 열악한 데서 오는 사고의 일종이 아니라, 스스로 "한 순간에 전부를/내던지는 버리는 용기"라고 보고 있다. 그것은 이를테면 정신적으로 높은 가치를 얻기 위해 물질적인 것들을 포기한다든가, 이타적인 삶을 위하여 이기적인 삶을 포기하는 일과 같은 것이다. 따라서 이 시에서 말하는 "추락"은 위대하고 소중한 것을 취하기 위해 그보다 작은 것들을 버리는 용기이다. 즉 "부서지는 수억의 영혼 속에/하늘 건너는 무지개 뜬다"는 시구는 그러한 의미를 내포한다. 즉 "수억의 영혼"들이 스스로 버림으로써 세상의 미래를 밝히는 "무지개"를 띄울 수 있다는 것이다. 이뿐만 아니라 "추락"은 "산산이 부서져야/만날 수 있는/거룩한 새 출발"을 견인한다. 죽음을 각오한 자만이 진정한 삶을 얻듯이, 이별을 감내할 수 있는 자만이 진정한 만남을 얻을 수 있는 이치이다. 따라서 "추락을 두려워 말자"는 시구는 인생의 역설적 지혜를 얻기 위한 마음의 자세를 드러낸 것이다.
　인생에 대한 성찰은 자신의 삶을 매개로 한다. 자신의 지나온 삶을 통해 인생의 의미와 가치에 관한 인식을 하는 것이다. 사실 성찰적 자세로 진지하게 살아온 사람들은 인생이 뜻대로 되지 않는다는 사실을 누구보다 먼저 깨닫는다. 이뿐만 아니라 인생이란 그다지 논리적이거나 필연적인 인과 관계에 놓이지도 않는 사실을 각성한다.

1) 지난 세월을 펼쳐보면
밑그림을 그렸다 지웠던
흔적이 있었어

뜻하지 않았던 곳에서
날아든 파랑새가 둥지를 틀고
노래하는 풍경처럼

바닷물이 빠져나간 자리에도
소금 꽃이 피더군

단지
예측하지 못했던 우연은
늘 함께했던 거야
— 고광이, 「마음의 문을 열어봐」 전문

2) 한없이 노 저어 갔으나 수평선은
끊어졌다 이어지며 멀어져만 갔다
시간은 토막 난 닻줄이 되곤
돌아오지 않았다

바람에게 물었다
너덜너덜해진 나의 시간이라도
꿰매어 돌려줄 수 없느냐고, 바람은 파도를 몰고 와
나의 삶을 끝내 삼켜버렸다

강물은 조용히 흘러만 갔다
지는 해가 강물을 붉게 물들여 주었다
— 권영희, 「지는 해를 바라보며」 전문

1)은 인생의 "우연"을 노래한다. 생각해보면 인생은 필연적인 인과 관계보다는 우연한 사건에 의해 좌지우지되는 경우가 많다. 인생이 철저히 인과 관계에 의한 것이라는 생각은 도구적 이성을 강조하는 근대 과학적 사유의 일종이다. 그러나 근대 과학적 인식은 인생의 본질보다는 현실의 현상을 설명하는 데 유용하다. 그것은 과학적, 합리적일지는 몰라도 그 본질을 정확히 꿰뚫지는 못한다. 오히려 그 본질은 "뜻하지 않았던 곳에서/날아든 파랑새가 둥지를 틀고/노래하는 풍경"을 발견하는 시인의 직관에 의지해 밝혀진다. 사실 인생을 살아가면서 우리가 논리적으로 예측한 것들이 얼마나 많이 빗나가는가? 하여 "예측하지 못했던 우연은/늘 함께했던 거"라는 시인의 진술이 오히려 인생에 대한 진리의 비은폐성을 드러낸다. 2)는 의지와 상관없이 전개되는 인생 여정을 노래한다. 인생에서 의지의 문제도 앞의 시에서 말했던 우연의 문제와 비슷하다. "한없이 노 저어 갔으나 수평선은/끊어졌다 이어지며 멀어져만 갔다"는 고백 속에는 인생에 대한 회한이 담겨 있다. 뜻하지 않은 시련이 시인의 인생 목표를 잃게 했다는 사실을 "바람은 파도를 몰고 와/나의 삶을 끝내 삼켜버렸다"라고 표현하고 있다. 하여 이 시는 이상이나 목표인 "수평선"을 향해 열성으로 달려가도, 자신의 의지대로 그 목표에 도달할 수 없는 것이 인생이라는 회한 어린 성찰을 담고 있다.

인생이 우연에 지배당하고 자신의 의지와 다르게 흘러간다는 사실은 인생을 어느 정도 살아본 사람들은 충분히 공감할 것이다. 인생은 완성형이 될 수 없다는 것도 마찬가지일 터이다.

> 화려하다
> 꽃신을 벗는다
>
> 위 아래로 깊이 휘어지며 푸름을 흔들어
> 분초를 반주하는 날갯짓
> 한낮의 졸음을 깨우는 낮은 휘파람소리에

햇살을 반사하는 물소리 하얗게 침묵하다

미완의 교향곡을 연주하는 벌새 한 마리(휴밍버드)
몸통은 보이질 않아도
맑게 닦은 안경의 초점을 흐리는 율동으로
꽃 속의 생명을 나르는 가녀린 입술
차라리 서러운 사랑의 언어를 말하지 않아
흔들림만큼 성결한

미완성을 채우려 저리도 간절함은
영원히 펴지 못할
슬픈
기도의 무릎

― 조옥동, 「미완성의 날개짓」 전문

　이 시의 "휴밍버드"는 "분초를 변주하는 날갯짓"처럼 빠른 동작으로 "꽃 속의 생명을 나르는 가녀린 입술"을 가진 존재이다. "벌새"라고도 불리는 이 새는 하나의 온전한 "생명"을 만들기 위해 "꽃"들을 건너다니면서 혼신의 힘을 다해 노력한다. "미완의 교향곡을 연주하는 벌새 한 마리"가 되는 것이다. 그러나 그 노력이 몇몇의 결실을 일순간 맺을 수는 있을지라도 그것이 영원하거나 완전한 것이 될 수는 없다. 한 계절이 지나면 "벌새"는 꼭 같은 노력을 해야만 하는 운명의 소유자이다. 이러한 생리를 가진 "휴밍버드"는 미완성의 인생을 살아가야 하는 인간을 상징한다. 인간 역시 불완전한 존재이기에 "미완성을 채우려"는 간절한 마음으로 살아야 하는 존재이다. 하지만 인간은 "영원히 펴지 못할/슬픈/기도의 무릎"의 소유자이다. 완성된 존재가 되기 위해 "벌새"처럼 부지런히 "간절함"으로 "기도"를 하면서 살아야 하는 존재인 것이다. 이러한 인간의 본질에 대한 성찰은 인생에 대한 깊은 통찰의 결과이다.

우연과 시련, 미완의 현실적 삶을 넘어서기 위해서 추구하는 것은 이상 세계이다. 인생은 시련을 극복하고 이상을 추구하는 데서 그 가치를 갖는다는 사실을 깨닫는다. 이상을 추구하는 마음은 현실을 윤택하게 만들어 주는 낭만주의적 세계관과 관련된다.

1) 슬픔 한 가닥을 입에 넣은 채 혀로 꾹꾹 씹었지.
　한 올의 실을 목구멍으로 넘기며
　그 하얀 방을 나비처럼 빠져나갔지.

　빠져나간 것들이 플라타너스처럼 웃으며
　한 잎 두 잎 낙하하면
　성충이 된 듯 어른이 된 듯
　가늘고 긴 울음들을 한 가닥씩 벗겨냈지.
　가난은 무소의 뿔처럼 견고해 삐걱거리지 않았지.
　저녁내 비가 내려도
　별이 떴지.

　　　　　　　　　　　　　— 김은자, 「한 올의 슬픔」 부분

2) 바람 타 나는 새도 처음엔 걸음발로
　날갯짓 파닥대며 쓰러지며 난다
　어디에 파닥댐 없는 삶이 있을까
　내일이 무너질 듯 장맛비 쏟아져도
　철새는 힘들다고 돌아가지 않는다
　때 되면 비바람 품고 끝까지 날 뿐

　　　　　　　　　　— 김태수, 「바람 품은 둥지가 알도 품는다」 전문

1)은 "슬픔"으로 점철된 현실의 삶을 극복하는 과정을 노래한다. 이 시에서 강조하는 "슬픔"을 극복하는 방식은 "슬픔"에 굴복하거나 "슬픔"에서 도피하는 것이 아니라 "슬픔"을 내면적으로 인고하는 것이다. 이러한 시적 인식의 배후에는 "슬픔"은 외적 현실에서 기인하지만, 그것의 근본적인 원인은 마음

속에 있다는 각성이 존재한다. 이 각성을 실현하는 사람만이 "슬픔"은 "그 하얀 방을 나비처럼 빠져나갔지"라고 노래할 수 있는 것이다. 마음으로 "슬픔"을 극복한 사랑에게는 현실의 "울음들"이나 "견고"한 "가난"도 문제 되지 않는다. 그리하여 "저녁 내 비가 내려도/별이 떴지"라는 이 시의 핵심 구절은 마음으로 "슬픔"을 넘어선 지혜로운 사람의 목소리이다. 또한, 2)는 "새"가 하늘을 자유롭게 날 때까지 많은 시련을 겪어야 한다고 노래한다. "처음엔 걸음발로/날갯짓 파닥대며 쓰러지며 난다"는 사실에 주목한다. "새"를 인간의 상징으로 본다면, 이상을 추구하면서 살기 위해서는 현실의 시련을 극복해야 한다는 뜻이다. 세상에 "파닥댐 없는 삶"이 없다는 인생의 원리를 깨달은 것이다. 그런데 그처럼 시련을 거친 "새"는 더 큰 시련이 와도 그것을 극복하면서 비상을 멈추지 않는다. 계절을 따라 수만 리를 이동하는 "철새"가 그러하듯이 "비바람 품고 끝까지 날 뿐"이다. 시인은 인간의 진정한 가치는 부단히 현실 너머의 이상을 추구하는 데 있다고 보는 것이다.

한편 인생의 꿈은 꿈일 뿐 일상이나 현실로 돌아올 수밖에 없다는 사실을 깨닫는다. 이것은 낭만적 꿈이 현실과의 길항 작용 속에 존재하는 것임을 드러낸다. 각박한 현실은 꿈을 꾸게 하고 그 꿈은 현실에 의해 부단히 제어된다. 현실을 살아갈 수밖에 없는 인간이 꾸는 꿈의 한계이다. 그러나 그 꿈으로 인하여 현실은 윤택해지고 풍요로워진다.

1) 몇 달간 '비상'을 노래했더니 어느새 신나게 날고 있었다 목적도 방향도 모르고 무조건 양 팔을 펼치자 수영 배울 때 무서움을 떨치고 믿고 물에 몸을 맡길 때 저절로 뜨듯이 바다위도 훨훨 높은 산도 어느새 훌쩍 시원한 바람도 뚫고 독수리처럼 빌딩 사이사이 주택가와 골목 어디든지 닥치는 대로 맘껏 날아다녔다 계단이 보여 따라 내려가다 왔던 길을 잃었다 어디로 가야할지 몰라 헤매며 집으로 돌아가려는데 갑자기 왼쪽 손목이 잡혔다 놀라서 "누구야?" 하는 순간 눈이 번쩍 뜨였다 침대에 누워 꿈속에서 생생하게 날고 있었던 것이다 "당신이 내 손목 잡았어?" 그는 한사코 "아니라니까, 몇

보론   슬픔을 넘어서는 슬픔의 노래들

번을 말해." 그럼 도대체 누구지? 내 침상에 같이 있던 사람은 분명 남편뿐
이었는데

— 신혜원, 「날고 싶었어」 부분

2) 부자가 되는 꿈은 진작 버렸으니까
　　마침내 낙타가 되기로 결심한다
　　절차가 까다로운 바늘귀 문은 이 소식에
　　귀를 크게 열고 낙타를 그리로 통과시킨다
　　오아시스에서 하룻밤 자고 나면
　　사막의 아침은, 낙타 가죽으로 만든 구두를 신은**
　　한 여자를 낙타의 행렬에 동행시킨다
　　낙타의 질긴 슬픔으로
　　모래들의 흐느낌을 듣고 싶다는
　　늦은 나이에도 이런 엉뚱한 꿈이
　　아니면 괴상한 꿈들이 자주 찾아오는지
　　반성할 일이라면 즉시 하겠다고 마음먹는다
　　아직도 읽히지도 않는 시를 쓰는
　　어리석음 때문이라고 짐작이 가면
　　낙타는 꿈에서 깨어나, 커피를 끓이는 아침이 된다

　　** 문정희의 시에서

— 이창윤, 「낙타의 꿈」 전문

　두 시편은 일시적으로나마 각박한 현실의 삶을 자유롭게 해주었던 꿈의 경
험을 말하고 있다. 1)은 실제의 "꿈속에서" "어디든 닥치는 대로 맘껏 날아다
녔"던 경험, 그러다가 어디선가 "길을 잃었"던 경험을 진술하고 있다. 시의
화자는 평소에 '비상'이라는 노래를 즐겨 불렀고, 그것이 무의식에 반영이 되
어 꿈의 형태로 실현된 것이다. 이 경험은 평소에 현실 너머의 세계를 동경했
던 시인의 마음이 반영된 것이다. 비록 "누구"인가가 자신의 꿈을 깨우긴 했
지만, 그 꿈으로 인해 현실에서 느끼는 결핍감은 일정 부분 해소되었다고 보

아야 한다. 또한, 2)는 "낙타"가 되려는 "꿈"을 노래하고 있다. 이 "꿈"은 "낙타의 질긴 슬픔"이 투사된 "모래들의 흐느낌을 듣고 싶다"는 것이다. "낙타"되기는 니체가 말한 초인으로 가는 과정의 첫 번째 단계에 해당한다. 무거운 짐을 지고 전통적 가치에 얽매여 타인을 위해 살아가는 단계이다. 다음 단계는 창조와 자유의 표상인 사자 되기이고 최종 단계는 신성한 긍정의 표상인 어린아이 되기이다. 이렇듯 "낙타"는 초인에 이르기 위한 디딤돌 구실을 하는 존재를 표상한다. 당연히 초인으로 나아가기 위해서는 자신에게 주어진 "슬픔"이라는 운명을 꿋꿋이 견뎌내야 한다. 이 고통의 견인을 함께 하려는 시인의 마음은 초인이 되고 싶은 마음과 다르지 않다. 그러나 현실 속에서 그것은 쉽지 않은 일이다. 시인("낙타")은 "꿈에서 깨어나"는 순간 "커피를 끓이는" 현실로 회귀할 수밖에 없는 운명의 소유자이다. 그렇다고 이 "꿈"이 아무런 의미가 없는 것은 아니다. 이런 "꿈"으로 인간의 현실은 꿈과 같은 세상을 향해 부단히 갱신되어 나가기 때문이다.

인생에서 중요한 것 가운데 하나가 시간이다. 인생 성찰은 시간의 속성에 대한 인식과 연관된다. 동서양의 많은 철학자가 시간론을 설파한 것도 시간이 우리 인간의 삶에서 절대적인 역할을 하기 때문이다. 시간은 물리적인 시간과 심리적인 시간이 있지만, 시인들의 관심은 물론 전자보다 후자에 모이고 있다.

> 1) 가난한 이의 팔목에서도
> 백만장자의 팔목에서도
> 똑닥 똑닥
> 순열 있는 발걸음으로
> 제 갈 길을 갈 뿐
> 붙잡아 보려 해도
> 붙잡히지 않는
> 목숨에겐 늘 부족한

그 시간
시간에 조롱조롱 매달린
목숨들
새삼 전신을 짓눌러
뼛속까지 전해지는
시계 초침의 무게
시간을 순열 있게 쪼개고 있는
촛침의 똑딱 소리
가만히 손목시계에
귀 갖다 대어 들어보면
생명들의 쌔근한 숨소리 들린다
생명들이 오고

— 박신애, 「손목시계」 부분

2) 벚꽃 지고 있는 방 한 구석에
백색의 가루와 귀를 막은 악몽이
전선을 지키듯

환각의 밤

그의 담배 연기 속으로
팔루자 전우들이 매케하게 들어서고
꽃들의 목을 벤 붉은 어머니의 환영이
그의 목을 따라 다녔다

꽉 손에 쥘 수도 없는 무기력한 하루하루가
강박의 몸을 꿰뚫고 나갔는데

그를 조준하던 꽃의 유령들을 조준한다
시야를 가리며 저만치 멀어져가는

봄의 경직된 눈이 아파트 난간 위에 길게 풀어지고 있다

— 전희진, 「늦은, 봄」 전문

1)은 인간의 삶에서 시간이 차지하는 의미를 성찰하고 있다. 이 시에서 "손목시계"는 인간의 삶과 항상 함께 하는 시간을 표상한다. 사실 인간에게 주어지는 시간은 평등하다. 귀천이나 부귀가 달라도 인간은 그저 100년 안팎의 시간 동안 살아가는 존재이다. "가난한 이의 팔목에서도/백만장자의 팔목에서도" 시간은 똑같이 흘러간다. 하여 인간은 "늘 부족한/그 시간"을 살아가야 하기에 "시간에 조롱조롱 매달린/목숨들"이다. 그러나 시간이 없다면 인간뿐만 아니라 모든 생명의 존재 의미가 사라진다. 생명들은 유한한 시간을 살다가는 존재이기에 주어진 시간을 소중히 여기며 열성으로 살아간다. 시인은 이 역설적인 시간의 의미를 "가만히 손목시계에/귀 갖다 대어 들어보면/생명들의 쌔근한 숨소리 들린다"고 표현한다. 2)는 시간의 흘러감으로 인한 아쉬움과 불안감을 형상화하고 있다. 이 시에서 "늦은, 봄"은 청춘과 열정이 지나가는 시간이다. "늦은, 봄"은 이른 봄의 희망과 기대감은 사라지고 초조와 상실감이 고조되는 시간이다. "시야를 가리며 저만치 멀어져가는/경직된 봄의 눈이 아파트 난간 위에 길에 풀어지고 있다"는 것은 그런 시간을 감각적으로 드러낸 것이다. 그 시간을 미주 시에서 좀처럼 찾아보기 어려운 몽환적인 이미지를 통해 표현하고 있어 흥미롭다. 또한, 이 시는 영문시 「Late, Spring」과 함께 발표되고 있는데, 이처럼 한글과 영문으로 동시에 발표하는 이중 언어 문제는 미주 한인시가 처한 현실(한글보다는 영어에 익숙한 한인 2, 3세대들의 증가)과 관련하여 많은 생각을 하게 한다.

사실 근대적 의미의 시간은 인간을 계량화하고 기계화하는 역할을 하기도 했다. 시간은 긍정적으로 보면 인간을 경제적으로 살게 하지만, 다른 한편으로는 인간을 착취하는 도구로 활용되기도 한다. 시간은 고마운 면도 있으나, 인간의 삶을 통제하면서 결국 불안감을 주는 존재이다.

하루의 가장 늦은 불면이 드러눕는다
똑딱거리던 벽시계는
수면장애에 걸린 초침의 생과 사가 한데 묶이며
분침 시침으로 문을 딴다
열두 명의 아라비안 병사들을
초침의 간격으로 투하投下시키고
순간들을 이어내 강을 잇고 있는 시간의 생리는
방 구석구석을 점령한다
쥐 죽은 듯 잠잠하던 고요조차 한통속이 된다
째깍, 째깍
끝을 모르는 질서 정연한 금속 행진 소리로
무한의 민낯을 돌린다
밤에 익숙해진 눈앞에
소리 없이 일어서서 꽃 피우는
화분 속의 저 왕성한 발기
시간이 활보하는 밤의 생식력을 견딜 수 없다
　　　　　— 지성심, 「몽상3 – 시간이 걸어 나온다」 전문

　이 시는 화자가 "벽시계"의 소리에 자신을 투사하면서 "수면장애에 걸린 초
침의 생과 사"를 상상하고 있다. "벽시계"의 수면장애는 "화자"의 "불면"과 같
은 동격이다. 시간의 흐름을 "열두 명의 아라비안 병사들"의 "투하"라고 비
유하는 것으로 미루어보건대, 화자는 시간에 대해 부정적인 인식을 하고 있
다. 더구나 시간이 "방 구석구석을 점령하"고 "고요조차 한통속이 된다"고 하
니, 시간은 화자의 마음을 불안감으로 가득하게 하는 존재이다. "불면"의 밤
에 들려오는 시계 소리, 그것은 "견딜 수 없"는 "밤의 생식력"으로서 화자를
괴롭힌다. 이처럼 이 시는 "불면"의 밤을 "벽시계"를 매개로 하여 감각적으로
드러내고 있다. 중요한 것은 이 "불면"의 감각이 근대적 시간의 문제적 현상
을 비판하면서, 맑고 순수한 영혼을 찾아가는 과정과 관계 깊다는 것이다. 지
성심 시인의 다른 시에서 "아직 맑은/눈물방울 하나/톡/밤은 말없이 깊어간

다"(「종이학」 부분)는 시구도 그러한 사실을 뒷받침하는 것이다.

　시가 가진 중요한 기능 가운데 하나는 세상이나 인생을 보는 새로운 관점을 발견하는 일이다. 시를 쓰는 일, 시를 읽는 일은 사실 그러한 관점을 발견하여 새롭고 유의미하게 살아가기 위한 일이다.

　　1) 새라는 것은
　　　항상 올려다봤지
　　　내려다보지는 않았다

　　　오늘
　　　난
　　　그 새를 내려다본다

　　　3층에 서서
　　　2층 나뭇가지에 앉아 있는 새를
　　　내려다보고 있다

　　　내 안의 새는
　　　나보다 항상 위에 있어야 했다.
　　　그런 새를 난 지금 내려다보고 있다

　　　새는
　　　그러나 곧 떠났다
　　　그리 오래 머물지 않았다
　　　나의 응시가 부담스러웠던 것일까?

　　　아니면
　　　관념이 깨지는 것을 두려워했던 것일까?
　　　　　　　　　　　　　── 김학우, 「새를 보는 각도」 부분

　　2) 홀로 첫눈을 맞으며,

늦은 밤
잘못 도착한 누군가의 고백을
듣고 서 있는

저 겨울나무

— 이제인, 「첫눈 2」 전문

   1)은 "나"와 "새"의 관계를 통해 관습적 사고에서 벗어나는 일에 대해 노래하고 있다. 그동안 "나"는 "새"를 올려다보는 데 익숙해 있었다. 그런데 지금은 "3층에 서서/2층 나뭇가지에 앉아 있는 새를/내려다보"면서 그동안의 익숙함에 대해 의문을 갖게 되었다. 이 의구심은 세상을 기성적 관념으로만 보아왔던 "나"의 생각을 갱신해주는 역할을 하고 있다. "새를 보는 각도"를 달리함으로써 세상을 보는 시각을 새롭게 정립하게 된 것이다. 이처럼 기존의 "관념"을 넘어서 새로운 생각을 하는 일은 그 자체로 "나"의 내면과 세상을 풍요롭게 한다. 어떤 대상을 다양한 "각도"에서 본다는 것은 그 대상의 다양한 모습을 발견하는 일이기 때문이다. 한편 2)는 "겨울나무"를 통해 인간과 생명과 자연의 새로운 가치를 창출하고 있다. "겨울나무"는 일차적으로 자연물이지만 단독자로서의 인간의 모습을 표상한다. 중요한 것은 그것이 "잘못 도착한 누군가의 고백"에 귀를 기울이는 존재라는 것이다. 이 점은 그것이 이타적 존재로서 타자에 대한 포용심을 간직한 존재라는 것을 암시해준다. 이 시는 함축적 언어를 통해 키에르케고르적 의미의 종교적 실존을 새로이 감각화하고 있다.

4. 사랑의 슬픔과 그 극복의 시

사랑은 동서고금의 시인과 예술가들이 부단히 노래해온 영원한 테마에 속한다. 그만큼 사랑은 인간의 삶에서 소중한 것이기 때문이다. 사랑에는 종교적인 것도 있고 인간적인 것도 있다. 인간적인 것 가운데서도 정신적인 것이 있고 육체적인 것도 있다. 희생적 사랑 아가페, 마음의 사랑 필리아, 육신의 사랑 에로스 등 세상에는 많은 사랑이 존재한다. 아니 더 정확히 말하면 사랑이 많이 존재한다기보다는 많은 사람이 희구한다. 인간은 사랑의 동물이기 때문에 사랑이 없이는 인간답게 살아가기가 어렵다. 미주 시인들은 이러한 사랑의 가치를 노래한다.

> 1) 수줍은 듯 조용히 피우더니
> 화씨 100도 넘나드는 여름날
> 땡볕 한가운데 서서
> 짙푸른 여름 열정 만나
> 애태우던 그리움 한가슴
> 탐스럽게 싹 틔우는
> 플루베리아꽃 바람에 실리며
> 너울너울 여유로이 빛나고 있다
>
> 불볕 핑계 제치고
> 나도
> 저처럼 떨기떨기 꽃으로 피면
> 멀리
> 뒷짐 쥔 문맥
> 불러올 수 있으려나
>
> 이 계절 끝자락이
> 문 닫기 전

가슴 뜨겁게 꽃피우는
정열의 몸짓으로 손짓한다면
가물가물하던 그 사람
내 뜰 안 환히 들어설까

— 문금숙, 「플루베리아꽃」 전문

2) 오늘 네 가슴에 박힌
영롱한 별들 아래서
뜨겁다
뜨거워지고 싶다
태어난 자의 의미를 찾고 싶다

계절을 울리는 순정의 꽃잎도 잃은 채
완전한 침묵
창조주의 소리
붉은 얼굴로 태어나
울지도 못할 사랑이여

한 가을
잠시 스치는 인연인데
붉어야 할 필요가 있는가
가득 채워야 할 의미가 있는가

네 흠 없는 열정에
난 소외되고 불안해진다
얼굴이 붉어진다
내게도 피 흘려 줄 별이 찾아든 것일까
그렇다면 그를 위하여
죽음에 이르는 영원한 사랑의 여정을
나도 이 가을에 시작하고 싶다.

— 김미순, 「석류」 부분

1)은 뜨거운 뙤약볕을 견디면서 피어있는 "플루베리아꽃"을 통해 사랑의 기다림과 열정을 노래하고 있다. 열대 지역에서 잘 자라는 이 꽃의 자연적 속성을 인간의 사랑에 비유하면서 독특한 시상을 전개하고 있다. 시인은 "플루베리아꽃"이 올해 100년 만에 찾아왔다는 폭염을 견디고 피어난 모습을 응시하고 있다. 이 자연 현상을 시인은 한 사람이 "열정"을 만나 사랑으로 나아가는 모습을 연상하고 있다. 나아가 "나"가 그런 사랑을 열망하고 있다는 마음을 고백하고 있다. 즉 "정열의 몸짓으로 손짓한다면/가물가물하던 그 사람/내 뜰 안 환히 들어설까"라고 노래하는 것이다. 이 시는 인간은 사랑의 존재라는 본질을 "플루베리아꽃"이라는 독특하고 적실한 상징을 찾아 형상화하고 있다. 그 사랑이 에로스인지 아가페인지는 중요하지 않다. 2)에서 "석류"는 열정적인 사랑의 주체를 상징한다. 태양을 가득히 머금은 듯한 "석류"의 모스에서 자연스럽게 "사랑"의 열정을 연상한 것이다. 시의 화자는 그 "흠 없는 열정"의 모습에 "소외되고 불안해진다"고 고백한다. 진정한 "사랑" 앞에 한없이 작아지는 마음을 드러낸 것이다. 그러나, 그럼에도 불구하고 "죽음에 이르는 영원한 사랑의 여정을/나도 이 가을에 시작하고 싶다"고 고백한다. 사랑은 "태어난 자의 의미" 즉 삶의 의미이니 당연한 소망이 아닐 수 없다. "석류"는 사랑의 열정과 소망이라는 이 시의 테마에 잘 어울린다.

그러나 인간이 사랑을 열망한다고 하여 그것이 우리 앞에 온전히 나타나는 것은 아니다. 인간의 사랑은 항상 결핍으로만 존재한다. 다만 완전한 사랑의 욕망을 향해 끝없이 미끄러져 나아갈 뿐이다. 그것은 항상 현실 밖에 존재하기 때문이다.

1) 마음이 울적하면 위로받고 싶어
　찾아가는 그런 곳
　평안을 찾을 수 있는 거실로
　나를 초대한 듯 고개 끄덕이며

작은 웃음 지어주는 그런 곳
묻지 않아도
OK OK 한결같이 긍정만을 추구하며
맑은 호수가 너의 사랑방이라 알려주듯 하는
네 곁에 다가가 나란히 눕고 싶은 그런 곳
성큼 이룰 수 없는 나의 꿈일지라도
통성명 없이도 너와 자유롭게 즐길 수 있는 저 공간.
살아있다는 안식처
크고 작은 험난한 자료들을 갖고 있다 하여도
너의 아늑한 사랑방에 나란히 누울 수 있는 그런 곳
호수 저편이라면……

— 박송희, 「호수 저편에」 부분

2) 저녁이 낯선 사람처럼 오고 있다
　　낯선 사람 앞으로 서둘러 지나가는 바람 몇 개
　　바람의 음지를 건너서 저녁이
　　어기적 어기적 오고 있다
　　조금씩 선명해지는 가로등 불빛처럼
　　외로운 사람들을 통과하는 시간의 나이는
　　지구 밖에서 반짝이는데
　　아득한 그대가 홀로 바다를 거닐고
　　바다로 침몰하는 저녁노을
　　배웅 없는 이별의 색깔들이 찬란하다
　　바다아— 하고 길게 발음을 하면
　　그 음절 끝으로 와 닿는 하늘
　　검푸른 추억이 침묵을 깨고
　　파도 능선 따라 달음질쳐 와
　　모래알 같은 시간을 씻고 또 씻을 때
　　저 짧짤했던 한때의 사랑, 먼 내가
　　낡은 술잔을 비우고 채우고
　　비우고 하는 동안 저녁이

오래된 사람처럼 오고 있다.

　　　　　　　　— 안경라, 「그댈 생각하는 동안 저녁이」 전문

　1)은 사랑의 이상향인 "사랑방"을 노래하고 있다. 그곳은 "마음이 울적하면 위로받고 싶어/찾아가는 그런 곳"이자 "네 곁에 다가가 나란히 눕고 싶은 그런 곳"이다. 그곳은 현실 세계의 불완전하고 부정적인 속성과는 달리 이상 세계 특유의 완전하고 긍정적 가치만이 존재한다. 그곳은 온전한 사랑으로 충만하여 "OK OK 한결같이 긍정만을 추구"하는 장소이다. 그러나 현실에는 그처럼 절대 긍정을 보장하는 사랑의 공간은 존재하지 않는다. 그것은 현실 세계와는 동떨어진 "호수 저편에" 존재하는 공간이다. 그러나 시인은 그런 공간에 대한 소망을 포기하지 않는다. "성큼 이룰 수 없는 나의 꿈일지라도/통성명 없이도 너와 자유롭게 즐길 수 있는 저 공간"을 염원한다. 이 염원이 바로 인간적인, 너무도 인간적인 사랑의 모습이다.

　2)는 현실에서 지나갔지만, 마음속에 아직 현존하는 사랑을 노래한다. 이 시의 배경은 하루해가 저무는 시간인데, 이 시간은 보통 지나간 삶을 성찰하기 좋은 때이다. 화자는 그 시간에 어울리게 지나간 사랑을 회억하고 있다. "저녁이 낯선 사람처럼 오고 있다"는 첫 구절은 지나간 사랑은 현존하는 사랑이 아니므로 낯설 수밖에 없다는 뜻을 내포한다. 이 시구에서 "저녁"은 "사람"과 일체화되어 있으므로, '사람이 낯선 저녁처럼 오고 있다'는 의미로 읽어도 무방하다. "저녁"은 지나간 사랑의 시간들이 "검푸른 추억이 침묵을 깨고/파도 능선 따라 달음질쳐 와/모래알 같은 시간을 씻고 또 씻을 때"이기 때문이다. 그러나 이 낯설기만 한 과거의 사랑이 어느새 낯익은 현재의 사랑으로 현현하고 있다. "낡은 술잔을 비우고 채우고/비우고 하는 동안 저녁이/오래된 사람처럼 오고 있다"는 것이다. 이것이 바로 시적 상상의 힘이다. 시적 상상은 오래되고 낯선 사랑을 지금의 낯익은 사랑으로 변환하는 힘이 있다. 새로운 "저녁"의 발견이다.

자신의 삶에 대한 사랑도 사랑의 방식 가운데 하나이다. 자기애는 타인에 대한 사랑의 출발점이다. 어쩌면 다른 사람에 대한 사랑도 궁극에는 자기 자신에 대한 사랑의 일종이라고 말할 수 있다. 따라서 사랑의 시인이 자기애를 노래하는 것은 매우 유의미한 일이다.

1) 비우고 또 비운
   텅 빈 대나무 속을 본다

   바람이 일렁일 때마다
   해탈의 기쁨을
   가야금 산조로 뽑아낸다

   때론 통소의 저음이 은은히 퍼지고
   메아리 되어 이어지는 바람의 빛깔
   그 빛깔 속에 무늬져 오는 사랑의 속삭임
   고요 속에 술렁이는 울림이 있다

   나는 아직도 늙은 아이다.

   ─ 김미영, 「대나무숲」 부분

2) 숯, 너를 보면
   세상 다 의자로 보는 내 무릎 속뼈대
   떠오른다

   그토록 열심히 지구를 누비던 행보
   그토록 활활 타오르던 열정
   삶의 근육을 부여안고 키우던 꿈
   어느 틈에 꺼져 갔을까

   촉촉 피부에 윤기 돌던 곧은 등

폭삭 졸아들어 꾸부러졌다
다 태우고 기둥만 남은 그 몰락

고개 넘어 구멍 뚫는 바람은
출산의 뼈골 사이를 비집고
푸릇푸릇 흐르던 젊은 바닥을 긁어
이제는 낮은 신발을 신기고
세월을 건넌다

언어의 골밀도나 골격부피 줄어드는 게
편식 탓 아닌 걸 너도 알고 세상이 다 아는데
있는 힘 다해 막아도 구멍마다 타들어 가는 속내

대낮 적절한 노출이 체내 합성을 늘인다는
웰빙 손짓 여기저기
냉담 밀치고 몰두하는 발걸음에
다 타고 구멍 숭숭 검정 숯
더욱 내 사랑

— 김영교, 「너를 보면」 전문

1)은 "텅 빈 대나무"를 매개로 비움의 사랑을 노래하고 있다. 진실한 사랑
은 현실적인 것을 채우거나 상대방을 소유하는 것이 아니라는 것, 이것은 시
인이 오랫동안 살아오면서 터득한 삶의 지혜이다. 사랑은 "해탈의 기쁨"과도
같이 정신적으로 높고, "고요 속에 술렁이는 울림"과 같이 조용한 마음의 감
동을 동반하는 것이다. 사랑에 빠진 사람은 생물학적 연륜과는 무관하게 어
린아이의 영혼과 같이 순수하다. 순수한 것은 "대나무 속"처럼 비어 있다. 그
래서 시인은 "대나무숲"을 배경으로 "나는 아직도 늙은 아이"라고 말할 수 있
는 것이다. 2)는 자신의 사랑 혹은 자신의 인생을 타버린 "숯"에 비유하고 있
다. 시인이 "숯"을 보면서 "세상 다 의자로 보는 내 무릎 속뼈대"를 연상하는

것은, 자신의 삶이 타버린 "숯"처럼 생동감을 잃어버렸다고 생각하기 때문이다. "숯"과 자기 자신에게서 "촉촉 피부에 윤기 돌던 곧은 등/폭삭 졸아들어 꾸부러졌다"는 공통점을 발견한 것이다. 세월의 흐름에 따라 "언어의 골밀도나 골격 피부 줄어드는 게" 안타까워 정신과 육신의 쇠락을 막아보려 하지만 현실적으로 불가능한 일이다. 그러나 시인은 단호하게 "다 타고 구멍 숭숭 검정 숯/더욱 내 사랑"이라고 말한다. 사실상 "숯"은 쓸모없이 타버린 재가 아니라서, 언제든지 불길에 닿으면 뜨겁게 타오를 수 있는 존재이다. 그것은 마치 고난의 세월을 무사히 건너온 시인 자신의 열정과 지혜를 닮았음을 발견한 것이다.

사랑은 만남의 기쁨만이 아니라 이별의 아픔 혹은 실연의 고통까지도 감싸 안는 것이다. 이는 사랑의 시 가운데 만남의 기쁨을 노래한 것보다는 이별의 슬픔을 노래한 것이 더 많은 이유이기도 하다.

> 1) 내 마음엔 문이 없나 보다
>   잠가두어도
>   그대가 제멋대로 들락거리는 것을 보니
>
>   언제부터인가
>   살짝 열어놓고
>   그대를 기다리는데
>   이젠 뒷모습조차 볼 수가 없다
>
>   황혼이 화장을 지우던 시간
>   빗방울 하나 글썽이며
>   문틈 사이로 들어왔다
>
>   가늘게 숨 쉬는
>   한 줌의 자국
>   뭉클한 곡선으로 가슴을 찌른다

느껴지나 보이지 않는

하얀 빈방
지긋이 눈을 감고 바라본다

　　　　　　　　　　　— 김은집, 「바람이 남긴 자국」 전문

2) 너는 내게
　　사랑 한 줌을 뿌리고
　　멀리로 뛰어갔다

　　사랑은 콩알처럼
　　사방에 튄다

　　땅에 떨어진
　　콩알같은
　　사랑을 집어
　　흙을 털어낸다

　　　　　　　　　　　— 박장복, 「사랑 한 줌 사랑 한 톨」 전문

　이들 두 작품은 사랑의 부재를 노래한다. 1)에서 "내 마음엔 문이 없나 보다"라는 시구는 이성적인 힘으로는 어찌할 수 없는 사랑의 생리를 함축한다. 그래서 마음의 문을 열어놓고 사랑을 기다리면, 사랑이란 어디론가 사라져 버리고 마는 것이 사랑의 속성이다. 다가가면 멀어지고 멀어지면 다가오는 듯한 사랑의 생리는 "느껴지나 보이지 않는" 어떤 것이다. 항상 마음으로는 느껴지지만, 현실에는 부재하는 것이 사랑의 실체다. "하얀 빈방"은 그런 아쉬움과 안타까움의 공간이다. 2) "나"에게 사랑을 주고 떠나 가버린 "너"에 대한 아쉬움을 노래한다. "너"의 사랑이 남아 있는 듯하지만 "사랑은 콩알처럼 사방에 튄다"라고 하듯이 그 실체를 잡기가 어렵다. 진실한 사랑은 바람과 비슷한 속성을 지녔다. 분명히 존재하는 데 볼 수도 없고 만질 수도 없다. 진정한 사랑은 라깡 식으로 말하면 상징계에서 찾지 못한 실재계이다. 현실 속에서는 결핍되어 있는데 언뜻언뜻 자신의 모습을 드러냈다가 사라진다. 바람과 같다.

그러나 사랑의 위대한 힘은 이타적 마음과 진실한 마음속에 있다. 가령 "사랑하는 떠돌이 별이 되어/너를 안아 주리라"(박홍자, 「떠돌이 별」 부분)는 시구는 사랑에 대한 이타적 통찰을 드러낸다. 그리고 어떠한 상황에서도 상대방에 대한 원망보다는 함께 하려는 마음이 소중하다.

1) 지난겨울 밤
   내린 눈으로
   세상이 하얗다.

   눈 위에 새겨진
   두 개의 발자국.

   내 집에서부터 시작하여
   당신 창문 앞까지
   찍혀 있다.

   당신이 문 열어주지 않는다면
   아픈 내 발자국이 녹아서
   강물이 되어 흘러가리.

                          ── 조윤호, 「눈 위의 발자국」 전문

2) 꽃길을 걸어서
   하늘길을 찾아갑니다

   구름 길을 따라
   하얀 길을 갑니다

   어디가 끝인지 알 수 없지만

감사가 흐르는 물가도 지나갑니다

어렵고 험난한 길이 있지만
님의 손 잡아 준 길
어디나 꽃길이 됩니다

— 조춘자, 「꽃길」 전문

1)에서 "눈 위의 발자국"은 사랑의 가교이다. "내 집에서부터" "당신 창문 앞까지" 이어진 "발자국"은 사랑을 향한 열망의 상징이다. 그런데 그 열망은 순순하고 이타적이다. 즉 "당신이 문 열어주지 않는다면" "강물이 되어 흘러 가리"라고 말한다. "당신"이 내 사랑을 거절해도 원망하거나 분노하지 않고 그저 말없이 사라지겠다는 것이다. 마치 김소월의 「진달래꽃」에 드러나는 '애 이불비(哀而不悲)'의 사랑을 연상하게 한다. 슬프지만 성숙한 사랑이다. 2)에 서 "꽃길"은 "님"을 향한 절대적인 긍정의 마음이 살아 있는 사랑의 길이다. 그 길은 "어렵고 험난한 길"이지만 "님의 손 잡아준 길"이기에 어떠한 고난과 역경도 헤쳐나갈 수가 있다. 이 아름다운 여정의 종착지는 "하늘 길"이다. 따 라서 "꽃길"은 사랑으로 열려있는 숭고한 길이다.

5. 신앙 고백과 진실 탐구의 시

미주 시인들은 일찍이 종교적 신앙심, 특히 기독교 정신을 시상의 중요한 일부분으로 여겨왔다. 멀고도 낯선 땅에 이주민으로 살아가는 과정에서 한 인들의 기독교 공동체는 아주 중요한 역할을 담당했다. 그것은 단순한 신앙 공동체 그 이상으로서 미주 이민자들이 현지에 정착하는 데 충실한 가이드 역할을 했다.

1) 기억하고 있는 군중들 소리에 귀 기울이며
   위로의 시선 또한 자꾸 간다
   흘러간 로드맵이 있음에도

   초점은 이미 벗어났지만
   숙면은 시간의 싸이클을 못 찾고
   고요를 맞기엔 그릇이 작다

   최면을 걸자
   Peace in Christ 노래를 들으며
   5살(Claire Ryann) 가수의 얼굴에서 긍정을 찾아
   마음을 밀어 넣자
   깜빡거리는 유리알 같은 눈동자와
   오물오물거리며 부르는 입술에서
   버리고 건져내자

   하나님의 소리를 찾아서
                              ― 강화식, 「빗나간 초점」 부분

2) 쟁기를 찾아들고 채마밭을 가꾼다
   잡풀도 뽑아주고 김도 매어주고
   부엌에선 구수한 된장찌게 내음과 함께
   아내의 잔소리가 시작된다

   비가 오려는데 감기들면 어쩔려고 그러세요
   자기가 뭐 아직도 청춘인 줄 아세요?
   어서 손 씻고 들어오세요
   한 귀로 듣고 한 귀로 흘려도 마음이 흐뭇하다

   아내의 손을 잡고 산책길을 나선다
   마주치는 이웃과 즐거운 아침 인사

웃음꽃이 활짝 핀다

하루하루의 삶이 젊어서 느끼지 못한 행복
육의 욕심 버리고 서로 사랑하는 마음 나누니
하느님 주신 사랑은 천만년이 흘러도 변함이 없네.
— 이영송, 「노년의 행복」 전문

1)은 세상살이가 뜻대로 되지 않는 상황을 "빗나간 초점"이라고 명명하고 있는 듯하다. 인간은 누구나 자신이 의도한 대로 살아가고 싶지만 속악한 세상은 그렇게 하도록 쉽사리 용납하지 않는다. 그래서 시인은 고달픈 인생길에서 "숙면"같은 휴식도 어렵고, "고요"와 같은 마음의 평화도 찾을 수 없다고 한다. 이런 상황에서 시인이 찾아 나선 것은 "하나님의 소리"이다. 그 "소리"는 "Peace in Christ 노래를 들으며/5살(Claire Ryann) 가수의 얼굴에서 긍정을 찾"기 위한 것이다. 부정적인 것들이 가득한 현실 너머의 "하느님"을 찾아서 삶을 긍정하고자 한 것이다. 2)는 "아내의 잔소리"와 함께 하는 전원생활의 기쁨을 노래하고 있다. 노년에 접어든 시인은 농삿일을 하다가 여유로운 시간이 되면, "아내의 손을 잡고 산책길을 나서"는 평화롭고 즐거운 일상을 노래한다. 그런데 이러한 행복감은 모두가 "하느님이 주신 사랑"이라는 사실을 고백하고 있다. 그 사랑은 "천만년 흘러도 변함이 없"으니, 그 속에 깃들어 사는 시인이 느끼는 "노년의 행복"도 끝이 없다.

한편 미주 시인들은 신앙심의 연장 선상에서 혹은 그와는 별개로 인생의 진실을 찾아 나서기도 한다.

1) 마켓에 들어서자 복숭아 향으로 코가 행복하다
   수북이 쌓인 무더기 앞에 오종종 모여든 사람들
   반짝이는 눈빛 분주한 손길
   반질반질 티 없는 것을 고르는 사람
   오돌오돌 낙엽무늬를 고르는 사람

향기에 어울리는 그것 놓칠세라 슬며시 끼어드는
사람 사람들
화장술 분장술 변장술이 통하지 않아
십중팔구의 적중률로 복숭아를 고른다
돌아보면
사실 선택받지 못한 아주 많은 일들이
겉모습의 이유가 아닌데
경계도 모호한 술수와 수술
사람들은 자꾸 그것에 대해서 말한다
— 오연희, 「사람을 찾아봐요」 전문

2) 山寺大學 까까 스승
  달 담는 그릇
  내 가슴이라 했지요

  달 밝은 밤
  물 사발 마당에 두니
  사발 물결 잠들고
  둥근 달이 떴어요

  산중턱 배움터
  쫓겨 나온 수도자
  편협하고 옹색한 맘
  가시 돋아 거친데

  언제 다시 山寺 찾아
  순수한 영혼 불러
  初等 가슴 열어 놓고
  꿈 품고 달 담을까
— 이신우, 「꿈 품고 달 담을까」 전문

1)은 "마켓"에 "복숭아"가 "수북이 쌓인 무더기"에서 향기 있고 이쁘게 생긴

것을 고르는 사람들의 광경을 그리고 있다. 사실 좋은 "복숭아"는 "겉모습"이 중요한 것은 아닌데, 사람들은 그 외양에 집착하는 모습을 묘사하고 있다. 그런데 시인이 정작 말하고 싶은 것은 "복숭아"가 아니라 "사람"이다. "겉모습"이 그럴듯하다고 진실한 사람은 아닐진대, "사람들은 자꾸" 그런 사람을 찾아 나선다. 진실한 사람, 인간다운 사람은 외양보다 내면을 보아야 한다는 점은, 이 시인의 다른 시에서 "나는 가끔/후미진 곳에서/보석을 만난다"(「고워유」부분)와 같이 표현하기도 한다. 2)는 고요한 "산사"에 가서 "순수한 영혼"과 "꿈"을 찾았던 기억을 떠올리면서, 그러한 시간을 또다시 갖고 싶은 소망을 표현하고 있다. 이 소망은 시인이 순수하고 정갈한 영혼을 지향하는 사람임을 밝혀준다.

한편, 역사적 진실을 찾아 나서는 시인도 있다. 역사의 진실 찾기는 1980년대 미주 시에서 빈도 높게 나타났던 특성이지만, 요즈음 미주 시에서 역사적 상상력을 보여주는 경우는 드문 사례이다.

천만년 지켜온 터
여기 피 흘리던 전선

비명에 밤잠을 깨우던

반복에 역사
쌓고 쌓인 갈등
침묵의 언어들
반도여 길을 잃었는가

서성이는 가짜뉴스
으르렁대는 4대 강국의 이권
통일의 길목에
더 큰 축복이 다가오는 아픔인가

북미회담, 희망의 언어들
고난의 문을 열고
아픔의 길을 이으며
마음껏 우리
자유와 행복 찾아가자

　　　　　　　　　　── 조성우, 「우리 그날을 맞아」 부분

　이 시는 최근 벌어진 역사적 사건에 대해 노래하고 있다. 북한의 핵 문제 해결을 위해 이루어진 트럼프 대통령과 김정은 위원장의 "북미회담"을 "희망의 언어들"이라고 정의한다. 시인은 그것은 "반목에 역사/쌓고 쌓인 갈등/침묵의 언어들"을 극복하기 위한 것이라고 한다. 주지하듯 북미 관계와 남북 관계는 흔히 70년 동안 이어진 "반목의 역사"라고 말한다. 이처럼 오래된 갈등 관계를 해소하기 위해 미국과 북한의 정상이 만났으니, 우리 한민족으로서는 "통일의 길목"에 다가가고 있는 것이라고 할 수 있다. 아직 갈 길이 멀기는 하지만 시인은 미래의 꿈과 희망을 노래하는 존재이니, "북미회담"을 계기로 우리의 간절한 염원인 통일을 통해 "마음껏 우리/자유와 행복을 찾아가자"는 제안은 진솔하다.

　한편 미주 시인들은 자연의 원리를 노래하기도 한다. 자연의 원리를 다른 말로 바꾸면 생태적 진실이라고 말할 수 있다. 근대 문명이 이후 인간은 저의 이기적 욕망을 위해 생태적 진실을 외면하고 살아왔다. 생태시는 이러한 인간의 비정한 욕망에 대한 고발을 통해 생태적 진실에 다가가려 한다.

　1) 두더지 한 마리가 뽈딱
　　지열을 피해 땅 위로 올라 왔다가
　　강렬한 햇빛에 눈이 멀어 죽었다

　　…(중략)…

만물의 영장도 꼴딱
영욕을 찾아 세상을 휘젓다가
무거운 세금에 숨이 막혀 죽었다

역사는 되풀이되면서 앞으로 나아간다.
태어나서 살다가 죽고 또 태어나서 살다가 죽고
오손도손하다가 아웅다웅하다가—
기진맥진해서 돌아가는 곳 눈에 보이지 않는 그곳은
따뜻할 거나? 서늘할 거나?

두더지한테 물어봐.

— 이원택, 「지하세계」 전문

2) 하늘은 땅을
사람은 기계를 다스려
맑은 하늘 흔들어 깨우는 기계 소리
쓰레기통들 모여들어 트럭 등에 업힌다

밤낮을 바꿔놓은 돈 버는 일들
마을마다 토해내는 버려지는 보물들
검은 연기 휘감기는 고층건물 바람 소리

자동차 비행기 기계들의
몸부림치는 외침
베토벤 5번곡은 우주에 메아리친다.

— 최용완, 「지구의 운명」 전문

1)은 "두더지"가 "땅 위로 올라 왔다가/강렬한 햇빛에 눈이 멀어 죽"은 사건을 통해 인간의 과도한 욕망을 비판하고 있다. "두더지"는 "지하세계"에서 살아야 하는 자신의 본분을 망각하고 지상의 세계를 욕망하다가 목숨을 잃은 것이다. 시인은 인간의 모습도 이와 비슷하다고 본다. 인간은 스스로 "만물

의 영장"이라고 하지만 "영욕을 찾아 세상을 휘젓다가/무거운 세금에 숨이 막혀 죽"는 모습을 연출할 뿐이다, "두더지"와는 반대로 인간은 지상에서 건전하게 살아가야 하는 존재인데, 어두운 욕망으로 가득한 "지하세계"에서 "아웅다웅 살다가" 죽는 것이다. 따라서 이 시는 자연의 원리를 거슬러 사는 반생태적인 인간을 비판하는 것이다. 2)에서도 인간 문명의 문제적 부면들을 비판하고 있다. 삭막한 문명 세계를 상징하는 "기계들"과 인간의 반생태적 소비 욕망을 상징하는 "쓰레기통"은, 인간이 "지구의 운명"을 위태롭게 만드는 요인이다. "밤낮을 바꿔놓은 돈 버는 일들"에 매달리는 사람들, "검은 연기 휘감기는 고층건물" 속의 사람들은 모두 반생태적인 삶의 주인공이다. 이들이 살아가는 세상에서 인류의 운명은 죽음의 블랙홀로 빨려 들어간다. 그리하여 시인은 "베토벤 5번곡은 우주에 메아리친다"고 외치면서 욕망으로 가득한 인간 세계를 고발하는 것이다. 시대적으로, 시적으로 매우 의미 있는 일이다.

6. 그래서 시인, 그는 누구인가?

2018년 미주 시인들은 앞서 살핀 대로 다양한 차원의 시적 성과를 보여주었다. 이민자로서의 디아스포라 의식뿐만 아니라 인생에 대한 성찰과 반성, 사랑의 그리움과 안타까움, 종교적 신념과 진실의 마음 등을 빈도 높게 보여주었다. 한편으로 미주 시인들은 시인으로서 살아간다는 것의 의미, 혹은 시의 정체성에 고뇌를 형상화하기도 한다. 시인이 자신의 삶이나 시의 정체성에 대해 고민하는 것은 시적 자의식을 고양한다는 차원에서 매우 유의미한 일이다.

> 5월, 아침 햇살 일렁이는 산책길
> 반가운 사람 한 사람 마주칠 수 없는

언제나 그랬던 것처럼
아무래나 좋았던 것처럼
어떤 사건이듯 아니듯
맥드날드 햇살 부신 유리창가에 앉았다

잠시 하얀 구름 한 점 내려왔다
갔다

은행나무 몇 그루 알맞은 루즈벨트 출근 시간
맞지 않는 알파벳
헝클어진 모음과 자음
금을 탐해 텃새들까지 넘실대는
황금빛 거리

한여름 분수의 물선 같은
흰 복사꽃 길에서
시인은 욕심 없이 사는 꽃과 새
무상의 햇살에 젖어 행복한 꿈을 꾸고

몇 초 후, 어디선가 포르르,
날아온
유리창가 작은 새 한 마리
푸르고 긴
지저귐…

세상이 발갛게 묽다!

— 곽상희, 「세상이 묽다」 전문

　이 시의 화자는 어느 도심의 거리에 있는 "맥드날드 햇살 부신 유리창가에
앉"아 각박하게 돌아가는 풍경을 바라보고 있다. 화자는 도심의 거리를 "금
을 탐해 텃새들까지 넘실대는/황금빛 거리"라고 규정한다. 그 거리는 "맞지

않는 알파벳/헝클어진 모음과 자음"과 같이 인간의 언어 혹은 정신마저 혼란스러운 곳이다. 화자는 황금만능주의에 빠져 살아가는 세상이 너무 각박하고 여유가 없다는 사실을 새삼 발견한 것이다. 동시에 화자는 이러한 세상에서 시인이란 존재는 무엇인가 생각해본다. 화자는 "시인은 욕심 없이 사는 꽃과 새"처럼 "무상의 햇살에 젖어 행복한 꿈을 꾸고" 사는 존재라고 정의한다. 시인은 돈이나 권력과는 거리가 멀지만, "무상의 햇살"을 즐기면서 "행복한 꿈"을 꾸는 존재인 것이다. 마침 화자 곁에 날아온 "작은 새 한 마리"는 그러한 삶을 일깨워주는데, 그때 "세상이 발갛게 맑다"라는 인식에 도달하게 된다. 이것은 화자의 주변에 있는 저녁노을과 "분수"와 "흰 복사꽃"과 "새 한 마리"가 연출하는 풍경이다. 이 풍경을 "맑다"라고 한 것은 빡빡한 일정 속에서 돌아가는 세상과 상반되는 여유롭고 평화로운 이미지와 관련된다. 이 독특한 이미지는 시 또한 황금만능주의의 속악한 욕망을 초월해 더 고상하고 인간적인 여유와 꿈을 좇아야 한다는 시인의 마음을 드러낸 것이다.

좋은 시를 창작하고자 하는 소망은 모든 시인이 지닌 공통적인 마음이다. 그것은 시적 자의식을 간직한 시인이라면 세월의 흐름이나 나이와 상관없이 지속하는 "희망 사항"이다.

> 1) 50년이 지나도
> 툭
> 튀어나오는
> 첫사랑,
> 그 남자의 이름처럼
>
> 가슴을 탁 치는
> 시 한 편 내고 싶을 때
> 기억의 저 편
> 어디선가 숨어있던
> 맛깔스런 시어들이

툭툭
튀어 나왔으면…

　　　　　　　　　　　　　　― 김희주, 「희망사항」 전문

2) 햇살을 등에 업고
　　잡풀을 뽑고 물을 주고
　　망을 씌우고 지지대를 세우고 나서야
　　허리를 한 번 펴시고 숨을 고르시더니
　　둑 비탈에 쭈그려 앉아 딸내미 좋아하는 돌나물과 쑥을 뜯느라
　　자못 분주하십니다만

　　그 몸짓이 새 소리를 부르고
　　새 소리가 풍경을 불러들이는 이곳에서는
　　움막 그늘에 기대앉아 읽고 있는 詩가 다 가짜 같아서

　　오 갈 데 없어진 詩를 묻어두고 내려 옵니다

　　　　　　　　　　　　　　― 이장정숙, 「어머니와 시」 부분

　1)은 "첫사랑"의 마음과 시심이 하나가 되었으면 하는 바람을 노래한다. 시인은 아직도 언제든 "툭/튀어나오는" 그 옛날 "50년" 전의 "첫사랑, 그 남자의 이름처럼" "맛깔스런 시어들이/툭툭/튀어나왔으면" 하고 소망한다. 이는 시인이 한 평생 간직하고 살아온 좋은 시에 대한 "희망"이 얼마나 간절한지를 알려준다. 시가 꿈꾸기의 한 방식이라면 "가슴을 탁 치는/시 한편"을 향한 간절한 열망은 그 자체가 아름다운 한 편의 시가 아닐 수 없다. 2)에서도 시다운 시를 향한 열망을 노래한다. 시인은 농사 일을 하다가 "딸내미 좋아하는 돌나물과 쑥을 뜯"는 어머니와 어우러진 "새소리"가 들리는 전원의 "풍경"을 바라보고 있다. 시인은 지극한 모성애와 순정한 자연이 어우러진 이 "풍경"을 아름다운 시 한 편이라고 여긴다. 그래서 시인 자신이 "움막 그늘에 기대앉아 읽고 있는 시가 다 가짜 같아서" 마음이 가지 않는다고 고백한다. 이 고

백은 삶의 현장성이나 체험적 진솔성이 담기지 못한 시는 좋은 시가 아니라는 시인의 생각을 암시한다. 이장정숙 시인은 시답지 못한 시를 버려야 시다운 시를 얻을 수 있다는 역설을 인식하고 있는 셈이다.

이렇듯 미주 시인들이 간직한 좋은 시를 향한 소망은 지구상의 어떤 시인들보다도 강하다. 미주 시인들은 시가 비록 경제적 이득이나 정치적 권력과 같은 현실적인 것들을 충족시켜 주지는 못하지만, 인간의 정신세계를 공양하고 영혼을 정련해준다는 사실을 망각하지 않고 있다. 그들은 국내 시인들처럼 국가나 기업으로부터 제대로 된 지원을 받지도 못하는 상황에서, 오직 시를 향한 열정과 사랑만으로 한 편의 좋은 시를 쓰기 위한 시심을 가꾸고 있다. 그들의 시는 비록 아래의 시에서처럼 "미미한 흔적"에 그칠지라도 그러한 "흔적"을 통해 영원히 살아남는 영혼의 세계에 도달하고자 부단히 한다. 그들은 시라는 것은 어차피 "미미한 흔적"을 통해 위대한 영혼에 도달하는 것이라는 사실을 인식하고 있기 때문이다. 인간에게 시는 현실적으로는 "미미한 흔적"일지 모르지만, 정신적으로는 가장 위대한 "흔적"이라고 말할 수 있기 때문이다. 이것은 미주시가 앞으로도 계속 진행형으로 남아 있어야 할 이유이다.

　　　나더러
　　　글이나 쓰면서 살아라 하네
　　　소슬바람 내젓는 나뭇잎으로
　　　소슬소슬 살라 하네

　　　살 날도 얼마 남지 않은
　　　이 한때를
　　　백지 한 장 글로 채우라 하네

　　　하늘 내려앉은 파도로

철철 울며 쓰라 하네

그나마 미미한 흔적으로 남기라 하네

— 최선호, 「흔적」 전문

미주 한인 시문학사 연표(1905~1999)

연도	시인(대표)	시(집)	문예지(동인지)	비고
1905	이홍기	「이민선 타던 전날」		미주 최초의 한인시
	안창호			『공립신보』 창간
1906	작자 미상	「공립협회 창립 기념 노릭」		
1907	도국생	「귀국가」		
	최용운	「망향」		
1908	안창호	「단심가」		
	전명윤	「뎐씨 애국가」		
1909	최정익			『신한민보』 창간
	영론털	「단가」		
	철각생	「청년 회심곡」		
1910	안창호	「거국가」		
	작자 미상	「익국가」		
	작자 미상	「병식행보가」		
1911	작자 미상	「나라를 쩌난 슬흠」		
1913	작자 미상	「익가(哀歌) 1」		
1914	작자 미상	「소년병학교 군가」		
1915	안창호	「격검가」		
1916	안창호	「혈성뒤」		
1917	동희슈부	「친구를 리별」		
1918	김창만	「감샤일 노래(츄슈 곳헤 쉬난 날)」		
	송은	「고국 싱각」		

연도	시인(대표)	시(집)	문예지(동인지)	비고
1919	곽림대	「3월 1일 거룩한 날에」		
	이광수	「팔 잘린 소녀」		
	최응선	「어린 누의 자유 위해」		
1921	최윤호	「선등에서」		
1922	김여제	「고향싱각」		
1924	김창만	「불속에」		
1925	아침이슬	「님의 나라로」		
1926	김혜란	「저므는 해」		
1928	이정두	「우리의 시」		
1930	김여제	「우리의 원수」		
	차의석	「불여귀」		
1931	한흑구	「나이가라 폭포여!」		
1933	自狂生	「미국의 문명을 보고」		
	한흑구	「1933년 광상곡」		
1935	평림	「코리안–아메리칸」		
1936	동히슈부	「무궁화 3장」		
1938	김혜란	「도산 안창호선싱을 곡함」		
1939	전익주	「익국가」		
1940	뉴욕쇠주먹	「총검을 든 이 팔둑」		
	박남수	『초롱불』		
1941	동해수부	「항일화」		
1942	동해수부	「틴평양 히전」		
1943	이용준	「나라 차즈려면」		
1945	동히슈부	「동경에 붓는 불」		
1946	동히슈부	「한국 남북」		

연도	시인(대표)	시(집)	문예지(동인지)	비고
1948	작자 미상	「유엔 위원 환영가」		
1952	고원	『시간표 없는 정거장』		
	김용팔	『폐허』		
1953	한무학	『새로운 秒의 速度』		
1954	고원	『이율의 항변』		
	이숭자	『호심의 곡』		
1956	고원	『태양의 연가』		
	한무학	『지진에 떠는 기상대』		
1958	박남수	『갈매기 소묘』		
1959	박영숙	『이브의 사념』		
1960	고원	『눈으로 약속한 시간에』		
	마종기	『조용한 개선』		
1963	고원	『오늘은 멀고』		
	김송희	『사랑의 원경』		
1964	고원	『속삭이는 불의 꽃』		
	박남수	『신의 쓰레기』		
1965	배정웅 외		『티우위의 현장』	2인 시집
	마종기	『두 번째 겨울』		
	황갑주	『저 내년에라도』		
1966	이세방	『갱에서 죽은 어느 광부의』		
1967	이창윤	『잎새들의 해안』		
1968	배정웅	『사이공 서북방 15마일』		
1969	장재구			『미주 한국일보』 창간

연도	시인(대표)	시(집)	문예지(동인지)	비고
1970	김용팔	『두꺼비의 말』		
	박남수	『새의 암장』		
	한무학	『시민은 목하 입원 중』		
1971	김송희	『얼굴』		
1973	박신애 외		『지평선』 창간	미주 최초의 동인지
	황갑주	『하늘이 따라와』		
1974	이건희			『미주 중앙일보』 창간
	고원	The Turn of Zero		영문시집
	박신애	『고향에서 타향에서』		
1975	김시면 외		『재미시인선집』	미주 최초의 사화집
	김정기	『당신의 군복』		
	김호길	『하늘 환상곡』		시조집
	전달문	『섬의 입김』		
	한무학	『北南西東』		
1976	고원 외		『재미한국 시인선』	사화집
	고원	『미루나무』		
	김인숙	『통일전야』		
	마종기	『변경의 꽃』		
	황갑주	『하늘이 따라와』		
1977	이석현 외			캐나다 한국문인협회 창립
	권순창 외		『새울』 창간	캐나다 최초의 시전문지

연도	시인(대표)	시(집)	문예지(동인지)	비고
1977	배정웅	『길어 올린 바람』		
	최선영	『나무의 詩』		
1978	박신애	『찬란한 슬픔』		
	석진영	『사랑의 불이 켜질때』		
	이정강	『프시케의 바다』		
1979	강달수 외			나성문학동우회 창립
	장재구			『한국일보』 제1회 문예공모
	고원	『북소리에 타는 별』		
	김영수	『만장대』		시조집
	박이문	『눈에 덮힌 찰스강변』		
	이석현 외		『방향 감각』	부부 시집
	장소현	『서울시 羅城區』		
	황갑주	『砂漠記』		
1980	고원 외		『빛의 바다 1』	사화집
	손성호	『숙녀는 건배를 들고』		
1981	곽상희	『바다 건너 木棺樂』		
	김영수	『어머니』		시조집
	마종기	『안 보이는 사랑의 나라』		
	박남수	『사슴의 관』		
	배정웅	『바람아 바람아』		
	정용진	『강마을』		
	최정자	『달개비꽃』		
	한충식	『고독이 흐르는 강』		
1982	송상옥 외			미주한국문인 협회 창립

연도	시인(대표)	시(집)	문예지(동인지)	비고
1982	전달문 외		『미주문학』 창간	미주한국문인 협회 종합지
	김송희	『얼굴 먼 얼굴』		
	홍진희	『솔개의 예언』		시와 에세이집
1983	강일 외			크리스찬문인 협회 창립
	고원 외		『빛의 바다 2』	사화집
	변홍진	『소라별』		
	이철범	『로스엔젤레스의 진달래』		
1984	강일 외		『크리스찬문예』 창간	크리스찬문인 협회 종합지
	권순창	『위대한 자유의 부자유』		
	길미자	『이처럼 함께』		시조집
	김영수	『龜何龜何』		시조집
1985	강량 외		『신대륙』	뉴욕문학동인회 종합지
	김향주 외		『백향목』 창간	동인지
	고원	『물너울』		
	최연홍	『정읍사』		
1986	고원 외		『객지문학』 출간	사화집
	황운헌 외		『열대문화』 창간	종합문예지 (브라질)
	박남수 등		『바람의 고향』	미주한국문인 협회 시선집
	마종기	『모여서 사는 것이 어디 갈대들뿐이랴』		
1986	이숭자	『새벽하늘』		
	조윤호	『풀꽃처럼 만나리』		

연도	시인(대표)	시(집)	문예지(동인지)	비고
1987	전달문 외			재미시인협회 창립
	고원 외		『울림』 창간	종합문예지
	곽상희	『우리 지금은 아무도 노래하지 않네』		
	김광평	『달과 별이 잠드는 밤에』		
	김부활	『아사달』		
	박이문	『보이지 않는 것의 그림자』		
	배미순	『우리가 날아가나이다』		
	염천석	『임진강은 흐른다』		
	이세방	『조국의 달』		
1988	고원 외		『문학세계』 창간	종합문예지
	김문희	『눈뜨는 풀잎』		
	배상환	『학교는 오늘도 안녕하다』		
	송순태	『움직이는 숲』		
	이성열	『그믐달』		한영시집
	이숭자	『국경의 제비』		
	장소현	『하나됨 굿』		
	조성희	『이를 뽑으며』		
	황갑주	『나성에서 본 광주의 하늘』		

연도	시인(대표)	시(집)	문예지(동인지)	비고
1989	전달문 외		『外地』 창간	재미시인협회 시전문지
	김호길 외			미주시조연구회 창립
	이계향 외			미동부 한국 문인협회 창립
	김호길 외		『사막의 달』	사화집(시조)
	고원	『나그네 젖은 눈』		
	김선현	『낙엽 지는 계절의 변두리』		
	김정기	『사랑의 눈빛으로』		
	박이문	『울림의 공백』		
	염천석	『나를 찾습니다』		
	염천석	『통일춤』		
	이숭자	『사랑의 땅』		
	전달문	『꿈과 사랑과 바람의 시』		한영시집
	정문혜	『서서 버티는 나무』		
	정용진	『장미밭에서』		
1990	최연홍 외			워싱톤문인회 창립
	최태응 외			샌프란시스코 문인회 창립
	곽상희	『봄도 아닌 겨울도 아닌 날에』		
	권순창	『천상의 빗소리』		
	김문희	『가을강』		
	김용팔	『시간의 맥박』		
	김호길	『수정 목마름』		시조집

연도	시인(대표)	시(집)	문예지(동인지)	비고
1990	염천석	『쌍둥이』		
	염천석	『죽어서 산 사람』		
	오문강	『까치와 모국어』		
	유장균	『조개무덤』		
	윤휘윤	『이민 시대』		
	이숭자	『빛 따라 어둠 따라』		
	이창윤	『강물은 멀리서 흘러도』		
	최정자	『서울로 서울로』		
	한혜영	『숲이 되고 강이 되어』		시조집
1991	이계향 외		『뉴욕문학』 창간	종합문예지
	최연홍 외		『워싱턴문학』 창간	종합문예지
	김송희	『겨울 창가에 그리움의 잎새 하나』		
	유장균	『고궁 돌담을 걷고 싶네』		
	이성호	『캘리포니아 갈대』		
	최정자	『바다에 떠 있는 작은 목선』		
	한무학	『강 없는 가교』		
1992	권순창	『개들의 도시』		
	김선현	『인간산 고개 넘어』		
	김문희	『길가에 밟히는 풀잎으로』		
	김영수	『살며 사랑하며』		시조집
	박남수	『서쪽, 그 실은 동쪽』		
	박남수 외		『새소리』	사화집

연도	시인(대표)	시(집)	문예지(동인지)	비고
1992	박숙희	『밀애』		
	박신애	『너무 멀리 와서』		
	반병섭	『양지로만 흐르는 강』		
	이세방	『서울 1992년 겨울』		
	이희만	『섬과 섬으로 만나』		
	조윤호	『시인 나무』		
	황갑주	『사막엔 달이 뜨더라』		
1993	고원	『다시 만날 때』		
	고현혜	『일점오세』		
	곽상희	『그리고 길은 우리를 그렇게 기다리고 있었다』		
	김문희	『노을빛 그리움』		
	박남수	『그리고 그 이후』		
	이상묵	『링컨 생가에서』		
	최정자	『개망초꽃 사랑』		
	함혜련	『바다를 낳는 여자』		
1994	김호길 외		『사막의 민들레』	사화집(시조)
	유장균 외		『사소한 비명』	해외한국시 동인지
	고원	『정(情)』		
	박남수	『소로(小路)』		
	배상환	『학교는 오늘도 안녕하다 2』		
	변창섭	『잔이 잔 되게 하라』		
	정문혜	『사랑』		
	함혜련	『화려한 소문』		시선집

연도	시인(대표)	시(집)	문예지(동인지)	비고
1995	신예선 외		『샌프란시스코 문학』 창간	종합문예지
	유장균 외		『이상한 시절』	해외한국시 동인지
	고원 외		『사막의 민들레』	사화집(시조)
	김옥교	『빨간 촛불 하나 가슴에 켜도』		
	김용팔	『메랑쥬 씨의 카메라』		
	김윤태	『아사달』		
	김한주	『프리즘 속에 든 새들』		
	김행자	『눈 감으면 그대』		
	반병섭	『살아있음이 이리도 기쁜데』		
	배미순	『풀씨와 공기돌』		
	이숭자	『일어서는 파도』		
	장소현	『널문리 또랑광대』		
	정문혜	『사랑』		
1996	배정웅 외		『로스안데스 문학』 창간	종합문예지 (아르헨티나)
	명계웅 외		『시카고문학』 창간	종합문예지
	유장균 외		『별은 위험하다』	해외한국시 동인지
	강옥구	『허밍버드의 춤』		
	김호길 외		『사막의 별』	사화집(시조)
	고원	『달 둘이 떠서』		시조집
	곽상희	『끝나지 않는 하루』		

연도	시인(대표)	시(집)	문예지(동인지)	비고
1996	김송희	『날아라 날아라 내 영혼 불 밝히게』		
	김행자	『눈 감으면 그대』		
	반병섭 외		『바다 건너 시동네』	사화집
	유장균	『세크라멘토의 목화밭』		
	이상묵	『백두산 들쭉밭에서』		
	이성열	『바람은 하늘 나무』		
	이재학	『남은 빛 사위는 하늘에』		
	장용철	『늙은 산』		
1997	고원 외		『울림』 창간	종합문예지
	권순창 외		『캐나다문학』 창간	『새울』의 계승
	이자경 외		『한뿌리』 창간	문예학술지
	조윤호 외		『해외문학』 창간	종합문예지
	김선현	『그 사람』		
	김영교 외		『하오의 사중주』	사화집
	김영교	『우슬초 찬가』		
	마종기	『이슬의 눈』		
	문금숙	『추억이 서성이는 마을』		
	박만영	『섬진강 달맞이꽃』		
	이관희	『사랑하고 죽으리라』		
	임창현	『그리고 또 그리고』		
	조윤호	『고뇌하는 당신』		
	최연홍	『한국행』		

연도	시인(대표)	시(집)	문예지(동인지)	비고
1998	김문희	『깊어지는 마음』		
	김영교	『신호등』		
	문인귀	『눈 하나로 남는 가슴이 되어』		
	박남수	『박남수 문학 전집 1 시』		시전집
	박찬옥	『누구와 더불어 이야기할까』		
	송석중	『바다 건너온 눈물』		
	송순태	『이름 없는 이름들에게』		
	이인종	『해바라기』		
	정미셸	『새소리 맑은 아침은 하늘도 맑다』		
1999	김호길 외		『2000년 시의 축제』	사화집
	고원 외		『회귀선의 노을』	사화집
	강언덕	『허공에 머문 순간』		
	고원	『무화과나무의 고백』		
	김창길	『떠나온 그리고 또 떠날 사람』		
	마종기	『마종기 시 전집』		시전집
	박선부	『메밀꽃 필 무렵이면』		
	박효근	『벌새의 새벽꿈』		
	배정웅	『새들은 뻬루에서 울지 않았다』		
	백순	『그래도 주님 사랑 넘치면』		

연도	시인(대표)	시(집)	문예지(동인지)	비고
1999	유용수	『무궁화꽃 이산가족의 눈물』		
	이세방	『걸리버 여행기』		시선집
	이초혜	『창밖엔 치자꽃이』		
	장동섭	『사람 사는 이야기』		
	정용진	『빈 가슴은 고요로 채워두고』		
	정헌톤	『빈 그릇에 사랑 담기』		
	조옥동	『여름에 온 가을 엽서』		
	최정자	『새 아닌 새』		
	최정자	『돌아오는 목숨』		
	황갑주	『국경엔 달이 뜨더라』		
	황갑주	『조국아 너를 사랑한다』		
	허금행	『빛이 가득한 날을 기다리고 있으려니』		

* 국립중앙도서관, 국회도서관 등 국내외 도서관에서 확인할 수 있는 것들을 중심으로 작성했음.
* 간행 연도는 초판본을 기준으로 하였고, 재판본이나 개정판은 포함하지 않았음.
* 「」는 시, 『』는 시집을 표시하고, 비고란에 특별한 언급이 없는 것은 개인 시집을 의미함.
* 한국 시문학과의 연속성을 위해 미주 지역으로 이주하기 전에 국내에서 발간한 시집도 포함했음.

1. 기본 자료

SIJO Society of America, 『사막의 민들레』, 도서출판 나라, 1994.

고   원 외, 『빛의 바다 1』, 복음의 전령사, 1980.

────── 외, 『빛의 바다 2』, 복음의 전령사, 1983.

──────, 『고원문학전집』, 고요아침, 2005.

곽상희, 『바다 건너 목관악』, 한국문학사, 1981.

──────, 『우리 지금은 아무도 노래하지 않네』, 깊은샘, 1987.

──────, 『봄도 아닌 겨울도 아닌 날에』, 청한문화사, 1990.

──────, 『그리고 길은 그렇게 우리를 기다리고 있었다』, 자유지성사, 1993.

──────, 『끝나지 않는 하루』, 답게, 1996.

광성중학교 편, 『최신 창가집』, 광성중학교, 1914.(국가보훈처, 1996년 영인본)

김문희, 『눈뜨는 풀잎』, 문학세계사, 1988.

──────, 『가을강』, 시문학사, 1990.

──────, 『노을빛 그리움』, 시도출판사, 1993.

김부활, 『아사달』, 도서출판 삼신, 1987.

김송희, 『얼굴』, 현대문학사, 1971.

김시면 외, 『재미시인선집』, 하서출판사, 1975.

김용팔, 『메랑쥬 씨의 카메라』, 청학, 1995.

김인숙, 『통일전야』, 해외한민보, 1976.

김호길 외, 『2000년 시의 축제』, 태학사, 1999.

───── 외, 『재미시조시인선집 – 사막의 달』, 백상사, 1989.

───── 외, 『재미시조시인선집 – 사막의 별』, 가람출판사, 1996.

김환기 편, 『브라질 코리안 문학선집』, 도서출판 보고사, 2013.

───── 편, 『아르헨티나 코리안 문학선집』, 도서출판 보고사, 2013.

도산기념사업회 편, 『안도산전서(중)』, 범양사, 1990.

도산안창호선생기념사업회, 『도산안창호전집』 제1권, 동양인쇄, 2000.

마종기, 『마종기 시전집』, 문학과지성사, 1999.

문금숙, 『추억에 서성이는 마을』, 동학사, 1997.

미주문학단체연합회, 『한인문학대사전』, 월간문학출판부, 2003.

미주시조시인협회, 『사막의 별』, 가람출판사, 1996.

미주시조연구회, 『사막의 달』, 도서출판 백상, 1989.

박남수 외, 『새소리』, 삼성출판사, 1992.

───── 외, 『재미시인시선집 – 바람의 고향』, 범우사, 1986.

─────, 『박남수전집 1 시』, 한양대학교출판원, 1998.

박이문, 『눈에 덮힌 찰스강변』, 홍성사, 1979.

─────, 『보이진 않는 것의 그림자』, 민음사, 1987.

─────, 『울림의 공백』, 민음사, 1989.

배정웅, 『새들은 뻬루에서 울지 않았다』, 천산, 1999.

변혼진, 『소라별』, Key's Printing, 1983.

석진영, 『사랑의 불이 켜질 때』, 복음의 전령사, 1978.

세계한민족작가연합 편, 『2000년 시의 축제』, 태학사, 2000.

송상옥, 『잃어버린 말』, 문학나무, 2011.

신예선, 『에드랑제여, 그대의 고향은』, 태학사, 1997.

염천석, 『임진강은 흐른다』, 도서출판 동아, 1987.

오문강, 『까치와 모국어』, 삼성출판사, 1990.

유장균, 『종이 무덤』, 한국문연, 1990.

――, 『고궁 돌담을 걷고 싶네』, 둥지, 1991.

――, 『세크라멘토의 목화밭』, 책만드는 집, 1996.

윤휘윤, 『이민시대』, 홍익출판사, 1990.

이세방, 『조국의 달』, 문학과지성사, 1987.

――, 『서울 1992년 겨울』, 문학과지성사, 1992.

――, 『걸리버 여행기』, 문학과지성사, 1999.

이숭자, 『새벽 하늘』, 분도출판사, 1986.

이창윤, 『강물은 멀리서 흘러도』, 한국예술사, 1990.

이철범, 『로스엘젤레스의 진달래』, 한벗, 1983.

임성운, 『문학사의 이론』, 소명출판, 2012.

임창현, 『그리고 또 그리고』, 조선문학사, 1997.

장소현, 『서울시 나성구』, 개척자사, 1979.

전달문, 『섬의 입김』, 한국문학사, 1975.

――, 『꿈과 사랑과 바람의 시』, 청한, 1989.

정용진, 『강마을』, 신한민보사, 1981.

조윤호, 『풀꽃처럼 만나리』, 영언문화사, 1986.

――, 『시인나무』, 문학아카데미, 1992.

――, 『고뇌하는 당신』, 동학사, 1996.

최선영, 『나무의 시』, 동서문화사, 1977.

――, 『나무의 詩』, 동서문화사, 1977.

최연홍, 『정읍사』, 나남, 1985.

――, 『한국행』, 푸른숲, 1997.

최정자, 『달개비 꽃』, 한국문학사, 1981.

――, 『개망초꽃 사랑』, 모방과모반, 1993.

――, 『바다에 떠있는 작은 목선』, 빛남, 1991.

――, 『돌아오는 목숨』, 마을, 1999.

한충식, 『고독이 흐르는 강』, 나성신문사, 1981.

황갑주,『하늘이 따라와』, 현대문학사, 1973.
———,『砂漠記』, 복음의전령사, 1979.
———,『나성에서 본 광주의 하늘』, 사사연, 1988.

※문예지, 기타

『공립신보』(1905),『신한민보』(1909),『단산시보』(1925),『미주 한국일보』(1969),『지평선』(1973),『미주 중앙일보』(1974),『새울』(1977),『이민문학』(1979),『미주문학』(1982),『기독교문학』(1983),『크리스찬문예』(1983),『신대륙』(1985),『객지문학』(1986),『열대문화』(1986),『울림』(1987),『가교문예』(1987),『문학세계』(1988),『글마루』(1988),『外地』(1989),『뉴욕문학』(1991),『시카고문학』(1991),『워싱턴문학』(1991),『해외 한국시』(1993),『샌프란시스코문학』(1995),『로스안데스문학』(1996),『미주기독교 문학』(1996),『캐나다문학』(1997),『한뿌리』(1997),『해외문학』(1997),『四海』(1999),『재미 수필』(1999)

2. 단행본

A. F. Césaire,『식민주의에 관한 담론』, 이석호 역, 동인, 2004.

B. Anderson,『상상의 공동체』, 윤형숙 역, 나남출판, 2002.

B. Ashcroft, G. Griffiths, and H. Tiffin,『포스트 콜로니얼 문학이론』, 이석호 역, 민음사, 1996.

B. Moor–Gilbert,『탈식민주의! 저항에서 유희로』, 이경원 역, 한길사, 2001.

Benedict Anderson,『상상의 공동체』, 윤형숙 역, 나남, 2004.

Christian Norberg Sohulz,『장소의 혼』, 민경호 역, 태림문화사, 2008.

D. Brydon(ed), Postcolonialism Critical Concepts Ⅲ, Ⅳ, London and New York : Routledge, 2001.

E. Relph,『장소와 장소상실』, 김덕현 · 김현주 · 심승희 역, 논형, 2005.

E. Said,『오리엔탈리즘』, 김홍규 역, 교보문고, 1990.

E. W. Said,『문화와 제국주의』, 김성곤, 정정호 역, 창, 1995.

Edward Relph,『장소와 장소 상실』, 김덕현 · 김현주 · 심승희 역, 논형, 2005.

F. Fanon,『대지의 저주받은 자들』, 남경태 역, 그린비, 2004.

G. Deleuze, F. Guattari,『소수 집단의 문학을 위하여』, 조한경 역, 문학과지성사, 2000.

G. Spivak,『다른 세상에서』, 태혜숙 역, 여이연, 2003.

H. BhaBha,『문화의 위치』, 나병철 역, 소명출판, 2002.

H. Bloom,『시적 영향에 대한 불안』, 윤호병 역, 고려원, 1991.

J. Macy,『세계문학사』, 박준황 역, 종로서적, 1987.

J. Ranciere,『문학의 정치』, 유재홍 역, 인간사랑, 2011.

Jean Laplanche · Jean-Bertrand Pontalis,『정신분석사전』, 임지수 역, 열린책들, 2006.

M. Brown(ed), The Uses of Literary History, Duck Univ. Press, 1995.

M.H. Abrams, The Mirror and Lamp, The Noreon Library, New York, 1958.

P. Bourdieu,『예술의 규칙』, 하태환 역, 동문선, 1999.

P. Casanova,「세계로서의 문학」, 차동호 역,『오늘의 문예비평』74호, 2009년 가을호.

P. Child & P. Williams,『탈식민주의 이론』, 김문환 역, 문예출판사, 2004.

P. Panon,『대지의 저주받은 사람들』, 남경태 역, 그린비, 2004.

Peter Childs, P. Williams『탈식민주의이론』, 김문환 역, 문예출판사, 2004.

R. Chow,『디아스포라 지식인』, 장수현 · 김우영 역, 이산, 2005.

T. Adorno, M. Horkheimer,『계몽의 변증법』, 김유동 역, 문학과지성사, 2001.

Yi-Fu Tuan,『공간과 장소』, 구동회 · 심승희 역, 도서출판 대윤, 1995.

柄谷行人,『근대문학의 종언』, 조영일 역, 도서출판 b, 2006.

―――,『일본 근대문학의 기원』, 박유하 역, 민음사, 1997.

강범모,『언어-풀어 쓴 언어학 개론』, 한국문화사, 2010.

강학희 외,『물 건너에도 시인이 살고 있었네』, 창조문학사, 2007.

경상북도문인협회 편,『경북문학사』, 경상북도, 2007.

고부응 편,『탈식민주의-이론과 쟁점』, 문학과지성사, 2003.

고전문학연구회 편,『근대문학의 형성과정』, 문학과지성사, 1983.

과학백과사전출판사 편,『조선문학사』, 과학·백과사전출판사, 1980.

광주민주화운동기념사업회 편,『죽음을 넘어 시대의 어둠을 넘어』, 창비, 2017.

구모룡,『지역문학과 주변부적 시각』, 신생, 2005.

국사편찬위원회,『북미주 한인의 역사』(상), 중앙P&L, 2007.

─────────,『북미주 한인의 역사』(하), 중앙P&L, 2007.

국제역사학회 한국위원회,『한미수교 100년사』, 1982.

권영민,『한국근대민족문학론』, 민음사, 1988.

───,『한국현대문학사 1, 2』, 민음사, 2002.

권혁웅,『시론』, 문학동네, 2010.

김　철 외,『2000년 시의 축제』, 태학사, 1999.

김문희,『당신의 촛불 켜기』, 문학수첩, 2007.

김병철,『改稿 미국문학사』, 한신문화사, 1983.

김병택,『제주현대문학사』, 제주대출판부, 2005.

김열규 외,『한국문학사의 현실과 이상』, 새문사, 1996.

김영민,『한국근대문학비평사』, 소명, 1999.

김영철,『한국 현대시 양식론』, 박이정, 2018.

김용직,『한국현대시 연구』, 일지사, 1985.

─── 외,『한국현대시사의 쟁점』, 시와시학사, 1992.

───,『한국근대시사 1, 2』, 한국문연, 1993.

김우창 외,『경계를 넘어 글쓰기-다문화 세계 속에서의 문학』, 민음사, 2001.

김욱동,『강용흘 : 그의 삶과 문학』, 서울대학교출판부, 2004.

김윤식,『한국근대문예비평사』, 일지사, 1980.

─── · 김　현,『한국문학사』, 민음사, 1982.

─── 외,『한국현대문학사』, 현대문학, 1989.

────── 외, 『한국현대문학사』, 현대문학사, 2017.

김재용 외, 『한국근대민족문학사』, 한길사, 1993.

김종회, 『한민족문화권의 문학』, 국학자료원, 2003.

──────, 『한민족문화권의 문학 2』, 국학자료원, 2006.

김학동, 「개화기 시가의 전개」, 김윤식 외, 『한국현대문학사』, 현대문학사, 2005.

남기택, 『강원 - 영동 지역 문학의 정체와 전망』, 청운, 2013.

마종기, 『우리는 서로 부르고 있는 것일까』, 문학과지성사, 2006.

미주문학단체연합회 편, 『한인문학대사전』, 월간문학출판부, 2003.

미주시인협회, 『미주시정신』, 서울문학, 2011년 여름호.

──────, 『미주시정신』, 충남대학교출판문화원, 2012년 여름호.

──────, 『미주시정신』, 창조문학, 2018년 여름호.

민족문학사연구소 편, 『민족문학과 근대성』, 문학과지성사, 1995.

민족문학연구소 기초학문연구단, 『제도로서의 한국근대문학과 탈식민성』, 소명출판, 2008.

박명용 외, 『대전문학사』, 한국예총대전시지회, 2000.

────── 편, 『대전문학사』, 한국예총대전광역시지회, 2000.

박영호, 『미주 한인 소설 연구』, 창조문학사, 2009.

박태일, 『한국 지역 문학의 논리』, 청동거울, 2004.

배정웅, 『반도네온이 한참 울었다』, 창조문학사, 2007.

백낙청, 『민족 문학과 세계문학 I』, 창작과비평사, 1995.

백 철, 『신문학사조사』, 수선사, 1948.

사회과학원 문학연구소, 『조선문학사 1 - 5』, 과학 · 백과사전출판사, 1977.

새문안교회, 『새문안교회 85년사』, 1973.

서영훈, 『도산 안창호』, 흥사단출판부, 1983.

서종택 외, 『재외 한인작가 연구』, 고려대한국학연구소, 2001

송명희 외, 『미주문학의 어제와 오늘』, 한국문화사, 2010.

송현호, 『문학사기술방법론』, 새문사, 1985

신형기 · 오성호, 『북한문학사-항일혁명문학에서 주체문학까지』, 평민사, 2000

양왕용 외, 『부산문학사』, 한국문인협회부산지회, 1997.

유길준, 『서유견문』, 허경진 역, 서해문집, 2004.

유민영, 『한국현대희곡사』, 기린원, 1988.

유선모, 『미국 소수민족문학의 이해-한국계 편』, 신아사, 2001.

───, 『한국계 미국작가론』, 신아사, 2004.

유종호, 염무웅 편, 『한국문학의 쟁점』, 전예원, 1983.

윤영천, 『한국의 유민시』, 실천문학사, 1987.

윤인진, 『코리안 디아스포라-재외한인 이주, 적응, 정체성』, 고려대출판부, 2004.

윤종성 외, 『문예상식』, 문학예술종합출판사(평양), 1994.

윤휘윤, 『뿌리와 날개』, 지혜, 2012.

이동하 · 정효구, 『재미 한인문학 연구』, 월인, 2003.

이승희, 『쓸쓸한 날의 자유』, 문학세계사, 2000.

이윤기, 『뿌리와 날개』, 현대문학사, 1998.

이형권, 『현대시와 비평 정신』, 국학자료원, 1999.

───, 『타자들, 에움길에 서다』, 천년의시작, 2006.

───, 『한국시의 현대성과 탈식민성』, 푸른사상, 2009.

───, 『발명되는 감각들』, 서정시학, 2011.

─── 편저, 『박남수 시선』, 지식을만드는지식, 2012.

임　화, 『문학의 논리』, 학예사, 1940.

임진희, 『한국계 미국 여성문학』, 태학사, 2005.

장윤수, 『노마디즘과 코리안 디아스포라 문학』, 북코리아, 2011.

장태한, 『아시안 아메리칸』, 책세상, 2004.

재미수필가협회, 『재미수필』 13집, 해드림출판사, 2011.

전북문인협회 편, 『전북 문학사』, 전라북도, 1997.

정은경, 『디아스포라 문학』, 이룸, 2007.

조규익 편, 『해방 전 재미 한인 이민문학 1-6』, 월인, 1999.

조동일, 『한국문학통사 4, 5』, 지식산업사, 1994.

조연현, 『한국현대문학사』, 성문각, 1982.

최동호, 『남북한현대문학사』, 나남, 1995.

토지문화재단 편, 『한국문학사, 어떻게 쓸 것인가』, 한길사, 2001.

한국문학회 편, 『해외문화 접촉과 한국문학』, 세종출판사, 2003.

한미동포재단, 『미주 한인 이민 100년사 : 아메리칸 드림을 찾아서』, 삼화인쇄, 2002.

홍경표, 『한인 문학의 세계화 과제』, 새문사, 2006.

홍문표, 『한국현대문학사』, 창조문학사, 2003.

3. 학술 논문(비평문)

Elaine Kim, 「한국계 미국 문학 속의 흑인(성)과 미국인의 정체성」, 김우창 외, 『경계를 넘어서 글쓰기—다문화 세계 속에서의 문학』, 민음사, 2001.

Gayatri C. Spivak, "Can the subaltern Speak?", Diana Brydon(ed), Postcolonialism Critical Concepts Ⅳ, London and New York : Routledge, 2001.

P. Casanova, 차동호 역, 「세계로서의 문학」, 『오늘의 문예비평』 74호, 2009년 가을호.

강명혜, 「시조의 변이 양상」, 한국시조학회, 『시조학논총』 24집, 2001.

고봉준, 「'세계문학론'의 한국적 전유와 그 난제들」, 한국문학회, 『한국문학논총』 76집, 2017.

구명숙, 「마종기 시에 나타난 경계인 의식과 죽음 의식」, 한민족문화학회, 『한민족문화학』 36호, 2011.

김낙헌·이명재, 「재브라질 한인 문학의 형성과 성향」, 우리문학회, 『우리문학연구』 47집, 2015.

김도형, 「도산 안창호의 '여행권'을 통해 본 독립운동 행정」, 한국독립운동사연구소, 『한국독립운동사연구』 제52집, 2015.

김성문, 「시조 문학의 가치와 위상, 그리고 세계화 방안 모색」, 한국시조학회, 『시조학논총』41집, 2014.

김승희, 「차학경의 텍스트『딕테』 읽기 : 탈식민주의적, 페미니즘적 독해」, 서강대학교 인문대학, 『서강인문논총』제13집, 2000.

김연신, 「세계문학의 공간과 18세기 독일문학의 지형도−파스칼 카사노바의 세계문 학론에 근거하여」, 한국독일어문학회, 『독일어문학』제49집, 2008.

김영철, 「개화기 시가의 창작계층 연구」, 우리말글학회, 『대구어문논총』8호, 1990.

───, 「『신한민보』의 저항시 연구」, 건국대학교, 『학술지』34−1호, 1990.

───, 「개화기의 자유시론」, 한국현대문학회, 『한국의 현대문학 연구』제2집, 1993.

김일근, 「민족 문학사의 시대 구분론」, 『자유문학』, 1957년 7월호.

김정훈, 「캐나다 한인시문학 연구−『캐나다문학』을 중심으로」, 우리어문연구학회, 『우리어문연구』34호, 2009.

───, 「재아 한인시문학의 특성 연구」, 한민족문화학회, 『한민족문화연구』32호, 2010.

───·송명희, 「국권 상실기 재미 한인시문학 연구」, 국제어문학회, 『국제어문』55 호, 2012

───·송명희, 「국권 상실기 재미 한인시문학 연구」, 국제어문학회, 『국제어문』55 호, 2012.

김종회, 「미주 한국문학의 현황과 과제」, 『인문학연구』제7호, 경희대학교 인문학연구 소, 2003,

───, 「미주 한인 디아스포라 문학에 나타난 민족 정체성 고찰−이창래, 수잔 최, 이민진의 작품을 중심으로」, 현대문학이론연구회, 『현대문학이론연구』44호, 2011.

김형준, 「아리바따를 통해 살펴본 비슈누의 특징」, 한국외대인도연구소, 『남아시아연 구』17−2호, 2011.

김환기, 「재브라질 코리언 문학의 형성과 문학적 정체성」, 『중남미연구』제30권 1호, 2011.

───, 「캐나다 코리안 이민사회의 생성과정과 문학 의식」, 동국대한국문학연구소,

『한국문학연구』 제54집, 2017.

남기택, 「고원 시의 디아스포라 양상」, 『우리어문학』 제45집, 2013.

―――, 「고원 시의 디아스포라 양상」, 우리어문연구회, 『우리어문연구』 45호, 2013.

―――, 「미주지역 디아스포라 시문학의 양상」, 어문연구학회, 『어문연구』 70호, 2011.

―――, 「미주지역 디아스포라 시문학의 양상―정립기 재미 한인 한글 시문학을 중심으로」, 어문연구학회, 『어문연구』 70호, 2011.

―――, 박남수 시의 디아스포라 특성 고찰」, 경성대 인문과학연구소, 『인문학논총』 제34집, 2014.

―――, 「미주지역 디아스포라 시문학의 사건과 심상지리」, 한국비평문학회, 『비평문학』 58호, 2015.

명계웅, 「미주 한인 문학의 형성 과정」, 미주문학단체연합회, 『한인문학대사전』, 월간 문학출판부, 2003.

문무학, 「일제강점기 유이민 시조 연구―『신한민보』를 중심으로」, 대구어문학회, 『우리말글』 14호, 1996.

민경찬, 「도산 안창호의 애국시를 가사로 한 음악에 관하여」, 도산학회, 『도산학연구』 14·15집, 2015.

―――, 「도산 안창호 애국 창가의 음악사적 의미 그리고 악보 복원 및 재현」, 도산학회, 『도산학연구』 제16집, 2017.

박미영, 「재미작가 홍언의 시조 형식 모색 과정의 선택」, 한국시조학회, 『시조학논총』 18호, 2002.

―――, 「재미작가 홍언의 미국기행 가사에 나타난 디아스포라적 작가의식」, 한국시조학회, 『시조학논총』 25호, 2006.

―――, 「미주 시조 선집에 나타난 디아스포라 작가의식」, 한국시가학회, 『한국시가연구』 25호, 2008.

―――, 「미주 시조 선집에 나타난 디아스포라 시조론」, 한국시조학회, 『시조학논총』 30집, 2009.

──────, 「미주 발간 창작영어시조집에 나타난 시조의 형식과 그 의미」, 한국시조학회, 『시조학논총』 34집, 2011.

박성창, 「문학연구의 탈/경계 : 민족문학, 비교문학, 세계문학」, 『안과 밖』 제28호, 2010.

박연옥, 「재미 한인 문학연구의 현단계」, 국제한인문학연구회, 『국제한인문학연구』 3호, 2005.

박원곤, 「5.18광주 민주화 항쟁과 미국의 대응」, 『한국정치학회보』 제45집 제5호, 2011.

박이문, 『눈에 덮인 찰스강변』, 홍성사, 1979.

박진영, 「이산적 정체성과 한국계 미국 작가의 문학」, 『창작과비평』 123호, 2004년 봄호

박창건, 「김영삼 정부의 세계화와 흔들리는 한일관계」, 현대일본학회, 『일본연구논총』 제42호, 2015.

송명희, 「미 서부지역의 재미작가 연구」, 한국비평문학회, 『비평문학』 16호, 2002

──────, 「재미 동포 문학의 민족 정체성-미국 동부지역의 '워싱턴 문학'을 중심으로」, 한국비교문학회, 『비교문학』 32호, 2004.

오세영, 「개화기 시의 재인식」, 『개화기 문학의 재인식』, 지학사, 1987.

오양호, 「세계화 시대와 한민족문학 연구의 지평 확대」, 한민족어문학회, 『한민족어문학』 35호, 1999.

오윤정, 「재미시인 연구-박남수·고원·마종기를 중심으로」, 겨레어문학회, 『겨레어문학』 46호, 2011.

──────, 「재미 시인 연구-박남수, 고원, 마종기를 중심으로」, 겨레어문학회, 『겨레어문학』, 2011.

오창은, 「이주 문학에 나타난 정체성 변화에 대한 고찰」, 국제한인문학연구회, 『국제한인문학연구』 1호, 2004.

유선모, 『북미 한인 동포 문학의 성장』, 국사편찬위원회, 『북미주 한인의 역사(하), 중앙P&L, 2007.

유희석, 「한국계 미국 작가들의 현주소 : 민족 문학의 현단계의 과제와 관련하여」, 『창작과 비평』 116호, 2002년 여름호.

윤경노, 「신민회의 창립과정」, 고려대 역사연구소, 『사총』 30권, 1986.

윤화영, 「파스칼 카사노바의 세계문학 이론과 베케트」, 한국외국어대 외국문학연구소, 『외국문학연구』 제35호, 2009.

이 전, 「한인들의 미국 이민사」, 한국문화역사지리학회, 『문화역사지리』 14권 1호, 2002.

이경민, 「사진 신부 – 결혼에 올인하다 1」, 새얼문화재단, 『황해문화』 56호, 2007

이낙현 · 이명재, 「재브라질 한인 문학의 형성과 성향」, 『우리문학연구』 제47집, 2015

이도훈, 「공립협회의 민족운동 연구」, 민족운동사학회, 『민족운동사연구』 4호, 1989.

이동하 · 정효구, 『재미 한인 문학 연구』, 월인, 2003.

이명재, 「미주 한인 문학의 현황과 특성」, 국제한인문학연구회, 『국제한인문학연구』 3호, 2005

――――, 「남미주의 한글문학」, 국제한인문학회, 『국제한인문학연구』 7권, 2010.

――――, 「아르헨티나 한인들의 한글문단 고찰」, 『우리문학연구』 제46집, 2015

이명화, 「도산 안창호의 애국 창가 운동」, 도산학회, 『도산학연구』 제14 · 15집, 2015.

――――, 「신민회의 애국 창가 운동과 도산 안창호」, 도산학회, 『도산학연구』 제16집, 2017.

이상갑, 「경계와 탈경계의 긴장 관계」, 우리어문연구회, 『우리어문연구』 34호, 2009

이상규 외, 『예향의 도시, 문학을 말하다』, 대구문화재단, 2013.

이승현, 「신민회 시기 안창호의 구국운동 구상」, 도산학회, 『도산학연구』 13집, 2010.

이은정, 「세계문학과 문학적 세계 1」, 세계문학비교학회, 『세계문학비교연구』 제55집, 2016년 여름호.

이정은, 「도산의 독립사상의 특성과 애국 창가 활용」, 도산학회, 『도산학연구』 제16집, 2017.

이지엽, 「현대시와 현대 시조의 소통」, 한국비평문학회, 『비평문학』 41집, 2011.

이태동, 「한국문학 세계화의 문제점과 해결방안」, 세계비교문학회, 『세계비교문학연구』, 2000.

이형권, 「반미시의 계보와 탈식민성」, 한국언어문학회, 『한국언어문학』 60집, 2007.

──, 「불온하고 온전한 한국 현대 시사를 위한 단상들」, 『현대시』 2011년 3월호.

──, 「미주 한인시의 디아스포라와 공동체 의식」, 어문연구학회, 『어문연구』 74호, 2012.

──, 「미주문학장의 보편성과 특수성」, 국제비교한국학회, Comparative Korean Studies 21 −3호, 2013.

──, 「개화기 미주 한인시의 근대성 연구」, 국제비교한국학회, 『비교한국학』 24권 3호, 2016.

임종찬, 「현대 시조의 진로 모색과 세계화 문제 연구」, 한국시조학회, 『시조학논총』 23집, 2005.

장영우, 「해방 후 재미 동포소설 연구」, 상호학회, 『상호학보』 18호, 2006.

정명교, 「한국문학의 세계화를 위한 문학적 기반 구축에 관한 연구」, 국제비교한국학회, 『비교한국학』 23권 2호, 2015.

정연길, 「『공립신보』, 『신한민보』 시단고」, 한성대학교, 『논문집』 5 −1호, 1981.

정은귀, 「미국의 한국계 시인들, 디아스포라, 귀환의 방식: 마종기, 캐시 송, 명미 김의 시를 중심으로」, 국제비교한국학회, 『비교한국학』 18권 3호, 2013.

──, 「미국의 한국계 시인들, 디아스포라, 귀환의 방식」, 비교한국학회, 『비교한국학』 18호, 2010.

정종진, 「한국현대문학사기술을 위한 한국계 미국 작가들의 작품 연구」, 어문연구학회, 『어문연구』 55호, 2007

정창호, 「세계화의 도전과 상호문화 교육」, 한독교육학회, 『교육의 이론과 실천』 제14권 2호, 2009.

정효구, 「마종기 시에 나타난 이민자 의식」, 충북대학교 인문학연구소, 『인문학지』 19호, 2000.

──, 「재미 동포 시인들의 시에 나타난 의식의 변천 과정 연구」, 개신어문학회, 『개신어문연구』 18호, 2001.

──, 「재미 동포 시인들의 시에 나타난 의식의 변천 과정 연구(Ⅱ)」, 개신어문학회, 『개신어문연구』 19호, 2002.

──, 「고원 시에 나타난 의식의 변모 과정」, 한국시학회, 『한국시학』 8호, 2003.

──, 「재미 한인시에 나타난 고향의 의미」, 한국문학회, 『한국문학논총』 33호, 2003.

조광석, 「뒤샹의 작품 샘에서 제기하는 해체의 의미와 영향」, 한국기초조형학회, 『기초조형연구』 15권 5호, 2014.

최미정, 「재미 한인 한국어 시문학 연구−김정기, 최정자, 김윤태, 장석렬 시를 중심으로」, 숭실대학교대학원(박사), 2010.

──, 「뉴욕 최초의 한인 문학동인지 연구」, 숭실대학교한국문예연구소, 『한국문학과 예술』, 15권, 2015.

최원식, 「한국문학의 근대성을 다시 생각한다」, 『창작과비평』 1994년 겨울호.

최은숙, 「『신한민보』 수록 민요형 사설의 특성과 기능」, 한국민요학회, 『한국민요학』 제12집, 2003.

표언복, 「미주 유이민 문학 연구 1」, 목원대학교, 『목원어문학』 15호, 1997.

한자경, 「칸트의 물 자체와 독일관념론」, 한국칸트학회, 『칸트연구』 제1호, 1995.

홍경표, 「미주 이민 문학의 현황과 전망」, 국제한인문학회, 『국제한인문학연구』 1호, 2004.

홍기삼, 「한국문학과 재외 한국인 문학」, 『작가연구』 3호, 새미, 1997.

찾아보기

용어 및 작품

기타

인명

가

자

찾아보기

사진으로 보는 미주 한인 시문학사

❶ 한글 신문 『신한민보』 창간호(1909년 2월 10일) 1면

❷ 미주 최초의 문학 동인지 『지평선』 창간호(1973) 표지

❸ 사화집 『재미시인선집』(1975) 표지

❹ 캐나다 한국문인협회에서 발간한 캐나다 최초의 문학 동인지 『새울』 창간호(1977) 표지

❺ 미주 한국문인협회에서 발간한 『미주문학』 창간호(1982) 표지

❶ 기독교 문학을 지향했던
　『크리스찬문예』 창간호(1984) 표지

❷ 미 동부지역 최초의 문학 동인지
　『신대륙』 창간호(1985) 표지

❸ 종합문예지 『울림』 창간호(1987) 표지

❹ 종합문예지 『문학세계』 창간호(1988)
　표지

❺ 재미시인협회 시 전문지 『외지』
　창간호(1989) 표지

❶ 미 동부 한국문인협회에서 발간한
『뉴욕문학』 창간호(1991) 표지

❷ 종합문예지 『워싱턴문학』 창간호(1991) 표지

❸ 종합문예지 『해외문학』 창간호(1997) 표지

❹ 미주 시조시인협회에서 발간한 『시조문학』
창간호(1999) 표지

❺ 세계 한인 시인 작품집 『2000년 시의
축제』(1999) 표지

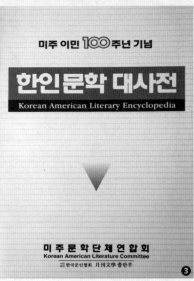

❶ 2018년 재미시인협회가 개최한 문학축제(L.A. 가든스윗호텔)의
기념사진

❷ 2012년 국제펜클럽 미주연합회가 개최한 제25회
해변문학제(L.A. 더블트리힐튼호텔) 기념사진

❸ 미주문학단체협의회에서 미주 이민100주년 기념으로 발간한
『한인문학대사전』(2003) 표지

미주 한인 시문학사

1905~1999

이형권